Ullstein Krimi

Ullstein Krimi
Lektorat: Georg Schmidt
Ullstein Buch Nr. 10445
im Verlag Ullstein GmbH,
Frankfurt/M – Berlin
Titel der englischen
Originalausgabe:
The Solitary Man

Deutsche Erstausgabe

Umschlaggestaltung & Fotorealisation:
Welfhard Kraiker & Karin Szekessy

Printed in Germany 1987
Gesamtherstellung:
Ebner Ulm
ISBN 3 548 10445 2

Mai 1987

Vom selben Autor
in der Reihe der
Ullstein Bücher:

Strategie des Skorpions (10111)
Eine Flasche für Charlie Muffin (10161)
Abgesang auf Charlie Muffin (10177)
Jagd auf Charlie Muffin (10220)
Deakens Krieg (10249)
Rächer kennen kein Erbarmen (10262)
Agentenpoker/Jagd auf Charlie Muffin/
Charlie Muffins Schachzug (10351)
Eine Rose für Charlie Muffin (10366)
Flucht aus Vietnam (10378)

CIP-Kurztitelaufnahme
der Deutschen Bibliothek

Freemantle, Brian:
Hartmanns Dilemma: Polit-Thriller /
Brian Freemantle. Übers. von Bernd
W. Holzrichter. – Dt. Erstausg. –
Frankfurt/M; Berlin: Ullstein, 1987.
(Ullstein-Buch; Nr. 10445:
Ullstein-Krimi)
Einheitssacht.: The solitary man <dt.>
ISBN 3-548-10445-2
NE: GT

Brian Freemantle

Hartmanns Dilemma

Polit-Thriller

Übersetzt von Bernd W. Holzrichter

Ullstein Krimi

Für Anne Brown
in großer Liebe

Keine Künste; keine Literatur; keine Gesellschaft; und das Schlimmste von allem: ständige Angst und die Gefahr gewaltsamen Todes; und das Leben eines Menschen, einsam, armselig, tückisch, brutal und kurz.

Thomas Hobbes, *Leviathan*

BUCH I

1

Vom Hafen aus betrachtet, wo die Schiffe Halt einlegen, bevor sie auf ihrem Weg vom Atlantik zum Pazifik in den Panamakanal einfahren, macht Cristobal einen trügerisch ansehnlichen Eindruck. Hinter den ocker oder gelb getünchten Gebäuden im französischen Kolonialstil, deren mit Zinnen geschmückte Balkons eine Andeutung von Bravour ausstrahlen, verbirgt sich ein Basar gierig ausgestreckter Arme am Rande der Gesetzlosigkeit. In den Läden wird Raum als Geschäftstüchtigkeit getarnt. Draußen wird er von der Polizei ignoriert. Die Ladenbesitzer betrachten sich selbst als Hüter des Wettbewerbs. Die Ganoven auf den Straßen und Gassen glauben, sie reflektierten die Empörung Panamas darüber, daß die USA so lange zu der Erkenntnis brauchten, daß der Kanal nicht ihnen gehört.

Es gibt eine Überfülle von Uhrengeschäften, die die aktuellsten Digitalwunder aus Tokio verkaufen, und die indischen Händler lassen Seide aus Bombay und Delhi vor ihren offenen Läden flattern, als seien sie fliegenfressende Pflanzen, die ihr Opfer durch die Leuchtkraft ihrer Farben anlocken. Jede Straße hat ihr Bordell, manche mehrere. Sie haben Namen wie »Eden«, »Paradies« oder »Wonne«, aber es gibt nicht genug einheimische Frauen, um sie auszustatten. Deshalb stellt die Regierung auf Sechsmonatsbasis medizinisch überprüfte kolumbianische Mädchen ein, die sich auf diese Weise die Aussteuer für ihre Weiße Hochzeit in Bogota, Medellin oder Baranquilla verdienen. Die katholische Kirche, praktisch wie immer, erlaubt diese Praxis ohne ein Wort der Kritik: Die Schande, keine Aussteuer zu besitzen, ist größer als die Schande, eine Hure gewesen zu sein, und vielleicht ist es nicht einmal überraschend, daß das Training eine nützliche Grundlage für glückliche, zufriedene Ehen in dem Nachbarland zu sein scheint.

Hartmann nahm an, so nahe würde er einer amerikanischen Grenzstadt nicht mehr kommen – und das wollte er auch nicht. Es machte ihn nervös. Nach Einbruch der Dunkelheit war die Gefahr auf den Straßen größer. Die finsteren Gassen waren dann voller Bewegung, und die Rempeleien auf den Gehwegen waren eindeutiger, herausfordernder. Hugo Hartmann forderte nie heraus. Er hatte einen Wagen gemietet, der ihm Schutz bot und ihm zudem an diesem Abend als Versteck diente. Er hatte die Tür von innen verschlossen und saß tief im Sitz; ein Mann, dem es leicht fiel, unauffällig zu sein.

Er trug Anzüge mit Weste, um die gerundete Hüftpartie zu verdecken. Die Diabetes, die nicht sehr schwerwiegend, sondern eher eine Alterserscheinung war und durch Medikamente leicht kontrolliert wurde, hatte allerdings seine Augen beeinträchtigt, so daß er für diffizile Arbeiten eine Brille benötigte. Er wirkte wie ein älterer, recht selbstzufriedener Angestellter, der sich auf seine baldige Pensionierung freute. Ein irreführender Eindruck, aber er war zufrieden damit: Hartmann war niemals selbstzufrieden gewesen, und er wußte, ein Rückzug aus seinem Beruf wäre schwierig, auch wenn er ihn geradezu verzweifelt wünschte.

Hartmann, der mehr Grund als die meisten Menschen hatte, zu wissen, daß er alles andere als tapfer war, war von seiner Reaktion auf den Auftrag selbst überrascht gewesen. Sicher, er hatte Angst gespürt, das war nur zu natürlich gewesen; er hatte in der klimageregelten Stille der CIA-Büros in der US-Botschaft in Paris sogar versucht, sich dem Auftrag mit Argumenten zu entziehen. Sie hatten seinen Einwand natürlich mit der Begründung zurückgewiesen, daß jemand, der zwei Jahre in Bergen-Belsen verbracht hatte, für die letztgültige Identifizierung prädestiniert sei.

Er hatte erwartet, in panische Angst zu verfallen, wenn er Fritz Lang zum ersten Mal wiedersah, hatte jenes Entsetzen befürchtet, das einen Menschen unfähig macht, zu atmen oder sich zu bewegen, wie er es so oft im Lager am eigenen Leib erlebt hatte. Aber es war nicht gekommen, jedenfalls nicht die Angst. Sein Magen hatte sich beim Wiedererkennen zusammengekrampft, vielleicht war auch Besorgnis dabei, aber mehr nicht. Hartmann hatte mehrere Tage gebraucht, bis er den Grund dafür erkannte, und er tadelte sich im stillen für die Verwirrung seines Denkens. Lang war der Kommandant gewesen, der oberste Richter über Leben und Tod, aber er war den Insassen fern gewesen, hatte mit dem Alltagsbetrieb des Lagers nichts zu tun gehabt. Lang war nicht der Mann gewesen, der Gerda zu seinem persönlichen Eigentum gemacht hatte, der sie manipuliert, angetrieben und entwürdigt hatte.

Auf der anderen Straßenseite bewegte sich etwas, und Hartmann spähte angestrengt hinüber. Er sah, daß es sich um eine Hure mit einem Kunden handelte, die auf ein Hotel zugingen, und entspannte sich. Würde er heute abend genug bekommen, um die Identität des ehemaligen Nazi zu bestätigen? Nicht daß er zweifelte, Hartmann war sich seiner Sache mittlerweile sicher, aber er wußte, die CIA würde mehr verlangen. Der Körperbau des Manns, den er identifizieren sollte, war massiger, als er sich vom Lager und dem Dossier erinnerte, das er nach dem Krieg formuliert hatte. Und das Gesicht war verändert. Aber die Ohren waren dieselben. Hartmann wunderte sich oft, wieso Menschen, die sich der Mühe plastischer Chirurgie unterziehen, stets vergaßen, wie identifizierbar Ohren waren. Der Mann, vor dessen Maklerbüro Hartmann jetzt saß und der sich jetzt José Lopez nannte, hatte dieselben Ohren wie der Mann auf dem vergilbten SS-Foto von Fritz Lang, das die Amerikaner ihm bei der Besprechung vor sechs Wochen in Paris gegeben hatten.

Diese Tatsache allein würde selbstverständlich nicht ausreichen. Hartmann war in allen Dingen ein vorsichtiger Mann und wollte ebensosehr wie Washington weitergehende Beweise als eine vage passende Statur und eine offenkundig körperliche Ähnlichkeit. Und auch mehr als die unerwartete Entdeckung, daß ein Kleinstadt-Grundstücksmakler über ein Schweizer Nummernkonto verfügte, über das er ein monatliches Einkommen bezog, das über dem liegen mußte, was er als Vermittler von Wohnungen in Cristobal verdiente. Hartmann war überrascht gewesen, wie leicht er das hatte herausfinden können; ebenso überrascht wie über die fehlende Angst, als er Fritz Lang so nahe kam.

Eine Stadt, so offen und mit einer so mobilen Bevölkerung wie Cristobal, hatte erkennbare Vorteile für einen Nazi auf der Flucht, aber die korrupte Umgebung barg auch Gefahren. Hartmann hatte keine Woche observieren müssen, um den regelmäßigen Postboten zu identifizieren. Zwei Tage brauchte er, seine Bekanntschaft zu machen, und nur 500 Dollar, zum Zugriff aus Langs Post zu bekommen, bevor dieser sie erhielt. Der Umschlag mit dem Züricher Poststempel und dem Bankscheck über 400 Dollar war zwei Tage später eingetroffen. Er hatte den Inhalt so schnell kopiert und wieder in den Umschlag gesteckt, daß die Post nur fünf Minuten später als normal an Langs Büro geliefert wurde.

Hartmann rutschte ein Stückchen, um einem Krampf vorzubeugen, und rieb mit der Hand über die Fensterscheibe, damit sie nicht beschlug. Bisher war der Auftrag sehr günstig verlaufen, so günstig wie kaum einer, an den er sich erinnern konnte. Die Information, die ihn zu Lang geführt hatte, war von der CIA gekommen; eine vergleichsweise vollständige Akte, die nur noch seiner letzten Bestätigung bedurfte. Per Zufall war er auf Werner Schleichner gestoßen. Falsch, korrigierte Hartmann sich. Es war nicht nur Zufall gewesen. Er war gründlich vorgegangen und hatte fast die gesamte erste Woche in von Schimmel und Ratten befallenen Archiven verbracht, bis seine schwachen Augen schmerzten und seine Kleider von dem Kontakt mit den verrottenden Einbürgerungsdokumenten des panamaischen Innenministeriums stanken.

Unter »Lang« hatte er nichts gefunden, aber dann war ihm eingefallen, daß der Mädchenname von Langs Frau »Siemens« gewesen war, und er hatte es unter »S« versucht. Der ehemalige Lagerkommandant war nicht aufgeführt, doch er fand Werner Schleichner. Er hatte den Mann im Gedächtnis – wie jeden Nazi, dessen Biographie in dem Büro, das nach dem Krieg in Wien eingerichtet worden war, durch seine Hände gegangen war. Schleichner wurde als relativ unbedeutender Verbrecher betrachtet, verantwortlich für den Tod von bloß hundert Menschen in Dachau, doch nach dem, was Hartmann erlebt hatte, war kein Nazi unwichtig.

Er hätte im Lauf seiner Nachforschungen ohnehin einen Köder gebraucht, und als er an die medizinischen Versuchsabteilungen des Lagers dachte, genoß er die Ironie der Tatsache, daß er jetzt Schleichner zu diesem Zweck benutzte. Das Risiko, daß die beiden Männer sich kannten, hatte immer bestanden, auch wenn Schleichners Detektivagentur sich vierzig Meilen entfernt am anderen Ende des Kanals befand. Schleichner mochte Unteroffizier und Lang Kommandant gewesen sein, und beide mochten zu keiner Zeit im selben Lager Dienst getan haben, aber nach dem Krieg waren häufig Verbindungen geknüpft worden, die früheren Rang oder Stellung unberücksichtigt ließen.

Daher war Hartmann beim ersten Gespräch sehr umsichtig gewesen und hatte auf jeden Hinweis gelauert. Nichts hatte sich ergeben – nur Beweis für die Rechtlosigkeit des Landes, in dem Lang sein Versteck gewählt hatte. Vielleicht hätte nirgendwo außer in Südamerika ein Mann ohne jede Frage akzeptiert – wie Schleichner es getan hatte –, daß die Methode, ein Verbrechen zu beweisen, darin bestand, eins zu begehen. Für 1000 Dollar hatte Schleichner eingewilligt, in Langs Haus einzubrechen.

Eine Woche hatte Hartmann beobachtet, wie Schleichner Lang beobachtete. Nicht einmal hatte es ein Anzeichen des Wiedererkennens zwischen den beiden ehemaligen Nazis gegeben, aber Hartmann war sich sicher, daß Lang von der Tatsache der Überwachung Kenntnis genommen hatte. Es wäre ein nützlicher Test, die Reaktion des Mannes zu beobachten: ein Verhaltensexperiment der Art, die Lang einst so vertraut gewesen war.

Schleichner hatte vor, gegen Mitternacht einzudringen, wenn die Straßen ruhig wurden, und Hartmann strengte sich in der Dunkelheit an, Langs Einraumbüro von den anderen in dem schlafenden Gebäude zu unterscheiden. Es war fünf Minuten vor Mitternacht, Schleichner mußte drinnen sein. Würde er die Instruktionen exakt befolgen? Es war notwendig, daß der Mann sich nach den Anweisungen verhielt, falls Lang das Büro überwachen ließ. Angespannt wie er war, entging Hartmann beinahe die Bewegung – sie war kaum mehr als ein Schatten, der seine Konturen änderte –, und dann identifizierte er die Gestalt. Wo war der Umschlag? Schleichner *mußte* einen Umschlag bei sich haben. Zehn Meter von Langs Büro war eine Kneipe, die länger als die anderen geöffnet hatte. Über dem Eingang waren farbige Glühbirnen wie ein Regenbogen angebracht. Einige waren defekt, aber in dem unregelmäßigen Licht sah Hartmann das Kuvert und nickte angesichts der Disziplin, die auch nach so langer Zeit noch fortdauerte.

Die anderen Beobachter, die Hartmann noch nicht aufgespürt hatte, hatten den Umschlag wohl zur gleichen Zeit bemerkt, und ihnen mußte aufgefallen sein, wie nahe der Mann jetzt dem Briefkasten war. Ihr Wagen setzte sich mit einem plötzlichen Reifenquietschen in Bewegung und lenkte Schleichners Aufmerksamkeit auf sich. Der Mann wandte sich um, in dem Moment kaum mehr als neugierig. Hartmann sah nichts, aber wahrscheinlich blickte Schleichner unsicher zu der Limousine. Er begriff nicht, wieso sie mit ausgeschalteten Scheinwerfern fuhr.

»Weiter!« drängte Hartmann stumm und stemmte seine Faust gegen das Lenkrad. »Weiter!«

Schleichners Zögern schien unendlich lange zu dauern. Dann wich er zurück und fiel schließlich in Laufschritt.

»Der Briefkasten!« beschwor Hartmann ihn. »Vergiß den Briefkasten nicht!«

Schleichner rannte auf ihn zu, als befände sich dort ein Zufluchtsort, der ihm Sicherheit bot. Der Wagen war jetzt ganz nahe und fuhr die engen Straßen ungewöhnlich schnell. Als er, den Kopf nach hinten gewandt, durch die sporadischen Lichtflecken flüchtete, schuf Schleichner ein bizarres Kaleidoskop des Entsetzens. Schleichner erreichte den Briefkasten Sekunden, bevor das Auto ihn erwischte. Der Fahrer drückte die Hupe, riskierte die Aufmerksamkeit des Viertels, um den Mann zu irritieren, bevor er Zeit hatte, das Kuvert durch den Schlitz zu schieben.

Die beiden Ereignisse geschahen praktisch simultan. Der Umschlag rutschte in den Briefkasten, als der Wagen Schleichner rammte. Im letzten Moment schrie der Nazi, mehr in Angst als vor Schmerzen, und versuchte zur Seite zu springen, um dem Fahrzeug auszuweichen. Die

Motorhaube traf ihn tief im Rücken und schleuderte ihn im Bogen so schnell nach hinten, daß Schleichner vom Boden hochgerissen wurde. Sein Körper schlug auf die Windschutzscheibe und schien dann wieder nach vorn katapultiert zu werden. Seine Arme waren wie zu einer Umarmung ausgebreitet, dann flog er in das Schaufenster des Uhrenladens. Hätte die Stoßstange ihn nicht auch noch getroffen, hätte Schleichners Körper wohl kaum das Glas durchschlagen. Das Schaufenster wölbte sich in einer laut knallenden Implosion nach innen, und sofort gellte die Alarmanlage durch die Straße.

Der Wagen der Attentäter setzte zurück und entfernte sich von dem Hindernis, das das Schaufenster darstellte. Schleichner war in gekrümmter Sitzposition in der Auslage gelandet. Die Uhren ergossen sich förmlich über ihn, so daß er fast wie eine Reklamefigur aussah. Noch einmal verharrte die Limousine kurz, während die Insassen auf den von Uhren übersäten Körper starrten, um zu entscheiden, ob die Zeit reichte, ihn vor Eintreffen der Polizei zu durchsuchen. Doch dann setzte der Wagen weiter zurück und fuhr davon.

Ohne Hast startete Hartmann seinen Wagen und steuerte behutsam in die entgegengesetzte Richtung. Vor dem Geschäft würde es auch am nächsten Morgen, wenn der Briefkasten geleert wurde, noch genügend Aktivität geben, um Langs Leute am Eingreifen zu hindern. Und sie hätten nicht die Zeit, den Postbeamten zu beeinflussen, wie Hartmann es getan hatte. Der Umschlag befand sich also in Sicherheit. Ebenso wie er selbst. Es war eine vernünftige Vorsichtsmaßnahme gewesen, Schleichner zu engagieren. Nach 35 Jahren verstanden die Nazis es immer noch sehr gut, sich zu schützen.

Als Hartmann in Richtung Hafen abbog, war von der Polizei noch nichts zu sehen. An der Kreuzung hielt er kurz und schaute zurück. Um das Geschäft hatte sich schon eine Menschenansammlung gesammelt. Bis die Polizei eintraf, würden eine Menge Uhren verschwunden sein. Vielleicht sogar Schleichners Brieftasche. Schließlich war es ein gesetzloser Ort.

Daß ein Abschnittsleiter eigens von Washington anreiste, zeigte, wie wichtig die CIA die Operation einschätzte, und Peter Berman war sich dessen bewußt. Wenn es nur jemand anders als William Davidson gewesen wäre! Er war ein vernachlässigter, geradezu verlotterter Mann. Seine Anzüge spannten sich wie eine Haut, die jeden Moment platzen mußte, um abgestreift zu werden, eng über seinen vorgewölbten Bauch. Nach jeder Mahlzeit, die er vorwiegend schmatzend einnahm und dabei sein ohnehin verschmutztes Hemd bekleckste, stocherte er in seinen Zähnen herum, gewöhnlich mit einem gebrauchten Streichholz. Berman fand ihn abstoßend und war zu dem Schluß gekommen, daß der Mann schlichtweg ein Schwein war. Berman war sehr ehrgeizig und hielt es für beängstigend, daß ein solcher Mensch seine Zukunft in der Agency kontrollierte. Und Davidson kontrollierte sie – eifersüchtig. Von jeder weiteren Beförderung ausgeschlossen und unfähig, das Scheitern seiner einst verheißungsvollen OSS-Laufbahn zu akzeptieren, schien Davidson fest entschlossen, den Rest seines operativen Lebens darauf zu verwenden, die Fehler anderer aufzudecken, um seinen Vorgesetzten zu beweisen, wie falsch sie handelten, indem sie ihn nicht höher einstuften.

»Ich bin mir ganz und gar nicht sicher, ob es die richtige Entscheidung war, Hugo Hartmann heranzuziehen«, sagte Davidson. »Ganz und gar nicht.«

Der Mann sprach, als wendete er sich an eine große Versammlung und erwartete, daß seine Worte für die Nachwelt aufgezeichnet würden.

»Die Information, die uns auf Langs Spur führte, stammt hier aus Paris«, erinnerte Berman ihn. »Hartmann arbeitet für uns und war in Bergen-Belsen inhaftiert. Er war die logische Wahl.«

»Man hätte einen CIA-Mann nehmen sollen. Einen Amerikaner«, beharrte Davidson.

»Hartmann ist der beste freie Mitarbeiter, den wir haben«, sagte Berman, der seit fünf Jahren Führungsagent des Mannes war. »Besser als viele unserer eigenen Leute.«

»Sie sind von ihm zu sehr beeindruckt«, wandte Davidson ein. »Ist Ihnen bewußt, wie er die Information über Lang verwenden könnte, wenn sich alles bewahrheitet?«

»Natürlich bin ich mir dessen bewußt«, erwiderte Berman gereizt. Davidson verfiel in seine onkelhafte Oberlehrermanier, eine seiner Lieblingsposen.

»Iwan Migal ist Leiter der Europaabteilung des KGB«, dozierte Davidson, als hätte er Bermans Bejahung nicht gehört. »Einer der drei oder vier Spitzenleute. Könnte unsere Information bewiesen werden, daß er im letzten Stadium des Kriegs heimlich mit Fritz Lang zusammenarbeitete, um russische Kriegsgefangene aus Bergen-Belsen herauszubekommen, die die Sowjetunion liquidiert sehen wollte, dann bringen wir so viel Kacke zum Dampfen, daß ihr Geheimdienst den Gestank für Jahre nicht los wird.«

»Ich habe die gesamte Operation selbst vorbereitet«, sagte Berman geduldig.

»Sie haben Hartmann keinerlei Andeutung über eine sowjetische Verwicklung gemacht?« wollte Davidson wissen.

»Natürlich nicht«, antwortete Berman. Er gab sich keine Mühe, seinen Unwillen zu bemänteln. »Seine Aufgabe ist es, Lang zu identifizieren und dafür zu sorgen, daß er die Flucht ergreift. Und wir bleiben nahe genug dran, um zu sehen, wohin er flüchtet.«

»Hoffen wir's«, meinte Davidson warnend.

»Ja«, bestätigte Berman. »Hoffen wir's!«

2

Hartmann hatte sich seit langem an die Geistesverfassung seiner Frau gewöhnt, aber bei seinem letzten Besuch in Connecticut, auf seinem Weg nach Cristobal, hatte er an Gerda einen körperlichen Verfall festgestellt, der ihn alarmierte. Die Telefonanlage direkt gegenüber dem Schleusentor wurde von den Amerikanern unterhalten und war daher funktionstüchtig. Hartmann wurde mit nur geringfügiger Verzögerung mit der Klinik seines Sohns am Rande von Thomsonville verbunden. Sie mußten David erst ans Telefon holen.

Als David schließlich in der Leitung war, ließ er seinen Unwillen deutlich spüren. »Was willst du?«

»Wie geht es deiner Mutter?«

»Sie ist krank«, antwortet David. »Ich dachte, du wüßtest das.«

Hartmann seufzte. Das Verhalten seines Sohnes ärgerte ihn nicht mehr. Es mochte guten Grund dafür geben, doch manchmal hatte es den Anschein, daß David es genoß, seine Verachtung zu zeigen.

»Beim letzten Mal schien sie körperlich krank zu sein«, sagte er, den Unterschied deutlich machend.

»Das ist sie auch«, bestätigte David. »Nach deinem Besuch hat sie eine Bauchfellentzündung bekommen.«

»Wie ernst?«

»Bei jemandem, der so anfällig ist wie sie, ist alles ernst.«

»Ist sie noch bei dir?«

»Natürlich. Wieso?«

»Ich dachte, sie wäre vielleicht in eine andere Klinik verlegt worden.«

»Wir können hier sowohl körperliche als auch Geisteskrankheiten behandeln«, sagte sein Sohn.

»Vielleicht sollte ich vorbeikommen.«

»Das würde nichts nutzen«, sagte David entschieden. »Das hat es nie.«

»Nein«, stimmte Hartmann zu. Sie hatte ihn einmal erkannt: Das vertraute Lächeln und der Druck ihrer Finger hatten ihm gezeigt, daß sie sich seiner Gegenwart bewußt war.

»Ich bin sehr beschäftigt«, sagte sein Sohn.

»Ich rufe dich an, so oft es mir möglich ist.«

»Das möchte ich lieber nicht. Ich habe deine Wiener Adresse, falls es nötig ist, Kontakt mit dir aufzunehmen.«

»Ich bin viel unterwegs. Wahrscheinlich wirst du mich dort nicht erreichen.«

»Nun gut«, sagte David, aber sein Tonfall deutete an, daß ihm die Anrufe lästig wären.

»Wie geht's Ruth?«

»Gut«, antwortete David, den die gezwungene Höflichkeit ungeduldig zu machen schien. »Ich bin wirklich sehr beschäftigt.«

»Ich möchte dort sein«, sagte Hartmann inständig. »Ich möchte dort sein, wenn ...« Er brach ab, vermochte den Satz nicht zu beenden.

»... wenn sie stirbt«, sprach David es für ihn aus. In seiner Stimme war kein Mitgefühl.

»Ja.«

»Dann bleibe in Kontakt«, willigte der Sohn ein.

Hartmann blieb vor dem Fernamt im schützenden Schatten des Gebäudes stehen. Obwohl es noch nicht Mittag war, bleichte die Sonne bereits die Farbe aus allem heraus. Vom Mast auf dem Verwaltungsgebäude hing die Fahne schlaff herab. Seine Gedanken beschäftigten sich mit dem Telefongespräch.

Vor vielen Jahren war es so vernünftig erschienen. So vernünftig und logisch und – als sie anfangs auf die neue Umgebung zu reagieren schien – so verheißungsvoll. David hatte den Ortswechsel mit der Begründung vorgeschlagen, daß Gerda Europa immer mit Grauen und Schrecken verbinden würde und die beste Chance auf Heilung darin bestände, sie statt dessen in die liebevolle Fürsorge eines Sohns zu geben, der als Psychiater ebensogut war wie jeder andere, der sie bis dahin untersucht hatte

Damals hatte zwischen ihm und David Freundschaft bestanden. Die gegenseitige Achtung zwischen Vater und Sohn und kein Gedanke an eine Verschlechterung. Sie hatten Gerdas Genesung und das Leben, das sich daran anschließen würde, nahe beieinander in Connecticut, geplant. Und selbst Hartmann, der es, wenn auch aus anderen Gründen, für unmöglich gehalten hatte, war von dieser Vorstellung erregt gewesen.

Die Gefahr hatte er nicht vorausgesehen. Und selbst, wenn er sie geahnt hätte, wäre er in der Hoffnung, Gerda in die Wirklichkeit zurückzuholen, das Risiko eingegangen. Jedes Opfer wäre ihm das wert gewesen. Aber ihr Zustand hatte sich nicht gebessert. Gelegentlich flackerte Realitätsbewußtsein auf, manchmal einen Monat lang, und das hatte falsche Erwartungen in ihnen genährt, doch dann kam der unvermeidliche Rückfall und dauerte jedesmal länger als der vorhergehende, und jedesmal war es schwieriger geworden, sie zurückzuholen.

Als Gerda nach Amerika ging, hatte er schon eine Frau verloren, und dadurch, daß er sie dorthin brachte, auch einen Sohn. David hatte erfahren, was sie hatte tun müssen, um einen untüchtigen, schwachen Ehemann am Leben zu halten. Hartmann hatte sie damals häufig besucht, bis zu dreimal im Monat, und er hatte gesehen, wie sich das Verhalten des jungen Manns von Ungläubigkeit zu schockierter Verachtung und schließlich zu Haß entwickelt hatte. Es paßte nicht zu einem Mann, der zu Vernunft und Logik ausgebildet war, doch David haßte nicht die Nazis für das Geschehene, sondern seinen Vater, der sich so inständig ans Leben geklammert hatte, daß er die Entwürdigung zugelassen hatte.

Hartmann schüttelte die Gedanken ab – eine Körperbewegung wie die eines Tiers, das sich das Wasser aus dem Pelz schüttelt. Aller Schmerz war verursacht, alle Beschuldigungen waren ausgesprochen, so daß eine neuerliche Betrachtung wenig Sinn hatte. Er hatte einen Auftrag zu Ende zu führen, und die Erinnerungen waren störend, beeinträchtigten seine Effizienz, und das durfte er keinesfalls zulassen.

Er trat in die Sonne und spürte, wie sofort Schweiß auf seiner Haut kitzelte. Zum Glück war es zum Postamt nur ein kleiner Umweg. Er hätte die Weste nicht anziehen sollen. Er wandte sich nach rechts, ging um den Block herum und trat wieder in den angenehmen Schutz des Postgebäudes. Statt sofort den Schalter für Postlagersendungen anzusteuern, beschäftigte er sich mit einer Ansichtskarte, die zu schreiben ihn sehr in Anspruch zu nehmen schien. Auf diese Weise konnte er die anderen Menschen im Amt in Augenschein nehmen, um eine eventuelle Überwachung zu entdecken. Lang konnte unmöglich von dieser Ausliefermethode erfahren haben, noch hatte er irgendeinen Grund, sie zu vermuten, aber Hartmann verhielt sich instinktiv so vorsichtig.

Zufrieden ging er schließlich zum Schalter und legte die Ermächtigung vor. Der Beamte lächelte, ging zu den Fächern und kam mit dem Umschlag zurück, den Hartmann zuletzt in der Hand des fliehenden Nazis gesehen hatte. Hartmann steckte ihn in die Innentasche seiner Jacke, bevor er sich umdrehte, so daß niemand hinter ihm Gelegenheit hatte, ihn zu sehen.

Wahrscheinlich war das eine unnötige Vorsichtsmaßnahme, doch Hartmann hatte den Mietwagen zurückgebracht für den Fall, daß die Beobachter vor Langs Büro letzte Nacht die Kennzeichen aller Fahrzeuge auf der Straße notiert und versucht hatten, eins von ihnen mit dem Einbruch in Verbindung zu bringen. Dem Postamt gegenüber warteten Taxis. Hartmann nannte die Adresse des amerikanischen Büros für die Kanalunterhaltung, die er sich am Morgen aus dem Telefonbuch eingeprägt hatte. Erst als er sicher war, daß ihm keine Fahrzeuge folgten, dirigierte er den Fahrer zu seinem Hotel.

Es war ein schäbiges, sonnengebleichtes Gebäude, von den Franzosen im Stil einiger Häuser des Hafenviertels erbaut. Die Korbsessel waren splittrig und drohten zusammenzubrechen, und in den ruhigen Ecken der Räume huschten Ratten und Kakerlaken, weder von den Bewohnern noch den abgezehrten, spitzrippigen Katzen belästigt, die von der drückenden Hitze in eine ständige schläfrige Lethargie versetzt zu sein schienen. Für Klimaanlagen war das Hotel zu früh erbaut worden, und die Ventilatoren waren durch einen lang vergessenen technischen Fehler in Unbeweglichkeit erstarrt. Hartmann, der nach drei Jahren in einem Konzentrationslager eine unausrottbare Abscheu vor Schmutz hatte, ekelte sich vor dem Haus. Seit seiner Ankunft duschte er dreimal täglich und wußte, daß der Hautausschlag auf Armen und Bauch eine nervöse Reaktion war und nicht durch die Unmengen Seife verursacht wurde, die er benutzte.

Er verschloß die Schlafzimmertür und drückte den Griff, um sicherzugehen, bevor er den Umschlag aus der Innentasche zog. Er schien bemerkenswert dünn. Hartmann ging zum Nachttisch beim Fenster, wo mehr Licht war. Er fand acht nach Ausstellungsdatum geordnete Bankauszüge, aus denen hervorging, daß die 400 Dollar jeden Monat am gleichen Tag in Zürich aufgegeben wurden. Ein dünnes Bündel weiterer Belege barg neben normalen Überweisungen eine 100-Dollar-Anweisung am Achten eines jedes Monats für die Filiale am Broadway, Ecke 57. Straße der Chase Manhattan Bank in New York. Fünf Scheckheft-Abschnitte belegten örtliche Zahlungen. Alle Aufzeichnungen waren in Deutsch. Hartmann nahm die CIA-Akte aus seiner Mappe und suchte nach den Fotokopien von Langs Aufzeichnungen aus der Kriegszeit. Eine gewisse Unsicherheit schrieb Hartmann dem Alter zu, ansonsten entsprachen die Dokumente in Langs Handschrift exakt den Eintragungen auf den Scheckabschnitten. Handschrift ist wie Ohren immer identifizierbar, dachte Hartmann. Dann sichtete er die Kopien mehrerer Grundstücksverträge, die Schleichner vermutlich für wichtig gehalten hatte, wenn es um Ermittlungen in einem Unterschlagungsfall ging, und Langs Mitgliedskarte eines lokalen Maklerverbands.

Der letzte Fund war der interessanteste. Der längst abgelaufene panamaische Paß mußte der erste sein, der auf Langs falschen Namen ausgestellt worden war. Er stammte aus dem Jahre 1952, und Hartmann fragte sich, wo Lang die dazwischenliegenden sieben Jahre nach dem Krieg verbracht haben mochte. Sorgfältig blätterte er den Paß durch, Seite für Seite, und gewann ein Bild von Langs Reisen. 1956 hatte er Bonn besucht, im Jahr darauf ebenfalls. Hartmann registrierte mehrere südamerikanische Visastempel, vorwiegend aus Paraguay, und zwischen 1957 und 1963 war Lang durchschnittlich dreimal pro Jahr in die USA gereist. Stets war New York der Einreiseort.

Der Papierfetzen fiel aus dem Paß, als Hartmann zur letzten Seite kam. Neugierig bückte er sich und hob ihn auf. Eine Seite war gummiert, offenbar war das Papier von einem Briefumschlag abgerissen worden. In Langs Handschrift stand das Wort »Eros« darauf, gefolgt von den Zahlen 1980074. Hartmann betrachtete die Zahlen, die ihm bekannt vorkamen, dann nahm er die Auszüge der Bank of Panama und verglich die monatliche 100-Dollar-Überweisung nach New York. Die Zahlen stimmten überein. »Eros«, las er erneut – der Gott der Liebe. Welche Verbindung bestand zwischen dem Gott der Liebe, 100 Dollar monatlich und einem Nazi, dem ehemaligen Kommandanten eines KZ? Soweit es seinen derzeitigen Auftrag betraf, spielte das keine Rolle: Seine Instruktion lautete nur, Fritz Lang positiv zu identifizieren, mehr nicht.

Hartmann wartete, bis die Hitze des Tages abklang, bevor er das Hotel wieder verließ. Am selben Tag, als er die erste Banküberweisung aus Zürich abgefangen hatte, hatte er das Papier mit dem Briefkopf beim Drucker bestellt. Jetzt betrachtete er es prüfend, während der Angestellte das Wechselgeld nachzählte. Briefwechsel hatten sich bei Schleichners Beute aus dem Safe nicht befunden, so daß Lang mit dem Papier wahrscheinlich nicht vertraut war. Hartmann, der Konten bei zwei Züricher Banken und ein weiteres in Genf hatte, sah es als gute Nachahmung an. Gut genug jedenfalls, um Lang zu überzeugen. Schwieriger war es schon, die richtige elektrische Schreibmaschine zu beschaffen, und einen Moment fürchtete Hartmann, sein Vorhaben würde scheitern. Es gab eine breite Auswahl, die aber auf den amerikanischen Markt ausgerichtet war, und die ersten acht, die er begutachtete, besaßen ausnahmslos eine amerikanische Tastatur. Erst im fünften Geschäft fand er eine Maschine mit europäischer Tastatur und Umlaut-Schalter. Für seine Fälschung würde er die deutschen Buchstaben brauchen.

Es war dunkel, als Hartmann seine Einkäufe im Hotel deponierte und sich zur letzten Verabredung des Tages aufmachte. Er begann seine Entscheidung zu bedauern, den Mietwagen und dessen Schutz aufzugeben. Die Kneipe, in dem er das Treffen mit Langs Postboten arrangiert hatte, befand sich an einer Ecke des Markts. Der Platz schien leer, die Verkaufsstände und Bänke ohne Abdeckung und Waren wirkten skeletthaft, und er mußte seine Augen sehr anstrengen, um die Bewegungen der Menschen zu erkennen, die den Raum unter einem Gemüsekarren als ihr Heim betrachteten. Früher einmal, dachte Hartmann, hätte er ihn auch einmal als Heim ansehen und die Abfälle essen können, die zwischen den Latten herabfielen.

Beim Eintritt eines Fremden verstummten die Gespräche sofort. Hartmann hatte gelernt, seine Furcht zu verbergen, so daß von seiner Unsicherheit äußerlich nichts zu spüren war. Er blieb in der Tür stehen und blickte durch den Raum. Jemand machte eine Bemerkung – wer es war, konnte er nicht ausmachen –, der ein plötzliches Gekicher folgte. Hartmann sah den Mann am Tisch vor dem Fenster. Er wartete, bis der Postbote lächelte und mit dem Fuß unter dem Tisch den Stuhl gegenüber einladend zurückschob. Die anderen sahen die Bewegung, und die Unterhaltungen begannen wieder, langsam zuerst, dann lebhafter. Um ihren Tisch herum war es weiterhin still, weil die Leute direkt neben ihnen zu lauschen versuchten.

»Ich wußte nicht, ob Sie kommen«, sagte der Mann. Er war gemischtrassig, europäische Gesichtszüge und schwarze Haut.

»Ich habe gesagt, ich komme«, erwiderte Hartmann.

»Es hat Probleme gegeben?«

»Probleme?«

»Erkundigungen wegen geöffneter Briefe.«

Hartmann wußte, es war eine Lüge: der Auftakt des Feilschens um eine höhere Bestechungssumme als bisher.

»Verdächtigt man Sie?«

»Kann sein. Weiß ich noch nicht.«

»Ich will sie mir wieder ansehen. Morgen.« Morgen war der Tag des Briefes aus Zürich.

Der Mann schüttelte bedenklich den Kopf. »Es wird zu gefährlich«, sagte er. »Ich glaube, ich sollte es nicht riskieren.«

Sollte er die Scharade beenden und den Mann zu seiner Einwilligung zwingen, indem er ihm drohte, seine bisherigen Verfehlungen zu enthüllen? Hartmann sah sich in der Kneipe um. Er war hier nur geduldet, geduldet wegen des Manns, der ihm gegenübersaß. Der Wirt interpretierte seine Bewegung als Aufforderung und trat an den Tisch.

»Bier«, bestellte Hartmann und sah den Postboten an.

»Whisky«, akzeptierte der Mann, der vorher Wein getrunken hatte. »Importierten Scotch.«

»Es ist wichtig für mich«, betonte Hartmann.

»Zu gefährlich«, beharrte der Mann. »Ich könnte meinen Job verlieren. Fünfhundert Dollar sind es nicht wert, einen Job zu verlieren.«

Wahrscheinlich war es mehr, als der Mann im Jahr verdiente, dachte Hartmann. »Sechshundert«, sagte er.

Der Mann stieß ein höhnisches Lachen aus. »Sie beleidigen mich.«

»Wieviel?«

»Tausend.« Er blinzelte, von seiner eigenen Forderung erstaunt, und konnte das schnelle, unsichere Lächeln nicht unterdrücken.

»Das ist viel Geld!« protestierte Hartmann.

Die Getränke kamen, und Hartmann sah Lippenstift am Rand seines Glases. Er schob es beiseite. Er wollte dringend in sein Hotel zurück und unter die Dusche.

»Es geht um meinen Beruf.«

»Siebenfünfzig könnte ich aufbringen.«

Erneut schüttelte der Mann den Kopf, aber diesmal war seine Ablehnung schwächer. »Es gibt Erkundigungen, ich sag' es Ihnen!«

»Siebenfünfzig«, wiederholte Hartmann.

»Ich muß drüber nachdenken.«

»Ich muß es wissen. Jetzt.«

Der Mann zuckte mit den Schultern, als machte er eine Konzession, die er später bereuen würde. »Achthundert?« versuchte er hoffnungsvoll.

»Siebenfünfzig.«

»Wäre es nicht wegen meiner Frau und der Operation, die sie braucht, würde ich es nicht tun.«

»Ich verstehe«, sagte Hartmann, um das Gewissen ins Spiel zu lassen.

»Sie ist sehr krank.«

»Das tut mir leid.«

»Sie wissen ja nicht, wie es ist, eine kranke Frau zu haben.«

»Nein«, pflichtete er bei. Derartige Bemerkungen brachten ihn schon lange nicht mehr aus dem Gleichgewicht.

Der Mann wartete, immer noch hoffnungsvoll.

»Siebenfünfzig«, wiederholte Hartmann.

Der Mann hob die Schultern, eine knappe Geste des Einverständnisses.

»Mein Hotelzimmer«, bestimmte Hartmann.

Wieder das zustimmende Schulterheben. Hartmann sah sich um. Er war immer noch Objekt allgemeiner Aufmerksamkeit. Die Qualität seines Anzugs war aufgefallen, ebenso wie die Tatsache, daß seine Uhr und der Siegelring aus Gold waren. Wahrscheinlich waren die Marktbewohner schon informiert.

»Können Sie mir ein Taxi bestellen?« fragte Hartmann.

Der Postbote blickte durch die Kaschemme und dann wieder zu Hartmann.

»Ich sollte Sie begleiten«, sagte er. Eine Investition muß man schützen.

»Ja.»

Der Mann blieb nahe bei ihm, als sie die Kneipe verließen, und Hartmann erkannte, daß es keine theatralische Schutzmaßnahme war. Beim Gedanken an die verpaßte Gelegenheit schien sich Mißmut in dem Raum breitzumachen, und in den wenigen Sekunden zum Taxi sah Hartmann, daß mehrere Gestalten unter den Wagen hervorgekommen waren.

Zurück im Hotel blieb er lange unter der Dusche, ohne sich darum zu kümmern, daß das Wasser auf den entzündeten Hautstellen brannte. Wenn er nach Wien zurückkehrte, würde er zum Arzt gehen, beschloß Hartmann.

Außer den Briefbögen hatte Hartmann Schreibpapier gekauft. Mehrere Versuche stufte er als untauglich ein, bis er schließlich einen Brief entworfen hatte, der ihn zufriedenstellte. Selbst dann dauerte es noch eine ganze Stunde, denn Hartmann war mit Schreibmaschinen unerfahren und mußte drei halbfertige Briefe auf Grund von Tippfehlern abbrechen. Schweizer Sekretärinnen machen wie die Banken, bei denen sie beschäftigt sind, selten Fehler.

Der Brief war nicht lang, aber Hartmann war zuversichtlich, daß er auf den ehemaligen Lagerkommandanten die beabsichtigte Wirkung hatte.

»Sehr geehrter Señor Lopez«, schrieb er, »ich bin angewiesen worden, Sie davon in Kenntnis zu setzen, daß das Guthaben, das monatlich zu Ihren Gunsten mit der Summe von $ 400 (vierhundert

US-Dollar) zu belasten wir ermächtigt waren, aufgelöst worden ist; der Grund sei Ihnen bekannt. Sollte sich in Zukunft die Gelegenheit ergeben, dürfen Sie versichert sein, daß wir gern bereit sind, für Ihre Interessen tätig zu werden.«

Hartmann kritzelte eine Unterschrift über dem maschinengeschriebenen Hinweis: »Vizepräsident, verantwortlich für Übersee-Konten«. Er las den Text mehrere Male, entschied, daß er besser als die vorhergehenden, längeren Versuche war, faltete das Papier sorgsam und steckte es in seine Aktenmappe.

Wie lange, fragte er sich, würde Fritz Lang brauchen, bis er floh?

»Irgendwas?«

»Nein«, antwortete Berman. Der fehlende Kontakt zu Hartmann beunruhigte ihn, aber er war entschlossen, nicht zuzulassen, daß Davidson Nutzen daraus zog.

»Ich meine, wir sollten erwägen, unsere eigenen Leute ins Spiel zu bringen.«

»Nein!« sagte Berman eindringlich. »Das könnte alles verderben. Um Herrgotts willen, geben Sie Hugo eine Chance.«

»Er hat sechs Wochen gehabt. Wieviel will er denn noch?«

»So lange es dauert«, kam Bermans prompte Antwort. »Er ist gründlich, er ist gut, und er ist präzise.«

»Aber er ist kein *Amerikaner*«, sagte Davidson.

»Nein«, pflichtete Berman ihm bei, um diese Eigenschaft sofort in seine Argumentation aufzunehmen. »Und genau deshalb setzen wir ihn auf diese Weise ein. Falls Hugo geschnappt wird, ist er ein einsamer Nazi-Jäger, der nach Rache für das strebt, was im Krieg passiert ist. Und wir sind außen vor, peinlichst sauber.«

»Eine Woche«, dekretierte Davidson unbeeindruckt. »Wenn sich in einer Woche nichts tut, will ich, daß mehr Leute hingeschickt werden. Klar?«

»Klar«, bestätigte Berman.

»*Amerikaner*«, betonte der Abschnittsleiter.

3

Hartmann war vor der verabredeten Zeit bereit. Er schob den Tisch näher ans Fenster, so daß jemand, der davorstand, den Rücken völlig zum Zimmer gewandt hätte, und legte das Geld in unsortierten Stapeln aus, damit das Nachzählen einige Konzentration erforderte.

Er schob den Tisch noch ein Stückchen, um ihn in die gewünschte Position zu bringen, und probte dann das Verhalten des Postboten, wie er es sich vorstellte, wobei er sich vergewisserte, daß jede Bewegung vom Bett unbemerkt bleiben würde.

Aus der Aktenmappe nahm er den Brief, den er letzte Nacht gefälscht hatte, schob ihn unter das gefaltete Laken und stellte sich dann neben die Tür, um seine Vorbereitungen zu begutachten. Das Klopfen kam zögernd, vor der vereinbarten Zeit, und als Hartmann die Tür öffnete, hastete der Mann ins Zimmer, ängstliche Blicke zurück in den Flur werfend, als erwartete er, verfolgt zu werden.

»Es war nicht leicht, hier reinzukommen«, beklagte sich der Mann.

»Aber Sie haben es geschafft«, erwiderte Hartmann. Er war auf den letzten Versuch, den Preis zu erhöhen, gefaßt gewesen.

»Es ist gefährlich ... Man kennt mich in der Stadt.«

»Das Geld ist dort drüben«, sagte Hartmann, der sich der Wirkung dieses Hinweises sicher war.

Die Augen des Manns weiteten sich angesichts der Geldhäufchen sichtlich, und seine Zunge bewegte sich zwischen den Lippen, als liefe ihm das Wasser im Munde zusammen. Der Anblick verscheuchte jeden Gedanken an ein erneutes Feilschen.

»Die Briefe!« sagte Hartmann und streckte fordernd die Hand aus.

Der Postbote, von dem Geld in Bann geschlagen, regte sich nicht.

»Die Briefe!« wiederholte Hartmann.

Wie schon bei den früheren Gelegenheiten war die Post mit einem Bindfaden zusammengeschnürt. Neben einigen Wurfsendungen fanden sich etwa sechs Umschläge. Hartmann nahm den kleinen Packen, löste die Schnur jedoch nicht.

»Zählen Sie das Geld!« meinte er einladend.

Langsam ging der Mann zum Tisch, blieb genau dort stehen, wo Hartmann es erwartet hatte, den Rücken zum Zimmer. Zögernd bewegten sich seine Hände über die Anhäufung von Banknoten, seine Lippen zuckten, während er leise zählte. Hartmann löste die Augen nicht von dem Mann, als er die Schnur aufknüpfte, aber der Panamaer war von dem Geld wie hypnotisiert.

Hartmann suchte nach dem Züricher Poststempel. Es war der vierte Brief, das Umschlagpapier war von besserer Qualität als der Rest. Hartmann prüfte das Siegel und schob ein Federmesser unter die Umschlagklappe, um sie zu öffnen. Das Papier riß an zwei Stellen ein, aber nur unwesentlich, und Hartmann vertraute darauf, die Beschädigungen kaschieren zu können, wenn er die Klappe wieder verschloß. Scheck und Bankauszug waren identisch mit denen, die er vorher gesehen hatte. Er zögerte, sah noch einmal prüfend zu dem Mann am Tisch, steckte dann Scheck und Auszug in die Tasche und ersetzte sie durch den Brief. Alles geschah sehr schnell. Die Gummierung war noch ausreichend, so daß er den Leim, den er eigens gekauft hatte, nicht zu benutzen brauchte. Er strich die Umschlagkappe glatt und konzentrierte sich auf die Risse. Sie waren völlig unsichtbar. Alles war bemerkenswert leicht gewesen. Er erinnerte sich daran, was er vor Langs Büro gedacht hatte: ein Auftrag unter günstigsten Begleitumständen.

Als der Mann sich umdrehte, hatte Hartmann das Briefbündel wieder verschnürt. Die Jacke des Postboten beulte sich an den Stellen, wo er das Geld verstaut hatte.

»Danke«, sagte Hartmann und reichte ihm das Päckchen.

»Haben Sie nichts herausgenommen? Nur nachgeschaut?«

»Nur nachgeschaut«, versicherte Hartmann.

»Es gibt wirklich Nachforschungen.«

»Das haben Sie mir schon gesagt.«

»Es wird nicht mehr leicht sein.«

»Wir werden sehen«, sagte Hartmann. Es war besser, den Mann im Glauben zu lassen, es würde ein nächstes Mal geben.

»Ich bin spät dran.«

»Dann sollten Sie jetzt gehen.«

»Meistens bin ich abends in der Kneipe«, sagte der Mann hoffnungsvoll.

»Ich werde daran denken.«

»Vor zehn gehe ich selten.«

»Ich weiß.«

»Also dann, auf Wiedersehen.«

»Warten Sie!« Der Mann hatte die Tür erreicht und drehte sich um.

»Was ist?«

»Ich hab' meine Meinung geändert«, antwortete Hartmann. »Sagen wir achthundert.«

Gierig griff der Mann nach den zusätzlichen fünfzig Dollar, und Hartmann betrachtete ihn mitfühlend. Er hatte sich auch einmal so verängstigt gewunden, fiel ihm ein. Und hatte Sachen an seinem Körper gehortet, so wie der Mann versuchte, das Geld zu verstecken: meist Nahrungsmittel. Es hatte immer Bedürfnis nach zusätzlichen Nahrungsmittel gegeben. Manchmal auch Geld. Und sogar kleine Schmuckstücke, die er hatte stehlen können, wenn er die Leichen entkleidete oder die Viehwaggons säuberte. Bei einer Gelegenheit während der ersten Wochen, bevor er seine Sonderstellung erhielt, hatte Hartmann sich aus der Vernichtungsreihe herauskaufen können, indem er dem Wächter eine kleine diamantene Krawattennadel gab.

»Danke«, sagte der Mann übereifrig.

»Sie haben's sich verdient«, sagte Hartmann. Armer Kerl, dachte er.

Er schloß die Tür hinter dem Mann, vergewisserte sich automatisch, daß der Riegel eingerastet war, hob dann die Aktenmappe aufs Bett und breitete auf dem Laken seine Beweisstücke dafür aus, daß José Lopez, panamaischer Immobilienmakler, Fritz Lang war, ehemals Lagerkommandant in Bergen-Belsen. Die Scheckbuch-Abschnitte waren durch den Vergleich mit der Originalhandschrift der positivste Beweis; und das frühe Paßfoto, als die Operation erst kurz zurücklag und Langs Gesichtszüge unter mikroskopischer Vergrößerung leichter zu unterscheiden waren. Das Schweizer Konto machte neugierig, gab aber keinen Hinweis auf die wahrscheinliche Quelle, die gewiß aus den nahezu unerschöpflichen Finanzmitteln der Nazis genährt wurde.

Eingehend betrachtete er den Papierfetzen, auf dem »Eros« und »1980074« standen, dann nahm er die örtlichen Bankauszüge mit der korrespondierenden Nummer. Ein Nebenkonto, das dem Nazi-Zahlmeister mit Zugang zu dem Konto in Zürich unbekannt war? Die wahrscheinlichste Erklärung, schloß Hartmann. Erneut nahm er den abgelaufenen Paß in die Hand. In den ersten Jahren nach Langs Ankunft in Panama hatte es reichlich Besuche in New York gegeben. Damals mußte er noch sehr nervös gewesen sein und sich ängstlich darum bemüht haben, eine weitere Fluchtroute vorzubereiten.

Hartmann wandte seine Aufmerksamkeit wieder auf den Papierfetzen und die Bankauszüge. Er würde sie dem Dossier für Peter Berman nicht beifügen. Auch ohne sie hatte er genügend Beweise.

Da es noch früh war, konnte er das Fernmeldeamt erreichen, bevor es richtig heiß wurde. Er erinnerte sich an den Fehler vom Vortag und zog diesmal die Weste aus. Ohne sie fühlte er sich auf merkwürdige Weise unvollständig bekleidet, so als wäre der Reißverschluß seiner Hose offen. Er wählte die Botschaft in Paris unter der Nummer an, die Berman signalisierte, daß er von einem öffentlichen Fernsprecher anrief. In ihrem Gespräch würde dann jede Verfänglichkeit unterbleiben.

»Gott sei Dank, daß Sie anrufen.

»Was ist denn los?«

»Es ist sechs Wochen her!«

»Ich mußte sicher sein.«

»Keine Kritik von mir. Es hat hier ein wenig Druck gegeben.«

»Er ist es«, berichtete Hartmann. »Ich habe eindeutige, unbestreitbare Beweise.«

Berman antwortete nicht sofort. Zehntausend Kilometer von der schwülwarmen Telefonzelle entfernt, in der Hartmann stand, blickte Berman durch das Fenster der Botschaft über die geordneten, winterkalten Straßen der französischen Hauptstadt und fühlte, wie sich die Erleichterung geradezu körperlich in ihm breitmachte. Jetzt freute er sich auf die Begegnung mit Davidson.

»Sind Sie noch da?« fragte Hartmann.

»'tschuldigung«, sagte Berman. »Hab' nur nachgedacht. Was haben Sie gemacht?«

»Sie haben mich instruiert, ihn dazu zu bringen, die Flucht zu ergreifen«, erinnerte Hartmann ihn.

»Wann?«

»Weiß ich nicht. Ich möchte, daß Sie darauf vorbereitet sind.«

»Wohin?«

»Schweiz, nehme ich an.«

»Überprüfen Sie seine Abreise?«

»Selbstverständlich. Es ist Zeit genug, sich in Position zu begeben. Aber ich hielte es für klug, in Zürich etwas vorzubereiten.«

»In Ordnung«, sagte Berman. »Ich bin Ihnen dankbar für das, was Sie getan haben.«

»Noch hat es nicht funktioniert«, warnte Hartmann.

»Es wird funktionieren«, sagte Berman zuversichtlich. »Sie haben fantastische Arbeit geleistet.«

Die Überwachung war vergleichsweise leicht zu arrangieren. Die Möglichkeit, daß Lang mit dem Wagen nach Panama fuhr, hatte immer bestanden, doch hatte Hartmann den Zug für die offensichtlichere Wahl gehalten, und er behielt recht. Er hatte sich in einem Lokal mit Blick auf Langs Büro postiert, falls der Mann doch ein Auto besteigen sollte, doch kurz vor Abfahrt des Mittagszugs kam er mit einer Reisetasche in der Hand heraus, wandte sich nach rechts und ging in Richtung Hafenbahnhof. Da er sich sicher war, welches Ziel der Mann ansteuerte, folgte Hartmann ihm nicht sofort und kaufte seine Fahrkarte erst kurz vor der Abfahrt. Im Zug verzichtete er darauf, Langs Abteil festzustellen.

Die Wagen waren sehr alt und abgenutzt, die Füllung quoll aus den Sitzen. Tierkot mischte sich auf dem Boden mit leeren Zigarettenschachteln und Brotpapier, und es roch nach Verfall und Staub.

Binnen kurzem verließen sie den hohen Schutzzaun, den die amerikanische Verwaltung am Kanal entlang errichtet hatte, und fuhren in den Dschungel hinein, der bis unmittelbar an die Gleise kroch. Ranken und Lianen bildeten zwischen den Bäumen ein Gitterwerk, in dem sich Vögel und Affen kreischend tummelten. Einmal glaubte Hartmann, ein größeres Tier zu sehen, aber es bewegte sich für eine genauere Identifizierung zu schnell und hinterließ nur schwankende Palmwedel. Als der Kanal wieder in Sicht kam, war er über die ersten Schleusen zu dem ruhigen Mittelabschnitt angestiegen, der sich zu breiten Seen weitete. Später verengte er sich wieder vor den Schleusen, die die Anpassung zwischen den unterschiedlichen Höhen von Atlantik und Pazifik vollendeten. Langschnäblige Wasservögel stolzierten mit majestätischer Verachtung zwischen den Schilfpflanzen, und an der Reling eines wartenden Schiffs lehnte ein Mann, die Angelrute in den Händen. Der Anblick überraschte Hartmann, dem bisher sonderbarerweise noch nie der Gedanke gekommen war, daß sich Fische im Kanal befänden. Wie um ihn Lügen zu strafen, begann der Mann, etwas an Bord zu ziehen. Hartmann war zu weit entfernt, um zu erkennen, was es war.

Alle Fenster standen offen, um nur möglichst jeden Lufthauch zu erfassen, und ständig wurden ihm Moskitos und Fliegen ins Gesicht geweht, die er mit wedelnder Hand abzuwehren versuchte. Er fühlte sich feucht und unbehaglich; es wäre eine Wohltat, in die Kühle Europas zurückzukehren. Und zu Rebecca. Seit er fort war, hatte er sich nur selten einen Gedanken an Rebecca gestattet, aber jetzt war sein Auftrag fast vorbei. Bald würde er heimkehren. Zu der Frau, die er liebte.

Beim Ausstieg in Panama war Hartmann wachsamer, stand schon an der Tür, als der Zug in den Bahnhof rollte, und war einer der ersten, die durch die Sperre gingen. Am Taxistand war das übliche Gedrängel, und Hartmann gelang es nicht, den Wagen direkt hinter dem Nazi zu ergattern. Zum Glück bildete sich eine Schlange, und zwischen ihnen waren nur knapp fünfzig Meter. Hartmann tippte auf den Flughafen, saß aufrecht im Taxi und beobachtete den Wagen vor ihnen, um jede unerwartete Richtungsänderung sofort zu bemerken. Erneut hatte er richtig vermutet.

Hartmann war etwa zwanzig Meter entfernt, als der Deutsche das Flughafengebäude betrat. Lang ging zum Varig-Schalter, und Hartmann blieb vor der Abflugtafel stehen, um die möglichen Flüge herauszusuchen. Einer nach New York, einer nach Buenos Aires, ein dritter nach Istanbul. Der Istanbul-Flug hatte einen Zwischenstop in Zürich. Er suchte sich eine geschlossene Telefonzelle, um den Flughafenlärm auszuschließen. Lang handelte zu schnell, um einen anderen

Namen als den in seinem panamaischen Paß zu verwenden, schätzte Hartmann. Als die Verbindung mit der Varig-Fluginformation zustande gekommen war, bestätigte man ihm, daß ein J. Lopez für die Istanbul-Maschine bis Zürich gebucht hatte.

Hartmann ging zum Flughafen-Postamt und rief Peter Berman an. Trotz des Zeitunterschieds tat der CIA-Mann noch Dienst in der Botschaft.

»Volle zehn Stunden, um uns in Position zu bringen«, sagte Berman begeistert.

»Ja.«

»Wie schon gesagt, Hugo, fantastische Arbeit.«

»Danke.«

»Bringen Sie den Bericht auf dem Rückweg nach Wien vorbei?«

»Ja.«

»Ich erwarte Sie.«

Hartmann blieb an der Sperre, bis Lang das Flugzeug bestiegen hatte, dann ging er zum PanAm-Schalter und ging mit dem Angestellten die Linienflüge durch. Um Mitternacht flog eine Maschine nach Madrid mit Anschlußmöglichkeit nach Frankreich. Das war ebenso angenehm wie eine direkte Verbindung nach Wien. Hartmann entschied sich für das bequemste verfügbare Taxi, einen Mercedes. Die Rundfahrt nach Cristobal, um sein Gepäck abzuholen, dauerte vier Stunden. Die elektrische Schreibmaschine ließ er im Zimmer zurück. Sie würde gewiß schleunigst in eine Prämie für nicht existenten Service umgewandelt werden.

Weil seine Diabetes erforderlich machte, daß er regelmäßig aß, ging er ins Flughafenrestaurant und speiste mehr aus Notwendigkeit als mit Genuß. Da ihm noch Zeit blieb, rief er David in Conneciticut an.

»Ihr geht es immer noch genauso wie bei deinem letzten Anruf«, sagte sein Sohn. Im Hintergrund waren Geräusche, Hartmann vermutete, daß es sich um eine Party handelte.

»Also keine Besserung?«

»Wäre es so, hätte ich es dir gesagt.«

»Im Laufe des morgigen Tags müßte ich in Wien sein.«

»Ich werde dran denken. Ich muß jetzt Schluß machen.«

»Ich bin in Mittelamerika«, sagte Hartmann. »Falls erforderlich, könnte ich kommen.«

Die Antwort kam nicht sofort. David hatte die Hand über die Sprechmuschel gelegt und unterhielt sich mit jemandem.

»Was?« fragte sein Sohn schließlich.

»Ich könnte nach Connecticut kommen. Soll ich?«

»Nein.« Die Ablehnung kam sehr rasch.

»Es besteht also keine unmittelbare Gefahr?«

»Kein Gedanke.«

»Ich rufe morgen an.«

»Möglichst nicht zur Dinnerzeit.«

»Tut mir leid.«

Sollte er Rebecca anrufen und ihr sagen, daß er auf dem Weg nach Hause war? Sie hatte es lieber so, weil sie, wie sie sagte, Überraschungen nicht mochte. Von Paris aus hätte er noch ausreichend Gelegenheit dazu. Er sah zu den Souvenirläden und war sich nicht sicher, ob er ihr ein Geschenk kaufen sollte. Es war alles Plunder, entschied er schließlich – Touristenkram. Besser er wartete, bis er nach Wien zurückkam. Er sehnte sich danach, sie wiederzusehen. Er wartete, und unvermeidlich kam es, das wiederkehrende Schuldgefühl, weil er eine andere Frau liebte, während Gerda komatös und bewußtlos in einer psychiatrischen Klinik lag. Arme Gerda. Und arme Rebecca. Sie war in all den Jahren sehr verständnisvoll gewesen. Manchmal fürchtete er, sie würde einen anderen finden und ihn verlassen.

Davidson nahm selten an Feldoperationen teil, aber er hatte darauf bestanden, Berman von Paris aus zu begleiten. Sie hatten Leute aus Frankfurt und Rom zur Unterstützung herangezogen und setzten insgesamt dreißig Agenten ein, um den Flughafen abzudekken und die Überwacher abwechseln zu können, damit Lang sie nicht entdeckte. Berman hätte jemand anderen beauftragen können, aber er wollte den Wagen und Davidsons Gegenwart verlassen, deshalb hatte er persönlich geprüft, ob der Varig-Flug planmäßig eintraf.

»Nun?« fragte der Abschnittsleiter, als Berman wieder ins Auto stieg.

»Pünktlich.« Berman, der zweimal täglich duschte und sogar Fußdeodorant benutzte, bemerkte, daß Davidson an Körpergeruch litt. Er drehte das Fenster herunter.

»Was schlagen Sie vor?«

»Enge Überwachung bis es zum Kontakt kommt. Wenn er aus einer Bank kommt und Dokumente bei sich hat, holen wir uns die sofort.«

Davidson nickte. »Mein Gott! Stellen Sie sich nur vor, welche Wirkung wir damit in Moskau erzielen könnten!«

»Es wird herrlich«, pflichtete Berman ihm bei. Aber Davidson würden alle Verdienste angerechnet werden, mutmaßte er mürrisch. Der Scheißtyp war ein eindeutiges Hindernis in seiner Laufbahn.

Einer der Männer, die Berman im Flughafengebäude postiert hatte, erschien am Eingang.

»Es ist gelandet«, sagte Berman.

Beide stiegen aus dem Wagen und betraten das Ankunftsgebäude. Berman überprüfte die Position seiner Männer und wartete auf den Kommentar seines Vorgesetzten.

»Sieht okay aus«, sagte Davidson mit leichtem Widerwillen in der Stimme.

Die förmliche Ankündigung kam mit metallischer Stimme über den Lautsprecher, und sie beobachteten, wie sich die Symbole auf der großflächigen Anzeigetafel drehten, um die Landung zu registrieren. Ihnen war es gelungen, drei Mann in den Zollbereich zu bekommen und damit eine Kommunikationslinie zu schaffen, so daß Berman erwartete, deutlich vor Langs Ankunft gewarnt zu werden. Nach fünfzehn Minuten erschienen die ersten Varig-Passagiere auf dem Gleitband, das die Ankunftsbrücken mit dem Hauptgebäude verbindet.

»Irgendein Zeichen?« fragte Davidson nervös. Er hätte es im selben Moment wie Berman gesehen.

»Nein«, antwortete der Jüngere.

»Er läßt sich Zeit.«

Berman wollte darauf nichts erwidern. Etwa hundert Menschen waren herausgekommen, als Berman einen seiner Agenten auf dem Gleitband sah. Mit starrem Blick wartete er auf einen Hinweis, aber der Mann blieb ausdruckslos.

»Was ist?« fragte Davidson, als der Agent sich näherte.

»Wie soll ich das wissen?« fragte Berman gereizt zurück.

»Er war nicht in der Maschine«, meldete der Mann, der sie in diesem Augenblick erreichte.

»Er ist eingecheckt worden«, sagte Berman.

»Er ist nicht gelandet«, meldete der Mann schlicht.

»Er hat Sie geschlagen«, sagte Davidson neben ihm. »Der Schweinehund hat Sie geschlagen.«

Berman wandte sich zur Seite. Ihn erstaunte die Geschwindigkeit, mit der der Abschnittsleiter reagierte, um jede Verantwortlichkeit zu vermeiden.

»Weil Sie es nicht richtig gemacht haben«, fuhr Davidson fort. »Weil Sie darauf bestanden haben, Hugo Hartmann einzusetzen.«

4

Sie waren in fast absolutem Schweigen zur Botschaft in Bern gefahren. Der einzige Wortwechsel mit Davidson klang unheilvoll wie eine Sprechprobe für die Beschwerde, die der Abschnittsleiter nach seiner Rückkehr in die Vereinigten Staaten vorbringen würde. Ein Funkraum wurde ihnen in der Botschaft zur Verfügung gestellt, und Davidsons erste Handlung bestand darin, die Zentrale in Langley anzurufen und um ein Gespräch mit dem Direktor persönlich zu bitten. Er war nicht erreichbar, aber Davidson bekam den Stellvertreter. Es sei eine Katastrophe gewesen, berichtete Davidson. Er bemühte sich, die Situation zu retten und Lang aufzuspüren, habe aber nicht viel Hoffnung. Ursache war einzig und allein ein lokaler Fehler, über den er nach seiner Rückkehr ausführlich Bericht erstatten werde.

»Danke«, sagte Berman bitter, als Davidson das Telefon auflegte.

»War es etwa kein Fehler?« fragte Davidson eindringlich.

»Ich hätte etwas Unterstützung erwartet«, protestierte der Jüngere.

»Ein Agent hätte an Bord des Flugzeugs sein müssen. Es war Irrsinn, ihn allein fliegen zu lassen.«

Davidson hatte recht, gestand Berman sich ein – was seine Kritik in Langley, wie immer sie auch ausfallen mochte, höchst stichhaltig machen würde. Scheiße!

»Gibt es eine Möglichkeit, mit Hartmann Kontakt aufzunehmen?« wollte Davidson wissen.

»Ich glaube nicht.«

»Herrgott!« explodierte Davidson. »Welche Art von Operation leiten Sie hier eigentlich?«

»Er wird irgendwann morgen in der Botschaft in Paris sein.«

»Fantastisch! Das gibt Lang vierundzwanzig Stunden, sich in einem kleinen Versteck einzubuddeln, das er in den ganzen Jahren vorbereitet hat.«

»Wir werden bald wissen, wo er von Bord gegangen ist. Vor Zürich gab es nur drei Zwischenstops«, sagte Berman, der Männer am Flughafen zurückgelassen hatte, um bei der Luftfahrtgesellschaft nachzuforschen.

»Es wird hoffnungslos sein«, sagte Davidson voraus.

Einer der Männer, die mit ihnen im Flughafen gewesen waren, kam mit Kaffee herein, und beide Männer verstummten, bis er wieder draußen war.

»Wissen Sie, warum ich nach Europa gekommen bin?« fragte Davidson plötzlich.

Berman sah ihn abwartend an.

»Nicht nur wegen der Lang-Sache«, fuhr der Abteilungsleiter fort. »Wegen eines Eignungsberichts. Sie sind für den Beförderungsausschuß fällig.«

»Ich weiß.«

»Wird jetzt wohl nicht mehr so gut aussehen, oder?«

»Nein«, sagte Berman.

»Sie haben's vermasselt, Peter.«

Bald würde, das wußte Berman, die Verhaltensvariante »gönnerhafte Enttäuschung« folgen.

»Es war unmöglich vorherzusehen«, versuchte er es verzweifelt.

»Es ist der älteste Trick aus dem Lehrbuch!« wies Davidson seinen Einwand zurück. »Offen ein Ticket nach irgendwohin kaufen und unterwegs aussteigen. Man verstößt nicht einmal gegen die Vorschriften der Fluglinie!«

Er hätte tatsächlich zum Schluß jemanden nach Panama schicken sollen, um Hartmann zu unterstützen, ging es Berman durch den Kopf. Jetzt schien das mehr als naheliegend.

»Wir können eigentlich alle nach Hause schicken«, sagte er.

»Nichts überstürzen!« wandte Davidson ein. »Warten wir erst einmal ab, ob wir herausfinden können, wo er ausgestiegen ist.«

Je mehr Menschen beteiligt sind, umso größer ist die Chance, die Fehler aufzuteilen, entschied Berman. »In Ordnung«, sagte er.

»Was hat Hartmann herausgefunden?«

»Er sprach von Beweisen.«

»Was?«

»Es war keine sichere Leitung. Er konnte es nicht offen sagen.«

»Lang wird jede Spur abdecken. Es wird uns nichts mehr nützen.«

»Das wissen wir erst, wenn wir Hugo getroffen haben«, sagte Berman trotzig.

»Wenn *Sie* Hugo getroffen haben«, korrigierte Davidson.

Gefahr durch persönlichen Umgang, mutmaßte Berman. In politischen Intrigen war Davidson sehr bewandert. Vielleicht war das etwas, was man in Washington lernte.

»Trotzdem war er der richtige Mann dort«, beharrte Berman.

Davidson sah den anderen verächtlich an, sagte jedoch nichts. Das Telefon schrillte ins Zimmer hinein, und Berman griff begierig danach, unterbrach seine Bewegung dann aber respektvoll. Davidson war sitzengeblieben und hatte darauf gewartet, daß er sich an die Rangordnung erinnerte.

»Entschuldigung«, sagte Berman.

Der Abschnittsleiter nahm den Hörer und nannte seinen Namen. Er sprach, ohne etwas von dem Zwiegespräch erkennbar werden zu lassen, und sein Gesicht blieb ausdruckslos; wahrscheinlich noch so ein Trick, den man im Hauptquartier trainierte. Davidson schwieg, als er den Hörer aufgelegt hatte.

»Nun?« drängte Berman ungeduldig.

»Mexiko City«, sagte Davidson knapp.

»Mist!« fluchte Berman. Das bedeutete, der Mann hatte optimale Chancen, weiterer Verfolgung zu entgehen.

»Und er hat erneut gebucht.«

Zum ersten Mal fiel Berman die Unsicherheit des anderen auf.

»Das begreife ich nicht«, fuhr Davidson fort. »Der Varig-Computer hat gespeichert, daß Lang in Mexiko City ausgestiegen ist und vor zwei Stunden einen anderen Flug bestätigt hat.« Er lächelte zu Berman hoch. »Nach Zürich!«

Endlich ließ Davidson die Verbindung nach Langley herstellen. »Und diesmal bleiben wir am Ball«, sagte er. Weil es sich um eine Botschaftsschaltung handelte, kam die Verbindung sofort zustande. Während Davidson redete, ging Berman unruhig auf und ab; in einem Zimmer mit dem Mann, der Körpergeruch hatte, spürte er eine vage Klaustrophobie.

»Wir können loslegen«, sagte Davidson hinter ihm triumphierend.

Berman wandte sich um. »Gut«, sagte er.

»Was bedeutet das?« fragte Davidson.

Berman musterte den Mann. Erst die Meinung aller Beteiligten einholen, dann den besten Vorschlag als eigenen ausgeben, dachte er.

»Ein Test, um zu sehen, ob er verfolgt wird?« rätselte Berman.

»Möglich«, meinte Davidson. »Aber eher unwahrscheinlich, würde ich sagen.«

»Was dann?«

Daß er selbst eine Meinung äußern sollte, schien Davidson Mißbehagen zu bereiten. »Ein Treffen?« sagte er.

»Mit wem? Und zu welchem Zweck?«

»Hätten Sie jemanden an Bord gehabt, würden wir die Antwort vielleicht wissen«, erwiderte Davidson rasch.

»Es paßt nicht zusammen«, sagte Berman. »Wenn er zu fliehen versucht, dann würde er sich so schnell wie irgend möglich bewegen. Warum sollte er eine nachrecherchierbare Reise um über zehn Stunden unterbrechen?«

»Weil in Mexico City jemand ist, den Lang als wichtig betrachtet – als so wichtig, daß er sich Rat holt.«

»Wir haben gute Karten«, entschied Berman plötzlich.

»Wieso?«

»Weil wir von dem Zwischenstop wissen. In einer Vernehmung können wir ihn dazu bringen, uns zu verraten, worum es dabei ging.«

Davidson nickte. »Vielleicht«, sagte er. »Sie haben Glück gehabt.«

»Glück?«

»Daß wir ihn so schnell wieder aufgespürt haben. Vor dreißig Minuten sah es gar nicht so gut für Sie aus.«

»Großes Glück«, sagte Berman. Er meinte es sarkastisch, aber Davidson wollte ihn lieber mißverstehen. »Sie sollten es ruhig glauben«, sagte er.

»Wenn es eine Gruppe von Nazis in Mexico City gibt, dann haben wir durch den Verlauf der Dinge sogar noch gewonnen«, sagte Berman, der sich bereits seine Verteidigung für Langley zurechtlegte.

»Der Gedanke ist mir auch schon gekommen«, versicherte Davidson. »Wir setzen einen Mann dort auf den Varig-Flug und ziehen ein Team aus Washington heran.«

Was sich in Davidsons Akte in guten Noten für prompte Lagebeurteilung und Planung niederschlagen würde. Der Mann war entschlossen, einen persönlichen Triumph daraus zu machen.

»Wieviel Zeit haben wir?« fragte Berman.

Davidson schaute auf seine Armbanduhr. »Fünf Stunden.«

»Ich versuche ein wenig zu schlafen«, sagte Berman. Es gelang ihm nicht. Die Feldbetten in der Botschaft waren unbequem, und er mußte sich den Raum mit vier anderen teilen, deren Geräusche und Bewegungen ihn ständig störten, so daß er schließlich, anstatt sie zu ignorieren, mit offenen Augen dalag und geradezu auf sie wartete. Die Operation, das wußte Berman, war entsetzlich gewesen. Selbst die Chance zur Korrektur, die sie jetzt zu haben schienen, würde Davidsons Eignungsbericht nicht beeinflussen. Der Abschnittsleiter bemächtigte sich selbst dieser Chance, weil er sie als Garantie dafür ansah, sich aus der Sackgasse herauszumanövrieren und zudem noch Anerkennung zu finden.

Berman stand vor allen anderen auf, entschlossen, der erste im Duschraum zu sein. Er war einer der wenigen, die die Voraussicht gehabt hatten, in einer Umhängetasche ein sauberes Hemd und frische Unterwäsche mitzubringen. Davidson schien nicht zu schlafen versucht zu haben, und ganz sicher hatte er seine Kleider nicht ausgezogen. Der Anzug fältelte sich wie ein Akkordeon um seinen Körper, und auf seinem Kragen zeichnete sich ein Schweißstreifen wie eine Hochwassermarkierung ab. Auf der Fahrt nach Zürich gelang es

Berman, eine halbe Stunde mit offenem Fenster zu fahren, bevor Davidson sich beklagte und ihn zwang, es zu schließen und sich mit ihm ohne Durchlüftung einzuschließen.

Es war ein Frühflug. Der Flughafen war nahezu leer, was die Überwachung erleichterte. Davidson war einverstanden, die Leute wie am Vortag zu postieren, so daß keine weitere Einsatzbesprechung erforderlich war.

»Gut, daß wir sie nicht nach Rom und Frankfurt zurückgeschickt haben«, sagte Davidson.

»Ja«, stimmte Berman zu. Noch eine kritische Anmerkung im Bericht.

Das Grau der Morgendämmerung klammerte sich noch an den Flughafen und die Berge dahinter. Der See lag im Nebel verborgen, weißliche Schwaden ballten sich wie Sahneverzierungen auf einer Torte.

»Sieht öde aus«, urteilte Davidson.

»Manchmal ist es recht hübsch hier.«

»Ich mag die Schweizer nicht. Alles schließt abends um acht, damit sie Zeit haben, ihr Geld zu zählen.«

»Darauf verstehen sie sich.«

»Sie scheinen kaum einmal zu lachen.«

»Geldzählen ist eine ernsthafte Tätigkeit.«

Das Signal vom Eingang kam wie am Abend vorher.

»Hoffen wir, daß wir diesmal mehr Glück haben!« sagte Berman, als er aus dem Wagen stieg.

»Es wird klappen«, sagte Davidson. »Ich habe es organisiert.«

Berman war nervöser, als er erwartet hatte. Und sicherlich nervöser als beim ersten Mal. Es hatte nichts mit Lang zu tun, sondern mit seinem Wissen darum, wie schlimm er versagt hatte.

»Sie haben ihn«, murmelte Berman, der ohne Grund leise sprach. Lang war immer noch über dreihundert Meter entfernt, identifiziert von zwei CIA-Männern, die sich direkt hinter ihm auf dem Gleitband postiert hatten.

»Völlig unauffällig, der Dreckskerl«, sagte Davidson.

»Vielleicht sind die SS-Uniform und das Hakenkreuz in einem Bankschließfach«, sagte Berman.

»Vielleicht«, pflichtete Davidson ernsthaft bei.

Berman seufzte. Sarkasmus war zwecklos.

Die Operation war perfekt koordiniert. Die CIA-Männer schlossen einen Ring um Lang, aber so unauffällig, daß er es in der Menge der Flugpassagiere nicht bemerkte. Im Auto auf dem Parkplatz und der

Straße warteten Agenten, die von einem Mann in der Uniform eines Flughafenbeamten über das Geschehen informiert wurden. Er sprach in ein Handfunkgerät, das mit den Geräten des Flughafenpersonals übereinstimmte.

»Habe ich nicht gesagt, daß es klappt?« fragte Davidson rhetorisch. »Wir holen besser den Wagen.«

Lang blieb auf dem Gehweg direkt vor dem Ausgang stehen und blickte sich angestrengt um, als suchte er etwas. Als er es anscheinend nicht zu finden vermochte, ging er ungeduldig zuerst nach links, dann in die andere Richtung, blieb in plötzlichem Erkennen stehen und ging zwischen zwei Taxen hindurch auf den Platz für Kurzparker zu.

»Ist jemand für ihn da?« fragte Davidson, dem der Blick durch ein anderes Fahrzeug versperrt war.

»Glaube ich nicht«, antwortete Berman, der angestrengt hinüberspähte. »Es ist ein Mercedes . . . ein roter Mercedes.«

Lang zögerte, als er den Wagen erreichte, und prüfte das Kennzeichen. Ein kurzes Lächeln erschien auf seinem Gesicht. Er warf die Reisetasche auf den Rücksitz und legte sorgfältig den Sicherheitsgurt an, bevor er den Wagen startete.

Nach späteren Schätzungen waren mindestens vierzig Pfund Sprengstoff in den Mercedes gepackt worden. Die Explosion zerstörte ihn völlig. Das Chassis, das als einziger identifizierbarer Teil übrigblieb, flog in einem neun Meter hohen Bogen durch die Luft und zerquetschte ein anderes Auto, das fünfzehn Meter entfernt stand. Die meisten Glasscheiben des Flughafengebäudes wurden eingedrückt, obwohl einige von ihnen als bruchsicher galten, und ein Gebäudereiniger des Flughafens, dessen Halsschlagader durchtrennt wurde, verblutete, bevor jemandem das Ausmaß seiner Verletzung auffiel. Die CIA-Leute, die Lang in möglichst kurzem Abstand gefolgt waren, wurden auf der Stelle getötet, und zwei weitere, die ihren Wagen in Verfolgerposition hatten bringen wollen, wurden zu Krüppeln gemacht; der Fahrer wurde durch die Splitter der Windschutzscheibe für immer blind, sein Begleiter vom Knall der Explosion taub.

Die Benzintanks zweier benachbarter Wagen explodierten sofort, und Treibstoff, der aus anderen, aufgerissenen Tanks auslief, entzündete sich. Bevor die Feuerwehr sie unter Kontrolle bekamen, hatten die Flammen zwanzig Fahrzeuge zerstört. Einhundert Menschen mußten im Krankenhaus behandelt werden.

Berman wandte sich hoffnungslos zu Davidson und merkte, daß er nicht hören konnte, was der Mann sagte. Er begriff jedoch, daß es nur ein einziges Wort war und daß Davidson es immer wieder aussprach.

»Allerdings«, sagte Berman, der nicht einmal seine eigene Stimme zu hören vermochte. »Scheiße!«

Bisher hatte Berman die körperliche Fitness eines Mannes ausgestrahlt, der jeden Morgen im Bois de Boulogne joggte und dreimal die Woche auf der Seine ruderte. Heute machte er einen kranken Eindruck. Sein Gesicht war bleich, und er konnte das schnelle, nervöse Zwinkern nicht stoppen, was ihn so verlegen machte, daß er ständig die Augen mit der Hand bedeckte, als wollte er sich verstekken. Seine Trommelfelle litten noch unter den Nachwirkungen des Explosion, und er mußte sich anstrengen, um Hartmanns Worte zu verstehen.

»Lang ist in eine Falle gelockt worden«, sagte Berman. Er vermochte die Lautstärke seiner eigenen Stimme nicht einzuschätzen.

»Offensichtlich«, stimmte Hartmann zu.

»Aber von wem?«

Hartmann zuckte die Achseln. »Was haben Sie in Mexiko City herausgefunden?«

»Nichts«, antwortete Berman. »Absolut nichts.«

Der Amerikaner konzentrierte sich wieder auf das Material, das Hartmann aus Cristobal mitgebracht hatte. Er hatte es bereits eine ganze Stunde untersucht.

»Es *war* Lang«, sagte er.

»Ja«, pflichtete Hartman bei.

Berman versuchte, ihn über den Schreibtisch hinweg zu fixieren, aber das Blinzeln machte seine Bemühung zu einem komischen Auftritt.

»Ist das *alles*, was da war?« fragte er betont.

»Nur noch ein paar örtliche Bankauszüge, die keine Bedeutung hatten«, sagte Hartmann. Er hatte keinen zwingenden Grund, die Information über den Papierfetzen mit dem Wort »Eros« und der Zahl darauf zurückzuhalten. Es geschah instinktiv, so wie das Horten von Nahrungsmitteln oder das Bestehlen von Leichen im Lager. Und es war New York, nicht Mexiko City.

»Ganz sicher?« fragte Berman drängend.

»Was soll sonst noch dagewesen sein?«

»Wir dachten . . .« begann der CIA-Mann und brach ab. »Vielleicht etwas über Kontakte während des Kriegs«, sagte er schließlich. »Etwas, das uns hätte nutzen können.«

»Nichts«, versicherte Hartmann erleichtert. Er ärgerte sich über sich selbst, weil er das Gekritzel in dem Paß nicht erwähnt hatte, aber es war zu spät. Wenn er es in diesem Stadium präsentierte, würde das den Verdacht des Amerikaners erregen, und das zu vermeiden, war wichtig. Bislang war noch keine der beiden Seiten neugierig geworden.

»Verdammt!« fluchte Berman und legte die Hände vors Gesicht, als habe er Kopfschmerzen. »Mir schaut ein Abschnittsleiter über die Schulter«, sagte Berman, mehr zu sich selbst als zu dem anderen. »Es war katastrophal.«

Hartmann erinnerte sich, daß Berman sehr ehrgeizig war. Einmal hatte er sogar mit der Hoffnung geprahlt, Direktor zu werden, obwohl dies traditionell ein politisch besetzter Posten war.

»Tut mir leid«, sagte Hartmann.

»Es ist nicht Ihr Fehler«, gestand Berman ein. »Ich hätte einen Mann in der Maschine plazieren müssen, als Lang Panama verließ.«

»In dem Moment schien es risikolos. Wir kannten seinen Zielort.«

»Davidson ist anderer Meinung.«

»Davidson?«

»Der Abschnittsleiter. Er sagt, ich hätte es verpfuscht. Dafür könnten sie mich rauswerfen.«

»Müßten Sie nicht im Krankenhaus sein?« fragte Hartmann. »Oder wenigstens ruhen?«

»Keine Zeit«, gab Berman zurück. »Davon muß ich mich erholen.«

»In Panama ist nichts mehr«, versicherte Hartmann erneut.»Auch nicht in Zürich. Es muß in Mexiko City sein.«

Berman nickte und zuckte zusammen, als hätte ihm die Bewegung Schmerzen bereitet. »Davidson fliegt hin. Herrje, der Mistkerl wird mich fertigmachen.«

»Ich kehre heute abend nach Wien zurück.«

»Klar«, sagte Berman und betrachtete wieder die Papiere aus Langs Safe.

»Es wäre nicht das Ende der Welt, wenn man aus dieser Branche rauskommt«, sagte Hartmann in dem Versuch, seinen Gegenüber aufzumuntern.

Blinzelnd blickte Berman auf. »Vielleicht nicht für Sie. Aber es geht um meine *Karriere*!«

»Ich habe schon mehrfach ans Aufhören gedacht«, sagte Hartmann aufrichtig. »Viel länger mache ich nicht weiter.«

Berman schien ihn nicht zu hören.

»Ich hoffe, Sie fühlen sich bald besser«, sagte Hartmann und stand auf.

Erneut blickte Berman von einem Schreibtisch auf. Hartmann bedauerte den Mann.

»Es wird lange dauern, sich davon zu erholen«, sagte der Amerikaner. »Sehr lange.«

Von der Botschaft ging Hartmann geradewegs zum »Ritz«. Nach dem Schmutz, in dem er während der lezten sechs Wochen gelebt hatte, genoß er das Hotel. Er bestätigte seine Buchung nach Wien und wollte, als er das Telefon in die Hand nahm, eigentlich Rebecca anrufen und sie von seiner Heimkehr informieren, doch dann änderte er seine Meinung und nannte statt dessen Davids Nummer in Connecticut.

»Ich bin froh, daß du anrufst«, sagte David ohne die gewohnte Feindseligkeit in der Stimme.

»Was ist los?«

»Mutter ist heute morgen gestorben.«

5

Ihre dezenten Anzüge waren am Vorabend aufgebügelt und unter Plastikhüllen aufbewahrt worden, ihre Hemden waren frisch gereinigt und gestärkt, ihre Schuhe auf Hochglanz poliert. Ruth, die an spezielle Kleidung für jede Gelegenheit glaubte und für ihre sechs Badeanzüge stets passende Strandtücher und Stirnbänder kaufte, hatte sich bis hin zu den schwarzen Strümpfen und dem Hut mit Schleier komplett neu eingekleidet. Jetzt, nach der Trauerfeier, saßen sie steif im Bestattungswagen, eingehüllt in geziemenden Kummer.

Im Moment des letzten Abschieds hatte Hartmann ungeachtet des Verhaltens, das sein Sohn ihm immer entgegengebracht hatte, in echter Trauer geweint. Davids Gefühle verletzten ihn nicht mehr. Früher einmal hatte er zu erklären versucht, um dem Jungen begreiflich zu machen, wie es gewesen war, aber das lag viele Jahre zurück. Jungen, selbst erwachsene Jungen mit akademischen Titeln in Psychiatrie von europäischen und amerikanischen Universitäten, brauchten Helden als Väter.

Hartmann bemerkte, wie Ruth den Schleier hob, um mit einem Taschentuch ihre Augen zu betupfen. Überrascht sah er, daß das Tuch schwarz umsäumt war. Wahrscheinlich hielt sie diese Geste für ebenso notwendig wie die passende Kleidung. Es mußte schwierig gewesen sein, ein solches Taschentuch zu finden.

»Es tut mir leid«, sagte David.

»Was?«

»Ich wollte dich wirklich rechtzeitig benachrichtigen. Es ging schneller, als irgend jemand für möglich gehalten hatte.«

»Ich verstehe.« Selbst am Ende hatte er sie noch enttäuscht, dachte Hartmann. Er hätte Davids Ablehnung ignorieren und von Panama aus hinfliegen sollen. Als er sie sechs Wochen vorher gesehen hatte, war bereits offensichtlich gewesen, daß sie im Sterben lag.

»Sie hatte keine Widerstandskraft mehr«, sagte David.

»Sie hat soviel gelitten.«

»Die Trauerfeier war nett«, sagte David.

»Ja«, sagte Hartmann. Wie konnte eine Bestattung nett sein? Ziemlich einfach, dachte er. Bei geziemendem Kummer, geziemender Würde und geziemenden Worten. Nicht so wie die Art von Tod, die er so oft kennengelernt hatte.

»Deiner Mutter hätte es gefallen«, fügte er hinzu. Mehr konnte er das Organisationstalent seines Sohnes nicht loben, ohne daß David ihn der Unaufrichtigkeit verdächtigt hätte.

»Ich weiß«, sagte der Jüngere. »Es war immer einer der Faktoren.«

»Faktoren?« fragte Hartmann im Bewußtsein, daß die Frage erwartet wurde. Er war sich nicht sicher, ob David ihn willentlich ständig beschuldigte oder ob es nach so langer Zeit unwillkürlich geschah.

»Die zu ihrer Krankheit beitrugen«, erklärte David. »Wir konnten die Erinnerung an die Reihen nackter Menschen niemals auslöschen ... die bestialische Brutalität rationalisierter Vernichtung ...«

»Sie hatte soviel zu vergessen«, sagte Hartmann. Es war eine ganz persönliche Bemerkung, die an niemanden im Auto gerichtet war, doch David nahm sie auf.

»Ja«, sagte er und blickte seinen Vater direkt an. »Soviel zu vergessen.«

Ruth zwischen ihnen bemühte sich um eine Ablenkung, schob die neue Handtasche auf ihrem Schoß zurecht und steckte das Taschentuch sorgfältig in eine Seitentasche. Es schien kein bißchen feucht zu sein.

»Wir haben mit dem Steinmetz gesprochen«, sagte sie hastig.

»Danke«, sagte Hartmann. »Ich lasse einen Blankoscheck hier.«

»Nicht nötig«, widersprach David knapp.

»Ich weiß«, erwiderte Hartmann geduldig. »Trotzdem würde ich gern dafür bezahlen.«

»Wie du wünschst«, sagte sein Sohn. Er schwieg einen Moment, sein Zögern war offenkundig gekünstelt. Dann zitierte er: »Geliebte und beweinte Ehefrau von Hugo Hartmann.«

»So hätte ich es gern«, stimmte Hartmann verbissen zu. Es war nur noch eine Stunde, allenfalls zwei. Er würde nicht reagieren. Er würde Gerdas Begräbnis nicht verderben, so wie er ihr alles andere verdorben hatte. Durchs Wagenfenster war die Landschaft Connecticuts mit abschmelzenden Schneestreifen und gelegentlichen sattgrünen Grasflecken zu erkennen. Winterharte Blumen, vermutlich Krokusse, leuchteten aus den zaunlosen Gärten wie Fahnen, die den anrückenden Frühling ankündigten. Gerda hatte Blumen gemocht. Nachdem sie im Lager als Favoritin ausgewählt war, hatte sie es riskiert, Gänseblümchen auf ihr Fensterbrett zu stellen. In einem Konservenglas, erinnerte er sich; Pfirsiche. Das Etikett war französisch beschriftet gewesen, verblichen und schwierig zu entziffern. Es stammte aus dem Lebensmittelvorrat in einem der Züge. Einmal hatte Klaus Reinhart ihr eine Rose gegeben. Aber er, Hartmann, hatte sie zu seiner Frau bringen müssen, wodurch die Geste auf die Bestialität der nackten Menschenreihen draußen reduziert wurde. Aber sie mußte sie trotzdem offen zeigen, alles hing davon ab, Reinhart zu erfreuen. Alles.

Der Wagen fuhr jetzt bergauf. Es war schwieriger, die Häuser zu sehen, die weiter auseinander standen und von neugierigen Highway-Blicken durch gärtnerisch angelegte Bäume abgeschirmt waren, welche in ihrer anscheinend wahllosen Anordnung starr wirkten. Hartmann wußte, sie befanden sich jetzt zwischen den 250000-Dollar-Häusern, in denen erfolgreiche Psychiater wie David lebten.

Die Limousine rollte in die Auffahrt, vorbei an den dichten Baumgruppen, dem gestutzten Rasen und dem gewalzten Tennisplatz. Am Hauseingang kam es zu einer unbehaglichen Pause. David beugte sich in den Wagen, um mit dem Bestatter zu sprechen, und Ruth war unsicher, ob von ihr erwartet wurde, daß sie ihren Schwiegervater ins Haus einlud. Als er sich wieder aufrichtete, schien David von der gleichen Unsicherheit befangen. Ohne eine Einladung auszusprechen, schloß er die Tür auf und betrat das Haus. Ruth schien verwirrt. Mit einer Hand bedeutete sie Hartmann, mit ihr zu kommen, mit der anderen machte sie halbherzige Bewegungen, als wollte sie ihn zurückhalten. Sie wirkte so, als wäre sie dabei, ein Verkehrsknäuel aufzulösen.

David war in den größeren Salon an der Rückfront des Hauses gegangen, nicht in den seitlichen mit Blick über die Tennisanlage. Aus dem Panoramafenster sah Hartmann den Swimming-pool, der zum Schutz gegen die Winterkälte noch mit dem gepolsterten Tuch abgedeckt war.

»Etwas zu trinken?« fragte David. Der Cocktailschrank war ein großer Globus, der sich in der Mitte teilte, um Flaschen und Gläser zugänglich zu machen. Der Gin war in Nairobi, der Scotch in Tahiti.

»Nein, danke«, sagte Hartmann.

»Ich habe eigentlich auch keinen Appetit.«

Ruth betrat das Zimmer. Sie hatte Mantel, Handschuhe und Schleierhut abgelegt. Das streng geschnittene Kostüm mit der weißen Rüschenbluse darunter sah aus wie eine Art Uniform. Den Bruchteil einer Sekunde spürte Hartmann die Magenverkrampfung, die ihn bei jeder Konfrontation mit einer Uniform befiel, selbst bei Zollbeamten oder Flughafenbediensteten und speziell bei Polizisten. Die Ärztinnen in den Lagerbordellen hatten sich so gekleidet. Ihnen oblag es sicherzustellen, daß die Offiziere sich nicht ansteckten; sie untersuchten die Frauen täglich, und wenn ein Resultat positiv war, behandelten sie die Frau nicht, sondern schickten sie in die wartenden Reihen draußen. Am Anfang, als es noch eine Rolle spielte, hatte Gerda sich nie dagegen wappnen können; die schwarzgewandeten Frauen hatten ihr immer Angst eingejagt, und Hartmann hatte ihre Furcht geerbt.

»Was ist?« fragte Ruth, der sein Gesichtsausdruck auffiel.

»Nichts«, meinte Hartmann entschuldigend. »Eine plötzliche Erinnerung.«

Um die Situation zu überspielen, zog er seine Brieftasche heraus und kritzelte seine Unterschrift auf einen Scheck der Chase Manhattan Bank.

»Hier«, sagte er und reichte das Papier seinem Sohn. »Für den Grabstein.«

David zögerte. Hartmann begriff, daß für seinen Sohn die Annahme des Schecks bedeutete, daß er auch die Inschrift akzeptierte. Ein Tribut, den David nicht nur für heuchlerisch hielt, sondern als Beleidigung seiner Mutter gegenüber ansah. Es war schwierig, sich daran zu erinnern, daß Gerda und er kurz nach ihrer Befreiung in der Zeugung Davids ein Streben nach Normalität gesehen hatten, die ihnen in den ersten Jahren ihres Ehelebens verweigert worden war. Während der Schwangerschaft war sie so leuchtend aufgeblüht wie die Blumen in Schnee, die er kurz vorher bei der Fahrt gesehen hatte. Damals hatte es nicht den geringsten Hinweis auf den späteren Zusammenbruch gegeben. Als jemand, der noch nie Hammer, Meißel oder Nägel benutzt hatte, formte er eine Krippe aus einer Apfelkiste. Und Gerda, die im verwöhnten Vorkriegs-Wien Handarbeit nur bei den Näherinnen gesehen hatte, die sich in dem Modesalon an der

Kärtner Straße unterwürfig um sie bemühten, hatte aus einem Bettlaken ein weißes Kleidchen mit passendem Kragen gemacht.

David ergriff den Scheck mit einer heftigen Bewegung, die seinen Protest überdeutlich betonte. Er ging zu dem Globus, öffnete ihn und goß aus dem Krug mit dem bereits gemixten Martini ein, der in Santa Lucia stand. Die ganze Zeit hielt er den Scheck zerknüllt in der Hand. Schließlich starrte er auf das Papier, als stände dort mehr als nur der Name seines Vaters geschrieben. Dann legte er den Scheck achtlos auf einen Kaffeetisch, und plötzlich wußte Hartmann, daß sein Sohn ihn niemals einlösen, sondern den Grabstein selbst bezahlen würde, um anschließend den Protest seines Vaters zu erwarten.

»Weißt du, sie war sehr glücklich«, sagte der Jüngere, zu seinem Vater gewandt.

»Das freut mich«, sagte Hartmann.

»Am Ende hatte sie überhaupt keine Erinnerung mehr an das Gewesene. In ihrem Kopf lebte sie vor, nicht nach 1943.«

»Bis 1943 war sie sehr glücklich«, erinnerte Hartmann sich. »Sie war sehr schön und sehr glücklich.«

»Und tapfer«, rief David ihm grausam ins Gedächtnis.

»Damals nicht«, korrigierte Hartmann. »Damals brauchte sie das nicht. Die Tapferkeit kam später. Und dann war sie sehr tapfer.«

Wie schon einmal im Auto schaltete Ruth sich ein.

»Bleibst du zum Dinner?« fragte sie. Sie wurde rot, und Hartmann war sich nicht sicher, ob es der Gedanke an die späteren Vorwürfe ihres Manns war oder die Verlegenheit wegen der offensichtlichen Leere dieser Einladung.

»Nein, danke«, erwiderte er. »Ich muß pünktlich am Flughafen sein.«

»Ganz sicher?« fragte sie, offenkundig erleichtert.

»Ganz sicher.«

»Ich nehme an, jetzt, da Mutter tot ist, sehen wir dich nicht mehr so oft«, sagte David. Es war mehr eine Feststellung denn eine Frage.

»Nein«, sagte Hartmann. »Das nehme ich auch an.«

Er betrachtete sie beide, so sicher in ihrem Reichtum, ihrer Geborgenheit, ihrer Zukunft, und fragte sich, ob es den unaufrichtigen Versuch gäbe, ihn zu weiterer Kontaktaufnahme zu ermuntern. Beide schwiegen.

»Danke, daß du dich in der Klinik so gut um sie gekümmert hast«, sagte Hartmann ehrlich. »Sie war sehr stolz auf dich. Ihre Familie hat Freud in Wien gekannt.«

»Sie war meine Mutter. Es war eine Selbstverständlichkeit«, sagte David.

»Natürlich«, sagte Hartmann. »Trotzdem, danke.«

Bei seinem letzten Besuch in der Klinik hatten Davids Schläfen zu ergrauen begonnen. Jetzt war sein Haar schwarz. Hartmann nahm an, es zu färben war für den stellvertretenden Leiter der renommiertesten psychiatrischen Klinik des Bundesstaats notwendig, ebenso wie die Nasenoperation wichtig gewesen war. Sie war nicht gelungen, die Narbe war sichtbar. Einmal hatte er gehört, wie sein Sohn sie als Folge einer Footballverletzung erklärte.

Er versuchte sich vorzustellen, wie David auf das mitternächtliche Klopfen reagiert hätte, auf das Klappern stahlbeschlagener Stiefel, die Stöße mit den Gewehrkolben, den Anblick, wie seine Frau mit groben Händen betastet wurde. Er hätte gekämpft, vermutete Hartmann. Genau wie er es versucht hatte, bis ihn ein Hieb mit dem Gewehrkolben in den Unterleib schreiend zu Boden geschickt hatte.

Nicht weh tun . . . bitte, nicht weh tun . . .

Die Worte hallten in seinem Kopf wider, ihr Klang war obszöner als alles, was er später in den Lagerbordellen mit ihrer Losung »Befriedigen oder sterben« miterlebt hatte. Seine Worte, sein Flehen, auf dem Boden der letzten Wohnung, in der er und Gerda sich drei Monate versteckt gehalten hatten, ständig in Angst vor einem Augenblick wie diesem. Er hatte, von ihrem Gelächter verspottet, zu ihr hinaufgeblickt und erwartet, in ihren Augen die Verachtung zu sehen, die David später so leicht gezeigt hatte. Und statt dessen hatte er das Mitleid gesehen, das ihren Ausdruck nie verlassen hatte, ganz gleich, was sie hatte tun müssen, um ihn am Leben zu halten.

»Wann geht dein Flugzeug?« fragte David drängend.

»Ja«, murmelte Hartmann. »Ich muß fort.«

Er erhob sich und stand vor den beiden, ohne zu wissen, wie er sich verabschieden sollte. Das war es also, akzeptierte er. Lebewohl. Den Grund für seine Besuche in Connecticut gab es nicht mehr. Und soweit es sie betraf, war er so tot wie die bedauernswerte, verkrüppelte Frau, die sie drei Stunden vorher begraben hatten.

»Ich werde das Grab von Zeit zu Zeit besuchen«, sagte er.

»Ja«, sagte David.

»Vielleicht rufe ich euch an, wenn ich hier bin.«

»Ja.«

»Nochmals, danke.«

»Sie war meine Mutter.«

»Vielleicht kannst du ein Foto schicken, wenn der Grabstein steht.«

»Ich versuch's.«

»Ich wäre dir dankbar.«

Es war wie ein Wettspiel, bei dem jedem eine bestimmte Anzahl von Worten zugewiesen war. Jetzt hatten sie ihren Vorrat erschöpft und waren sich nicht sicher, wer gewonnen hatte.

»Dann gehe ich jetzt«, sagte Hartmann.

»In Ordnung.«

Hartmann streckte die Hand aus, und David betrachtete sie mit der gleichen Neugierde, mit der er vorher den Scheck betrachtet hatte. Hartmann bemerkte Ruths auffordernden Druck gegen den Ellbogen ihres Mannes. David streckte den Arm aus und umfaßte schlaff seine Hand – kaum mehr als die Andeutung körperlichen Kontakts. Hartmann konnte sich nicht erinnern, wann er seinen Sohn das letzte Mal umarmt hatte.

»Auf Wiedersehen, Ruth«, sagte er.

Sie trat auf ihn zu, und Hartmann sah, wie David bei dem Gedanken erstarrte, daß sie ihn vielleicht zum Abschied küßte. Hastig streckte er erneut die Hand aus, um ihr späteren Ärger zu ersparen, aber sie hatte ohnehin nicht mehr als einen Händedruck beabsichtigt.

Pflichtgemäß begleiteten sie ihn zur Tür und standen nebeneinander – allerdings ohne sich zu berühren –, als er in den Mietwagen stieg. Er wendete und verringerte die Geschwindigkeit, als er die Hand zu einem letzten Abschiedsgruß hob.

Keiner der beiden reagierte.

Nach so langer Zeit kannte er jeden Meter der Strecke. Natürlich hatte es längere Unterbrechungen gegeben, wenn Aufträge ihn gehindert hatten, aber im Durchschnitt hatte er sie während der zehn Jahre wohl alle zwei Monate besucht. Sechzig Atlantikflüge und sechzig Autofahrten durch die wuchernden Hügel Neuenglands, jedesmal, um einen Nachmittag in völliger Stille zu verbringen, während er die weiche, reglose Hand einer Hand hielt, in deren Bewußtsein seine Gegenwart kaum eindrang.

In den ersten Monaten hatte Hartmann mehr als einmal gehofft, sie würde reagieren. Die Barriere zwischen ihm und seinem Sohn war noch nicht errichtet, und David hatte Hartmann in jungem Enthusiasmus beigebracht, wie er zu Gerda über das Leben sprechen sollte, das sie zusammen führen würden. Trotz Davids wissenschaftlicher Qualifikation hatte Hartmann vor seinem Sohn gewußt, wie unmöglich es war, aber er war bereit gewesen, es endlos zu versuchen und jeden Vorschlag zu akzeptieren, die geistige Barriere zu überwinden und sie wieder gesund zu machen. Gelegentlich schien ihr bewußt, was er gesagt hatte, und sie drehte sich, als wüßte sie, wer er war, und lächelte das schwache, ferne Lächeln, das manchmal auf ihrem Gesicht erschien, bevor sie, stets vergeblich, nach Worten rang.

Die Fahrt führte ihn durch West Simsbury, und dort hatte er für sich ein Haus erfunden. Er konnte die Zimmer beschreiben, die Möbel und den großen Garten, der schwer zu bändigen war, und er machte leere Pläne für ihre Theaterbesuche in New York. Einige Male war er angesichts ihrer Unfähigkeit zu begreifen überbesorgt, beinahe zornig, geworden und hatte eine Reaktion herbeizuzwingen versucht, indem er sie dazu brachte, seine Hand zu drücken, als verstände sie ihn.

Aber die Hand war reglos geblieben, die Augen hatten ins Leere geblickt, und mehrere Jahre lang hatte sie nicht einmal das ferne Lächeln gezeigt. Aber nie war ihm eingefallen, die Besuche abzubrechen – kein einziges Mal. Liebende Hoffnung, wie er es gesehen hatte? Oder Gewissensbisse, wie David höhnte, nachdem ihr Verhältnis sich zerrüttet hatte.

Hoffnung, versicherte Hartmann sich selbst. Offensichtlich hatte es für das, was im Lager geschehen war, auch Gewissensbisse gegeben. Ebenso wie er sein Gewissen spürte, als er Rebecca kennenlernte und merkte, daß er sie zu lieben begann. Aber er hatte stets die plötzliche Genesung in Rechnung gezogen, die David für psychologisch absolut möglich hielt.

Was hätte er getan, wenn sich ihr Zustand gebessert hätte? Er hätte sie nicht im Stich lassen können, nicht ein zweites Mal. Aber hätte er Rebecca im Stich lassen können? Wahrscheinlich nicht. Er wies die Fragen zurück, zornig auf sich selbst, weil er sie geschaffen hatte. Jetzt waren sie nur noch hypothetisch; Gerda war tot. Er würde sich niemals entscheiden müssen.

Hartmann erreichte den Anschluß zum Merritt Parkway und fädelte sich ein, bewußt die Geschwindigkeitsbegrenzung beachtend. Hugo Hartmann befolgte stets die Rechtsvorschriften.

Er hatte sich nicht nur von einer Ehefrau, sondern auch von einem Sohn für immer verabschiedet, dachte er unvermittelt. Sein Kummer Gerdas wegen war wirklich echt gewesen. Was war mit dem Jungen? Welche Gefühle hätte er David gegenüber empfinden müssen? Gewiß nicht den Haß, den David offenbar für ihn empfand. Aber Abneigung – wegen des Verhaltens des Jungen? Nein, Abneigung empfand er auch nicht für ihn. Ebensowenig Zuneigung. Die Wahrheit war die völlige *Abwesenheit* von Gefühlen. Einst hatte er David geliebt. Er hatte ihn verwöhnt, Hoffnungen in ihn gesetzt und die Leute – wie es stolze Väter so tun – mit Fotos gelangweilt; alles ein Versuch, eine

Ähnlichkeit zwischen sich und dem Jungen zu finden, mit der er prahlen konnte. Die Schwächen in der Schule hatte er übersehen und selbst die geringsten Erfolge als Antrieb genutzt, und als er die ersten Zulassungsprüfungen zur Universität bestanden hatte, hatte er ihm einen festen Monatswechsel ausgesetzt. Tatsächlich war Hartmann, wie er selbst annahm, aus zwei Gründen Spion geworden: um Davids akademische Ausbildung zu finanzieren und Gerdas psychiatrische Behandlung zu bezahlen. Spionage – jedenfalls seine Sparte der Spionage – zahlte sich aus. Ihm stand also Geld zur Verfügung, als die Ausbildung beendet war, und es ergab sich für seinen Sohn die Gelegenheit, sich in die Klinik in Connecticut einzukaufen.

Die Liebe zwischen Vater und Sohn war wohl im ersten Jahr nach Gerdas Verlegung nach Amerika ins Wanken geraten. Nein, nicht ins Wanken geraten. Sie war ihm ganz allmählich entzogen worden, als David erfahren hatte, was wirklich in Belsen geschehen war. Vater und Sohn hatten sich voneinander zurückgezogen, der eine in bekümmertem, verlegenem Bedauern, der andere in Erstaunen und Abscheu. Schließlich hatte Hartmann aufgehört, sich zurückzuziehen, auch wenn er den Zeitpunkt nicht festzulegen vermochte. Doch David hatte nie aufgehört. Er war nicht nur vor der Liebe zurückgewichen; er war weitergegangen, bis in das entgegengesetzte Gefühl.

Es war nicht wichtig, es war Vergangenheit. Nur die Zukunft spielte jetzt eine Rolle. Und Gerdas Tod bedeutete, daß seine Zukunft sich dramatisch ändern müßte. Er lächelte in Vorfreude: Es wäre so gut, alles zu beenden.

Er bog in den Hutchinson River Parkway ein. In Kürze würde er die ersten Vorwegweiser zum Kennedy Airport sehen. Instinktiv sah er auf die Uhr und stellte fest, daß es noch vier Stunden bis zum Abflug waren. Er überlegte, ob er überhaupt zurückfliegen sollte. Es wäre weitaus vernünftiger, nach La Guardia statt zum Kennedy zu fahren, die Maschine nach Washington zu nehmen und seine Verbindungen zur CIA zu lösen. Aber Hartmann verfügte über einen auf Ordnung bedachten, analytischen Verstand: Dies war eine der Eigenschaften, die die Qualität seiner Tätigkeit ausmachten. Begonnen hatte er mit der Sowjetunion; deshalb war es nur richtig, daß er sich als erstes von ihr trennte. Und aufhören mußte er, jetzt, da Gerda tot war. Die Besuche bei Gerda waren, für Washington wie für Moskau, immer die Erklärung für seine Abwesenheit gewesen, jedesmal, wenn er wegen eines Auftrags für die eine Seite aus Wien weg war und die andere Seite ihn haben wollte.

Es wäre großartig, frei zu sein, ein ganz normales Leben mit

Rebecca aufzubauen. Er mußte gegen die Tränen ankämpfen. Liebste Gerda! Selbst das hatte sie ermöglicht. Zwischen den beiden Frauen bestanden so viele Ähnlichkeiten. Beide waren völlig selbstlos, beide sorgten sich stets um andere, nie um sich selbst. Er liebte sie beide so sehr.

Jetz wechselte er auf den Van Wyck Expressway. Das schiere Volumen des Verkehrs verlangsamte seine Fahrt, als New York seine Pendler entließ. Hartmann kam zu dem Schluß, daß er durch die Chance, die Rebecca ihm gab, ein glücklicher Mann war. Im gleichen Moment prüfte er diesen Gedanken kritisch. Glück hatte es wenig für ihn gegeben; es war schon schwierig, sich an die wenigen Gelegenheiten zu erinnern. Seine Heirat mit Gerda, natürlich, auch wenn ihm bewußt war, daß Ruben Weiss seiner Aufnahme in die Familie niemals zugestimmt hätte, wären nicht der Anschluß und die darauffolgenden Ereignisse gewesen. Aber als Hartmann seinen Antrag schüchtern vorbrachte, steigerte sich die Judenjagd in Österreich zur Hysterie, und normale Kriterien – wie normale Verhaltensweisen – wurden aufgegeben. Die Vermählung hatte Hartmann wahres Glück beschert, so heimlich sie auch vonstatten gegangen war, um keine Aufmerksamkeit zu erregen. So viel, um keine Aufmerksamkeit zu erregen: die ständigen Umzüge zwischen Häusern und Wohnwagen, machmal Wochen und einmal sogar ein ganzer Monat, in denen sie sich nicht sahen, beide in ständiger Angst, daß der andere gefaßt worden war. Aber es hatte gemeinsame Tage gegeben – wenn sie einen sicheren Ort gefunden hatten, an dem sie sich eine Zeitlang aufhalten und versuchen konnten, die brutale, bösartige Welt auf der anderen Seite der Fenster auszuschließen.

Ihre Befreiung hätte natürlich Glück bedeuten müssen; eine erstaunte Euphorie, daß sie überhaupt überlebt hatten. Aber an dieses Gefühl erinnerte Hartmann sich nicht. Bis dahin war er von Schuldbewußtsein umfangen, einer undurchdringlichen Hülle, durch die keine andere Empfindung gelangen konnte. Und Schuldgefühle, nicht Glück, war seine anfängliche Reaktion gewesen, als ihm bewußt wurde, was zwischen ihm und Rebecca geschah; als er merkte, daß seine Beziehung zu dieser Frau erneut einen Verrat an der anderen bedeutete, die auf immer von der Wirklichkeit abgeschottet war und nur in sich selbst lebte; ein kleines Mädchen, das wieder mit Puppen spielte.

Hartmann wußte, dieses Schuldgefühl würde er nie mehr verlieren. Es würde ihn begleiten wie eine Narbe oder eine leichte Behinderung, die ein Hinken verursachte, das ihm stets bewußt bliebe. Aber Narben schliffen sich ab, und Behinderungen wurden irgendwann hingenommen.

Ein Leben hatte geendet. Jetzt war es an der Zeit, ein anderes zu beginnen. Wie einfach würde das sein? fragte er sich.

6

Nach all dem Grauen, dem er dort ausgesetzt war, war es überraschend, aber Hartmann fühlte sich in Europa stets wohler als in Amerika. Der amerikanische Genuß an der Weite machte ihn nervös, in Texas oder Kansas fühlte er sich fremd, nicht durch Rasse, Erziehung oder Herkunft, sondern durch die Dimension. Die weit auseinandergezogenen Städte ließen auf merkwürdige Weise jede Proportion hinter sich, und trotz der Ordnung, die er normalerweise bewunderte, schienen die rechtwinklig gekreuzten Straßen und Alleen eher klinisch steril als praktisch. In den modernen Ergänzungen der alten Stadtkerne von Rom, Paris oder Wien fühlte er sich heimisch; sie paßten ihm wie einer seiner eleganten dreiteiligen Anzüge, die nicht mehr neu waren und sich individuell seiner Körperform angeglichen hatten.

Das Überraschendste war vielleicht, daß er sich vor allem in Wien zuhause fühlte. Er genoß die Sachertorte und den Tee im verglasten Salon des »Sacher«, genoß es, den maßgefertigten, huttragenden Matronen zuzuschauen, die von ihren Kuchentellern pickten und wie ältliche Vögel zwitschernd den neusten Klatsch austauschten. Ihm gefiel das *Demel*, in dem er sich die Atomosphäre einer vergangenen Ära vorstellte, als die Höflinge und die Gesandten von der Hofburg ihre Geheimnisse bei Kaffee mit Schlagobers austauschten. Oder die Ausfahrten mit Rebecca kurz nach der ersten Traubenlese, wenn sie nach den grünen Sträuchern draußen vor den Häusern suchten, wo sie anhalten und den süßen, frischen Wein kosten konnten.

Die Stadt vermittelte das Gefühl von Beständigkeit, von kultiviertem Komfort.

Es schien zwangsläufig gewesen zu sein, daß er zusammen mit Gerda nach dem Krieg zurückkehrte. Einen anderen Wohnort hatten sie nicht gekannt, und ihnen war nie der Gedanke gekommen, anderswo hinzuziehen. Damals hatte es weder Komfort noch das Gefühl von Kultiviertheit gegeben. In den ersten Monaten mit ihrer Verknappung, den Entbehrungen und der Viermächtebesatzung hatte es sogar Zweifel gegeben. Und dann hatte er in der Falle gesessen, aber er hatte bald erkannt, daß es unsinnig war, die Schuld dafür Wien anzulasten; das war nur ein jugendlicher Versuch, die Verantwortung für seine eigene Dummheit auf seine Umgebung abzuwälzen. Als er sich in die ihm aufgedrängte Rolle gefügt und sich in ihr immer besser zurechtgefunden hatte, war die österreichische Hauptstadt mehr und mehr die richtige Wahl geworden. Bis David sich in den Vereinigten Staaten niederließ, war es sogar der beste Ort für Gerdas psychiatrische Behandlung.

Bei jeder Rückkehr von einem Auftrag erfaßte Hartmann innerhalb von Minuten, wenn er die Stadtstraße vom Flughafen Schwechat aus nahm, ein Gefühl der Vertrautheit; es war, als betrete man ein dunkles Zimmer, in dem alle Möbelstücke an Ort und Stelle standen, so daß man nicht das Risiko lief, über irgend etwas zu stolpern. Heute war das Gefühl anders. Stärker. Eine gewisse Erregung. Es war, wie er wußte, die Entscheidung; das Bewußtsein, daß er endlich eine geregelte, sichere Zukunft für sich und die Frau, die er liebte, vorbereiten konnte. Vielleicht hatte er etwas Ähnliches erfahren, als er die Eingangsprüfungen für die Qualifikation zum Buchhalter bestanden hatte. Damals hatte Ruben Weiss seinen Vorschlag akzeptiert. Und versprochen, ihm eine Stellung in der Firma zu besorgen. Wahrscheinlich hatte er damals geglaubt, das Leben berge erregende Aussichten – genau wie jetzt.

Zum ersten Mal spürte Hartmann Ungeduld angesichts der Täuschungsmanöver, die zur Vorbereitung eines Treffens mit Oleg Karpow notwendig waren. Die Tatsache, daß Dienstag war, schrieb die Arrangements vor; für jeden einzelnen Wochentag war eine eigene Prozedur festgelegt. Von einer Import-Export-Firma in der Felberstraße, deren Mitarbeiter nicht wußten, wie sie mißbraucht wurden, bekam er die Telefonnummer eines möglichen Lieferanten für Kaltwetter-Motoröl. Dort wiederum erkundigte er sich nach einem Mechaniker, der Leyland-Traktoren warten konnte, und beim dritten Anruf schließlich ließ er sich auf den vorgeschriebenen Dialog ein, der seine wahre Absicht identifizierte und ihm aufzeigte, wie er Kontakt zu seinem russischen Führungsagenten aufnehmen konnte. Selbst dann sprach er nicht mit Karpow persönlich, sondern mit einem Vermittler, der seine Identität mit einem weiteren Wortmuster ein zweites Mal überprüfte und dann die Adresse in der Schüttelstraße nannte. Es war keins der Häuser, das sie früher schon benutzt hatten. Normalerweise bevorzugte Karpow die Altstadtgegend rund um den Stephansdom. Dort standen die Gebäude eng und wahllos beieinander, waren von Gassen und Nebenstraßen durchschnitten. Die vielen

Ausgänge und Verbindungswege von Haus zu Haus schufen bequeme Fluchtwege.

Das Taxi fuhr die Franzensbrückenstraße entlang, und Hartmann blickte erwartungsvoll nach links, wo das Riesenrad des Prater zu sehen war. Er hatte David mit in den Vergnügungspark genommen, als er noch ein kleiner Junge gewesen war. Und einmal war er mit Gerda dort gewesen, damals, bevor die Krankheit ganz Besitz von ihr ergriffen hatte. Die vielen Geräusche, die Menschen und die Uniformen hatten ihr angst gemacht; die Stadt war noch zwischen Amerikanern, Briten, Franzosen und Russen aufgeteilt gewesen. Einen zweiten Besuch hatte er nie vorgeschlagen.

Das Taxi unterquerte die Eisenbahnbrücke, und Hartmann ließ den Fahrer ziemlich früh, in der Laufbergergasse, anhalten. Er bezahlte, wartete, bis der Wagen wieder angefahren war, und blieb noch an der Ecke stehen, um einen eventuellen Verfolger zu entdecken. Dann nahm er seinen Koffer und setzte seinen Weg zu Fuß fort. Es schneite nicht, aber ein kühler Wind wehte am Kanal. Hartmann zog den Mantel enger um sich. Das Gewicht des Koffers war ihm jetzt lästig.

Es war ein Zimmer im sechsten Stock, an der Rückfront des Hauses. Der Prater war von hier aus gut zu sehen. Nachts, wenn die Lichter an waren, bildete er wahrscheinlich einen attraktiven Anblick. Wäre die Musik, die Gerda so irritiert hatte, bei offenen Fenstern hörbar?

Karpow begrüßte ihn in der gewohnten Überschwenglichkeit mit einer herzlichen Umarmung. Er war hochgewachsen und breitschultrig und mochte Tweedanzüge, die seine massive Gestalt betonten. Als Theaterenthusiast trug er manchmal ein Cape und pflegte einen dichten, herabhängenden Schnauzbart, dessen Spitzen bis an sein Kinn reichten. Bei jedem anderen hätte die Barttracht einen permanent bekümmerten Gesichtsausdruck erzeugt, doch bei Karpow bildete sie den Rahmen eines fast ständigen Lächelns. Der Russe hatte keine Zigarette angezündet, doch an ihm haftete der Geruch von Gauloises. Über die Schulter des Manns sah Hartmann die geöffnete Chivas-Regal-Flasche. Eins der beiden Gläser war bereits zur Hälfte gefüllt.

»Willkommen daheim, Hugo!« begrüßte der Russe ihn.

Hartmann löste sich aus der Umarmung und empfand angesichts der Herzlichkeit Karpows die schon gewohnte Verlegenheit. Ungefragt füllte der Mann das zweite Glas und reichte es ihm. Hartmann nippte daran und genoß die sich ausbreitende Wärme.

Karpow sah, wie er schauderte, und grinste. »In Moskau würde man dieses Wetter als warm ansehen.«

»Und einen Whisky um drei Uhr nachmittags als dekadent«, sagte Hartmann.

»Blödsinn!« reagierte Karpow, der westliche Derbheiten ebenso mochte wie alle anderen Exportartikel. »Um diese Zeit hält die Hälfte des Präsidiums einen Verdauungsschlaf, und die anderen sind dabei, ihre Sekretärinnen zu bumsen.«

»Manchmal glaube ich, daß du kein sehr guter Kommunist bist«, sagte Hartmann.

Die Bemerkung schien Karpow zu überraschen. »Darüber habe ich mir nie den Kopf zerbrochen«, gab der Mann zu.

Hartmann sah die Verschlußkappe der Whiskyflasche im Papierkorb; mochte er in anderer Hinsicht auch aus der Art schlagen, trinken konnte Karpow wie ein Russe.

»Gefällt dir die Wohnung?« fragte Karpow.

Hartmann blickte sich in dem Zimmer um. Es war anonym, ohne persönliche Identität möbliert. Er konnte sich nicht vorstellen, hier zu leben.

»Sehr praktisch«, sagte er.

»Ich werde sie für meine ganz privaten Verführungen benutzen«, sagte Karpow. Er versuchte ein anzügliches Grinsen, brach aber dann in schallendes Lachen aus. »In Moskau ist das einfach. Man kann den Mädels immer ein Visum für Auslandsreisen versprechen ...«

Erneut lachte er. »... verdammt schwierig für mich. Was meinst du, wie viele Mädels für die Chance, Sibirien oder die Weizenfelder der Ukraine zu sehen, den Schlüpfer runterlassen?«

»Nicht viele«, erwiderte Hartmann. Ihm fiel auf, daß sein Koffer Karpow neugierig machte.

»Ich komme direkt vom Flughafen«, erläuterte er.

Karpow nickte. »Ein trauriger Besuch«, sagte er. Sein Mitgefühl schien echt. »Und ein langer.«

Karpow glaubte, daß er die ganze Zeit in Connecticut verbracht hatte.

»Sie hatte seit Monaten nichts mehr wahrgenommen – seit Jahren, sogar. Ihr Psychiater hat mir gesagt, zum Schluß sei sie glücklich gewesen.«

»David?« erkundigte Karpow sich.

»Ja, David«, bestätigte Hartmann. Er hatte vergessen, wieviel der andere über sein Privatleben wußte.

»Vielleicht ist es eine Erlösung.«

»Vielleicht.«

Erneut betrachtete Karpow den Koffer.

»Diesmal habe ich keine Gelegenheit gefunden«, bedauerte Hartmann.

»Natürlich nicht«, sagte Karpow und füllte beide Gläser nach. »Das habe ich auch nicht erwartet.«

Karpows Ehrgeiz war es, eine umfangreichere Sammlung amerikanischer Jazzplatten als jeder andere in Moskau zu besitzen. Hartmann wußte, daß er mit Hilfe der verschiedenen sowjetischen Botschaften in sämtlichen westlichen Jazz-Zeitschriften inserierte. Hartmann war es zur Gewohnheit geworden, für den Russen nach Abschluß eines Auftrags einzukaufen. Noch unerledigt war die Bestellung einer frühen Brubeck-Aufnahme, mit Paul Desmond.

»Rechnest du denn mit Problemen?« fragte Karpow. Das Lächeln unter dem buschigen Bart war ausgelöscht, und Hartmann richtete sich darauf ein, daß der persönliche Teil des Gesprächs beendet war.

»Nein«, antwortete er sofort. »Es war ein Privatbesuch. Und ich war vorsichtig. Wie immer.«

»Aber du bist doch direkt vom Flughafen gekommen.«

»Allerdings.«

»Dann muß es dringend gewesen sein.«

»Das Gefühl hatte ich.«

Karpow zeigte zu der Flasche, doch Hartmann schüttelte den Kopf. Der Russe füllte nur sein eigenes Glas nach.

»Ich bin ein alter Mann, Oleg«, begann der Österreicher. »Zu alt.«

Karpow schüttelte den Kopf und ließ die Andeutung eines Lächelns aufschimmern. »Unsinn. Du befindest dich kaum in den mittleren Jahren.«

»Und müde«, fuhr Hartmann fort, ohne auf die charakteristische Übertreibung einzugehen. Karpow war sich über sein Alter sehr wohl im klaren.

»Es war kein leichtes Leben. Zumindest nicht am Anfang«, gestand Karpow ein.

»Und jetzt möchte ich ausruhen. Ein wenig privates Glück, bevor es zu spät ist.«

»Du hast ein gutes Leben«, erinnerte der Russe ihn. Du bist ein reicher Mann ... sehr reich. Dir fehlt es an nichts.«

»O doch«, beharrte Hartmann. »Etwas, was ich sehr gern möchte.«

»Was?«

»Aufhören. Ein geordnetes Leben führen.«

Zum ersten Mal, seit sie sich kannten, wirkte Karpow bekümmert. Dieser Ausdruck hatte nichts mit dem herabhängenden Schnurrbart zu tun. Der massige Kopf bewegte sich in unwilligem Schütteln.

»Das würde uns nicht gefallen, Hugo.«

»Ihr habt mich übertölpelt«, klagte Hartmann ihn in plötzlicher Verzweiflung an. »Nach all den Jahren seid ihr mir meine Freiheit schuldig, um Gottes willen!«

Es traf zu, er war übertölpelt worden. Aber er war auch leichtgläubig und naiv gewesen. Doch damals herrschte überall in Europa, nicht nur in Wien, Verwirrung. Und zwei Jahre hatte er sich geduckt und gewunden, hatte ohne nachzudenken reagiert, zu geängstigt, um zu fragen oder zu zweifeln. Dies gedankenlose Reagieren hatte noch mitgespielt, als er sich dem Büro in einem verzweifelten Racheversuch anschloß, um die Nazis aufzuspüren, die sich auf ihren Fluchtrouten über Italien und Spanien absetzten. Ihm war nie der Gedanke gekommen, die Aufrichtigkeit des Amerikaners in Zweifel zu ziehen. Der Mann hatte auch überhaupt nicht fordernd gewirkt, sondern hatte sogar mehr Informationen über das Fluchtwegenetz vermittelt als er selbst erhielt. Hartmann hegte den Verdacht, das Büro selbst sei infiltriert, so daß ihre Bemühungen, Massenmörder aufzuspüren, von Nazifreunden vereitelt wurden; Grund genug, die gewünschten Personalakten weiterzureichen. Es schien ebenso natürlich wie eine Plauderei bei einer Tasse Kaffee. Und der Mann zeigte Mitgefühl, als er nach und nach von Gerdas Krankheit erfuhr und über die zunehmenden Kosten für die benötigten Medikamente, die sie einzig auf dem schwarzen Markt beschaffen konnten. Ein Darlehen, hatte er gesagt. Ohne festgelegte Rückzahlfrist. Es war ein Monat vergangen, dreißig Tage exakt. Dann hatte Hartmann entsetzt auf Fotos gestarrt, die ihn selbst bei der Annahme von Bestechungsgeld zeigten, und gleichzeitig hatte er erfahren, daß der Amerikaner ein Offizier des KGB war, der bereits Akten über Zionisten anlegte, die im noch uninformierten Europa Probleme bereiten könnten. Ihm war sofort aufgegangen, daß er einem Gefängnis entkommen war, um sich in ein anderes zu begeben – ein KZ-Kriecher, der nachweislich zum Verräter an der eigenen Rasse geworden war. Er würde diese Information niemals öffentlich verwenden, versicherte ihm der Mann, der ihn so getäuscht hatte. Vorausgesetzt, er arbeitete mit ihm zusammen.

Karpow reagierte mit einem philosophischen Achselzucken. »Ich war es nicht, der dich übertölpelt hat«, sagte er. »Und du bist über Jahre gut behandelt worden.«

»Ich habe genug getan.«

»Du hast brillant gearbeitet«, lobte der Russe. »Das ist das Problem. Es gibt keinen zweiten wie dich.«

»Lächerlich!«

»Nein, Hugo. Wir haben selbstverständlich eigene Agenten, die so gut sind. Einige vielleicht besser. Aber sie sind *Russen*. Es gibt Operationen, in denen wir ihren Einsatz nicht riskieren können, für den Fall, daß sie gefaßt werden. Aber du bist Österreicher. Wir könnten jede Verbindung zu dir leugnen und diplomatische Verwicklungen vermeiden.«

Die brutale Direktheit machte Hartmann zwinkern. »Wenigens bist du aufrichtig.«

»Du kennst die Argumentation nur zu gut«, sagte Karpow. »Und ich bin immer aufrichtig gewesen, seit wir uns kennen.«

»Ja«, bestätigte Hartmann, »das warst du.«

»Es gibt nur einen Weg, wie du uns verlassen kannst. Du weißt das.«

»Wie in den Lagern?«

»Dort war Tod der Weg hinaus«, bejahte Karpow.

»Und wenn ich mich weigere?« fragte Hartmann, in dem erneut Verzweiflung aufkam. »Ihr könnt mir in keiner Frage mehr trauen, jetzt, da du weißt, wie ich empfinde.«

Karpow bewegte langsam den Kopf wie ein Mann, den die unüberlegten Worte bekümmern, die ein anderer in einem Streit ausspricht und später bereuen wird. »Doch, das können wir«, widersprach er leidenschaftslos. »Du wagst es nicht, irgend einen Auftrag preiszugeben, weil du damit dich selbst und deine Tätigkeit preisgibst. Und wenn du dich direkt weigerst, dann würde Moskau dich, wie du weißt, umbringen lassen. Also entweder Gefängnis oder Tod. Und vor beidem hast du immer Angst gehabt, nicht?«

»Ja«, gab Hartmann zögernd zu.

Karpow spreizte die Hände. »Es geht nicht um mich, verstehst du? Wäre es meine Entscheidung, würden wir zu einem Festmahl in die *Drei Husaren* gehen, einen Abschieds-Champagner trinken, und ich würde dir für alles, was du getan hast, danken. Die in Moskau haben eine andere Sichtweite als ich.«

Hartmann musterte den Russen. Er war sich nicht sicher, ob er die Wahrheit sagte. »Wirst du ihnen von diesem Gespräch berichten?« fragte er.

Karpows Mundwinkel verzogen sich nach unten. »Warum sollte ich?« fragte er zurück. »Sie würden, wie immer, überreagieren. Dich nach Rußland beordern. Oder Leute hierherschicken, um dir eine Lektion in Loyalität zu erteilen. Am besten, ich sage gar nichts.«

»Sie könnten einverstanden sein«, sagte Hartmann in vager Hoffnung.

»Das glaubst du doch nicht wirklich, oder?«

»Nein, wohl nicht.«

»Vertraue mir!« drängte Karpow. »Ich bewahre dich vor jedem Auftrag, der zu schwierig aussieht. Ich sorge für dich. Ich bin dein Freund.«

»Ich wollte raus«, sagte Hartmann wehmütig. »Normal leben. Ich habe nie etwas Normales kennengelernt. Seit 1943 nicht.«

»Hör auf, dich selbst zu bemitleiden, Hugo.«

»Ich habe, weiß Gott, Grund genug dazu.«

»Du bist ein vermögender Mann«, widersprach Karpow. »Es gibt wenige, die so erfolgreich wie du waren. Betrachte einmal die Vorteile!«

Hartmann schob sein Glas vor, und Karpow füllte es nach. Mit der anderen Hand klopfte er begütigend auf den Unterarm seines Gegenübers.

»Es ist ein gutes Leben«, beharrte er. »Wenn du Gerdas Tod überwunden hast, wirst du das auch so sehen.«

»Im Moment bereiten sie nichts für mich vor?«

»Nicht daß ich wüßte.«

»Vielleicht dauert es lange.« Wieder die ungewisse Hoffnung.

»Vielleicht nicht«, warnte Karpow.

»Danke«, sagte Hartmann. »Daß du Moskau nichts sagst, meine ich.«

»Es ist meine Aufgabe, derartige Entscheidungen zu treffen«, sagte Karpow.

Und Agenten den Ruhestand zu verweigern, wenn sie ihn anstreben? setzte Hartmann in Gedanken hinzu. Wie viele andere Agenten in der Stadt mochten Karpows Kontrolle unterstehen? Viele wahrscheinlich. Wien war die Brücke zwischen Ost und West.

»Weiß Rebecca, daß du hier bist?«

Die Vollständigkeit von Karpows Wissen ließ Hartmann kurz die Stirn runzeln. »Nein«, antwortete er. »Ich bin direkt vom Flughafen hergefahren, ohne sie anzurufen.«

»Sie wird sich freuen, dich zu sehen.«

»Ja.« Einen Moment erwog Hartmann, dem Russen seine Hoffnung auf eine Ehe für den Fall, sie hätten ihn gehen lassen, anzuvertrauen. Doch dann entschied er sich dagegen. Ein Geheimnis zu besitzen, das Karpow verborgen blieb, bereitete Freude. Natürlich war es kein großes, sondern vergleichsweise winzig. Aber immerhin ein Geheimnis: etwas, das ihm – einem Mann, der Unabhängigkeit nie erfahren hatte – das Gefühl gab, etwas Eigenes zu haben, das der Russe nicht manipulieren konnte.

»Warum nimmst du nicht Urlaub?« schlug Karpow vor. »In den Bergen liegt Schnee.«

»Ich laufe nicht Ski«, erwiderte Hartmann. »Und Rebecca könnte Schwierigkeiten haben, den Laden zu schließen.«

»Sie ist eine erfolgreiche Frau.«

»Ja.«

»Du mußt stolz sein.«

Die Aussage überraschte Hartmann. Stolz war – wie Glück und Unabhängigkeit – etwas, mit dem er so wenig Berührung hatte, daß er sich bewußt mit dieser Frage befassen mußte.

»Ja«, sagte er schließlich. »Ich bin sehr stolz auf sie. Sie ist eine großartige Frau.«

»Ein glücklicher Mann«, sagte Karpow. Sein breites Grinsen verriet seine Befriedigung darüber, Hartmann dieses Eingeständnis entlockt zu haben.

»Ein glücklicher Mann«, bejahte Hartmann. Was bedeutete es, in Streitgesprächen zu siegen?

»Schade, daß sie nichts von mir wissen darf«, sagte Karpow.

»Wieso?«, fragte Hartmann scharf.

Das mitschwingende Mißtrauen ließ Karpow erneut grinsen.

»Gerade wollte ich dich bitten, ihr Grüße von mir auszurichten.«

Der Österreicher sah über den Kopf seines Führungsagenten hinweg zu dem Vergnügungspark. Die Lichter waren schon eingeschaltet, aber es war noch nicht völlig dunkel, und das Glitzern ging im Zwielicht unter wie bei einer Frau, die Rheinkiesel anstatt echter Edelsteine trägt.

»Sei vorsichtig«, sagte Karpow.

»Das bin ich immer.«

»Allerdings«, sagte Karpow. »Du bist einer der vorsichtigsten Männer, die ich kenne. Wahrscheinlich bist du deshalb so gut.«

Hartmann lachte bitter. »Wäre ich das nicht, hättet ihr mich vielleicht gehen lassen.«

»Nein«, sagte der Russe düster wie ein Lehrer, der enttäuscht ist, daß ein Schüler eine einfache Lektion nicht zu begreifen vermag. »Ich habe es dir gesagt: Man hätte dich umgebracht.«

Rebecca erwartete niemanden und hatte die Sicherheitskette vorgelegt, als sie öffnete. Überraschung und Mißgestimmtheit standen ihr auf dem Gesicht geschrieben, als sie durch den schmalen Spalt blickte.

»Du hast nicht angerufen«, klagte sie. »Du rufst sonst immer an.«

»Ich mußte noch etwas erledigen«, sagte Hartmann. »Und dann habe ich's vergessen.«

Ihr wurde bewußt, daß sie den Zugang zu ihrer Wohnung blockierte. Sie löste die Kette und trat zur Seite. Er ging hinein, stellte den Koffer unmittelbar hinter der Tür ab und seufzte angesichts des Luxus vertrauter Umgebung.

Obschon Rebecca und er zu alt waren, um Sex zum vorherrschenden Bestandteil ihrer Beziehungen zu machen, hatten sie natürlich miteinander geschlafen. Aber oft schliefen sie einfach nur, genossen es, bei plötzlichem Erwachen die Hand des anderen zu finden oder sich im Halbschlaf zu umarmen. Aber solange Gerda lebte, hatten sie nie davon gesprochen, zusammenzuleben. Hartmann, ein subjektiver Mann, erkannte es als sinnlosen Anstand; schlimmer noch, eine Geste, die mehr seinem eigenen Gewissen als Rebeccas Ruf galt. Sie hatte seit ihrem ersten Kennenlernen auf mehr als eine Weise selbstlos gegeben. Jetzt, da Gerda tot war, gab es keinen Vorwand mehr. Bis zu diesem Augenblick hatte er die Gefahr nicht erkannt.

»Ich habe nichts vorbereitet«, bedauerte die Frau und folgte ihm ins Zimmer.

»Ich habe keinen Hunger.«

»Vielleicht ein Würstchen?«

»Später.«

Er wandte sich zu ihr um, und Rebecca zeigte das scheue, beinahe verlegene Lächeln, das er so gut kannte. Er liebte sie sehr.

»Ich habe dich vermißt«, sagte er aufrichtig. »Ich habe dich sehr vermißt.«

»Ich habe mich auch einsam gefühlt«, sagte sie. »Es hat lange gedauert.«

Er streckte die Arme nach ihr aus, und sie trat scheu auf ihn zu, nahm seine Hände und hob dann ihr Gesicht zu einem Kuß. Hartmann sah, daß sie die Augen sehr früh schloß. Es begann sanft, als freundschaftliche Begrüßung, doch dann umfaßte Hartmann sie fester, als er wieder an die Enttäuschung seines Gesprächs mit Karpow dachte; die Frau mißverstand ihn und reagierte voll Leidenschaft.

»War es so schlimm?« fragte sie. Hartmann brauchte einige Zeit, bis er begriff, daß sie das Begräbnis meinte, so sehr beschäftigte ihn die Ablehnung des Russen.

»Nicht schlimmer als ich erwartet hatte.«

»David und Ruth verstehen nicht, wie es damals war«, sagte Rebecca. »Du solltest sie nicht zu sehr kritisieren. Und jetzt ist alles vorüber.«

Sie hatte so viel Vergebung in sich, dachte Hartmann. Weitaus mehr als er. Aber er wußte, wenn sie David und Ruth kennenlernte, würde sie die beiden nicht mögen.

»Ja«, sagte er. »Soviel ist jetzt vorüber.«

Erneut empfand er den Luxus der vertrauten Umgebung. Hier war er sicher, nichts vermochte ihn anzurühren. So hatten er und Gerda sich während der wenigen Ehejahre vor der Verhaftung gefühlt.

»Danke für die Blumen. Du hättest nicht so viele schicken sollen.«

»Du solltest wissen, wie sehr ich dich vermißte.« Nach dem letzten Besuch bei Gerda hatte er vor dem Abflug nach Panama bei einem Blumenhändler in Connecticut den Auftrag für eine wöchentliche Blumensendung hinterlassen.

»Tut mir leid, daß ich nicht angerufen habe«, sagte er.

»Ich verstehe schon.«

»Ich bin sehr froh, zurück zu sein.«

»Ich bin froh, daß du hier bist«, sagte Rebecca.

»Was macht das Geschäft?«

»Es geht hervorragend.«

Rebecca Habel betrieb eins der erfolgreichsten Antiquitätengeschäfte in Wien. Zunehmend hatte sie, als Geld nicht mehr so wichtig war, persönliche Vorlieben über den schnellen Gewinn gestellt und ausgewählte Gegenstände für sich selbst behalten, um ihre Wohnung damit exquisit auszustatten. Hartmann hatte gemeint, was er Karpow gesagt hatte: Er war sehr stolz auf sie.

»Du hast getrunken«, sagte sie anklagend. »Ich kann es riechen.«

»Nur zwei.«

»Und wann hast du das letzte Mal gegessen?«

»Im Flugzeug ... vielleicht vier Stunden zurück.«

»Fühlst du dich gut?«

Er hatte es immer schwer gehabt, ihr zu erklären, daß seine Diabetes nur ganz leichter Art war.

»Mir geht es gut«, versicherte er ihr. »Mach dir keine Sorgen.«

»Ich mache mir aber Sorgen.«

»Ich weiß«, erwiderte er. »Das schmeichelt mir.«

Sie nahm seinen Mantel und brachte ihn in die Diele. Während ihrer Abwesenheit wanderte er durchs Zimmer, noch immer aufgewühlt von seiner Begegnung mit Karpow. Er hatte vorgehabt, ihr heute abend den Heiratsantrag zu machen, und sicher hätte sie zugestimmt. Sie hätten Champagner getrunken, gemeinsam gelacht, vielleicht ein bißchen geweint und Pläne geschmiedet. Und er wäre über Nacht geblieben und sie hätten sich geliebt, nicht mit dem drängenden

Bedürfnis der Jugend, sondern sanft und ruhig. Doch das war jetzt außer Frage. Sein Versuch war fehlgeschlagen, dabei hatte er darauf abgezielt, mit einer Lüge zu leben, die er jetzt schon manchmal nur schwer aufrechterhalten konnte. Es gab Gelegenheiten, in denen er ihre Neugier geweckt sah, weil er als Steuerberater multinationaler Ölkonzerne, für den sie ihn hielt, so viel reisen mußte.

Rebecca kam zurück, und erneut streckte Hartmann die Arme nach ihr aus. Er wollte den körperlichen Kontakt. Sie setzten sich auf ein französisches Stilsofa.

»Ich habe dich vermißt«, wiederholte er.

Sie spürte die Unruhe in seinem Verhalten. »Was ist los?«

»Nichts«, antwortete er. »Wieso?«

»Du bist anders, als ich es erwartet hätte.«

»Der Flug war nicht sehr angenehm«, versuchte er eine Erklärung. »Ich bin müde. Was gibt es Neues?«

»Nicht viel«, sagte sie. »Ich habe eine wunderschöne Ikone gekauft. Ich glaube, der Mann war ein Flüchtling aus Polen, aber er wollte es mir nicht sagen. Und neue Krokodillederschuhe.«

Sie streckte die Füße aus, und Hartmann registrierte ihre Freude an den neuen Schuhen mit einem Lächeln.

»Sehr hübsch«, sagte er.

Rebecca hatte ihre Familie in Dachau verloren. Als sie 1945 befreit wurde, besaß sie nur Kleid und Mantel vom Roten Kreuz und Schuhe aus Pappkarton. Ihr Interesse an Kleidung war die erkennbarste Auswirkung der Entbehrungen, aber wie viele Osteuropäerinnen, die durch eigene oder historische Erfahrungen an Pogrom und Revolution gewöhnt sind, wäre sie jederzeit zu einer sofortigen Flucht fähig; an ihrem Körper würde sie genug Wertgegenstände tragen, um sechs Monate zu überdauern, vielleicht sogar länger.

Rebecca war nie als eigentlich schön zu bezeichnen gewesen. Nicht so, wie Gerda schön gewesen, zartgliedrig und mit dem Haar um ein Gesicht geflochten, das von Kosmetika nur verunstaltet worden wäre. »Meine Jungfrau«, hatte Reinhart sie besitzergreifend genannt. Und das war sie trotz allem gewesen. Das war wohl eins der Geheimnisse, die sie am Leben gehalten hatte: Alle anderen Mädchen in den Bordellen hatten sich dem Mißbrauch ergeben und versucht, aus sich jene Huren zu machen, die die Männer nach ihrer Vorstellung haben wollten. Aber nicht Gerda. Sie hatte das Bedürfnis verstanden, seine Schutzfunktion erkannt. Nach zwei Jahren als Reinharts Favoritin war sie offenbar ebenso unverdorben wie vorher gewesen. Erst später sollte er entdecken, wie ausgehöhlt sie von dem war, was sie erleiden mußte, innerlich aufgezehrter als durch jede körperliche Erkrankung.

Rebeccas Schönheit war anders, es gab sicher Menschen, die ihr jede Anziehungskraft absprachen. Ein breites Gesicht, fast slawisch, mit ausgeprägten Formen und den tiefbraunen Augen und dem dicken, schwarzen Haar ihrer Rasse. Hartmann liebte sie auf andere Weise. Nicht weniger als Gerda. Nur anders. Bei Rebecca fand er die Zärtlichkeit des Verstehens. Aber noch mehr, viel mehr. Sympathie. Mitgefühl. Die Bereitschaft, zu geben. Hartmann schüttelte den Kopf. Er wußte um die Eigenschaft Rebeccas, die für ihn wichtiger als alles andere war, doch sein immerwährendes Schuldbewußtsein verhinderte, daß er es offen eingestand, und er verachtete sich selbst für die Selbsttäuschung. Rebecca konnte vergeben. Sie kannte das Grauen, die Erniedrigungen und Demütigungen. Und sie vergab ihm seine Feigheit, lehnte es ab, zu verurteilen, wie es jeder andere nur zu bereitwillig getan hätte.

»Jetzt ist also alles vorüber«, sagte sie. »Die arme Gerda ist erlöst.«

Aus dem Mund jedes anderen Menschen hätte das anstößig geklungen.

»Es ist eine schöne Grabstätte«, sagte Hartmann. »Bei einem Baum. Buche, glaube ich. Im Frühling blüht sie.«

Genausogut hätte er einen Urlaubsschnappschuß beschreiben können. Würde David das Foto schicken, um das er gebeten hatte?

»Ich habe noch etwas Kalbfleisch«, erinnerte Rebecca ihn. »Und Kohl.«

»Wenn du möchtest.«

»Aber keinen Wein... Du hast heute schon genug Alkohol gehabt.«

»Ja, ist gut.«

»Bist du sicher, daß alles in Ordnung ist? Du scheinst mir so zerstreut.«

»Tut mir leid.«

»Wann beginnst du wieder mit der Arbeit?«

»Das habe ich noch nicht entschieden.«

»Es tut mir sehr leid um Gerda«, sagte Rebecca und griff dabei nach seiner Hand. »Ich weiß, du hast sie geliebt.«

Hartmann schaute sie an. »Ich liebe dich«, sagte er. Er wollte weitersprechen, schwieg aber. Er wollte so vieles mehr sagen.

7

Hartmann hatte nie die Absicht gehabt, Doppelagent zu werden. Wie die Leichtgläubigkeit, die ihn den Sowjets hatte in die Falle gehen lassen, bewies es seine Naivität, vor der er sich nach seiner ersten Erfahrung hätte hüten müssen. Seine Verbindung mit Amerika hatte innerhalb eines Jahres nach seiner Rekrutierung durch die Russen begonnen, während er noch für das Anti-Nazi-Büro tätig war. So naiv er auch gewesen sein mochte, war ihm mittlerweile doch bewußt, was für ein Nachrichtendienstapparat von den vier Mächten bei dem Bemühen, Wien unter sich aufzuteilen, aufgebaut worden war. Die Amerikaner hatten Interesse an dem Büro gezeigt, wobei der vorgebliche Zweck ihrer Anwesenheit und ihrer Erkundigungen ihre wahre Aufgabe nicht verschleiern konnte. Die Idee, sich ihnen zu nähern, hatte sich allmählich gebildet, ohne daß es ein bestimmtes Datum oder eine formulierte Absicht gab. Wenn es überhaupt einen Grund gab, dann wohl den, daß er sich einen Ausweg für den Fall schaffen wollte, daß seine Tätigkeit für die Sowjets entdeckt wurde, indem er quasi als Ausgleich eine Verbindung mit dem Amerikanern nachweisen konnte. Das war, wie er erkannte, gewiß keine Verteidigung, aber eine Bitte um Verständnis: zumindest eine Entschuldigung.

Doch er war nicht entdeckt worden. Es gab nicht einmal einen Verdacht. In bizarrer Ironie fand Hugo Hartmann, dem im Leben alles mißlungen war, heraus, daß er ein perfekter Spion war. Aus seiner Ängstlichkeit erwuchs seine Vorsicht und aus seiner Vorsicht die Aufmerksamkeit fürs Detail, auf die sich sein nach Ordnungskriterien funktionierender Verstand leicht einstellte. Alles an Hartmann war geordnet, ordentlich. Mittlere Körpergröße, durchschnittlicher Körperbau, unauffällige Gesichtszüge, kaum erkennbares Grau in dem sandbraunen Haar – der ideale unbeobachtete Beobachter. Niemand fiel auf, daß er einen Raum betrat oder ihn wieder verließ. Er wurde zu einem Menschen, der durch Schnee oder Sand stapfen konnte und keine Fußspuren hinterließ.

Die Russen, die ihn ausgesucht hatten, erkannten als erste seine Fähigkeiten, aber Washington schloß schnell auf. Hartmann hatte so getan, als kränke ihn Karpows Einschätzung, aber in Wirklichkeit bedeutete sie ihm nichts Neues. Seit Jahren kannte er seinen Wert für den Osten wie für den Westen, er war ein Agent, dem beide Seiten trauen konnten, als wäre er einer ihrer Staatsangehörigen, und blieb doch stets jemand, den man verleugnen konnte, sollte er festgenommen werden. Am Anfang war es wie in einem Spiegelkabinett gewesen, aus dem er nicht mehr hinausfand. Aber nicht sehr lange, nach dem zweiten Jahr, hatte er sein Abbild akzeptabel gefunden. Mit jedem Einsatz festigte sich sein zerbrechliches Selbstvertrauen; er wurde ein Profi. Und noch etwas kam hinzu: Das Geld bedeutete eine Hilfe. Gerda konnte David inzwischen nicht mehr richtig betreuen, so daß es notwendig war, ein Kindermädchen einzustellen. Und dann kamen die Medikamente und Pflegerinnen für Gerda und die Rechnungen für ihre zunehmenden Konsultationen psychiatrischer Kliniken.

Als Hartmanns Erfahrung wuchs, wurde die Arbeit, mit der ihn beide Seiten betrauten, wichtiger. Und parallel dazu gefährlicher. Ebenso stiegen die Honorare, die er verlangte. Das war seine Art der Gegenwehr: Er verhängte Geldstrafen über sie, weil sie sein Leben manipulierten. Wenn er schon wie ein dressiertes Zirkustier behandelt wurde, wollte er nach jedem Trick auch angemessen belohnt werden. In den ersten Jahren hatte er gelegentlich gezögert, weil er Protest erwartete, doch die Einwände blieben aus. Er hatte selten bei einem Auftrag, mit dem er betraut worden war, Mißerfolge gehabt, und ironischerweise schienen sich sowohl Moskau als auch Washington durch die Summen, die sie ihm zahlten, bestätigt zu sehen, und schätzten die Honorare als angemessene Gebühr für die hochqualifizierte Arbeit ein, die sie erhielten. Hartmann hatte sich mit dem amerikanischen und russischen Geld gut eingerichtet. Von seiner eleganten, geräumigen Wohnung aus hatte er Blick auf die Frontseite des Stephansdoms und sah sogar die historischen Maße an beiden Seiten des Portals, an denen die Markthändler die Länge ihrer Tuche und die Rundung ihrer Brotlaibe geprüft hatten.

Rebecca hatte ihm mit viel Vergnügen geholfen, die Wohnung zu möblieren, obwohl sie zu Beginn ihrer Beziehung sehr wohl wußte, daß sie womöglich ein Heim für eine andere Frau schuf. Aber auch als die Jahre vergingen und es immer unwahrscheinlicher wurde, daß Gerda das Sanatorium jemals verlassen konnte, hatte Rebecca nie vorgeschlagen, daß sie zusammenzogen. Hartmann hatte diese Zurückhaltung noch gefördert. Unter demselben Dach wäre es unmöglich, ihrer Neugier auf Fragen seines Berufs zu entgehen. Oder sie befriedigend zu beantworten.

Jetzt gab es Gerda nicht mehr, die sowohl gegenüber Rebecca als auch seinen Arbeitgebern als Vorwand gedient hatte, und er wollte auch keinen Vorwand mehr. Er wollte Rebecca zur Frau haben, und das hieß, er mußte entkommen. Er wollte einen erneuten Versuch unternehmen, Karpow zu überreden. Die Ablehnung des Russen war instinktiv erfolgt, ohne Nachdenken. Aber zuerst mußte er bei der CIA Schluß machen. Schließlich hatte er Berman am Tag nach dem Züricher Anschlag auf Lang vorgewarnt. Und der Amerikaner hatte keine Einwände erhoben. Von amerikanischer Seite, urteilte Hartmann zuversichtlich, hatte es die verständnisvollere Reaktion gegeben. Er erinnerte sich an seine Gedanken beim Rückweg von Gerdas Begräbnis: die letzte Chance auf Glück. Er konnte sie sich nicht entgehen lassen. Was es auch kosten mochte, er mußte sie möglich machen.

Rebecca reagierte verärgert, als er ihr sagte, er würde bald wieder fort sein, und ihre Reaktion überraschte ihn. Gewöhnlich akzeptierte sie derartige Ankündigungen als unangenehme Notwendigkeit des Berufs, den er nach ihrer Überzeugung ausübte.

»Du hast gesagt, du würdest nicht sofort wieder arbeiten.«

»Nur ein paar Tage, mehr nicht.«

»Dir geht es nicht gut.«

»Ich fühle mich prächtig«, log Hartmann. Die Hautreizung war schwieriger zu behandeln, als er erwartet hatte.

»Wie lange?«

»Vielleicht bin ich morgen abend schon zurück.«

»Versprochen?«

»Ich versuche es.«

Der Gedanke daran, das Versprechen Rebecca gegenüber zu brechen, überwog den Ärger über die vergebliche Reise, der in ihm aufstieg, als er in Paris eintraf und erfuhr, daß Berman auf unbefristete Dauer nach Washington zurückberufen worden war. Das Panama-Debakel, vermutete er.

Rebecca war noch zorniger, als er anrief. Verständlich, dachte er. Eines Tages würde er es ihr erklären – vielleicht.

»Du hast es versprochen.«

»Es hat mit Gerdas Nachlaß zu tun«, sagte er und schämte sich für die Lüge. Könnte er es ihr jetzt nur erzählen! Aber sie durfte es nicht wissen, in ihrer Unwissenheit lag ihr Schutz.

»Ist es absolut nötig?«

»Wäre es nicht so, würde ich nicht fliegen.«

»Du beeilst dich?«

»Das weißt du doch.«

»Es tut mir leid«, entschuldigte sie sich schließlich. »Es ist gerade erst so lange gewesen.«

»Dieses Mal dauert es nicht so lange.«

Er bekam eine Direktverbindung und traf kurz vor Mitternacht

Ortszeit im May Adams Hotel in Washington ein. In Europa war es jetzt sechs Uhr morgens, überlegte Hartmann. Er fühlte sich erschöpft, ausgelaugt. Er hatte recht gehabt, als er mit Karpow sprach, er war wirklich zu alt. Er rechnete wieder. Während der letzten zwei Monate hatte er dreimal den Atlantik in beide Richtungen überquert. Und einen Abstecher nach Panama gemacht. Die Flüge mußten sich auf annähernd 50000 Kilometer addieren, kein Wunder, daß er sich müde fühlte.

Doch trotz seiner Erschöpfung unruhig. Seine Gedanken beschäftigten sich mit dem möglichen Ärger, den er bei Berman durch seine überraschende Ankunft auslösen könnte, und die Tatsache, daß er keine sichere Vorgehensweise hatte, um mit dem Mann Kontakt aufzunehmen.

Er stand früh auf, ohne ausgeruht sein, und beobachtete vom Fenster seines Hotelzimmers, wie die Hauptstadt allmählich erwachte. Zuerst kamen die Autos. Und dann die Fußgänger, mit Mänteln und Hüten gegen die Kälte geschützt. Hartmann beobachtete zwei Männer, die den Park in Richtung zum Weißen Haus durchquerten und deren Atem graue Wolken bildete, als sie sich unterhielten. Regierungsangestellte vielleicht. Es schien ein lebhaftes Gespräch, beinahe ein Streit. Er empfand Neid. Profane Jobs, profane Sorgen. Nur zu gern hätte er mit ihnen getauscht und alle ihre Probleme an Stelle der seinen auf sich genommen.

Um die Zeit totzuschlagen, bestellte er sich Frühstück aufs Zimmer und ignorierte es dann; nur den Kaffee trank er mechanisch. Um neun nahm er das Telefonbuch und lächelte angesichts der Überraschung, die er jedesmal empfand, wenn er den CIA-Anschluß in Langley offen registriert fand. In Moskau wurde nicht einmal die Existenz des Komitet Gossudarstwennoi Besopasnosti zugegeben, und rund um das graue, steinerne Hauptquartier am Dsershinskiplatz waren ständig Zivilbeamte des KGB im Dienst und befragten jeden, der auch nur das geringste Interesse an dem Gebäude zeigte. Der Besitz einer Kamera garantierte fast sicher die Festnahme.

Hartmann wurde von Anschluß zu Anschluß verbunden, bis er schließlich in die Europa-Abteilung gelangte. Zuerst wurde Bermans Anwesenheit geleugnet, was verständlich war, da Hartmann sich weigerte, sich zu erkennen zu geben. Weil er ohne eine Konzession nicht weiterkommen würde, nannte Hartmann schließlich widerstrebend seine Registernummer. Sofort kam Berman in die Leitung.

»Um Himmels willen, die Leitung ist nicht sicher.«

»Ich weiß«, sagte Hartmann.

»Sind Sie in Washington?«

»Ja.«

»Wieso?«

»Es ist wichtig.«

»Etwas wegen der letzten Sache?« Die Hoffnung war deutlich herauszuhören.

»Ich will Sie sehen«, sagte Hartmann vieldeutig. In seiner Verzweiflung würde Berman einwilligen. Hartmann mußte riskieren, daß er anschließend verärgert wäre.

Der Amerikaner zögerte und versuchte, einen einigermaßen abgeschirmten Treffpunkt vorzuschlagen. »Lincoln Memorial«, sagte er dann. »In einer Stunde.«

Hartmann spürte das Bedürfnis, der Einengung des Hotels zu entkommen , und machte sich früh auf den Weg zu der Gedenkstätte. Eine lustlose Sonne brach gelegentlich durch die Wolken, erzeugte aber wenig Wärme; Pfützen blieben gefroren, Hecken und Büsche waren frostweiß. Nach fast zwei Monaten in der Tropenhitze von Panama mußte er Glück haben, wenn er sich nicht erkältete. Es war unbedacht von ihm gewesen, unangemeldet nach Washington zu kommen, ebenso unbedacht wie der Flug nach Paris, ohne sich vorher über Bermans Anwesenheit dort zu vergewissern. Es wurde Zeit, daß diese Sorglosigkeiten aufhörten. Er begann, sich bewußt auf seine Umgebung zu konzentrieren, nahm Umwege und machte sich die Erfahrungen von über drei Jahrzehnten zunutze. Er gelangte nach Georgetown und wußte erstmals die Vorteile der Gitterstruktur zu schätzen: In dem geordneten Straßenraster wäre es einfach, einen Verfolger zu erkennen. In der Q Street winkte er ein vorbeifahrendes Taxi heran, gab den Capitol Hill als Ziel an, spielte eine Meinungsänderung vor, bezahlte noch während der Fahrt und stieg direkt hinter einer ampelgeregelten Kreuzung aus, wo er jedes Verfolgerfahrzeug bemerkt hätte.

Er war noch vor der verabredeten Zeit am Memorial, ging hinein und blickte zu dem Denkmal hinauf. Lincoln hatte die Sklaverei bekämpft, fiel ihm ein, wenn auch nicht so energisch wie einige Historiker gerne behaupteten. Die Ironie ließ ihn lächeln; ein passender Platz, um seine eigene Versklavung zu beenden. Prüfend betrachtete er die anderen Besucher und kam zu dem Schluß, daß es alles echte Touristen waren.

Berman, der in allen Dingen präzise war, kam exakt zur angekündigten Zeit und näherte sich dem Monument mit den dynamischen und zugleich kontrollierten Schritten eines Fanatikers für Körperertüchtigung. Hartmann fragte sich, ob er hier joggte, wie er es in Paris zu tun pflegte. Berman war in nahezu jeder Hinsicht die Antithese zu Karpow. Stationiert in einer Stadt, der gute Küche eine Religion bedeutete, reicherte er jede seiner kaloriengeprüften, knoblauchfreien Mahlzeiten mit Vitaminextrakt an. Er rauchte nicht, trank keinen Alkohol und bestand stets darauf, daß die Perrier-Flasche an seinem Tisch geöffnet wurde, damit er sicher sein konnte, daß es frisches Wasser war.

Berman stellte sich neben ihn, aber Hartmann sagte nichts. Der Amerikaner würde ebenso, wie er es getan hatte, die übrigen Besucher begutachten wollen.

»Ich hoffe, Sie haben einen verdammt guten Grund«, sagte der Amerikaner schließlich.

»Den habe ich.«

»Lang?« Bei der Frage drehte Berman sich zu ihm, und Hartmann sah den fast flehenden Ausdruck auf seinem Gesicht.

»Nein.«

»Was heißt das, ›nein‹?«

»Deswegen bin ich nicht gekommen.«

»Warum dann, um Gottes willen?«

»Ich steige aus.«

Berman starrte den Österreicher verständnislos an. »Aussteigen?« sagte er, als hätte das Wort keine Bedeutung.

»Kündigen.«

Berman lachte, einen kurzen, nervösen Laut. »Oh, mein Gott!« sagte er ungläubig.

»Ich meine es ernst«, versicherte Hartmann.

»Ich habe Probleme«, sagte Berman, als lade er einen Dritten ein, ein objektives Urteil zu fällen. »Ich habe Probleme wie noch nie in meinem ganzen Leben. Davidson hat mich auf dem Bratspieß und grillt mich jeden Tag ein bißchen mehr, und dann kommen Sie aus Europa herüber, durchbrechen alle Sicherheitsvorschriften und verkünden in aller Ruhe, Sie wollen nicht mehr arbeiten. Ich glaube es nicht! Ich glaube es einfach nicht!«

»Ich habe Ihnen in Paris gesagt, daß ich es erwäge.«

Berman schüttelte den Kopf, als könne er sich nicht daran erinnern. Offenbar im Gefühl, daß sie schon zu lange in der Rotunde ständen, wandte Berman sich um und ging nach draußen voraus.

»›Hat Davidson in Mexiko City nichts gefunden?« fragte Hartmann und folgte dem Amerikaner zu einer allein stehenden Bank.

Berman schüttelte den Kopf. »Und jetzt werden die Sündenböcke gesucht. Ich bin der Favorit.«

»Das tut mir leid. Ein ziemlich verkommenes Leben, nicht?«

»Mir gefällt es«, wehrte Berman ab.

»Mir nicht«, sagte Hartmann. »Deshalb gebe ich es auch auf.«

»Seien Sie nicht albern, Hugo.«

»Ich bin zu alt«, entgegnete Hartmann und bereitete sich auf den schon vertrauten Dialog vor. »Es ist nicht mehr so leicht. Meine Nerven lassen mich im Stich.«

»Ich fertige die Leistungsbeurteilungen an«, widersprach Berman. »Ich habe eine ganz andere Einschätzung.«

»Das spielt keine Rolle«, sagte Hartmann, seine Unsicherheit überspielend. »Ich arbeite nicht mehr.«

»Selbstverständlich arbeiten Sie noch.«

Hartmann drehte sich dem Mann zu. »Wie meinen Sie das?«

»Ich meine, Sie können nicht einfach aufhören, Hugo. Ich lasse das nicht zu.«

»Ich *will* nicht mehr. Das müssen Sie akzeptieren.«

»Ich werde es nicht akzeptieren«, erwiderte Berman in einem Tonfall, als handelte es sich um eine akademische Diskussion.

»Sie Schwein!«

»Seien Sie nicht albern, Hugo. Es ist doch keine persönliche Angelegenheit.«

»Für mich schon.«

»Das ist nur die Nachwirkung von Gerdas Tod. Das tut mir übrigens sehr leid.«

Er war wie bei einem Laborexperiment ständig unter mikroskopischer Kontrolle, dachte Hartmann. Eigenartig, wie Karpow und Berman die gleichen Argumente verwandten. Wieso eigenartig? Sie waren gleichartige Menschen, die gleichartige Arbeit taten.

»Ich will frei sein«, sagte er mit brechender Stimme. Er packte den Arm des Amerikaners. »Bitte!» flehte er. »Bitte, lassen Sie mich gehen!«

Berman, der Widerwillen gegen körperliche Kontakte empfand, löste behutsam seinen Griff.

»Wie, meinen Sie, wird Davidson das auffassen?« fragte er. »Die Falle für einen Nazi, dem Sie auf den Fersen waren, funktioniert nicht; der Mann wird von jemandem eliminiert, über den wir überhaupt nichts wissen, und ein paar Wochen später sagen Sie, Sie wollen aussteigen. Meinen Sie nicht, das würde Mißtrauen erregen?«

»Ich weiß nicht, was passiert ist«, sagte Hartmann.

»Ich akzeptiere das – Davidson würde das nicht.«

Hartmann kam zu der Meinung, daß Berman sich nicht um seinen, Hartmanns, Schutz sorgte. Ein Agent, der den Dienst aufkündigte, würde nur den Druck erhöhen, unter den die CIA ihren Mann setzte.

»Ich bin nicht mehr so gut«, sagte Hartmann.

Berman brachte es über sich, ihm kurz die Schulter zu drücken. »Sie kennen die Regeln so gut wie ich.«

»Regeln?«

»Sobald einer drin ist – sobald jemand wie Sie drin ist –, gibt es nur einen Weg hinaus...«

Hartmann fielen seine Gedankenspiele über die Sklaverei vor der Statue des amerikanischen Staatsmanns ein. Er schloß die Augen und fühlte sich einen Moment lang schwach und benommen. Weder hatte er seine Tabletten genommen, noch regelmäßig gegessen.

»Geht es Ihnen nicht gut?« fragte Berman besorgt.

»Doch.« Hartmann öffnete die Augen wieder.

»Ich decke Sie«, bot Berman plötzlich an.

»Mich decken?«

»Ich muß einen Bericht abfassen, wenn ich zurückkehre. Ich sage, wir hätten das Treffen in Paris verabredet... daß Sie mir etwas Wichtiges mitteilen wollten.«

»Es interessiert mich einen Dreck, was Sie sagen«, protestierte Hartmann und ballte in ohnmächtigem Zorn die Hände zu Fäusten.

»Das beste ist, jetzt nichts aufzurühren«, sagte Berman. »Und außerdem bedeutet es, daß Sie die Flugkosten abrechnen können.«

Vielleicht hätte er warten sollen, bis Berman nach Paris zurückkehrte. Die Entscheidung wäre die gleiche gewesen: Berman würde niemanden gehen lassen, nicht in seiner momentanen Situation. Das Ganze war eine lächerliche Selbsttäuschung gewesen.

Er hatte gewußt, daß Karpow ihn nicht gehen lassen würde; und er hatte gewußt, daß Berman ihn nicht gehen lassen würde. Sein Versuch hatte einzig und allein der Beruhigung seines eigenen Gewissens gedient.

»Sie hätten nicht kommen sollen«, wiederholte Berman. »Es gibt nicht viele Agenten, die tun würden, was ich tue.«

Hartmann war sich sicher, daß Bermans falscher Bericht ihm spätere Kritik ersparte, mehr nicht. Der Amerikaner, dieser präzise Mensch, blickte auf die Uhr. Hartmann sah, daß es sich um eine wuchtige Digitaluhr handelte, die die Zeit in allen Hauptstädten der Welt zeigte, zusätzlich zu Sekunden, Minuten, Stunden und Datum.

Am unteren Rand war sogar ein Minirechner eingebaut. Berman hielt die Uhr wahrscheinlich für eine unabdingbare Ausstattung.

»Ich muß gehen«, sagte Berman. »In einer Stunde tagt ein Untersuchungsausschuß.«

»Natürlich.«

»Ziehen wir die Zügel etwas straffer, oder?«

»In Ordnung.«

»Und vergessen Sie nicht, die Flugkosten auf die Spesenabrechnung zu setzen.«

»Nein, ich vergesse es nicht.«

Hartmann war noch vor der Mittagsstunde im Hay Adams zurück. Obwohl er es eigentlich nicht wollte, zwang er sich, etwas zu essen, um den Blutzucker im Gleichgewicht zu halten. Nach dem Essen bestätigte er seine Reservierung für den Abendflug nach Wien und rief dann, wie versprochen, Rebecca an. Sie hatte eine weitere Ikone gekauft und erwartete noch einen Mann mit venezianischen Glasstücken, sagte sie. Und zum Abendessen am nächsten Tag bereitete sie Wildschweinbraten mit Rotkohl vor.

Da er noch Zeit bis zum Abflug hatte, rief Hartmann die Scheckabteilung der Chase Manhattan Bank an, nannte die Nummer des Schecks, den er für die Steinmetzarbeit auf Gerdas Grab hinterlassen hatte und erkundigte sich, ob er eingelöst worden wäre. Das war nicht der Fall. Möglicherweise war der Stein noch in Arbeit. Doch das hielt Hartmann für unwahrscheinlich.

8

Rebecca schlief, eine Hand über seine Brust gelegt. Er spürte die Kanten ihrer Ringe auf seiner Haut. Wahrscheinlich hatten sie ihm den Rücken zerkratzt, als sie ihn mit einer Leidenschaft umarmt hatte, die ihn überraschte. In der Dunkelheit des Schlafzimmers hatte sie das Gefühl entdeckt und ihre Scheu verloren.

»Ich bin so froh, daß du zurück bist«, hatte sie zur Erklärung gesagt. »Du solltest wissen, wie sehr ich dich liebe.«

Behutsam versuchte er, ihre Hand wegzuschieben, damit sie nicht so leicht merkte, daß er noch wach war. Hatte sie seine Probleme gespürt, ihr Gefühl zu erwidern? Seine Schwierigkeiten, überhaupt mit ihr zu schlafen? Er hatte gewußt, daß sie es erwartete, deshalb hatte er sich dazu gezwungen; als sie das Zimmer verließ, hatte er hastig in der Hoffnung getrunken, der Alkohol könnte es erleichtern.

Jetzt hatte er Kopfschmerzen, ein stets unbehagliches Gefühl hinter den Augen und im Nacken.

Die Gespräche mit Karpow und Berman wiederholten sich ständig in seinem Kopf. Er konnte sich sogar noch an ihren Tonfall erinnern. *Es gibt nur einen Weg hinaus, Hugo... Du hast Angst vor dem Sterben, nicht wahr, Hugo?*

Hatten sie ihn verspottet? Im nachhinein schien es Spott zu sein. Vielleicht täuschte seine Erinnerung ihn.

Rebecca neben ihm drehte sich und zog ihre Hand fort. Sie wimmerte leise, und er verstand nichts. Neugierig blickte er in ihre Richtung. Sie träumte selten so erkennbar. Er versuchte, ihre Gesichtszüge zu erkennen, und versagte sich den Wunsch, sie mit den Fingern nachzuziehen. Würde sie jetzt, da Gerda tot war, weiterhin mit getrennten Wohnungen einverstanden sein? Eine Weile schon, nahm er an; bis genügend Zeit verstrichen war, daß Gerdas Andenken nicht mehr überschattet würde. Und vielleicht würde sie selbst dann noch auf seine Initiative warten. Sollte er es riskieren? Seine Furcht galt nicht so sehr der Möglichkeit, daß sie entdeckte, womit er sein Geld verdiente, auch wenn diese Entdeckung ihrer Beziehung schaden mochte. Sie wußte alles, was im Lager geschehen war, wußte von seiner Feigheit. Wenn sie ihn trotz dieses Wissens zu lieben vermochte, dann konnte sie sich auch an den Gedanken gewöhnen, daß er ein Agent war, so störend sie es auch anfangs finden mochte. Nein, er fürchtete vielmehr, daß sie ein Opfer werden könne. Angenommen, es käme tatsächlich zu einer Verhaftung, Sirenen würden schrillen, Polizei auftauchen? Würde sie jemals akzeptieren, daß Rebecca unschuldig geblieben war? War nicht wahrscheinlicher, daß es zu ausgedehnten Vernehmungen durch anonyme, uniformierte Männer käme? Der Kleider und des Schmucks beraubt, die sie für ihr Selbstvertrauen benötigte, in der rauhen Umgebung eines Gefängnisses und erneut in einer nackten Zelle eingesperrt, immer wieder verhört, bis sie eine unbedachte, unschuldige Äußerung machte, die sie noch mehr davon überzeugen würde, daß sie log. Unwillkürlich schauderte er und fürchtete im selben Moment, die Bewegung könnte sie aufschrecken. Er würde es nicht tun, konnte es nicht. War er bereit, sie zu verlieren? Eine Möglichkeit, die in Betracht gezogen werden mußte. Würde sie seine Weigerung zur Eheschließung und Gründung eines Heims nicht als Zurückweisung sehen? Rebecca war eine stolze Frau, und sie hatte jeden Grund dazu. Viel eher würde sie ihm seine Schwächen vergeben, als daß sie akzeptieren konnte, was sie für einen Mangel an Zuwendung halten mußte.

Die Kopfschmerzen wurden schlimmer, machten sich jetzt im Rhythmus seines Herzschlags bemerkbar. Hatte er am Tag vorher die vorgeschriebene Anzahl Tabletten gegen seine Diabetes genommen? Er wußte es nicht mehr. Vielleicht würde Aspirin helfen, aber wenn er das Bett verließ, würde er sie aufwecken. Er drehte sich von ihr, so daß sich ihre Körper nicht mehr berührten. Hartmann wußte, er brauchte diese Frau. Der Gedanke, allein zu sein, niemanden zu haben, ängstigte ihn; er ängstigte ihn ebensosehr wie der Gedanke an den Tod, den er Karpow so schnell eingestanden hatte. Rebecca stieß erneut ein leises Wimmern aus, ein merkwürdig verlorener Laut. Und sie brauchte ihn, dessen war er sich sicher.

Draußen wurde es allmählich hell. Im Schlafzimmer formten sich die ersten Konturen. Er sank in einen Halbschlaf, den ein Teil von ihm bewußt als Traum erkannte, aber er war nicht fähig, sich aus seiner Schreckensszenerie zu lösen. Die Fenster waren mit Stacheldraht versperrt und draußen bellten geifernd Hunde, Schäferhunde, die sie gewöhnlich einsetzten. Gerda war bei ihm, Rebecca auch. Sie waren unbekleidet und schämten sich ihrer Nacktheit, hielten die Hände in vergeblichem Schutz vor ihren Körper. Die Frauen waren nicht mehr freundlich zu ihm; sie schrieen ihn an, forderten, daß er sich als Mann erweise und ihnen einen Weg hinaus zeigte, doch jedesmal, wenn er die Tür öffnete, stand Karpow oder Berman draußen und stieß ihn zurück in den Raum. Und dann war es weder Karpow noch Berman, sondern Klaus Reinhart, wie stets mit glänzenden Stiefeln und Reithosen bekleidet, Stalingrad-Orden, Auszeichnungen aus Griechenland und Nordafrika auf der Jacke, Beweise für seine Tapferkeit vor der Verwundung, wegen der die SS ihn in das Lager abgestellt hatte. Reinhart mußte ihn nicht stoßen, denn er wich automatisch zurück. Und als er sich umwandte, schrieen Rebecca und Gerda nicht mehr, sondern lagen nebeneinander auf dem Bett, streckten lächelnd die Arme aus und boten ihre Nacktheit stolz dar. Reinhart trat zu ihnen, und auf ein Fingerschnippen von ihm entkleideten sie ihn und falteten die Kleidungsstücke sorgsam.

Angstvoll stöhnend zwang er sich, wach zu werden. Er war schweißgebadet, die Bettlaken waren feucht. Rebecca neben ihm saß aufrecht.

»Deck dich zu!« verlangte er, noch halbwegs in der Traumrealität.

»Was?« fragte sie verwirrt.

»Ach, nichts«, sagte er. »Tut mir leid. Ein böser Traum.«

Sie schaltete die Bettlampe an, obwohl das Licht im Zimmer zum Sehen ausreichte.

»Kann ich etwas für dich tun?«

»Ich habe Kopfschmerzen.«

Immer noch nackt, stieg sie unbefangen aus dem Bett, um Aspirin aus dem Badezimmer zu holen. Er blieb aufrecht sitzen und beobachtete sie. Ihr Körper war noch fest und elastisch, stellte er, plötzlich erregt, fest.

»Sie kriegen dich nicht!« entfuhr es ihm, als sie mit Aspirin und Wasser zurückkam.

Besorgt sah sie ihn an. »Was ist los, Liebling?«

Erneut schauderte er. »Böser Traum«, sagte er ein zweites Mal.

Sie hatte auch ein Handtuch aus dem Bad mitgebracht. Jetzt setzte sie sich auf den Bettrand und trocknete ihm den Schweiß von Kopf und Schultern.

»Armer Hugo«, sagte sie sanft.

»Ich wollte dich nicht wecken.«

»Es ist ohnehin Zeit zum Aufstehen.«

»Ich will, daß wir glücklich sind, Rebecca.«

»Das weiß ich, Liebling.«

»Ich werde mich sehr, sehr bemühen, dich glücklich zu machen.«

»Du machst mich doch jetzt schon glücklich.«

Auf dem Weg zurück zum Badezimmer nahm sie einen Morgenmantel vom Bett. Er lauschte dem Geräusch der Dusche. Gelegentlich hörte er die Melodie, die sie summte. Sie klang melancholisch. Ein Klagelied.

Als er mit dem Rasieren fertig war, hatte sie vor dem Erkerfenster, von dem aus sie auf Wien hinabblicken konnten, das Frühstück vorbereitet. So viele Kirchen, dachte er, eine Ansammlung religiöser Relikte. Die Deutschordenskirche weit drüben an der Singerstraße, und die Michaelerkirche viel näher. Ein Kirchturm weiter rechts, den er nicht zu identifizieren vermochte. Wo war ein Gott, zu dem er beten oder den er um Anleitung bitten konnte? Es gab keinen Gott. Zu dieser Erkenntnis war er vor vielen Jahren in Belsen gekommen. Neben seinem Teller und dem Glas mit Orangensaft lagen seine Tabletten. Es gab nur einen Menschen, der sich um ihn sorgte, nur einen Menschen, den er anbeten sollte.

»Ich bin gespannt, ob der Mann mit dem venezianischen Glas wiederkommt«, sagte sie, während sie ihr Brötchen aufschnitt. Der Kunde hatte die Verabredung am Vortag nicht eingehalten, und Hartmann wußte, daß sie verärgert war.

»Vielleicht hatte er einen Grund, daß er nicht kam«, sagte er.

»Zum Beispiel, weil er an jemand anderen verkauft hat.«

Ihr Konkurrenzbewußtsein ließ ihn lächeln. »Er kommt bestimmt wieder«, sagte er aufmunternd.

»Hast du dir schon überlegt, ob du einen Arzt aufsuchst?« fragte sie unvermittelt.

»Was?«

»Dir geht es nicht gut«, sagte sie. »Seit Gerdas Beerdigung ist das zu sehen. Ich meine, du solltest einen Arzt aufsuchen.«

»Es ist nichts«, wehrte er ab. »Vielleicht ein bißchen erschöpft...«

»Eine Untersuchung wird nichts schaden«, sagte sie und griff über den Tisch nach seiner Hand. »Ich möchte nicht, daß dir etwas passiert.«

»Ich überleg's mir«, sagte er.

»Bald?«

»Ja, gut.«

Zuerst fuhren sie mit dem Taxi zu ihrem Geschäft in der Führichgasse, und dann ließ Hartmann sich zu seiner Wohnung bringen. Nachdem sie ausgestiegen war, saß er gedankenversunken im Taxi. Er hatte immer geglaubt, Träume verschwänden im Moment des Erwachens. Wieso hatte der Alptraum ihn dann noch nicht verlassen, wieso war der Ausdruck auf Reinharts Gesicht für ihn so lebendig wie in all den Jahren, wenn er Gerda seine nächtlichen Besuche abstattete? Er fuhr aus seinen Gedanken hoch; der Wagen hatte angehalten, der Fahrer sah ihn neugierig an. Hartmann bezahlte, nahm aus dem Kofferraum den Koffer, mit dem er aus Amerika zurückgekehrt war, und trat langsam in das Haus. Es war zu alt, um einen Aufzug zu haben. Gemächlich stieg er die breite, geschwungene Treppe hinauf, auf jedem Absatz verschnaufend. Er war zu alt, ging ihm erneut durch den Kopf, viel zu alt. Die Kopfschmerzen lauerten noch, jederzeit bereit, wieder aufzutauchen.

Ihm war es mechanische Gewohnheit geworden, die Wohnung mit Blick auf den Boden zu betreten, denn das war für beide Seiten die Methode für die erste Kontaktaufnahme. Er drückte die Tür ins Schloß, stellte den Koffer ab, hängte die Kette ein und starrte auf die Postkarte. Er konnte nicht erkennen, von welcher Seite sie stammte, und er war nicht gewillt, sich einer von beiden zu verpflichten, indem er sie aufhob. Schließlich bewegte er sich widerwillig, und sein Stöhnen entsprang ebenso seiner Verzweiflung wie der Mühe des Bückens. Der Möbelkatalog, den er sich anschauen wollte, war eingetroffen und lag abholbereit. Die Karte war echt und stammte von einem der besseren Geschäfte am Kohlmarkt. Also wollten die Russen ihn. Würde Karpow sein Versprechen halten, ihn soweit wie möglich zu schützen?

Bevor er mit der Kontaktprozedur begann, packte Hartmann erst einmal aus. Er war ein ordentlicher Mensch, deshalb war es für ihn normal, aber heute bedeutete es auch einen Aufschub. Wie großartig wäre es doch, wenn er nicht reagierte! Aber er tat es. Er brauchte zwanzig Minuten, um den Schutzzaun zu durchdringen, den Karpow um sich errichtet hatte, und als er die letzte Ortsangabe erhielt, runzelte Hartmann die Stirn; wieder die Wohnung in der Schüttelstraße. Wie beim ersten Mal verließ Hartmann das Taxi ein Stück entfernt und steuerte das Ziel, wie es Vorschrift war, zu Fuß auf Umwegen an.

Mit der gewohnt übersteigerten Herzlichkeit zog Karpow ihn in die Wohnung, seine Hand zur Begrüßung umklammernd und den anderen Arm um die Schultern des Österreichers gelegt.

»Es tut gut, dich wiederzusehen, Hugo«, sagte Karpow. Der Russe, ganz Lächeln und in Zigarettengeruch eingehüllt, trat einen Schritt zurück und musterte ihn wie ein stolzer Vater seinen Sohn, der nach langer Abwesenheit zurückkehrt.

»Du siehst besser aus«, sagte schließlich.

»Aber ich fühle mich nicht so.«

Karpow ignorierte den Einwand. »Was meinst du dazu?« fragte er und umfaßte mit einer Armbewegung die Wohnung.

Hartmann sah, daß einige Drucke an der Wand angebracht und nahe beim Fenster ein Topf mit Hängepflanzen befestigt war. Neben einer Tür, die vermutlich ins Schlafzimmer führte, befand sich eine aufwendige Stereoanlage mitsamt den Regalen für Karpows Plattensammlung.

»Sehr hübsch«, sagte Hartmann skeptisch.

»Im *Sacher* gibt es eine Empfangsdame ...« vertraute Karpow ihm an. Er hob die gewölbten Hände, als prüfe er ein Gewicht. »Toller Busen. Kommt morgen abend.«

»Viel Glück«, sagte Hartmann.

»Brauch' noch Mundwasser«, erinnerte Karpow sich. Dann lächelte er breit. »Habe gerade eine frische Lieferung Beluga bekommen«, sagte er. »Wir nehmen ihn mit etwas Aquavit.«

»Ich habe keinen Hunger«, lehnte Hartmann ab.

»Niemand kann den besten Kaviar der Welt zurückweisen«, sagte der Russe.

Ein Tisch war bereits vorbereitet. Der Kaviar war in einer Silberschüssel, die in gestoßenem Eis stand, und die Aquavitflasche war von einer dünnen Eiskruste überzogen. Daneben lagen zwei Löffel und grobkörniges Brot.

»Keine Zwiebel oder hartgekochte Eier, wie sie sie im Westen servieren«, sagte Karpow. »Das ist Dreck, für Bubis. Dies hier ist die einzige Art, ihn zu essen. Und für mich ist der Aquavit besser als Wodka. Mehr Biß.«

Er löffelte sich den Kaviar in den Mund und schloß die Augen, um den Geschmack auszukosten.

»Rußland hat der Welt nicht viel gegeben«, sagte Karpow enthusiastisch. »Aber wenn wir ihr einen Geschmack dafür übermittelt haben, sollte sie dankbar sein.«

Er öffnete die Flasche und goß zwei Gläser ein. Hartmann bediente sich mit einer kleinen Portion Beluga und nahm das Glas von Karpow an.

»Erfolg!« wünschte der Russe.

»Bei was?«

»Deinem Auftrag, natürlich«, sagte Karpow. Er schob die Schüssel auf Hartmann zu. Hartmann nahm noch eine Portion und genoß den Geschmack. Er müßte die Empfangsdame vom *Sacher* am nächsten Abend gehörig beeindrucken.

»Du hast mir eine Pause versprochen«, rief Hartmann ihm in Erinnerung.

Karpow hob die Schultern, um anzudeuten, daß die Entscheidung jemand getroffen hatte, der weniger mitfühlend als er selbst war. »Es tut mir leid«, sagte er.

»Worum geht's?«

»Um einen Verräter«, antwortete Karpow.

Hartmann spürte, daß der Russe ihn direkt anschaute. Er sah auf und erwiderte den Blick. Zum Glück aß er gerade, so daß sein Schlucken ziemlich natürlich erschien.

»Russe?« fragte Hartmann. Seine Stimme klang normal.

»Er scheint es vergessen zu haben«, gab Karpow zurück. Er häufte Kaviar auf das Brot. »Das hier hat den Ruf eines Aphrodisiakums«, sagte er. »Ich hoffe, es wirkt morgen.«

»Bei so etwas bin ich noch nie beteiligt worden«, sagte Hartmann vorsichtig.

»In Amerika«, sagte Karpow ungerührt. »New York.«

Erneut fixierte der Russe ihn, als wolle er jede Reaktion wahrnehmen. Hartmann trank und aß weiter.

»Wer?« fragte er schließlich.

Karpow zog ein Foto aus einem Schnellhefter am Rand des Tischs und reichte es dem Österreicher.

»Dimitri Poljew«, erläuterte er. »Zweiter Sekretär unseres UN-Konsulats.«

»Ihr habt doch Agenten, die die Vereinten Nationen überwachen«, sagte Hartmann.

»Sie sind es, die Verdacht geschöpft haben.«

»Wieso werde ich dann gebraucht?«

»Weil wir es sicher wissen wollen. Ohne Gewißheit wollen wir gegen den Mann nichts unternehmen.«

»Ihr habt eigene Agenten«, wiederholte Hartmann.

Karpow schüttelte den Kopf und kratzte die letzten Reste des Kaviars aus der Schüssel.

»Wir können auf amerikanischem Boden keine Ermittlungen von Russen durchführen lassen.«

»Es handelt sich doch kaum um Ermittlungen.«

»Trotzdem wäre es zu gefährlich. Du wirst gebraucht.

Die Fäden wurden straffgezogen, und die Marionette würde wieder tanzen, dachte Hartmann bitter. Er fühlte Abscheu vor dem Russen in sich aufsteigen.

»Fünfzigtausend Dollar«, forderte er. Hartmann blickte starr über den Tisch, um die Reaktion des anderen abzuschätzen. Das waren zehntausend mehr, als er jemals vorher verlangt hatte. Was würde er tun, wenn Karpow ablehnte?

»Einverstanden«, sagte Karpow ohne Zögern. Er grinste angesichts der Überraschung des Österreichers.

»Ich habe es dir schon gesagt: Wir schätzen dich sehr hoch ein. Wirklich sehr hoch.«

»In Dollars«, setzte Hartmann nach. Er hatte ein Minimum an Macht gefunden und genoß es, damit zu spielen – wie ein Kind, das sein Lieblingsspielzeug wiederfindet.

»Ja.«

»Im voraus zu zahlen.«

»Selbstverständlich.«

Hartmann ging auf, daß er über keinerlei Überlegenheit verfügte. Karpow lenkte ihn durch die finanziellen Abmachungen wie er es bei allen anderen Dingen auch getan hatte.

»Was soll ich tun?« fragte er.

»Es beweisen. Oder genügend Zweifel an dem Mann entdecken, die ein Verhör rechtfertigen.«

»Und dann?«

»Wir setzen ein Kommando ein«, sagte Karpow. »Deine Kontaktstelle wird die Botschaft in Washington sein. Keine direkte Verbindung zwischen euch.«

Hartmann war klar, dies galt für den Fall, daß er erwischt wurde, dem Schutz ihrer eigenen Leute. Noch ein Transatlantikflug. Allmählich wurde es lächerlich. Er fühlte sich in peinigende Mattigkeit eingebettet.

»Warum kein anderer?« fragte er.

»Es gibt keinen anderen.

»Ich bin sehr erschöpft.«

»Es dürfte nicht schwierig werden.«

»Es ist immer schwierig.«

»Da ist noch etwas«, sagte Karpow. Er holte einen Illustriertenausschnitt aus dem Schnellhefter und schob ihn mit erwartungsvollem Lächeln über den Tisch. »Was hältst du davon?« fragte er.

Es war ein Inserat, in dem vier frühe Pressungen angeboten wurden, die Charlie Mingus zusammen mit Charlie Parker aufgenommen hatte.

»Ich habe bereits geantwortet«, sagte Karpow. »Mir ist egal, was sie kosten. Ich muß sie haben.«

»In Ordnung«, sagte Hartmann müde.

»Weißt du überhaupt, wie selten sie sind?« fragte Karpow, der Hartmanns Mangel an Interesse nicht begriff.

»Nein«, antwortete Hartmann.

»Sie sind einzigartig«, begeisterte Karpow sich, als versuchte er, den anderen mit seinem Enthusiasmus anzustecken.

»Ich hole sie für dich«, versprach Hartmann und steckte die Verkaufsanzeige in die Tasche. »Was ist mit dem Geld?«

Aus dem Schnellhefter zog Karpow die schmalen Bündel mit Dollarnoten, ordentlich in Bankbanderolen gepackt. Er genoß den Ausdruck auf Hartmanns Gesicht. »Zähl's«, meinte er einladend.

Hartmann befolgte die Aufforderung sehr sorgsam. »Fünfzigtausend«, sagte er dann und blickte auf. In Erwartung einer noch höheren Forderung hatte Karpow noch mehr bereitgehalten. Er unterschied sich nicht von dem gierigen Postboten in dem Hotelzimmer in Panama, dachte Hartmann.

Karpow lehnte sich über den Tisch und tätschelte seine Arme.

»Was soll ich noch tun, um dich zu überzeugen?« fragte er. »Unser einziges Interesse ist, dich bei Laune zu halten.«

Seine Kopfschmerzen waren wieder da, merkte Hartmann. Sie waren schlimmer als vorher.

Karpow stand nahe beim Fenster und wartete, daß Hartmann auf die Straße vor dem Haus hinaustrat. Er erkannte den Österreicher und nickte bewundernd ob der Leichtigkeit, mit der der Mann mit den Passanten verschmolz.

Karpows Koffer wartete schon gepackt im Schlafzimmer, der Mantel mit dem Pelzkragen und der Hut lagen griffbereit daneben. Er verließ das Haus durch den Hintereingang, der gewöhnlich von Lieferanten benutzt wurde, und der wartende Chauffeur stieg aus dem Wagen, nahm ihm den Koffer ab und öffnete dann die hintere Tür für ihn.

Um Staus auszuweichen, nahmen sie die Ringstraße, und erreichten Schwechat in weniger als einer Stunde. Das Flugzeug nach Amsterdamm hatte keine Verspätung, wofür Karpow dankbar war. Als er an Bord ging, fragte er sich im stillen, ob die ganzen Umwege absolut notwendig waren; er wußte, daß ihm niemand auf die Spur gekommen war. Der Besuch in Moskau war unnötig: Migal war ein lästiges altes Weib. Zu seiner Mahlzeit an Bord trank er drei Miniaturflaschen Wein, und in Amsterdam hatte er aussreichend Zeit, noch zwei Cognac zu genießen. Da er mit einem französischen Paß reiste, wurde ihm während des Aeroflot-Flugs nach Moskau keine besondere Aufmerksamkeit zuteil, und die Besatzung war zu gut trainiert, als daß sie auch nur Minimum an Neugier verriet, als er auf Seremetjevo sofort abgefertigt wurde und draußen ein Zil geparkt war, der seine Ankunft erwartete.

Vor zwei Jahren war Karpow zum letzten Mal zuhause gewesen. Trotz der wärmenden Heizung schauderte er im Fond des Wagens. Er hatte vergessen, wie durchdringend kalt es in Moskau werden konnte. Was Wunder, daß alle Menschen so unglücklich wirkten. Die Straße war geräumt und trocken, der Schnee auf beiden Seiten zu Einfassungsmauern gefroren.

»Es ist kalt«, sagte Karpow zum Fahrer, sein Russisch wie ein Student ausprobierend.

»Es war schon kälter«, gab sich der Mann kurz angebunden.

»Ich hatte vergessen, wie es sein kann.«

Der Mann reagierte nicht. Elender Wichser, dachte Karpow. Die Stadt begann ihre Konturen zu formen, erst nur schwarze Erhebungen am Horizont, dann klarer erkennbare Gebäude. Babuschkas, plump in ihrer dicken, schützenden Kleidung, beugten sich über Schneeschaufeln und Besen oder standen in kleinen Gruppen tratschend beisammen. In der Stadt selbst bremste der dichter werdende Verkehr ihr Fortkommen. Das größte Hindernis bildete unvermeidlich ein defekter Bus. Ein Doppeldecker, sah Karpow, als sie ihn schließlich passierten. Stalin hatte solche Fahrzeuge nie zugelassen, eindeutig deshalb, weil sein Bauernverstand überzeugt war, daß sie eine scharfe Wendung ohne umzufallen nicht überstehen würden.

Sie fuhren direkt zum Dsershinskiplatz und unterzogen sich den üblichen Kontrollen.

»Danke«, sagte Karpow höflich zu dem Fahrer. Wieder keine Reaktion. Karpow wurde bewußt, daß er die Mißmutigkeit ebenso wie die Kälte vergessen hatte.

Iwan Migal, Leiter der Europaabteilung des KGB, erwartete ihn in seinem Büro. In der Ecke gurgelte ein Samowar wie der funktionsgestörte Magen eines alten Manns. Die Zentralheizung war hochgestellt, und Migal trug einen dünnen Anzug. Karpow wußte, seine schwere europäische Kleidung würde ihm bald unbequem werden. Es war sehr russisch, ein Extrem gegen das andere.

»Genosse Oberst«, grüßte Migal.

»Genosse General«, antwortete Karpow.

»Eine gute Reise?«

»Recht angenehm.«

»Ich bin Ihnen für Ihr Kommen dankbar.«

Die bescheidene Höflichkeit ließ Karpow zögern. Verstellung, urteilte er. Migal war nie ein bescheidener Mensch gewesen.

»Sie haben es als wichtig eingeschätzt«, erinnerte er.

»»Konsultation von Zeit zu Zeit ist immer wichtig, meinen Sie nicht?« erwiderte Migal. Er war ein kleiner, penibler Mann, der harte, abknöpfbare Kragen und Brillen, wie Lenin sie getragen hatte, bevorzugte und offenbar auf die äußere Ähnlichkeit hinzielte. Das rief Spott hervor, was bei jemandem, der in der Kreml-Hierarchie als Überlebender galt, zumindest ungewöhnlich war. Migal war ein Protégé Stalins gewesen, dem er mit unverrückbarer Ergebenheit, aber auch mit der nötigen Vorsicht gedient hatte, um den Säuberungen zu entgehen, die der größenwahnsinnige Tyrann zum Erhalt seiner unangefochtenen Macht durchgeführt hatte. Diese Tatsache allein war schon lange vor Stalins Tod auf Bewunderung gestoßen, doch wurde Migals Ruf erst nach 1953 fest verankert. Er wurde zuerst von Bulganin und dann noch bereitwilliger von Chruschtschow akzeptiert. Gerüchten zufolge war Migal zu einem bestimmten Zeitpunkt vom sowjetischen Parteichef sogar zur Alleinherrschaft über das KGB vorgesehen gewesen. Karpow hatte sich oft gefragt, ob der Mann so unangreifbar war, wie jedermann zu glauben schien.

»Sehr wichtig«, pflichtete Karpow bei.

»Haben Sie Hartmann eingewiesen?«
»Heute morgen.«
»Wie hat er reagiert?«
»Der Tod seiner Frau scheint ihn verwirrt zu haben, aber das war voraussehbar«, antwortete Karpow.
»Die natürliche Kulmination von Schuldgefühl?« meinte Migal.
»Vielleicht.«
»Was ist mit der anderen Frau?«
»Er liebt sie«, sagte Karpow.
»Könnte das seine Arbeit beeinträchtigen?«
»Es könnte sein Widerstreben steigern«, gab Karpow zu.
»Wieviel hat er gewollt?«
»Fünfzigtausend.« Karpow nahm die Überraschung auf Migals Gesicht wahr.
»Er wird sehr fordernd«, sagte der General.
»Ich glaube, er wollte, daß ich ablehne«, entgegnete Karpow.
»Trotzdem hätte er tun müssen, was wir verlangen.«
»Das wußte er. Auf einer hohen Entlohnung zu bestehen, erlaubt ihm, sich unabhängiger zu fühlen.«
»Er ist ein guter Mann«, stellte Migal fest.
»Der beste.«
»Wie ist Wien?«
»Sehr kultiviert«, sagte Karpow. Die ganze Reise war reine Zeitverschwendung, dachte er. Und dafür mußte er auch noch den Abend mit der Empfangsdame vom *Sacher* verschieben!
»Sammeln Sie immer noch Ihre Jazzplatten?«
Karpow zögerte einen Moment, während er nach einem kritischen Unterton in der Frage forschte. »Ja«, sagte er. »Die Sammlung ist inzwischen ziemlich umfangreich.«
»Kehren Sie sofort zurück?«
»Ich dachte, ich besuche meine Frau noch. Ich habe sie zwei Jahre nicht gesehen.«
Migal nickte. »Ich glaube, Sie sollten nicht zu lange von Wien fortbleiben.«
Warum hat er mich dann zurückbeordert? fragte Karpow sich. »Morgen wollte ich zurückfliegen.«
»Sehr gut«, willigte Migal ein.
Nachdem Karpow fort war, ging der KGB-Funktionär nachdenklich zu dem Samowar und bereitete sich noch eine Tasse Tee zu. Besäße der Mann Kenntnisse über das, was während des Kriegs auf Stalins Befehl geschehen war, hätte er es an Karpows Reaktionen und

Verhalten bemerkt. Hartmann wußte aus seiner Zeit in Belsen also nichts über den Tauschhandel, der die russischen Gefangenen einbezogen hatte; das war eine Erleichterung.

Die Affäre mit Fritz Lang hatte Migal beunruhigt, weil sie ihm vor Augen geführt hatte, wie verwundbar er noch immer sein konnte. Wäre der Nazi nicht in Mexiko ausgestiegen, um sich beim Kontaktmann der dortigen Botschaft zu erkundigen, wieso seine 400-Dollar-Zahlung eingestellt worden war, hätte es keine Möglichkeit gegeben, seine Festnahme durch die CIA zu verhindern. Und die Amerikaner hatten vorgehabt, Lang zu schnappen und zu enthüllen, was ihm gegen Ende des Kriegs aufgetragen worden war, dessen war Migal sich sicher. Die Agenten, die er vor Langs Ankunft zusammen mit der präparierten Limousine in Zürich postiert hatte, hatten mindestens 15 amerikanische Agenten identifiziert. Einer seiner Leute war so nahe gewesen, daß er von herumschwirrenden Glassplittern verletzt worden war.

Migal schauderte. So nahe war er der Katastrophe schon seit vielen Jahren nicht mehr gewesen. Er hätte Lang schon längst töten sollen. Das war ein sehr fahrlässiger Schnitzer gewesen. Er würde sicherstellen müssen, daß er einen derartigen Fehler nicht wiederholte.

Karpow würde den Befehl zur Moskauvisite für albern halten, doch das spielte keine Rolle. Es war wichtig gewesen, das Verhalten des Manns zu beurteilen und zu entscheiden, ob Hartmann sich ihm anvertraut hatte. Es war gut zu wissen, daß Hartmann nicht wußte, was in Belsen geschehen war. Der Österreicher war viel zu wertvoll, um ihn zu töten. Migal hätte es als Vergeudung betrachtet.

9

Es war ein schlimmer Abend gewesen, einer der schlimmsten zusammen mit Rebecca, an den Hartmann sich zu erinnern vermochte. Sie hatte es abgelehnt, in einem Restaurant zu essen, und hatte eine lieblose Mahlzeit vorbereitet. Er hatte ihre Kochkunst natürlich gepriesen, aber sie hatte sein schmeichelndes Lob gereizt zurückgewiesen.

»Es tut mir leid«, sagte er, da er den Grund ihrer Verärgerung kannte.

»Du warst erst vor ein paar Tagen in Amerika.«

»Ich habe nicht gewußt, daß dieser Auftrag bevorstand.«

Sie wurde rot. Aus Verlegenheit, nahm er an. »Ich habe kein Recht, Forderungen zu stellen«, sagte sie.

»Du hast *jedes* Recht dazu«, versicherte er ihr.

»Ich hatte nur erwartet, dich nach ... nach allem öfter zu sehen.«

»Das wollte ich«, sagte er.

»Ist es nötig, daß du so viel arbeitest?«

»Ich habe mir mit den Jahren einen Ruf erworben«, sagte er. »Man wendet sich immer wieder an mich.«

»Du könntest ablehnen«, sagte sie unschuldig.

»So einfach ist das nicht«, erwiderte er. Herrgott, dachte er, wie wünschte ich, daß es so einfach wäre!

»Warum nicht?«

Hartmann zögerte. Er war sich nicht sicher, wie er ihre Neugier von seiner Tätigkeit ablenken sollte.

»Ich bin ein Spezialist«, sagte er. »Nur wenige Leute verfügen über meine technischen Kenntnisse der internationalen Vorschriften für das Ölgeschäft, deshalb bin ich bei vielen Fragen die natürliche Wahl. Eigentlich recht schmeichelhaft.«

»Es muß *Tausende* von Steuerberatern geben, die sich auf Öl spezialisiert haben.« Sie ließ nicht locker.

»Ja«, sagte Hartmann. »Manchmal bin ich selbst erstaunt.« Er spürte den Schweiß auf seinem Gesicht, führte die Serviette zu den Lippen und wischte dann die Tröpfchen fort.

»Hast du jemals an Ruhestand gedacht?«

»Ja«, gab er zu. »Sehr ernsthaft.«

»Du könntest dich doch zurückziehen, oder? Ich meine, du bist ein vermögender Mann.«

»Bald höre ich auf«, sagte er ohne viel Überzeugung.

Sie betrachtete ihn intensiv. »Du meinst es wirklich, nicht?« fragte sie. Der Zweifel in ihrer Stimme war nicht zu überhören.

»Ich will es versuchen«, entgegnete er. »Aber es ist nicht einfach. Ich habe ein richtiges Netzwerk von Kontakten aufgebaut. Es ist schwierig, einfach so ...« – er schnippte mit den Fingern – »... aufzuhören.«

»Mir tut leid, wie ich mich benommen habe«, entschuldigte sie sich unvermittelt.

»Schon gut.«

»Nein, es ist nicht gut. Du hast so viel im Kopf ... Es war egoistisch von mir. Unverzeihlich.«

»Ich möchte nicht, daß etwas zwischen uns steht, Rebecca«, sagte er mit dem gleichen Ernst wie sie.

»Das möchte ich auch nicht.«

»Vielleicht wirst du eines Tages erfahren, wie schwierig die Dinge für mich sind.« Sollte er jetzt beichten? Und darauf hoffen, daß sie – wie er erwartete – mit dem üblichen verzeihenden Verständnis reagierte? Sie blickte ihn mit einem scheuen Lächeln an, das die Beendigung ihres Disputs offerierte. Und wenn sie nicht wie erwartet reagierte? Wenn ihr Verständnis aufgezehrt war und sie nicht mehr verzeihen konnte, weil ihr aufging, wie sie in all diesen Jahren getäuscht worden war? Das Risiko war zu groß. Er würde mit jeder Lüge leben, um Rebecca zu halten.

»Was soll das bedeuten?« fragte sie.

Er tat die Frage mit einem Lächeln ab. »Da habe ich wohl zu melodramatisch formuliert«, wich er aus.

»Wie lange erwartest du fort zu sein?«

»Ich weiß nicht«, antwortete er. »Nicht lange, hoffe ich.«

»Eine Woche?« fragte sie hoffnungsvoll.

»Vielleicht«, sagte er. »Kann sein, ein weniger länger. Ich weiß es erst, wenn ich dort eintreffe und feststelle, worin das Problem besteht.«

»Beeile dich!«

»Natürlich.«

»Bleibst du heute nacht?«

»Ich würde gerne.«

»Ich möchte es auch.«

Diesmal ging er ohne die Angst vor einem Versagen ins Bett, und Rebecca war bemüht, ihr Bedauern darüber zu zeigen, daß sie Unannehmlichkeiten verursacht hatte. Danach legte sie den Kopf an seine Schulter. Ihr Haar lag feucht über seiner Brust.

»Ich liebe dich wirklich«, sagte sie mit sonderbarer Inbrunst.

»Das weiß ich.«

»Ich will, daß du es weißt.«

»Ich weiß es.«

»Paß in Amerika auf dich auf!«

»Natürlich.«

»Und komm so schnell wie möglich zurück!«

»Das weißt du doch.«

Sie schlief lange vor Hartmann ein. Er lag verkrampft neben ihr, spürte die Taubheit in seiner Schulter, wollte Rebecca aber nicht aufwecken. Karpow hatte sein Versprechen tatsächlich gehalten, dachte Hartmann. Der Russe hatte ihm einen leichten Auftrag versprochen, und zu überprüfen, ob Poljew sich der CIA genähert hatte, dürfte nicht allzu schwierig sein. Vielleicht würde es nicht mehr als eine Woche in Anspruch nehmen. Andererseits konnte es länger dauern. Schließlich hatten die sowjetischen Sicherheitsleute keinen Erfolg gehabt. Rebecca bewegte sich und machte es ihm leichter, sich von ihrem Gewicht freizumachen. Das Gespräch heute abend sollte ihm eine Warnung sein; nicht lange, und ihre Neugier würde zunehmen. Und in ihrem Disput hatte er die Andeutung von etwas anderem wahrgenommen. Bald würde sie in Frage stellen, daß sie getrennt wohnten. Hartmann fürchtete sich vor dem Schlaf, er erinnerte sich nur zu gut an den Alptraum mit Gerda, Rebecca und Reinhart, doch schließlich schlief er völlig traumlos und wurde erst wach, als Rebecca aufstand.

Die Anspannung des letzten Abends war von ihnen gewichen, aber beim Frühstück sprachen sie weniger als sonst. Rebecca war wegen seiner bevorstehenden Abreise bekümmert, und Hartmann war sich ihrer Gefühle bewußt und ließ sich von ihnen anstecken. Wie gewöhnlich, fuhr er mit ihr im Taxi bis zum Geschäft.

»Sei vorsichtig«, wiederholte sie vor dem Laden.

»Ich verspreche es.«

»Und komm' bald zurück!«

»Auch das verspreche ich.«

»Rufst du an?«

»Wenn ich kann.« Hartmann spürte die gelangweilte Reaktion des Fahrers.

»Ich liebe dich«, sagte Rebecca und beugte sich zum Abschiedskuß vor.

»Ich liebe dich auch.«

Hartmann wartete, bis sie in dem Haus verschwunden war, dann gab er dem Fahrer seine Adresse. Er ließ ihn vor der Wohnung warten, während er sein Gepäck holte, und setzte dann die Fahrt nach Schwechat fort. Hartmann flog stets erster Klasse, weil es bequemer war. Beim Check-in gab es keine Wartereihe, und er nahm die Einladung der Hosteß in die VIP-Lounge an. Eine Telefon stand dort zur Verfügung, und er überlegte, ob er Rebecca anrufen sollte, verwarf den Gedanken jedoch. Es gab nichts zu sagen, ein Anruf hätte sie nur deprimierter gestimmt. Während des Flugs aß Hartmann nur, was er seiner Diabetes wegen für notwendig hielt, und er trank nichts. Er stand am Beginn eines Auftrags, und wenn er arbeitete, hatte er kaum etwas für Alkohol übrig.

Hartmann hatte New York durch die Nachkriegsfilme kennengelernt, in denen die gelben Taxis durch saubere Straßen fuhren und alle

Polizisten irischen Akzent hatten. Er hatte die überraschte Enttäuschung seiner ersten Ankunft nie vergessen, und sie trat bei jeder Rückkehr wieder auf. Der Fahrer des Taxis, das er am Kennedy Airport bekam, saß vor Angriffen geschützt hinter einer drahtverstärkten Glasscheibe, in die eine winzige Klappe eingelassen war. Das Schild darüber forderte zu Zahlung mit abgezähltem Geld auf. Die hintere Stoßstange war eingedrückt und verrostet, und durch den Spalt zwischen Tür und Holm hatte ein Schauer des Vortags eine Pfütze hineingeweht, die auf dem Gummiboden hin und her schwappte, als das Fahrzeug Biegungen nahm und Hindernisse umkurvte.

Wie immer war der Van Wyck Expressway mit Autos verstopft, und Straßenarbeiten nahe der Triboro Bridge verstärkten das Chaos. Sie krochen auf eine Manhattan-Skyline zu, die von purpur-braunem Smog umwölkt war, vorbei an den Überresten abgestellter Schrottautos, deren Räder und sonstige demontierbaren Teile geplündert waren und die jetzt mit offenstehenden Motor- und Kofferraumhauben wie hungrige Kuckucksjunge am Straßenrand hockten. Sie brauchten zwei Stunden bis Manhattan. Das offenkundigste Anzeichen des nahen Bankrotts der Stadt war der vernachlässigte Zustand der Straßen. Sie holperten und schrammten über Risse und Schlaglöcher in der Fahrbahn. Als der Fahrer in die 61. Straße bog und die Fifth Avenue mit dem Hotel *Pierre* ansteuerte, wurden sie im Verkehr direkt neben einem Entlüftungsschacht der U-Bahn eingeklemmt, und der Dampf wirbelte hoch und drang durch den Spalt, der vorher schon den Regen eingelassen hatte; der Geruch erinnerte ihn deutlich an den Zug, den er von Cristobal aus benutzt hatte. Die Stadt mochte eine aufreizende Elektrizität besitzen, aber der Funke wurde von einer schmutzigen Glühbirne getrübt.

Dankbar betrat Hartmann das Hotel und wartete geduldig vor dem winzigen Anmeldeschalter. Der Angestellte bedauerte, daß man ihm kein Zimmer mit Blick über den Central Park hatte reservieren können, und Hartmann fühlte sich zu müde und interesselos, um zu diskutieren. Und außerdem war er nicht der Aussicht wegen in New York. Er wohnte im 21. Stockwerk über einem Beton-Innenhof, der so tief unten kaum zu erkennen war, und mit Blick auf eine Fassade, die vermutlich der Flügel eines gegenüberliegenden Hotels war. Er packte aus, hing das »Bitte nicht stören«-Schild an die Tür und ging sofort zu Bett. Wenn es ihm gelang zu schlafen, würde er den Zeitsprung innerhalb eines Tags überwinden können.

»Manchmal kann ich es schwer verstehen«, sagte Ruth.

David blickte von seinem Buch hoch. »Was?«

»Du und dein Vater.«

»Was verstehen?«

Die Frau machte eine Handbewegung, als formte sie etwas. »Das *Ausmaß* der Gefühle zwischen euch.«

»Dafür gibt's Grund genug«, sagte David und wandte sich seinem Buch zu, um anzudeuten, daß das Gespräch beendet sei.

»Er hatte bei dem, was im Lager geschehen ist, doch kaum eine Wahl, oder?«

Ihr Mann blickte gereizt auf. »Ich möchte nicht darüber reden.«

»Hatte er eine Wahl?«

»Ich sagte, es gibt Grund genug.«

Stirnrunzelnd versuchte sie zu verstehen. »Welchen?«

David begann das Buch zuzuklappen, als beabsichtigte er nun doch darüber zu reden, aber dann änderte er seine Meinung und schlug es wieder auf.

»Er hat zugelassen, daß etwas geschehen ist«, sagte er heftig. »Etwas Entsetzliches.«

»Deiner Mutter?«

»Ja.«

»Warum willst du es mir nicht sagen?«

»Eines Tages, vielleicht.«

»Warum nicht jetzt?«

»Weil ich noch nicht bereit bin.«

10

Das Gebäude der Vereinten Nationen war eindeutig der beste Ausgangspunkt. Hartmann, vom Zeitunterschied noch leicht desorientiert, wachte früh auf und kam eine Stunde vor Beginn des Kartenverkaufs für die Sitzung der Generalversammlung zum UN-Gebäude. Dennoch warteten schon Menschen vor ihm. Geduldig blieb er in der Wartereihe und betrachtete die Skulptur in der Vorhalle. Er wußte, wie engmaschig die Russen die Bewegungen ihrer Leute kontrollierten; morgens und abends pendelten sie in eigenen Bussen von den Wohnungen in Riverdale zum Gebäude der Generalversammlung oder zum sowjetischen Büro an der 57. Straße. Jeder erste Kontakt mit der CIA müßte deshalb *in* diesem Gebäude aufgenommen werden, und leicht konnte es nicht sein. Er fragte sich, ob es immer noch hier geschah, oder ob es ihnen gelungen war, einen anderen Treffpunkt zu schaffen.

Als die Karten schließlich ausgegeben wurden, kam es zu dem üblichen Ansturm, aber Hartmann behielt seinen Platz in der Reihe und bekam einen Sitz auf der Publikumsgalerie. Afrika war das Thema der Debatte. Hartmann starrte in den weiten Saal hinunter und versuchte, die Namenstäfelchen zu entziffern. Wie vorauszusehen, versammelten sich die afrikanischen Delegationen als erste, damit ihre Präsenz auch unbedingt registriert wurde. Die Sowjetdiplomaten gehörten zu den letzten, die sich auf ihren Plätzen niederließen.

Hartmann brauchte sein Fernglas und hatte anfangs selbst damit noch Schwierigkeiten, Dimitri Poljew herauszufinden. Er saß in der zweiten Reihe, und mehrere Male, während Hartmann ihn beobachtete, beugte sich der Mann vor, um dem sowjetischen Sprecher zu soufflieren oder auf eine Nachfrage zu reagieren. Der britische Delegierte stand hinter dem Rednerpult, und Poljew fiel als der einzige Russe auf, der mit der englischen Sprache so vertraut war, daß er die Übersetzungs-Kopfhörer nicht anlegte.

Die Debatte war nicht sehr lebendig, Land auf Land wiederholte seine bekannten Positionen zur Apartheid. Hartmann hörte desinteressiert zu. Poljew war ein sehr aktives Delegationsmitglied, ständig aufmerksam gegenüber den älteren Diplomaten. Der Österreicher verließ die Galerie vor der Mittagspause, um vor dem Massenexodus aus dem Saal die Stelle zu erreichen, an der die Diplomaten sich trafen. Durch die grüngefärbten Fenster der Nord-Lounge sah er die Barkassen, die wie aneinandergefesselte Krokodile ihre langsame Fahrt zu den Hafenanlagen von Queens fortsetzten.

Die Delegierten begannen hereinzuströmen, und Hartmann suchte sich eine Position, aus der er Blick auf den heranführenden Gang hatte. In Ermangelung eigener Büros im Gebäude führten die Russen, auf und ab gehend und die Köpfe gesenkt, ihre taktischen Besprechungen gewöhnlich auf den Fluren. Heute schienen sie der Ansicht, eine weitere Vorbereitung auf die Debatte sei nicht erforderlich. Sie kamen direkt in die Lounge. Poljew hielt respektvolle Distanz zu den Diplomaten, als deren Berater er bestallt war. Er schien jünger als auf dem Foto, das Karpow ihm gegeben hatte. Hartmann kam zu dem Schluß, daß ihn wahrscheinlich die Brille auf dem offiziellen Foto älter machte. Sie war randlos und wirkte in natura weitaus weniger prägend. Der Russe erschien als glattgesichtiger, eifriger Mann, zurückhaltend, aber sorgfältig gekleidet. Hartmann schätzte, die Kleidung stammte von der Fifth Avenue, nicht von der Gorkistraße.

Poljew löste sich von der Hauptgruppe, sobald sie die Lounge betreten hatten, und ging nach rechts in den Leseraum. Hartmann wartete, bis zwei andere vor ihm eingetreten waren, dann folgte er. Poljew konsultierte gerade das Register. Als Hartmann eintrat, ging der Russe zu einem Regal, nahm einen dünnen Band heraus und trug ihn zu einem der Tische. Wahllos zog Hartmann eine Broschüre aus einem Regal und setzte sich vier Tische entfernt. Das Heft hielt er so vor sich, daß keine Bewegung erkennbar war, wenn er über es hinwegblickte, um Poljew im Blick zu behalten. Der Russe hatte ein Notizbuch vor sich aufgeschlagen und schien etwas aufzuschreiben. Nach etwa zehn Minuten klappte er die Kladde mit einer endgültigen Bewegung zu. Hartmann stand auf, als Poljew zum Regal zurückging, um das Buch wieder hineinzustellen. Sollte es wirklich so einfach sein? Die Lücke blieb, wo der Band ursprünglich gestanden hatte; Poljew suchte eine Stelle zwei Bücher weiter aus, um ihn zurückzustellen. Hartmann unternahm keinen Versuch, dem Russen zu folgen, sondern trat statt dessen an das Regal. Poljew hatte einen offiziellen UNO-Bericht studiert, der Nigerias Ölproduktion hochrechnete – für die Afrika-Debatte eine glaubwürdige Vorbereitung. Hartmann vergewisserte sich kurz, daß Poljew sich zu den anderen Russen am Tisch gesellt hatte. Das Notizbuch lag offen neben ihm, und er schien mit Hilfe seiner Notizen zu sprechen. Als Hartmann in den Leseraum zurückkehrte, war der Nigeria-Bericht von der Stelle, an der der Russe ihn plaziert hatte, wieder an die ursprüngliche Position gerückt worden. Hartmann schaute sich um. Mindestens dreißig Menschen hielten sich hier auf.

Hartmann verfolgte die Debatte während des gesamten Nachmittags und beobachtete dann, wie Poljew zusammen mit den übrigen Russen in den Bus stieg, der sie wieder zu ihren Wohnungen brachte. Heute abend beabsichtigte Poljew offensichtlich kein heimliches Treffen.

War die Plazierung des Buchs ein Signal gewesen? fragte Hartmann sich auf dem Weg zurück zum *Pierre*. Der Anschein war ganz unverfänglich gewesen, selbst das Thema hatte mit der aktuellen Debatte in der Generalversammlung zu tun. Dennoch war es ein CIA-Trick; bei zwei Gelegenheiten war Hartmann selbst angewiesen worden, ein ähnliches Verfahren zu benutzen.

Hartmann begab sich direkt ins Restaurant, um das ausgefallene Mittagessen zu kompensieren. Er aß ausreichend, aber genügsam, achtete auf seine Diät und verzichtete auf alkoholische Getränke. Seine Tabletten nahm er mit Wasser ein. Er hatte keine Eile, sein nächster Schritt war in Gedanken schon genau formuliert. Weil hinausgehende Telefonate vom Zimmer über die Hotelzentrale kontrollierbar waren, wechselte er ein paar Münzen und rief aus einer der Zellen in der Lobby die Sowjetbotschaft in Washington an. Während seine Identifizierung überprüft wurde, gab es eine Verzögerung, und als er schließlich mit dem verlangten Anschluß verbunden war, gab Hartmann sich herrisch. Er wußte, die Instruktionen aus Moskau lagen vor, und der Diplomat würde Furcht vor ihm empfinden; das taten nur wenige Menschen, und die Situation vermittelte ihm eine kleine Befriedigung, auch wenn er sein eigenes Verhalten als unnötig und unreif erkannte. Er nannte seine Zimmernummer für den Rückruf und ließ sich vom Lift wieder in das 21. Stockwerk befördern. Innerhalb einer Stunde erfolgte der Rückruf, und Hartmann nickte ob des Tempos anerkennend.

Sowjetische Diplomaten im Westen unterliegen zwei Beschränkungen. Die erste und erkennbarste wird von den Gastgeberländern auferlegt und begrenzt ihre Bewegungen gewöhnlich auf einen bestimmten Radius um die Stadt, eine Art Vergeltung für ähnliche Vorschriften, die für westliche Botschaften in Moskau gelten. Die zweite wird von den Sowjets selbst ausgeübt. Diplomatische Mitarbeiter vom Botschafter abwärts müssen ihre Bewegungen aufzeichnen und mindestens eine Woche im voraus eine Liste sämtlicher gesellschaftlicher Veranstaltungen zur Genehmigung vorlegen, die zu besuchen sie vorhaben. Hartmann wollte die Liste von Poljews beabsichtigten Bewegungen.

Am folgenden Abend gab es einen Empfang für eine nigerianische Regierungspartei, die Amerika besuchte, und Hartmann wurde wieder an den Leseraum erinnert. Am Abend danach wollte Poljew eine Vorstellung im Metropolitan Opera House im Lincoln Center besuchen. Hartmann unterbrach den Diplomaten am anderen Ende der Leitung; mehr als drei Tage im voraus wollte er nicht arbeiten. Er sagte dem Botschaftsbeamten, er erwarte am nächsten Morgen eine Liste mit jedem Ereignis, an dem Poljew während der vergangenen zwei Monate teilgenommen habe.

Ein produktiver Tag? Oder gar nichts? Unmöglich zu entscheiden. Angesichts des Empfangs am nächsten Abend mochten die wirtschaftlichen Daten eine recht langweilige, aber nichtsdestoweniger angemessene Vorbereitung für ein Gespräch auf einer Cocktail-Party sein – genau die Detailaufmerksamkeit, um die sich ein eifriger Diplomat bemühte, der darauf bedacht war, einen Minister aus der Dritten Welt gehörig zu beeindrucken. Aber wieso übersah er dann die Lücke im

Regal und stellte den Band an die falsche Stelle? Die Frage war im Moment unlösbar, entschied Hartmann. Vielleicht würde die Informationen weiterhelfen, die er von der Botschaft erbeten hatte.

Ruth blieb ein Stück hinter David zurück. Ihr war die Bedeutung des Moments bewußt, und sie wollte ihm die Verlegenheit ersparen. Er blieb lange stehen, seine Lippen bewegten sich im stummen Gebet. Schließlich blickte er hoch und betrachtete die Worte auf dem Grabstein, bevor er seine Kopfbedeckung abnahm und wieder zu ihr trat.

»Er sieht sehr hübsch aus«, sagte Ruth.

»Ich bin sehr zufrieden«, pflichtete David ihr bei. »Sie haben ihn verstärkt, damit nichts birst, falls er sich senken sollte.«

»Er war sehr aufgeregt«, sagte sie.

»Das war Heuchelei«, entgegnete David.

Die Inschrift auf Gerdas Grabstein lautete:

Gerda Hartmann
Frau von Hugo Hartmann
und beweinte Mutter von David

»Er war ihr Mann«, sagte Ruth.

»Das dürfte sie kaum gewußt haben.«

»Hast du denn gar kein Mitleid mit ihm?« fragte sie, aufgebracht durch seine Heftigkeit.

»Das ist schwierig«, antwortete David. Er wandte sich vom Grab seiner Mutter fort, und Ruth folgte ihm über den Friedhof.

»Es muß sehr beängstigend und einschüchternd gewesen sein«, sagte sie. Sie zitterte, redete beinahe gegen ihren Willen weiter. »Ich weiß nicht, wie ich unter den Umständen reagiert hätte. Ich glaube nicht, daß ich tapfer gewesen wäre.«

»Er hat es nie versucht.«

»Glaubst du, er kommt noch einmal hierher?«

»Ich hoffe nicht«, sagte David. »Ich habe versucht, ihm klarzumachen, daß er nicht willkommen wäre.«

»Deine Mutter hat ihn geliebt«, erinnerte Ruth ihn, als sie in den Wagen stiegen.

David zögerte an der Fahrertür. »Das war etwas, was ich nie begriffen habe«, sagte er.

11

Wie ein Handwerksmeister Lehre und Gesellenzeit absolviert und dann selbst ein Lehrer wird, hatte sich Hartmann über die Jahre hinweg zu einem Agenten entwickelt, der wie kein anderer von der Sowjetunion oder den Vereinigten Staaten eingesetzt wurde. Schon sehr früh hatte er sich zu der logischen Schutzmaßnahme entschlossen, sich nie mit der Seite einzulassen, für die er gerade nicht arbeitete. Waren die Sowjets seine Zahlmeister, dann waren sie es, denen er seine ganze Loyalität zollte; kam der Auftrag von den Amerikanern, verschmähte er jedweden Kontakt mit Moskau. Jede Seite zog natürlich ihren Gewinn daraus, daß er mit beiden arbeitete, aber es war ein zusätzlicher Nutzen: Vom Handwerksmeister kauft der momentane Kunde die Erfahrung aus allem, was jener vorher getan hat. Weil er beide Systeme kannte und einen Verstand besaß, dies zu analysieren, kannte Hartmann die Vorteile – und die Gefahren – festgefügter Strukturen. Sowohl das Komitet Gossudarstwennoi Besopasnosti als auch die Central Intelligency Agency sind ausgedehnte bürokratische Apparate. Im Gegensatz zu dem Irrglauben, sie funktionierten mittels individueller Brillanz, werden sie im Grunde von Buchhaltertypen geleitet, die auf Vordrucken, Formularen und Akten bestehen. Niemandem scheint das Ergebnis bewußt zu sein. Unvermeidlich und oft unbewußt dringt das Verlangen nach Regelung und Konformität bis zu den Einsatzagenten hinab. Das wiederum schafft das größte Risiko einer Entdeckung, weil es verwundbar macht. Hartmann war sich dieses Risikos stets bewußt und wappnete sich dagegen.

Das Gespräch mit der Botschaft in Washington hatte enttäuschend begonnen. Etwa in der Mitte der gelangweilten Aufzählung von Poljews Bewegungen während der letzten zwei Monate erkannte Hartmann den CIA-Fehler und schüttelte angesichts der Dummheit den Kopf. Hartmann wartete auf das plötzliche Gefühl der Befriedigung, das er gewöhnlich empfand, wenn er merkte, daß er Erfolg haben würde, doch nichts kam. Es war wohl die Depression wegen der Ungewißheit seiner Zukunft mit Rebecca.

Der Diplomat in Washington kam zum Ende der Liste. Er ließ in seiner Stimme durchklingen, daß ihn die anscheinend stupide Aufgabe ärgerte. Hartmann beschloß, dem Mann später vor Augen zu führen, wie wichtig es gewesen war.

»Sonst noch etwas?«

»Das ist mehr als genug«, dankte Hartmann. Er lehnte sich zurück und betrachtete die Liste vor sich. Mit nur wenig Aufwand hätten sie es unentdeckbar machen können. Vor sechs Wochen hatte Poljew die New York City Opera besucht. Die Woche darauf eine Aufführung von Shakespeares *Wie es euch gefällt* im Vivian Beaumont Theater. Vor einem Monat war es ein Konzert in der Avery Fisher Hall. Nach dem wöchentlichen Intervall wieder ein Konzert, diesmal in der Alice Tull Hall. Und morgen wollte er ins Metropolitan Opera House im Lincoln Center. Morgen war Mittwoch. Alle Besuche hatten an einem Mittwoch stattgefunden.

»Eine Struktur«, murmelte Hartmann. Das Lincoln Center war ein eigenartiger Zufall, dachte er und erinnerte sich daran, wo er Berman vor knapp einem Monat in Washington getroffen hatte.

Hartmann verließ das *Pierre* durch den Ausgang zur Fifth Avenue und blieb vor der Tür kurz stehen. Der Smog hatte sich gehoben und ließ die Wintersonne durch. Es war ein klarer, winterfrischer Tag. Er entschied sich für einen Spaziergang durch den Central Park; jetzt, da er sicher war, gab es keinen Grund zur Eile.

Er ging um den Zoo herum und fragte sich, ob die schroffen Ausformungen der Felsen natürlich oder künstlich waren. Die Wege waren voller Jogger, die versuchten, der Fettleibigkeit, schlechter Gesundheit oder beidem davonzulaufen. Sie paradierten wie bei einer exzentrischen Modenschau in Trainingsanzügen und Laufanzügen, in langen Shorts und kurzen Shorts, und in der Nähe des kleinen Sees trabte ein bebrillter Mann sogar in einer Regenhaut für Radfahrer, die so groß war, daß sie wie ein Mobilzelt aussah. Es schien eine stille Vereinbarung mit den Fahrern der blumengeschmückten Einspänner zu geben; Läufer am Rand des Wegs, Fiaker in der Mitte. Die Kutscher führten Zylinder, Konföderierten-Uniformen und Dracula-Umhänge vor; wie eine Kostümschau in einer Nervenklinik, dachte Hartmann. Er bevorzugte die ruhigeren Anlagen Wiens, selbst den Augarten, entstellt wie er durch den Flugabwehrturm war, einer Mahnung an den Krieg, die dem Abriß trotzte. Am liebsten besuchte er den Lainzer Tiergarten mit seinen Hirschen, Wildschweinen und Pferden. Bei einer der ersten Gelegenheiten, als sie ohne Anstandsbegleitung ausgehen durften, war er mit Gerda zum Tiergarten gegangen. Er hatte versucht, sie zu küssen, und sie war verlegen geworden, hatte ihn errötend zurückgestoßen und ihre Befürchtung geäußert, man würde sie sehen.

Der Park war ausgedehnter, als er geschätzt hatte, und als er zur 72. Straße kam, atmete er schwer. Von der Amsterdam Avenue aus konnte er die Gebäude identifizieren, die das Lincoln Center bildeten: das Opernhaus war, wie er wußte, das dritte. Er betrat es durch den

Seiteneingang, gelangte auf den Platz mit dem Springbrunnen und blickte zu den hohen Kuppelfenstern hinauf. Sie wirkten kathedralenartig. Die Oper war *La Bohème*, sie gehörte nicht zu seinen Favoriten, aber er ging ja nicht der Musik wegen hinein. Die eifrige, zuvorkommende Frau am Kartenschalter warf ihm einen neugierigen Blick zu, als er Karten für alle Platzgruppen verlangte.

»Die besten sind aus«, sagte sie bedauernd. »Der Andrang war recht groß.«

»Diese tun's auch«, versicherte Hartmann ihr. Wieder draußen auf der Columbus Avenue, verharrte er unsicher. Es war Mittag, die Opernaufführung war erst am Abend des nächsten Tages. Wie sollte er die sechsunddreißig Stunden bis dahin ausfüllen? Connecticut und Gerdas Grab, überlegte er. Aber wenn er jetzt losfuhr, war es bis zu seiner Ankunft dunkel. Und daß Ruth und David ihn einluden, über Nacht zu bleiben, war ausgeschlossen. Er könnte früh am nächsten Morgen aufbrechen, aber es mochten unvorhersehbare Verspätungen auftreten, und er konnte es nicht riskieren, zu spät zum Opernhaus zu kommen. Was dann? Ohne erkennbaren Grund schweiften seine Gedanken nach Panama, zu Fritz Lang und dem besorgten Peter Berman, der vom Ende seiner Karriere überzeugt war. In seinem Kopf bildete sich eine vage Vorstellung, eine Erinnerung, die sich noch verborgen hielt. Sie hatte mit Berman zu tun, aber wie, vermochte er nicht zu erkennen. Mit dem verzweifelten Bemühen des Manns, das Panama-Debakel zu überleben? Die erste Frage löste die nächste aus. Wie verzweifelt war er? Verzweifelt genug, um im Austausch gegen Hilfe etwas anzubieten? Unerklärlicherweise fielen ihm gerade jetzt die Banküberweisungen nach New York ein. Und dann fand er die Erklärung doch: Der Betrag war stets am Achten jeden Monats von Langs Konto abgebucht worden. Vielleicht war es das Datum gewesen, das den Denkprozeß im Unterbewußtsein ausgelöst hatte: Heute war der Achte.

Er erinnerte sich an Bermans drängende Fragen, als der Mann geglaubt hatte, er wäre mit zusätzlichem Material über Fritz Lang nach New York gekommen. Damals war das nicht der Fall gewesen, aber wenn er mehr über das Konto mit der Nummer 1980074 und die Verbindung mit dem Gott der Liebe herausfand, dann hätte er vielleicht etwas in der Hand. Etwas, das bedeutend genug war, um einen Handel abzuschließen – seine Freiheit gegen Bermans Zukunft. Es war einen Versuch wert. Alles, wie gering die Chancen auch sein mochten, war gerechtfertigt, wenn es die Möglichkeit eines glücklichen Lebens mit Rebecca näherbrachte. Er würde sein ursprüngliches

Schweigen bemänteln müssen, aber eine befriedigende Erklärung für jemanden, der so besorgt wie der Amerikaner war, wäre leicht zu finden.

Er hatte dem Taxifahrer die Adresse der Bank am Broadway genannt und sich auf der Rückbank zurückgelehnt, bevor ihm aufging, daß er noch keinerlei Vorstellung über sein weiteres Vorgehen hatte. Eine Anfrage über Kreditwürdigkeit? Er kannte die vorgeschriebenen Verfahren nicht, und in jedem Fall würden sie eine Identifikation verlangen. Ihm fiel sein eigenes Konto bei derselben Bank, allerdings bei der Filiale in der Wall Street, ein. Er zog das Scheckheft aus der Jacke; die letzte Zahlung war für Gerdas Grabstein gewesen. Die Idee kam ihm, als das Taxi sein Ziel erreichte, und einen Moment blieb Hartmann sitzen und wog sie ab. Nicht ganz lückenlos, aber mit dem, was er schon wußte, durchaus möglich. Er betrat die Bank so unauffällig wie immer und suchte den Bereich der Anlage- und Vermögensberater, der in den meisten amerikanischen Banken existiert. Er befand sich auf der linken Seite der Bankhalle; zwei Männer, eine Frau. In einer der Schreibkabinen stellte er auf sein eigenes Konto einen Scheck über die hundert Dollar aus, die normalerweise von Panama aus überwiesen wurden, unterzeichnete jedoch nicht. Den Empfängerabschnitt ließ er frei. Dann näherte er sich mit hoffnungsfrohem Lächeln einem der Schreibtische. Die Frau bot ihm einen Sessel an.

»Ich komme mir ziemlich dumm vor«, begann er entschuldigend. »Aber vielleicht können Sie mir bei einer kleinen Angelegenheit helfen, die einen Ihrer Kunden betrifft.«

Die Bankangestellte sah ihn neugierig an.

»Ich bin ein Geschäftsfreund von Señor Lopez in Panama. Normalerweise wird jeden Monat ein Betrag von einhundert Dollar von seinem Konto bei der Bank of Panama hierher überwiesen. Weil ich einen Besuch in New York mache, hat er mich gebeten, die Einzahlung persönlich vorzunehmen...« Hartmann brach ab, lächelte leicht verlegen und holte den Scheck hervor, den er soeben unvollständig ausgefüllt hatte. »... Ich habe den Namen des Kontoinhabers verlegt, so daß ich den Scheck nicht vollständig ausfüllen kann«, sagte er.

»Ich müßte noch etwas mehr wissen«, sagte die Frau, immer noch neugierig.

»Das ist ja das Dumme daran«, fuhr Hartmann fort. »An alles andere kann ich mich erinnern. Die Kontonummer hier ist 1980074. Der Kontoinhaber in Panama ist Señor Lopez. Nummer 38279 bei der Zweigstelle Cristobal.«

Endlich entspannte sie sich angesichts der Art von Details, die sie verstand. Sie sprach ins Haustelefon, und kurz darauf erschien ein Angestellter mit einer Akte. Hartmann schien ganz gelockert in seinem Sessel zu sitzen, seine innere Erregung war ihm nicht anzumerken. Sie blickte stirnrunzelnd auf. »Die Anweisung ist wie gewöhnlich erfolgt«, sagte sie.

Hartmann gab sich verwirrt. »Señor Lopez hat mich sehr eindringlich gebeten. Besser, ich mache die Einzahlung und kläre es mit ihm, wenn ich wieder in Panama bin.«

Die Frau blieb skeptisch, und Hartmann schob den Scheck über den Schreibtisch. Sie zögerte, nahm dann einen Kugelschreiber und schrieb den Namen in den freien Raum.

»Ich habe noch nicht unterzeichnet«, erinnerte Hartmann sie.

Erneut zögerte sie, dann gab sie ihm den Scheck. Albert Richman, las er.

»Albert Richman!« sagte er und schnippte mit den Fingern. »Natürlich! Wie dumm, daß ich das vergessen konnte!«

»Ein ganz alter Kunde«, sagte die Frau, die Akte immer noch vor sich.

»Seit den Fünfzigern, hat Señor Lopez mir gesagt«, versuchte Hartmann es und dachte an das Ausstellungsdatum des ersten Passes und die Einreisestempel von New York.

Die Frau nickte. »Ein bedauernswerter Mann.«

»Bedauernswert?«

»Eine schwere Körperbehinderung. Wir haben immer angenommen, die Zahlung aus Panama sei so etwas wie eine Berufsunfähigkeitsrente.«

Hartmann blieb nach außen unbewegt, aber wieder erfaßte ihn die Erregung. Kein zweites Schlupfloch, von Lopez vorbereitet, sondern eine zweite Person. Jetzt bekäme er mit Gewißheit Informationen, die einen Handel mit Berman ermöglichten.

»Davon hat Señor Lopez mir nichts gesagt«, sagte Hartmann, der das Gespräch unbedingt fortführen wollte. »In diesem Monat wird es eine doppelte Zahlung geben.«

»Er wird dankbar dafür sein«, sagte die Frau. »Offenbar ist er darauf angewiesen.«

»Eine angenehme Überraschung für ihn.«

Die Frau sah auf die Uhr irgendwo hinter Hartmann, und der Österreicher riet ein weiteres Mal ins Blaue hinein. »Ein Mann mit Gewohnheiten?«

Sie nickte. »Immer etwa um drei Uhr. Vermutlich auf dem Weg zur Arbeit.«

Das Glück war ihm treu geblieben, dachte Hartmann. »Ich habe Sie lange genug aufgehalten«, sagte er und wollte aufstehen.

»Ich benötige Ihren Namen«, hielt die Frau ihn auf. »Für die Kontoführung.«

»Lang«, sagte Hartmann. »Fritz Lang.« Zum Glück trug sein Scheck keinen Namensausdruck.

Er wartete, bis die Frau den Namen eingetragen hatte, und nannte dann die Anschrift des toten Nazis in Cristobal.

»Danke«, sagte er aufrichtig und stand schließlich auf.

»Keine Ursache«, entgegnete die Frau.

Halb zwei, stellte Hartmann vor der Bank fest. Neunzig Minuten Warten. Vor dem nächsten Block leuchtete die Neonreklame eines Schnellrestaurants. Er kroch mit der Kundenschlange an der Ausgabetheke vorbei und wartete dann, das Tablett in den Händen, bis einer der Stühle am Fenster frei wurde. Als er sich schließlich setzte, bemerkte er, daß es fast unmöglich war, die Bank zu sehen. Eine Identifizierung wäre schwierig. Er konnte nicht in die Bank zurück, weil er dann womöglich den Verdacht der Angestellten erregte, von der er so viel erfahren hatte. Und selbst wenn er es täte, waren seine Chancen, Albert Richman zu entdecken, nicht größer, als wenn er draußen blieb: Der Mann würde für die Abhebung zu einer anderen Abteilung in der Bank gehen. Er würde jedem folgen müssen, der so offensichtlich behindert war, wie die Frau angedeutet hatte, aber selbst wenn er nichts weiter erfuhr, hätte er genügend Verhandlungsmasse, um von der CIA loszukommen. Die Ironie der Situation machte ihn lächeln: Das KGB finanzierte seinen Aufenthalt in den Vereinigten Staaten, währenddessen er seine Arbeit als Agent der CIA beenden konnte!

Er blieb so lange wie möglich auf seinem Platz, war aber trotzdem noch dreißig Minuten vor Richmans gewohntem Eintreffen auf dem Broadway. Zuerst schlenderte er auf der Straßenseite der Bank auf und ab, dann überquerte er die Straße und patrouillierte auf dem gegenüberliegenden Bürgersteig. Es waren genügend Menschen unterwegs, um ihn als Beobachter zu verbergen. Einige geparkte Autos boten zusätzlichen Schutz.

Hartmann stand neben einem Wagen, als er den Mann sah. Lange Zeit später rätselte er, ob er tatsächlich zusammengebrochen wäre, hätte er sich nicht gegen das Fahrzeug lehnen können. Das Entsetzen überschwemmte ihn, ließ ihn wie gelähmt an dem schützenden und stützenden Auto erstarren. Er vermochte kaum zu atmen, als würde ein Band über seiner Brust zugezogen, und das Blut pulsierte so laut durch seinen Schädel, daß er den Herzschlag weniger spürte denn hörte.

Der Mann bewegte sich mit steifem Knie, eine Hand gegen den Schenkel gestützt. Das rechte Bein, erinnerte Hartmann sich. Eine Verwundung im Panzer bei Stalingrad. Dafür hatte es zu all den anderen noch einen Orden gegeben. Der letzte, denn die Verwundung war die Ursache für seine Abkommandierung von der Front nach Belsen.

Hartmann versuchte sich zu konzentrieren und auf die Erfahrung der letzten dreißig Jahre zu stützen, aber die Gedanken wollten sich nicht vereinigen; Eindrücke und Erinnerungen wirbelten wie Herbstblätter durch seinen Kopf.

Nur eine einzige positive Erkenntnis existierte, wiederholte sich ständig wie ein Kehrreim, immer wieder. Er hatte Klaus Reinhart gefunden.

Davidson pirschte in seinem Büro theatralisch auf und ab, und Peter Berman weigerte sich, darauf zu reagieren. Anscheinend gelockert, saß er neben dem Schreibtisch und blickte zum Fenster hinaus. Die Bäume draußen waren kahl. Äste zuckten in den Windböen, die durch das Tal des Potomac herauftrieben. Verärgert, weil er den anderen nicht beeindruckt hatte, stellte Davidson seine Wanderung ein und nahm den Bericht in die Hand, in dem Berman versucht hatte, den wahren Grund von Hartmanns Besuch in Washington zu kaschieren.

»Blödsinn!« sagte er. »Reiner Blödsinn!«

Berman wußte, daß Davidson bluffte. Die letzte Ermittlungssitzung über das Desaster von Zürich war in der Zuweisung von Schuldanteilen nicht so energisch gewesen, wie Davidson es erwartet hatte, und es machte ihn nervös, daß der Direktor die Affäre nicht ernst genug nahm.

»Der Mann war bester Absicht«, widersprach Berman. »Er glaubte, etwas Wichtiges zu haben. Als er entdeckte, daß ich nicht in Paris war, ist er hierher gekommen. Ziemlich dumm, einverstanden. Aber, wie gesagt, in bester Absicht.«

»Worum ging's?« fragte Davidson.

Das NATO-Leck«, sagte Berman, ein sicheres Alibi im Rücken. Sie hatten einen ganzen Monat der Vermutung nachgespürt, daß aus dem Hauptquartier in Brüssel militärische Geheimnisse nach draußen sickerten, und ihre Haltlosigkeit nachgewiesen.

»Und deshalb ist er nach Washington gekommen!« sagte Davidson. Einerseits glaubte er die Begründung nicht, andrerseits wußte er, daß er sie nicht zerpflücken konnte.

»Hätte es sich bewahrheitet, wäre es schon wichtig gewesen.«

»Es hat sich aber nicht bewahrheitet!«

»Das hat Hugo nicht gewußt.«

»Trotzdem war es falsch, hierher zu kommen.«

»Das habe ich ihm gesagt«, entgegnete Berman. »Es wird nicht wieder passieren.«

Davidson gab nicht auf. »Er ist zu erfahren, um einen solchen Fehler zu begehen.«

»Wie meinen Sie das?« fragte Berman. Er mußte seine Geschichte verteidigen, um weiteren Ärger im Untersuchungsausschuß zu vermeiden. Vermutlich würde Davidson dort eine Menge Zeit vergeuden.

»Wenn er nicht loyal ist, wäre er gefährlich«, sagte Davidson dozierend, als enthülle er eine bedeutende Wahrheit. »Schließlich hat er Lang gefunden.«

»Wollen Sie sagen, er hat es den Russen verraten?«

»Warum nicht?«

»Von der sowjetischen Verstrickung hat er nichts gewußt.«

»Woher wissen Sie, daß er uns alles gegeben hat, was er in Panama gefunden hat?«

Zum ersten Mal ließ Berman sich Beunruhigung anmerken. War das nicht zu viel Zufall gewesen – das Verlangen nach Ausstieg so kurz nach der Panama-Sache?

»Er ist loyal«, beharrte Berman und hoffte, daß der Zweifel in seiner Stimme nicht erkennbar war.

»Ich hätte gern einen Beweis dafür.«

»Wie?«

»Wieso lassen wir ihn nicht einfach gründlich überprüfen? Mehr als eine Woche würde das nicht erfordern.«

Wieviel würde Davidson ihm zugute schreiben, wenn sie einen Schuldigen für das Fiasko auftaten? Sehr wenig, beantwortete Berman sich seine eigene unausgesprochene Frage. Aber es wäre immer noch besser, als zum alleinigen Sündenbock gemacht zu werden.

»Wieso eigentlich nicht?« stimmte er zu.

»Wir machen es zur Dringlichkeitssache«, drängte Davidson.

»In Ordnung.«

»Ich hoffe, ich irre mich, Peter.«

Es war mal wieder Gönnerzeit, erkannte der Jüngere: Davidson benutzte immer seinen Vornamen, wenn er gönnerhaft wurde.

»Bitte?«

»Sie stecken ohnehin schon tief genug in Problemen«, sagte er und hob die Hand in Augenhöhe. »Bis hierhin. Wenn man herausfindet, daß Sie einen Doppelagenten führen, sähe das nicht sonderlich gut aus.«

»Ich glaube nicht, daß Hugo Doppelagent ist.«

»Der Überprüfung haben Sie aber sehr rasch zugestimmt.«

»Weil es vernünftig ist«, wehrte Berman sich. »Ich habe tatsächlich erwartet, daß Hugo mehr Dokumente beschaffen würde.«

»Wirklich?« fragte Davidson und wandte sich wieder Bermans Bericht über Hartmanns Besuch in Washington zu.

»Ja«, antwortete Berman. Er mußte die Lüge jetzt stützen.

»Es wäre besser gewesen, Peter. Sie stecken schon im Dreck. Wenn ich herausfände, daß Sie Informationen zurückhalten, würde ich persönlich dafür sorgen, daß Sie es den Rest Ihres Lebens bedauern.«

»Das weiß ich«, sagte Berman.

»Ach?«

»Es ist die Wahrheit.«

12

Die Verfolgung fiel leicht. Hartmann ließ Reinhart einen guten Vorsprung. Zwischen ihnen befanden sich die ganze Zeit zu viele Menschen, um einen Verdacht aufkommen zu lassen, und Hartmann hatte ständig die Hüpfbewegungen des Kopfs des Mannes im Blick. Erst als Reinhart sich an der Bushaltestelle anstellte, wurde Hartmann vorsichtiger und reihte sich nur fünf Plätze hinter ihm in der Schlange der Wartenden ein. So nahe! Der Mann, durch den er buchstäblich in tödlichem Grauen gelebt hatte, war so nahe! Nicht einmal zehn Meter. Hartmann wurde sich voller Überraschung seines eigenen Mutes bewußt. Er war nervös, gewiß, sein Magen war ein einziger Aufruhr von Unsicherheit, aber die anfängliche Angst und die hilflose Lähmung, die er beim ersten Anblick Reinharts gespürt hatte, waren wie weggeblasen. Würde er andauern, dieser unerwartete Mut? Oder würde er zusammenbrechen, wie er stets zusammengebrochen war? Er preßte in dem Versuch, das Bild Rebeccas heraufzubeschwören, die Augen zu Schlitzen zusammen. Gerda hatte er verloren. Rebecca konnte er durch ähnliche Feigheit nicht verlieren. Reinhart war seine Chance auf ein Entkommen. Wie, wußte er nicht, weil seine Gedanken noch nicht ausgeglichen waren, aber instinktiv war ihm klar, daß es eine zweite Gelegenheit nie geben würde.

Der Bus kam, überfüllt wie immer, und Hartmann drängte nach vorn, um nicht zu weit zurückzubleiben. Er konnte als vorletzter einsteigen. Reinhart hielt sich an einem der Handgriffe fest und sah interesselos die Straßen draußen vorbeigleiten. Der Mann machte den Eindruck eines niedergedrückten, geschlagenen Menschen, seine Körperhaltung verriet resignierte Erschöpfung. So etwas hatte er schon gesehen, erinnerte sich Hartmann. Eindringlicher als bei Reinhart. Und zwar in den Reihen nackter Menschen, die sich vorwärts schoben, wenn ihnen in den letzten, kurzen Augenblicken bewußt wurde, daß es keine Hoffnung mehr gab. Hartmann bemerkte, daß es Ansätze zu einer Gesichtsveränderung gegeben hatte, aber sie waren nicht so umfassend wie bei Lang. Nur eine Umformung der prägnanten Adlernase und eine Verdickung der Wangenpartie, die durch die Altersschlaffheit noch betont wurde. Ein weitkrempiger Filzhut ungewissen Alters verhinderte, daß Hartmann sah, ob der Nazi noch sein volles Haar hatte. Reinhart hatte auf sein Äußeres stets großen Wert gelegt, und selbst jetzt war trotz der abgewetzten, schäbigen Kleidung das Bemühen um einen gediegenen Eindruck zu erkennen. Die Schuhe waren abgetreten, aber gewienert, und die fadenscheinige, glänzende Hose war mit einer scharfen Bügelfalte versehen. Die Jacke war durch Ledermanschetten und Ellbogenflecken haltbarer gemacht worden, und das Hemd sah sauber aus, auch wenn der Kragen ausgefranst war.

Gespannt achtete Hartmann auf Reinharts Ausstieg, der nach ein paar Stationen kam. Erneut ließ er einigen Abstand zu seinem Opfer. Es war zwar noch nicht dunkel, aber der Times Square war schon zu fiebrigem Leben erwacht. Auf den Gehwegen drängten sich die Menschen wie an den Eingängen eines Sportstadions kurz vor dem Anpfiff. Überall flackerten Neonlichter, aufblitzende, grellglitzernde Verheißungen, deren Vielfalt nicht zu lesen war. Hartmann, der wieder sichere Distanz beibehielt, hatte den Eindruck eines Orts, an dem die Regenbogen sterben. Der Fußweg war nur kurz, und als er Reinhart abbiegen sah, beeilte er sich aus Angst, ihm könne entgehen, in welchen Eingang der Deutsche sich wandte. Und da sah er das Schild und lächelte, als das letzte Glied der Kette von Panama nach New York erkennbar wurde. Das »E« von »Eros« drohte zu verlöschen und flackerte unentschlossen. Einen eigentlichen Hoteleingang schien es nicht zu geben, nur eine Tür mit einer Treppe direkt dahinter, die vermutlich zu einer Rezeption im zweiten Stock führte. An der Fassade befand sich eine aufblitzende Neonwerbung in Form eines riesigen Pfeils, an dem rote und grüne Lichtpunkte entlangwanderten, um auf den Laden im Erdgeschoß hinzuweisen, der Bücher für Erwachsene und Nonstop-Sexfilme aus Dänemark offerierte. Daneben befand sich ein Sex-Shop, dessen Schaufenster scheinbar vor den Augen minderjähriger Passanten verhängt, auf den zweiten Blick in Wirklichkeit aber mit Cunnilingus-Erotika dekoriert waren.

Sollte Reinhart hier leben, fragte Hartmann sich. In einem Stundenhotel zwischen Zuhältern und Huren, die fürs Spätnachmittaggeschäft schon auf die Straße zogen? Vor Gerda hatte Reinhart ständig ein nicht zu stillendes Bedürfnis auf das Lagerbordell gehabt, in einer solchen Umgebung hätte er sich einzugraben versucht. Ganz gewiß hatte Fritz Lang dies als den Punkt der Kontaktaufnahme betrachtet.

Eine Prostituierte näherte sich hoffnungsvoll lächelnd: Minirock, schenkelhohe Stiefel und hüpfende Brüste unter dem dünnen Pulli. Hartmann entfernte sich, bevor sie ihn erreichte. Es gab keinen Grund, länger zu bleiben. Jetzt mußte er überlegen, planen. Er mußte vorsichtig vorgehen, jeden möglichen Fehler vorhersehen. Seit seiner Befreiung aus Bergen-Belsen war ihm kaum etwas widerfahren, was so wichtig für ihn war.

Er beeilte sich, in die Ruhe seines Hotelzimmers zurückzukehren. Dort angekommen, ließ er sich in einen Sessel sinken. Schweißperlen prickelten auf seiner Stirn, während er sich bemühte, Zusammenhang in seine Gedanken zu bekommen. Anfangs kam gar nichts. Das einzige Bild war Reinhart, nur Reinhart. Reinhart am Ankunftsgleis, Tod zur Linken, zeitweilige Verschonung zur Rechten; Reinhart bei den Auskleidebaracken, verborgene Wertgegenstände auf die eine, Kleider auf die andere Seite; Reinhart bei der Selektion für die medizinischen Experimente, die Reitgerte bei einer Verurteilung zum nichtnarkotisierten Todeskampf geradezu sanft über eine Wange streichelnd; Reinhart bei der Inspektion der Schuppen: ›Er soll nicht auf mich schauen! Bitte, Jehovah, Gott, oder wie du auch heißt: Er soll auf eine andere schauen!‹ Reinhart, wie er die Frauen aussuchte, ihre Brüste drückte, ihre Gesichter berührte, über ihre Angst spottete; Reinhart, wie er ihn verhöhnte, ihn bei seinen Spielchen zwang, eine seiner Uniformen zu tragen und zu salutieren wie ein braver Nazi; Reinhart im Bordell, jeden Abend im Bordell; Reinhart bei Gerda. Immer Reinhart bei Gerda, wie er sie vorführte, zur Schau stellte. Reinharts Gerda. »Liebst du mich, kleine Jungfrau? Sag, daß du mich liebst! Sag, daß du deinen Klaus liebst!«

Plötzlich setzte das Zittern ein, als würden seine Nerven elektrisch gereizt. Hartmann biß sich auf die Lippen, kämpfte gegen den Gedanken an, daß der Anfall die Feigheit sei, die ihn nun doch wieder überfiel. Bitte, laß es nicht geschehen! Gott! Laß mir diese Gelegenheit nicht entgehen! Laß es latende Angst sein, die wie die letzten Wellen einer Infektion von selbst verheilt! Bitte, laß mich mutig sein, nur dieses eine Mal!

Schließlich hörte es auf, aber Hartmann saß angespannt in seinem Zimmer. Ein Verwundeter, der sich nicht sicher ist, ob der drogenbetäubte Schmerz zurückkehrt. Das Zittern kam nicht wieder.

Plötzlich ging ihm auf, daß er sich in einer Machtposition befand. Zum ersten Mal in seinem gepeinigten, gedemütigten, manipulierten Leben war er der Überlegene. Und es gab niemanden, den er lieber seiner Gnade hätte ausgeliefert sehen wollen. Hartmanns Haß auf Reinhart saß tiefer als jede Angst. Er beherrschte jede Faser in ihm, eine Besessenheit, fester als die schlimmste Paranoia. Mit dem Geschehen im Lager hatte es nicht aufgehört. Reinhart war das Zentrum für jedes Unglück, das ihm widerfahren war. Weil Reinhart ihn zum Feigling gemacht hatte, konnten die Russen ihn in die Falle locken; weil Reinhart seine Urteilsfähigkeit völlig verzerrt hatte, hatte er sich den Amerikanern blindlings angeboten; wegen Reinharts Vermächtnis würde ihm keine der beiden Seiten die Freiheit geben. Immer wieder Reinhart. Das Schreckgespenst seines Lebens.

Hartmann wußte, er hatte genug in der Hand, um mit Berman zu feilschen. Mehr als genug. Aber würde der Amerikaner ihn gehen lassen und ihn nie wieder mit der morgendlichen Postkarte beordern? Könnte er überhaupt eine derartige Entscheidung fällen? Er war der Führungsagent, gewiß, aber nach Panama und Zürich, wie es schien, mit wenig Einfluß. Vielleicht war er sogar schon aus Paris abberufen oder auf eine unbedeutendere Rolle in der Botschaft umgesetzt. Und falls er mit Berman oder sonst jemand eine Übereinkunft erzielte – würde er jemals sicher sein, daß sie ihr Wort hielten? Hartmann wußte um seinen Wert, wußte, warum ihn Amerikaner wie Sowjets beschäftigten: Karpow hatte es in der ihm eigenen Direktheit ganz offen zugegeben. Er war der Mann, dessen man sich entledigen konnte; sollte er jemals festgenommen werden, konnte jede Seite eine Verbindung zu ihm schlichtweg leugnen. Welche Chance hatte er, wenn er mitfühlende Behandlung durch die CIA erwartete? Keine, mußte er sich eingestehen. Sie mochten ihm vieles versprechen, um seine Seite des Handelns kennenzulernen. Aber in der Welt, in der Hartmann lebte, gab es keine Zusicherung, die nicht durchbrochen werden konnte.

Was blieb also? Die Einsicht in seine Hilflosigkeit durchlöcherte die Euphorie, in der er sein Hotelzimmer betreten hatte, und das Pendel schwang wieder aus und stürzte ihn in Verzweiflung. Er konnte nicht einmal zur Polizei gehen und Reinhart als Nazi-Kriegsverbrecher bloßstellen. Jedes Protokoll würde automatisch nach Langley gehen, und sein Name wäre darin verzeichnet. Und welche Erklärung könnte er bei einer Untersuchung für seine Anwesenheit in New York geben, wenn die CIA ihn in Wien vermutete? Reinhart bloßzustellen, beinhaltete das Risiko, sich selbst bloßzustellen. Das Schreckgespenst spottete seiner erneut.

Hartmann spürte die Nässe auf seinem Gesicht und merkte, daß er weinte. Es mußte eine Möglichkeit geben. Es mußte einen Weg des Entkommens geben!

Sobald einer drin ist – sobald jemand wie Sie drin ist – gibt es nur einen Weg hinaus...

Bermans Zynismus kehrte wie eine Folterformel zurück. Nicht schlimmer als Karpow.

Es gibt nur einen Weg, wie du uns verlassen kannst. Du weißt das.

Unvermittelt mußte Hartmann kichern, doch klang es wie ein Schluchzen. Heftig putzte er sich die Nase und lachte erneut, als die Idee Formen annahm. Plötzlich erfüllte ihn eine Erregung, die er noch nie kennengelernt hatte. Er schien wie von innen aufgeblasen, so daß seine Haut straff und für jede Berührung empfindlich wurde.

Sie hatten es ihm gezeigt – diese zynischen Männer, die vorgaben, Freunde zu sein, und die bereit waren, ihn beim ersten Anzeichen von Problemen zu verleugnen. Es *gab* eine Befreiung, einen Weg zur Freiheit – von den Amerikanern wie von den Sowjets.

Er würde sich selbst töten.

Er würde den Beweis und die Leiche von Klaus Reinhart präsentieren. Wieder kicherte er. Reinhart, der ihm so viel genommen hatte, konnte ihm etwas zurückgeben. Er konnte ihm die Chance auf das Glück geben, das er zusammen mit Rebecca anstrebte.

Wie schwierig wäre es, den perfekten Mord zu begehen und die Identität mit Reinhart zu wechseln? Er schüttelte den Kopf, die Frage irritierte ihn. Sie war keinen Gedanken wert. Er würde jedes Hindernis, jedes Problem überwinden.

Und Rebecca? Wahrscheinlich der schwierigste Teil. Sie konnte er erst informieren, wenn alles vorüber war. Und dann mußte er den Schock riskieren. Zuerst würde sie geängstigt sein; verwirrt, ganz gewiß. Er müßte sie ohne Vorwarnung bitten, eine Identität aufzugeben und eine andere anzunehmen. Aber sie liebte ihn. Das würde alles möglich machen. In der Schweiz, auf Konten, die weder Moskau noch Washington kannten, lag genug Geld, um überall in der Welt ein angenehmes Leben zu garantieren. Nach der anfänglichen Verwirrung würde sie akzeptieren.

Nach so langer Zeit wäre er endlich frei! Frei. Ein normales Leben. Wenn die Erregung nicht bald abklänge, würde er zerplatzen. Er kämpfte gegen die Emotionen an, weil er die Gefahr darin spürte. Noch hatte er keine Freiheit, sondern nur die Gelegenheit zu ihr. Wenn er sie Wirklichkeit werden lassen wollte, mußte er funktionieren wie nie zuvor. Deshalb gab es keinen Raum für Erregung, Hysterie oder für Pläne über den momentanen Zeitpunkt hinaus.

Könnte er einen Menschen umbringen, auch wenn es ein Mensch war, der den Tod so sehr wie Klaus Reinhart verdiente? Hartmann war mehrfach für den Tod von Menschen verantwortlich gewesen. Er hatte, zum Beispiel, gewußt, welcher Gefahr er Schleichner in Panama aussetzte. Aber nie hatte er mit eigenen Händen ein Leben genommen, stets war ein anderer der Vollstrecker gewesen. Er schloß die Augen und sah sofort wieder das Lager, die Baracken, die Reihen der nackten Menschen und Gerda mit ihrem mitleiderregenden Einmachglas voller Blumen in einem Zimmer, in dem Reinhart sie wie ein Tier im Käfig gehalten hatte, damit sie jedes seiner Kommandos befolgte.

O ja, dachte Hartmann entschlossen. Er konnte Reinhart umbringen. Er glaubte, er konnte ihn ganz leicht umbringen.

Während Peter Berman den Bericht zum wiederholten Male las, war ihm bewußt, wie die Besorgnis in ihm wuchs. Es mußte ein Irrtum vorliegen: Sie hatten den Funkspruch mißverstanden oder nicht ernst genug genommen. Er gab einen zweiten auf, erhöhte die Dringlichkeit, damit sie ihren Hintern hoben und taten, was ihnen aufgetragen wurde. Die Behauptung, Hartmann sei verschwunden, war lächerlich – absolut lächerlich. Ihm war klar, daß es Zeit für die Sitzung des Untersuchungsausschusses war. Er würde Davidson nicht informieren, noch nicht. Es war sinnlos. Es mußte eine einfache Erklärung für Hartmanns Abwesenheit von Wien geben.

13

Die zusätzliche Bankeinzahlung war der erste Anstoß, der erste Nadelstich der Verunsicherung, mit dem Hartmann Reinhart anstacheln wollte, so wie der Nazi ihn vor langer Zeit durch Angst angestachelt hatte. Es fiel Hartmann sehr schwer, den Hörer in die Hand zu nehmen und in Verbindung mit der Stimme zu treten, unter der er sich stets gekrümmt und gewunden hatte. Rebecca, wiederholte er leise für sich. Rebecca. Er mußte es tun – für Rebecca. Er klammerte sich an ihren Namen wie an einen Talisman, ein Symbol, seine Feigheit auszutreiben. Dann packte er den Telefonhörer; er benötigte beide Hände, um ihn gegen sein Ohr zu halten. Hartmann hörte ein Radio dröhnen, als die Verbindung zum *Eros* hergestellt wurde. Der Mann am anderen Ende wollte wohl lieber schreien anstatt die Lautstärke zurückzudrehen. Hartmann gab sich als Angestellter der Chase Manhattan Bank aus. Der Mann hatte ihn anscheinend nicht verstanden, aber das spielte ohnehin keine Rolle.

»Albert Richman?« wiederholte die Stimme, während Hartmann weiterredete. »Um diese Tageszeit ist er nicht hier.«

Die Erkenntnis, daß sein Kontakt mit Reinhart hinausgezögert wurde, löste eine eigenartige Erleichterung in Hartmann aus. »Ich dachte, er wohnt dort.«

Die Reaktion war ein Lachen. »Er ist der Abendportier. Dienst ab fünf.«

Ein Rückschlag, dachte Hartmann. Im Moment war die Banküberweisung eine verlorene Waffe. Aber eine Katastrophe war es nicht. »Wann endet sein Dienst?«

»Um zwölf, natürlich«, antwortete die Stimme ungeduldig. »Wollen Sie was hinterlassen?«

Hartmann zögerte. »Sagen Sie ihm nur, daß jemand angerufen hat.«

»Kein Name?« fragte der Mann und bestätigte damit, daß er Hartmann zu Beginn des Gesprächs nicht verstanden hatte.

»Nein«, gab Hartmann zurück. »Kein Name.«

Das würde genügen, urteilte Hartmann, als er den Hörer auflegte. Ein rätselhafter Anruf, der nagende Zweifel in einem Mann auslösen würde, der wie Reinhart ständig in Furcht vor Entdeckung lebte. Hartmann ärgerte sich, weil er froh über Reinharts Abwesenheit und über die Tatsache war, daß er sich dem Mann erst später nähern konnte. Feigling, schalt er sich selbst. Feigling. Wieder griff er nach dem Talismann. »Rebecca«, sagte er laut. »Rebecca.«

Hartmann ging später als am ersten Tag zum UNO-Gebäude und bekam diesmal keine Einlaßkarte für die Besuchergalerie. Er wartete die Mittagspause ab und begab sich dann wieder zur Nord-Lounge. Diesmal erschien Poljew nicht. Er blieb während des gesamten Mittagessens, aber Poljew schloß sich der sowjetischen Delegation nicht an. Hartmann entschied, daß es sinnlos wäre, bis zum Abend zu warten und zu beobachten, ob der Mann im Bus nach Hause fuhr. Er kannte Poljews Pläne für diesen Abend.

Da er nicht sicher war, ob er während seiner Aktivitäten in den nächsten Tagen mit Rebecca Kontakt aufnehmen konnte, bestellte Hartmann Winterrosen, die ihr telegrafisch nach Wien geschickt werden sollten. Ihm wurde bewußt, daß sie nun zum letzten Mal getrennt wären: keine Blumen aus fernen Städten mehr, keine interkontinentalen Ferngespräche mehr.

Er aß früh, weil er einer der ersten Ankömmlinge am Lincoln Center sein wollte. Das Metropolitan Opera House hatte ein weites Foyer, was die Identifizierung Poljews erschwerte, und als der Beginn der Aufführung näher kam, spürte Hartmann leise Unruhe; sollte er das Eintreffen des Russen verpaßt haben? Die Menge war im Gedränge der letzten Viertelstunde am dichtesten, als Hartmann den Mann sah. Erleichterung und Ärger über sich selbst mischte sich: Er hätte voraussehen müssen, daß Poljew einen solchen Moment wählte, weil ihm das dichte Treiben ein Maximum an Schutz bot.

Besorgt eilte Hartmann beinahe zu schnell vor. Er hielt die unterschiedlichen Eintrittskarten zwischen den Fingern getrennt, um je nach Poljews Richtung für jeden Teil des Gebäudes vorbereitet zu sein. Es war der Rang, über den breiten Treppenaufgang zu erreichen. Hartmann täuschte einen Irrtum vor, indem er zu der Tür ging, durch die Poljew eintrat, die aber mit seinem Platz nicht übereinstimmte. Die von hinten nachdrängenden Menschen halfen und schoben ihn weiter. Der überbeschäftigte Platzanweiser wies ihn nicht zurück, sondern erlaubte ihm, durchzugehen und im Saal seinen Platz zu suchen. Das gab Hartmann Gelegenheit, Poljew zu beobachten, bis dieser seinen Platz erreicht hatte, bevor er seinen eigenen suchte. Zwar mochte die Kartenverkäuferin sich dafür entschuldigt haben, aber für Hartmanns Zwecke war er ideal. Er saß am Gang mit ungehindertem Blick auf den Russen.

Als Poljew seinen Platz erreichte, saß auf der einen Seite bereits ein Paar, aber der einzelne Sessel links von ihm war leer. Poljew verhielt sich ganz normal, schaute in sein Programmheft, blickte sich mit unbestimmtem Interesse um und rutschte in seinem Sessel, um eine bequemere Position zu finden. Als die Lichter erloschen, nahm ein Mann, einer der letzten Ankömmlinge, den Platz neben ihm ein. Mit professioneller Einschätzung taxierte Hartmann das als angemessenes Verhalten, falls die Amerikaner prüften, ob Poljew von den Sowjets überwacht wurde.

Von seinem Platz aus war es möglich, Poljew durch sein Opernglas zu beobachten, während er den Anschein erweckte, zur Bühne zu schauen, und auf diese Weise identifizierte er den Kontakt. Gesang und Bewegung in der Tavernenszene näherten sich ihrem Höhepunkt, als Poljew sich kaum merklich bewegte. Sein linker Arm hob sich. Beide Männer hatten das Programmheft auf dem Schoß, ein Schutzschirm, wenn etwas zwischen ihnen ausgetauscht wurde.

In der Pause blieb Poljew sitzen, aber der Mann neben ihm ging, sobald die Lampen aufflammten. Hartmann eilte ihm nach. Er rechnete mit der CIA-üblichen Übergabe und wollte in der Nähe sein, wenn es dazu kam. Er hatte vermutet, daß sie die Bar wählten, weil die Menschenmenge dort die Begegnung verbergen würde. Statt dessen zögerte Poljews Sitznachbar kurz im äußeren Foyer, erspähte den Mann, den er suchte, an der Brüstung und schlenderte in seine Richtung. Wieder Glück, dachte Hartmann; in der Bar wäre es schwierig gewesen, zu fotografieren.

Er war keine zwei Meter entfernt, als der Kurier, der mit dem, was Poljew geliefert hatte, davonfahren würde, auf das Programm in der Hand des sich nähernden Manns zeigte; scheinbar wollte er darin etwas nachschauen. Poljews Kontaktmann gab es ihm sofort und bedeutete ihm abwinkend, daß er es behalten könne. Im Schutz seines eigenen Programmhefts gelangen Hartmann drei Aufnahmen mit seiner Minox-Miniaturkamera, eine davon zeigte beide Männer voll von vorn. Nach gespieltem Dank für das Geschenk trat der Mann an das Geländer und tat so, als lese er. Poljews Nachbar schlenderte weiter, reagierte sofort auf das erste Klingelzeichen und ging zur richtigen Saaltür. Hartmann verzichtete darauf, zu seinem Platz zurückzukehren. Er wartete darauf, was der Kurier tun würde. Der Mann hatte das Klingelzeichen ebenfalls gehört, machte aber keine Anstalten, wieder in den Opernsaal zu gehen. Er steckte das Programm in die Tasche, ging die Treppe hinab, orientierte sich kurz und eilte dann auf einen der Ausgänge zu. Wie Hartmann sah, wartete draußen ein Wagen. Sehr professionell und sehr musterhaft.

Als Hartmann die Brüstung verließ, waren alle Besucher schon hineingegangen. Er würde nicht wieder eingelassen werden, doch das war unerheblich. Er ging dieselbe Treppe wie der Kurier hinunter, holte seinen Mantel und trat auf den Vorplatz hinaus. Es war kalt geworden. Hartmann überlegte, ob die Springbrunnen zufrieren würden. An der Columbus Avenue fand er einen Drugstore, der geöffnet hatte, und zahlte vier Dollar zusätzlich, damit der Film bis zum nächsten Tag entwickelt wurde.

Es war zehn Uhr, als Hartmann zum *Pierre* zurückkam, und er entschied, daß nun doch Zeit wäre, mit Rebecca zu sprechen. Die Verbindung nach Wien kam schnell zustande, und an ihrer Stimme erkannte Hartmann, daß sie die Blumen bekommen hatte.

»Du bist sehr aufmerksam«, sagte sie.

»Ich habe gestern abend nicht angerufen. Es tut mir leid.«

»Ich habe mir schon gedacht, daß du zuviel zu tun hast. Was macht die Arbeit?«

»Es läuft ganz gut, glaube ich.«

»Dann bist du bald zuhause?«

»Ich hoffe es.«

Die Freude über seinen Anruf war aus ihrer Stimme zu erkennen und strahlte auf ihn aus. Der Mann mit dem venezianischen Glas war doch gekommen, und sie hatte es bereits mit einem Gewinn von hundert Prozent verkauft. Zur Feier des Tages hatte sie in einem Geschäft an der Kärntner Straße ein Kostüm zurücklegen lassen, damit er nach seiner Rückkehr entscheiden könne, ob sie es kaufen sollte.

»Ich vermisse dich«, sagte sie unvermittelt.

»Du fehlst mir auch.«

»Rufst du morgen an?«

»Es könnte schwierig werden. Ich versuch's.«

»Ich liebe dich.«

»Ich liebe dich.«

Er sah auf die Uhr, weil er an Ort und Stelle sein wollte, bevor Reinhart das *Eros* verließ.

»Ich muß fort«, sagte er.

»Warum?«

»Ich habe noch zu tun.«

»Aber in New York ist es doch spät am Abend«, protestierte sie.

»Ich versuche schnell fertig zu werden, damit ich zu dir nach Hause kann«, entgegnete er.

»Du arbeitest zuviel«, sagte sie.

»Vielleicht kann ich bald aufhören.«

»Ich wünschte, ich könnte dir glauben.«

Als das Taxis sich dem *Eros* näherte, spürte er wieder die Erregung, doch diesmal kontrollierter. Und frei von Angst, nicht wie das Gefühl am Morgen, als er vor dem Telefon gekauert hatte. Käme es zurück, wäre er in der Lage, es zu zügeln. Ebenso wie er die Vorfreude darauf zügelte, den Mann in die Falle gehen zu lassen. Er würde dafür sorgen, daß es funktionierte. Nichts konnte dieses Ziel gefährden. Er würde sein Glück finden. Mit Rebecca.

Der Times Square war weitaus belebter als am Vortag. Aus den Theatern strömten zusätzliche Mengen, Menschen ergossen sich von den Bürgersteigen auf die Fahrbahn, und die Versuche der Autofahrer, sich einen Weg zu bahnen, wurden von einer Kakaphonie von Hupsignalen begleitet. Da es dunkler als beim ersten Mal war, leuchteten die Neonfarben jetzt sichtbarer und färbten einige Gesichter der Vorübergehenden zu Clownmasken. Huren, männliche wie weibliche, lächelten geziert aus fast jedem Türeingang, und vor dem Buchladen neben dem *Eros* hatte sich eine Schlange gebildet. Das »E« war jetzt völlig erloschen. Hartmann ließ sich mit der Menge vorbeitragen und suchte eine Stelle, von der aus er den Hoteleingang beobachten konnte, ohne angesprochen zu werden. Auf halbem Weg in einer Seitenstraße stand ein dunkles, mit Schlagläden verrammeltes Haus, in dessen Eingang ein Betrunkener zusammengesackt war; ein Urinrinnsal schlängelte sich wie eine Nabelschnur über das Pflaster. Hartmann drückte sich in den Schatten. Der Gestank ließ ihn das Gesicht verziehen. Einmal bewegte sich das Bündel stöhnend zu seinen Füßen, und Hartmann zuckte zurück, weil er fürchtete, der Mann könnte wach werden und hilfesuchend nach ihm greifen. Kurz darauf näherte sich ein Mädchen mit eindeutiger Aufforderung und akzeptierte seine Ablehnung mit philosophischem Achselzucken. Trotz des Make-ups schätzte Hartmann es auf etwa sechzehn. Aus Richtung Seventh Avenue patrouillierte ein sorgsam uniformierter Polizist. Die Hosen waren gebügelt, die Schuhe aus immerglänzendem Kunststoff, die Mütze exakt ausgerichtet. Er nahm von nichts um sich herum Notiz, und nichts um ihn herum nahm Notiz von ihm. Tief in Hartmann machte sich die Beklommenheit angesichts der Uniform bemerkbar. In der Ferne war das drängende Heulen einer Sirene zu hören. Hartmann war unsicher, ob es Polizei oder Rettungsnotdienst war.

Mitternacht ging vorüber, und Reinhart erschien nicht. Hatte ihn der rätselhafte Anruf in Panik versetzt? fragte Hartmann sich besorgt. War er geflohen, weil ein Mann, der sich als Fritz Lang ausgab, plötzlich hundert Dollar auf sein Konto eingezahlt hatte? Er hätte in der letzten Nacht bleiben sollen.

Reinhart erschien im Eingang, und Hartmanns Besorgnis verflog. Der Nazi zögerte, als wüßte er nicht, wohin er gehen sollte. Direkt gegenüber dem *Eros* befand sich eine Bar; schwach waren die Laute einer Jukebox zu hören. Reinhart blickte hinüber, trat dann auf den Bürgersteig und bewegte sich in Richtung Eight Avenue. Als Hartmann sich an seine Fersen heftete, sprach ihn wieder eine Prostituierte an.

Reinhart bewegte sich ungelenk von Schatten zu Schatten, die Hand gegen den Schenkel gestützt. Die sonderbare hüpfende Gangart hatte Hartmann beim ersten Mal aufmerksam gemacht. Zwanzig Meter hinter dem Mann konzentrierte Hartmann sich bei der Verfolgung auf jedes bißchen Erfahrung, das er sich in den vergangenen dreiunddreißig Jahren angeeignet hatte. Oft tauchte er in denselben schützenden Schatten, den Reinhart kurz vorher benutzt hatte. Bevor sie die Eight Avenue erreichten, drehte sich der Deutsche zweimal um und spähte angestrengt nach hinten. Beide Male sah Hartmann die Bewegung voraus, zog sich einmal in einen Hauseingang zurück und verbarg sich beim zweiten Mal neben einem Müllhaufen. Die ständige Angst des anderen Mannes ließ ihn in der Dunkelheit lächeln. Diese Angst würde er sich bald zunutze machen. Hartmann war sicher, daß er sich darauf verstehen würde – was Angst anging, war er Experte.

Die Eight Avenue war besser beleuchtet als die 42. Straße, und Hartmann ließ die Entfernung zu seinem Opfer anwachsen. An der 41. Straße wandte Reinhart sich nach Westen auf die Docks des Hudson River zu. Hartmann blieb hinter ihm und lächelte wieder, als er sich seine Gedanken über die Mustermentalität von CIA und KGB ins Gedächtnis rief. Offensichtlich hatte Reinhart unbewußt einen regelmäßigen Kontrollrhythmus entwickelt. Etwa alle vierzig Meter, schätzte Hartmann. Als er sich aus dem Versteck löste, in das er vor der Drehung des Deutschen getaucht war, begann er zu zählen. Fast exakt, dachte er, als der Mann sich wieder umwandte. Es waren 48 Schritte gewesen.

Aus der Distanz, die er hielt, war es schwer zu erkennen, und das Hinken mochte den Eindruck verzerren, aber allmählich erkannte Hartmann die Ähnlichkeit in der Gestalt zwischen dem Deutschen und ihm, die Reinhart bei den Uniformparaden höhnisch ausgenutzt hatte. Hartmann schätzte, daß er vielleicht ein paar Pfund schwerer war als der andere, aber das würde wohl kaum Neugier erwecken. Und das gebrochene Bein wäre unwichtig, wenn alles so funktionierte, wie er es hoffte; wie es funktionieren *mußte*.

Sie gingen ziemlich lange parallel zum West Side Highway und erreichten ein Gebiet, wo Büro- und Wohnhäuser sich mit den Ausläufern der größeren Hafengebäude vermischten. Es schien kälter, da der Wind vom Fluß heftig blies. Hartmann verkleinerte die Lücke, weil er annahm, daß Reinhart es nicht mehr sehr weit hatte, und machte den von ihm selbst kritisierten Fehler, sich auf ein Verhaltensmuster zu verlassen. Er hatte erwartet, daß Reinhart sich nach dem gewohnten Intervall umwandte und wäre beinahe entdeckt worden, als der Mann sich nach zwanzig Schritten drehte, weil er seine Behausung erreicht hatte. Seine Rettung war, daß er Sekunden vorher die Verhaltensänderung Reinharts registriert hatte, die die Vertrautheit mit der Umgebung signalisierte. Ihm blieb nur, sich unbeweglich im schwarzen Schatten einer Mauer zu halten. Er atmete nicht einmal, während er auf ein Zeichen wartete, daß der andere ihn gesehen habe. Reinhart spähte einige Sekunden in die Straße und verschwand dann.

Hartmann wußte, es könnte sich um eine Falle handeln, falls Reinhart in einer Nebengasse lauerte, aber da er keine Alternative hatte, folgte er eilig, die Augen auf die Stelle geheftet, an der der Deutsche zuletzt gestanden hatte. Es war ein eigentümliches Gebäude. Während des Baus schienen die Hochhausplaner ihre Meinung geändert zu haben, es war niedrig, nur drei Stockwerke hoch, und wirkte zwischen den benachbarten Wolkenkratzern geradezu zwergenhaft. Als Hartmann im Schatten der höheren Gebäude wartete, ging hinter einem Fenster im obersten Stockwerk das Licht an. Oben rechts, merkte er sich. Kurz erschien eine Gestalt am Fenster, um sich ein letztes Mal zu vergewissern.

Es war gelungen, freute sich Hartmann und bemühte sich nicht, seine Befriedigung zu zügeln. Er wußte, wo Reinhart wohnte, wo er arbeitete, wo er sein Konto hatte und unter welchem Namen er lebte. Es lief gut – fast zu gut.

Wieder im *Pierre*, blieb er lange im Bad, um, nachdem er sich gewaschen hatte, sein Gesicht im Spiegel zu untersuchen. Das Haar mochte das größte Risiko sein, obschon Reinhart im Lager ebenso blond wie er gewesen war. Es kam darauf an, ob es seine Farbe behalten hatte. Sie beide hatten blaue Augen, Hartmann erinnerte sich nur zu gut an den erbarmungslosen Blick. Und wegen der Gesichtszüge machte er sich keine Kopfzerbrechen. Er stand noch immer vor dem Spiegel und betrachtete sein Abbild. Er sah tatsächlich krank aus.

Tiefe Furchen hatten sich um seine Augen eingegraben, die Haut darunter war vor Erschöpfung erschlafft. Das Fehlen vieler grauer Haare, das ihm früher aufgefallen war, bedeutete, daß er jünger aussah, als er war, aber sein Gesicht war trotz der ärztlichen Ermahnungen zur Diät zu teigig und voll. Wenn er ein neues Leben mit Rebecca begann, müßte er strenger mit sich selbst sein: die richtige Ernährung zur richtigen Zeit. Und Gymnastik. Er würde nichts, absolut gar nichts ihr Glück stören lassen. Er schaute zum Telefon und rechnete den Zeitunterschied zu Wien ab; wahrscheinlich war Rebecca noch wach. Er wollte es ihr erzählen wie ein Kind, das schon vor seinem Geburtstag mit einem Geschenk prahlt. Nein, nicht auf diese Weise, wies er den Gedanken zurück. Es gab viel zu erklären, zu viel Vergebung zu erbitten. Wenn er es Rebecca sagte, dann von Angesicht zu Angesicht, wenn er sie berühren und versuchen konnte, ihr das Verständnis zu erleichtern. Sie würde es verstehen, dachte er zuversichtlich. Sie würden zusammen glücklich sein.

14

Hartmann zwang sich dazu, sein Vorhaben bewußt ins Auge zu fassen, weil er wußte, daß er sich von dem Grauen reinigen mußte, das ihn beim Gedanken an einen Telefonkontakt mit Reinhart erfaßt hatte. Bisher hatte er eine Distanz zu dem Nazi gewahrt. Er war dem Mann ohne dessen Wissen gefolgt, so daß ihm keine Gefahr drohte. Aber der Moment würde kommen, in dem er sich selbst als Köder anbieten mußte. Er würde das Hotel betreten, in dem Reinhart in dem Bewußtsein wartete, daß er entdeckt war. Und im Wissen um die Identität seines Verfolgers. Das wäre wichtig. Am Ende mußte Reinhart glauben, daß er gewinnen konnte. Konnte er das riskieren? Konnte er ein paar Schritte von dem Mann entfernt, der einmal solche Macht über ihn gehabt hatte, den Schein aufrechterhalten? Der Gedanke ließ ihn schaudern. Er würde es nicht wissen, bevor der Moment kam. Er war nie tapfer gewesen, diese Tatsache akzeptierte Hartmann. Er wußte nicht, wie man es wurde, kannte weder die Überzeugung noch die Kraft, die es möglich machten. Er war wie ein Blinder, dem die Fähigkeit zu lesen unverständlich blieb.

Aber er würde es tun. Er würde es für Rebecca tun; und auch für Gerda. Sie hätte gewollt, daß er diese zweite Chance bekam, ebenso wie sie gewollt hatte, daß er überlebte. Er würde die Opfer, die sie gebracht hatte, rächen.

Er plante seinen Tag sorgfältig, denn er war der Anfang eines Täuschungsmanövers, durch das er mehrere Menschen irreführen wollte. Von der Sowjetbotschaft in Washington forderte er eine weitere Liste von Poljews Bewegungen an, woraus Moskau folgern würde, daß er mit seinen Nachforschungen fortfuhr. Dann rief er seinen Sohn zuhause an.

Ruth war überrascht, ihre Antworten kamen zögernd und stockend. Der wesentliche Grund seines Besuchs sei es, das Grab zu sehen, erklärte Hartmann, aber falls David am Nachmittag Zeit habe, würde er ihn gerne kurz sprechen. Ruth sagte, sie halte es für unwahrscheinlich, daß er von der Klinik zurück sei, und sie wurde noch abwehrender, als Hartmann andeutete, er wolle ihn lieber dort als zuhause aufsuchen. Sie einigten sich auf 14 Uhr, was Hartmann nach seiner Schätzung genug Zeit für mögliche Verzögerungen gab.

Nachdem die Verabredung getroffen war, wartete er, bis die Morgenaktivität draußen auf dem Flur nachließ, dann ging er vorsichtig hinaus. Er fand, was er suchte: einen Schrank des Zimmerdiensts knapp fünf Meter von seinem Zimmer entfernt. Weiter, als er gehofft hatte, aber realistisch akzeptierte er, daß er Glück hatte, überhaupt eine derartige Gelegenheit zu finden.

Er mietete einen Wagen und steuerte ihn so schnell es ging durch die Staus des Vormittags, um Connecticut schleunigst zu erreichen. Während der Fahrt überdachte er seine Planungen und klopfte sie in Gedanken auf Lücken und Fehler ab. Soweit waren sie in Ordnung, befand er. Die größte Unsicherheit bestand darin, ob Reinhart so reagierte, wie er es wollte, und ob er von der grauenhaften Angst verschont blieb, damit er es tun konnte.

Nur wenige Menschen kannte er besser. Im Lager hatte er seine Stimmungen auf Grund eines einzigen Blicks beurteilen, jeden Wunsch aus einer minimalen Geste ablesen können. Aber das lag mehr als drei Jahrzehnte zurück. Reinhart hatte sich bestimmt verändert und war nicht mehr so leicht vorauszuberechnen. Nur eines war sicher: Reinhart hatte fünfunddreißig Jahre in Angst gelebt.

Er erreichte die Schnellstraße und riskierte es erstmals, den Wagen über die erlaubte Geschwindigkeit hinaus zu beschleunigen. David wäre der erste Test, die Generalprobe für alles, was folgen sollte.

Hartmann hatte es ernst gemeint, als er bei Gerdas Beerdigung versprach, das Grab gelegentlich zu besuchen. Aber wenn er erfolgreich ein neues Leben führen wollte, war das schon wieder ein Versprechen, das er nicht halten konnte. Langsam betrat er den Friedhof. Er wußte, es wäre der letzte Besuch, und er wollte sich alles einprägen. Bekümmert lächelte er, als er aus einiger Entfernung die weiße Frische des Grabsteins sah. Der Baum darüber war tatsächlich eine Buche. In wenigen Monaten würde es sehr schön sein. Rechts von ihm kam eine Gruppe Trauernder zum Ende der Zeremonie, blieb noch kurz am offenen Grab stehen, um sich dann aufzulösen. Zwei Frauen weinten, als sie an ihm vorbeikamen. Hartmann machte Platz, damit die Trauergäste an ihm vorbei konnten.

Blinzelnd versuchte er die Inschrift aus einiger Entfernung zu entziffern, dann stand er vor dem Grab und bewegte leicht die Lippen, als er die Worte ablas. Er hatte das Gefühl, Ärger verspüren zu müssen, aber es kam nichts als Traurigkeit, ein plötzlicher Kummer, der ihm die Tränen in die Augen trieb wie beim letzten Mal, als er an derselben Stelle gestanden hatte.

Würde es nie enden, daß man ihm Dinge wegnahm? Er unterdrückte das Selbstmitleid im gleichen Moment, als es aufkam. Es würde aufhören, weil er dafür sorgen würde, daß es aufhörte. Das eine Mal würde er tapfer sein, und alles würde sich so entwickeln, wie er es beabsichtigte. Die veränderte Inschrift machte eines leichter: Wenn David ihn damit betrügen konnte, beseitigte das jedes Schuldgefühl, das er vielleicht empfunden hätte, wenn er David so täuschte, wie er es vorhatte.

»Ich weiß, du wirst es verstehen, Liebling«, sagte er leise. »Du hast immer verstanden.«

Blumen hatte er vergessen. Er bückte sich, ordnete die vom Begräbnis verbliebenen und zupfte ein paar verwelkte heraus. Er blieb in gebückter Haltung und pflückte ein paar Blätter und Zweige fort, die auf den neu aufgeschütteten Kies geweht worden waren. Gegen seine Tränen ankämpfend, empfand er den Verlust jetzt stärker als bei der Beerdigung.

»Lebewohl, Gerda«, sagte er, während er sich aufrichtete. »Lebewohl, mein Liebling.«

Männer waren an der Arbeit, um Davids Grundstück in landschaftsgestalteter Vollkommenheit zu erhalten. Einer sammelte Blätter mit einem kleinen Traktor auf, vor den eine Art Schaufelkorb montiert war, ein anderer harkte die Tennisplätze. Als Hartmann sich dem Haus näherte, sah er Davids Wagen draußen geparkt. Offenbar war es seinem Sohn lieber, ihn von der Klinik fernzuhalten.

Die Tür ging auf, bevor Hartmann läuten konnte. Sein Sohn machte keinen Versuch, seinen Ärger zu verbergen.

»Ich hatte einen schweren Tag in der Klinik«, protestierte er ohne Einleitung. »Es paßt mir absolut nicht.«

»Es wird nicht lange dauern ... Ich habe Ruth gesagt, ich könnte hinfahren.«

»Hier ist es besser«, sagte David rasch. Er trat zur Seite, um seinen Vater ins Haus zu lassen.

»Worum geht's?« fragte er, nachdem er die Tür geschlossen hatte.

»Ich wollte das Grab besuchen... Ich dachte, du könntest mir helfen...« Hartmann hoffte, daß die Unschlüssigkeit echt klang und daß sein Sohn sie bemerkte.

»Helfen?« Jetzt mischte sich Neugier in die Feindseligkeit.

»Ich fühle mich nicht wohl«, klagte Hartmann.

David entfuhr ein gereizter Seufzer. »Komm besser ins Arbeitszimmer«, sagte er. »Ruth ist nicht zuhause.«

Hartmann glaubte ihm nicht, hatte im Moment aber auch nicht den Wunsch, ihr zu begegnen. Er folgte seinem Sohn in den wie eine Praxis ausgestatteten Raum. Durchs Fenster sah er, daß die Abdeckung vom Swimming-pool entfernt worden war. Ein Mann beugte sich über die Filteranlage.

»Ich dachte, du wärst nach Wien zurückgeflogen«, sagte David beinahe anklagend.

»Bin ich auch... Dann habe ich mich entschlossen, zurückzukommen...« Hartmann machte eine hilflose Bewegung, als fiele es ihm schwer, den Grund für seine Rückkehr verständlich zu machen. »Ich wollte das Grab noch einmal sehen...«

»Ich bin Psychiater, kein praktischer Arzt«, merkte sein Sohn an.

»Ich leide ja auch nicht unter körperlichen Beschwerden.«

»Sondern?«

»Seit dem Tod deiner Mutter habe ich Depressionen.«

»Überrascht mich kaum.«

»Wieso?« fragte Hartmann in scheinbarer Unschuld. Er wollte, daß sein Sohn sich später an das Gespräch erinnerte, und er glaubte nicht, daß der Junge ihm noch Schmerz zufügen konnte.

»Ich hatte mir eigentlich gedacht, daß Schuldgefühl eine Rolle spielt.«

»Du hast vermutlich recht«, stimmte Hartmann zu. Er kauerte auf seinem Stuhl, als versuchte er sich kleiner zu machen. »Anscheinend hat ihr Tod alles zurückgebracht... Ich war ein Feigling, ein solcher Feigling.«

»Ja«, sagte David brutal, »das warst du.«

»Ich wünschte, ich wäre tot und nicht sie«, sagte Hartmann. Jetzt betrachtete David ihn eingehend; berufsmäßig.

»Was meinst du damit? fragte er.

Wieder zuckte Hartmann hilflos mit den Schultern. »Jetzt, da sie fort ist, scheint mir nicht mehr viel Sinn in meiner Arbeit zu liegen... in gar nichts mehr...«

»Wie schläfst du?«

»Kaum einmal.«

»Emotionen?«

»Was?«

»Weinen und solche Dinge.«

Hartmann gab sich verlegen. »Ich scheine ständig zu weinen.«

»Keine körperlichen Beschwerden?«

»Keine.«

»Hat das Weinen seit dem Begräbnis nicht nachgelassen?«

»Es ist schlimmer geworden«, antwortete Hartmann.

»In Anbetracht der Umstände ist es eine erklärliche Depression«, beharrte David.

»Ich möchte verbrannt werden«, sagte Hartmann scharf.

»Was?« gab sein Sohn stirnrunzelnd zurück.

»Wenn mir jemals etwas zustößt, wirst du als nächster Verwandter befragt. Ich will nicht mit deiner Mutter begraben sein... Es scheint mir nicht recht... Ich bin es nicht wert... ganz und gar nicht. Ich will verbrannt werden.«

Es war geradezu lebenswichtig, daß David sich später daran erinnerte. Der Gedanke, daß Reinhart im selben Grab wie Gerda lag, war einfach obszön.

»Nein«, pflichtete David ihm bei. »Es scheint nicht recht.«

»Du wirst also daran denken?«

David antwortete ihm nicht. Er saß hinter seinem Schreibtisch und legte den Kopf ein wenig schief, ein Ausdruck von Konzentration.

»Das ist nichts Morbides«, sagte Hartmann. »Man muß über diese Dinge sprechen.«

»Ja.«

»Kannst du mir helfen – mit Tabletten oder so?«

»Tranquilizer könnten es dir leichter machen, zu schlafen.«

»Irgendwas!« bat Hartmann eindringlich. »Wenn ich nicht bald etwas Schlaf bekomme, werde ich wahnsinnig.«

»Wann bist du in Wien zurück?«

»Ich weiß nicht«, sagte Hartmann unsicher. »Ziemlich bald, erwarte ich.«

»Geh dort zu deinem Arzt. Ich verschreibe dir Valium, aber nimm die Flasche mit, damit er weiß, was du genommen hast.«

»Ich bin dir sehr dankbar.«

David blickte von seinem Rezeptblock hoch. »Es ist meine Pflicht als Arzt, jedermann zu helfen«, sagte er.

»Trotzdem, danke. Ich war am Grab, bevor ich hierher kam.«

Abwartend hielt David den Blick auf ihn gerichtet.

»Ein hübscher Grabstein«, sagte Hartmann.

»Ja.«

»Du scheinst vergessen zu haben, um was ich dich bei der Inschrift gebeten habe.«

»Ich habe es nicht vergessen.«

»Warum, David?«

»Es war nicht recht«, sagte der Sohn in Anspielung auf ihren Dialog kurz vorher. »Ebensowenig wie es recht scheint, daß du in derselben Ruhestätte beigesetzt wirst.«

Er würde es nicht vergessen, das garantierte Davids Einstellung. Hartmann erinnerte sich an die letzten Momente auf dem Friedhof, und die Tränen kamen wie von selbst. Er führte ein Taschentuch zum Gesicht.

»Hast du ihn selbst bezahlt?«

»Das hast du doch gewußt.«

»Ich bin nicht gerade stolz auf mich«, sagte Hartmann, die Stimme durch das Tuch gedämpft.

»Das würde dir auch sehr schwerfallen«, sagte David mitleidlos.

»Kannst du nicht vergeben?«

»Nein!« sagte der Jüngere. »Es gibt etwas, das ich niemals vergeben kann.«

Er schrieb das Rezept fertig und reichte es über den Schreibtisch. Hartmann beugte sich vor, um es hastig entgegenzunehmen.

»Das kannst du auch mitnehmen«, sagte David, während er etwas aus der Schublade nahm.

Es war der Blankoscheck. Hartmanns erster Impuls war, ihn zu zerreißen. Doch dann faltete er ihn zusammen und steckte ihn in die Jackentasche.

»Es tut mir leid, daß ich deine Nachmittagstermine durcheinandergebracht habe«, entschuldigte Hartmann sich.

Jetzt blickte David ungeduldig auf seine Tischuhr. »Wenn ich mich beeile, kann ich die meisten noch wahrnehmen.«

»Dann will ich dich nicht länger aufhalten.«

David stand auf. »Die Tabletten helfen dir lediglich, Ruhe zu finden«, sagte er. »Bei den Ursachen, die deiner Depression zugrunde liegen, würde ich dir empfehlen, daß du dich zuhause um psychiatrische Hilfe bemühst.«

»Meinst du, es könnte zu Störungen kommen?«

»Ich kenne keine Fallgeschichte, bei der es wahrscheinlicher wäre.«

Hartmann überlegte einen Moment, ob es reichte. »Du würdest wohl nicht erwägen, mich zu behandeln?« fragte er. »Schließlich weißt du schon so viel.«

»Nein«, verneinte David mit einem Kopfschütteln. »Ich würde dich nicht behandeln.«

Hartmann wußte, sein Sohn hatte die Ablehnung genossen. Es war schade, daß er den Jungen nie würde aufklären können, für welchen Zweck er manipuliert wurde.

»Ich habe viel zu tun«, drängte David.

Hartmann folgte seinem Sohn in die Diele. Durch den Flur, der nach Hartmanns Vermutung zur Küche führte, drangen geschäftige Laute. Wahrscheinlich Ruth, dachte er. Er glaubte nicht, daß sie im Haus Personal beschäftigten.

»Danke«, sagte er an der Tür.

»Dasselbe hättest du von jedem Arzt in New York haben können. Deshalb hättest du den Weg hierher nicht machen müssen.«

»Aber dann hätte ich Gerdas Grab nicht gesehen.«

»Nein«, pflichtete David ihm bei. »Das hättest du nicht.«

David folgte seinem Vater in die Auffahrt und stieg in seinen Wagen. Einen knappen Kilometer fuhren die Fahrzeuge hintereinander. Als David abbog, gab es kein Zeichen des Abschieds. Hartmann lachte laut. Er empfand Bedauern für seinen Sohn und Triumph über das, was ihm gelungen war. Es war weitaus besser verlaufen, als er erwartet hatte.

Hartmann versuchte, Manhattan vor der abendlichen Rush-hour zu erreichen, aber es mißlang ihm. Der Verkehr setzte auf dem Bronx River Parkway ein, und als er den Bruckner Boulevard erreichte, war der Stau über einen Kilometer lang. Gereizt saß er hinter dem Steuer; er hatte noch viel zu tun. Als er zum Franklin Delano Roosevelt Drive kam, war es dunkel, und so schnell er konnte, bog er in eine Querstraße ab, um einen zügigeren Verkehrsfluß zu finden. An der Columbus Avenue holte er die Fotos von Poljews Kontaktmann in der Oper ab und wartete, bis das Valium-Rezept eingelöst wurde. Den Mietwagen ließ er direkt an einem Feuerwehrhydranten stehen. Die Abschleppgebühr würde automatisch der Rechnung zugeschlagen werden und wäre ein zusätzlicher kleiner Beleg für das eigenartige Verhalten eines Mannes, der unter Depressionen litt.

Gegen acht war er wieder in der Nähe des Hudson River. Es war kälter als in der vorigen Nacht, dachte Hartmann. Oder war es Angst? Er war gespannt, was er in Reinharts Wohnung finden würde.

15

In dem Blumenladen waren die Lichter noch an, und auf der Straße war viel mehr Leben, obwohl sie zur Hälfte von Lagerhäusern eingenommen wurde. Offensichtlich ein Mann, der die Namensschilder in Augenschein nahm, schob Hartmann den Stahldietrich ins Schloß der Haustür und spürte, wie ihm der Schweiß ausbrach, als die Zuhaltungen langsam einrasteten. In dem kleinen Gebäude gab es fünf Wohnungen, und Albert Richman lebte in Nummer fünf.

Die Tür ging auf, und Hartmann war innerhalb von Sekunden drinnen. Direkt hinter dem Eingang blieb er stehen. Die Bewohner und die Gegend waren zu arm, um Einbruchsicherungen zu besitzen, die auf nachgemachte Schlüssel reagierten, aber er war vorsichtig wie immer. Von oben kamen Geräusche – ein weinendes Baby und Musik –, doch sonst blieb es ruhig.

Die kurze Pause hatte ihm Gelegenheit gegeben, sich an die Dunkelheit zu gewöhnen. Direkt vor ihm führte an dem Parterreladen entlang eine Treppe nach oben. Er sah den Lichtschalter, ignorierte ihn aber, als er hastig hinaufstieg. Den ersten schmalen Treppenabsatz versperrte eine Tür. Hinter ihr blieb Hartmann wieder lauschend stehen. Die Musik war jetzt deutlicher; Glenn Miller. Er fragte sich, ob Karpow sie in seine Sammlung aufnehmen würde. Wahrscheinlich qualifizierte er sie nicht als Jazz.

Er stieg weiter zum nächsten Stockwerk. Diesmal fand er keine Tür vor, nur eine Öffnung und eine Treppe dahinter.

Oben wandte er sich nach rechts. Aus seinen Beobachtungen der letzten Nacht wußte er, wo sich Reinharts Zimmer befand. In diesem Augenblick war die Gefahr, entdeckt zu werden, am größten durch die beiden anderen Türen, die auf die Etage mündeten. Hinter der ersten war es völlig still, durch die zweite war das gedämpfte Murmeln einer Unterhaltung zu hören. Zwei Menschen, schätzte er.

So leise wie möglich überquerte er den Absatz, auf der Hut vor jedem knarrenden Fußbodenbrett. Vor Reinharts Zimmer wartete er, so daß er ganz offen klopfen konnte, sollte eine der beiden anderen Türen geöffnet werden. Das leise Gespräch wurde ohne Unterbrechung fortgeführt.

Reinhart hatte zwei Schlösser, beide komplizierter als das in der Haustür. Hartmann begann mit dem Einsteckschloß, das er als das einfachere einschätzte. Während er daran arbeitete, achtete er auf zweierlei Geräusche: das sanfte Klicken des Schlosses und mögliche Bewegungen aus den angrenzenden Räumen. Das Schloß war neu und schwergängig, obwohl es gut geölt war. Das Öl rann über den Dietrich und machte ihn schlüpfrig. Schließlich spürte er, wie das Schloß nachgab. An die Tür gepreßt, atmete Hartmann tief durch. Die Sonde war nicht nur des Öls wegen schwierig zu halten, denn inzwischen schwitzte er heftig.

Er wollte sich gerade mit dem zweiten Schloß beschäftigen, als es plötzlich laut wurde. Er drehte sich und hob die Hand, um als vorgeblich normaler Besucher anzuklopfen. Auf der Etage unter ihm war die Tür geöffnet worden; eindeutig Glenn Miller. Die Musik wurde leiser, als die Tür wieder geschlossen wurde. Schritte waren zu hören, aber sie entfernten sich. Jemand ging nach unten und auf die Straße hinaus. Bevor er wieder anfangen konnte, mußte Hartmann sich die Hände trocknen. Als er glaubte, alle Zuhaltungen gelöst zu haben, mußte er feststellen, daß die Tür sich nicht öffnen ließ; er hatte zu hastig gearbeitet und eine Sperre ausgelassen. Er zwang sich zu langsameren Bewegungen, begann erneut, fand den Arretierstift und ließ ihn aufgleiten.

Seine Erfahrung war es, die ihn rettete; die Jahre, in denen er unentdeckt Zimmer betreten und verlassen hatte, in denen Menschen wohnten, die sich gegen Eindringlinge gewappnet hatten. Er trat nicht entschlossen ein wie unten bei der Haustür, sondern öffnete die Tür nur so weit, daß seine Hand hindurchpaßte. Weil es die schwierigste und damit wahrscheinlichste Stelle war, reckte er sich, um die Oberkante abzutasten, doch in dem Spalt befand sich kein Hindernis. Reinharts Bein, fiel ihm ein. Der Mann würde sich schwerlich so weit hochrecken können.

Er ertastete den Draht in halber Höhe und prüfte die Spannung, um zu erfahren, wie weit er den Spalt vergrößern konnte. Der Draht war ziemlich straff. Mit der Linken hielt er die Tür fest, während die Rechte weiter um das Holz glitt, bis sich die Kante in sein Handgelenk schnitt.

Es war eine elementare Bombenfalle. Der Auslösedraht war an der Rückseite der Tür befestigt und lief dann durch einen Führring, der in die angrenzende Wand geschraubt war. Wurde die Tür geöffnet, straffte sich der Draht und löste vermutlich eine Sprengladung aus. An der Stelle, wo er an der Tür befestigt war, konnte Hartmann den Draht nicht lösen, deshalb tastete er mit der linken Hand nach dem Ring. Er hatte eine Art Scharnier wie an einem Karabinerhaken. Hartmann drückte es auf, ließ den Draht hindurchfallen und öffnete die Tür so weit, daß er eintreten konnte.

Mit dem Rücken zur Tür blieb er stehen, um sich seine Umgebung zu vergegenwärtigen. In dem trüben Licht, das durch das vorhanglose Fenster hereinfiel, nahm das Zimmer vage Formen an. Da sich in nächster Nahe eine ihm unbekannte Falle befand, mußte er es riskieren, das Licht einzuschalten. Obwohl es nicht sehr hell war, blinzelte er in den ersten Sekunden. Bis er die Falle ausgemacht hatte, mußten die Fenster unverhängt bleiben. Er sah sie sofort, und ihre primitive Machart ließ ihn entspannen. Weitere Auslösedrähte gab es nicht, deshalb verhängte er die Fenster und trat wieder an den Tisch. Der Draht hätte einen Schnappauslöser weggezogen, durch den ein mit Isolierband umwickeltes Sprengstoffpaket zur Explosion gebracht wurde. Als er sich vorbeugte, sah er Metall glitzern und fühlte die Spitzen mit den Fingern. Auf dem Sprengstoff waren kleine Pfeile angebracht, die von der Explosion mit der Wucht von Gewehrkugeln fortgeschleudert wurden. Hinterließ Reinhart sein Zimmer immer derartig gesichert? Oder war es seine Reaktion darauf, daß es den rätselhaften Anruf im *Eros* gegeben hatte?

Er ließ die Sprengladung an ihrem Platz und wandte seine Aufmerksamkeit dem Rest des Zimmers zu. Das ungemachte Bett stand in einer Ecke. Am Kopfende befand sich ein Buchregal, am Fußende ein kleiner tragbarer Fernsehapparat. Der Tisch, auf dem die Bombe lag, war offensichtlich Reinharts Eßplatz. Neben einem schmutzigen Teller standen zwei leere Bierdosen. In einer durch einen Vorhang abgetrennten Nische fanden sich ein Anzug, ein Regenmantel und ein Paar Schuhe. Daneben trennte ein zweiter Vorhang eine winzige Duschecke ab, in der sich zudem ein Waschbecken befand. Auf der anderen Seite des Zimmers war – ohne Vorhang – ein Mauerdurchbruch, hinter dem eine Kochplatte und ein kleiner Kühlschrank standen. Alles vermittelte den Eindruck apathischen Verfalls. Hartmann wurde an das teilnahmslose Verhalten des Mannes im Bus erinnert.

Er begann mit der Garderobennische. Als ihm bewußt wurde, daß er etwas berührte, was Reinhart gehörte, zuckte er kurz zurück, überwand aber sofort seinen Widerwillen. In der Brusttasche des Anzugs fand er eine halbleere Zigarettenschachtel und ein paar Lotteriescheine, in der Innentasche steckten drei Kugelschreiber nebeneinander. Im Mantel war nichts. Hartmann tastete nach versteckten Fächern. Die Luke war nicht verborgen, er hatte sie nur bei der ersten Untersuchung übersehen. Er öffnete die Klappe und zog den Pappkartonkoffer heraus. Ein paar Hemden, alle an Kragen und Manschetten ausgefranst, und eine leichte Sommerhose. Er klopfte die kleine Schrankluke von innen ab, um mögliche Hohlräume zu entdecken. Nichts. Dann durchsuchte er Duschecke und Küche ebenso gründlich, obwohl die Größe und offene Konstruktion ein Versteck nicht sehr wahrscheinlich machten. Schließlich konzentrierte er sich auf das Hauptzimmer. Er ging methodisch vor, drehte Stühle um, um die Unterseiten zu untersuchen, wo Gegenstände mit Klebeband befestigt sein mochten, drückte jedes Kissen, um harte Objekte zu entdecken, und bückte sich, um unter den Tisch zu schauen. Die Bücher blätterte er Seite für Seite durch und schüttelte sie. Er schraubte sogar die Rückwand des Fernsehgeräts ab, um hineinzuschauen.

Mehrere Minuten betrachtete er das Bett, um sich die Unordnung genau zu merken, dann zog er es Decke für Decke, Laken für Laken ab, befühlte die Kissen und zog schließlich die Matratze weg, untersuchte sie von allen Seiten und drückte sie, um versteckte Gegenstände zu erspüren. Ebenso sorgfältig nahm er das Untergestell, einen gefederten Couchrahmen, in Augenschein und hob es schließlich mit Mühen auf die Seite, um auch die Unterseite zu prüfen.

Die Öffnung war in der unteren rechten Ecke angebracht. Ein Reißverschluß war sorgsam in den Stoff eingenäht worden, so daß er wahrscheinlich von jemandem, der sich unter das Bett bückte, nicht entdeckt werden konnte. Hartmann untersuchte ihn eingehend; möglicherweise war das Versteck durch eine andere Falle geschützt. Am Reißverschluß schien nichts befestigt. Vorsichtig, Zahn für Zahn, zog er ihn auf. Innen war das Gestell ausgehöhlt, um ein Holzkästchen zu verbergen. Reinhart war sich seines Verstecks – und wahrscheinlich auch seiner Bombenfalle – so sicher, daß er nicht einmal ein Schloß angebracht hatte. Der Deckel wurde nur von zwei Riegeln zugehalten. Doch Hartmann blieb vorsichtig und prüfte sie genau, bevor er sie zurückschob. Der Deckel war durch eine Kette mit dem Kästchen verbunden, so daß er beim Öffnen einen kleinen Tisch bildete. Hartmann griff nicht hinein, sondern merkte sich zuerst die exakte Lage der Gegenstände. Da er mehr Platz brauchte, als die Deckelfläche bot, trug er den Kasten zum Tisch und betrachtete ihn erneut. Ein Schrein, dachte er: ein liebevoll bewahrter Ort der Anbetung für ein Glaubensbekenntnis und eine Zeit, denen Reinhart noch immer anhing.

Zögernd und eingedenk des Widerwillens, den er beim Gedanken daran, die Kleider des Mannes zu berühren, empfunden hatte, streckte Hartmann die Hand aus und untersuchte die Reliquien und Erinnerungsstücke, die Reinhart schon aus der Zeit gesammelt haben mußte, als er noch zu jung gewesen war, in die Partei einzutreten.

Die Luger war der größte und auffälligste Gegenstand. Ein Magazin steckte im Griff, ein zweites lag daneben. In einer Plastikhülle, aber vergilbt und zerfleddert, die Originalankündigung aus dem antisemitischen *Münchener Beobachter* von Hitlers Gründungsversammlung 1919 im Hofbräuhaus. Reinharts später datierter Mitgliedsausweis mit einem Foto – etwa siebzehn, unausgeprägtes Gesicht und helle, starre Augen – und den strengen, einschüchternden Buchstaben in Frakturschrift: Nationalsozialistische Deutsche Arbeiterpartei. Eine verblichene, abgegriffene Ausgabe von *Mein Kampf*. Ein SS-Abzeichen, wahrscheinlich Reinharts. Sein Ausweis: der Mann älter, die Gesichtszüge ausgeprägt, eine neuartige Leidenschaft im Ausdruck.

Es blieb noch eine Brieftasche, und als Hartmann sie öffnete, durchfuhr ihn ein Schock. Es war keine Brieftasche. Die Fotos waren sorgfältig eingesteckt; chronologisch, nahm er an.

Reinhart wie auf dem Parteiausweis, im braunen Uniformhemd in steifer Habtachtstellung; Reinhart mit einem älteren Paar, wahrscheinlich seine Eltern, stolz in die Kamera lächelnd.

Hartmann blätterte die Seiten um. Reinhart in der dritten Reihe einer Massenversammlung, vielleicht seine Aufnahme in die SS, mit Hitlers Gestalt auf der Tribüne gut sichtbar; Hitler am Kartentisch in der Reichskanzlei; Hitler und Speer auf dem Berghof; Hitler und Eva Braun in Liegestühlen vor dem Hintergrund des Berghofs, wie aus der sorgfältig mit steifen Buchstaben aufgetragenen Bildunterschrift hervorging; Hitler und SS-Adjutant Otto Hunsche.

Hartmann schlug die nächste Seite auf, und beim Wiedererkennen artikulierte sich sein Entsetzen in einem Stöhnen. Die Baracken, die Wachtürme, der Stacheldraht und die Gesichter mit eingefallenen Wangen, die Augen hervorquellend und durch die Auszehrung unnatürlich vergrößert. Er konnte die Tränen nicht zurückhalten. Sein Block, der dritte links. Dort wohnten die Gefangenen mit Sonderstatus, zu ihrem eigenen Schutz von denen getrennt, gegen die sie sich gewandt hatten. Aus dem Fenster hatte er das Bordell sehen können. Er hob die Fototasche näher und identifizierte den Block erneut. Drittes Fenster von oben. Gerdas Zimmer. Der ganz besondere Platz; Reinharts Platz.

»Mein Liebling«, stöhnte er. »Oh, mein armer Liebling.«

Salzige Tränen liefen ihm in den Mund. Er zog sein Taschentuch heraus, preßte es gegen sein Gesicht und biß auf den Stoff, um jeden Laut zu unterdrücken. Seine Schultern zuckten gramvoll.

Seine Gedanken waren von Realität und Erkennen abgeschlossen, eine eigenartige Bewußtlosigkeit, aber ohne jede körperliche Schwäche, so daß er nicht zusammenbrach. Plötzlich fuhr er auf, erkannte seine Umgebung. Wie lange hatte er, ohne wirklich zu sehen, auf die Fotos aus Bergen-Belsen gestarrt? Die Geräusche des Hauses drangen zu ihm; aus einer weit entfernten Straße heulte eine Polizeisirene. Oder vielleicht war es ein Feuerwehrwagen. Auf den Straßen Manhattans schien es ständig so viele Geräusche zu geben. Er sah auf seine Uhr. Fast zwanzig Minuten mußte er dort gestanden haben. Schließlich bewegte er sich und spürte die Schmerzen, die aus seiner langen Erstarrung herrührten.

Er trug die Erinnerungsstücke zu dem Couchgestell zurück, stapelte sie auf dem geöffneten Deckel und legte sie dann exakt so zurück, wie er sie entdeckt hatte. Er achtete darauf, daß die Riegel genau so einrasteten wie vorher, und vergewisserte sich, daß der Reißverschluß fest geschlossen war. Dann machte er sich daran, Hinweise darauf zu hinterlassen, daß er das Bett untersucht hatte. Er ordnete Decken und Laken ein wenig anders, als er sie vorgefunden hatte.

Er hatte jedes Buch an die alte Stelle im Regal eingeordnet, jetzt veränderte er zwei Positionen. Dann löste er die Schrauben auf der Rückseite des Fernsehgeräts so, daß ein winziger, aber erkennbarer Spalt blieb. Einen Arm der Zimmerantenne verstellte er ein Stückchen. Im Koffer packte er die Hose über die Hemden, vorher war es umgekehrt gewesen. Die Zigarettenpackung steckte er in die andere Tasche des Anzugs, und den Vorhang, der die Nische vom Zimmer abtrennte, ließ er eine Handbreit aufstehen.

Weitere Veränderungen nahm er nicht vor, doch als er die Vorhänge zur Straße aufzog, ließ er einen ein Stück übers Fenster hängen. Als das Zimmer wieder in Dunkelheit lag, lauschte er an der Tür nach Geräuschen von draußen. Das gemurmelte Zwiegespräch schien beendet. Er öffnete die Tür einen Spalt, um sich zu vergewissern. Schnell öffnete er sie weiter und brachte im schwachen Licht des Treppenabsatzes mit der Stahlsonde, die ihm den Zugang ermöglicht hatte, ein paar Kratzer auf beiden Schlössern an. Er bückte sich nach dem Auslösedraht, aktivierte vorsichtig die Bombenfalle und fühlte tastend, ob die Spannung richtig war. Reinhart sollte erst Verdacht schöpfen, wenn er im Zimmer war.

Im *Pierre* nahm Hartmann seine Diabetes-Tabletten und las dann die Anweisungen auf der Valium-Packung, die David ihm verschrieben hatte. Er nahm die vier empfohlenen Tabletten heraus und spülte sie in der Toilette fort, dann betrachtete er kurz die Schnappschüsse von den Männern, die Poljew in der Oper erwartet hatten.

Morgen würde er sich um ihre Identifizierung bemühen.

16

Seine instinktive Gründlichkeit weckte in Hartmann den Wunsch, den Namen des Manns zu erfahren, der während der Aufführung von *La Bohème* neben Poljew gesessen hatte, doch da er den Druck auf Reinhart unbedingt steigern wollte, setzte er sich eine Zeitgrenze für seine Nachforschungen. Wäre die Information nicht unmittelbar zugänglich, hätte er auch ohne sie genug in der Hand.

Zur Öffnungszeit war er am UNO-Gebäude, nahm den gewohnten Weg zur Nord-Lounge und betrat den Leseraum, in dem sich der Verdacht gegen den Russen erstmals erhärtet hatte. Die Broschüre über die nigerianische Ölproduktion stand dort, wo er sie zuletzt gesehen hatte. Er entschied sich für die Abteilung amtlicher Publikationen und registrierte stirnrunzelnd den Umfang des Materials. Jeder Ausschuß, jedes Mitgliedsland, fast jeder Delegierte schien zu glauben, die Welt lechzte nach ihren gedruckten Ansichten. Hartmann wußte, er brauchte sich nur auf Amerika zu konzentrieren. Er ließ sich nieder, um die mühselige Überprüfung durchzuführen, und betrachtete jedes einzelne Foto. Nach einer Stunde fand er es und lehnte sich kopfschüttelnd zurück. Er nahm sich noch eine Stunde Zeit und fand drei weitere Publikationen mit Fotos des Manns, der neben Poljew gesessen hatte. In einer Bildunterzeile war er als Richard Brewer ausgewiesen, Sonderassistent beim Stab der US-Delegation.

Er hatte genug, um den sowjetischen Diplomaten zu überführen, entschied Hartmann. Was würde mit Poljew geschehen? Die Antwort lag auf der Hand. Daran war nichts zu machen. Der Mann war sorglos geführt worden, deshalb verdiente es die CIA, einen Informanten zu verlieren. Und Poljew verdiente es, seine Freiheit zu verlieren. Wahrscheinlich verlor er sogar sein Leben. Trotzdem, der Fehler lag nur bei ihm selbst.

Hartmann notierte die Erscheinungsdaten und Registernummern der UN-Publikationen und kaufte sie alle am Stand vor dem Leseraum. Dann ging er sofort zurück in den Leseraum. Der Akte, die er anlegte, fügte er die in der Oper aufgenommenen Fotos und den schriftlichen Bericht bei, den er aus dem *Pierre* mitgebracht hatte. Er verschloß das Päckchen und adressierte es an die sowjetische Botschaft im UN-Bereich. Flüchtig fragte er sich, ob Poljew mit dem Material in Kontakt kommen mochte, das zu seiner Festnahme führen würde.

Hartmann ging in die wie üblich geschäftige Haupthalle hinab und wartete den Moment ab, als eine Touristengruppe hereinkam. Er mischte sich unter sie und hinterlegte das Päckchen bei der Sammelstelle für die UN-Delegationen. Sofort anschließend verließ Hartmann das Gebäude und suchte auf der Straße eine Telefonzelle. An der First Avenue fand er eine und bekam eine ungestörte Verbindung zur Sowjetbotschaft in der Bundeshauptstadt. Erneut nutzte er die ungewohnte Autorität und gab kurze, entschiedene Anweisungen: Ein Kurier der UN-Delegation sollte unverzüglich das Päckchen im Erdgeschoß abholen und es ohne Verzögerung nach Washington bringen; er wollte, daß Moskau sofort informiert wurde.

Es war kurz nach Mittag, als er zum *Eros* kam. Auf der Straße waren bereits einige Prostituierte hoffnungsvoll auf Pirsch, und das bunte Neonlicht strahlte trotzig gegen das Tageslicht an. Am Eingang blieb Hartmann stehen und wartete auf das Gefühl. Es kam der Widerwille, den er stets gegen Schmutz empfand, aber nicht schlimmer als in Panama. Und Unsicherheit. Aber keine Angst. Falls es einen Gott gibt, der mir diese zweite Chance gegeben hat, betete Hartmann, dann möge er mich stark genug machen, damit ich Erfolg habe.

Es war ein kurzer Treppenaufgang mit schmutzigen Wänden auf beiden Seiten. Oben verbreiterte er sich in eine enge Eingangshalle, an deren linker Seite sich eine kleine Theke befand. Der Portier saß gesichert hinter drahtverstärktem Glas, wie es auch den Fahrer im Taxi vom Kennedy Airport geschützt hatte. Der einzige Zugang bestand aus einer schmalen Bogenöffnung, wie Kinokassen sie haben. Ein Käfig, passend für den Portier, einen eingeschrumpften Mann mit scharfen Gesichtszügen und hastigen Bewegungen wie ein kleines Tier. Daß er Anzug, Oberhemd und Krawatte trug, war ein Versuch zur Wohlanständigkeit, aber seine Kleider waren so fleckig und verschmutzt wie die Wände am Treppenaufgang, und als er nach vorn geschlurft kam, sah Hartmann, daß er Tennisschuhe anhatte.

»Ja?«

»Ich möchte ein Zimmer.«

Der Mann sah erwartungsvoll an ihm vorbei und schaute ihn dann stirnrunzelnd an.

»Für Sie?« Die Frage war feindselig, und Hartmann merkte, wie der

Mann seine Kleidung musterte; offenbar fürchtete er einen Behördenbesuch.

»Ja.«

»Wir haben gültige Abnahmen von der Feuerpolizei.«

»Aber sicher«, sagte Hartmann.

»Einzelzimmer?« fragte der Mann ungläubig.

»Ja.«

»Für wie lange?«

»Vielleicht zwei Nächte.«

»Ist das Ihr einziges Gepäck?« fragte der Mann mit einem Kopfnikken zu der Tasche, die Hartmann im *Pierre* vorbereitet hatte.

Der Österreicher nickte.

»Zahlbar im voraus. Bar.«

An allem haftete ein Anstaltsgeruch, eine Mischung von Urin, Kerosin und abgestandener Luft, eingefangen hinter nie geöffneten Fenstern. Weit schlimmer als in Cristobal.

»Gut.«

»Fünfundzwanzig Dollar.« In der Stimme klang die gierige Hoffnung des Postboten in Panama mit. Ob er noch immer jeden Abend in der Spelunke am Markt wartete? Hartmann zählte das Geld auf die Theke.

»Hübsches Zimmer«, versicherte der Mann jetzt freundlich. »Nach vorn raus. Mit Bad.«

Hartmann nahm seine Tasche und stieg die nächste Treppe hinauf. Das einzige Licht stammte von einer nackten Glühbirne auf dem oberen Absatz, und einmal stolperte er in der Düsternis. Der Geruch von Urin und menschlichen Körpern wurde stärker, und unvermutet waren seine Gedanken bei den Holzbaracken, vollgestopft mit engstehenden Reihen von Verschlägen, in denen bis aufs Skelett abgemagerte Menschen lagen; der Abstand zum Bett darüber war so gering, daß es unmöglich war, sich umzudrehen. Die Erinnerung ließ ihn schaudern. Er war nahe daran, sich zu übergeben, und schluckte heftig. Der Ansturm der Empfindungen machte ihn reglos. Es dauerte einige Minuten, bevor er weiter hinaufstieg.

Oben an der Treppe führte der Flur nach links. Hinter einer Tür waren Satzfragmente einer beherrschten Auseinandersetzung zu hören, wie der Disput auf einem Basar. Aus einem anderen Zimmer drangen stöhnende Laute, die er als Ausdruck von Ekstase nahm: Sehr echt klang es nicht. Er verglich die Türnummer mit dem Schlüssel, holte tief Luft wie ein Mann, der sich in kaltes Wasser stürzt, und öffnete die Tür. Der erste Eindruck war der von Unbeständigkeit. Die Vorhänge waren fast wie Gaze und zeigten die Schattenrisse der Gebäude draußen. Das Grün und das Rot des Neonlichts vollführten einen Wettlauf in Technicolor auf der Wand neben dem Kleiderschrank, dessen Kanten so viele Brandflecken von Zigaretten aufwiesen, daß es praktisch wie ein Oberflächenmuster wirkte. Im Zimmer befanden sich ein kleiner Tisch – für welchen Zweck auch immer – und ein Sessel, der sich unter seiner Hand feucht-weich anfühlte. Die Bettwäsche war so fadenscheinig wie die Vorhänge. Was als Decke gelten sollte, war aus Baumwolle, und als Hartmann sie zurückzog, sah er, daß die Laken von früheren kurzfristigen Bewohnern verschmutzt und fleckig waren. Unter einem Kissen lag eine halbgerauchte Zigarette, offensichtlich gehortet und in einem Moment der Leidenschaft vergessen. Als er das andere Kissen wegzog, verharrte eine Kakerlake störrisch, bis sie sich bequemte, in beinahe angrifflustiger Manier zum Bettrand zu krabbeln.

Das Bad, auf das der Pförtner so stolz hingewiesen hatte, war vom Zimmer durch ein weiteres Stück durchscheinenden Stoffs abgetrennt. Die Wanne hatte einen Schmutzrand, und Rostflecken markierten die Stelle, auf die es aus den Hähnen ständig tropfte. Die obere linke Ecke des Spiegels über dem Becken war weggebrochen, und der Rest war verblaßt und warf ein Spiegelbild zurück, als schaue man in einen vom Wind aufgerührten Teich. Der Halter fürs Zahnputzglas war leer, und das Waschbecken war ebenso fleckig wie die Wanne. Nach den Spuren rund um den Abfluß hatte sich hier jemand kürzlich die Haare geschnitten. Hartmann bückte sich zur Seite und drückte den Spülknopf der Toilette, ohne den Deckel zu heben. Der Gestank blieb.

Hartmann öffnete seine Tasche und prüfte den Inhalt. Er wollte so schnell wie möglich das Zimmer verlassen. Der israelische Paß mit seinem echten Namen lag obenauf. Beim Anblick von Gerdas Foto fuhr er zusammen. Er wollte, daß Reinhart es fand, wollte es aber nicht durch die Berührung des Mannes beschmutzen lassen.

»Es tut mir leid, mein Liebling«, sagte er. »So leid.«

Er hatte immer Entschuldigungen gebraucht.

Nach einem Blick durch das Zimmer entschied er sich, es auf den Tisch zu legen und plazierte es sorgsam an der Tischkante

Der Pförtner war an der Luke, als er hinabkam.

»Auf der Suche nach ein bißchen Spaß?« erkundigte er sich zuversichtlich. Zwei Frauen, die im Eingang warteten, blickten zu ihnen hinauf.

»Nein.«

»Hier ist einiges los.«

»Nachts sind Sie nicht hier, oder?«

»Tagdienst«, sagte der Pförtner, sein Privileg betonend. »Abends kommt Albert.«

»Ach ja«, sagte Hartmann. Er hoffte, seine Buchung war ungewöhnlich genug, daß ihr kurzer Dialog wiederholt würde.

»Wird's spät?«

»Nein«, antwortete Hartmann. »Ich bin bald zurück.«

Hartmann hatte die Beschaffung einer Waffe bis zum letzten Moment hinausgeschoben, da er immer noch nicht bereit war, physische Gewalt zu erwägen, bevor sie absolut notwendig war. Und nun war sie notwendig, wenn er Reinhart in eine Situation locken wollte, in der er den perfekten Mord begehen konnte. Er fand den Selbstbedienungsladen für Autozubehör an der 42. Straße. Er wog mehrere Radeisen in der Hand, weil er das richtige Verhältnis von Kompaktheit und Gewicht suchte, und entschied sich schließlich für eines, das hinter dem Griff einen rund zwanzig Zentimeter langen Fortsatz hatte. Als er das *Pierre* betrat, fühlte er sich unsicher, weil er sich des Gewichts bewußt war, das seine Jacke nach unten zog.

In seinem Zimmer verbarg er das Eisen im größten seiner Koffer, den er verschloß, um die Entdeckung durch ein Zimmermädchen zu vermeiden. Dann legte er auf dem Sekretär Papier, Umschläge und Federhalter bereit wie ein Student, der eine Prüfungsarbeit in Angriff nimmt. Und wie ein Student wußte er nicht, wie er anfangen sollte.

Wen mochte es betreffen? Aber es würde niemanden betreffen – außer Karpow und Berman, und sie würden es auf andere Weise erfahren. Hoffte er. Bestimmt nicht David und Ruth. Rebecca? Ja, Rebecca selbstverständlich. Aber hier wußte niemand von ihrer Beziehung; deshalb würde es auch funktionieren.

Es müßte David sein. Wie verärgert der Junge wohl wäre, wenn er so kurze Zeit nach der ersten Gelegenheit einen, vielleicht zwei Tage für die ermüdende Routine aufbringen müßte, die mit Tod verbunden ist. Eindeutig David, beschloß Hartmann. Er würde die Identifizierung ungeduldig hinter sich bringen wollen.

»Lieber David«, schrieb er, »Du hast es mit gutem Grund schwierig gefunden, mir jene letzten Jahre zu vergeben. Obschon ich darum bitte, kann ich Deine Vergebung für das, was ich nun tue, nicht erwarten. Du hast mich zu lange für verachtenswert gehalten.«

Mit dem Federhalter an den Zähnen las Hartmann die ersten Sätze.

»Ich weiß«, schrieb er weiter, »daß es unmöglich ist nachzuempfinden, was ich für Deine Mutter empfunden habe. Ich habe sie aufrichtiger geliebt, als ich jemals einen anderen Menschen lieben werde. Und sie hat mich geliebt. Ich weiß, Dir fällt es schwer, das zu glauben, vielleicht schwerer, als zu vergeben. Aber es ist wahr.«

Wieder machte Hartmann eine Pause und legte die Hand über die Augen. Zumindest würde der Brief etwas Wahres enthalten.

Er fuhr fort. »Jeder Mann fürchtet sich davor, daß er sich, mit Gefahren oder drohendem Schmerz konfrontiert, nicht wie ein Mann, sondern wie ein Feigling verhält. Mehr als dreißig Jahre habe ich mit diesem Wissen gelebt, das schlimmste Krebsgeschwür, das ein Mann haben kann. Deine Mutter, die mich geliebt hat, war tapfer für uns beide. Sie hat mein Leben gerettet und das ihre fortgegeben. Nicht körperlich, lange Zeit nicht, aber auf eine Art und Weise, die schlimmer als Tod ist.«

Hartmann lehnte sich zurück und las den ganzen Brief. Er mußte aufpassen, daß er ihm nicht zum Rechtfertigungsschreiben geriet.

Er nahm den Federhalter in die Hand. »Du bist Psychiater, weißt um die Vorgänge im menschlichen Geist. Wenn Du, vielleicht, einen Moment die Mißachtung vergessen kannst, die Du so lange für mich empfunden hast, wirst du verstehen können, wie schuldig ich mich wegen des Lebens, das meinetwegen zerstört wurde, gefühlt habe. Während sie noch lebte, hatte es Sinn, daß ich am Leben blieb. Auch wenn sie mehr in Deiner Fürsorge, mehr in Deinem Schutz als in meinem war, fühlte ich mich dennoch verantwortlich. Einmal hatte ich sie im Stich gelassen, ein zweites Mal sollte das nicht geschehen. Aber nun ist sie tot. Es gibt für mich keinen Grund mehr, am Leben zu bleiben.«

Der Brief wurde länger, als er vorausgesehen hatte. Und wahrhaftiger.

Er kam zum Ende. »Ich kenne das Argument, daß kein Mensch, der geistig gesund ist, sich umbringen kann. Ich bin deprimiert, gewiß. Und habe immer die Last der Schuld getragen. Aber mein Verstand befindet sich im Gleichgewicht. Ich hoffe, mein Tod wird Dir weniger Unannehmlichkeiten bereiten, als ich es als Lebender getan habe. Noch einmal bitte ich Dich um Vergebung. Paß auf Ruth auf – besser, als ich auf Deine Mutter aufgepaßt habe.«

So schwierig es gewesen war, den Brief zu beginnen, so schwer fiel es Hartmann jetzt, zu unterschreiben. David hatte ihn früher Vater genannt; ganz früher sogar Papa. Aber seit langem gab es keine Kosenamen mehr zwischen ihnen; sein Sohn verwandte überhaupt keinen Namen für ihn. Ungeduldig beendete er den Brief mit »Dein Vater«. Der Junge würde sich ohnehin nicht die Mühe machen, den Schluß zu lesen.

Er las den Text einige Male durch und versuchte, die Unsicherheit zu zerstreuen. Die Verzweiflung, die er eigentlich ausdrücken wollte, klang nicht durch. Aber vielleicht war es besser so. Der Brief würde einem Ermittlungsbeamten genügend Fragen aufwerfen. Nach einer langwierigen Vernehmung wäre David noch versessener darauf, dem Leichenschauhaus zu entkommen.

Im letzten Moment hielt er sich davon ab, den Brief zu falten. Ein Mensch, der ein Selbstmordbekenntnis hinterläßt, faltet es nicht. Statt dessen öffnete er den Koffer, in den er das Radeisen geschlossen hatte, und legte den Briefbogen flach hinein. Er starrte auf das schwere Metallwerkzeug in dem offenstehenden Koffer, entfernte das Packpapier und prüfte das Gewicht des Geräts, wie er es schon im Geschäft getan hatte. Hoffentlich verläßt mich mein Mut nicht im letzten Moment, dachte er.

Er rief zu einer Zeit in Connecticut an, als David zuhause sein mußte, wollte aber auch sichergehen, daß Ruth von seiner mutmaßlichen Depression Kenntnis nahm.

»Was ist los?« fragte sie, als sie seine Stimme erkannte.

»Ich war gestern bei David . . . weil ich mich nicht wohl fühlte.«

»Ich weiß.«

»Kann ich noch einmal mit ihm sprechen? Ist er da?«

Hartmann preßte den Hörer ans Ohr und vernahm murmelnde Laute des Gesprächs durch die Hand, die sie über die Sprechmuschel gelegt hatte. Er wußte, er hatte sehr besorgt geklungen.

»Ja?« Davids Stimme war barsch und feindselig.

»Ich finde immer noch keinen Schlaf.«

»Herrgott, in Manhattan gibt es auch Ärzte!«

»Hilf mir, David!«

»Was willst du?«

»Kann ich nicht mehr von den Tabletten nehmen? Ich muß ausruhen.«

»Nein«, widersprach sein Sohn sofort. »Vier ist die Höchstdosis, die ich verschrieben habe.«

»Was kann ich denn tun?«

»Geh zu einem Arzt!« wiederholte David. »Wann fliegst du zurück nach Österreich?«

»Ich weiß es nicht. Kann ich nicht zu dir kommen?«

»Ich bin sehr beschäftigt«, lehnte David ab.

»In die Klinik, nicht zu dir nach Hause.«
»Unmöglich.«
»Mir geht es nicht gut, David.«
»Such dir dort, wo du bist, einen Arzt. Ich kann nichts mehr tun.«
»Bitte!«
»Sag ihm, er soll mich anrufen, wenn er meine Diagnose hören will.«
»Du willst also nicht, daß ich komme?«
»Es ist zwecklos.«
»Ich bin krank«, beharrte Hartmann.
»Es gibt Millionen, denen es weitaus schlechter geht«, sagte sein Sohn.

Es hatte keinen Sinn, es zu verlängern. Ihm war gelungen, was er beabsichtigt hatte.

»Also, leb wohl«, sagte er.
»Ich würde es vorziehen, wenn du nicht wieder anrufst.«
»Ich belästige dich nicht mehr«, versprach Hartmann. Er fragte sich, ob sein Sohn sich später an diese Bemerkung erinnern würde.

Davidson ließ ihn stehen wie ein Lehrer, der mit einem gewohnheitsmäßig verbockten Schüler spricht. Berman stand vor dem Schreibtisch und blickte in Erwartung der Attacke über den Kopf des Mannes hinweg.

»Ich hatte also recht«, stellte der Abschnittsleiter fest.
»Das habe ich nicht gesagt«, korrigierte Berman ihn.
»Was denn?«
»Wir scheinen ihn in Wien nicht lokalisieren zu können«, sagte Berman. Er öffnete und schloß die Hände, als drücke er ein Krafttrainingsgerät zur Stärkung der Armmuskulatur. Seine Nervosität schien ihm gar nicht bewußt.
»Er hat sich aus dem Staub gemacht«, beharrte Davidson.
»Er könnte sich ganz schlicht auf einer Reise befinden.«
»In die Sowjetunion«, fügte Davidson an.
»Ich meine, wir sollten nicht überreagieren. Noch nicht.«
»Waren Sie in dieser Sache völlig offen?« fragte Davidson plötzlich.

Berman überlegte. War es besser, die Lüge aufrechtzuerhalten, oder sollte er versuchen, neue Verteidigungspositionen aufzubauen? Seit einer Woche hatte er Leute angesetzt, und von Hugo keine Spur.

»Da war noch etwas«, sagte er widerwillig.
»Noch etwas?« Davidsons Stimme war eisig-spröde.

»Noch etwas, über das wir bei seinem Besuch in Washington gesprochen haben.«

»Was?« Davidson bewegte sich kaum merklich zur linken Seite seines Schreibtischs, nachdem er die Frage gestellt hatte. Berman fragte sich, ob er ein Tonband eingeschaltet hatte; der Ermittlungsausschuß trat am nächsten Tag zusammen.

»Er hat gesagt, er will aufhören. Er sei sehr müde und wolle keine Einsätze mehr durchführen.«

Davidson seufzte. »Ach, Peter!«

»Ich habe ihm gesagt, daß das unmöglich ist«, beeilte sich Berman zu sagen.

»Und dann haben Sie ihn gehenlassen, ohne eine Überwachung zu veranlassen?«

»Er ist loyal«, sagte Berman abwehrend.

Davidson lachte höhnisch. Jetzt wußte Berman, daß ein Tonband lief.

»Er ist übergelaufen, Peter. Sehen Sie dieser Tatsache ins Auge! Er ist übergelaufen, und Ihre Karriere ist ruiniert. Ich habe Sie gewarnt, mich anzulügen. Ich habe Sie gewarnt.«

»Wahrscheinlich gibt es eine ganz normale Erklärung«, entgegnete Berman verzweifelt.

»Und welche, Peter? Wann werden wir es erfahren?«

»Ich habe einen Rundruf an alle Stationen ausgegeben.«

»Welche Priorität?«

»Alarm.«

»Ist Ihnen klar, welche Gefahr ein unzuverlässiger Agent darstellen kann?«

»Ja«, gab Berman zu.

»Es sieht nicht gut aus, Peter.«

»Ich weiß.« Daß er ihn ständig beim Vornamen nannte, war berechnete Absicht und ging über die übliche Gönnerpose hinaus. Davidson wollte den Leuten, die später die Abschrift lesen würden, die rechte Besorgnis demonstrieren.

»Haben Sie eine Analyse von allen Angelegenheiten veranlaßt, mit denen Hartmann befaßt war, um die möglichen Gefahren einzuschätzen?«

»Nein«, mußte Berman gestehen. Scheiße, dachte er.

»Meinen Sie nicht, Sie sollten es tun?«

»Ich werde es umgehend in die Wege leiten.«

»Mir gefällt das nicht, Peter.«

»Mir auch nicht. Es tut mir leid.«

»Ich möchte, daß er schnellstens gefunden wird, Peter.«

Um Himmels willen, nenn mich nicht dauernd beim Vornamen! dachte Berman. »Ich tue mein Bestes«, sagte er und übersah die Bresche, die er seinem Gegenüber bot.

»Als Sie das letzte Mal versuchten, Ihr Bestes zu tun, haben Sie mir eine Lüge aufgetischt«, erinnerte Davidson ihn.

»Er ist wegen des NATO-Lecks gekommen!« In seiner Stimme machte sich Verzweiflung breit, die auf der Tonbandaufnahme noch schlimmer wirken würde.

»Was war der erste Grund? Das NATO-Leck? Oder die Absicht, aufzuhören?«

»Das NATO-Leck«, beharrte Berman.

»Es könnte zu einer Überprüfung kommen«, warnte Davidson.

»Das NATO-Leck«, wiederholte Berman.

»Sie wissen, daß ich damit nach oben muß.«

»Ja«, sagte Berman kläglich. Früher einmal hatte er sich selbst als Direktor gesehen. Und er glaubte, sich mit dieser Erwartung vor Hugo gebrüstet zu haben.

»Sie haben eine Fehleinschätzung begangen, Peter.«

»Das muß erst noch bewiesen werden.«

»Machen wir es bald, Peter. Wir sollten sehr bald etwas in der Hand haben.«

»Ich hoffe es.«

»Das tue ich auch, Peter. Ich hoffe es sehr.«

Neuntausend Kilometer entfernt saß Karpow in seinem Appartement in Wien, betrachtete seine Schallplatten und suchte nach einer Musik, die zu seiner Stimmung der Ungewißheit paßte. Er entschied sich für Bix Beiderbecke. Das Trompetenspiel des Mannes enthielt eine Schroffheit, die sich in Karpows Handeln wiederfand. Hugo Hartmann war sein ältester Agent, und das Telegramm aus Moskau, das darauf wartete, vom Botschaftskurier abgeholt zu werden, ließ ihn fallen, wie man einen alten Anzug ablegt, der unmodern geworden ist. Er ließ sich von den schrillen Akkorden überfluten, ohne wie sonst seine volle Aufmerksamkeit der Technik zu widmen.

Bei einem Agenten, der so hoch eingeschätzt wurde wie Hartmann, hatte Karpow schon vor Jahren ein Sicherheitssystem installiert. Innerhalb eines Tages hatte der Russe von den Ermittlungen der CIA erfahren.

Natürlich waren die Amerikaner verdeckt vorgegangen; so beiläufig, daß der Hausmeister des Mietshauses es nicht als ungewöhnlich empfand. Eben Männer, die mit ihrer Lieferung schon einmal vor verschlossener Tür gestanden hatten und sich nach dem Aufenthalt eines Kunden erkundigten, den sie nicht enttäuschen wollten. Aber Karpow erkannte es. Deshalb ließ er Hartmanns Lieblingsrestaurant überprüfen. Und erfuhr von den Nachfragen dort. Und dann ließ er Rebecca Habel überwachen und identifizierte die amerikanischen Beobachter.

Wenn sie in Österreich nach ihm suchten, bedeutete das, daß er in New York unentdeckt war. Aber nach dem Umfang der Ermittlungen zu schließen, würde es nicht lange dauern, bis sie ihn aufspürten. Karpow seufzte bekümmert. Er hatte für Hugo mehr empfunden, als es für einen Führungsagenten und seinen Schutzbefohlenen üblich war. Er hatte den Mann seiner Fähigkeiten wegen respektiert. Da war, natürlich, das Konzentrationslager: Die Jahre würden den Mann bis zu seinem Tod nicht mehr loslassen. Aber Karpow lehnte es ab, ihn zu verurteilen. Er wußte von Männern mit der höchsten Auszeichnung ihres Landes, die nicht tapferer als Hugo gewesen waren. Mut war oft nicht mehr als Feigheit, mißverstanden.

Die Ermittlungen bedeuteten, daß man sich Hartmanns entledigen mußte, bevor es zu peinlichen Verwicklungen kam. Zum Glück war der Poljew-Auftrag beendet. Erfolgreich wie immer. Hartmann war gewöhnlich erfolgreich.

Es klingelte, und er erhob sich erwartungsvoll, seine Niedergeschlagenheit abschüttelnd. Die Empfangsdame des *Sacher* kostete ihn ein Vermögen in Kaviar. Aber sie war es wert.

17

Hartmann hatte es zu verhindern versucht. Er hatte die Hände zusammengeballt und seinen Körper gestrafft gehalten, um es zu vertreiben. Aber es hatte nicht funktioniert. Das Zittern durchbebte seinen Körper, und er war schweißbedeckt. Rebecca, wiederholte er immer wieder. Rebecca. Er mußte es tun. Für Rebecca. Er spülte Wasser über sein Gesicht und blickte in den Spiegel des Badezimmers. Die Haut war schlaff und wächsern: ein geängstigtes Gesicht. »Rebecca«, sagte er wieder, weil er den Namen als Talisman brauchte. Zwei Hände waren erforderlich, den Hörer hochzuheben. Beim ersten Mal verwählte er sich und mußte von vorn beginnen, und als das erste Läuten in seinem Ohr widerhallte, winselte er leise und preßte die Lippen gegen die Zähne, damit es nicht wiederkam.

»Ja?«

Er konnte nicht sprechen. Hartmanns Mund bewegte sich wie der eines Fisches, aber nichts kam heraus.

»Hallo?«

»Guten Abend.« Die deutsche Begrüßung kam gepreßt. Rebecca. Wenn er es nicht tat, würde er Rebecca nicht haben.

»Ich verstehe Sie nicht. Was haben Sie gesagt?«

»Klaus? Sind Sie das, Klaus?«

»Sie haben die falsche Nummer gewählt. Hier ist das Hotel *Eros.*« Aber er machte keine Anstalten, den Hörer aufzulegen.

»Hören Sie zu, Klaus, hören Sie mir gut zu. Kommandant Lang hat mich beauftragt, Sie anzurufen. Eine Warnung. Jemand stellt Ermittlungen an . . .«

In seiner Nervosität fiel es ihm leicht, drängend zu klingen. Bisher hatte Reinhart noch nicht in Deutsch geantwortet.

»Hier ist das Hotel *Eros*«, wiederholte er.

»Es geht um eine private Sache, einen Juden, der im Lager gewesen ist«, fuhr Hartmann hastig fort. »Er ist in Panama gewesen und hat das Büro von Kommandant Lang ausgeraubt. Bei der Beute befanden sich Aufzeichnungen über die Überweisungen an Sie . . .«

»Wer ist da?«

Endlich auf deutsch! Das Triumphgefühl, das ihn durchdrang, war stärker als seine Angst.

»Schleichner«, sagte Hartmann, »Werner Schleichner. Ich war nicht bei Ihnen in Bergen-Belsen, aber das ist nur Nebensache. Hören Sie gut zu! Er hat Christobal verlassen, bevor wir ihn kriegen konnten. Wir sind sicher, er arbeitet allein, und wir wollen ihn aufhalten. Kann sein, daß er zum Hotel kommt, also seien Sie vorsichtig!«

»Wer sind Sie?«

»Heute kann ich nicht kommen, aber ich melde mich bald wieder. Aber passen Sie auf. Und vergessen Sie nicht: Wir wollen ihm das Handwerk legen.«

»Kann ich Kommandant Lang anrufen?«

»Er ist nach Zürich geflogen. Die Überweisungen sind eingestellt worden.«

»Ich glaube, jemand ist in mein Zimmer eingedrungen«, sagte Reinhart.

»Was?« Hartmann spielte den Überraschten perfekt.

»Mein Zimmer. Ich glaube, jemand war drin. Es fehlt nichts . . . Nichts Wichtiges, jedenfalls.«

»Treffen Sie denn keine Sicherheitsvorkehrungen?«

»Aber selbstverständlich. Deshalb war ich mir ja nicht sicher. Es kann nicht sehr einfach gewesen sein.«

Jetzt war er sich sicher, dachte Hartmann. Jetzt saß ihm die Angst bedrohlich im Nacken.

»Seien Sie vorsichtig.«

»Ganz bestimmt.«

Abrupt legte Hartmann den Hörer auf, als wäre er plötzlich zu schwer oder durch die Verbindung mit dem Nazi vergiftet. Er hatte es getan! Er hatte die Falle geöffnet, und Reinhart hatte wie erhofft reagiert. Aber der gefährlichste Teil wartete noch. Jetzt mußte er zum Hotel zurückkehren, um sich selbst als Köder anzubieten. Und er mußte Reinhart in der Überzeugung bestärken, er könne sich selbst retten.

Es war kurz nach neun, als er zum *Eros* kam. Jetzt war ihm die Straße so vertraut, als kenne er sie schon seit langem. Vor der Kneipe stritten sich zwei Männer, aber es kam noch nicht zu handgreiflichen Auseinandersetzungen. Die Jukebox dröhnte lauter als sonst durch die offenstehende Tür. Zwei Frauen sahen den Streithähnen lachend zu. Das »E« in *Eros* war repariert worden und leuchtete jetzt heller als die übrigen Buchstaben. Einmal wurde er angesprochen und wies die Frau zurück, ohne sie anzusehen.

Seine Augen waren auf den Eingang gerichtet, durch den er treten mußte. Reinhart würde oben an der Treppe sein; Reinhart, der ihn stets kontrolliert und manipuliert hatte, der ihn mit einem Fingerschnippen in Bewegung versetzt hatte. Langsam und mit gezwungenen Bewegungen stieg er zu dem funzligen Rechteck hinauf. Als er näher kam, sah er, daß nur eine Glühbirne brannte. Fliegen und Motten klebten an ihr. Hinter der winzigen Theke fand sich kaum eine Beleuchtung, nur der Schatten, der das Licht einer Lampe auf einem Tisch weiter hinten einschloß. Hartmann hörte die Anwesenheit des Manns mehr als daß er ihn sah. Seine Bewegungen waren langsam, unwillig.

Jetzt sah er die lederbesetzten Ärmel, aber nicht das Gesicht des Manns. Würde Reinhart im ersten Erkennen zusammenfahren? Würde er sich an den Feigling erinnern und wissen, daß er entkommen könnte?

»Ich wohne hier.«

Reinhart blieb stumm.

»Achtundzwanzig«, sagte Hartmann.

Die Hand kam durch die kleine Luke. Sie war mit kleinen Leberflecken gesprenkelt, und die Fingernägel waren abgekaut, die Nagelhaut rot entzündet. In Belsen hatte Reinhart nicht an seinen Nägeln gekaut. Damals hatte Reinhart keine Angst gehabt.

»Gute Nacht«, sagte Hartmann und ging auf die zweite Treppe zu. Aus dem Käfig drang das Grunzen wie von einem Tier.

Das Zittern kehrte zurück, als Hartmann ins Zimmer kam. Den Rücken gegen die Tür gepreßt, die Augen geschlossen, kämpfte er mit zusammengekrampften Händen dagegen an. Rebecca; er konnte Rebecca nicht enttäuschen. Schließlich hörte es auf. Er trat zu der Tasche. Sie war kaum merklich verrutscht. Behutsam öffnete er die Verschlüsse: Gerdas Foto lag oben, darunter der Paß. Er hatte sie umgekehrt hineingelegt. Erneut verspürte Hartmann plötzliche Befriedigung. Reinhart wußte es also! Er hatte, wie Hartmann gehofft hatte, nach dem Anruf das Zimmer betreten. Er steckte den Paß und das Foto in die Jacke. Geräusche auf der Treppe ließen ihn erstarren. Eine Prostituierte unterhielt sich mit ihrem Freier, und er entspannte sich wieder. Das Hotel um ihn herum knarrte und regte sich: Um diese Zeit hatte das Gewerbe am meisten zu tun, und auf den Treppen war reger Betrieb. Gewöhnlich bewegten sie sich ohne Worte, entweder weil sie einander schon kannten oder aus Scheu. Einmal sagte eine Frau: »Keine Sorge, das geht schon.« Mehrfach hörte er künstlich überraschtes Kichern, wenn es auf dem Flur zu einleitenden Aktivitäten kam.

Hatte Reinhart die Luger mitgebracht? Sofort war Hartmann wieder besorgt. Wäre das nicht die natürlichste Reaktion eines nervösen Manns, der argwöhnte, jemand wäre in sein Asyl eingedrungen? Hartmann wurde es warm. Auf seinem Gesicht bildeten sich Schweißtropfen und rannen seine Haut hinab. Er fühlte sich in dem Zimmer wie in einer Falle, wollte hinaus. War er lange genug geblieben? Wieder kamen Geräusche von der Treppe, und lauschend drückte Hartmann sich an die Tür. Genug. Reinhart hatte ihn identifiziert, und das war sein Ziel gewesen. Mehr war nicht nötig, jedenfalls nicht hier. Seine feuchten Hände rutschten von der Klinke ab, ungelenk riß er die Tür auf und trat leicht strauchelnd auf den schlecht beleuchteten Treppenabsatz hinaus. Er war leer. Hinter einer Tür ächzte jemand; ein Mann, vermutlich. Er war schon auf dem Weg hinab, als ihm die Schwärze unten auffiel – offenbar kam Reinhart herauf. Der Mann bewegte sich lautlos. Den Rücken an die Wand gelehnt, erleichterte er sich den Aufstieg. Der Deutsche bemerkte Hartmann, so wie Hartmann ihn bemerkte. Beide blieben stehen. Hartmann faßte sich zuerst. Sein erster Gedanke war, daß er trotz des trüben Lichts als Silhouette im Rechteck des Treppenabsatzes ein perfektes Ziel abgab. Der zweite war, daß Reinhart davon ausging, daß er sich keiner Gefahr bewußt wäre.

»Muß schnell noch mal raus«, rief Hartmann nach unten. Er ging weiter und spürte, wie die Stufen gegen seine Füße stießen, als er die Möglichkeit eines Fehlschusses verkleinerte, sollte Reinhart die Waffe in der Hand haben. Reinhart blieb, wo er war, und ließ keinen Durchgang frei. Hartmann tastete nach dem Geländer und wollte schon stehenbleiben. Seine Beine schienen ihn nicht mehr tragen zu können.

Eine Prostituierte rettete ihn. Die Frau und ihr Kunde, noch erschöpft von ihrer kürzlichen Aktivität, tauchten irgendwo in Hartmanns Rücken auf. Sie redeten nicht, machten aber genug Geräusche, daß Reinhart sie hören konnte. Die schwarze Masse vor Hartmann schien sich unschlüssig zu bewegen und dann zurückzuziehen, als Reinhart bewußt wurde, daß er den schützenden Schatten brauchte. Trotz seiner Behinderung verließ Reinhart schnell den unteren Treppenabsatz, bevor Hartmann ihn erreichte und ihn hätte identifizieren können. Als Hartmann zu dem Verschlag kam, der die Rezeption darstellte, war es dort drinnen so düster wie nie zuvor, so daß die Umrisse des Manns kaum zu erkennen waren.

»Wichtige Verabredung«, sagte Hartmann, als er den Schlüssel hineinreichte. »Fast hätte ich's vergessen.«

»Kommen Sie zurück?« Die Stimme war guttural, ein breiter deutscher Akzent unverkennbar.

»Ungewiß. Heut' nacht vielleicht nicht.«

Als Hartmann auf die Straße trat, war er außer Atem und zitterte wie ein Mann, der nach dem ersten Entsetzen angesichts der Gefahr des Ertrinkens plötzlich entdeckt, daß er festen Boden unter den Füßen hat.

Er blieb noch neben dem Eingang, um wieder zu Kräften zu kommen. Reinharts Behinderung beim Gehen durfte er nicht vergessen. Ohne Hast wandte er sich nach links, in Richtung Eight Avenue. Kurz vor der Kreuzung sah er sich unauffällig um. Dreißig Meter hinter ihm hüpfte ein Kopf ruckhaft auf und ab. Hartmann ging weiter bis zur Eight Avenue, wartete, bis sich mehrere leere Taxis näherten, und nachdem er eines angehalten hatte, beugte er sich vor, um mit dem Fahrer ausgiebig zu verhandeln, bevor er einstieg.

Er war sich nicht sicher, ob er sich die Verzögerung leisten konnte, aber im *Pierre* blieb er an der Rezeption stehen, um seine Vorbereitungen noch zu vervollkommnen.

»Ich fühle mich nicht gut«, sagte er.

Der Angestellte lächelte in professionellem Mitgefühl. »Wir haben einen Hotelarzt. Wenn Sie möchten . . .«

Abrupt schüttelte Hartmann den Kopf. »Ich brauche nur etwas Ruhe«, protestierte er. »Können Sie dafür sorgen, daß ich nicht gestört werde?«

Der Mann runzelte die Stirn. »In Ihrem Zimmer finden Sie ein Schild vor, Mr. Hartmann«, erinnerte er ihn.

»Können Sie der Telefonzentrale sagen, daß ich keine Anrufe durchgestellt bekommen möchte?«

Der Mann nickte. »Ich sorge dafür.«

»Bis morgen früh«, betonte Hartmann.

»In Ordnung.«

Als er sein Zimmer erreicht hatte, dauerte es nicht lange. Er zog das Radeisen aus seinem Koffer, verharrte kurz beim Anblick seines Abschiedsbriefs und schlug dann den Deckel zu. Die Tür nahm die längste Zeit in Anspruch, weil es nach einem Zufall aussehen mußte. Er klemmte die Klinke nach oben, so daß sich die Tür durch Druck gegen den äußeren Griff öffnete. Beim Surren des Aufzugs versteifte er sich. So schnell konnte Reinhart seine Zimmernummer nicht in Erfahrung gebracht haben. Der Aufzug fuhr durch, und er seufzte erleichtert auf.

Der Schrank des Zimmerdienstes war verschlossen, widerstand seinem Dietrich aber nur kurz. Vorsichtig schob Hartmann sich hinein. Mit gekrauster Nase nahm er den Geruch von Flüssigwachs und Desinfektionsmittel wahr. An einer Wand standen Besen und Mops, und er stellte sie ein Stück zurück, damit er nicht riskierte, gegen sie zu stoßen. Er stolperte über etwas, und bückte sich, um den Staubsaugerschlauch aufzuheben. Dann verkeilte er ihn zwischen den Besen.

Hartmann drehte sich um und zog die Tür bis auf einen nicht einmal zentimeterbreiten Spalt zu. Zum Glück befand sich innen ein Griff, mit dem er sie ganz schließen konnte, sollte ein Hotelbewohner durch den Flur kommen. Plötzlich benötigte er dringend eine Toilette. Er biß sich auf die Lippe und verwünschte die Stupidität des Augenblicks. Jetzt konnte er unmöglich ins Zimmer zurück. Vielleicht fand sich irgendwo im Schrank ein Eimer, doch würde es Geräusche verursachen, und er müßte seine Aufmerksamkeit einen Moment von der Zimmertür abwenden.

Seine Armbanduhr hatte kein Leuchtzifferblatt, so daß er die Zeit nicht ablesen konnte. Mit dem Fuß tastete er vorsichtig nach einem Behälter. Etwas fiel mit einem leisen Plastikgeräusch um, und er stellte seine Bemühungen ein, die Beine fest zusammengepreßt.

Wieder surrte der Aufzug, ein entferntes, aber deutlich wahrnehmbares Geräusch, und Hartmann drückte sich gegen den Türspalt. Das Radeisen war schwer und seiner schweißnassen Hand wegen nicht einfach festzuhalten. Hastig zog Hartmann ein Taschentuch heraus und wickelte es um den Griff. Der Aufzug fuhr zu einem anderen Stockwerk durch.

Als er die Bewegung wahrnahm, fuhr er überrascht zusammen, denn er hatte sie aus der Richtung des Lifts erwartet. Sie kam von der anderen Seite, von einem der Zimmer. Der Mann und die Frau stritten sich in der formalisierten, desinteressierten Art längst zusammengebrochener Ehen; jede Seite listete Beschwerden auf, als müsse eine ausgeglichene Bilanz erstellt werden. Sie hoben nicht einmal ihre Stimme.

»Woher sollte ich wissen, daß Bergdorf Goodman American Express nicht annimmt?«, protestierte die Frau.

»Du hättest fragen können, bevor du ihren gottverdammten Friseursalon aufsuchst.«

»Im Schaufenster ist ein Schild«, argumentierte sie.

»Auf dem steht, daß man mit der American Express ihre eigene Kreditkarte erwerben kann. Herrgott, ich mußte aus einer wichtigen Besprechung raus, um die Frisur zu bezahlen.«

»Meinst du etwa, ich hätte das absichtlich gemacht?«

Die Antwort des Mannes war nicht mehr zu hören. Weil er das Geräusch des Aufzugs erwartete, den das streitende Paar rief, entging Hartmann die Annäherung beinahe. Er tastete mit der Hand schon wieder nach einem Eimer oder einer Schüssel, als er etwas mehr spürte als sah, und dann preßte er sich gegen den schmalen Spalt und konzentrierte sich ganz auf sein Zimmer. Diesmal war die Gestalt, die sich langsam und leise bewegte, erkennbar; der Körper hatte den wiegenden Gang eines steifen Beins. Jetzt zog er auch den letzten Faden und ließ die Marionette tanzen, dachte Hartmann.

Lauschend stand Reinhart vor dem Zimmer. Dann ging er weiter und blickte um die Ecke in den abknickenden Flur. Er schien direkt in den Spalt zu schauen, durch den Hartmann ihn beobachtete. Der Deutsche ließ sich Zeit damit, den Flur zu begutachten. Schließlich ging er zu Hartmanns Zimmer zurück und legte das Ohr an die Tür, um ein eventuelles Gespräch aufzufangen. Hartmann sah, wie er prüfend die Hand um den Türgriff legte, und wußte, er mußte handeln. Nach einem kurzen Moment des Zauderns schob er die Tür langsam auf. Er hielt den Atem an, damit das Geräusch ihn nicht verriet.

Knapp vier Meter waren zwischen ihnen. Der Spalt begann sich zu schließen, und Hartmann sah, daß Reinhart nicht versucht hatte, die Tür zu öffnen, sondern stehenblieb, den Kopf zur Seite gelegt, als hörte er eine Unterhaltung drinnen. Dann sah er, wie die Hand des Manns in die Jacke glitt, und bemerkte, daß die Tür nachgegeben hatte.

Im selben Moment, als er durch die Tür treten wollte, bemerkte Reinhart Hartmann. Er wollte sie gerade aufstoßen, verharrte und blickte sich um. Zum ersten Mal nach fünfunddreißig Jahren stand Hugo Hartmann von Angesicht zu Angesicht vor Klaus Reinhart, einem Mann, der ihn durch Angst so vollständig unterjocht hatte, daß er ein Automat geworden war, programmiert darauf, auf unausgesprochene Befehle zu reagieren. Den Moment in Zeiteinheiten zu messen, wäre schwierig gewesen, doch schien er sich von Sekunden zu Minuten und noch länger auszudehnen. Hartmann hatte gehofft, es wäre verschwunden, abgerieben durch die Geschehnisse danach oder zu tief begraben, als daß es jemals wieder auferstehen könne. Aber es kam beinahe so, als hätte es die Lücke von über drei Jahrzehnten nie gegeben: das Grauen, das er angesichts des Mannes stets empfunden hatte, eine lähmende Benommenheit, die sich aus seiner Mitte durch den ganzen Körper ausbreitete. Er sah das Aufblitzen in Reinharts Augen, den Funken des Erkennens, und die Hand, die schon tief in der Jackentasche steckte, bewegte sich wieder.

»Nein!«

Die Pein entlud sich nicht in einem Schrei, sondern einem verzweifelten Stöhnen. Er holte mit der Metallstange aus und ließ sie in Reinharts Richtung sausen. Der Deutsche befand sich noch in halber Drehung, eine Hand in der Jackentasche. Der Reifenhebel traf ihn über der Brust, und eher unterbewußt registrierte Hartmann das Splittern des Schlüsselbeins. Reinhart schrie auf und taumelte unter der Wucht der Attacke in die kleine Diele des Zimmers. Erneut holte Hartmann aus, behindert von der Enge des schmalen Flurs. Der zweite Hieb traf Reinharts Gesicht, ließ die Wange aufplatzen. Mitten im Zimmer fing er sich, drehte sich ganz, die Pistole schon halb aus der Tasche. Wegen der zerschmetterten Schulter konnte er den rechten Arm nicht gebrauchen, und er griff mit der Linken über seinen Körper.

»Nein!«

Diesmal war es mehr ein Schrei, ein Ausruf der Entschlossenheit. Zum dritten Mal schlug Hartmann zu, und Reinhart versuchte, das Radeisen mit erhobenem linken Arm abzuwehren. Es war zu spät. Er fing einen Teil der Wucht ab, konnte aber nicht verhindern, daß das

Metall gegen seine Schläfe krachte. Er stöhnte und taumelte in beginnender Ohnmacht, und Hartmann schlug weiter wild auf ihn ein.

»... hat dich geliebt... Gerda hat dich geliebt...«

Er hörte seine Stimme, erkannte sie aber nicht als seine eigene. »... mich nicht geliebt... dich geliebt... immer dich geliebt...«

Urplötzlich, als wäre die Energie abgeschaltet, die ihn motivierte, hörte er auf zu schlagen. Das Geheimnis – sein verstecktes Wissen, tief innen verborgen. Etwas, das nicht einmal David zu entdecken vermochte. Aber es war die Wahrheit. Er wußte, daß es die Wahrheit war, auch wenn er Gerda hinterher nie vor die Frage gestellt hatte. Er wollte ihr den Schmerz des Eingeständnisses ersparen. Anfangs war es natürlich keine Liebe gewesen. Anfangs hatte sie nur Angst gehabt, wie alle anderen. Aber allmählich hatte es sich entwickelt. Erst Erleichterung, dann Dankbarkeit, dann Liebe. Eine gräßliche Verirrung in einem gräßlichen Leben. Wieso eine Verirrung? Wieso sollte er versuchen, es als Irrtum zu bemänteln? Reinhart mochte gedankenloser Grausamkeiten gegen alle möglichen Menschen schuldig sein, aber zu Gerda war er freundlich gewesen. Immer freundlich. Und beschützend. Ein starker, beschützender Mann mit Orden, die seinen Mut bezeugten. War es überraschend, daß Gerda, die nie Stärke und Mut und nur wenig Freundlichkeit von ihrem Mann erfahren hatte, einen Mann zu lieben begann, der ihr all das zeigte?

Und sein eigenes Leben war ein Geschenk von Reinhart an Gerda – wie die Schokolade, die Lebensmittel, das Parfüm und die Seidenkleider.

Ihm wurde bewußt, daß die Tür zum Flur weit offenstand. Und daß er geschrien hatte. Er lief zur Tür, schloß sie schnell und blieb dann in der schmalen Diele lauschend stehen. Nichts rührte sich.

Doch er mußte sich um Reinhart kümmern. Er ließ den Riegel zuschnappen und eilte zu dem bewußtlosen Nazi zurück, der aus mehreren Wunden blutete. Unsicher bückte Hartmann sich, dann zog er seine Jacke aus und bettete den Mann darauf, damit der Teppich keine Flecken bekam.

Reinharts Körper zu berühren, wirkte abstoßend auf Hartmann, ließ ihn würgen. Er richtete sich auf Knien auf; jetzt durfte er nicht scheitern, nicht, nachdem er so weit gekommen war. Rebecca, dachte er. Rebecca. Reinharts Stöhnen spornte ihn an, aktiv zu werden. Die Fähigkeit, leblose Körper zu entkleiden, eignete man sich sehr leicht an. Die Ironie, daß er es jetzt an seinem Lehrer tat, ließ ihn kichern. Mit zusammengebissenen Zähnen bezähmte er die aufkommende Hysterie. Noch nicht zusammenbrechen! Noch viel zu tun, bevor er

Erleichterung spüren könnte. Er arbeitete methodisch und betete in Gedanken die Prozedur herunter. »Immer von unten beginnen... von links nach rechts... von rechts nach links... hierhin rollen... dorthin rollen...«

Er hielt inne, als erneut Übelkeit in ihm aufstieg. Auch die Unterwäsche mußte er ausziehen. Er zerrte an ihr und verzog angesichts der weißen Haut das Gesicht zur Grimasse. Reinhart mußte sehr lange ohne jede Berührung des Sonnenlichts gelebt haben.

Da er seine Jacke brauchte, legte er einige Kleidungsstücke Reinharts unter den Kopf des Mannes. Schnell untersuchte er sie und vervollständigte den Inhalt. Sein Paß, Kreditkarten, Führerschein, österreichischer Personalausweis, Rückflugticket, der Blankoscheck, den David zurückgegeben hatte, die teilweise geleerte Valiumflasche, ein Foto von Gerda und David, ein zweites Foto von David und Ruth, und schließlich das Foto, das er im *Eros* in seine Tasche gelegt hatte, um Reinhart aus der Deckung zu locken.

Hartmann zog sich aus und blieb nackt, während er begann, Reinhart anzuziehen. Es war schwieriger, als den Mann auszuziehen, weil er nie darauf trainiert worden war. Jetzt konzentrierte er sich auf alle Einzelheiten. Die Unterwäsche stellte kein Problem dar, das hatte er auch nicht erwartet. Die Hemdärmel waren zu lang, aber nach Hartmanns Überzeugung würde das ebensowenig eine Rolle spielen wie die Tatsache, daß die Jacke eine Kleidergröße zu groß war. Hätte Reinhart versucht, in der Hose zu stehen, hätte sie sich ebenfalls schlaff ausgebeult. Die Schuhe waren merkwürdigerweise zu klein, so daß Hartmann die reglosen Füße hineinzwängen mußte. Nicht perfekt, wie er feststellte. Aber ausreichend. Früher einmal hatte er Reinharts Kleider zu einem bestimmten Zweck tragen müssen, und nun war es umgekehrt. Aufmerksam studierte er das Gesicht des Mannes. Die Gesichtszüge spielten keine Rolle. Reinhart war grauer als er, doch das würde David wohl kaum bemerken. Jedenfalls würde der Unterschied bei niemandem Zweifel wecken. Er drehte die Hand des Mannes. Zum Glück hatte Reinhart keinen Beruf gewählt, der körperliche Arbeit verlangte und die Hände schwielig machte. Um den Tausch zu vollenden, zog Hartmann seine Uhr über Reinharts Handgelenk und schob den Siegelring auf den kleinen Finger der linken Hand des Manns.

Wieder stöhnte Reinhart und bewegte sich diesmal.

Absichtlich unbekleidet bleibend, löschte Hartmann alle Lichter im Zimmer und eilte zu den verhängten Fenstern. Er zog die Vorhänge und auch die Stores dahinter auf. Mehrere Fenster zum Hof hinaus waren erleuchtet, aber in allen waren die Vorhänge vorgezogen. Er öffnete das Fenster so weit wie möglich und packte dann im Dunkeln den Körper. Es war nicht einfach, Reinhart hochzuheben. Hartmann zerrte ihn, die Hände unter den Achselhöhlen des Manns, bis zum Fensterbrett, hievte ihn dann in eine sitzende Position gegen die Wand, so daß er sich unter den Mann bücken und ihn auf den Schultern hochstemmen konnte. Nur seine Hände an den Jackenaufschlägen verhinderten, daß der Mann nach hinten kippte und hinabstürzte, um zu einem unidentifizierbaren Brei auf dem Betonboden des Innenhofs einundzwanzig Stockwerke tiefer zu explodieren. So blieb Hartmann stehen, unfähig, seinen Griff zu lösen. Eine Erklärung wußte er nicht. Er war zu weit gegangen, um noch zurückzukönnen. Hatte Reinhart sich bewegt? Es war ihm so vorgekommen. Trotzdem konnte er nicht loslassen, obwohl seine Finger schon schmerzten. Gerda, erinnerte Hartmann sich. Reinhart hatte ihm Gerda weggenommen. Er konnte es nicht wieder geschehen lassen. Er konnte Rebecca nicht verlieren. Nicht Rebecca; seine letzte Chance auf Glück.

Er ließ los.

Einen Moment blieb Reinharts Körper in scheinbarem Gleichgewicht auf seinen Schultern, dann verschwand er langsam nach hinten. Reglos blieb Hartmann stehen. Er vermochte sich nicht dazu zu bringen, hinunterzuschauen. Wind blies durchs Fenster und ließ ihn in seiner Nacktheit zittern. Ein Mörder, dachte er. Ich bin ein Mörder. War das etwas anderes als ein Henker durch Stellvertreter? War überhaupt jemand ein Mörder, der das Leben eines Mannes nahm, dessen Morde nicht zu zählen waren?

Die Kälte riß ihn aus seinen Gedanken. Er zog die Vorhänge vors Fenster, weil er das Licht wieder anschalten mußte. Zuerst ging er ins Bad und betrachtete sich eingehend in dem mannshohen Spiegel. Keine Blutflecken. Überhaupt kein Unterschied. Er hatte eigenhändig einen Mann umgebracht und sah genauso aus wie immer.

Plötzlich kehrte das Bedürfnis nach der Toilette zurück. Er lachte – belustigt, nicht hysterisch. Er hatte einen Mord begangen, und sein größtes Bedürfnis anschließend war, sich zu erleichtern. Er wusch sich und beeilte sich für den Fall, daß die Leiche früher als erwartet entdeckt wurde. Das Risiko war nicht groß. Nicht vor dem Eintreffen der Lieferanten am nächsten Morgen. Er zog einen Anzug an, den er aus dem Schrank holte, und blickte auf Reinharts Kleider. Aus dem Bad holte er einen Wäschebeutel und durchsuchte die Taschen des Nazis, als er den Anzug faltete. Nichts fand sich, das einen Hinweis auf seine Identität gab: nur drei Dollarnoten und ein paar Münzen in der Hose, zwei Schlüssel, die wahrscheinlich zu dem Zimmer mit der Bombenfalle gehörten, ein Kamm und ein Kugelschreiber. In der rechten Jackentasche steckte die Luger zusammen mit dem Ersatzmagazin. Hartmann steckte sie in die eigene Jackentasche, das Radeisen in die andere. Er wollte nicht riskieren, daß das Gewicht in dem Plastikbeutel auffiel. Reglos blieb er mitten im Zimmer stehen. Er durfte nichts vergessen. Da fiel es ihm ein, und der Ärger, daß er so nahe daran gewesen war, es zu übersehen, brannte sich förmlich auf sein Gesicht. Er holte den Abschiedsbrief aus dem Koffer, legte ihn sorgsam auf den Sekretär und lächelte: Jetzt war alles vollständig. Im Flur hängte er das Schild »Nicht stören« auf den Türgriff.

Im Erdgeschoß wandte er sich vom Aufzug nach links, nahm aber nicht den Ausgang zur Fifth Avenue, sondern ging durch die Bar und trat von dort aus auf die Straße. Bei der Ampel ging er hinüber. Der Platz gegenüber war vermutlich die beste Stelle, um ein Taxi zu bekommen. Am Parkrand sah er den Abfallkübel und stopfte den Plastikbeutel tief hinein.

Wie erhofft fand er ein Taxi. Mitternacht war vorbei, als der Wagen über die Triboro Bridge fuhr. Es war ein behutsamer Fahrer, der sich penibel in der rechten Fahrspur hielt, und Hartmann sah seine Gelegenheit. Schnell kurbelte er das Fenster herab und warf die Luger und den Hebel in den East River tief unter ihnen.

»Was ist los?« wollte der Fahrer wissen.

»Ich wollte etwas Luft schnappen«, antwortete Hartmann und schloß das Fenster wieder. Zuerst würde er nach Kanada fliegen, nur eine Stunde entfernt, entschied er. Irgendwie kam ihm das sicherer vor, als wenn er sich mehrere Stunden in ein Flugzeug in Richtung Europa einschloß. Rebecca hätte ihm mindestens zwei Tage gegeben. Vielleicht mehr.

Hugo Hartmann war tot. Der Gedanke kam unerwartet, erregte ihn. Er hatte den einzigen Ausweg genommen, den Karpow und Berman zulassen würden. Und es hatte funktioniert. Er war frei!

»Hat ganz schöne Aufregung heute hier gegeben«, sagte der Taxifahrer und wies mit einer Kopfbewegung in die Richtung, in die sie fuhren.

»Was denn?«

»Ich hab' im Radio gehört, daß die Russen einen ihrer Diplomaten bei der UNO nach Hause verfrachten wollten.«

Hartmann blieb stumm.

»Seine Frau sagt, sie hätten ihn entführt – sie würden ihn töten. Sie hat um Asyl gebeten.«

»Was ist denn passiert?«

»In den Nachrichten heißt es, der arme Kerl wäre weggewesen, bevor irgend jemand etwas tun konnte. Ich würde mich nicht gern nach Rußland zurückschaffen lassen, um umgebracht zu werden.«

»Nein«, stimmte Hartmann ihm zu, »das würde ich auch nicht.«

18

Zufällig fanden die Besprechungen in Washington und Moskau im geringen Abstand von wenigen Stunden statt. In beiden Fällen waren es Eilsitzungen, da die Angelegenheit als äußerst wichtig angesehen wurde. Weil es in Amerika geschehen war – was die Information erleichterte –, war die Zusammenkunft in Washington die erste. Sie war sehr feindselig.

»Ich glaube, wir haben sehr viel Glück gehabt, Peter«, sagte der Abschnittsleiter.

»Ja«, pflichtete Berman bei. Das Aufnahmegerät war eingeschaltet.

»Es hätte schlimm für uns ausgehen können ... sogar noch schlimmer als Zürich.«

»Das ist mir klar.«

»Sind wir ganz sicher, daß es mehr nicht gibt – daß der Abschiedsbrief das einzige ist, was er zurückgelassen hat?«

»Ganz sicher«, antwortete Berman. »Wir hatten zu allem Zugang.«

»Sehr viel Glück«, wiederholte der andere.

»Ich habe ja gesagt, daß wir Hugo trauen können«, sagte Berman, um jede Verteidigungsposition bemüht. Aber es hatte wenig Zweck, gab er sich in Gedanken schon geschlagen.

»Es war ein Glücksspiel, Peter. Ein unnötiges Glücksspiel.«

»Ich konnte ihn doch nicht gehen lassen!«

»Das haben Sie aber!« sagte Davidson, das Argument gegen ihn kehrend. »Sie haben ihn gehen und sich umbringen lassen.«

»Das habe ich nicht gemeint.«

»Ich weiß, was Sie gemeint haben, Peter. Niemand wird sagen, Sie hätten Hugo erlauben sollen, den Dienst zu quittieren. Aber jeder wird sagen, Sie hätten ihn vor dem, was er getan hat, bewahren müssen.«

»Er hat uns nicht beschuldigt.«

»Das wußten wir vorher nicht. Wir wußten nicht, daß er keinen Brief mit der Aussage hinterließ, er würde sich umbringen, weil wir ihn nicht freigeben wollten. Können Sie sich vorstellen, welche Wirkung das gehabt hätte?«

»Aber er hat es nicht getan«, sagte Berman trotzig.

»Sie waren nicht sorgfältig genug, Peter.«

»Das ist mir mittlerweile klar.«

»Haben Sie den Sohn gesprochen?«

»Ich war bei einer der Vernehmungen anwesend. Natürlich habe ich mich nicht eingeschaltet.«

»Haben die beiden über seine Arbeit gesprochen?«

»Ganz sicher nicht«, gab Berman sich überzeugt. »Für Hugos Selbstmord gab es eine Anzahl von Gründen.«

»Ich kenne die Geschichte des Manns«, erinnerte Davidson und ließ sich seinen Ärger anmerken. »Ich dachte nur, er hätte vielleicht etwas sagen können. Der Junge ist schließlich sein einziger Angehöriger.«

»Ich habe nicht den Eindruck gewonnen, daß die beiden sich sehr nahestanden.«

»Wie meinen Sie das?«

»Er schien alles schnellstens zu erledigen und dann wieder abzureisen zu wollen. Und er zeigte keine Regung.«

»Schock«, urteilte Davidson. »Muß einfach der Schock sein, beide Eltern so kurz hintereinander zu verlieren.«

»Ja«, stimmte Berman zu. »Höchstwahrscheinlich.«

»Hugo war ein guter Mann«, sagte Davidson, offensichtlich für das Tonband.

»Der beste«, pflichtete Berman bei. Sein Gegenüber schien seinen Verdacht gegen Hartmann sehr schnell vergessen zu haben.

»Es wird schwer sein, ihn zu ersetzen.«

»Bei seinem Hintergrund und seinen Erfahrungen fast unmöglich.«

»Richardson wird es nicht einfach haben«, sagte Davidson.

»Richardson?« meinte Berman fragend.

»Hank Richardson. War in Beirut stationiert. Wir haben uns entschieden, ihm Paris zu geben.«

»Verstehe.«

»Ich habe mich für Sie eingesetzt, Peter.«

»Aber sicher.«

»Aber eine echte Rechtfertigung gab es nicht, oder?«

»Ich könnte ein Gespräch mit jemandem weiter oben verlangen ... mit dem Direktor sogar«, sagte Berman.

»Es ist *ihre* Entscheidung, Peter, nicht meine. Sie haben entschieden, daß Sie versagt haben . . . schlimm versagt.«

»Was kriege ich?«

»Verwaltung. Hier in Langley.«

»Ein Schreibtischagent!«

»Mit Pensionsberechtigung, Peter. Und Lebenshaltungsindex.«

»Dreckskerl!«

»Peter, wir wollen doch nicht ausfallend werden.«

»Ich hatte recht«, schrie Berman. »Ich habe gesagt, Hugo würde uns nicht im Stich lassen. Und ich hatte recht.«

»Es gibt unterschiedliche Arten, recht zu haben« dozierte Davidson. »Die korrekte Art und die unkorrekte Art. Ihre war die unkorrekte Art, Peter.«

Diesmal war Karpow nicht irritiert, als er nach Moskau zurückberufen wurde; er wußte um die Bedeutung des Treffens mit Iwan Migal. Zwar bedeutete das erneut die Absage eines Rendezvous mit dem Mädchen aus dem *Sacher*, aber nicht einmal das machte ihm großes Kopfzerbrechen. Sie war eine sehr aktive Frau, und Karpow begann allmählich, den Streß zu spüren.

»Poljew hat alles zugegeben«, sagte Migal.

»Leugnen wäre ihm sehr schwergefallen«, erwiderte Karpow, der Hartmanns Bericht gelesen hatte. »Hugo hat verflixt gute Arbeit geleistet.«

»Hätten Sie jemals gedacht, daß er so etwas tut?«

»Nach dem Tod seiner Frau war er gewiß deprimiert.«

»Trotzdem ist es überraschend.« Hartmanns Tod bedeutete für Migal eine Erleichterung. Auch wenn es keine Möglichkeit gab, daß der Mann die Vereinbarung kannte, die er mit Fritz Lang getroffen hatte, schuf die Tatsache, daß Hartmann in Bergen-Belsen gewesen war, ständige Ungewißheit. Migal mochte keine Ungewißheiten.

»Armer Hugo«, sagte Karpow. »Er hatte ein beschissenes Leben. Er war überzeugt, ein Feigling zu sein.«

»Und war er einer?«

»Ich habe ihn für sehr mutig gehalten.«

»Wegen Poljew wird es wahrscheinlich einen Protest der USA geben«, sagte Migal.

»Er ist Sowjetbürger«, betonte Karpow.

»Ja, gewiß«, pflichtete Migal bei. »Das verliert sich. Sie spulen die ganze Prozedur eben ab, weil es auf amerikanischem Boden stattgefunden hat. Das macht uns keine Sorgen.«

Hatte Hugo die Platten von Charlie Mingus bekommen? fragte Karpow sich. Er würde es wohl nie erfahren.

»Es war ein schlimmer Monat für dich«, meinte Ruth mitfühlend. Sie hatte wieder ihr schwarzes Kostüm an. Das schwarzgesäumte Taschentuch hielt sie in der Hand.

»Ich bin schon in Ordnung.«

»War es sehr schlimm?«

»Ich habe schon häufiger Leichen gesehen.«

»Aber so . . . ganz zerschmettert.« Die Frau schauderte. Im stillen tadelte sie sich dafür, das Thema angeschnitten zu haben.

»Sehr angenehm war es nicht«, gab er zu. »Zum Glück gab es reichlich Belege. Ich mußte mich nicht auf die Leiche verlassen, sie nicht einmal ansehen.«

»Ich weiß, was er getan hat, was für ein Mensch er war – aber ich bin traurig, daß ihr keine Freunde sein konntet«, sagte Ruth.

»Solange er lebte, konnte ich ihm nicht vergeben«, sagte David. Er blickte sie an, und seine Frau sah, daß er den Tränen nahe war. »Er war nicht mein Vater, Ruth«, platzte er heraus.

Verblüfft krauste sie die Stirn. »Aber . . .«

»Hätte sie ihn nicht retten müssen, hätte es geschehen können . . .« David sprach zu sich selbst, hatte seine Frau fast vergessen.

»Wer?«

Er antwortete mit schmerzverzerrtem Gesicht. »Jemand, der meiner Mutter sehr nahegestanden hat.«

»Wie hast du das herausgefunden?«

»Die Analyse . . . Ich habe alles erfahren, als ich versucht habe, sie zu behandeln.«

»Warum hast du ihn im selben Grab beisetzen lassen? Schließlich hat er sich selbst nicht für wert gehalten.«

David lächelte bekümmert. »Es ist zu spät«, sagte er. »Weil er es nie erfahren wird . . .«

Er fing zu weinen an, und sie streckte die Hand nach ihm aus.

»Es tut mir leid . . . wie ich ihn behandelt habe«, schluchzte er. »Es war eigentlich nicht seine Schuld . . . ganz und gar nicht seine Schuld.«

»Er ist jetzt bei ihr, David«, sagte sie. »Endlich sind sie zusammen. Das ist alles, was er immer gewollt hat: mit ihr zusammensein.«

»Ja.«

»Und es war richtig, daß du die Inschrift auf dem Grabstein nach seinem Wunsch verändert hast.«

»Das wird er auch nie erfahren.«

19

Hartmann wanderte nervös durchs Zimmer. Er war sich nicht sicher, was er empfand. Es war schwierig zu identifizieren, weil alles Vergleichbare so lange zurücklag. Sein Hochzeitstag, fiel ihm schließlich ein. Vor der fast geheimen Trauung mit Gerda war er durch die Wohnung gestrichen, die er vorbereitet hatte, ebenso nervös wie jetzt in der Hotelsuite. Alles sollte stimmen und ihr gefallen.

Rebecca mochte Rosen, und deshalb gab es zwei langstielige Sträuße in Rot und einen weiteren in Weiß. Er zupfte an einem der Sträuße, den er bereits neu geordnet hatte. Und dann ging er zum Sektkühler, um völlig unnötig die Flasche zu drehen. War es richtig so, nahe beim Fenster? Ja, entschied er. Sie konnten dort sitzen und über den Zürichsee schauen, nachdem er ihr alles anvertraut hatte. Sie würde Zeit zum Nachdenken brauchen, der Ausblick würde ihr etwas Zerstreuung bieten. Wenn alles vorbei war, konnten sie dort sitzen und planen. Es waren viele Pläne zu schmieden.

Sein Anruf aus Toronto hatte sie verwirrt. Nicht der Anruf selbst, sondern seine Anweisungen; er hatte sie in einem selten benutzten Ton geradezu angeherrscht und keine Diskussion zugelassen. Zum Schluß war es schiere, billige Erpressung gewesen: »Wenn du mich liebst, tust du es.« Es war ein Hinweis auf die Belastung, die nach allen Ereignissen jetzt Wirkung zeigte. Aber das konnte sie nicht wissen. Noch nicht. Heute würde er sich entschuldigen. Heute würde er überhaupt viele Dinge tun.

Die Berührung war so unnötig wie das Betasten von Blumen und Champagnerflasche, aber erneut steckte er die Hand in die Jackentasche und ertastete die Form des Etuis. Ein Verlobungsring, viel größer und wertvoller, als er ihn Gerda gegeben hatte. Aber damals hatte er nicht so viel Geld wie heute zur Verfügung gehabt. Er nahm die Schachtel aus der Tasche und klappte den Deckel auf. Der Diamant blitzte in der hohen, smaragdbesetzten Fassung. Drei Karat, hatte der Juwelier versichert: ein ganz besonderer Ring. Vielleicht etwas groß und auffällig, aber er wußte, Rebecca mochte solche Dinge. Und erinnerte sich auch an den Grund ihres Bedürfnisses. Er würde ihn ihr früh geben, bevor er alles erklärte. Sie würde die Sicherheit brauchen, die der Ring symbolisierte, wenn sie tun sollte, was er sie zu bitten vorhatte. Sie würde wissen müssen, daß ihr keine Gefahr drohte.

Hartmann fragte sich, ob sie aufgebracht war, weil er sie nicht am Flughafen abholte. Am Telefon hatte sie überrascht geklungen. Aber er wußte, es war richtig. Noch in der Flughafenhalle hätte sie die ersten Fragen gestellt und dann weiter gedrängt, während das Taxi sie in die Stadt fuhr. Und seine Weigerung hätte sie verärgert, so daß die Erklärungen schließlich auf ein falsches Klima getroffen wären. Er schob ein paar weiße Rosen auseinander und drehte die Flasche zum wiederholten Male.

Obwohl er sich über die Ankunftszeit der Maschine vergewissert hatte, die Fahrtzeit vom Flughafen zum Hotel kannte und fast jede Minute auf die Uhr geblickt hatte, fuhr Hartmann zusammen, als sie an die Tür klopfte. Er bewegte sich nicht sofort, sondern ließ seinen Blick noch ein letztes Mal schweifen, atmete dann tief ein und bereitete sich vor. Erneut klopfte es. Unsicher stand sie im Flur, halb abgewandt, als erwartete sie, sich im Zimmer geirrt zu haben. Sein Lächeln erwiderte sie nicht.

»Rebecca!« sagte er und streckte die Arme aus.

Sie blieb im Flur stehen. »Was ist passiert?« fragte sie besorgt.

»Komm herein.«

Sie betrat das Zimmer mit offenem Widerstreben und blickte sich um, als erwarte sie die Anwesenheit weiterer Menschen. Hartmann sah, daß sie nur eine kleine Reisetasche mit hatte und mehr Schmuck als gewöhnlich zu tragen schien. Das osteuropäische Credo: Bereite dich in unsicheren Zeiten darauf vor, bei der ersten Gelegenheit mit so viel, wie du tragen kannst, davonzulaufen.

»Was ist passiert?« wiederholte sie ihre Frage und machte eine vage Geste ins Zimmer hinein. »Wieso bist du unter einem anderen Namen angemeldet . . . wieso . . .?«

Er unterbrach sie mit erhobener Hand, nahm sie bei den Schultern und zog sie an sich. Sie blieb passiv, als er sie küßte.

»Ich liebe dich«, sagte Hartmann.

Die Worte machten sie nachgiebiger, wie um Nachsicht bittend strichen ihre Lippen über seine Wange.

»Ich habe Angst«, sagte sie. »Es ist . . . es ist dumm . . .«

Er führte Rebecca zum Fenster und ließ sie in den Sessel mit dem besten Blick auf den See und die Berge dahinter Platz nehmen. Die Spätnachmittagssonne färbte die Schneefelder golden.

Sie schwieg, während er die Flasche entkorkte, und stumm nahm sie das Glas an.

»Auf uns«, sagte er.

Die Augen unverwandt auf ihn gerichtet, nahm sie einen Schluck. Angesichts ihrer Verwirrung fühlte Hartmann, wie er das Gleichgewicht verlor. Er hatte diese Begegnung geprobt, konnte sich nun aber nicht mehr an seinen Text erinnern. Er steckte die Hand in die Tasche, zog das Etui mit dem Ring heraus und streckte es ihr entgegen.

Sie setzte das Glas ab und nahm das Etui, sah aber nicht hinein, sondern hielt ihren Blick auf ihn gerichtet.

»Öffne es!« drängte er.

»Was ist es?«

»Für dich.«

Als sie den Ring sah, zeigte ihr Gesicht eine Regung, die jedoch schwer einzuschätzen war.

»Er ist wunderschön«, sagte sie. Ihre Augen schimmerten feucht, als sie zu ihm aufblickte.

»Für dich«, wiederholte Hartmann. »Ich möchte, daß es dein Verlobungsring ist.«

Als sie nichts erwiderte, sagte er: »Eine förmliche Trauung könnte schwierig sein . . . später wirst du verstehen, warum. Aber ich möchte, daß wir heiraten, Rebecca. Zusammenleben.«

Sie blickte wieder auf den Ring. »Ich liebe dich, Hugo«, sagte sie, als müßte sie ihn davon überzeugen.

»Das will ich auch«, sagte er. »Ich will, daß du mich sehr liebst, weil es dir schwerfallen wird zu akzeptieren, was ich dir offenbaren muß.«

Hartmann setzte sich auf die Fensterbank. Wenn er sich vorbeugte, konnte er Rebeccas Hände ergreifen.

»Ich bin kein Steuerberater«, begann er. »Früher einmal habe ich eine Ausbildung begonnen, aber nie abgeschlossen. Ich besitze keine speziellen Kenntnisse über internationale Ölgesetze . . .«

Rebecca blieb ausdruckslos, das Glas neben sich und den Ring im Schoß. Ihre reglose Hand berührte ihn. Einmal traf ein Sonnenstrahl den Diamanten und ließ ihn kurz auffunkeln. Hartmann wurde an einen Leuchtkäfer erinnert. Er nahm einen Schluck aus seinem Glas, weil er die Pause brauchte. Ein volles Geständnis würde er nicht machen, entschloß er sich. Es würde in der jetzigen Situation zuviel sein. Die Russen, entschied er. Sie war Europäerin und verstand die Russen besser, kannte ihre Extreme.

»Es ist nach der Lagerzeit passiert«, sagte er. »Fast unmittelbar nach dem Lager . . .«

Er griff nach ihrer Hand, und sie überließ sie ihm.

»Ich hatte es eigentlich nicht vor«, fuhr er fort. »Ich bin überlistet worden. Gerda war damals krank und brauchte Behandlung. David war ein Baby, kaum ein Jahr alt . . .«

Die Worte versetzten ihn zurück in die Vergangenheit. Er sprach stockend, als die Erinnerungen kamen, aber die Erklärung war leichter. Er schaute ihr nicht ins Gesicht, sondern auf den Ring. Mehrmals trank er, aber diesmal nicht, um eine Pause zu bekommen, sondern ausschließlich, weil seine Kehle und sein Mund durch die Länge des Vortrags trocken waren. Er erzählte detailliert von der Falle, von seinem Widerstreben, von der russischen Erpressung, von den Aufträgen, die auszuführen er gezwungen worden war, und wie sein Ansehen in Moskau ständig gewachsen war. Einmal blickte er bei einer Bewegung von ihr gerade rechtzeitig hoch, um zu sehen, wie sie die Hand von den Augen nahm. Kummer, registrierte er dankbar; sie empfand Kummer, nicht Verachtung.

Er fuhr fort und spürte unerwartete Verlegenheit, als er von ihrem Kennenlernen und dem Schuldgefühl berichtete, das er empfunden hatte, als er sich seiner Gefühle für sie zunehmend bewußt wurde.

»Ich wollte frei sein«, sagte er. »Frei für ein richtiges Leben. Mit dir.«

Dann erzählte er von dem Gespräch mit Karpow und der Ablehnung des Russen. »Er sagte, es gebe nur einen Weg hinaus«, sagte Hartmann. »Und der sei der Tod.«

Sie griff nach seinen Fingern, und als er hochblickte, sah er, daß sie den Kopf auf ihren Schoß zu gebeugt hatte.

»Und deshalb bin ich gestorben«, fügte er hinzu. Ihn wurmte, daß es so theatralisch klang.

Es dauerte einige Minuten, bevor sie den Kopf hob und verstand, was er gesagt hatte. Sie weinte hemmungslos, die Tränen rannen über ihr Gesicht.

»Was?« fragte sie unter Schwierigkeiten.

Hartmann füllte sein Glas nach und berichtete dann ohne Zaudern von dem New Yorker Auftrag. Erst als er auf Klaus Reinhart zu sprechen kam, geriet er ins Schwanken. Er wußte, ihr würde es schwerfallen zu begreifen, als er sich dem Punkt näherte, wo sie erfahren würde, daß er das Leben eines Menschen ausgelöscht hatte. Er schweifte ab, sprach wieder vom Lager, von Reinharts Rolle dort und von dem, was der Mann Gerda angetan hatte.

»Er war der übelste Mensch, den man sich vorstellen kann«, sagte er eindringlich.» Ich habe ihn gefunden . . . durch einen unglaublichen glücklichen Zufall. Nach fünfunddreißig Jahren habe ich ihn gefunden, in einem verdreckten Hotel in New York . . .«

Hartmann sah, daß sie zu weinen aufhörte. Jetzt betrachtete sie ihn neugierig.

»Ich habe meinen eigenen Tod perfekt vorgetäuscht, Rebecca«, sagte er. »Ich habe es so inszeniert, daß das KGB von meinem Selbstmord überzeugt sein wird.«

Ihr Kopf bewegte sich hin und her, als sie zu begreifen versuchte. Hartmann war klar, dies war der Augenblick: der Augenblick, in dem sie von dem, was er aussprach, angeekelt sein konnte und für immer von ihm abgestoßen wurde.

»Klaus Reinhart«, sagte er heftig. Er wollte es hinter sich bringen. »Ich habe ihn getötet, Rebecca. Aber es ist kein Mord, nicht so, als hätte ich einen beliebigen Menschen getötet. Ich habe ihn eindeutig identifiziert, so daß ein Irrtum ausgeschlossen war. Er war es: der Mann, der für den Tod von Hunderten, ja Tausenden verantwortlich war. Nicht nur für Gerdas Erniedrigung. Kein Gericht in der ganzen Welt hätte ein anderes Urteil über ihn gefällt.«

»Warum erzählst du mir das?«

Rebeccas Stimme war spröde und zerbrechlich wie bei jemandem, der nach langer Bewußtlosigkeit wieder spricht. Hartmann lächelte ihr mitfühlend zu und streichelte ihr Handgelnk.

»Ich weiß, es wird nicht leicht sein«, gab er zu. »Ich bitte dich, alles aufzugeben – alles, für das du nach Dachau gearbeitet hast. Ich kann nicht zurück nach Wien, weil Karpow mich dort finden würde. Aber ich bin ein reicher, ein sehr reicher Mann. Ich möchte, daß wir von Österreich wegziehen, daß wir irgendwohin gehen, wohin du willst. Und gemeinsam ein Heim aufbauen. Es wird ein falscher Name sein, ich weiß. Aber das bedeutet nichts. Das Risiko einer Entdeckung wird es nicht geben. Ich will mit dir leben und dich den Rest deines Lebens lieben, dich beschützen und glücklich machen.«

Er sah, wie sie zusammenfuhr, und beeilte sich, weiterzureden, getragen von seinem eigenem nervösen Enthusiasmus. »Das heißt natürlich, daß du dein Geschäft aufgibst. Das können wir mit Hilfe eines Anwalts erledigen, ohne daß du persönlich in Wien sein mußt. Die Russen wissen von dir, deshalb wäre es zu gefährlich, wenn du zurückkehrst . . .«

»Hör auf!«

Hartmann unterbrach sie. Er hörte den Schmerz aus ihrer Stimme heraus und versuchte, eventuelle Ängste zu besänftigen. »Vertrau mir, Liebling«, flehte er. »Ich weiß, du bist schockiert, entsetzt. Ich weiß, um was ich dich da bitte. Glaube mir, ich weiß es. Aber es ist unsere Chance, Rebecca. Meine Chance. Ich will unbedingt normal leben. Bitte, lehne nicht ab!«

Sie stand abrupt auf und schien sich des Rings bewußt zu werden, den sie jetzt betrachtete, als sehe sie ihn zum ersten Mal. Dann legte sie ihn neben das Champagnerglas auf den Tisch. Unsicheren Schritts ging sie auf und ab.

»Eins mußt du wissen«, sagte sie, den Rücken zu ihm gewandt. »Du mußt es wissen und daran denken! Was auch passiert, du mußt dich daran erinnern . . .«

Sie drehte sich um und sah ihn unverwandt an, um die Bedeutung ihrer Aufforderung zu unterstreichen.

»Ich liebe dich«, sagte sie. »Ich liebe dich, wie ich noch nie einen Menschen geliebt habe . . . und jemals lieben könnte. Mein einziger Wunsch ist, mit dir den Rest meines Lebens zu verbringen.«

»Dann . . .«

»Laß mich ausreden!« schnitt sie ihm das Wort ab. Mit ziellosen Schritten bewegte sie sich vor dem Fenster. Hartmann blieb stumm und schaute hoffnungsvoll zu ihr hoch.

»Warum, glaubst du, haben wir uns kennengelernt?« fragte sie unvermittelt. Sie war auf ihn zugetreten, und er blickte sie an. Sie war wieder den Tränen nahe.

»Eine zufällige Begegnung im *Sacher*«, erwiderte Hartmann und lächelte bei der Erinnerung. Sie war offenbar verwirrt, was nicht verwunderlich war. Es war besser, er ließ sie weitersprechen.

Rebecca schüttelte langsam den Kopf, eine Bewegung, die großen Kummer ausdrückte. »Das war keine zufällige Begegnung, mein Liebling.«

»Was denn sonst?« fragte Hartmann, doch im selben Moment dämmerte ihm die Antwort. Er fühlte sich einer Ohnmacht nah und griff nach der Armlehne seines Sessels, um aufrecht sitzen bleiben zu können. Nein, dachte er. Bitte, nein!

Unbeirrt fuhr Rebecca fort, sie mußte es sich von der Seele reden. »Ich bin an jenem Tag mit dem Befehl, dich kennenzulernen, ins *Sacher* gekommen. Mit dem Befehl, mich mit dir anzufreunden und dann deine Geliebte zu werden . . .«

»Ich will es nicht hören!« protestierte er. »Hör auf!«

»Ich will, daß du es weißt«, beharrte Rebecca. »Du *mußt* es wissen. Ich bin Russin, Hugo.« Sie schüttelte den Kopf. »Wahrscheinlich wäre es mittlerweile fast unmöglich, einen Beweis dafür zu finden, aber es stimmt: Ich bin Russin.«

»*Warum*?« Die Frage war wie ein Klagelaut.

»Moskau hat dich hoch eingeschätzt. Sie haben dich so hoch eingeschätzt, daß sie jemanden so nahe wie möglich bei dir haben wollten, damit sie sofort gewarnt würden, sollte es Zweifel geben.«

»Ich kann doch . . .« begann Hartmann, aber Rebecca sprach weiter, ließ keine Unterbrechung zu. Sie stand jetzt direkt vor ihm, blickte auf ihn hinab, so daß die Tränen auf seine Beine fielen.

»*Ich* bin dein Führungsagent, Hugo ... der wirkliche Führungsagent. Karpow ist die Verbindung mit Moskau – mein Vorgesetzter.«

»Das ist nicht wahr«, murmelte Hartmann. »Ich kann das nicht glauben.«

Sie streckte die Hand aus, berührte sein Gesicht, und er zuckte zurück.

»Ich liebe dich«, sagte Rebecca. »Ich liebe dich so sehr, daß ich wirklich erwogen habe, mich umzubringen, anstatt so weiterzumachen. Aber ich habe den Mut nicht. Und dir würde es nicht helfen, weil es mit meinem Tod nicht enden würde.«

Drei Worte drangen zu ihm durch. Nachdem er eben vor ihrer Berührung zurückgezuckt war, griff er jetzt nach ihr, nahm ihre Hand. »Du liebst mich?« fragte er fast flehentlich.

»Ja«, sagte sie. »Ganz und gar.«

Seine konfusen Empfindungen schwangen in die andere Richtung aus. »Dann ist es egal«, sagte er voller Erregung. »Was in der Vergangenheit geschehen ist, ist bedeutungslos. Wir können immer noch fliehen ... Sie wissen es nicht ...«

Sie legte die Finger auf seine Lippen. »Hast du es nicht für sonderbar gehalten, daß ich deine Gefühle für Gerda verstehen konnte, obwohl du mich liebtest?«

Verunsichert zwinkerte Hartmann. »Wie meinst du das?«

»Hast du dich nie gewundert, daß ich keine Ansprüche an dich gestellt habe, wie es jede andere Geliebte getan hätte?«

»Wieso?« fragte er begriffsstutzig.

»Du mußt mir glauben, Hugo. Du mußt mir glauben, daß ich in dieser Welt nichts lieber tun würde, als auf der Stelle mit dir zu fliehen und mich mit dir zu verstecken, so hoffnungslos es auch erscheinen mag.«

Er stand auf und zog sie an sich. »Dann tun wir es!«

Sanft löste sie sich von ihm. »Ich habe einen Mann«, sagte sie tonlos.

Hartmann schüttelte den Kopf, unfähig, zu sprechen.

»Ich habe ihn seit fünfzehn Jahren nicht mehr gesehen«, sagte die Frau. »Trotz aller Versprechungen erwarte ich nicht, ihn jemals wiederzusehen. Er ist in einem Haftlager, ich weiß nicht einmal wo. Aber sein Leben hängt davon ab, wie erfolgreich ich dabei bin, dich als guten Agenten zu erhalten ...«

Jetzt begann Hartmann zu weinen. Hastig wischte er sich übers Gesicht, um die Tränen vor ihr zu verbergen.

»Ich liebe ihn nicht, Hugo. Auch wenn ich das in dem monatlichen Brief, den sie uns erlaubt haben, schreibe. Nicht so sehr, wie ich dich liebe. Aber ich kann ihn nicht im Stich lassen. Genausowenig, wie du Gerda im Stich lassen konntest.«

Mit verschleiertem Blick sah er sie an.

»Kann ich ihn im Stich lassen, Hugo?« Jetzt war es Rebecca, die flehte.

Schluckend versuchte Hartmann, sich zu fassen. »Nein«, sagte er kurz.

»Kannst du mir verzeihen?«

»Ich weiß es nicht«, entgegnete er aufrichtig.

»Wirst du es versuchen?«

»Auch das weiß ich nicht«, sagte er.

Sie zuckte zusammen und blickte zur Seite. Er hielt sie immer noch in seinen Armen und spürte, wie sie zitterte.

»Wissen sie, daß ich hier bin?« fragte er.

Sie biß sich auf die Lippen und schüttelte dann den Kopf. »Ich habe es ihnen nicht gesagt.«

»Ich könnte also fliehen – alleine.«

»Ja«, bestätigte sie.

»Wenn sie meine Rückkehr nach Europa nicht entdecken, könnte es nicht als dein Fehler ausgelegt werden«, sagte Hartmann beklommen. »Sie könnten deinem Mann nichts anhaben.«

Sie zögerte einen Moment, bevor sie antwortete. »Vermutlich nicht«, sagte sie. »Jedenfalls nicht, wenn sie nicht entdecken, daß du meinetwegen zurückgekehrt bist.«

Stille machte sich im Zimmer breit. Draußen war es dunkel geworden. Kleine Lichtpunkte flammten in den Hügeln und Bergen auf. Schließlich brach Hartmann das Schweigen, und es klang als spräche er zu sich selbst. »Alleine«, sagte er.

»Ich würde es verstehen, wenn du gehst.«

»Alleine«, wiederholte er.

»Ich glaube nicht, daß sie es herausfinden würden«, sagte Rebecca.

»Aber es wäre möglich.«

»Ja«, erwiderte sie. »Möglich wäre es.«

»Und dann würde er sterben?«

»Das haben sie immer angedroht.«

»Und du vielleicht auch?«

Rebecca zuckte die Achseln, eine Geste der Niederlage. »Vielleicht«, gestand sie ein.

Sie blickten einander an. Jetzt brach Rebecca das Schweigen: »Ich habe nie etwas gesagt.«

»Was gesagt?«

»Über die anderen Reisen – die anderen Reisen, wenn ich wußte, daß du nicht für die Sowjetunion arbeitest.«

Hartmann seufzte so tief, daß er tatsächlich kleiner zu werden schien. »Um acht geht ein Lufthansaflug nach Wien«, sagte er. »Wir müssen uns beeilen.«

BUCH II

1

Nur der Direktor und sein Stellvertreter residieren im siebten Stockwerk des CIA-Hauptquartiers in Langley mit seinem privaten Speisezimmer und der Toilette, die nicht funktionierte, als Präsident Kennedy sie während der Eröffnungsfeier 1962 zu benutzen versuchte. Die Abteilungsleiter sitzen im sechsten Stockwerk, und hier fand die Konferenz statt, die vom Chef der Operationsabteilung, Henry Patterson, geleitet wurde. Weil sie Fritz Lang in Panama identifiziert hatten, war Oscar Mills, Leiter der Unterabteilung Südamerika, anwesend. Und auch Gerard Jefferson, Direktor der Westeuropaabteilung, war hinzugezogen worden, da der ehemalige Nazi dem Attentat in Zürich zum Opfer gefallen war.

William Davidson saß kraftlos zusammengekauert am Ende des Tischs. Er wußte, dies war seine letzte Chance.

»Lange werden wir wohl nicht brauchen«, sagte Patterson brüsk. Er hatte sämtliche Berichte gelesen und die Indizien gegen Peter Berman abgewogen, und er war bereits zu dem Entschluß gekommen, daß es sich um eine mißlungene Operation handelt, die man am besten in die Archive verwies, wo alle Fehler hin sollten, um vergessen zu werden. Nur zu gern hätte er das Thema abgehakt.

»Ich glaube, da ist noch etwas offen«, beharrte Davidson. Er wußte, eine neue Operation, die ihn aus der Sackgasse manövrierte, würde es nicht geben.

»Und zwar?« fragte Mills. Er gehörte zu dem Typ, den Davidson am meisten haßte: mindestens zehn Jahre jünger, glattgesichtig, Absolvent einer Elite-Universität, ein Abkömmling des Ostküsten-Establishments, der Davidson vermutlich als Relikt aus dem Nachrichtendienst der Kriegsjahre betrachtete – als jemanden, den man mit gönnerhafter Höflichkeit behandelte, aber nicht ernst nahm.

Davidson zog einige Fotos aus dem Dossier vor sich. »Die Überwachungskamera vor der sowjetischen Botschaft in Mexiko City hat Lang beim Betreten des Gebäudes aufgenommen. Und dann wieder, als er herauskam.« Davidson trennte die verschiedenen Fotos. »Als er hineinging, hatte er einen Aktenkoffer bei sich. Als er herauskam, nicht mehr.«

»Wir haben alle die Aufnahmen gesehen«, sagte Jefferson. Weder er noch einer der anderen machte die geringste Bewegung, die Fotos zu betrachten.

»Der ursprüngliche Bericht aus Paris hatte gemeldet, Iwan Migal sei vor Kriegsende mit der Repatriierung sowjetischer Kriegsgefangener der Nazis befaßt gewesen. Und da haben wir Fritz Lang, Kommandant eines Konzentrationslagers, in dem, wie wir wissen, russische Gefangene untergebracht waren; und dieser Lang betritt eine sowjetische Botschaft vierundzwanzig Stunden, bevor er in Europa einem Anschlag zum Opfer fällt«, reihte Davidson seine Argumentationskette auf.

»Der Bericht aus Paris war reines Emigrantengeschwätz«, entgegnete Mills unwillig. Er hatte die Einstellung des Direktors der Operationsabteilung bereits erkannt und schlug sich auf seine Seite.

Davidson wandte sich wieder dem Dossier zu. »Hier ist Hartmanns Bericht«, sagte er. »Es gibt keinen Zweifel, daß es sich bei dem Mann, den er aufgespürt hat, um Fritz Lang handelt. Und ebensowenig ist zweifelhaft, daß Lang in der Botschaft war. Wir haben schon bei weniger gehandelt ... bei viel weniger.«

»Worauf wollen Sie hinaus?« wollte Patterson wissen.

»Es ist eine Verbindung zwischen den Nazis und den Russen, um Herrgotts willen!« Davidson hatte nicht die Absicht gehabt, sich so gehenzulassen. Abrupt verstummte er.

»Der Krieg ist lange her«, sagte Jefferson.

»Für einige nicht« beharrte Davidson.

»Hätte es eine Möglichkeit gegeben, sich des Aktenkoffers zu bemächtigen, dann hätten wir wahrscheinlich eine verdammt gute Operation durchgeführt.« Patterson machte eine betonte Pause. »Aber wir haben ihn uns unter unserer Nase entgehen lassen, nicht?«

Davidson quittierte die Kritik mit einem ausweichenden Blick. »Ich bedaure die Fehler ebenso wie jeder andere«, sagte er. »Trotzdem glaube ich, es gibt genug Anhaltspunkte, um etwas zu unternehmen.«

Mills schüttelte den Kopf. »Bei einer beweisbaren, unbestreitbaren Verbindung mit Migal, mit jemandem, den wir mit Namen benennen und von dem wir Fotos machen können, würde ich zustimmen. Aber wir haben hier nicht mehr als eine vage Verknüpfung, einen Nazi, der in eine russische Botschaft geht und wieder herauskommt. In Sachen Medienmanipulation sind die Sowjets ebenso gut wie wir; sie könnten daraus sogar eine Geschichte drehen, die sie im besten Licht dastehen läßt, anstatt sie zu desavouieren.«

Es war Zeitverschwendung, dachte Davidson. Die Konferenz mußte stattfinden, um den Vorschriften Genüge zu tun, aber die Armleuchter hatten sich ihre Meinung schon vorher gebildet. Er hatte verloren.

»Gab es irgendwelche Hinweise darauf, daß Hartmann sich umbringen würde?« fragte Mills.

Davidson warf dem Jüngeren einen wachsamen Blick zu. »Keinen«, antwortete er. »Überraschend ist es kaum, wenn man bedenkt, wie es ihm ergangen ist, aber beim letzten Kontakt machte er auf unsere Leute einen normalen Eindruck.«

»Schade«, sagte Patterson überlegt. Und weil der Bericht belegen sollte, wie gut er alle Anhaltspunkte abwog, fügte er hinzu: »Hartmann war ein verdammt guter Agent.«

»Es war nicht glücklich, daß wir ihn in Panama aufhören ließen, anstatt Lang nach Europa folgen zu lassen«, sagte Mills unnachgiebig. »Dann hätten wir herausfinden können, was sich in dem Aktenkoffer befand.«

Davidson wollte etwas erwidern, aber Patterson kam ihm zuvor. »Wir legen's zu den Akten«, sagte er. »Mal gewinnt man, mal verliert man.«

»Keine weiteren Aktionen?« fragte Davidson, sich an die letzte Hoffnung klammernd.

»Keine weiteren Aktionen!« herrschte Patterson.

Hugo Hartmann hatte versucht, die Barriere zu vermeiden – oder zumindest zu vermeiden, daß sie ihr Vorhandensein erkannte. Aber er konnte dem Empfinden nicht entgehen, auch wenn er es als unlogisch bewertete. Sie hatte Gelegenheit gehabt, ihn zu verraten. Und zwar nicht nur bei seinem Bemühen zu entkommen, sondern auch bei den verschiedenen Anlässen, als sie zu Recht angenommen hatte, daß er für die Amerikaner arbeitete. Aber Rebecca hatte ihn nicht verraten. Sie hatte ihn beschützt, so wie Gerda ihn beschützt hatte. Also liebte sie ihn. Das mußte sie, wenn sie solches Risiko für ihn auf sich nahm. Das wiederum machte seinen Widerwillen lächerlich, aber er konnte nicht dagegen an. Er hatte Rebecca als den einen aufrichtigen, wirklichen Menschen in seinem unaufrichtigen, unwirklichen Leben betrachtet. Daß es anders war – daß es die ganze Zeit anders gewesen war –, bedeutete mehr als den Schmerz des Schocks: Es war Verrat. Im gleichen Moment führte er das Gegenargument an. Hatte er nicht von ihr erwartet, daß sie genau das akzeptierte? Mehr noch, er hatte von ihr erwartet, daß sie die Lüge ihrer ganzen gemeinsamen Zeit akzeptierte und dann alles aufgab, um mit ihm zu fliehen. Heuchler, schalt er sich. Er war ein elender Heuchler und ein Feigling.

»Was hast du Karpow gesagt?« fragte er.

Rebecca blickte über den Balkontisch ihrer Wohnung, das Weinglas zwischen beiden Händen. »Daß die Amerikaner bei der UNO auf dich aufmerksam geworden sind. Daß du es gemerkt hast und, nachdem du Reinhart entdeckt hattest, dich entschieden hast, auf diese Weise zu entkommen.«

»Bist du sicher, er hat es geschluckt?«

»Bei Karpow kann man sich nie ganz sicher sein«, antwortete sie. »Aber ich glaube schon.«

Hartmann schob den Teller zurück. Er hatte kaum etwas gegessen. »Ich bin gespannt, wann er mich sehen will.«

»Er hat nicht die leiseste Andeutung gemacht.« Nach kurzer Pause fuhr Rebecca fort: »Da ist noch etwas.« Nervös blickte Hartmann auf. »Während unseres Gesprächs ist mir plötzlich aufgegangen, daß sie sich möglicherweise entschließen, dich wegen des CIA-Risikos doch noch in den Ruhestand zu entlassen. Daß es nicht nur die leibliche Bedrohung meines Mannes gibt, sondern auch eine Gefahr für uns beide. Wenn Sie dich gehen lassen, hätten sie keinen Grund mehr, mich in Wien zu stationieren.«

Hartmann schluckte. »Natürlich«, sagte er. »So weit habe ich es nicht durchdacht, aber es ergibt Sinn.«

»Deshalb habe ich ihm gesagt, dir ginge es gut... und daß es keinen Grund gibt, dich nicht weiter als Agenten einzusetzen.«

Nur einen Weg hinaus. Für jemanden wie dich, Hugo, gibt es nur einen Weg hinaus.

»Rebecca!« sagte er. »Ich kenne dich als Rebecca.«

Sie blickte ihn momentan verwirrt an, verstand dann aber. »Das ist mein richtiger Vorname«, sagte sie. »Und ich bin Jüdin. Aber der Nachname ist nicht Habel.«

»Sondern?«

»Gusadarow.«

»Du weißt alles über Gerda«, sagte er. »Erzähl mir von ihm.«

Rebecca schaute in ihr Glas, als fiele ihr die Erinnerung schwer. »Er heißt Boris«, sagte sie dann. »Boris Gusadarow. Er ist Ingenieur. Oder war es. Ukrainer – Angehöriger der nationalistischen Bewegung. Ein wichtiger Angehöriger, deshalb wurde er verhaftet und vor Gericht gestellt.« Schwermütig blickte sie auf. »Anti-sowjetische Aktivitäten, die dem Staat schaden«, zitierte sie. »Ich glaube, er war sehr tapfer... Die meisten Menschen würden sagen, dumm, schätze ich. Er ist nach Moskau gefahren, um dort seinen Protest auszudrükken. Er hätte vielleicht eine Chance gehabt, wäre ihm die Zeit geblieben, die westlichen Journalisten einzuweihen und zu hofieren, so daß seine Verhaftung negative Schlagzeilen gemachte hätte. Aber die Behörden waren zu schlau. Nicht einmal einen Monat nach seiner Ankunft hatten sie ihn festgenommen.«

»Wie lange ist er schon im Gefängnis?«

»Fünfzehn Jahre ... fast sechzehn«, sagte sie. »Ich bin mir nicht einmal sicher, wo er ist. Es gibt so viele Lager.«

»Mein Gott!« entfuhr es Hartmann. Er war nur einen Bruchteil der Zeit in Bergen-Belsen gewesen. »Er muß stark sein«, sagte er. »Stark und tapfer.«

»So habe ich ihn nie gesehen«, entgegnete Rebecca. »Entschlossen, das ja. Aber nie sonderlich stark und tapfer, bevor er nach Moskau ging.«

»Das war er bestimmt«, sagte Hartmann entschieden.

»Ich nehme es an.«

»Und was ist mit dir?« fragte Hartmann. »Bist du Angehörige ihres Geheimdienstes?« Er wollte alles wissen und nie wieder übertölpelt werden.

Rebecca schüttelte den Kopf. »Ich wurde ausgebildet, nachdem sie beschlossen hatten, wie sie mich einsetzten, aber ich habe mich nicht freiwillig angeschlossen. Boris war immer das Druckmittel: der Grund.«

»Karpow?«

Wieder schüttelte sie den Kopf. »Ich nehme an, es entspricht seiner Natur, Druck auszuüben. Aber das Ultimatum wurde in Moskau gestellt, vom Abteilungsdirektor. Migal.«

»Karpow hat mich gut behandelt«, sagte Hartmann. »So gut, wie es ihm wohl möglich war.«

Rebecca dachte über die Bemerkung nach und sagte: »Mich eigentlich auch, denke ich.«

»Er verhält sich nicht wie ein Russe.«

»Das soll er doch auch nicht, oder?« entgegnete sie realistisch. »Er ist in Moskau hoch angesehen. Und ganz bestimmt hat er hohe Verantwortung, in Deutschland wie in Österreich. Ich glaube, er hat auch in Frankreich Kompetenzen.«

Die Ausdehnung von Karpows Territorium hatte Hartmann nicht gekannt. Mit seiner Arbeit für die Amerikaner war er ein großes Risiko der Entdeckung eingegangen. Zum Glück war wenigstens dieser Teil vorbei. »Er muß wirklich hohes Ansehen genießen, wenn er Kontrolle über ein derartiges Gebiet hat.«

»Ich habe gemeint, was ich in Zürich gesagt habe«, sagte Rebecca unvermutet.

»Was?« fragte Hartmann, der einen Moment lang nicht begriff.

»Daß ich dich liebe.«

Hartmann sah sie an, sagte aber nichts.

»Gehst du heute abend nach Hause?« fragte sie.

»Darüber habe ich mir noch keine Gedanken gemacht.«

Sie schien zu erwarten, daß er noch etwas sagte. Als er schwieg, sagte sie: »Ist das nicht eigentlich albern?«

»Albern?«

»Vielleicht gab es einen Grund, zwei Haushalte zu haben, solange Gerda lebte. Und nicht nur wegen Gerda. Ich wollte es genausowenig wie du – wegen meiner Tätigkeit. Aber nun weißt du es. Du weißt alles.«

Wieder wartete sie, und als immer noch keine Antwort kam, fuhr sie fort: »Es könnte ruhig deine Wohnung sein, ich hätte nichts dagegen.«

»Warten wir's ab«, sagte er. Er nahm den Ausdruck von Schmerz auf ihrem Gesicht wahr. Warum, zum Teufel, war er so dumm! Es gab keinen Grund, dagegen zu sein. Nicht mehr.

»Ich verstehe«, sagte sie gefaßt.

»Nein!« widersprach Hartmann hastig. »Im Moment wäre es noch zu gefährlich. Ich will dich nicht gefährden, falls Moskau nicht akzeptiert, was wir ihnen vorgesetzt haben – falls sie argwöhnen, daß ich fliehen wollte. Warten wir, bis wir unserer Sache sicher sind.«

Rebecca sah auf ihre Hand hinab und schien den Ring, den Hartmann ihr in Zürich gegeben hatte, zum ersten Mal wahrzunehmen. Sie zog ihn vom Finger und reichte ihn über den Tisch.

»Was ist los?« fragte er.

»Ich will ihn nicht«, erwiderte sie. »Noch nicht.«

»Wann?«

»Wenn du dir sicher bist«, sagte sie. »Ich trage ihn, wenn du dir sicher bist.«

»Ich liebe dich wirklich«, sagte Hartmann verzweifelt. »Lassen wir uns noch etwas Zeit!«

Sie lächelte bekümmert. »Ich frage mich, wieviel wir davon haben, mein Liebling.«

2

Das Moskauer Hauptquartier des KGB besteht aus zwei Gebäuden. Vor der Oktoberrevolution beherbergte das ockerfarbene ursprüngliche Haus die Büros der All-Russischen Versicherungsgesellschaft. Dort quartierte Felix Dsershinski seinen noch jungen Geheimdienst ein, nachdem Lenins Regierung 1918 von Petrograd verlegt worden war. Jetzt ist der Platz davor nach ihm benannt und wird von seiner spitzbärtigen Statue beherrscht. In einem Land, das offiziell keine Religion kennt, ist sie das Heiligtum einer Organisation, zu deren Aufgaben es gehört, Religion und Heiligtümer auszurotten.

Tradition – wie Religion als westliche Dekadenz verhöhnt – gebietet, daß der Direktor und die Leiter der Führungsebene direkt unter ihm in diesem Gebäude residieren. Ihre Untergebenen werden in den ungleichmäßigen Anbau plaziert, der während des Zweiten Weltkriegs von Insassen Stalinscher Arbeitslager und deutschen Kriegsgefangenen fertiggestellt wurde.

Iwan Migal hatte als Leiter der Europaabteilung, die nur einen Teil des Ersten Oberdirektorats des KGB darstellt, seine Büros im Nebengebäude. Wenn er, wie jetzt, am Spätnachmittag an seinem Fenster zum Dsershinskiplatz stand, konnte Migal an den Schatten die scharfe Trennlinie zwischen dem ursprünglichen und dem späteren Gebäude genau erkennen. Eigentlich bestand der Unterschied nur in der unterschiedlichen Stockwerkhöhe, doch Migal überlegte, daß die Kluft zwischen den beiden Gebäudeteilen für ihn die Entfernung zwischen Kiew und Odessa bedeuten mochten, wenn er das Problem nicht löste, und zwar schleunigst.

Migal hatte – zwar an der Peripherie, aber dennoch als Bestandteil der Oberelite der Sowjethierarchie – vierzig Jahre überdauert, indem er den Grund nach jedem Schritt vorsichtig prüfte, bevor er sein Gewicht voll verlagerte. Diese Vorsicht war die Essenz seines Überlebens. Vierzig Jahre hatte er sich damit begnügt, die Sterne von hinten aufsteigen und für kurze Zeit hell erstrahlen zu sehen; dann hatten sie sich entweder durch übermäßigen Ehrgeiz oder durch Fehler ausgebrannt, um in den Exekutionszellen der Lubjanka, an der Rückseite des Gebäudes, in dem er jetzt stand, oder in den Arbeitslagern zu enden, die sich wie ein Ausschlag über die Sowjetunion ausbreiteten. In nahezu jedem Fall hatte Migal ihren Absturz aufzuzeichnen vermocht; in einigen Fällen hatte er ihn sogar mit ausgelöst. Er wußte also, wie es gemacht wurde. Er wußte von den umfangreichen, computerisierten Personendaten, die so detailliert waren, daß ein ganzes Haus erforderlich war, um sie an der Makorovoj Ulica unterzubringen. Und er wußte, wie die Datenbänke, wenn einmal die Entscheidung fiel, eine Säuberung durchzuführen, nach Belastendem durchkämmt wurden, mochte es noch so geringfügig oder belanglos sein; die Ermittler arbeiteten wie Archäologen, die in mühevoller Kleinarbeit aus kleinsten Scherben eine antike Vase rekonstruieren.

Seit er im Krieg in Georgien dazugestoßen war, war Iwan Migal mit Aufzeichnungen sehr behutsam umgegangen. Keine mißlungene

Operation war von ihm autorisiert worden; kein Projekt, das später im Lichte einer gewandelten Politik zum Nachteil gereichen konnte, wies ihn als Veranlasser auf. Mit einer Ausnahme: jene einsame Operation, bei der er sich ebenso als Opfer ansah wie die Tausende sowjetischer Gefangener, die ausgelöscht worden waren. Lawrenti Berija war damals Direktor gewesen und hatte den sowjetischen Nachrichtendienst zu einem nie gekannten Niveau aufgebaut; ein Tyrann, so rücksichtslos wie Stalin und zum Erfolg entschlossen. Zehntausende russischer Soldaten, die sich während des Weltkriegs ergeben hatten oder in Gefangenschaft geraten und nach Stalins Meinung antisowjetische Agenten geworden waren, sollten nach dem Willen des Diktators in erneute Gefangenschaft genommen oder abgeschlachtet werden, und Berija hatte in dieser Entscheidung seine Chance gesehen.

Aber sie hatte nicht den von Berija erwarteten Effekt, aus dem er sich einen Vorteil erhoffte.

Westliche Regierungen hatten bei der Übergabe der Gefangenen direkt nach Beendigung der Feindseligkeiten zynisch mitgewirkt, wodurch eine Bloßstellung zur damaligen Zeit politisch unpraktikabel wurde. Und Berija war selbst Opfer der Säuberung geworden, bevor sich die Chance erneut bot.

Aber die Operation hatte vor dem offiziellen Waffenstillstand begonnen. Eine Operation, von der Berija sich sorgsam distanziert hatte.

Und die einzige Operation, bei der Migal nicht das gleiche gelungen war.

Auf Berijas direkte und nicht zu unterlaufende Anweisung hatte Migal die belastende und nachweisbare administrative Kontrolle übernommen. Daß Planung und Anstoß von Stalin und Berija stammten, war bedeutungslos, da beide absolut nichts mehr galten. Ebenso bedeutungslos war, daß Migal nicht persönlich die inoffiziellen Kontakte mit dem Feind geknüpft hatte, um Russen aus Belsen, Buchenwald, Treblinka und Dachau zu holen und sie von einer Hölle in die nächste zu schicken. Es wäre sogar besser gewesen, hätte er diese Rolle innegehabt, denn die sorgsam aufbewahrten Aufzeichnungen enthielten nicht die Namen der unwichtigen, entbehrlichen Sendboten. Nur die der Funktionsleiter, der Männer, die den Transport arrangiert, die Listen zusammengestellt und das Schicksal jener dokumentiert hatten, die zurückgekehrt waren.

Es hatte Dutzende Akten gegeben; Dutzende, die er mit erfundenen Gründen aus den Archiven abgezogen und in denen er seinen

Namen getilgt hatte. Aber die Dutzende konnten Hunderte sein. In den letzten chaotischen Monaten des Jahres 1945 war es unmöglich gewesen, exakte Daten über jede Gefangenenrückkehr zu führen, nicht einmal Schätzungen. Nazis, die neue Freunde suchten, schickten Kriegsgefangene güterzugweise ostwärts, und jede Ladung erforderte bürokratische Dokumentation irgend welcher Art.

Und Fritz Lang war ein Nazi gewesen, der geradezu übereifrig neue Freunde gesucht hatte.

Abrupt wandte Migal sich von den Schatten weg, in denen sich die Trennlinie zeigte, die er zu überqueren trachtete. Der schlimmste Fehler in seiner behutsam geplanten Laufbahn – unbegreiflich, daß er so dumm hatte sein können! Hatte er nicht fünfunddreißig Jahre erpreßtes Geld an Lang gezahlt? Und waren die Handlungen von Erpressern nicht vorhersehbar?

Nur daß sie in diesem einen Fall nicht vorhersehbar erschienen waren. Es hatte nach der Gelegenheit ausgesehen, auf die er so lange gewartet hatte. Lang in panischer Angst, verzweifelt, zu jedem Handel bereit. Und die Sowjetbotschaft in Mexiko – eine Botschaft, die er aus einleuchtenden Gründen auf allenfalls oberflächliche Untersuchungen beschränken mußte – hatte bestätigt, daß Lang offensichtlich Originale von Kriegsdokumenten bei sich hatte.

Migal starrte auf die verblichenen, rissigen Papiere, die der verängstigte Lang gegen Migals Vesprechen, ihn nach der Ankunft in Zürich zu schützen und ihm ein Asyl zu verschaffen, in der Botschaft hinterlegt hatte. Es waren tatsächlich Dokumente aus der Kriegszeit. Und unter ihnen befanden sich Berichte über zwei Gefangenentransporte; Berichte, von denen Migal nichts gewußt hatte und die seine Identität enthüllten, eine Identität, die er im Moskauer Register längst gelöscht hatte.

Migal hatte tatsächlich geglaubt, endgültig sicher zu sein, nachdem er das eine Hindernis beseitigt hatte, das seine Beförderung in den alten Teil des Hauptquartiers, in dem Felix Dsershinski einst residiert hatte, unmöglich gemacht hätte.

Bis der Brief von der Schweizer Bank eintraf, durch die er das Geld an Lang schleuste – die einzige Verbindung zwischen ihnen. Kein Grund zur Panik: Lang hatte in der Gewißheit ständigen Schutzes den Brief offenbar schon vor Jahren geschrieben. Er schrieb, daß er Migal vertraute. Und er vertraute seinem Schutz, der nach seiner Überzeugung aktiviert wurde, sollte eine Bedrohung auftauchen. Und deshalb hatte er für den Fall, daß ihm jemals etwas zustieß, Kopien aller Dokumente angefertigt und sie mit der Anweisung deponiert, sie nach

Ablauf einer bestimmten Frist nach seinem Tod oder ungeklärtem Verschwinden an Freunde aus den Kriegsjahren zu verschicken, die möglicherweise eines ähnlichen Schutzes bedurften.

Langs Originalpapiere waren nicht das einzige Dossier auf Migals Tisch. Daneben lagen mehrere sorgfältig angelegte und geführte Akten über jeden Nazi, der nach Migals Ermittlungen eine belegbare Verbindung zu Lang besaß.

Wie Klaus Reinhart.

Migal glaubte nicht an Zufälle; ebensowenig glaubte er an die Doktrin von Karl Marx, und ebensowenig glaubte er, daß Lenin etwas anderes als ein politischer Opportunist war, dessen System sich zu einer Tyrannei entwickelt hatte, welche die Schreckensherrschaft der Zaren noch in den Schatten stellte.

Das Hugo Hartmann Klaus Reinhart benutzt hatte – jemanden, der kaum enger mit Lang in Beziehung stehen konnte –, um einen Selbstmord vorzutäuschen, war zuviel des Zufalls. Viel zuviel. Denn laut Karpows erster Nachricht aus Wien hatte Hartmann so gehandelt, um der Entdeckung durch die CIA zu entgehen. Und Migal wußte durch die Beobachtung des Anschlags in Zürich, daß Lang dabei gewesen war, in eine CIA-Falle zu tappen.

Dutzende konnten Hunderte sein, überlegte er erneut. Ein einziger Fall in den Händen des amerikanischen Nachrichtendiensts würde ausreichen, ihn zu Fall zu bringen. Und Migal hatte nicht vor, sich zu Fall bringen zu lassen. Er hatte vor, die Trennlinie zwischen den beiden Gebäuden zu überqueren und an die Spitze eines ganzes Direktorats gestellt zu werden. Und er hatte nicht vor, es damit bewenden zu lassen.

Iwan Migal wollte die Leitung der gesamten Organisation, hatte sie schon immer gewollt. Und er war entschlossen, sie zu bekommen.

Wegen seiner Tätigkeit, der offiziellen wie der anderweitigen, wechselten häufig Informationen zwischen Günther Geßlers Anwaltspraxis in Bonn und Banken in der Schweiz. Aber das geschah nie unerwartet, deshalb beunruhigte ihn das Päckchen aus Genf. Selbst nach so langer Zeit ging Geßler niemals ein Risiko ein. Nachdem er die Bürotür abgeschlossen und die Sekretärin angewiesen hatte, keine Anrufe durchzustellen, untersuchte er das Päckchen penibel, denn es war groß genug, um eine Bombe zu enthalten. Erst nach einer Stunde war er zufrieden und öffnete es. Es war tatsächlich eine Bombe, allerdings nicht von der Art, die er gefürchtet hatte.

3

Die *Urkas* – die Berufsverbrecher, die sich über die politischen Gefangenen hermachten – belästigten Boris Gusadarow nicht mehr.

Sie hatten es, natürlich, versucht. Das gehörte anerkanntermaßen zu dem, was in den Lagern von Potma, Krasnojarsk, Novosibirsk, Tomsk, Irkutsk Tschita, Sverdlovsk, Tscheljabinsk, Magnitogorsk, Perm und Verschnevralsk als Leben galt. Gusadarow wußte es, er hatte sie alle erlebt. Aber er hatte das System des Terrorismus innerhalb des Terrorismus nicht akzeptiert.

Den Namen des verurteilten Mörders, der seine Steppjacke während der wenigen Minuten der Leibesvisitation nach seiner Ankunft im Transitlager Potma gestohlen hatte, kannte er nicht. Genausowenig, wie der Mann seinen Namen kannte: Namen waren in den Lagern ohne Bedeutung. Er hatte sich nur gemerkt, wen er verdächtigte und gewartet, bis der Mann die Jacke trug und so seine Schuld bewies. Es dauerte nur einen Tag, denn die Urkas waren arrogant und Opposition nicht gewohnt.

Gusadarow hatte ihn getötet.

Er war überrascht, wie leicht es war, einen Menschen zu töten. Damals verfügte er über die Stärke des Lebens draußen, nicht die härtere, brutalisierte Kraft, die er seitdem entwickelt hatte, die Kraft animalischen Überlebensinstinkts. Er hatte in der Nähe der Urka-Baracken gewartet, bis der Mann ohne Begleitung herauskam, beim Gang zur Latrine von der Jacke vor dem Schneesturm geschützt. Gusadarow wußte, daß er einem professionellen Killer nicht gewachsen war, deshalb hatte er ihn von hinten angegriffen, ihm das Knie ins Kreuz gerammt, daß ihm die Luft wegblieb und ihn erwürgt, bevor er sich davon zu erholen vermochte.

Gusadarow hatte die Leiche auf die Stufen der Baracke gelegt und am nächsten Tag seine Verantwortung offen übernommen, indem er die Jacke trug.

Das war eine direkte Herausforderung, der sie sich stellen mußten. Es war in Lager 19 in Tscheljabinsk geschehen. Sie hatten sich, wie gewöhnlich, zu mehreren zusammengerottet, um ihn nach einer Massenvergewaltigung zur männlichen Hure zu machen.

Aber sie waren zu zuversichtlich gewesen, weil Gegenwehr unüblich war. Sie waren in die Küche gekommen, wo er als Spüler eingeteilt war. Und wo es kochendes Wasser gab.

Drei hatte er mit dem Kessel erwischt. Einer starb später an den schlimmen Verbrühungen, die beiden anderen waren für den Rest ihres Lebens durch Narben gezeichnet. Die beiden, die er mit dem Wasser nicht getroffen hatte, waren zumindest aufgehalten worden, und zwar lange genug für ihn, um die Fleischhacke von dem Mann zu bekommen, der später behauptete, nichts gesehen und gehört zu haben. Gusadarow hatte dem einen die Hand direkt oberhalb des Gelenks abgetrennt und das Gesicht des zweiten so zerfetzt, daß er für immer entstellt blieb.

Gusadarow wußte, er hatte Glück gehabt – falls das ein Wort war, das in seiner Situation seine Berechtigung fand –, aber die beiden Vorfälle untermauerten seinen Ruf, der ihm durchs Telegrafensystem der Lager vorauseilte und dabei noch wuchs. Er wirkte sogar über die Urkas hinaus auf die Wärter. Seit Jahren war er längst nicht so grob behandelt worden, wie es möglich gewesen wäre: Gewöhnlich hatte er ein ganzes Stück Fleisch oder Fisch in der Mittagssuppe, auch wenn es häufig schon verfault war.

Die Urkas in ihrer zigeunergleichen Tradition fürchteten ihn, weil er für sie ein Irrsinniger war. Aber Gusadarow war nicht irrsinnig. Er war nur ein Mann, der unbeirrbar ein Ziel verfolgte. Und dieses Ziel war, alles zu tun, wie bestialisch oder untermenschlich es auch war, um die Gefangenschaft zu überleben. Und freigelassen zu werden.

Ohne einen Brennpunkt für seine Entschlossenheit wäre es nicht leicht, vielleicht sogar unmöglich gewesen. Aber er besaß einen, und zwar schon, bevor ihm ein Mitgefangener wenige Wochen nach seiner Verurteilung die psychologische Notwendigkeit eines solchen Brennpunkts klarmachte. Dieser Mann hatte sich zwanzig Jahre an einen Glauben geklammert und sich stets dagegen gewehrt, ihn zu verlieren.

Das war das Wort, das der alte Mann verwandt hatte: Klammern. Gusadarow wußte, in seinem Fall war es nicht zutreffend. »Klammern« deutete auf Verzweiflung, und in dem Brennpunkt, der Gusadarows Überlebenswillen befeuerte, war nichts Verzweifeltes.

Rebecca liebte ihn. Deshalb war er zum Tier geworden. Um zu überleben und wieder mit ihr zusammen zu sein. Um mit Rebecca zusammen zu sein.

4

Hartmann war von der Wahl des Treffpunkts überrascht, denn bisher hatte Karpow immer auf der Abgeschlossenheit einer sicheren Wohnung oder eines Hauses bestanden. Zugleich war er deprimiert, denn der Prater erinnerte ihn unweigerlich an seinen fehlgeschlagenen

Ausflug mit Gerda dorthin. Er betrat den Park und wandte sich in Richtung der Vergnügungsanlagen. Automatisch tauchte er in der Menschenmenge unter. Es war sehr laut, Kinder schrieen um die Wette mit den Lockrufern der einzelnen Stände. Er erinnerte sich, wie Gerda sich an seinen Arm geklammert hatte, voller Angst vor dem Trubel zu einer Zeit, als all ihr Mut aufgebraucht war. Zumindest hatte sie die Angst jetzt hinter sich. Hartmann bedauerte, daß er Gerdas letzte Ruhestätte nie mehr würde besuchen können.

Das Riesenrad, das alles überragte, war ein rotierender Lichtkreis. Hartmann nahm den vorgegebenen Weg; die Kontaktaufnahme mußte von dem Russen ausgehen. Er ging davon aus, daß sie ihn beobachteten, um sicherzugehen, daß er allein war, und versuchte, die Überwacher zu identifizieren, aber es gelang ihm nicht. Als der Kontakt kam, bewunderte er die Geschicklichkeit des Mannes. Hartmann betrachtete sich selbst als absoluten Profi, der jede Annäherung im voraus erkannte, aber er bemerkte Karpow erst im letzten Moment, als der Russe praktisch direkt neben ihm auftauchte. Karpow hatte eine Bratwurst in der Hand und Senf am Kinn.

»Seit Jahren war ich nicht mehr auf dem Rummel«, sagte Karpow. »Ist es nicht phantastisch?«

»Ich denke schon.«

»Die Wurst ist gut«, sagte Karpow und hielt sie ihm entgegen. »Möchtest du?«

»Nein, danke.«

Die beiden Männer ließen sich in der Menge mittragen, und Karpow starrte mit der vergnügten Freude eines kleinen Jungen nach allen Seiten. Sie kamen an eine Schießbude, und Karpow sagte: »Ich will schießen! Ein Preisschießen zwischen uns beiden.«

»Ich kann das nicht«, wandte Hartmann ein. Wie oft hatte er sich gewünscht, eine Schußwaffe und die Fähigkeit zu besitzen, sie zu benutzen? Und mehr noch als die Fähigkeit: den Mut.

»Dann gewinne ich einen Preis für dich«, versprach der Russe. Er reichte Hartmann die verbliebene Hälfte der Bratwurst und nahm ein Gewehr in die Hand. So unerfahren er auch war, erkannte Hartmann doch die Leichtigkeit, mit der Karpow mit der Waffe umging. Karpow schoß, verfehlte, richtete sich auf und wandte sich dem Österreicher zu.

»Sie haben die verdammten Dinger präpariert«, klagte er. »Die Visiereinrichtungen sind schief, und das Gewehr zieht nach links.« Er grinste. »Denen zeigen wir's.«

Karpow nutzte die erste Schußserie, um die Abweichungen der

Waffe festzustellen, dann zahlte er ein zweites Mal. In der nächsten Serie traf er mit jedem Schuß ins Schwarze und erzielte die Höchstwertung, was ihm als Preis eine Puppe mit Blondhaar und Purpurkleid einbrachte. Karpow reichte Hartmann die Puppe und nahm die Bratwurst zurück. »Ein Geschenk für Rebecca«, sagte er.

Der Russe beneidete ihn um seine Beziehung zu Rebecca. Nun gut, Hartmann wurde betrogen, weil er nicht wußte, wer Rebecca wirklich war, aber in der Beziehung selbst lag keine Täuschung. Sie war geregelt, gefestigt – rundum angenehm. Seine eigenen Bettgeschichten waren nicht mehr als Training, sexuelle Gymnastik. Und nach so langer Trennung von Irena war er nur noch dem Namen nach mit ihr verheiratet. Karpow bereute nichts an seiner Zeit im Westen – ausgenommen die Auswirkungen auf seine Ehe.

Hartmann kam sich lächerlich vor, wie er da mit dem bunten Spielzeug in der Hand stand. Wenigstens würde er jetzt erklären können, wie es dazu gekommen war. »Solche Sachen ist sie eigentlich nicht gewöhnt«, sagte er.

»Genau«, erwiderte Karpow. »So hält man eine Romanze lebendig: ständige Überraschung.» Karpow zögerte und blickte den Österreicher direkt an. »New York war eine Überraschung«, sagte er dann.

Hartmann rief sich in Erinnerung, daß Karpow angeblich zum ersten Mal von der mutmaßlichen Entdeckung durch die CIA hörte. Sorgfältig berichtete er, was er mit Rebecca einstudiert und sie, wie er wußte, dem Russen bereits gemeldet hatte. Karpow schlenderte langsam, den Kopf gesenkt. Sein Interesse an dem Vergnügungspark war erloschen.

»Du meinst, sie haben deine Fährte bei der UNO aufgenommen?«

»Das scheint mir die wahrscheinlichste Erklärung. Ich nehme an, sie ließen Poljew beobachten; das wäre ja auch logisch.«

»Dann müßten sie wissen, daß du Reinhart identifiziert hast«, faßte Karpow sofort nach.

Zum ersten Mal war Hartmann froh, daß sich die Menschen um sie herum drängten, denn er konnte sich abwenden, als wollte er einem Entgegenkommenden ausweichen, und so jede Reaktion bemänteln. »Nein«, widersprach er. »Ich habe ihre Überwachung im Lincoln Center bemerkt, bevor ich Reinhart entdeckt habe.«

»Das war ein erstaunlicher Zufall«, sagte Karpow. »Wirklich verblüffend.« Der Russe sah den anderen direkt an. Er hatte sich nie vorstellen können, daß Hartmann fähig wäre, jemanden umzubringen. Aber andrerseits vermittelte er auch nicht den Eindruck, für die Arbeit fähig zu sein, die er so hervorragend leistete.

»O ja«, sagte Hartmann. Er hatte seine Erklärung gegeben und mußte nun so wenig wie möglich sagen. Und so wenig wie möglich lügen, falls eine Unwahrheit mit einer anderen kollidierte.

»Wieso bist du sicher, daß sie deine Spur verloren haben?«

»Sie waren so unvorsichtig, daß ich sie schon am Anfang identifizieren konnte. Also, gut waren sie wirklich nicht.« Hartmann schwitzte, die gewohnte Weste zwängte seinen Körper ein. Er hätte sich gern übers Gesicht gewischt, tat es aber nicht.

Karpow ließ nicht locker. »Wenn sie dich verloren haben, warum dann der Identitätswechsel?«

Rebecca hatte sich geirrt, als sie annahm, Karpow glaube ihr! »Ich wußte nicht, wie weit sie vorher, vor dem Lincoln Center, schon gekommen waren. Als ich auf Reinhart stieß, schien mir das die perfekte Lösung.«

»Erstaunlich«, wiederholte Karpow. Er schwieg eine Weile. »Ich hätte nie gedacht, daß du töten könntest, Hugo«, sprach er schließlich seinen früheren Gedanken aus.

»Nur Reinhart«, erwiderte Hartmann. »Nur Reinhart hätte ich jemals töten können.«

Karpow bemerkte jetzt, daß der Österreicher schwitzte. Das Gefühl aus der Erinnerung, schloß er: die Erinnerung an einen gehaßten Mann.

»Die Amerikaner scheinen zu glauben, daß du es warst, der da gestorben ist«, sagte er.

»»Woher weißt du das?« fragte Hartmann.

»Sie haben die Überwachung hier in Wien aufgegeben.«

»Was?» Angst erfaßte Hartmann. Er blieb stehen und wurde von der Bewegung der Menge weitergedrängt, so daß er gegen den Bordstein stolperte.

Karpow streckte die Hand aus und drückte seinen Arm. »Keine Sorge«, beruhigte er ihn. »Alles in Ordnung.«

»Erzähl mir, was passiert ist!«

»Du bist uns sehr wertvoll, Hugo, das weißt du. Deshalb haben wir Vorsichtsmaßnahmen getroffen. Während du in New York warst, haben wir entdeckt, daß die Amerikaner deine Wohnung unter Beobachtung gestellt haben.«

»Dann . . .« begann Hartmann, doch Karpow ließ ihn nicht ausreden. »Alles in Ordnung«, versicherte er erneut. »Sie haben eine Überwachung in Gang gesetzt und dann wieder aufgehoben. Glaub mir, wir waren äußerst vorsichtig. Seit Wochen war nichts mehr. Der Selbstmord hat sie vollkommen getäuscht.«

Zusammenhanglos wirbelten die Gedanken durch Hartmanns Hirn. Warum hatten die Amerikaner in Wien eine Überwachung in Gang gesetzt? Das konnte nur wegen Lang sein, und den Auftrag hatte er offiziell vor dem Anschlag in Zürich abgeschlossen. Ein Gedanke verdrängte den anderen, und Hartmann wandte sich zu Karpow. »Ihr habt es also gewußt«, sagte er. »Ihr habt gewußt, daß die Amerikaner mir auf den Fersen waren.« Das lieferte die Bestätigung für alles, was er über New York berichtet hatte! Rebecca hatte also recht gehabt, ohne zu wissen warum.

»Ja«, bestätigte Karpow. »Wir haben es gewußt.« Der Russe nahm seinen Arm und führte ihn von dem Rummel weg auf einen schmaleren Weg. »Ich dachte, ich hätte dich verloren, Hugo. Ich dachte wirklich, ich hätte dich verloren. Ich war außer mir.«

Hartmann ging auf, daß er keinen Grund hatte, sich zu ängstigen, jedenfalls nicht wegen Karpow. Mit neuer Zuversicht sagte er: »Du hättest mich natürlich im Stich gelassen.«

Plötzlich schien Karpow zu bemerken, daß er die halbe Bratwurst noch zwischen den Fingern hielt. Angewidert warf er sie in einen Abfallkorb. »Ich wollte es nicht«, sagte er ernsthaft. »Ich mußte. Das weißt du.«

Seinen Vorteil nutzend, sagte Hartmann: »Ab jetzt wird Amerika problematisch für mich sein.«

»Das sehe ich auch so«, pflichtete Karpow ihm bei.

»Aber mehr auch nicht«, sagte Hartmann, der sich nicht abwerten wollte. Rebecca war alles, was er hatte, und um keinen Preis konnte er es riskieren, sie zu verlieren.

»Ich bin froh, daß es so gut ausgegangen ist, Hugo«, sagte Karpow, als sie sich dem Ausgang näherten.

»Ich auch.«

Karpow blickte auf die Puppe im Purpurkleid, die Hartmann immer noch in der Hand hielt. »Rebecca würdest du das wohl kaum richtig erklären können«, meinte er. »Ihr habt beide einen zu guten Geschmack.«

»Einfach wäre es nicht«, bejahte Hartmann.

»Ich bumse immer noch die Empfangsdame vom *Sacher*«, sagte der Russe. »Warum soll ich ihr die Puppe nicht schenken? Ihr gefällt so etwas.«

Bereitwillig gab Hartmann ihm die Puppe. »Du hast sehr gut geschossen«, sagte er.

Karpow grinste. »Man weiß nie, wann man es mal brauchen könnte«, sagte er. »Ich bin ein Überlebenstyp – wie du.«

Rebecca verkniff sich jede Unterbrechung, weil sie seine Erregung bemerkte, obschon er so sprunghaft erzählte, daß sie nicht alle Zusammenhänge verstand.

»Also sind wir aus dem Schneider!« schloß Hartmann. »Die amerikanische Überwachung hier hat tatsächlich die Geschichte bestätigt, die wir über New York erzählt haben.«

Rebecca nickte. »Wir wissen noch immer nicht, weshalb sie hier waren«, sagte sie nachdenklich.

»Das spielt doch keine Rolle mehr«, meinte Hartmann. »Sie sind nicht mehr hier. Das bedeutet, daß die Russen mir glauben und daß uns nichts darin hindert, zusammen zu bleiben.«

»Das ist wichtig«, stimmte sie ihm zu. »Daß wir zusammenbleiben.«

Seine Erregung verging, Ernst trat an ihre Stelle. »Etwas anderes gibt es nicht«, sagte er. »Wir haben nur uns.«

5

Günther Geßler hatte Gefallen an einem guten Krieg gefunden. Er wußte, im neuen Deutschland war es Mode, jeden Krieg als schlecht anzusehen – schon den Begriff als obszön anzusehen –, aber sein Krieg war gut gewesen. Und er hatte ihn genossen, jede einzelne Minute. Ohne den Krieg wäre er wahrscheinlich wie sein Vater vor ihm als bayerischer Kleinstadtanwalt geendet, ein Speichellecker des Bürgermeisters, seine Frau mit der Frau des Arztes im Wettstreit um die gesellschaftliche Stellung, seine größten Sorgen eine armselige Kontoüberziehung oder eine minimale Hypothek.

Der Krieg hatte Günther Geßler Chancen gegeben, und er hatte sie mit dem Enthusiasmus des eifrigen Nazi genommen. Die Philosophie rassischer Überlegenheit hatte ihm damals wie heute kein Problem bereitet.

Die Zugehörigkeit zur SS hatte bedeutet, Elite der Elite zu sein, einer der Auserwählten. Geßler war das von Beginn an klar gewesen, und er hatte nie – wie einige andere – die Chancen mißbraucht. Er hatte alles einer Organisation gegeben, welche ihm alles zu geben vermochte, und hatte mit einer Hingabe gearbeitet, die ihn in den Rang eines Oberst geführt hatte. Er nutzte die Qualifikation seiner juristischen Ausbildung und seinen für Verwaltungsorganisation geschulten Verstand, bis er im Berliner Hauptquartier schließlich unentbehrlich war und Zugang zu vertraulichen Informationen und Gesprächen bekam, die weit über seine Rangstufe hinausgingen. Geßler beging niemals Vertrauensbruch und leistete sich keinerlei Indiskretion. Mit der Folge, daß er noch mehr Vertrauen und Zugang zu weiteren Indiskretionen bekam.

Günther Geßler wurde ein Mann, dem man vertraute. Zuverlässig. Und daß er zuverlässig war, bedeutete, daß man es nicht als riskant ansah, wenn er von Anfang an, als die Dinge sich wendeten. über die Fluchtorganisationen und ihre Routen Bescheid wußte, über die Einrichtung der Schweizer Bankkonten aus den geplünderten Vermögen, über die verschlungenen Wege in die südamerikanische Sicherheit – Paraguay, Uruguay und Argentinien – durch den Vatikan und Spanien.

Daß er von Anfang an Bescheid wußte, hatte Geßler Gelegenheit gegeben, seine eigene Zukunft zu planen. Er hatte sie so gut geplant wie seine Karriere in der SS. Geßler hatte kein Leben in einem fernen Land angestrebt, dessen Sprache und Sitten er nicht kannte, und er war sicher, Gisela wollte das ebensowenig. Trotz der Gelegenheiten in jenen glücklichen Tagen war Geßler seiner Frau nie untreu gewesen, und er hatte ihre Gefühle stets mit in Betracht gezogen. Für sie beide war es besser gewesen, in einem Deutschland zu bleiben, das sie kannten und liebten. Und wo es trotz der Gefahren zu bleiben möglich war. Geßler hatte das gewußt, weil er der Organisator war, der Mann, der mit den Dokumenten und Aufzeichnungen zu tun hatte. Schon 1944 war Geßler in den Akten des geradezu besessen bürokratischen Nazi-Deutschlands amtlich anonym geworden.

Noch jetzt war Geßler überrascht von der Panik, die in jenen letzten Monaten Männer erfaßt hatte, die nicht zu glauben vermochten, daß die Verheißung des Tausendjährigen Reichs gescheitert war.

Er hatte darauf gesetzt, daß sie einen Verwalter brauchten, einen zuverlässigen, vertrauenswürdigen Mann, der bereit war, das Risiko des Bleibens auf sich zu nehmen; vermutlich hielten sie ihn für mutig, weil er überhaupt blieb. Und in ihrer Dankbarkeit wären sie bereit, jeden Preis zu zahlen, um ihre Zukunft wenigstens finanziell abzusichern.

Geßler hatte einen hohen Preis für diese Dankbarkeit erhalten, ein Millionärseinkommen, das erlaubt hätte, seine Anwaltskanzlei in der Bonner Rheingasse als Fassade für die ursprünglich beabsichtigte Aktivität aufrechtzuerhalten. Daß sie florierte und schließlich ein vergleichbares Einkommen abwarf, war Geßlers ständigem Ehrgeiz zuzuschreiben.

Es blieb jedoch ein Ehrgeiz, der stets mit der notwendigen Vorsicht gezähmt wurde. Es hatte den Schrecken der Hexenverfolgung in der

Vergangenheit gegeben, und Geßler, der sorgsame Verwalter, war entschlossen, daß niemand, für dessen Sicherheit er Verantwortung trug, ein Opfer werden sollte. Denn wenn sie entdeckt wurden, kam man höchstwahrscheinlich auch ihm auf die Spur.

Es dauerte einige Zeit, bis im Verlauf der Ermittlungen des Züricher Anschlags die Identität Fritz Langs öffentlich wurde. Jedenfalls erklärte es sein Verschwinden und die bis dahin unerklärliche Lieferung der Dokumente von der Schweizer Bank in Genf.

Als Lang als das Opfer identifiziert war, wollte Geßler zuerst die Unterlagen vernichten, weil es sich genau um die Art belastender Dokumente handelte, die eigentlich hätten verbrannt werden sollen. Aber er hatte dem spontanen Wunsch nicht nachgegeben, sondern die Papiere zusammen mit anderen Dingen, die sich als nützlich erweisen mochten, in einem Bankschließfach sicher deponiert. Er hatte sie, wie von Lang beabsichtigt, als das potentielle Erpresssungsmaterial für seine ehemaligen Kollegen erkannt, auch wenn Geßler schon der Gedanke, an einen Russen heranzutreten, ein Greuel war.

Der Hinweis auf eine potentielle Gefahr mußte von Geßler, dem Koordinator, an jene gehen, für die er verantwortlich war. An dem Tag, als Lang offiziell und öffentlich als Opfer eines Attentats identifiziert wurde, ging Geßler zur Deutschen Bank und saß angespannt in der anonymen Kabine, um die Informationen in den vergilbten Unterlagen ein weiteres Mal zu studieren.

Das hatte sich als nützlich erwiesen, weil es Geßler Gelegenheit gab, nachzudenken und die Gefahr zu rationalisieren. Es mußten die Juden sein, denn nur sie würden so weit gehen und einen Grund dazu haben. Aber die Spanne zwischen dem Bombenanschlag von Zürich und der Bestätigung von Langs Identität war zu lang.

Wäre ihre Zelle entdeckt worden, dann wäre in der Zwischenzeit ein weiterer Angriff erfolgt. So lautete Geßlers Schlußfolgerung: kühle, sachliche Vernunft. Deshalb hatte er den anderen empfohlen, nichts zu tun außer die Vorsicht an den Tag zu legen, die ihnen ohnehin längst Gewohnheit geworden war. Geßler war überzeugt, daß dies die richtige Entscheidung war.

Bis zur heutigen Nachricht von Conrad Schmidt, die enthüllte, was für ein lächerlich sorgloser Narr der Mann gewesen war, indem er alle Regeln verletzte und sie alle gefährdete, weil er außerhalb ihrer eng begrenzten Zelle herumirrte.

Nach dem Krieg waren mehr Leute geflohen als geblieben. Conrad Schmidt gehörte zu denen, die geflohen waren; er hatte sich im New Yorker Stadtteil Queens niedergelassen. Als Mitglieder derselben

Zelle war es verständlich, daß Schmidt und Lang sich während einer von Langs Besuchen in New York trafen. Nicht aber, daß Lang Klaus Reinhart hinzuzog. Oder daß sich seit diesem Kennenlernen Conrad Schmidt und Klaus Reinhart jeden Mittwoch getroffen hatten, mit Kaffee und Kuchen, Schach und Erinnerungen. Geßler lehnte sich in seinem Sessel zurück, blickte hinaus in den trüben, regenverheißenden deutschen Himmel und verwünschte die Nostalgie alter Männer, die Schach spielten und von der guten alten Zeit redeten. Und dann wandte er sich wieder zu dem Schreiben, das auf seinem Schoß lag – Schmidts Bekenntnis, was er seit vielen Jahren getan hatte, und der Ausdruck seiner Besorgnis, daß Reinhart unerklärlicherweise die regelmäßigen Mittwochtreffs eingestellt hatte.

Reinharts Ausbleiben an sich wäre nicht bedeutsam gewesen, aber er war zu eng mit Lang verbunden gewesen. Und der war jetzt tot. Das änderte die Einschätzung.

Hätten die Juden Lang in Panama und dann Reinhart in New York aufgespürt, wären sie auch auf die Fährte Conrad Schmidts gestoßen. Alle Verbindungen und Kontakte zwischen Geßler und Schmidt vollzogen sich sorgsam indirekt, die Chancen, daß die Kette entdeckt wurde, standen eins zu hundert. Doch auch diese geringe Chance erforderte Geßlers ganze Vorsicht. Aber er würde nicht in Panik geraten wie jene, die schon vor Jahren in Panik geraten waren. Es sah schlecht aus – als hätte er einen Fehler gemacht, daß er nichts Eindeutigeres über den Mord an Lang wußte –, aber es konnte noch eine akzeptable Erklärung geben.

Natürlich war es notwendig, sie zu finden. Wieder sah Geßler auf Schmidts Brief und erwog den Vorschlag des Mannes. Eine Überprüfung der Wohnung Reinharts, wenn absolut sicher war, daß sie nicht beobachtet wurde, lag auf der Hand. Reinhart mochte krank sein. Und war es etwas Ernsters, dann wüßte er bereits, daß Schmidt ohnehin entdeckt war.

Geßler versuchte noch eine geschlagene Stunde, eine risikolosere Alternative zu finden, aber ohne Erfolg. Schmidt mußte die Überprüfung durchführen. Er würde für seine Antwort eine Frist setzen. Wurde sie nicht eingehalten, mußte er daraus folgern, daß sie Schmidt ebenfalls erwischt hatten, und die Warnungen ausschicken – in der Hoffnung, er habe es nicht zu lange hinausgezögert.

Eine weitere Stunde benötigte Geßler, um seinen Brief zu verfassen, der über Adressen in Madrid und Paris geleitet würde, um den wahren Absender zu tarnen. Dreimal betonte er die Erfordernisse von Vorsichtsmaßnahmen und kritisierte Schmidt für die nachlässige

Sorglosigkeit, die er zu lange an den Tag gelegt hatte. Mindestens eine Woche lang sollte er die Wohnung überwachen, um sicherzugehen, daß sie nicht unter Beobachtung stand, erst dann sollte er handeln.

Endlich zufrieden schaute er wieder hinaus und stellte fest, daß der Regen eingesetzt hatte, ohne daß es ihm aufgefallen war. Geßler wußte, daß eine Menge wichtiger Leute betroffen war, hätte man sie entdeckt. Einer war wichtiger als alle anderen.

Er selbst.

Conrad Schmidt war überzeugt, es geschafft zu haben; er hatte sich hochgeboxt, war ein gemachter Mann. Schmidt dachte häufig in überkommenen Filmklischees, weil die Filme seine erste Lektion in Sachen Amerika gewesen waren. In den frühen Tagen in New York, als er ständig Entdeckung fürchtete, hatte er die meiste Zeit in Kinos verbracht und die vorgebliche Sicherheit der Dunkelheit gesucht. Das brauchte er jetzt nicht mehr; er brauchte gar nichts mehr.

Wie er sich selbst Tag für Tag versicherte, hatte er es geschafft. Eine nette, gehorsame Ehefrau, die absolut nichts über seine Vergangenheit wußte; nette, gehorsame Kinder, die sich nicht mit Drogen oder ähnlichem Dreck abgaben, dafür wußte er schon zu sorgen. Nettes Haus. Nette Nachbarn. Nettes Leben. Ein gemachter Mann.

Schade, daß Klaus sich nicht so leicht hatte einfügen können. Der verdammte Narr hatte sich die ganze Zeit Tagträumereien über die Zukunft hingegeben und sich in einem drittklassigen Bordell rumgedrückt, anstatt zu tun, was er hätte tun sollen. Was Schmidt getan hatte. Ein guter Amerikaner zu werden.

Schmidt wußte, er war ein guter Amerikaner. Er zahlte seine Steuern, war Anhänger der Yankees und wählte republikanisch. Er unterstützte den Krieg in Vietnam und das Eindringen in Kambodscha, obwohl es populär war, sie abzulehnen. Verdammte Kommunisten! Er wußte alles aus erster Hand, er war in Stalingrad dabei gewesen und hatte es mit eigenen Augen gesehen, obwohl er das natürlich nie während der Feiertagabend-Poker-Diskussionen mit den anderen Fahrern ins Feld führte. Einmal hatte er sogar Klaus vorgeschlagen, in der Runde mitzuspielen. Hatte ihm angeboten, ihm vorher etwas Unterricht zu geben, damit er mit dem Spiel vertraut wurde. Natürlich hatte er das Angebot nicht angenommen. Konnte sich einfach nicht einfügen.

Wegen Klaus' plötzlichem Ausbleiben war Schmidt nicht besorgt. Er hatte es gemeldet, weil die Regeln das verlangten, und Schmidt befolgte die Regeln. Die Regeln versorgten ihn mit der monatlichen heimlichen Rente, die ihm half, ein gutes Leben zu führen. Aber er wußte, es würde eine ganz schlichte Erklärung geben. Schließlich war Klaus schwer verwundet worden. Und er machte schon seit Jahren einen schlechten Eindruck, hustete und röchelte ständig und nahm Medikamente gegen dieses und jenes.

Es war scheußlich, so weit den Franklin Delano Roosevelt Drive entlangzufahren. Gewöhnlich bog er oben, im Bereich der Sechziger, ab, um die Stadt zu durchqueren, aber heute würde er das Taxi stehenlassen und zu Fuß zu Klaus' Wohnung gehen. Er hatte die Anweisung eine Woche lang befolgt, war an mehreren Tagen über ein dutzendmal vorbeigefahren und nun überzeugt, daß keinerlei Überwachung existierte.

Verdammt lästig, die ganze Geschichte.

Endlich ließ er den Verkehrsstau hinter sich und steuerte den Wagen in einen freien Platz des Taxistands beim Midtown Tunnel. Er nickte einigen Fahrern zu, die er kannte, und ging zwei Blocks, bevor er einen Bus durch die Innenstadt nahm.

Vorsichtig näherte Schmidt sich dem Haus, in dem Reinhart wohnte, und prüfte die Umgebung ein letztes Mal, bevor er die Haustür aufstieß und das dunkle Treppenhaus hinaufstieg.

Sein letzter Besuch hier lag lange zurück. Schäbiges Haus: vernachlässigt wie Klaus selbst. Während er die Stufen nahm, kam Schmidt zu dem Schluß, daß es ein Fehler gewesen war, sich mit dem Mann einzulassen. Ihr einziges Gesprächsthema war die gute alte Zeit, und die alte Zeit war eben nur alt und am besten vergessen. Verdammte Schauspielerei, herumstolzieren in schwarzen Uniformen mit Totenkopfabzeichen und »Sieg Heil« rufen wie ein Haufen Idioten. Vielleicht würde er die Treffen ausklingen lassen. Nicht ganz, denn er wußte, daß Klaus einsam war, und sie waren schließlich einmal Kameraden gewesen. Aber nicht mehr jede Woche, Monat für Monat. Noch so eine lästige Geschichte.

Schmidt klopfte an Reinharts Tür und preßte das Ohr ans Holz, um zu hören, ob sich drinnen etwas bewegte. Auf dem Stockwerk unter ihm spielte jemand eine Glenn-Miller-Platte. Schmidt lächelte: Er mochte Glenn Miller. Wieder klopfte er und seufzte dabei. Vielleicht war Klaus wirklich krank, womöglich sogar bewußtlos. Schmidt war unschlüssig, was er tun sollte.

Die Anweisungen aus Bonn waren eindeutig gewesen. Und er hatte eine ganze Woche damit verbracht, die Straße auf und ab zu fahren. Für den Fall des Falles hatte er sich ausgerüstet. Er schob den Dietrich zuerst in das Einsteckschloß und löste die Sperren. Das zweite Schloß war leichter, auch wenn der Dietrich abrutschte und ihm die Haut auf den Fingerknöcheln abschürfte.

»Scheiße«, sagte er leise.

Er drückte die Tür auf und rief: »Klaus?«

Die Explosion von Reinharts Bombe riß die Vorderfront des Hauses weg und zerbrach die Tragbalken, so daß das Gebäude in sich zusammenklappte. Acht Menschen, darunter drei in dem Blumenladen, wurden getötet.

Schmidt traf die volle Wucht der Explosion zusammen mit den Pfeilen, mit denen Reinhart die Bombe gespickt hatte. Es blieb nicht genug übrig, ihn zu identifizieren.

Gegenstände überlebten natürlich.

Eine Bakelit-Pressung von Glenn Millers »In the Mood« wurde ohne Kratzer und intakt gefunden.

Ebenso alle Nazi-Erinnerungsstücke, die Klaus Reinhart so lange und liebevoll in der Holzschachtel in dem Matratzenversteck aufbewahrt hatte.

6

Peter Berman, der ein schlechter Autofahrer war, es jedoch ständig leugnete, brachte den Volkswagen vor dem Eingang von Langley rüttelnd zum Stehen und zog seine Ausweiskarte heraus. Der Wärter, der Hank Burlitski hieß und jeden Donnerstag zusammen mit Berman auf der Bowlingbahn spielte, prüfte die Dokumente eingehend, verglich Fotos, als wären sie sich völlig unbekannt.

»Danke, Sir«, sagte Burlitski.

Berman nickte und steuerte den Wagen ruckend in den CIA-Komplex. Scheiß-Theatralik, dachte er. Nachlässig parkte er sein Auto schräg über zwei Stellplätze und ging in Richtung Hauptgebäude. Wie gewöhnlich machte er eine kurze Pause, um die strenge Statue von Nathan Hale anzusehen, den die Briten während des Unabhängigkeitskrieges als Spion gehängt hatten. Unterhalb der Statue waren Hales überlieferte letzte Worte eingemeißelt, die er unter dem Galgen gesagt haben sollte: »Ich bedaure bloß, daß ich nur ein Leben habe, das ich für mein Land lassen kann.«

Auch so eine Scheiß-Theatralik, dachte Berman und betrat das Gebäude. Er klemmte sein ID-Button, dessen Zackenrand die Farbkombination seiner Sicherheitsstufe zeigte, in den Jackenaufschlag. Während er mit schnellen Schritten durch den Hauptflur ging, war er sich der prüfenden Blicke der Männer des internen Sicherheitspersonals bewußt, die ihn fast ebensogut kannten wie Burlitski. Kaum vorstellbar, daß er das alles einmal ernst genommen hatte – daß er Hales angeblich letzte Worte für aufrüttelnd und patriotisch gehalten und sich sogar vorgestellt hatte, daß er in einer ausweglosen Situation das Gleiche sagen würde. Der Gedanke ließ ihn leicht ächzen, als er im fünften Stock den Aufzug verließ. Er *war* in einer ausweglosen Situation: verurteilt zu lebenslanger Haft mit dem Titel eines Analytikers und einer ebenso aussichtsreichen Zukunft wie die Steinfigur, die draußen auf dem Hof stand und eindrucksvoll auszusehen versuchte. Sein Büro lag – wie passend! – am Ende des Gangs und bestand aus einem winzigen Schreibtisch, einem winzigen Stuhl und einem winzigen Aktenschrank ohne Sicherheitseinstufung, und das alles in einem Raum von Wandschrankgröße gezwängt. Seine Sektion war die kleinste; ihr wurden die geringen Informationen zur Analyse anvertraut, deren Weiterleitung das engstirnige FBI für notwendig erachtete, weil es über die Belange der inneren Sicherheit des Landes hinausging. Die Vororte Washingtons erfreuen sich imposanter Namen wie Crystal City und Pentagon City. In Langley hieß Bermans Sektion nur Tomy City, Mausoleumstadt, und ihre Bewohner waren die Zombies.

Berman ließ sich auf seinen Stuhl sacken. Noch bevor er die Jacke ausziehen konnte, erschien der Bote mit seiner täglichen Aktenlieferung in der Tür. Erst nachdem er sich der Jacke entledigt hatte, quittierte Berman die Übergabe mit seiner Unterschrift. Der Zeitpunkt der Annahme wurde festgehalten und damit registriert, daß er fünfundzwanzig Minuten zu spät gekommen war. Aber das wäre auch schon durch Burlitski, den Donnerstagabend-Bowlingfreund, vermerkt worden. Genau wie gestern, vorgestern und am Tag davor. Scheiß drauf, dachte Berman; scheiß auf alles!

Interesselos öffnete er die FBI-Akte und stellte sofort fest, daß sie nach erfolgreichen Ermittlungen als abgeschlossen galt und nur wegen des minimalen Auslandbezugs zwecks Aufnahme in die CIA-Archive weitergereicht worden war.

Und dorthin wäre sie auch innerhalb weniger Minuten gewandert, wäre Berman nicht bei dem Versuch beteiligt gewesen, Fritz Lang dazu zu bringen, seine Sowjetkontakte zu gestehen.

Das Scheitern der Operation Lang hatte Berman alles gekostet. Es war ihm zur Phobie geworden, ständig überprüft zu werden, immer wieder, um herauszufinden, wo die Fehler passiert waren.

Er wußte nicht nur das Datum, sondern auch die Uhrzeit von Langs

Geburt. Er wußte, wo er zur Schule gegangen war, wo er den Architektenberuf erlernt hatte, wann er sich der NSDAP angeschlossen hatte; er kannte die Daten seiner Beförderungen, seiner Heirat und seiner Freundinnen.

Und Berman wußte über die Mitarbeiter des Mannes Bescheid, über jeden Offizier, Lagerwächter und Soldaten, mit dem Lang nachweisbar zu tun gehabt hatte. Und deshalb wußte er auch von Klaus Reinhart, dessen Akte jetzt vor ihm lag, vollständig mit Fotos eines zerstörten New Yorker Mietshauses, Abbildungen der Nazi-Erinnerungsstücke und dem kurzen Autopsiebericht, der annahm, daß es sich um die Überreste des geflohenen Nazis handelte.

Berman blickte auf, als jemand in der Tür erschien.

»Es gibt Klagen darüber, wie Sie geparkt haben«, sagte der Sicherheitsoffizier. »Sie blockieren zwei Plätze.«

Berman zog hastig die Wagenschlüssel aus der Tasche und reichte sie dem Mann. »Erledigen Sie das!« sagte er gereizt. »Ich habe zu tun.«

Es war ein idyllischer Tag, einer der angenehmen. Hartmann mietete einen Wagen, und sie fuhren gemächlich durch die Landschaft in Richtung Melk. Hartmann war bemüht, wiederaufzubauen, was möglicherweise durch seine Reaktion auf Rebeccas Geständnis beschädigt worden war, deshalb hatte er wie bei den Ausflügen am Anfang ihrer Beziehung geplant; damals waren sie übers Land gefahren und hatten nach den grünen Büschen vor den Weingehöften Ausschau gehalten, die den jungen Wein ankündigten. Er erinnerte sich an zwei Weingüter, hielt dort und konnte noch von den Restbeständen kaufen. Mittags steuerte er den Gasthof an, in dem sie vor Jahren zum ersten Mal gemeinsam gegessen hatten. Es freute ihn, daß Rebecca sich erinnerte. Sie war dankbar, daß er daran gedacht hatte. Das Essen war gut, die Pilze stammten aus den angrenzenden Hügeln, und das Kalbfleisch war perfekt.

»Mein Verhalten tut mir leid«, sagte er.

»Ich habe dir doch gesagt, daß ich es verstehe.«

»Ich glaube, alles wird gut«, sagte er. »Ganz bestimmt.«

»Ich hoffe es, Liebling.«

»Mag sein, daß es merkwürdig klingt, aber ich glaube Karpow. Ich glaube, daß er mich als einen Freund betrachtet. Seit Wochen hat es keinen Kontakt mehr gegeben.«

Rebecca nahm einen Schluck von ihrem Wein und sagte: »Er macht mir angst.«

»Wieso?«

»Ich weiß ihn nicht einzuschätzen. Wie kann er ein Freund sein? Er kontrolliert uns beide – wie Haustiere.«

»Er ist ein Freund«, beharrte Hartmann. »Ich weiß es.«

»Ich würde es so gern glauben«, entgegnete sie.

Hartmann griff in seine Tasche und holte den Ring heraus, den sie zurückgegeben hatte, um ihn ihr erneut anzubieten. »Trägst du ihn wieder?« fragte er. »Bitte!«

Rebecca biß sich auf die Unterlippe.

»Ich bin mir sicher«, sagte er. »Das war die Bedingung: daß ich mir sicher bin.«

»Ich weiß«, sagte sie leise.

»Ich würde mich für deine Wohnung entscheiden«, sagte er. Wenn er seine Räume verließ, die er einmal für Gerda vorbereitet und möbliert hatte, würde er sich von einem weiteren Teil seines alten Lebens abschneiden. Er wollte soviel wie möglich von der Vergangenheit beseitigen. Das hieß nicht, daß er Gerda untreu war. Er würde sie immer lieben und niemals vergessen, was sie getan hatte. Aber so eingeschränkt und schwierig es auch sein mochte, hatte Hartmann doch die Chance auf ein neues Leben. Und er wollte es mit ganzem Herzen.

»Also gut«, akzeptierte Rebecca. Sie streckte die Hand aus, so daß Hartmann ihr den Ring auf den Finger stecken konnte.

»Ich bin so glücklich«, sagte er, und es klang nach einer ganz neuen Entdeckung. »So glücklich.«

7

Iwan Migal erwartete ungeduldig die Ankunft Oleg Karpows aus Wien und durchwanderte rastlos das Zimmer. Er war mehr als ungeduldig. Er war nervös, besorgniserregend nervös. Migal sah ein Defizit in seiner Laufbahn und erkannte es als Problem. Er war stets ein Mann des Hauptquartiers gewesen, ebenso sehr Politiker wie Nachrichtendienstler. Deshalb brauchte er einen Verbündeten, jemanden mit der erforderlichen operativen Erfahrung, denn was er vorhatte, fiel eindeutig in den operativen Bereich. Aber keinen gewöhnlichen Agenten. Es mußte inoffiziell geschehen, anders war es nicht möglich. Also brauchte er jemanden, dem er wegen der Dinge, die der Mann erfahren mußte, absolut vertrauen konnte. Wem konnte er einen genügend großen Gefallen erweisen, um sich seine Diskretion zu sichern? Karpow? Ein hervorragender Mitarbeiter, gewiß. Es gab wenige mit einem derartigen Verantwortungsbereich. Aber war er jemand, dem er sein Leben anvertrauen konnte? Migal war sich nicht sicher.

Wenn nicht Karpow, wer dann? Zu Migals natürlicher Vorsicht hatte es immer gehört, zu enge Verbindungen innerhalb der Organisation zu meiden; ein Freund von heute konnte morgen einer Säuberung zum Opfer fallen und seine engere Umgebung der Ungnade aussetzen. Nicht einmal Alena. Seine Frau liebte ihn und war ihm ergeben, dachte er, aber aus dem gleichen Grund, aus dem er nie Freunde innerhalb des KGB gesucht hatte, hatte er seine Frau nie mit irgendeinem Aspekt seiner Arbeit betraut. Und selbst wenn, wäre die Krise, die jetzt bevorzustehen schien, zu heikel, um sie mit ihr zu diskutieren.

Der Summer kündigte an, daß Karpow vom Flughafen Scheremetjewo eingetroffen war. Migal rückte den Kneifer gerade, der ihn, wie er annahm, überall im Gebäude zur Zielscheibe für Scherze machte, zog den Knoten seiner Krawatte am gestärkten Kragen straff und setzte sich hinter seinen Schreibtisch. Er war in bezug auf Karpow immer noch unschlüssig, aber im Moment durfte er sich seine Besorgnis nicht anmerken lassen.

Karpow betrat das Zimmer und schien es wie gewöhnlich sofort auszufüllen. Migal fragte sich häufig, wie Karpow sich verhielt, wenn er nicht, wie jetzt, in die Rolle des Untergebenen gedrängt war.

»Genosse General«, sagte Karpow gewohnt förmlich.

»Genosse Oberst«, plapperte Migal nach. Karpows Anzug war haarsträubend bunt, vor allem die gelben Karos stachen ins Auge, und der Mantel, den er lässig auf ein kleines Sofa warf, war ein raffiniertes Modell mit Kapuze und Seitenschlitzen an Stelle normaler Ärmel.

»Ich mache mir Sorgen wegen New York«, sagte Migal übergangslos. Die übliche Vorsicht erforderte, daß er stets die Unterredung lenkte.

»Ich habe nur die Zeitungsberichte gelesen«, entgegnete Karpow. Er hoffte, es würde nicht einer der vielen unnötigen Besuche werden. Wahrscheinlich würde er seine Frau aufsuchen müssen, aber das letzte Mal war eine Katastrophe gewesen. Sie hatte ganz offenkundig einen Liebhaber, und seine unerwartete Rückkehr hatte Konfusion verursacht. Er hatte versucht, sein Bedauern über sein Eindringen erkennen zu lassen, doch sie hatte es mißverstanden, und sie hatten sich gestritten, wie sie es auch schon immer getan hatten, als sie noch zusammenlebten. Vielleicht wäre es besser, diesmal auf den Besuch zu verzichten. Hugo war glücklich mit Rebecca, dachte er wieder.

»Ich habe durch unser Büro bei den Vereinten Nationen weitgehende Nachforschungen anstellen lassen.«

»Und zu welchem Schluß sind sie gekommen?«

Ärgerlich registrierte Migal, daß Karpow das Gespräch lenkte, nicht er. »Daß es Reinhart war, der bei der Explosion getötet wurde.«

»Dann gibt es doch wohl kein Problem?« fragte Karpow eher rhetorisch. Schon wieder eine ergebnislose Reise.

»Ich bin mir da nicht so sicher«, sagte Migal. Wie konnte er dem anderen Mann seinen Wunsch erläutern, ohne die Verbindung zwischen Lang und Reinhart zu offenbaren?

»Wir wußten von Hartmann, daß die CIA auf seiner Fährte war«, erinnerte Karpow seinen Vorgesetzten. »Ich habe telegrafisch empfohlen, ihn zurückzuziehen.«

»Mir ist die CIA-Überwachung und die Empfehlung geläufig«, sagte Migal. »Sind denn die Entdeckung eines Nazis, der seine Frau mißbraucht hat, und der Identitätstausch nicht zu konstruiert?«

»Das verstehe ich nicht«, reagierte Karpow. Er verstand sehr wohl, wollte aber, daß der andere die Schlußfolgerung aussprach.

Migal blickte auf die Schreibtischplatte, um sich den Ärger darüber, daß er ständig von Karpow ausmanövriert wurde, nicht ansehen zu lassen. »Was ist, wenn er übergelaufen ist?« fragte er.

»Dann wäre es genau das: zu konstruiert«, argumentierte Karpow. »Wenn die Amerikaner Hugo als Doppelagenten einsetzten, würden sie nicht mit ihren Leuten Wien überfluten, wo sie unserer Aufmerksamkeit kaum entgehen können, und danach die Entdeckung Reinharts in Szene setzen. Zu welchem Zweck auch?«

»Natürlich um uns zu verwirren«, erwiderte Migal. Er merkte, daß seine Argumente auf schwachen Füßen stand.

»Und warum sollten sie sich die Mühe machen?« fragte Karpow. »Wenn sie ihn umgedreht hätten, brauchten sie ihn nur weitermachen zu lassen, als wäre nichts geschehen. Wieso sollten sie eine so verwickelte Situation schaffen?«

»Meines Erachtens sollten wir vorsichtig sein«, sagte Migal und erkannte zugleich, wie hohl das klang.

»Das sind wir immer«, sagte Karpow. Nach einer kurzen Pause fuhr er fort: »Und es gibt noch ein Argument dagegen, daß Hugo umgedreht worden ist. Er ist freier Mitarbeiter – unabhängig. Er hat ausschließlich mit den Aufträgen zu tun, mit denen wir ihn betrauen, und sie sind stets so konstruiert, daß wir ihn verleugnen können. Diese Möglichkeit hatten wir immer.«

»Hat er während Ihrer Besprechung nichts Verdächtiges geäußert?« bohrte Migal weiter.

»Nichts«, antwortete Karpow ohne Zögern.

»Was sagt die Frau?«

»Sie glaubt ihm jedenfalls. Absolut. Und sie würde es wissen.«

»Und wenn sie ihn liebt, so wie es nach Ihrer Meinung umgekehrt ist? Wenn sie ihm gesagt hat, wer sie wirklich ist?«

Karpow schüttelte eindeutig verneinend den Kopf. »Das würde sie nicht tun. Ich habe sie direkt gefragt, und sie hat bei der Vorstellung gelacht. Sie weiß, sie kann es sich nicht leisten, sich zu verlieben. Nicht, wenn sie ihren Mann am Leben erhalten will.«

Als er an Boris Gusadarows minimale Existenz erinnert wurde, senkte Migal erneut den Kopf. Rebeccas Mann mochte für sein eigenes Überleben ebenso wichtig werden wie möglicherweise Karpow. In bezug auf seinen Untergebenen war er weiterhin unschlüssig. Aber zumindest wegen des Manns im Straflager konnte er etwas unternehmen.

»Gusadarow.«

Der Mann blickte auf, es ging um etwas Wichtiges. Entscheidungen wurden mit Namen angekündigt. Die übrige Kommunikation beschränkte sich auf Gefangenennummern.

»Komm!«

Gusadarow kroch aus dem Kohleflöz in den Hauptschacht, in dem er stehen konnte, und folgte dem Wärter im vorgeschriebenen Abstand von fünf Schritten. Das Bergwerk war voll mit Arbeitern der Tagschicht, aber niemand sah zu ihm: Vielleicht wurde er zu einer Bestrafung geholt, und in den Lagern war das Mißgeschick eines Menschen allein seine Angelegenheit. In der gefrorenen Tundra von Kolyma herrschte hohe Luftfeuchtigkeit, und Gusadarow war schweißnaß. Als sie nach oben kamen, begann er zu frieren. Am Eingang war ein Waschhaus, das normalerweise für die Untertagewärter reserviert war. Der Mann, der ihn abgeholt hatte, blieb stehen und nickte in Richtung des Schuppens. »Wasch dich!«

Also ging es zum Verwaltungsgebäude.

Seine Kleider waren, anders als in der Duschzone der Baracken, sicher vor Dieben, deshalb zog Gusadarow sich vor der Kabine ohne Sorgen aus. Zuerst legte er die Steppjacke ab, dann die beiden Unterhemden, die er während seiner Gefangenschaft erworben hatte, und schließlich das mehrschichtige Papier, das ursprünglich ein Zementsack gewesen war, aber in der ständigen Frosttemperatur eines Lagers jenseits des nördlichen Polarkreises bildete es nicht nur unter dem Hemd, sondern auch um die Beine eine körpernahe Schutzhülle. Er benutzte sie schon sehr lang, Schweiß war getrocknet, hatte sich in das Papier gesaugt, war wieder getrocknet, so daß sich das Papier mit der Zeit versteift hatte und seinen Körper wie ein maßgeschneiderter Pappmachépanzer umgab. Gusadarow sah sich oberflächlich die Entzündungen an, die von dem Papier verursacht wurden; schlimmer waren sie nicht geworden.

Seife gab es nicht. Gusadarow bürstete Hände, Gesicht und Hals kräftiger als gewöhnlich, denn in der obszönen Unlogik des Lagers gab es Sauberkeitsvorschriften, die ihn einer Bestrafung unterwerfen könnten. Nachdem er sich mit dem Leinenlappen, der als Handtuch angesehen wurde, abgetrocknet hatte, versuchte er, den Kohlenstaub aus den Kleidern zu schütteln, bevor er sie wieder anzog. Nach so langer Zeit bemerkte er den Körpergeruch nicht mehr, der allen Kleidungsstücken anhaftete. Weil es wichtig war, hatte er gelernt, in Gedanken den Zeitverlauf zu berechnen: Exakt nach den drei Minuten, die für Duschen erlaubt waren, kam er heraus.

Zwischen dem Abschnitt, in dem er gearbeitet hatte, und dem Verwaltungsgebäude waren zwei Tore, beide bewacht, und an jedem fand eine Identifizierungsüberprüfung statt.

Die Anlage der Straflager war genormt, und Gusadarow hatte so viele kennengelernt, daß er den Weg zur Zuteilungssektion erkannte. Ihr Leiter schien ihn, was ungewöhnlich war, zu erwarten und beorderte ihn direkt in sein Büro. Gusadarow stand in der vorgeschriebenen Haltung, die Hände vor dem Körper verschränkt, den Kopf ehrerbietig gesenkt.

»Du wirst aus der Arktis nach Süden verlegt«, sagte der Mann, der es genoß, bereits gedemütigte Menschen zu demütigen. »Potma.«

Gusadarow war als Hälftling auch schon in Mordawien gewesen und wußte, daß es dort wärmer war. Er vermachte das Zementsackpapier dem Mann auf der Pritsche unter ihm. Ein Geschenk, das mit Geld nicht aufzuwiegen war.

New York war eine Zumutung für Peter Berman, den Mann, der mehr als einmal täglich duschte. Die abgewrackten Autos an den Straßen vom Flughafen waren eine Zumutung, die schluchtentiefen Löcher in der Fahrbahn waren eine Zumutung, und der an den Mietshäusern hochgehäufte Müll war eine Zumutung. Alles ein großer Müllhaufen, dachte er; kein Wunder, daß die Menschen in dreihundert Meter Höhe leben wollen, von wo sie nicht hinabschauen und sehen konnten, was sich zu ihren Füßen tat.

Er präsentierte dem Reviersergeant seinen CIA-Ausweis mit einer Zuversicht, die er in Wahrheit gar nicht empfand. Die Möglichkeit, daß der Mann sich streng an die Vorschriften hielt und darauf bestand, daß die Nachforschungen über das FBI zu leiten waren, verursachte ihm ein ungutes Gefühl in der Magengrube.

»Alles längst abgehakt«, erklärte der Sergeant bestimmt.

»Nur eine Nachfrage«, sagte Berman leichthin. Er hatte den Flug nach Washington an seinem freien Tag ohne Genehmigung unternommen.

Der Sergeant zog ein Wachbuch und den Dienstplan zu Rate, dann sagte er: »Sie haben Glück.«

Der Revierraum der Detectives war vor langer Zeit einmal grün gestrichen worden. Jetzt war er fleckige Höhle mit Telefonnummern und Graffitti auf den Wänden, einer leeren Haftzelle in einer Ecke und angestoßenen, überhäuften Schreibtischen, die wahllos in zwei Reihen standen. Die Türen zu den Büros des Lieutenant und des Captain standen offen, die Zimmer dahinter waren leer. Fast genauso leer war der Hauptraum. Ein Detective saß wie gebannt vor einer Schreibmaschine und tippte seinen Bericht mit einem Finger ein. Ein zweiter saß am Fenster, bastelte gedankenverloren eine Kette aus Briefklammern und starrte auf die Zahnlücken-Skyline hinaus. Der Mann, an den Berman verwiesen wurde, saß ohne Fensterblick an der Innenwand. Sein Namensschildchen wies ihn als Detective Murphy aus; er trug eine jüdische Yarmulka auf dem Kopf.

Erneut spürte Berman, wie sein Magen sich zusammenzog, als er seinen CIA-Ausweis vorlegte, aber er wurde ohne jede Skepsis akzeptiert. Der Detective schob einen ungeordneten Papierstapel von einem Stuhl neben seinem Schreibtisch und fragte: »Wissen Sie, was das Problem ist, wenn man auf dieser Stelle der Stadt arbeitet?«

Berman setzte sich und schüttelte verneinend den Kopf. »Was denn?« fragte er.

Murphy hielt ihm das Brot entgegen, das er saß. »Beygels«, sagte er. »Mindestens acht Blocks weit kann man keine vernünftigen Beygels kriegen. Wenn man ein vernünftiges Beygel haben will, muß man es von zu Hause mitbringen.«

»Das hätte ich nicht gewußt«, sagte Berman. »Ich wohne in Washington.» Gott sei Dank, dachte er.

»Klar«, sagte der Detective. »Was kann ich für Sie tun?«

Berman zog den FBI-Bericht über die Explosion in Reinharts Wohnung hervor. Stirnrunzelnd starrte Murphy ihn an und lächelte dann. »Gottverdammter Nazi«, sagte er. »Hat in den Zeitungen einiges Aufsehen gemacht. Mein Name stand in der *New York Times* und in den *News*. Und sogar ein Foto in *Newsday*.«

»Der FBI-Bericht war sehr kurz«, sagte Berman. »Ich würde gern wissen, ob es mehr Einzelheiten gab.«

»Zum Beispiel?« fragte Murphy.

»Die Identifizierung gab nicht viel her.«

Der Detective lachte und legte das halb gegessene Beygel beiseite. »Glauben Sie mir, Kollege, da war nichts zu identifizieren. Den Hundesohn hat's wie Farbe über die ganze Wand verspritzt.«

»Und wie ist er dann identifiziert worden?«

»An Hand seines Zimmers, natürlich«, sagte Murphy. »Jede Menge Nazikram und solche Sachen. Wollen Sie die Fotos sehen?«

»Gleich«, hielt Berman ihn zurück. »Was ist mit den Zähnen?«

»Zähne?« fragte der Mann stirnrunzelnd.

»Wurden keine Zähne gefunden?«

Murphy tastete in eine Schreibtischschublade wie ein Kind, das die Hand in eine Keksdose taucht, und zog triumphierend einen Durchschlag seines Berichts hervor. Zeitungsausschnitte waren obenauf geheftet. Der Mann blätterte einige Sekunden und sagte dann: »Sicher haben wir Zähne. Sogar Fotos. Wollen Sie die Fotos sehen?«

»Nicht nur die Fotos«, antwortete Berman. »Die Zähne selbst würde ich gerne sehen.«

Alarmiert blickte Murphy über den überladenen Schreibtisch hinweg. »Hee«, entfuhr es ihm. »Die Sache stinkt doch nicht etwa? Ich stehe für eine Belobigung an.«

»Da stinkt nichts«, wiegelte Berman ab und fügte hinzu: »Ich kümmere mich darum, daß Washington die Belobigung befürwortet.«

8

Hartmann erwartete die Aufforderung von der Minute an, als die Explosion in der Wohnung Klaus Reinharts bekannt wurde, und er wäre noch besorgter gewesen, als er ohnehin war, hätte er nicht von Rebecca gewußt, daß die Verzögerung durch Karpows Rückberufung nach Moskau verursacht wurde. Von Rebecca erfuhr Hartmann auch sofort, daß Karpow nach Wien zurückgekehrt war. Ein Glück, daß er noch nicht umgezogen war, dachte Hartmann. Er benutzte den

Münzfernsprecher im Foyer des *Sacher*, um die verschlungene Prozedur der Kontaktaufnahme in Gang zu setzen, und sah sich dabei mit milder Neugier nach der vollbusigen Empfangsdame um, mit der Karpow sich brüstete. Zwei der Angestellten kamen in Frage, und Hartmann fragte sich, welche von beiden russischen Kaviar, amerikanischen Jazz und alles andere bekam. Es dauerte dreißig Minuten, bis Hartmann die Adresse in der Dorotheergasse erhielt. Er nickte anerkennend: der alte Teil der Stadt, das Labyrinth, das Karpow wegen der vielen Ein- und Ausgänge bevorzugte. Hartmann war froh, daß es nicht wieder ein Treffpunkt wie der Prater war.

Es war ein kleines Haus, von den Gebäuden an beiden Seiten überragt, und weil es der einzige Gedanke war, der ihn bewegte, erinnerte es Hartmann an das heruntergekommene Mietshaus, in dem Klaus Reinhart in New York gewohnt hatte. In den österreichischen Zeitungen war kurz über die Explosion und die Identifizierung berichtet worden, viel zu kurz für Hartmanns innere Ruhe. Direkt nach dem Krieg war es anders gewesen: spaltenlange Artikel über jeden ehemaligen Nazi, der aufgespürt wurde. Jetzt waren es nur ein paar Absätze.

Karpows Begrüßung war so überschwenglich wie immer, eine schulterquetschende Umarmung, mit der er Hartmann ins Zimmer zog. Die Möblierung war nicht so vollständig wie in der Schüttelstraße, aber die Stereoanlage war angeschlossen.

»Wie geht es dir, Hugo? Wie geht es dir?« Der Russe drückte seine Arme, als prüfe er sein Gewicht. Der Tabakgeruch der Gauloises haftete an ihm.

»Gut«, sagte Hartmann unsicher.

Karpow trat einen Schritt zurück und betrachtete ihn eingehend. »Du pflegst dich doch, oder?«

»Es geht so«, antwortete der Österreicher.

Karpow boxte spielerisch gegen seinen Arm. »Das klingt ja nach Selbstmitleid, Hugo. Ich habe dich vor Selbstmitleid gewarnt.«

Hartmann tat die Bemerkung mit einem Achselzucken ab. »Was ist mit New York?« fragte er.

Karpow erkannte die Besorgnis des anderen und grinste. »Deshalb wollte ich mich mit dir treffen«, sagte er.

Auf dem Tisch stand eine Whiskyflasche, deren Verschlußkappe bereits im Papierkorb gelandet war. Karpow goß zwei Gläser voll und reichte eins davon Hartmann. Der nahm es, trank aber nicht.

»Bitte, sag es mir«, bat er. Ihm war gleichgültig, daß es wie ein Flehen klang.

»Das Haus wurde völlig zerstört«, sagte Karpow. »Wer sich auch in der Wohnung befunden hat, ist bis zur Unkenntlichkeit verstümmelt...« Karpow machte eine effektvolle Pause, bevor er fortfuhr: »Aber die Behörden haben eindeutig entschieden, daß es Reinhart war.« Der Russe lächelte angesichts der offenkundigen Erleichterung des anderen. »Es gibt keine Probleme, Hugo. Amtlich bist du immer noch tot.«

Hartmann ließ sich in einen von Karpows wuchtigen Ledersesseln sinken und nahm nun doch einen Schluck. »Danke«, sagte er.

»Wir hatten auch Grund, uns zu sorgen«, sagte der Russe ernst. »Selbst wenn die Wahrscheinlichkeit sehr mager war, daß es eine Verbindung gab.« Er hob sein Glas und trank. »Zwölf Jahre alter Scotch«, sagte er stolz. »Verflixt gutes Zeug.« Jedenfalls hatte die Reklame im Duty-free-Laden in Schiphol bei seinem Rückflug von Moskau den Whisky so angepriesen. Der Besuch hatte ihn beunruhigt. Psychologie war Bestandteil seiner Ausbildung gewesen, und Karpow konnte sich des Eindrucks nicht erwehren, daß Migals Wunsch, mit ihm zu sprechen, einen verborgenen Grund hatte. Und er hatte wider besseres Wissen seine Frau besucht, und sie hatten einen höllischen Streit gehabt. Vielleicht sollte er etwas unternehmen, um diese irreale Situation zu beenden.

»Trotzdem ist es gut zu wissen«, sagte Hartmann. Die Russen hatten ihn immer gut behandelt. Zumindest Karpow. Es gab vieles, für das er dankbar war. Er hatte Rebecca, er hatte Geld, und er hatte in Karpow einen Mann, der aufrichtig sein Freund zu sein schien. Und er war wenigstens einen anspruchsvollen Arbeitgeber losgeworden, weil die Amerikaner ihn ohne Zweifel für tot halten mußten.

»Moskau ist zufrieden, wie du in New York gehandelt hast«, sagte Karpow bewußt übertreibend. »Das soll ich dir ausdrücklich mitteilen.« Das stimmte zwar nicht, aber nach Karpows Meinung brauchte Hartmann jetzt Ermunterung. Migal hatte überhaupt nichts gesagt, aber das tat er ja nie. Karpow fragte sich, ob Migal in seinem Leben jemals etwas Unbesonnenes getan hatte. Der zimperliche Bastard wurde wahrscheinlich sogar bei seinen eigenen Fürzen auf der Toilette rot, weil er fürchtete, sie würden aufgezeichnet.

»Das freut mich«, sagte Hartmann.

»Aber wir können es nicht riskieren, daß die Amerikaner wieder mißtrauisch werden.«

»Weniger Aufträge?« Es war eine instinktive Hoffnung, zu der sich aber sofort Einsicht gesellte. Einen völligen Rückzug konnte er jetzt nicht mehr anstreben. Wenn er zu arbeiten aufhörte, würden sie Rebecca abziehen.

»Nur solche, die nicht gefährlich sind«, versprach Karpow. »Und bestimmt keine in Amerika.«

In Hartmanns Erleichterung mischte sich ein anderes Gefühl: Er hatte den Gedanken nie ganz aufgegeben, daß er eines Tages, sehr vorsichtig und heimlich, eine Pilgerfahrt zu Gerdas Grab unternahm.

»Amerika könnte gefährlich sein«, stimmte er zu.

Karpow lachte bellend. »Du wolltest den Ruhestand, und jetzt hast du immerhin das Zweitbeste. Sagen wir: Halbruhestand.«

Der Russe füllte beide Gläser nach und sagte: »Es ist ein gutes Leben, Hugo. Ich höre nicht auf, dir zu raten, es zu genießen.«

»Das werde ich«, erwiderte Hartmann fast übereifrig. »Ich habe lange gewartet, aber jetzt genieße ich es.«

Migal war ein guter Schachspieler. Kein Großmeister, aber doch kompetent genug, um manchmal in der Akademie gegen Großmeister anzutreten, ohne sich seines Spiels schämen zu müssen.

Welches Spielniveau erwartete ihn jetzt? Großmeister? Internationaler Großmeister? Oder was sonst?

Einige Züge hatte er erkennen können. Durch die Überwachung in Zürich wußte Migal, daß es sich um eine CIA-Operation handelte: anhand der Fotografien waren anschließend mindestens acht bekannte CIA-Mitarbeiter positiv identifiziert worden. Der Plan hatte offenbar vorgesehen, Lang auf die Flucht zu schicken, um festzustellen, mit wem er Kontakt aufnahm. Und weil Lang sofort die Botschaft in Mexiko City aufgesucht hatte, wodurch Migal seinen Zeitplan zu rekonstruieren vermochte, wußte der Russe, daß Lang, abgesehen von seinem überprüfbaren Besuch bei der Botschaft, niemanden durch Kontaktaufnahme verraten hatte. Und wegen Mexiko hatten die Amerikaner nichts unternommen. Der Zug mit Lang war folglich ein Köderzug, ein Bauer, der in Richtung eines Springers oder eines Läufers gezogen wurde. Genau wie die Bombenexplosion in New York. Was sollte es sonst sein? Die Amerikaner hatten das Attentat auf Klaus Reinhart als direkte Kopie seines Anschlags auf Fritz Lang inszeniert. Plötzliche Zufriedenheit über die Szenerie auf dem Schachbrett erfüllte Migal. Was noch? Hugo Hartmann. Er wußte nicht, wie der Österreicher gespielt wurde, aber es mußte eine Verbindung geben, etwas, das der unzureichend unterrichtete Karpow übersehen hatte. War Hartmann ein Bauer oder ein König? Die Spielmethode würde das beantworten müssen.

Migal begab sich zu seiner Lieblingsposition, dem Fenster mit Blick über den Platz. Es war ein bewölkter Tag, der keine deutlichen Schatten zuließ, aber er kannte präzise den Punkt, der die Linie markierte, die er überqueren wollte. Überqueren *würde.* Migal erkannte, daß er bereits einige ungenügend durchdachte Züge gemacht hatte. Der Anschlag auf Lang war der eine. Die Unterrichtung Karpows – der so eng beteiligt war, daß er vollständig wissen mußte, was vorging – zu verzögern, ein weiterer. Aber das Spiel war alles andere als verloren. Vor der gegenüberliegenden Wand von Karpows Büro stand ein großer Konferenztisch, auf dem er das umfangreiche Material versammelt hatte. Migal wandte sich vom Fenster weg und trat zu dem Tisch.

Seine Spielanlage konnte funktionieren, entschied Migal. Richtig ausgeführt, konnte sie jeden Springer, Läufer, Turm und die Dame ins Spiel bringen. Und sie alle gegnerischen Angriffen aussetzen.

Migal beschloß, Karpow zu seinem Springer zu machen.

Hugo Hartmann war natürlich ein Bauer. Etwas anderes war er ja nie gewesen. Bauern waren entbehrlich.

Conrad Schmidt war in den New Yorker Polizeiakten eine bald vergessene statistische Zahl, die mit der Explosion nie in Verbindung gebracht wurde. Stattdessen wurde er als einer der jährlich 5000 Menschen eingereiht, die in der Stadt aus allen möglichen persönlichen Gründen plötzlich den Entschluß fassen, ein geregeltes, glückliches Leben aufzugeben und ihre Familien zu verlassen.

Seine Frau war am Boden zerstört. Es sollte ein Jahr dauern, bis sie die Tatsache akzeptierte, daß ihr Mann, von dem sie sich geliebt glaubte, nicht die Absicht hatte, zurückzukehren.

Als ein Akt der Barmherzigkeit erlaubte die Taxi-Gesellschaft seinem Sohn, den Wagen zu übernehmen.

9

Günther Geßler schätzte sich selbst als objektiven Menschen ein. Und objektiv war die einzige Schlußfolgerung, daß er und die Gruppe, für die er in Verantwortung stand, gefährdet waren. Und das wahrscheinlich schon seit seiner Fehlinterpretation des Lang-Attentats. Immer noch objektiv erkannte Geßler, daß er unterbewußt zu vermeiden versucht hatte, die tägliche Angst Realität werden zu lassen; daß die ständige Selbstermahnung, nicht in Panik zu geraten, in Wirklichkeit die Weigerung gewesen war, sich dem Offenkundigen zu stellen. Mit der Einsicht kamen die Furcht, der er noch stets hatte ausweichen können, die Benommenheit und die irrationalen Stunden, in denen er sich dauernd umschaute und in jedem Menschen, dem er begegnete, eine potentielle Gefahr sah. Die Selbstbeherrschung, auf die er so stolz war – der Mut, der ihn befähigt hatte, all die Jahre in Deutschland zu bleiben und dort erfolgreich zu leben, kehrten erst nach langer Zeit zurück. Und selbst als er glaubte, sich ihrer wieder sicher zu sein, spürte er in den ersten Tagen mehrfach, wie sie ihm wieder entglitten, und er mußte nach ihnen greifen wie nach einem spröden Blatt in stürmischem Wind.

Die Aktivität erhielt die erforderliche Stabilität aufrecht, um das seit langem festgelegte und geübte Verfahren für den einen Moment in Gang zu setzen, von dem sie gehofft hatten, daß er nie käme.

Zwanzig Menschen, für die Geßler verantwortlich war, lebten im Ausland: sieben in Spanien, sechs in Paraguay, fünf in Argentinien, Lang in Panama und Schmidt in New York. Und die achtzehn, die sich nach seiner Einschätzung möglicherweise noch in Gefahr befanden, schickte Geßler die Warnungen an dem Tag, nach dem Schmidts Antwortfrist ablief.

Sie hatten ein Sicherheitssystem, das kaum aufzudecken war. Die Warnungen wurden erst nach Paris geleitet, dann nach London und schließlich für diejenigen, die in den Spanisch sprechenden lateinamerikanischen Ländern lebten, nach Madrid. Es handelte sich natürlich nicht um eine erkennbare Warnung, sondern um eine Anfrage in einem offenbar vervielfältigten Brief; die Empfänger wurden darin um Antwort gebeten, ob sie noch Interesse an den Informationen eines Verlags in Barcelona über dessen Neuerscheinungen hätten, andernfalls würden sie aus der Bezieherliste gestrichen. Im Fall von Schmidt – der nach Geßlers Befürchtung ohnehin nicht mehr einsetzbar war – wurde die Warnung von der letzten Station in New York verschickt und bezog sich auf das Abonnement von *Sports Illustrated*.

Blieben noch acht in Deutschland, und hier waren die Benachrichtigungen noch besser abgeschirmt als bei den Auslandssendungen.

Praktisch sämtliche Nazi-Fonds sind bei den von Berufs wegen anonymen und abgeschotteten Bankunternehmen der Schweiz deponiert. Geßlers Gelder wurden durch den Schweizerischen Bankenverein geschleust, der aber nur unwissender Kanal war und nicht das Konto führte. Die eigentlichen Fonds lagen sicher auf ähnlich anonymen und nicht aufspürbaren Nummernkonten in Liechtenstein, wobei das Hauptkonto wie die Bienenkönigin in einem Stock durch sechs

Drohnen-Guthaben geschützt wurde, von denen jeweils eines einmal monatlich den Schweizer Kanal für die regelmäßigen Zahlungen speiste. Geßler setzte die Liechtensteiner Versorgungskonten nach einer Zufallsauswahl, ohne eine vorhersehbare Struktur ein und übertrug jeden Monat zwei von ihnen auf alternative Nummern. Das halbierte die Wahrscheinlichkeit dafür, daß das Versorgungskonto von der Schweiz aus entdeckt werden konnte, sollte jemand auf den Bankverein aufmerksam werden oder ihn sogar infiltrieren – was in über 35 Jahren noch nicht einmal geschehen war. Und sollte es doch einmal geschehen, dann erlosch das Konto innerhalb von zwei Monaten, eine Zeit, in der ein so auf Anonymität ausgerichtetes Bankensystem wie das liechtensteinische unmöglich zu infiltrieren war.

In den über dreißig Jahren, in denen Geßler Kunde war, hatte er Dutzende Male Mitteilungen von dem Schweizer Kreditinstitut erhalten, die es ihm ermöglichten, perfekte Fälschungen der Briefköpfe und des Briefstils anzufertigen.

Am selben Tag, als er die Warnungen an diejenigen abschickte, die er in Übersee zu schützen versuchte, schrieb Geßler an die acht Nazis, die in Deutschland geblieben waren. Die acht Briefe waren identisch: Das Konto des Empfängers wäre überzogen und der Absender würde gern möglichst bald Kontakt mit ihm aufnehmen, um mit dem Kunden eventuelle Lösungen zu diskutieren. Nur bei den Aktenzeichen in den Briefen fanden sich kleine Unterschiede. Jedes Aktenzeichen begann mit den beiden ersten Zahlen des Nummernkontos des Empfängers, um zu belegen, daß die Briefe tatsächlich von Geßler stammten, dem einzigen Mann, der über sie verfügen konnte. Diesen Zahlen folgten drei weitere – eins, drei und zwei – sowie der Buchstabe ›T‹, um den Zeitpunkt der vorgeschlagenen Begegnung festzulegen: Mittwoch – der dritte Tag – in der ersten Woche nach Erhalt des Briefs um zwei Uhr Nachmittags. Der Treffpunkt war schon vor Jahren festgelegt worden.

Die Antwortmethode war ähnlich abgeschirmt. Briefe wurden mit c/o-Vermerk an die Bank zwecks Weiterleitung nach Liechtenstein geschickt, und von dort gingen sie an Geßler. In den Schreiben wurde baldige Kontaktaufnahme zugesichert, und das Aktenzeichen war angegeben, um zu bestätigen, daß die Zeitangabe verstanden worden war.

Bis zum Montag der festgelegten Woche waren drei Antwortbriefe eingetroffen, am Dienstag kamen keine weiteren. Das bedeutete, fünf der Empfänger hatten die verabredete Alternative zu einem Treffen gewählt und sich sofort abgesetzt. Sie hatten alles Recht auf diese

Entscheidung, sinnierte Geßler bekümmert und fragte sich, ob sie Vorsorge getroffen hatten oder blind geflohen waren. Durch die Flucht schnitten sie sich von jeder weiteren finanziellen Unterstützung ab. Ein weiterer verabredeter Teil der Schutzmaßnahmen, der nun in Kraft trat, bestand darin, daß am Tag vor der Zusammenkunft das Schweizer Konto für immer aufgelöst wurde. Ein anderes würde erst dann eröffnet und aktiviert, wenn Geßler die Gewißheit hatte, daß die Gefahr vorüber war.

Hätte er wie die fünf fliehen sollen? Geßler stellte sich die Frage am Dienstag abend, vor sich einen Kristallschwenker mit Armagnac, während er die kostbaren antiken Möbel im Wohnraum seines viergeschossigen Stadthauses in der Berliner Freiheit in Bonn betrachtete. Er schien die Probleme falsch eingeschätzt zu haben, zuerst mit Lang, dann mit Reinhart und Schmidt. Und so wasserdicht die Vorsichtsmaßnahmen vor dem Treffen auch sein mochten, bestand doch immer die Möglichkeit, daß er in eine Falle hineinspazierte – er, die Kontrollperson der Gruppe, und auf ihn würden sie, wer sie auch sein mochten, warten.

Geßler seufzte und schwenkte das Glas mit kreisförmigen Bewegungen. Giselda wußte nur, daß er in der Verwaltungsabteilung der SS gewesen war, und hatte keine Ahnung, daß er drei Jahre intensiv mit dem Transportprogramm für die Konzentrationslager zu tun gehabt hatte. Ebensowenig ahnten Hans und Ilse etwas. Er war stolz auf seine Kinder und hatte stets eine direkte Antwort vermieden, wenn die unvermeidliche Frage angeschnitten worden war, und vage von einer Bürokratenrolle in der Wehrmacht gesprochen. Undenkbar, sie zu verlassen. Und ebenso undenkbar war es, sie zu bitten oder auch nur zu erwarten, daß sie mit ihm flohen, ohne jede Vorwarnung ein angenehmes, erfülltes eigenes Familienleben aufgaben. Es war so undenkbar wie vor fünfunddreißig Jahren. Damals war es richtig gewesen, nicht zu fliehen. Und jetzt würde er auch nicht davonlaufen. Nicht, bevor er nicht das volle Ausmaß der Gefahr kannte und zu dem Schluß kam, daß keine andere Alternative existierte.

Geßler blickte auf, als seine Frau das Zimmer betrat. Das Dienstmädchen folgte ihr mit dem Tablett.

»Möchtest du noch etwas?« fragte Giselda.

Geßler schüttelte den Kopf und sah zu, wie seine Frau das Personal für den Abend entließ. Sie war immer noch schön, es gab niemanden, der sie älter als fünfzig schätzte, und er wußte, daß sie häufig sogar für jünger gehalten wurde.

Er nahm den Kaffee vom Tablett und setzte sich ihr gegenüber.

»Du siehst müde aus«, sagte sie.

»Ich habe viel gearbeitet«, erwiderte er. Es behagte ihm nicht, daß ihm die Belastung anzusehen war.

»Ich weiß wirklich nicht, warum du das noch tust«, tadelte sie.

»Ich fliege morgen nach München«, sagte er unvermittelt.

»München?«

»Ja«, bestätigte Geßler.

»Warum sagst du das erst jetzt?«

»Es ist nichts Wichtiges. Ich habe keine Notwendigkeit gesehen, es vorher zu erwähnen.«

»Du arbeitest zuviel«, protestierte sie.

»Nur einen Tag«, sagte er.

»Aber es wird ein langer Tag.«

»Hunderte Male habe ich das gemacht.« Geßler freute es, daß sie sich um ihn sorgte, und er empfand tiefe Zuneigung. Was auch geschehen mochte, er könnte sie nicht verlassen.

»Wann bist du zurück?«

»Ich versuche, die frühe Abendmaschine zu bekommen, dann wird es so um acht sein.«

»Die Köchin will Schweinebraten zum Abendessen machen.«

»Großartig.«

»Welche Zeit soll ich ihr sagen?«

»Neun, falls ich mich verspäten sollte.«

Nach Giseldas Totaloperation war es zu Komplikationen gekommen, und sie schliefen nicht mehr im selben Zimmer, so daß er sie nicht störte, als er früh aufstand, um den ersten Flug nach München zu erreichen. Geßler war stets deprimiert, wenn er in die Stadt zurückkehrte, wo alles begonnen hatte. München war jetzt aufdringlich, grell und laut, Talmi statt Edelstein. Er hatte das frühere München bevorzugt, eine erregende Stadt der uniformierten Straßenmärsche und Fackelprozessionen; den unendlichen Marschsäulen voraus, die in exaktem Gleichschritt paradierten, hatten die Fahnen geweht.

Geßler verdrängte seine nostalgischen Gedanken, während das Taxi ihn zum alten, ursprünglichen Teil der Stadt brachte; vielleicht, sinnierte er, war es gar nicht so sonderbar, daß Männer seines Alters lieber ständig in der Vergangenheit lebten.

Bei keinem seiner Nachkriegsbesuche war Geßler im Hofbräuhaus gewesen. Die domgleiche Bierhalle war der absolute Ort der Erinnerungen, hier hatte der Führer tatsächlich die Partei geformt.

Zögernd ging er hinein, als wäre es das erste Mal in seinem Leben.

Unverändert, urteilte er. Nicht völlig, denn das wäre lächerlich gewesen, aber doch erkennbar als der Ort, wo er gebannt gesessen, den Zukunftsversprechungen des Parteiwerbers zugehört und sich als Teil von etwas Neuem, Starken und Erregenden gefühlt hatte. An den Souvenirständen im Eingangsbereich registrierte er mißbilligend den billigen Tand, der dort angeboten wurde, und betrat dann den riesigen Saal. Die Bühne war so, wie er sie in Erinnerung hatte. Ebenso die Einrichtung, die vielen Reihen von Bänken und Tischen. Es wäre interessant, abends zu kommen und die Lieder zu hören, die heutzutage gesungen wurden. Er korrigierte sich: Nein, es wäre nicht interessant. Es wären nicht die gleichen Lieder. Und auch nicht die Kameradschaft von damals. Nur die Hülle blieb, sonst nichts.

Am verabredeten Tisch waren einige Plätze besetzt, und er setzte sich möglichst weit weg ans andere Ende. Nur drei, ging ihm durch den Sinn. Wer würden sie sein? Würde er sie nach so langer Zeit noch erkennen? Vielleicht hatten sie sich chirurgisch verändern lassen. Er selbst hatte das nie nötig gehabt, weil er einer der Gesichtslosen gewesen war.

Andere waren das nicht gewesen, andere, für die er der Zahlmeister geblieben war und deren Aktivitäten er kannte; Aktivitäten, die ihren Namen und ihr Foto auf jedes Plakat bringen konnten, das die verdammten Juden jemals gedruckt hatten.

Geßler bestellte einen klaren Schnaps statt einer Maß Bier und sah sich um. Viele Touristen hatten sich schon eingefunden, reichlich ausgestattet mit Kameras, Karten und Stadtführern, gaffend und fotografierend. Sie alle taten so, als könnten sie sich ausmalen, wie es damals gewesen war. Keiner konnte sich vorstellen, wie es gewesen war, keiner, der nicht dabei gewesen war und es erlebt hatte. Plötzliche Wut erfaßte Geßler. Es war eine Schande, diesen Ort zu einer Vergnügungsstätte verkommen zu lassen. Er hätte als das bewahrt werden müssen, was er war: ein Gedenkplatz der deutschen Geschichte, einer Geschichte, auf die das Land stolz sein sollte.

Geßler fuhr zusammen, als ein Mann ihm gegenüber auftauchte, und nickte zustimmend auf die höfliche Frage, ob der Platz noch frei sei. Ein Fremder, entschied er spontan. Verdammt! Sie könnten sich, sobald sie sich identifiziert hatten, nicht unterhalten, wenn jemand neben ihnen saß. Der Mann sah sich neugierig um und bestellte dann eine Maß Bier. Ein verdammter Tourist wie alle anderen auch.

»Für die Jahreszeit ist das Klima in Bayern mild«, sagte der Mann.

Jetzt war Geßler ganz angespannt. Das Ritual mußte mit einer unschuldigen Bemerkung über das Wetter beginnen, auf die er in der vorgeschriebenen Weise antworten mußte. »Ich habe es schon milder erlebt«, sagte er und legte eine kurze Pause ein, bevor er die erforderlichen Worte anfügte: »Allerdings nicht sehr häufig.«

»Ich war noch nicht sehr oft hier«, sagte der Mann.

Der genau festgelegte Dialog war für jeden zufälligen Zuhörer nur eine belanglose Unterhaltung, aber nicht für die Beteiligten. Wer war er? fragte Geßler sich und blickte in das ihm unbekannte Gesicht. »Ich auch nicht«, sagte Geßler. »Höchstens ein- oder zweimal. Und Sie?«

»Sieben oder acht«, erwiderte der Mann.

Schröder! Sieben-acht waren die beiden letzten Zahlen des Nummernkontos von Otto Schröder, zu dem außer dem Mann selbst nur Geßler Zugang hatte.

»Hallo, Otto«, sagte er.

»Du hast dich nicht verändert, Günther«, entgegnete der Mann. »Immer noch so dick. Und wohlhabend siehst du aus.«

»Aber du hast dich verändert«, sagte Geßler. Er empfand es seltsam unwirklich, Schröder nach so langer Zeit wiederzutreffen. Früher einmal waren sie eng befreundet gewesen, hatten zusammen mit ihren Frauen gemeinsame Wochenenden in den Bergen verbracht.

Instinktiv führte sein Gegenüber die Hand zum Gesicht. »Ich habe es für klüger gehalten«, sagte er.

»War es wohl auch«, urteilte Geßler. Schröder war Leutnant in der Transportdivision gewesen, zuerst Polen, dann Ungarn, und er hatte die ungarischen Pfeilkreuzler-Faschisten 1944 in Budapest angeleitet, als Adolf Eichmann versuchte, die Stadt vor dem Einrücken der Russen von Juden zu säubern. Es gab sicher viele Überlebende, die wußten, wie Otto Schröder aussah. Es war sehr mutig von ihm gewesen, zu bleiben.

»Wie geht es Giselda?« fragte Schröder.

»Sehr gut«, antwortete Geßler. »Und Emmi?«

»Probleme mit der Arthritis, aber nicht allzu schlimm.« Die Kellnerin kam, und Schröder bestellte ein zweites Bier. »Ich bin also der erste«, sagte er.

»Wir werden nur vier sein.«

Die chirurgische Behandlung hatte Schröders Gesicht anscheinend starr werden lassen, was es dem Mann leicht machte, ausdruckslos zu bleiben. »Weißt du, worum es geht? Was ist passiert?«

Bevor Geßler antworten konnte, tauchte eine weitere Gestalt am Tisch auf. Diesmal erkannte Geßler trotz der Jahre Rudi Becher auf Anhieb. Der Mann war in derselben Abteilung gewesen, zum Schluß als Major, Verbindungsoffizier zu Eichmanns Sonderdivision. Becher schien sich bemerkenswert wenig verändert zu haben. Die Schultern gebeugt, war er immer noch groß und dünn, beinahe kadaverhaft. Wie Geßler erkannte er Schröder nicht und spulte pflichtgemäß die Erkennungsprozedur durch. Sie hätten es so oder so getan: Die Regeln waren festgelegt, und sie wurden in jedem Fall befolgt. Geßler klärte den dritten Mann über Schröders Identität auf, als Martin Luntz eintraf. Er war der Letztverantwortliche für die zeitliche Abwicklung der Transporte gewesen, und wie stets kam er auch jetzt mit präziser Pünktlichkeit. Es war zwei Uhr. Luntz hatte sich nur einer teilweisen plastischen Operation unterzogen, und Geßler glaubte, ihn ohnehin erkannt zu haben. Dennoch wiederholten sie das Ritual.

Jetzt, da sie schließlich alle versammelt waren, schien sich eine sonderbare Verlegenheit zwischen ihnen aufzutun – wie bei einem Klassentreffen von Erwachsenen, die sich voneinander entfremdet und nichts mehr miteinander gemein hatten. Die Zurückhaltung blieb, bis sie alle bedient worden waren. Impulsiv lehnte Geßler sich über den Tisch und schüttelte jedem einzelnen die Hand, konnte die Scheu aber kaum abbauen.

»Mehr kommen nicht?« fragte Luntz.

»Nein«, sagte Geßler.

»So schlimm steht es also«, sagte Becher. Er blickte durch den geräumigen Bierkeller, als erwarte er eine unmittelbare Bedrohung.

»Ich weiß nicht, wie schlimm es steht«, gestand Geßler. In anwaltlicher Präzision erstattete er einen knappen, exakten Bericht über die jüngsten Ereignisse und begründete zugleich, warum er es für notwendig erachtet hatte, die Warnungen zu verschicken.

»Es muß eine Verbindung geben«, stimmte Becher zu.

»Wie konnten sie überhaupt Lang erwischen?« erkundigte sich Schröder.

»Wie haben sie andere von uns über die Jahre gefunden?« warf Luntz ein.

»Was geschehen ist, ist geschehen«, sagte Geßler mit gewohnter Objektivität. »Wir müssen im voraus planen, nicht zurückschauen.« Zuerst drehte er sich zu Schröder, dann zu den beiden anderen. »Wir sind ihnen noch immer voraus. Wir können überleben, wenn wir ruhig bleiben. Wenn wir nachdenken und planen.«

»Woher nimmst du die Sicherheit?« wollte Schröder wissen. Durch die Operation erschien er jünger, als er in Wirklichkeit sein mußte.

»Die Erkennung«, antwortete Geßler. »Ich bin der einzige, der alle Kontonummern kannte – der einzige, der die Erkennung durchführen konnte.«

»Wenn sie Schmidt in die Mangel genommen haben, hat er ihnen womöglich alles bis auf die Nummern erzählt«, wandte Schröder ein. Jetzt war er es, der sich umdrehte. »Um Gottes willen, wir könnten hier sitzen und von hundert Leuten umzingelt sein.«

Geßler schüttelte den Kopf. »Das Hofbräuhaus war für Männer wie uns, für die, die geblieben sind. Wer geflohen ist – wie Lang und Schmidt –, hatte nie einen Hinweis auf einen Treffpunkt.«

Luntz und Becher entspannten sich merklich, aber Schröder fragte weiter. »Wie viele sind den geblieben?«

»Neun, mich eingeschlossen.«

»Was ist, wenn die Verbindung nicht von Schmidt über Reinhart zu Lang führt?« äußerte Schröder einen weiteren Zweifel. »Was ist, wenn das alles von einem der fünf ausging, die heute nicht hier sind?«

»Du denkst abwegig«, sagte Geßler geduldig. »Wenn sie bei einem derjenigen begonnen hätten, die hier in Deutschland geblieben sind, dann hätten die Angriffe auch hier stattgefunden. Nur ich kannte Aufenthaltsorte und Identität derer, die ins Ausland gegangen sind.« Geßler betrachtete die unsicheren Gesichter eins nach dem anderen. »Oder?« fragte er. »Wer von euch weiß ein Land oder eine Stadt in einem Land, wohin unsere Kollegen sich zurückgezogen haben?«

Luntz brachte ein erleichtertes Lächeln zustande. Becher sagte: »Also sind wir sicher.«

»Glaubte ich, wir seien sicher, hätte ich die Warnung nicht abgeschickt«, widersprach Geßler.

»Was willst du uns denn nun sagen?« hakte Schröder ein. Er sprach lauter, als er beabsichtigt hatte und setzte seinen Bierkrug heftig auf die Tischplatte. Die Gruppe am anderen Ende sah sich neugierig zu ihnen um, und ein Mädchen lachte.

»Ich meine«, entgegnete Geßler gemessen, »daß wir nicht in Panik geraten sollten.« Er legte eine kurze Pause ein. »Oder Lärm machen, der die Aufmerksamkeit anderer auf uns lenkt.«

»Tut mir leid«, murmelte Schröder.

Die Erkenntnis, daß er diese Männer immer noch führte, gab Geßler ein Gefühl der Macht. Alle drei blickten auf ihn, suchten bei ihm Sicherheit. Es war an der Zeit, Führung zu übernehmen, genau wie der Führer es an eben diesem Ort getan hatte. Der Gedanke bereitete ihm sofort Unbehagen; es war wirklich anmaßend, sich auch nur in Gedanken mit jemandem zu vergleichen, der so hoch überlegen war.

»Ich habe jeden einzelnen von euch über drei Jahrzehnte beschützt«, erinnerte er die anderen Männer. »Das Risiko dieser

Zusammenkunft liegt mehr bei mir, dem Koordinator, als bei euch. Was auch in New York geschehen ist, es kann nicht automatisch zu uns führen. Aber wir müssen die Möglichkeit in Betracht ziehen, daß es geschehen ist, und zwar aus einem Grund, den wir nicht einschätzen können. Aber mehr ist es zu diesem Zeitpunkt nicht: eine Möglichkeit. Eine Möglichkeit, die wir akzeptieren und der wir uns stellen müssen.«

»Ich glaube, du hast übertrieben«, klagte Luntz nörglerisch. »Herrgott, Mann, ich war nahe daran, mich abzusetzen! Ich habe es sogar noch erwogen, nachdem ich heute nach München kam. Jetzt klingt es so, als gebe es keinen Grund zur Sorge.«

»Dann hast du es mißverstanden«, sagte Geßler.

»Es war richtig, daß du das Treffen einberufen hast«, sagte Becher ruhig. »Es könnte gefährlich sein, und wir müssen uns darauf vorbreiten.«

Luntz schnaubte. »Was können wir denn tun?« empörte er sich. »Seht euch doch an: alte Männer, jeder einzelne von uns. Wie können wir denn kämpfen? Und womit?«

»Uns steht Geld zur Verfügung«, sagte Geßler. »Sehr viel Geld.«

»Nicht nötig«, sagte Schröder bestimmt.

Zum ersten Mal seit Beginn des Treffens spürte Geßler, wie ihm die Kontrolle entglitt. Er trank seinen Schnaps, weil er wollte, daß die Frage von einem der beiden anderen kam. Schließlich war es Becher, der sie stellte.

»Es hat 1945 nicht geendet«, erklärte Schröder. »Es gibt noch immer Menschen, die die alten Ideen hochhalten – die wahren Ideen.«

»Wer?« wollte Becher wissen.

»Mein Sohn«, erwiderte Schröder. »Ein Sohn, den ich gradlinig erzogen habe. Und viele seiner Freunde empfinden wie er.«

Geßler wußte natürlich von der Existenz der Neonazi-Organisationen, hatte aber eine Verbindung zu ihnen niemals riskiert.

»Genug, um Gewalt mit Gewalt zu begegnen?« fragte Becher hoffnungsvoll.

»Genug«, versicherte Schröder. »Trainiert und in Wartestellung. Sie warten schon lange.

Geßler winkte nach neuen Getränken – um zu feiern. »Wir werden täglich in Kontakt treten müssen«, sagte er. »Wir alle wissen um die Wichtigkeit von Planung. Wenn ein Angriff erfolgt, will ich bereit sein, ihm zu begegnen. Bereit, den Hunden eine Lektion zu erteilen, wie wir es seit 1945 nicht mehr konnten.

Weil er über einen verschlungenen, unaufspürbaren Weg kam,

brauchte der Brief aus Moskau vier Wochen, bis er Karpow erreichte. Aber er war datiert, so daß der Russe wußte, daß Irena ihn innerhalb einer Woche nach seinem letzten Besuch geschrieben hatte, bei dem sie so schlimm wie nie gestritten hatten. So erregt Irena auch gewesen war, hatte sie die Vorschriften aber nicht vergessen, die solche persönlichen Anfragen regulierten. Karpow seufzte. Seine gesamte Korrespondenz wurde kontrolliert und zensiert, also würden sie bereits wissen, daß sie ihn zur Rückkehr aufforderte. Karpow wußte, er könnte sich weigern; Migal und die anderen am Dsershinskiplatz würden das von ihm erwarten. Zur Hölle mit ihnen, dachte er. Die Halunken waren für das Scheitern seiner Ehe verantwortlich, sollten sie eben Unannehmlichkeiten haben! Und welche Unannehmlichkeiten konnte es schon geben? Es lief keine aktuelle Operation, für die er verantwortlich war.

Trotzdem überraschte es Karpow, wie rasch Migal seinem Gesuch zustimmte.

10

In ihrem Enthusiasmus hatten sie die Demonstration im Fünfseenland inszenieren wollen, aber Geßler, dem die anderen automatisch die Führung überließen, entschied, daß es zu nahe bei München war und die Möglichkeit bestand, daß sie von Touristen gesehen wurden. Stattdessen wählte er eine Alpengegend, die mit dem Wagen von München aus zwar bequem zu erreichen war, aber ein weites, fast menschenleeres Gelände bot. Es war eine Woche nach dem Treffen im Hofbräuhaus. Sie reisten einzeln, und Geßler steuerte den Leihwagen behutsam durch Oberammergau und dann weiter nach Garmisch-Partenkirchen. Wie schön es hier doch war, sinnierte er. Noch eine Weihestätte, ging ihm durch den Kopf, als er das Schild nach Berchtesgaden sah. Er war natürlich nie dort gewesen, wenn der Führer dort weilte, aber er hatte Leute gekannt, die dieses Glück hatten. Es war eine Festung gewesen, gewiß, aber alle Geschichten über exzessiven Luxus waren Lügen. Das Leben dort war einfach gewesen. Einige wenige enge Freunde, die Hunde, die er liebte, ein paar Filme zur Unterhaltung. Es wäre großartig gewesen, hätte er dort teilhaben können, sinnierte Geßler. Aus eigener Anschauung zu wissen, wie es wirklich war.

Es war später Nachmittag, als Geßler in dem Ort eintraf und das Gasthaus ausfindig machte, in dem er mit den anderen verabredet war. Luntz und Becher waren bereits dort, und nach zwanzig Minuten stieß Schröder dazu. Geßler wählte eine Nische mit Blick über den Ort und das Kloster mit den Zwillingstürmen. Ihm fiel Schröders gerötetes Gesicht auf.

»Sie sind alle hier«, sagte Schröder. »Sie sind sehr aufgeregt.«

Ebenso wie Schröder selbst, dachte Geßler. »Wie viele?« fragte er.

»Dreißig«, antwortete Schröder.

»Dreißig!« wiederholte Becher. »In München hast du gesagt, es wären genug, um Gewalt mit Gewalt zu begegnen.«

»Was ihnen an Zahl fehlt, machen sie durch Hingabe und Training wett«, versicherte Schröder. »Ich habe sie üben sehen. Sie sind gut.«

»Das wird auch nötig sein«, sagte Becher, der nicht überzeugt schien.

Geßler empfand vages Unbehagen, weil er den anderen drei die Korrespondenz von Lang einschließlich des Erpressungsmaterials vorenthielt; außerdem wurde in den Unterlagen Iwan Migal als ein Mann identifiziert, den man um Hilfe angehen könnte. Es war keine bewußte Täuschung seinerseits, sagte er sich. Den Russen hatte er als allerletzten Rettungsanker betrachtet, nach dem er nur in höchster Verzweiflung greifen würde, um zu verhindern, was er auf keinen Fall wollte: die Flucht. Wenn es so weit käme, dann würde er den anderen den Fluchtweg natürlich offenbaren. Das war seine Pflicht, und seine Pflicht hatte er stets erfüllt. Er betrachtete die Runde um den Tisch und fragte sich im stillen, was er diesen Leuten noch schuldete, nachdem er sich so viele Jahre um ihre finanzielle Sicherheit gekümmert hatte. War es nicht so, daß sie ihm etwas schuldeten?

»Vielleicht ist es gar nicht notwendig«, erinnerte Luntz. »Seit einiger Zeit ist es doch ruhig.«

»Gegen Reinhart und Schmidt sind sie auch nicht direkt nach Langs Tod vorgegangen«, entgegnete Becher realistisch.

Sie aßen früh, weil sie am nächsten Tag noch ein Stück Weg vor sich hatten. Ihre Unterhaltung war gestelzt. Nach der Demonstration am folgenden Tag hatten Becher und Luntz vor, nach Kehlstein weiterzufahren und den Adlerhorst zu besuchen, aber Geßler schlug ihre Einladung, sie zu begleiten, aus. Das Hofbräuhaus war eine obszöne Travestie gewesen, eine billige Schau für gaffende Touristen, und Kehlstein würde wohl noch schlimmer sein. Besser, es blieb in seiner Erinnerung erhalten, als daß er Zeuge der Zerrkarikatur würde, die man zweifellos daraus gemacht hatte.

Um sechs Uhr morgens brachen sie auf. Von Schröder wußten sie, daß sein Sohn und dessen Kameraden in der letzten Nacht vorausgereist waren, um ihr Lager aufzuschlagen und eine Stelle ausfindig zu machen, wo sie unbeobachtet waren. Nebel hüllte die Roßfeld-Höhenringstraße ein, und nachdem sie Berchtesgaden hinter sich gelassen hatten, wurde der Schnee auf den hohen Gipfeln sichtbar, zuerst nur in Vertiefungen und Spalten, doch dann in immer längeren und breiteren Streifen.

Der verabredete Haltepunkt lag dreihundert Kilometer hinter der Mautstation. Als sie sich näherten, sah Geßler, daß er zu einem Rastplatz gehörte, wo die Wagen unauffällig geparkt werden konnten.

Schröder übernahm die Führung. Erst schien es so, als wollte er den Berg auf direktem Weg ersteigen, doch dann nahm er glücklicherweise Hangwege, die weniger beschwerlich waren. Geßler war sich seines Alters bewußt, die Höhe und die Anstrengung schnürten ihm die Brust zu. An ihren keuchenden Atemzügen und der Unstetigkeit ihrer Schritte erkannte Geßler, daß die Männer vor ihm ebenso sehr litten wie er.

Die erste Demonstration war beeindruckend.

Sie waren alte Männer, körperlich untrainiert und bereits erschöpft, doch hätte Geßler gehofft, einer von ihnen hätte einen Hinweis auf den Hinterhalt bemerkt. Aber es gab keinen. In der einen Sekunde mühte sich die Gruppe über den Pfad, in der nächsten waren sie von einem sechsköpfigen Trupp umgeben, der zwischen den Bäumen zu materialisieren schien. Die jungen Männer trugen Gefechtsanzüge. Tarnnetze, Helme und Gewehre schienen aus Militärbeständen zu stammen. Schröder, der immer noch vorn war, drehte sich um und lächelte stolz.

Der Trupp formte sich zu einer Eskorte und führte die vier älteren Männer von dem erkennbaren Pfad weg tief in die angrenzenden Fichtenwälder hinein. Es war offensichtlich, daß sie aus Rücksicht langsamer marschierten, als sie es normalerweise getan hätten. Es dauerte fünfzehn Minuten, bis sie auf eine Lichtung gelangten. Auch hier registrierte Geßler anerkennend die Geschicklichkeit, mit der die anderen sich versteckt hatten. Eine gewisse Scheu war den jungen Männern anzusehen, die sich jetzt in Reih und Glied vor ihnen formierten. Sie entsprang offenbar der Bewunderung für Männer, die an der Ära teilgehabt hatten, die sie fast ehrfürchtig betrachteten.

»Mein Sohn Kurt«, sagte Schröder.

Ein sehniger, blonder Mann trat mit steifen Schritten vor und verharrte in militärischer Grundstellung. Geßler war sich unsicher. Erwarteten sie von ihm, daß er salutierte oder Schröders Sohn die Hand schüttelte. Er tat keins von beiden, sondern grüßte mit einem knappen Kopfnicken. Der junge Mann wiederholte die Kopfbewegung und trat wieder in die Reihe seiner Leute zurück.

Das Kommando kam scharf und so unerwartet, daß Luntz neben Geßler zusammenfuhr. Die Männer teilten sich in zwei Gruppen und legten unterschiedliche Armbinden in Rot und Blau an. Dann tauchten die Gruppen auf entgegengesetzten Seiten der Lichtung in den Wald ein.

»Kommt«, sagte Schröder. Die Einladung zur Manöverbeobachtung.

Geßler hatte mit einer abgetrennten Lichtung gerechnet, aber nach fünfundzwanzig Metern durch den dichten Wald erreichten sie eine weit größere freie Fläche, vor deren anderem Ende das Gerippe einer zerfallenen ehemaligen Forsthütte stand. Es war äußerst still und friedlich, wenn man vom gelegentlichen Zwitschern eines Bergvogels absah.

Als Schröder plötzlich eine Trillerpfeife an die Lippen setzte und ein schrilles Signal ertönen ließ, bestätigte er Geßlers Überzeugung, daß er diese Freiluftschau inszeniert hatte.

Augenblicklich war die scheinbar verlassene Hütte belebt. Die Gruppe, die die roten Armbinden angelegt hatte, hob sich aus den Verstecken in ihr und um sie herum. So schnell die Männer aufgetaucht waren, verschwanden sie auch wieder, und Geßler wurde klar, daß dies das Manöver war, in das sie ihren größten Stolz legten: ihre Fähigkeit, sich unentdeckbar in die Landschaft einzupassen.

»Kommt«, sagte Schröder erneut und führte sie weiter den Hang hinauf, bis sie vor einem zweiten Bau standen. Geßler betrachtete die Konstruktion neugierig. Sie ähnelte einem Vogelhorst, ein Bau aus halb gespaltenen Stämmen und Ästen, die zu einer Barriere zusammengefügt waren, hinter der man sich verbergen und die Aktivitäten auf der tieferliegenden Lichtung beobachten konnte.

Der Angriff kam so schnell wie alles andere, und wieder war es der nervöse Luntz, der bei dem plötzlichen Lärm zusammenschreckte. Geßler erkannte die geschickte Taktik: zwei scheinbare Finten durch kleinste Gruppen mit größter Feuerkraft, während der wirkliche Angriff offenbar von der dritten Seite kam. Und das entpuppte sich als die eigentliche Finte, als sich die Verteidiger dieser Seite zuwandten und ihren Rücken dem anfänglichen Angriff entblößten. Gegen Ende, als zwei verirrte Kugeln ihren Horst trafen, rief Becher: »Herrgott, sie verwenden echte Munition!«

In der letzten Phase kam es zu Gefechten Mann gegen Mann, und auch jetzt gab es keinerlei Zurückhaltung, so entschlossen waren die

Kämpfer, die Beobachter am Hang zu beeindrucken. Geßler sah Blut aus der Schulter eines Manns spritzen, der einem Messerstoß nicht behende genug auswich, und überall unter ihm engagierten sich die Männer in verbissenem Nahkampf.

Das Kriegsspiel erstreckte sich über dreißig Minuten. Dann trat Schröder aus dem Horst heraus und beendete es mit einem weiteren Signal seiner Trillerpfeife. Die Präzision war aus den Männern gewichen, als Geßler jetzt hinabstieg. Entweder hockten sie mit gebeugten Schultern an der Stelle, wo sie gekämpft hatten, als Schröders Schlußsignal ertönte, oder sie waren auf den Boden gesunken und rangen keuchend um Atem.

Als er sah, wie nahe die vier Beobachter schon waren, stieß Kurt Schröder einen unhörbaren Befehl aus, und die Männer stellten sich wieder in Formation auf. Sie hatten sich bemerkenswert schnell erholt. Als er vor ihnen stand, sah Geßler, daß der Mann mit der Schulterwunde den Blutfluß mit Verbandsstoff stoppte; ein zweiter hielt sich den augenscheinlich gebrochenen Arm. Die meisten hatten Gesichtsverletzungen, einige bluteten, aber erstaunlicherweise schien keiner von den echten Kugeln getroffen worden zu sein.

Wieder trat Kurt Schröder vor. Trotz seiner Erschöpfung machte er einen noch strafferen Eindruck als vorher. Plötzlich ging Geßler auf, welche Reaktion von im erwartet wurde. Er riß den Arm hoch und sagte: »Sieg Heil!«

Schröders Sohn hielt sich unter Kontrolle und erwiderte den Gruß mit einem »Sieg Heil!«-Echo, aber die Männer hinter ihm entspannten sich merklich angesichts der offensichtlichen Anerkennung. Nach einem Moment des Zögerns streckte Geßler die Hand aus und sagte: »Gut gemacht! Sehr gut!«

»Ich danke Ihnen«, erwiderte Kurt Schröder.

Er trat zurück und schrie einen Befehl. Die Gruppe löste sich auf und tauchte wieder in den Wald.

»Ich habe euch ja gesagt, daß sie gut sind«, sagte Schröder stolz.

»Sie waren großartig«, pflichtete Luntz ihm bei.

»Seit Jahren habe ich so etwas Beeindruckendes nicht mehr gesehen«, lobte auch Becher.

Schröder, der auf eine einmütige Meinungsäußerung aus war, blickte Geßler an.

»Sehr gut«, sagte Geßler. Spielereien, dachte er. Spielchen von Erwachsenen mit echten Kugeln, echten Messern und echten Fausthieben, aber nur geprobte Spielchen; Männer, die sich in Gruppen als Verteidiger und Angreifer aufteilten und sich mit einem Bändchen am

Arm kenntlich machten. In der Realität war es anders. Er lebte nicht in einer Forsthütte, wo die Kleidung seiner Beschützer unsichtbar mit den Bäumen verschmolz. Er lebte mitten in einer Großstadt, wo man wirklich wissen mußte, wie man sich versteckte, und wo die Angreifer, falls sie kamen, keine bunten Armbinden trugen, um sich zu identifizieren, bevor sie zuschlugen. Mein Gott, dachte er, ich hoffe, ich muß nicht an die Russen herantreten.

Die Strecke durch den mordawischen Gefängniskomplex von Potma bis hinauf nach Baraschewo ist auf keiner sowjetischen Eisenbahnkarte verzeichnet, weil sie die Arbeitslager bedient und gänzlich vom KGB kontrolliert wird. Die Lager folgen der Strecke wie ein Fries: Lager, dann Friedhof; Friedhof, dann Lager. Gusadarow sah sich selbst als Pendler auf dieser Strecke und drängte sich nicht wie die übrigen Häftlinge an die Lattenverschläge des Viehwaggons. Ihn interessierte die Aussicht nicht. Als der Zug hielt, blieb er der Tür fern, um den Knüffen und Schlägen der Wachen bei Beginn des Ausstiegs zu entgehen, und reihte sich dann unter den anderen Häftlingen ein. Die Aufstellung wurde streng geordnet, und Gusadarow schob sich geschickt in die Mitte zu den am wenigsten exponierten Plätzen der Gruppe.

»Gusadarow!«

Ängstlich fuhr er zusammen. Er hatte sich an den Schutz gewöhnt, der ihm daraus entstand, daß er als Irrsinniger galt, als jemand, dem man besser aus dem Weg ging. Er trat vor, den Kopf gesenkt, aber seine Augen versuchten die Gefahr zu entdecken, die in der Gruppe vor ihm steckte.

Es waren fünf Männer, zwei davon im Rang eines Oberst. Ein Wächter näherte sich ihm rasch und zwang sein Kinn nach oben. Einen Moment war er verwirrt, doch dann sah er, daß es nur geschah, um den Vergleich mit dem Foto zu ermöglichen, das einer der beiden höheren Offiziere in der Hand hielt.

»Ja«, sagte der Oberst jetzt. »Er ist es.«

»Man sollte ihn ärztlich untersuchen«, schlug der andere Oberst vor.

»Ja«, pflichtete der erste bei.

11

Karpow starrte durch die Wagenfenster auf die gewaltige Festung des Kreml. Die roten Glassterne auf den Türmen kamen ihm kümmerlich vor, ein untaugliches Bemühen um Fröhlichkeit in einem Land, in dem niemand fröhlich war. Das Fahrzeug passierte den Roten Platz mit seinen mechanisch paradierenden Soldaten und dann die geduldige Menschenschlange vor Lenins Mausoleum. An der Ecke des Alexander-Garten sah Karpow die erste Wodkabude mit dem obligatorischen Haufen von Trunkenbolden davor, die versuchten, genügend Kopeken für den ersten gemeinsamen Schluck des Tages zusammenzuscharren. Ein Verkehrsstau zwang seinen Wagen wenige Meter entfernt zum Halt. Die Trinker, in Lumpen gehüllt, unrasiert und mit verfilztem Haar, sahen sich mit öden Blicken um. Eine geordnete Existenz der Verzweiflung, dachte Karpow: tagsüber an den Wodkabuden und nachts in den Ausnüchterungsstationen, zu denen sie von Sammelwagen geschafft wurden, damit sie bei den Frosttemperaturen nicht auf dem Bürgersteig erfroren. Arme Hunde, dachte er; arme, elende Hunde. Aus einem Impuls drehte er die Scheibe hinunter und warf ihnen ein paar Rubel zu. Nach einem Moment überraschter Lähmung stürzten sie sich auf das Geld. Jeder wollte wie mit Zähnen und Klauen seinen Anteil erobern. Als der Wagen wieder anfuhr, gierten sie noch immer nach den Münzen; zwei rangen auf dem Boden miteinander.

Der Wagen bog in die Razina ulica, und Karpow fragte sich, wieso der Fahrer die Wohnung auf solchen Umwegen angesteuert haben mochte. Vielleicht wollte der Mann ihn an die Größe Rußlands erinnern.

Das Treffen und auch der Zeitpunkt war in den Botschaften von und nach Wien vereinbart worden, dennoch war Karpow überrascht, daß Irena in der Wohnung auf ihn wartete. Sie hatte zur Begrüßung sogar einen Tisch mit Wodka, Rotwein und etwas Fisch vorbereitet.

»Hallo«, sagte Karpow. Verlegenheit war ihm ein Fremdwort, doch schien es seine momentane Empfindung zu beschreiben. Sie trug ein offenbar neues Kleid, und ihr Haar war streng geordnet, so als versuchte sie, ihn zu beeindrucken. Unbewußt verglich er sie plötzlich mit Rebecca. Irena wirkte schäbig und tölpelhaft, dachte er. Aber schließlich hatte Rebecca nach so langer Zeit in Wien mehr Geld und mehr Lebensart erworben. Karpow war überrascht, daß er unter solchen Umständen an sie dachte.

»Danke, daß du gekommen bist«, sagte sie. »Hätte ich es nicht für wichtig gehalten, hätte ich dich nicht darum gebeten.«

»Ich weiß«, erwiderte er. Er empfand großes Mitgefühl für sie.

Sie merkte, daß er immer noch im Mantel war, und beeilte sich, ihm das Kleidungsstück abzunehmen. Keinem von beiden kam der Gedanke, einander zu umarmen. Behutsam hob sie den Mantel auf einen Bügel und hängte ihn hinter die Tür, durch die er eingetreten war.

»Ich habe etwas zu essen vorbereitet«, sagte Irena, die ebenso verlegen schien wie er. »Ich dachte, nach der Reise hast du Hunger.«

Es traf zwar nicht zu, doch Karpow sagte: »Danke. Das wäre jetzt sehr angenehm.«

Er lud eine minimale Menge Fisch auf seinen Teller und nickte in Richtung der Wodkaflasche, da er dem Wein nicht traute; russischen Wein verglich er immer mit Katzenpisse. Sie goß sich ebenfalls ein Glas ein, was Karpow ein Stirnrunzeln entlockte. Sie trank doch nicht? Aber wie sollte er das nach so langer Zeit wissen? Karpow glaubte den Grund zu kennen, warum sie nicht bereits einen Streit anzettelte, und beschloß, ihr zu helfen. In der Vergangenheit hatte er ihr nie viel geholfen.

»Ich hätte dich nicht gebeten zu kommen, wenn es nicht wichtig wäre«, wiederholte sie. Ihn anzublicken, schien ihr schwerzufallen.

»Das war kein Problem«, versicherte Karpow ihr. Migals prompte Einwilligung war für ihn immer noch überraschend.

»Ich habe deinen Beruf immer sehr sorgfältig beachtet. Ich weiß, wieviel er dir bedeutet.«

Er war von überstiegenem Ehrgeiz gewesen, gestand Karpow sich ein, und hatte damit auch Schaden angerichtet. »Dafür war ich dir immer dankbar«, sagte er in dem Versuch, es einfacher zu machen. Ihr Glas war schon halbleer.

»Du bist jetzt seit fünfzehn Jahren fort«, sagte sie. »Fast sechzehn. Ich glaube, in der ganzen Zeit haben wir insgesamt nicht mehr als vier oder fünf Monate gemeinsam verbracht.«

»Ich weiß, es war kein schönes Leben für dich«, gab Karpow zu. »Es tut mir leid.«

»Eine richtige Ehe ist das nicht?« meinte sie fragend und gab sich selbst die Antwort: »Ganz und gar nicht.«

»Nein«, gab er zu.

»Ich habe es lange Zeit durchgestanden, weil ich deine Arbeit für wichtig hielt . . . und weil ich es für richtig hielt, daß ich an zweiter Stelle kam.«

»Liebst du ihn sehr?« fragte Karpow.

Ihr Kopf fuhr hoch, und Karpow sah, daß sie rot wurde. Sie war schon immer leicht rot geworden, seit er sie als achtzehnjähriges Mädchen kennengelernt hatte. Das lag lange zurück. Er empfand große Zuneigung für die Frau. Keine Liebe – vermutlich hatte er niemals Liebe empfunden, denn er wußte gar nicht recht, was das war –, aber ein Gefühl wie für einen guten Freund, einen Freund, der immer hilfsbereit war. Es war mehr als schade, daß es am Ende soviel Feindseligkeiten gegeben hatte.

»Er ist Arzt, im Krankenhaus«, sagte Irena. »Ja, und ich glaube, ich liebe ihn sehr.«

»Die Scheidung wird kein Problem sein«, versprach Karpow. »Ich kann dafür sorgen, daß sie sogar schneller als normal vollzogen wird.«

Es zuckte in Irenas Gesicht, und einen Moment glaubte Karpow, sie würde weinen. Sie überspielte ihre Reaktion, indem sie ihr Glas nachfüllte. »Ich wußte nicht, was ich zu erwarten hatte, aber nach so viel Streitigkeiten hätte ich nicht gedacht, daß es so abläuft. Danke.«

»Ist er verheiratet?«

Sie schüttelte den Kopf. »Wir wollen versuchen, Kinder zu bekommen. Ich hätte sehr gern ein Baby.«

Karpow warf einen Blick durch die Wohnung, der ihr nicht entging.

»Das spielt keine Rolle«, sagte sie. »Ich weiß, ich muß das hier aufgeben. Aber er ist Facharzt und hat eine Wohnung für sich. Es ist nicht so nett wie hier, aber es reicht.«

Armer Liebling, dachte Karpow. »Das ist gut«, sagte er laut.

Unvermutet stand Irena auf, kam zu ihm, küßte ihn zuerst auf die Wange und dann auf die Lippen. »Ich liebe dich«, sagte sie und machte zugleich eine abwinkende Handbewegung, als sei sie ärgerlich über sich selbst. »Nicht *Liebe,* nicht auf diese Weise«, fuhr sie fort. »Liebe wie bei guten Freunden. Es tut mir leid, daß wir so oft gestritten haben. Es war wohl meine Schuld. Mein Fehler.«

»Ich liebe dich auch«, sagte Karpow. Er war froh, daß sie nun doch noch Freunde sein würden. Eigentlich war es das, was er wirklich gewollt hatte.

»Es wäre wohl nicht richtig, dich zur Hochzeit einzuladen, nehme ich an.«

»Wahrscheinlich könnte ich gar nicht kommen.«

»Nochmals danke, daß du es so leicht machst.«

»Ich hoffe, du wirst sehr glücklich«, sagte Karpow.

»Das werde ich gewiß. Er ist ein guter Mann mit einem Beruf und einem Heim.«

Karpow sah auf die Uhr, als ihm die Verabredung mit Migal einfiel. »Ich muß gehen«, sagte er.

Sie stand auf und half ihm in den Mantel. »Sehen wir uns noch einmal?«

»Wahrscheinlich beantrage ich Fernscheidung«, erwiderte Karpow.

»Dann paß auf dich auf!«

»Das werde ich.«

»Weißt du, was mir bisher nie klar geworden ist?«

»Was?«

»Was für ein guter Mensch du bist.«

Durch den von dem Karl-Marx-Relief dominierten Haupteingang des KGB-Hauptquartiers düfen nur der Vorsitzende und seine unmittelbaren Untergebenen das Gebäude betreten. Karpow betrat es durch eine Seitentür, ein Stück entfernt vom Hauptplatz, und wartete geduldig, während seine Identität und sein Gesprächstermin überprüft wurde. Ob die Trinker an der Wodkabude inzwischen schon betäubt waren? Karpow nahm seine zeitbefristete Zugangserlaubnis, heftete das Abzeichen an sein Revers und folgte dem Mann, der ihn den bereits vertrauten Weg zu Migals Büro führte.

Der Leiter der Europa-Abteilung stand am Fenster seines Büros und blickte über den Dsershinskiplatz, als Karpow eintrat. So blaß die Frühlingssonne auch war, zeichnete sie doch die Umrisse des Gebäudes in scharfen Schattenkonturen. Sie begrüßten sich in aller Förmlichkeit, dann ließ sich Karpow bequem vor dem Schreibtisch Migals nieder. Er fragte sich, ob diese Unterredung so sinnlos werden würde wie die vielen anderen vorher. Ihm lagen die üblichen distanzierten Instruktionsgespräche besser.

»Ich hoffe, Sie haben Ihr privates Problem gelöst«, begann Migal unter Anspielung auf Karpows Gesuch, nach Moskau zurückkehren zu dürfen. Da solche Informationen wichtig waren, wußte er natürlich von der Affäre zwischen der Frau und dem Arzt.

»Irena und ich lassen uns scheiden«, erwiderte Karpow. Das müßte er ohnehin in einem amtlichen Bericht mitteilen.

»Das tut mir leid«, reagierte Migal automatisch.

»Unter den Umständen war es unvermeidlich. Erstaunlich, daß sie so viel Geduld gehabt hat.«

»Sie sind ein loyaler Offizier«, lobte Migal. »Sehr loyal.« Er zauderte immer noch, Karpow mit seinem Anliegen zu betrauen.

»Danke«, sagte Karpow.

»Vielleicht ist das zu lange ohne Anerkennung geblieben.«

Jetzt wurde Karpow neugierig. »Ich versuche, meine Pflicht zu tun«, sagte er. Das klang oberflächlich, aber ihm fiel nichts anderes ein.

»Ich stehe in Kürze zur Beförderung an«, kündigte Migal an. Ihm war klar, daß er jetzt den ersten Schritt getan hatte. Es gab kein Zurück mehr.

»Meinen Glückwunsch«, sagte Karpow und fragte sich im stillen, ob der neue Abteilungsleiter besser oder schlechter wäre. Er hoffte, es handelte sich um jemanden mit operativer Erfahrung, der Verständnis für die Schwierigkeiten besaß. Manchmal hatte Migal aus Unwissen zuviel verlangt.

»Anfangs wird es ein Direktorat sein«, fuhr der Ältere fort. »Aber ich habe nicht vor, dort aufzuhören.«

Worauf zielte er ab? fragte Karpow sich mit wachsender Neugier. »Ich wünsche Ihnen allen Erfolg«, sagte er. Die Bemerkung war nicht besser als sein Satz über Pfichterfüllung, aber bevor er nicht ahnte, was der andere im Sinn hatte, wußte er keine bessere Reaktion.

Abrupt wechselte Migal das Thema. »Ich habe einen Auftrag für Hartmann«, sagte er.

Das hätte er auch über normale Kanäle mitteilen können, dachte Karpow. Aber seine Rückkehr aus privaten Gründen machte die persönliche Unterweisung verständlich. »Und zwar?« fragte er. Hugo konnte sich nicht beklagen, er hatte eine lange Ruhepause gehabt.

»Ich möchte einige Nazis bloßstellen«, erklärte Migal. Eigentlich sollte es wie eine ganz normale Ankündigung klingen, aber seine Antwort war zu hastig gekommen.

Überrascht sah Karpow seinen Vorgesetzten an. »Wozu?« fragte er.

Migal zögerte vor dem letzten Eingeständnis. Unter dem Schreibtisch, so daß Karpow es nicht sehen konnte, preßte er die Handflächen gegeneinander. »Um dem Geheimdienst Unannehmlichkeiten zu ersparen«, sagte er. »Und dem Dienst gilt unser beider Hingabe.«

»Ich verstehe das nicht.«

Immer noch versuchte Migal, eine direkte Erklärung zu vermeiden. Stattdessen redete er von Stalins Vorhaben, die Kriegsgefangenen zurückzuholen, und Berijas Absichten, dies zu seinem eigenen Vorteil zu nutzen; aber wie das schließlich geschehen war, verschwieg er.

»Ich erkenne noch immer keine Verbindung zwischen heute und dem, was vor all der Zeit geschehen ist«, beharrte Karpow.

Migal schluckte. Dann sagte er gestelzt: »Einige Mitglieder des Dienstes waren gezwungen, bei dem Repatriierungs- und Inhaftierungsprogramm mitzuwirken – gegen ergebene Sowjetsoldaten ...« Eine Hand suchte an der Schreibtischkante Halt. »Mitglieder, die noch im Dienst sind.«

Karpow lehnte sich zurück. Allmählich begriff er. »Welche Mitglieder?« fragte er.

»Ich hatte keine Wahl!« entfuhr Migal das schwere Geständnis.

Aber Karpow hatte eine Wahl. Und er mußte sie sofort treffen, denn wenn er die Diskussion fortführte, wurde er automatisch zum Mitwisser – und damit Helfer gemacht. Das hieß, er mußte jetzt einen Schritt tun – heute noch. Aber wie? Er wußte nicht einmal, wie er sich in dem labyrinthartigen Gebäude zurechtfinden sollte. Er kannte weder Migals direkten Vorgesetzten im Direktorat, noch wußte er, wie er ungehindert Zutritt zu seinem Büro fand. Und es müßte ungehindert geschehen. Migal mochte keine operative Erfahrung haben, aber er hatte die Intrigen des Dzershinskiplatzes länger als jeder andere, den Karpow kannte, überlebt. Migal würde innerhalb einer Stunde erfahren, was er vorhatte. Hier bewegte sich Migal auf vertrautem Grund.

»Und danach wurde die eine Art der Erpressung von einer anderen abgelöst«, fuhr Migal fort.

»Wer?«

»Lang«, antwortete Migal. Jetzt, da der Damm gebrochen war, machte sich Erleichterung in Migal breit, je mehr er eingestand. Nach so vielen Jahren konnte er zum ersten Mal darüber reden. Als Migal endete, war der Platz draußen dunkel.

»Ich glaube trotzdem nicht, daß Hugo beteiligt war«, sagte Karpow, auf die Verbindung zu Reinhart anspielend. »Ich halte es immer noch für einen Zufall. Ein bizarrer, vielleicht, aber ein Zufall.«

»Vielleicht«, sagte Migal, »vielleicht nicht.« Er begann sich zu entspannen. Er hatte Mißtrauen, ja Feindseligkeit von Karpow erwartet. Stattdessen blieb der Mann völlig professionell, nur an der Operation interessiert.

»*Falls* Hugo ein Doppelspiel treibt«, räumte Karpow ein. »Aber dann würde er sofort mit Washington Kontakt aufnehmen, sobald er den Auftrag erhält.«

»Ja«, sagte Migal. »Und an dieser Stelle wird die Frau wichtig. Instruieren Sie sie gründlich! Deuten Sie ihr an, ihr Mann könnte seine Freiheit bekommen, wenn sie beweist, daß es stimmt.«

»Und bekommt er sie?« fragte Karpow. Es wäre gut. Rebecca etwas Glück zu bescheren, sie hatte lange Zeit hart gearbeitet. Sie mußte ihren Mann sehr lieben.

Migal zuckte die Achseln. »Eine solche Entscheidung wird rechtzeitig fallen«, wich er aus.

»Was geschieht, wenn ich recht habe – wenn er loyal ist?«

»Die aktuellste Information bezieht sich auf drei Nazis in Frankfurt. Beschaffen Sie von Hartmann die Bestätigung für ihre Existenz, und dann werden wir sehen, ob uns gelingt, was die Amerikaner versucht haben: jemanden von ihnen aus dem Loch zu locken.«

»In Ordnung«, akzeptierte Karpow.

»Haben wir Kräfte in Deutschland, die uns warnen, falls die Amerikaner aufmerksam werden?«

»Vielleicht«, antwortete Karpow. Erich Dollfuß war sein Agent, nicht von Moskau kontrolliert. Bis er die Zeit fand, alles zu verarbeiten, was heute nachmittag geschehen war, wollte er es dabei belassen.

Da er mit seinem Geständnis eine offensichtliche Schwäche gezeigt hatte, beschloß Migal, seine Stärke anzudeuten. »Ich kontrolliere sämtliche Kommunikationswege zwischen Ihnen und Moskau«, sagte er.

»Ja«, erwiderte Karpow, der die verborgene Drohung wahrnahm.

»Sie könnten natürlich Ihre Position offenbaren und sich an eine Auslandsbotschaft wenden.«

Karpow blieb stumm.

»Will Ihre Frau ihren Doktor heiraten?«

»Das hofft sie«, sagte Karpow. Wie lange mochten sie Irena nachspioniert haben?

»Es wäre ihr zu gönnen, daß sie glücklich ist.«

»Ja.«

»Nach meiner Beförderung zum Direktor und später brauche ich einen Stellvertreter«, wechselte Migal die Richtung und offerierte die Belohnung. »Einen Mann, von dem ich weiß, daß ich ihm trauen kann . . . auf dessen Loyalität ich mich verlassen kann.«

»Hier in Moskau?« fragte Karpow.

»In Moskau«, bestätigte Migal. Mit seinen Händen formte er in der Luft ein Füllhorn. »Wo alle Macht ist, mitten im Zentrum der Dinge. Einer der Elite. Eine Wohnung Ihrer Wahl, eine Datscha in den Bergen und in Sochi oder einem anderen Badeort. Wo Sie wollen. Was Sie wollen.«

Karpow war stets davon ausgegangen, daß er eines Tages aus dem Westen zurückkehren mußte. Das wäre sicher der richtige Anreiz für diesen Schritt.

Weil ihm die Akte Klaus Reinhart auf dem korrekten Dienstweg zugegangen war, brauchte Berman nicht die Genehmigung eines Vorgesetzten, um die anderen Nazi-Akten aus dem Archivsystem der CIA zu bekommen. Der Geheimdienst ist so organisiert, daß Anfragen an spezialisierte Abteilungen gehen, ohne daß der Grund der

Anforderung erklärt wird, und selten wird Bezug auf Namen genommen. Es überraschte daher niemanden, als Berman die Gebißreste von der Explosion in New York ebenso unidentifiziert ließ wie den zahnmedizinischen Bericht über Klaus Reinhart aus dem CIA-Archiv, als er beides zusammen zu Vergleichszwecken an die medizinisch-technische Abteilung schickte.

Für einen Zahnmediziner war es eine leichte Sache, Berman erhielt den Bericht innerhalb eines Tages. Sie stimmten nicht überein, urteilte der Fachmann.

12

Hartmann saß am Tisch in Karpows Wohnung, starrte auf die Fotos und wartete auf das Gefühl, auf den Angstschauder, der ihn bei der Erinnerung jedesmal packte. Und spürte nichts. Es war nichts Beängstigendes an den vergilbten, rissigen Fotos von hartgesichtigen Männern, steif und stolz in ihren Uniformen. Sie wirkten vielmehr beinahe komisch, als hätten sie sich für eine Rolle in einem Theaterstück oder in einer Scharade verkleidet. Alte Männer, dachte Hartmann; alte, erschöpfte, müde Männer. Wie er. Blieb deshalb die Angst aus? Oder hatte er sie nach so langer Zeit einfach verloren? Vielleicht lag es daran, daß er keinen von ihnen persönlich kannte, von ihren Händen kein Leid erfahren hatte. Aber Tausende andere hatten es, Millionen vielleicht. So anonym konnte er sie nicht hassen, genausowenig, wie er Furcht vor ihnen empfinden konnte.

Karpow kam aus der Küche. Die Kaviarschüssel hielt er wie eine rare Kostbarkeit in seinen großen Händen. Brot und Aquavit standen bereits auf dem Tisch.

»Das habe ich eigenhändig mitgebracht«, sagte Karpow und setzte die Schüssel behutsam ab. Mit einem Kopfnicken wies er auf die Akten. »Überhebliche Hunde, was?«

»Überheblich?«

»Nach dem, was sie getan haben, in Deutschland zu bleiben.«

»Ja«, erinnerte sich Hartmann. »Überheblich waren sie immer.«

Karpow legte eine Platte auf seine aufwendige Stereoanlage und behandelte den Tonarm ebenso behutsam wie vorher die Schüssel mit dem Beluga. Als er sich wieder aufrichtete, blieb er stehen und wartete auf die ersten Akkorde. »Brubeck«, sagte er zu Hartmann. »Ist er nicht grandios?«

»Ich verstehe die Musik nicht«, bat der Österreicher um Nachsicht.

»Du weißt gar nicht, was dir entgeht«, sagte Karpow und trat an den Tisch. Mit einer weiten Handbewegung forderte er Hartmann zu essen auf. »Ganz schön umfangreiche Akten, was?«

»Sehr gut«, gab Hartmann zu. Er erinnerte sich an die dünnen Umschläge und die eng linierten Kladden, mit denen sie unmittelbar nach dem Holocaust im Büro zu arbeiten versucht hatten. Die drei Dossiers vor ihm waren jedes über zwei Zentimeter dick, alle Auffälligkeiten und Beobachtungen waren sorgfältig notiert und chronologisch geordnet.

»Nur die, die in Deutschland geblieben sind?« erkundigte Hartmann sich, um die Instruktionen auf keinen Fall falsch zu verstehen.

»Nur Deutschland«, bestätigte Karpow. »Wir wollen nur Deutschland und das Nato-Bündnis in Unruhe versetzen.«

»Wo ist meine Leitstation?« fragte Hartmann. »Welche Botschaft?«

Karpow löffelte Kaviar auf sein Brot, schlürfte ihn geräuschvoll und spülte etwas Aquavit hinterher, bevor er den Mund leerte. »Keine Botschaft«, sagte er. »Diesmal arbeitest du unter meiner direkten Führung.«

Hartmann runzelte die Stirn. »Das war noch nie da.«

»Eine Operation so nahe am Heimatort war auch noch nie da.«

»Trotzdem hätte ich einen Verbindungsmann erwartet.«

»Moskau will es so«, sagte Karpow. Armer, manipulierter Kerl, dachte er. Er mochte den Mann, selbst wenn er Doppelagent wäre, was er aber absolut nicht glaubte. Vielleicht werde ich zu weich für den Beruf, dachte Karpow.

War Karpow so überschwenglich wie immer? fragte Hartmann sich. Gewiß, er machte den Eindruck mit dem vertrauten Ritual von Kaviar und Aquavit, aber heute kam es Hartmann so vor, als sei sein Verhalten gezwungen. »Ich identifiziere sie also für dich«, sagte er, »und dann übernimmt jemand anders die Sache.«

Als der Russe mit einem Nicken antwortete, schwabbelte ein Kaviarkügelchen auf seinem Kinn. »Du sollst sie nur aufspüren, Hugo, genau wie in New York.«

Zum ersten Mal bediente Hartmann sich von dem Essen und blickte auf seinen Teller, als er fragte: »Warum?«

Die Frage ließ Karpow lächeln. Hartmann war verflixt gut. »Europa steuert zu sehr auf Vereinigung. Es ist nötig, alte Schreckgespenster hervorzuholen . . . alte Wunden aufzureißen. Es mag lange zurückliegen, aber die Erinnerung an den Faschismus und an die Tatsache, wie viele von ihnen in Deutschland noch Machtpositionen innehaben, wirkt immer noch am besten, um alle Ängste wiederzuerwecken.«

Hartmann zeigte auf die Akten. »Hast du sie dir angeschaut?« fragte er.

»Selbstverständlich«, bejahte Karpow. Er führte die Serviette zum Mund, wischte aber an dem Essenrest vorbei. Das wabbelnde Kügelchen drohte herunterzufallen.

»Findest du nicht, daß sie komisch aussehen?«

Karpow schnaubte. »Komisch! Sie sind allesamt dreckige Mörder!«

»Ich finde, sie sehen absurd aus«, sagte Hartmann. »Komisch und absurd.«

»In einem Gerichtssaal werden sie nicht absurd aussehen«, beharrte der Russe.

»Im Gerichtssaal?« fragte Hartmann unsicher. »Können sie denn in Deutschland überhaupt noch unter Anklage gestellt werden?«

Karpow lächelte. Er war froh, das Gespräch von Hartmanns Argwohn weggesteuert zu haben. »In Deutschland vielleicht nicht«, sagte er. »Aber in Israel unbedingt. Das haben wir vor: den Israelis die Informationen zuzuspielen, sobald wir ihre Identität positiv festgestellt haben.«

Hartmann blickte ihn über den Tisch hinweg an. »Ein zweiter Eichmann-Prozeß?«

»Genau das«, bestätigte Karpow. »Und noch einiges mehr.« Genüßlich lehnte er sich zurück und verschränkte die Hände vor dem fülligen Bauch. »Indem wir die Nazis bloßstellen, schaffen wir Zwietracht in Europa. Indem wir die Israelis ins Spiel holen, sorgen wir dafür, daß sie etwas unternehmen müssen. Und wenn sie etwas unternehmen und Schauprozesse inszenieren, beweisen wir im Nahen Osten – wo wir versuchen, unseren Einfluß auszubauen – und in der übrigen Welt, daß die Juden eine rachesüchtige Rasse sind, die nicht vergessen kann.« Karpow lächelte den Österreicher an. »Brillanter Plan, nicht?« fragte er. Es hörte sich wirklich wie eine gute politische Polemik an, dachte Karpow zufrieden.

»Hört sich so an«, antwortete Hartmann. Er hatte sein Leben in Kloaken verbracht, dachte er plötzlich; eine Reihe von Kloaken, eine nach der anderen.

Karpow hob sein Glas. »Auf eine großartige Operation, Hugo!« wünschte er.

Hartmann ging auf den Trinkspruch nicht ein. »Sechzigtausend«, sagte er. »Dollar.«

»Immer professionell, Hugo«, sagte Karpow lachend.

»Ich versuche es«, entgegnete Hartmann. Er fand immer wieder Befriedigung darin, sie zahlen zu lassen.

»Also gut, sechzigtausend«, willigte der Russe ein.

Jetzt antwortete Hartmann auf den Trinkspruch. »Auf eine großartige Operation«, sagte er.

FBI-Verbindungsmann zu werden, wurde als letzte Rückzugsstation angesehen. Das war der Weg zur Pensionierungs-Party, den unaufrichtigen Ansprachen und dem fröhlichen Abschiedslied der Kollegen, die in Wirklichkeit dachten, der Mann, der die goldene Uhr und vielleicht die CIA-Medaille bekam, wäre ohnehin ein Armleuchter, weil er sich auf diesen Posten hatte abschieben lassen. Henry Willard war gerade noch zehn Monate von einem solchen Moment entfernt. Er hatte schon die Farm in Leesburg und augenzwinkernde Hinweise, daß ihm der Abschied mit der Verdienstmedaille vergoldet würde.

»Also ist es nicht Klaus Reinhart«, sagte er, während er Bermans Bericht samt den Fotos und Anlagen beiseite legte.

»Eindeutig nicht«, wiederholte Berman.

»Das ist Sache des FBI«, sagte Willard. »Nicht unsere. Setzen Sie es ihnen erneut vor.«

»Reinhart war im selben Lager wie Lang«, drängte Berman. »Es steht im Bericht.«

»Ich habe es gelesen«, erwiderte Willard gereizt.

»Lang war unsere Operation.«

»Und die ist schiefgegangen«, hakte Willard anklagend ein. »Das stand zwar nicht im Bericht, aber ich habe es überprüft.«

»Es war nicht mein Fehler.«

»Der Untersuchungsausschuß hat das anders gesehen.«

»Lang war wichtig«, sagte Berman, der sich sein verzweifeltes Bemühen nicht anmerken lassen wollte. »Wir können das FBI von der Verbindung zwischen ihm und Reinhart nicht informieren. So weit es sie betrifft, handelt es sich um einen abgeschlossenen Fall. Die Polizei in New York wird mit Belobigungen überhäuft. Wenn ich es ihnen erneut vorsetze, wird gar nichts passieren.«

Eine verfahrene Situatin, erkannte Willard; so oder so könnte er schlecht wegkommen. »Sie sind jetzt Analytiker«, sagte er. »Sie sind kein Operativer mehr.«

»Keiner kennt die Lang-Akte so gut wie ich. Und für Reinharts gilt jetzt das gleiche.«

»Die Entscheidung liegt nicht bei mir«, sagte Willard, der den Ausweg sah. »Ich müßte allenfalls eine Empfehlung vorlegen.«

»Um mehr bitte ich doch gar nicht«, meinte Berman. »Nur eine Chance.«

Berman war ein lästiger Armleuchter, ein Mann, der sich von seinem Groll antreiben ließ, urteilte Willard. Und lästige Armleuchter konnte er sich nicht leisten. »Ich werde sehen, was ich für Sie tun kann«, versprach er.

Erich Dollfuß hatte sich während seines zweiten Jahrs auf der Universität seiner Homosexualität hingegeben und bis zum Examen eine Affäre mit einem Kommilitonen gehabt, die nie entdeckt worden war. Doch die Scham hatte ihn nicht losgelassen. Er drängte innerhalb von zwei Jahren auf die Hochzeit, um zu beweisen, daß er normal heterosexuell war. Stattdessen bewies er, daß er nicht zu der Frau paßte, die er genommen hatte. Er versuchte zu unterdrücken, was aufgrund seiner Erziehung nach seiner Überzeugung abnormes Verhalten war; nur gelegentlich gab er der Verlockung nach, und dann suchte er stets die einschlägigen Clubs auf, um sich nicht mit einer komplizierten, andauernden Beziehung zu belasten.

Die Russen betrachten – wie jeder andere Geheimdienst – Sex als klassisches Mittel, jemanden in die Falle zu locken. In Ländern wie dem geteilten Deutschland, die sie für wichtig erachten, überwachen sie Sex-Etablissements und Bordelle und haben häufig ahnungslose Prostituierte, männliche wie weibliche, auf der Gehaltsliste.

Dollfuß wurde von Karpow in einem Haus an Bonns Hofgarten entdeckt, das er aufsuchte, weil es für seine Diskretion bekannt war.

Dollfuß wurde richtiggehend krank, als er die Fotos sah. Mehrere Tage dachte er an Selbstmord, erkannte dann aber, daß es ihm dazu an Mut fehlte.

Als er den ersten Auftrag erhielt, Dokumente zu beschaffen, war es einfach. So ist es immer, denn das erste Mal ist für das Opfer der schwerste Schritt, und es ist notwendig, Selbstvertrauen aufzubauen. Natürlich wurden noch mehr Fotos aufgenommen, um Dollfuß weiter abhängig zu machen. Es dauerte fast zwei Jahre, bis sich seine Einstellung von Angst in beinahe so etwas wie Vergnügen verwandelte. Die Forderungen an ihn waren nie exzessiv, aber die Bezahlung war stets großzügig. Sie erlaubte ihm den Besitz eines Wagens, den er sich von seinem normalen Gehalt beim Bundesamt für Verfassungsschutz nicht hätte leisten können. Sie ermöglichte ihm auch die immer häufigeren Besuche in luxuriöseren Etablissements, wo er sich auf wirklich genußreiche Art entspannen konnte.

Natürlich war wie stets auch ein wenig Besorgnis dabei, als er einen direkten Auftrag erhielt. Aber sie hielt nur den Moment an, bis er Karpows Anfrage nach Informationen über ungewöhnliche amerikanische Aktivitäten entschlüsselt hatte. Dieser Aufforderung war, wie gewöhnlich, leicht zu entsprechen.

13

Aus den umfangreichen Dossiers schuf Hartmann kleinere Faktensammlungen, die lediglich die wesentlichen Informationen enthielten, die er in Frankfurt brauchen würde. Er traf mit der Nachmittagsmaschine ein und nahm ein Zimmer mittlerer Preislage in einem Hotel mittlerer Preislage, dem *Ketterer*. Die Unauffälligkeit war für ihn eine automatische Reaktion.

Im Zimmer verschloß er sorgfältig die Tür hinter sich und holte die Notizen heraus, die er in Wien angefertigt hatte. In der Reihenfolge, in der die Russen sie aufspüren wollten, standen Major Hans Leitner, Leutnant Otto Schröder und Major Rudolf Diehl auf der Liste. Alle SS – Leitner bei einer operativen Einheit, Schröder Gefangenentransport, Diehl Verwaltung.

Nach sowjetischen Erkenntnissen hatten Leitner den Namen Baur angenommen und noch bis vor zwei Jahren das Restaurant Ress an einer Ecke des Wiesenhüttenplatz in der Nähe des Hauptbahnhofs betrieben. Immer das Offensichtliche tun, erinnerte Hartmann sich an eine schon früh gelernte Lektion. Im Zimmer war ein Telefonbuch, und Hartmann suchte die Nummer des *Ress* heraus. Er schrieb sie auf und nahm sich dann die Zeit, die Nummer des Hotel- und Gaststättenverbands sowie den Namen der Verbandszeitschrift herauszusuchen.

Hartmann verließ das Hotel, um seine Recherchen weiterzuführen. Die Telefonanrufe sollten nicht zu ihm zurückverfolgt werden können. In einer Bank an der Marienstraße wechselte er einen Geldschein in Münzen und rief dann aus einer Telefonzelle den Hotel- und Gaststättenverband an. Er wurde schnell zum Sekretariat durchgestellt. Sein Name sei Katz, stellte Hartmann sich vor, und er führe ein deutsches Restaurant an der Third Avenue in New York. Vor zwei Jahren habe er bei einem Kongreß in Amerika Hans Baur kennengelernt und ihm versprochen, ihn aufzusuchen, sollte er einmal nach Frankfurt kommen. Aber leider habe er die Adresse von Baurs Restaurant verlegt. Die Sekretärin half ihm bereitwillig. Hartmann hörte das Rascheln von Papier, und dann nannte ihm die Frau den Namen des Restaurants, den er bereits hatte.

Mit einem Seufzer verließ Hartmann die Telefonzelle. Wenn alles so leicht ging, wäre das der einfachste Auftrag, den er jemals erledigt hatte; manchmal waren die Russen in ihren Vorsichtsmaßnahmen geradezu lächerlich. Ohne Gefahr, entdeckt zu werden, hätte einer ihrer Leute die gleichen grundlegenden Recherchen anstellen können.

Er ging zum Büro der Verbandszeitschrift, das nur zwei Straßen entfernt war. Diesmal gab er als Erklärung an, er suche ein Foto von sich selbst, das während des alljährlichen Banketts des Verbands aufgenommen worden sei. Man ließ ihn allein im Archiv, und nach einer Stunde hatte er zwei Fotoserien gefunden, in denen eins der Bilder den Namen Hans Baur in der Unterzeile aufführte. Weitere fünfzehn Minuten brauchte er, um Abzüge der Aufnahmen zu kaufen. Vor sieben war er wieder im Ketterer zurück.

Die Fotos waren der einzige Bestandteil der sowjetischen Originalakten, den Hartmann mitgenommen hatte. Er putzte seine Brillengläser und benutzte dann ein Vergrößerungsglas, um das Foto aus der Kriegspersonalakte von Hans Leitner mit dem Foto eines Mannes namens Hans Baur zu vergleichen, der sich, die Zigarre in der Hand, bei einem gesellschaftlichen Ereignis breit in seinem Stuhl zurücklehnte. Der Mann hatte offenbar keinen Versuch unternommen, sich mittels plastischer Chirurgie verändern zu lassen. Sein Gesicht hatte die Straffheit der Jugend verloren, war aber zweifellos erkennbar – dicker, schlaffer, aber dasselbe Gesicht.

Hartmann klammerte die Fotos zusammen und steckte sie in den Schnellhefter zurück. Der Erfolg des einen Tages machte ihn lächeln. Er nahm eine Diabetestablette und überlegte, ob er Rebecca anrufen sollte, verwarf den Gedanken aber. Er würde das Gespräch von der Zentrale des Hotels durchstellen lassen müssen und damit eine nachverfolgbare Spur nach Wien legen. Wahrscheinlich war er übervorsichtig, aber dieses Verhalten hatte ihm über viele Jahre das Leben bewahrt. Und er wollte weiterleben.

Er entfernte sich zwei Häuserzüge vom Hotel, bevor er ein Taxi nahm, das er drei Straßen vor dem Wiesenhüttenplatz halten ließ. Anhand der Hausnummer schätzte er die Lage des *Ress* ab und betrat den Platz am entgegengesetzten Ende, so daß er es auf möglichst langem Weg ansteuern konnte. Das Hotel auf halber Strecke war ein unerwarteter Vorteil. Er betrat es und ging in die Bar, von der aus er einen Teil der Straße überblicken konnte, an der das *Ress* lag. Dreißig Minuten beobachtete er das Restaurant, das von einem ehemaligen Nazi betrieben wurde. Es schien ein Traditionslokal zu sein. Die Fassade, an der sich Wein hochrankte, war holzverkleidet. Das Restaurant machte auf Hartmann einen exklusiven und teuren Eindruck. Ein Portier parkte die Wagen, vorwiegend Mercedes und

BMW. Die Frauen trugen Cocktailkleider, die Männer dunkle Anzüge. Keine offenen Hemdkragen oder sportliche Jeans.

Hartmann zahlte seinen Whisky und überquerte den Platz, wobei er sich automatisch in den Schatten des angrenzenden Gebäudes bewegte. Das *Ress* war genau die Art Restaurant, die Hartmann erwartet hatte. Hinter dem von Kronleuchtern erhellten Foyer befand sich eine intime Cocktailbar, die höher lag als das eigentliche Restaurant. Auf den zweiten Blick stellte Hartmann fest, daß sich über der Hauptebene ein Halbbalkon erhob. Man hatte die Ranken ins Innere wachsen lassen, so daß sie die Spaliergitter der Brüstung zierten. Am anderen Ende spielte gedämpft ein Streichquartett. Strauß, vermutete Hartmann, obwohl er sich so weit entfernt nicht sicher war. Er bedauerte, nicht reserviert zu haben, und der Kellner fand es ebenso bedauerlich und fragte ihn, ob er etwas dagegen hätte, in der Cocktailbar zu warten. Überhaupt nicht, versicherte Hartmann ihm. Sein Besuch sollte möglichst lange dauern, damit er Hans Leitner identifizieren konnte.

Hartmann bestellte einen Aperitif. Nachdem ihm Speisen- und Weinkarte vorgelegt worden waren, gab er sich den Anschein, beide intensiv zu studieren, während er in Wirklichkeit das Restaurant genau ins Auge nahm. Unter dem vielköpfigen Personal war niemand zu sehen, der dem Mann auf dem Foto ähnelte, das er vor einer Stunde betrachtet hatte.

Nach dreißig Minuten wurde ein Tisch für ihn frei. Nach dem Whisky im Hotel und dem Aperitif begnügte Hartmann sich zum Essen mit einer halben Flasche Wein. Im besseren Licht fiel Hartmann plötzlich auf, daß es kaum junge Leute im Lokal gab. Die Kundschaft war überwiegend in mittleren Jahren oder älter. Das war wohl charakteristisch für das *Ress*: ein Treffpunkt für jene, die Erinnerungen hegen; ein Platz, an dem sie sich in Übereinstimmung mit der Vergangenheit befanden. Wie viele der teuer gekleideten Männer würden wohl lieber Uniform tragen? fragte er sich.

Er aß langsam, um seinen Aufenthalt möglichst lange auszudehnen, und nahm ein Dessert, das er eigentlich nicht wollte, und dann Kaffee, den er auch nicht brauchte. Hartmann kam zu dem Schluß, daß Hans Leitner, jetzt Hans Baur, sich nicht im Restaurant aufhielt. Er hatte jedes einzelne Mitglied des Personals eingehend betrachtet, darunter auch jemanden, der der Geschäftsführer zu sein schien, und keiner ähnelte dem Mann, den er suchte. Nach der Erfolgsserie des Tages spürte Hartmann Enttäuschung. Er hatte gehofft, die Identität binnen eines Tages positiv feststellen zu können, doch mußte er sich eingestehen, daß der Gedanke unlogisch war. Er war überraschend gut vorangekommen, und es war lächerlich, den Abend als Rückschlag zu werten.

Als er zahlte, fiel Hartmann auf, daß der Oberkellner und der Manager, der einen Straßenanzug trug, ein Zimmer betraten, das vom Foyer wegführte und als ›Privat‹ gekennzeichnet war. Sollte Leitner ein Restaurantbesitzer sein, der sich nicht unter seine Kundschaft mischte? Unwahrscheinlich, urteilte Hartmann, als er auf den Platz hinaustrat und das Angebot des Portiers, ihm ein Taxi zu rufen, mit einem Kopfschütteln ablehnte. Unwahrscheinlich, aber eine Frage, die noch abgeklärt werden mußte.

Er benutzte erneut ein öffentliches Telefon und fühlte sich in seinem anonymen Schutz sicher. Dem Mann, der im *Ress* das Telefon abnahm, stellte Hartmann sich als Weinhändler vor, der am folgenden Tag um zehn Uhr eine Verabredung mit Herrn Baur habe und den Termin noch einmal bestätigen wollte. Nach kurzem Zögern ertönte eine andere Stimme.

»Wer spricht, bitte?«

Hartmann erkannte die Stimme des Oberkellners, der sich dafür entschuldigt hatte, daß er warten mußte.

»Hier Rieber«, antwortete Hartmann. »Ich habe eine Verabredung mit Herrn Baur, um über einige Weine zu sprechen.«

»Ich kaufe den Wein ein«, entgegnete der Mann.

Verdammt! dachte Hartmann. »Der Termin wurde mit meinem Zentralbüro in Köln vereinbart«, sagte er. Einzelheiten kenne ich nicht. Ich habe nur den Auftrag erhalten, einige Proben vorzuführen.«

»Ich erwarte Sie um zehn«, sagte der Oberkellner.

»Ich bin eigens angewiesen, Herrn Baur selbst zu treffen«, beharrte Hartmann.

»Herr Baur ist unabkömmlich.«

»Ich bin einige Tage in Hessen«, sagte Hartmann. »Wir könnten den Termin verlegen.«

»Herr Baur wird mehrere Tage nicht zur Verfügung stehen.«

»Da weiß ich wirklich nicht, was ich machen soll«, täuschte Hartmann Verwirrung vor. »Ich frage besser noch in Köln nach. Vielen Dank.«

»Wer sind ...« begann der Mann, aber Hartmann legte den Hörer auf, bevor er die Frage beendete. Er hatte in professioneller Automatik versucht, eine absolute Identifizierung sicherzustellen, aber das war unnötig: Er hatte genug in der Hand. Es war Zeit, weiterzumachen. Otto Schröder war der nächste auf der Liste.

Der Oberkellner legte den Hörer auf die Gabel, zögerte einen Moment, durchquerte dann den Restaurantsaal und stieg die Treppe zum Balkon hinauf. Ganz oben, völlig verdeckt von der raffinierten Innendekoration, saß ein junger Mann, der den Tisch den ganzen Abend über nicht verlassen hatte. Kurt Schröder hatte nur kaltes Fleisch gegessen und Mineralwasser getrunken. Die Jacke des sehnigen, durchtrainierten jungen Mannes hatte Rückenfalten und einen Halbgürtel, so daß sie fast wie eine Uniform wirkte. Die Prellungen und Schürfungen, die er sich während ihrer kleinen Manöverübung geholt hatte, waren fast verschwunden.

Er hörte schweigend zu, als der Oberkellner das Telefongespräch wiedergab. Die Fragen, die er danach stellte, dienten nur der Bestätigung. Dann folgte er dem Mann die Treppe hinab, durchs Restaurant und in das Büro.

»Es kann völlig bedeutungslos sein«, sagte Otto Schröder, als sein Sohn ihn anrief.

»Ich dachte, du solltest es erfahren«, sagte Kurt.

»Von einer Weinhandlung aus Köln. Der Oberkellner hier fragte noch nach dem Namen der Firma, aber da hatte er schon eingehängt.«

»Das ist leicht nachzuprüfen«, meinte Otto Schröder.

»Meine Leute überwachen dein Haus«, sagte sein Sohn.

»Ich weiß.«

»Ich wollte dir nur sagen, daß du ganz sicher bist.«

»Das weiß ich«, sagte der Ältere.

Skorbut ist die am meisten verbreitete Krankheit in den Lagern. Die traditionelle Behandlung besteht darin, daß man die Häftlinge eine Suppe aus Fichtennadeln und den Blättern der Zwergweide aufbrühen läßt, um dem Mangel an Vitamin C entgegenzuwirken. Diejenigen, denen es nicht gelingt, das Trinken zu vermeiden oder das Gebräu auszuspeien, übergeben sich gewöhnlich, ganz gleich, wie wenig sie im Magen haben.

Zwei Tage nach seiner Aufnahme in Potma wurde Gusadarow in der Frühe aus der Baracke zum Hauptmann der Wachtruppe beordert. Ein Soldat gab ihm eine Zitrone und befahl ihm, sie zu essen. Er starrte auf die Frucht und konnte sie anfangs überhaupt nicht erkennen, doch er wußte, daß er zu gehorchen hatte. Als er hineinbiß, ließ ihn die Schärfe zusammenzucken. Er verzehrte sie samt der Schale und sah lauernd zu den Männern, die sie ihm gegeben hatten. Sie wußten aus seiner Akte, daß er kein Kriecher war. Kein Informant. Und auch nicht homosexuell. Was wollten sie also von ihm? Sollte er jemanden töten? Aber dafür brauchten sie keine Ersatzkiller.

»Von jetzt an wirst du jeden Tag eine Zitrone essen«, sagte der Hauptmann. »Und du wirst getrennt von den anderen essen.« Er nickte zu einem Zimmerchen an der Rückseite der Vorratshütte, in die sie Gusadarow gebracht hatten, dann lächelte er, weil er aufgrund der Sonderbehandlung wußte, daß der Mann jemand war, mit dem man von nun an anders umgehen mußte. Entehrte Männer konnten wieder aufsteigen, und es war klug, sich gegen Risiken zu versichern. »Es wird gutes Essen sein«, meinte der Offizier aufmunternd. »Unsere Rationen.«

»Warum?« fragte Gusadarow.

»Befehle«, antwortete der Hauptmann.

»Von wem?«

Der andere zuckte die Achseln. »Befehle«, wiederholte er. »Morgen kommst du zu einem Arzt.« Wieder lächelte er. »Einem richtigen Arzt«, fügte er hinzu. »Mit einem Examen.«

Die Säure der Zitrone krampfte seinen Magen zusammen, aber Gusadarow kämpfte die aufsteigende Übelheit schluckend nieder. Er wußte nicht, was vorging, und es kümmerte ihn auch nicht: Überleben hatte stets bedeutet, daß er nach allem schnappte und griff, und was ihm jetzt angeboten wurde, wollte er so lange festhalten, wie er dazu fähig war.

»Danke«, sagte er, als ihm die Vorschriften über Dankbarkeit einfielen.

14

Die erste Fahrt unternahm Hartmann rasch. Er wollte sich lediglich orientieren, als er vom modernen, wiederaufgebauten Teil der Stadt losfuhr, den Main auf der Flößerbrücke überquerte und dann durch die allmählich enger werdenden Straßen in das alte Stadtviertel Sachsenhausen hineinsteuerte, wo nach den sowjetischen Informationen Otto Schröder wohnte. Er fand die Walter-Kolb-Straße schnell, fuhr an dem repräsentativen Haus vorbei, nach dem er suchte, und dann weiter, bis er wieder an den Fluß kam. Am Schaumainkai parkte er, ging in ein Café, trank seinen Kaffee an einem Tisch am Fenster und blickte zu den Frachtern und Schleppern hinaus, die sich geschäftig auf dem Fluß tummelten. Ob Schröder eins der Schiffe gehörte? Die russische Akte hatte vermerkt, daß Schröder trotz seines Alters noch immer aktiver Partner einer Import-Export-Firma war. Wahrscheinlich zu langsam, schätzte der Österreicher. Frankfurt war nach den Zerstörungen des Kriegs als Monument modernen Handels wiederaufgebaut worden, und das verlangte Luftverbindungen, Schienenverbindungen und Straßenverbindungen.

Nach einer halben Stunde fuhr Hartmann den Weg zurück, weil er in Ruhe einen geeigneten Parkplatz suchen wollte. Noch hatte er die Auswahl und entschied sich für eine Parklücke ein Stück entfernt auf der Straßenseite gegenüber von Schröders Haus. Er war noch nahe genug für das Foto, das er machen wollte, aber doch so weit, daß seine Überwachung wohl kaum bemerkt wurde.

Er parkte den unauffälligen Volkswagen zwischen den anderen unauffälligen Volkswagen und rutschte in seinen Sitz. Einen Moment überlegte er, ob er die aus dem Hotel mitgebrachte Zeitung als Sichtschutz benutzen sollte, verwarf den Gedanken jedoch wieder. Später vielleicht, im Moment aber unnötig.

Aus seinem Fahrzeug spähte Hartmann zu Schröders Haus, bei dem es sich wohl um ein Gebäude aus dem 19. Jahrhundert handelte, das den Krieg unbeschadet überstanden hatte; einer jener soliden, imposanten Bauten, die von den Großbürgern ihrer Zeit errichtet worden waren, um die Bedeutung ihrer Bewohner zu demonstrieren, und die heutzutage aus dem gleichen Grund bezogen wurden. In der Mitte einer hohen Mauer befand sich ein imposantes Doppeltor. Soweit er erkennen konnte, ragte das Haus vier oder fünf Stockwerke hoch. Es war von vielen Bäumen umgeben, das Grundstück mußte von beträchtlicher Größe sein.

Die Kamera mit dem Teleobjektiv war unter der Zeitung versteckt. Hartmann überzeugte sich, daß der Bürgersteig vor und hinter ihm leer war, dann schob er die Zeitung zur Seite, nahm die Kamera, richtete das Objektiv auf die Entfernung zum Tor aus und legte sie wieder weg.

Wie lange war es her, daß er in einem anderen Mietwagen in einem anderen Teil der Welt gesessen und das Haus eines anderen alten Nazis beobachtet hatte? Nur Monate, wurde ihm bewußt. So viel schien seitdem geschehen zu sein. Vielleicht brauchte er eine Ruhepause. Der Gedanke ließ ihn nicht los und machte ihn lächeln. Wieso eigentlich nicht? Ihre Weigerung, ihn aus ihren Diensten zu entlassen, hatte er hingenommen; es wäre jetzt ohnehin undenkbar, weil er Rebecca verlieren würde. Aber sie könnten zusammen Ferien machen. Ein richtig langer Urlaub, vier Wochen oder länger, wenn ihnen danach war. Südfrankreich, vielleicht. Eine Villa in den Bergen, weg von der Küste und ihren hektischen Touristen. Oder woanders, wenn Rebecca wollte. Der Gedanke erregte Hartmann. Er erkannte, daß seine Anziehungskraft in seiner schlichten Normalität lag. Normale Menschen planten ihren Urlaub, sammelten Prospekte und diskutierten die Vor- und Nachteile jedes Ferienziels. Und das konnten sie auch. Für kurze Zeit konnten Rebecca und er sich der Vorstellung hingeben, sie seien normale Menschen.

Eine Bewegung in der Straße ließ ihn aufschrecken, aber er entspannte sich wieder, als er sah, daß es nur der Briefträger war. Mit gewohnter Vorsicht faßte Hartmann die Straße erneut ins Auge und nahm die Kamera hoch, um die Entfernungseinstellung noch einmal zu prüfen. Das Bild im Sucher war scharf und deutlich. Hartmann legte die Kamera beiseite und sah auf die Uhr. Viertel vor neun. In den russischen Informationen fand sich kein Hinweis darauf, wann Schröder morgens das Haus verließ. Vielleicht ging er nicht regelmäßig ins Büro. Er konnte seine aktive Partnerschaft auf Teilzeittätigkeit beschränkt haben. Stirnrunzelnd wog Hartmann die Möglichkeit ab. Eine so offene Observation wollte er nicht den ganzen Tag aufrechterhalten. Er blickte die Straße hinab, um ein Gasthaus oder Hotel zu entdecken, wo er einen zweiten Beobachtungsposten beziehen könnte, doch sah er nur die Eingänge weiterer Wohnhäuser. Die Restaurants und Cafés fanden sich alle zwischen den Geschäften der Schweizer Straße weiter unten. Er setzte sich zurück und versuchte, seine eigene Unsicherheit zu beschwichtigen: Probleme stellte man sich, wenn sie auftraten, nicht vorher.

Eine Ungewißheit führte zur nächsten. Leitner zu identifizieren, war zu einfach gewesen, überlegte er erneut; eine simple, mechanische Operation. Aber hatte er nicht genau darum gebeten und hatte Karpow ihm nicht genau das versprochen – simple, gefahrlose Aufträge? Offenbar hielt Karpow, sein Freund, sein Versprechen. War seine überschwengliche Herzlichkeit während des Gesprächs wirklich gezwungen gewesen? Hartmann hatte schon immer allzu leicht aus Schatten Monstren geschaffen. Er blickte die Straße hinab und drehte sich abrupt um, weil er sich nicht auf den Rückspiegel verlassen wollte. Die einzigen Schatten schuf die bleiche Morgensonne, doch wurde Hartmann das Gefühl nicht los, daß sich dort irgendwo ein Monster verbarg.

Er war so in seine Gedanken vertieft, daß es ihn völlig überraschte, als es geschah. Zudem hatte er nicht damit gerechnet, daß der von einem Chauffeur gesteuerte Wagen nicht vom Haus selbst kommen würde. Zuerst nahm er die Limousine, die an ihm vorbeifuhr, nur am

Rande wahr. Dann leuchteten die Bremslichter auf, und er sah, daß sie vor Schröders Haus vorfuhr. Der Zeitpunkt war offenbar exakt abgestimmt, denn als das Fahrzeug hielt, öffneten sich die Torflügel, um den alten Mann hinauszulassen.

Hartmann hob die Kamera. Im vergrößerten Sucherbild erkannte er an der Glätte des Gesichts sofort, daß es mit den Mitteln plastischer Chirurgie behandelt war. Er war ein hochgewachsener Mann, aufrecht und dünn, und er bewegte sich mit befehlsgewohnter Sicherheit. Hartmann gelangen zwei Aufnahmen, bevor der Chauffeur die hintere Tür öffnete und sich neben ihr aufbaute, um den Mann einsteigen zu lassen. Doch dieser zögerte noch einen Moment und blickte die Reihe der geparkten Autos entlang. Hartmann riß die Kamera nach unten und ruschte in den Sitz, um der Entdeckung zu entgehen.

Doch dann merkte er, daß die Aufmerksamkeit nicht ihm galt. Etwa zehn Einstellplätze vor ihm löste sich ein Wagen vom Bordstein und wurde im Bogen über die Straße gelenkt, so daß er hinter der Limousine zum Stehen kam. Fast automatisch schoß Hartmann zwei weitere Aufnahmen und beobachtete stirnrunzelnd das Geschehen. Aus dem zweiten Wagen stieg ein junger Mann und sprach mit den beiden vor Schröders Haus. Nach ein paar Augenblicken stiegen alle in ihre Wagen ein, die im Konvoi aufs Mainufer zusteuerten, wo Hartmann seinen Kaffee getrunken hatte.

Ursprünglich hatte Hartmann Schröder folgen wollen, doch unterließ er es jetzt. Stattdessen blieb er im Wagen sitzen und dachte über die soeben erlebte Szene nach. Obwohl er noch Beweise brauchte, hatte Hartmann wenig Zweifel, daß der glattgesichtige Mann Otto Schröder, ein gesuchter Nazi, war. Aber es war unvorstellbar, daß der Mann über drei Jahrzehnte in solcher Angst vor Entdeckung gelebt hatte, daß er sich mit einem derartigen Schutz umgab. Hartmann, der Profi, stutzte. Hätte er so viel Angst gehabt, wäre der Schutz gut gewesen. Doch was er gerade gesehen hatte, war amateurhaft; Knaben, die mit aufgepumpten Brustkästen unter eng sitzenden Hemden posierten. Eine Profigruppe hätte sie kaltgestellt, bevor sie überhaupt begriffen, was vor sich ging, und mit dem Mann, den sie angeblich schützten, nach Belieben verfahren können.

Es mußte damit zusammenhängen, was mit Lang passiert war. Und mit der Explosion in New York. Ihnen war der Schreck in die Glieder gefahren, weil sie eine konzentrierte Operation vermuteten. Dieser Schlußfolgerung schlossen sich weitere Gedanken an. Es war ein glücklicher Umstand, daß Schröders Leibwachen keine Profis waren. Wären sie es, wäre er nicht unentdeckt geblieben. Aber wo war sein

Professionalismus? Wieso hatte er sie nicht bemerkt? Die Parkplätze um ihn herum hatten sich mit dem Beginn des Arbeitstags gefüllt, aber bis auf die Wagen direkt vor und hinter ihm hatte er bei keinem darauf geachtet, ob die Insassen auch tatsächlich ausstiegen. Sorglos, dachte Hartmann kritisch, sehr sorglos. Der eine Fehler, den er sich nicht leisten durfte.

Schließlich startete er den Volkswagen und fuhr zum Fluß zurück. Ohne Pause fuhr er an Schröders Büro vorbei, vor dem die Limousine und der zweite Wagen abgestellt waren. Als Hartmann den Main überquerte, kam ihm ein weiterer Gedanke, der ihn instinktiv auf die Bremse treten ließ. Protestierend schrillten Autohupen hinter ihm, und er beschleunigte wieder, um im Verkehrsfluß zu bleiben.

Herrgott, wo war seine Vernunft geblieben? Weil er selbst so eng und intensiv mitgewirkt hatte, hatte er automatisch angenommen, die dürftigen Schutzmaßnahmen, deren er gerade Zeuge geworden war, hätten mit Lang und Reinhart zu tun. Was vielleicht ja der Fall war. Aber Lang war eine CIA-Operation gewesen. Und sein derzeitiger Fall war ein Auftrag der Russen.

Tief in seiner Magengrube spürte Hartmann eine plötzliche Angst. Peter Berman hatte benommen und verwirrt im CIA-Büro der US-Botschaft in Paris gesessen, unfähig zu begreifen, von wem oder warum Lang umgebracht worden war. Und jetzt hatte Moskau ihn beauftragt, Nazis aufzuspüren, über die die Sowjets so umfangreiches Material zu haben schienen, daß seine Einschaltung praktisch unnötig war – Nazis, die sich Monate nach der Identifizierung Langs als Opfer des Züricher Attentats in aller Hast mit Amateur-Leibwächtern umgeben hatten.

Zum ersten Mal in seinem Agentenleben kreuzten sich die Linien. Manchmal wurden Menschen von sich kreuzenden Linien erdrosselt.

Karpow reichte Rebecca den monatlichen Brief von ihrem Mann, der stets durch ihn übermittelt wurde, und sagte: »Tut mir leid, daß er später als gewöhnlich kommt.«

»Stimmt etwas nicht?«

Karpow schüttelte verneinend den Kopf. Wie so oft bewunderte er ihre Liebe für einen Mann, den sie seit fünfzehn Jahren nicht mehr gesehen hatte. Sie war wirklich eine bemerkenswerte attraktive Frau. »Er ist verlegt worden«, sagte er. »Nach Potma. Dort wird er es besser haben.«

»Ich bin froh darüber«, sagte die Frau. Ängstlich saß sie vor Karpow, die Knie zusammengepreßt, die Hände nervös in ihrem Schoß. »Das war seine erste Station, Potma«, erinnerte sie sich.

Karpow bemerkte ihre Nervösität, und sie bekümmerte ihn. Er wollte nicht, daß sie Angst vor ihm hatte. Er wollte, daß sie ihn als Freund betrachtete – so wie Hugo. »Ich weiß«, entgegnete er und fuhr fort: »Als ich in Moskau war, wurde über Ihren Mann diskutiert. Ihm wird einiges erleichtert.«

Neugierig blickte Rebecca ihn an, während ihre Finger mit dem ungeöffneten Brief spielten. »In welchem Maße?«

»Potma statt des Polarkreises, um damit anzufangen.«

Ihr entging die Nuancierung nicht. »Gibt es eine Chance, daß er freigelassen wird?«

Karpow zögerte. Er erinnerte sich, wie Migal einer Antwort auf die gleiche Frage ausgewichen war. »Könnte geschehen«, sagte er.

Rebecca blickte auf den Brief, den ihr Mann geschrieben hatte. Die Möglichkeit einer Freilasssung hatte sie nie in Erwägung gezogen. Lieber Gott, dachte sie, was wird geschehen, wenn er frei ist? »Das wäre wundervoll«, sagte sie.

Karpow fand die fehlende Reaktion verständlich. Die Erregung würde später folgen. Er verspürte den Wunsch, beruhigend nach ihrer Hand zu fassen, tat es aber nicht. Sie könnte die Geste mißverstehen.

»Haben Sie etwas von Hugo gehört?« fragte er.

Sie blickte auf. »Ich dachte, er arbeitet unter Ihrer direkten Leitung.«

»Das stimmt«, bestätigte Karpow. »Aber ich dachte, er hätte vielleicht angerufen.«

»Nein«, sagte sie.

»Hat es keine Nachricht für ihn gegeben?«

Rebecca begriff sofort den Sinn der Frage. »Er ist loyal«, sagte sie. »Das habe ich Ihnen doch schon gesagt.«

»Ja«, erwiderte Karpow, »das haben Sie.«

»Er will bei mir einziehen«, teilte sie ihm mit. »Ich habe mich einverstanden erklärt.« Sie zögerte und fügte dann hinzu: »Es wäre eine zusätzliche Garantie für Sie.«

Karpow dachte kurz darüber nach. »Ja, das wäre es wohl.«

»Es gibt also keinen Einwand?«

Hugo war tatsächlich ein glücklicher Mann, dachte Karpow neidvoll. »Nein, kein Einwand.«

Rebecca öffnete ihre Handtasche, legte den Brief ihres Mannes hinein und zog einen anderen Umschlag heraus. »Mein Brief an Boris.«

»Ich sorge dafür, daß er ihn bekommt.«

»Danke«, sagte Rebecca höflich.

»Ich habe keine Freude daran«, sagte Karpow mit einer Spontanität, die sie überraschte. »Das hatte ich nie. Ich wünschte, ich könnte es Ihnen leichter machen.«

Rebecca wußte nicht, wie sie darauf reagieren sollte. Schließlich sagte sie: »Das ist freundlich von Ihnen.«

»Und das Doppelspiel mit Hugo macht mir auch keine Freude.«

»Mir auch nicht«, sagte sie und ergänzte dann hastig: »Aber es ist notwendig.«

»Ja«, pflichtete ihr Karpow bei. Der Gedanke schien ihn aufrichtig zu betrüben. »Es ist notwendig.«

Nach einem Moment des Schweigens sagte Karpow: »Aber Sie lassen bei Hugo nicht locker, nicht? Die Ereignisse in New York waren schon sehr merkwürdig.«

Er hatte also doch versucht, sie zu erwischen, urteilte Rebecca. »Nein«, versprach sie, »ich lasse nicht locker.«

Otto Schröder hatte im Haus in der Walter-Kolb-Straße alles mit seinem Sohn durchgesprochen. Anschließend rief er Geßler in Bonn an. Der Rechtsanwalt hatte seinen Sohn und seine Tochter mit deren Familien zu Gast, deshalb kam es zu einer Verzögerung, während er das Gespräch in sein Arbeitszimmer umstellte. Als er wieder in der Leitung war, fragte Geßler besorgt: »Was ist los?«

Schröder berichtete ihm von dem Anruf des angeblichen Weinvertreters aus Köln und fuhr fort: »Kurt und seine Leute haben alle Händler überprüft. Keiner hat einen Vertreter namens Rieber. Und keiner hatte an dem Tag einen Mann in Frankfurt.«

»Ich hatte angenommen, Hans sei geflohen, als er die Warnung erhielt«, sagte Geßler, dem anzuhören war, wie sehr ihn die Information beunruhigte. »Haben sie ihn erwischt?«

»Das glaube ich nicht«, antwortete Schröder. »Er war von ergebenen Leuten umgeben. Leute, denen er trauen konnte und die mit uns zusammengearbeitet haben. Er wollte nicht sagen, wohin er ging – nur, daß er Kontakt aufnehmen würde, sobald alles geregelt wäre. Aber wir sind sicher, daß er außer Gefahr ist.«

»Sonst wäre dieser merkwürdige Anruf wohl auch nicht gewesen«, meinte Geßler. Er blickte sich in dem holzvertäfelten Zimmer mit den ledergebundenen Büchern und den schweren Ledermöbeln um, dachte an das Familienessen auf der anderen Seite des Flurs, an seine stattliche Frau, die hübsche Tochter im Abendkleid und den vielversprechenden Sohn; an das weiße Damasttuch, die Kristallgläser und die edlen Weine auf dem langen Tisch. Und fuhr schaudernd zusammen. Nein, er wollte nicht fliehen; es mußte eine einfache Erklärung geben.

»Bist du noch da?« fragte Schröder.

»Ich habe nachgedacht.«

»Kurt will nach Bonn kommen, um deinen Schutz zu übernehmen.«

Trotz seiner Angst erkannte Geßler den Ehrgeiz, der hinter dem Wunsch steckte. Schröders Sohn wollte in die Nähe des Mannes, den er für den eigentlichen Anführer hielt. »Einverstanden«, sagte er. »Und was ist mit dir?«

»Ich habe ausreichend Schutz.«

Geßler dachte an die Spielereien in den Alpen zurück und sagte: »Sei vorsichtig, Otto. Mir gefällt das nicht. Sei vorsichtig!«

»Wir kommen schon durch«, sagte Schröder.

Als Geßler das Speisezimmer betrat, blickte seine Frau besorgt auf. »Günther!« sagte sie. »Was ist?«

»Nichts«, entgegnete der Anwalt knapp.

»Du siehst aus, als hättest du ein Gespenst gesehen.«

Das hatte er auch, dachte Geßler; zu viele Gespenster. »Bei einer Sache, an der ich seit langem arbeite, kommt es zu Problemen«, sagte er ausweichend.

»Mutter hat recht«, schaltete sein Sohn Hans sich ein. »Es ist lächerlich, daß du so hart arbeitest.«

»Manchmal muß ich das eben«, erwiderte Geßler. Warum konnten sie ihr Geplapper nicht einstellen, damit er nachdenken konnte?

»Du solltest einmal Urlaub machen«, stimmte Ilse in den Chor der Familie ein.

Südamerika? ging es Geßler durch den Kopf. Oder Rußland? Er wollte keins von beiden.

15

Nur Schröder war sich sicher genug gewesen, seinen Namen zu behalten. Aus Rudolf Diehl war Heinz Hildmann geworden, Besitzer eines exklusiven Juweliergeschäfts am Roßmarkt, auf der ertragreichen Seite der Fußgängerzone. Sie bot auch Hartmann Vorteile: Dort bewegten sich viele Menschen, zwischen denen er untertauchen konnte. Allerdings konnten dort, wie er sich eingestand, auch andere untertauchen.

Die erste Aufklärung unternahm er am selben Tag wie Schröders Observation. Er hatte den Film zum Entwickeln abgegeben und war nachmittags am Roßmarkt eingetroffen. Alle benachbarten Geschäfte waren geöffnet, nur das von Diehl nicht. Vor dem Schaufenster war das engmaschige Stahlgitter befestigt. Hartmann ließ sich mit dem Passantenstrom treiben und kam nur einmal direkt an dem Geschäft vorbei, ließ es jedoch keine Sekunde aus den Augen. Er wollte nicht nur feststellen, ob es möglicherweise verspätet öffnete, sondern achtete auch darauf, ob sich jemand – wie er selbst – als Beobachter postiert hatte.

Nach einer Viertelstunde hatte er sie entdeckt. Gemächlich schlenderte er in Richtung Bleichstraße und komplettierte den Kreis, indem er wieder in die Fußgängerzone ging, um sich zu vergewissern. Das kostete ihn eine weitere Dreiviertelstunde, aber als er zurückkam, saßen sie immer noch in dem Café. Es waren drei: junge Männer wie die am Morgen vor Schröders Haus, die kaum miteinander sprachen, aber ihre Aufmerksamkeit ständig auf das geschlossene Geschäft richteten. Hartmann wandte sich ab. In ihrem amateurhaften Verhalten würden sie ihn bestimmt nicht entdecken, aber er wollte auch nicht das geringste Risiko eingehen.

Hartmann ging weiter zur Berliner Straße, um dort aus einer Telefonzelle zu telefonieren. Als er sie betrat, dachte er darüber nach, wie banal und gewöhnlich seine Arbeitsweise doch war. Bleistiftkauende Buchhalter und tastensichere Supermarktkassiererinnen lasen im Zug auf dem Weg zur Arbeit Spionageromane und phantasierten von aufwendigem Brimborium, ohne jemals von der schlichten Realität zu träumen. Und die schlichte Realität war, daß neunzig Prozent aller Agentenarbeit langweiliger war als die Tätigkeit von Buchhaltern oder Kassiererinnen.

Hartmann wechselte auf seine Lesebrille und suchte die Eintragung unter dem Namen Heinz Hildmann. Ein gewissenhafter Geschäftsmann, registrierte er mit zufriedenem Lächeln: Diehl hatte Privat- und Geschäftsadresse samt Telefonnummer eintragen lassen. Zuerst wählte Hartmann die Nummer des Geschäfts und blickte müßig in Richtung Main, während das Freizeichen monoton surrte. Schließlich hängte er ein und wählte die Privatnummer. Wieder hob niemand ab.

Es konnte Hunderte Gründe dafür geben, daß niemand antwortete, gestand Hartmann sich ein. Aber Diehls Abwesenheit hatte, in Verbindung mit Leitners Verschwinden, nichts Zufälliges.

Vielleicht wäre die Bestätigung nach dem Maßstab, den die Russen normalerweise anlegten, nicht so absolut wie bei den beiden anderen Männern. Aber seit er mit einiger Verspätung bemerkt hatte, daß Moskau sich in eine Operation mit CIA-Verbindung einließ, fand er es zunehmend schwierig zu glauben, daß er es mit einem ganz normalen Auftrag zu tun hatte.

Er hatte wirklich gar nichts hinter sich gelassen, merkte Hartmann. Im Gegenteil, er war noch tiefer in den Sumpf gesunken. Bis zu seinem Versuch zu entkommen, waren alle Operationen ziemlich eindeutig gewesen, hatten zumindest einem erkennbaren Ziel gegolten.

Jetzt war er sich dessen nicht mehr sicher. Überhaupt nicht.

William Davidson rülpste laut, während er auf die Papiere blickte. Nur zögernd akzeptierte er die Niederlage. Und er akzeptierte auch, daß er beiseite geschoben wurde. Und wie Willard, der mit seinem Taschenrechner häufig die Höhe seiner Pension und seiner Gratifikationen addierte, mochte Davidson wiederkehrende Probleme nicht. Er wollte, daß sie ohne Gefahr für ihn selbst gelöst wurden und nie wieder auftauchten. So hatte er schon immer Probleme behandelt.

Er hatte nicht gewollt, daß Peter Berman wieder auftauchte. Eigentlich hatte er nur eins gewollt: daß der Mann verschwand und ihn nie wieder an die eine Operation erinnerte, von der Davidson ernsthaft geglaubt hatte, daß sie ihn vom Dampfer in Richtung Pensionierung herunterbrachte, auf dem er jetzt ein anerkannter Passagier war.

Und nun das!

Ohne Frage gab es Grund für weitere Ermittlungen in der New-York-Explosion, weil die Experten unbestreitbar bewiesen hatten, daß es sich bei dem Toten nicht um Klaus Reinhart handelte. Ebenso außer Frage stand, das FBI über die Verbindung zu Fritz Lang aufzuklären. Es bot sich nur eine Lösung an: das Ersuchen der Analyseabteilung zurückzuweisen, Berman nur noch auf kleinster Sparflamme zu halten und einen völlig neuen Mann mit der Untersuchung zu betrauen.

Aber darin lag ein Risiko.

Davidson gestand sich ein, daß er bei der ursprünglichen Operation Fehler begangen hatte. Fehler, die irgend so ein beschissener Frühmorgens-Jogger entdecken könnte und die ihn noch mehr plagen könnten, als er ohnehin geplagt war.

»Armleuchter!« sagte er laut.

Er entdeckte einen eingetrockneten Speiserest – entweder vom

Frühstück oder vom Mittagessen – auf seiner Krawatte und kratze ihn geistesabwesend mit dem Fingernagel weg. Es war ein Balanceakt, urteilte er. Berman, der seine Kompetenz beweisen und wieder in die operative Abteilung zurück wollte, gegen einen Neuling, der ähnlich eifrig bemüht sein mochte, einen Erfolg à la Superman zu verbuchen.

Eine teuflische Zwickmühle. Bermans Versetzung konnte man wie den großmütigen Akt eines Abschnittsleiters aussehen lassen, der die Laufbahn eines Mitarbeiters nicht eines einzigen Fehlers wegen zum Scheitern brachte. Aber wenn die Sache falsch lief, dann konnte er diesen Fehler sofort hervorkramen, um weitere Probleme zu vermeiden, bevor sie größere Ausmaße annahmen. Wenn er Berman erneut fallenlassen mußte, konnte man ihm, Davidson, die Fehlbeurteilung zur Last legen. Aber das kalkulierte er als akzeptables Risiko ein.

Davidson brauchte lange, um seine Antwort zu entwerfen, weil er wußte, daß er einen Schutz vorbereiten mußte. Er schickte nicht nur eine Kopie an die Analyseabteilung, sondern ließ auch einen Durchschlag an den stellvertretenden Direktor der operativen Abteilung gehen; auf diese Weise konnte – bei einer möglichen Untersuchung – der Schluß gezogen werden, die Entscheidung sei von einem Vorgesetzten gebilligt worden.

16

Hartmann stand am nächsten Morgen früh auf und fand sich schon zur Öffnungszeit in der Kfz-Zulassungsstelle ein. Dort präsentierte er die Geschichte, sein Wagen sei von einem unfallflüchtigen Fahrer gerammt worden, dessen Kennzeichen ein Passant notiert und hinter seinen Scheibenwischer geklemmt habe. In dem Formular trug er einen falschen Namen und eine falsche Anschrift ein und erhielt nach einer guten halben Stunde die Zulassungsdaten des Wagens, der zum Schutz von Schröders Limousine eingesetzt wurde. Sein Besitzer hieß Dieter Kleist und wohnte in der Nähe des Zoologischen Gartens. Hartmann ging von einem Verwaltungsgebäude zum nächsten und ließ sich das Adreßbuch geben. Unter der Adresse fanden sich nur zwei Namen. Neben Diester Kleist war noch eine Frau, Eva Kleist, verzeichnet. Sie war Witwe.

Die Fotos waren pünktlich fertig, und Hartmann kehrte zum *Ketterer* zurück. Mit den üblichen Vorsichtsmaßnahmen sicherte er sein Zimmer und legte dann die Aufnahmen aus, um sie mit den Fotos der Russen zu vergleichen. Die Ohren erkannte Hartmann sofort.

Stirnrunzelnd blickte er auf. War das auch nicht einer der wesentlichen Hinweise auf Lang gewesen? Sie gaben viel Geld für Gesichtsoperationen aus, übersahen aber immer wieder, daß die Ohren für einen geschulten Beobachter ebenso identifizierbar waren wie Fingerabdrücke.

Das amtliche deutsche Foto zeigte Otto Schröder als einen Mann mit langen, abstehenden Ohren. Die Gestalt, die er am Vortag neben einem lackglänzenden Mercedes fotografiert hatte, besaß identisch lange, abstehende Ohren. Ein zweites Foto zeigte Schröder in voller Größe, und Hartmann benutzte den justierten Fotomaßstab, den er stets bei sich trug, um die Körpergröße zu berechnen. Ein Meter neunzig. Die Personalakte gab Otto Schröders Größe mit ein Meter neunzig an.

Hartmann berechnete den Zeitablauf sorgfältig. Die Entstörungsstelle sollte nicht eher aktiv werden, bis er in Position war. Die bedauernde Ankündigung des Fernmeldeamts, man würde sich erst am folgenden Tag um einen eventuellen Störfall im Geschäft von Heinz Hildmann kümmern können, nahm Hartmann außerordentlich verständnisvoll entgegen.

Vor neun war Hartmann auf der Zeil, ein gutes Stück entfernt, aber nahe genug, um das verriegelte Geschäft sehen zu können. Die drei Männer saßen am selben Tisch wie am Vortag, einer trug sogar dasselbe Hemd. Amateure, dachte Hartmann wieder. Auf diese Distanz entging ihnen völlig, daß er sie fotografierte.

Gemächlich bewegte sich Hartmann in ihre Richtung und suchte sich schließlich einen Tisch im selben Café, allerdings einen Platz an der Wand, von dem aus er einen guten Blick auf Diehls Geschäft und auf die Männer hatte, die nach seiner Überzeugung bestellte Überwacher waren. Er bestellte einen Kaffee und benutzte die *Frankfurter Allgemeine Zeitung* als Barriere zwischen sich und den jungen Männern. Er war sich sicher, daß sie nicht gut genug waren, doch wie immer ging Hartmann kein Risiko ein.

Der Wagen des Entstörtrupps kam um zehn Uhr die Fahrgasse hoch. Hartmann legte die Zeitung zur Seite und sah zu, wie der Techniker im Overall mit dem schweren Werkzeugkasten in der Rechten durch die Fußgängerzone zum Roßmarkt ging. Er glaubte geradezu, die Überraschung des Mannes angesichts der Gitter zu spüren.

Hartmann hätte keine Bestätigung mehr gebraucht, doch kam sie von den drei Männern, als der Techniker vor Diehls Geschäft stehen blieb. Sie gingen in seine Richtung, als der Mann an der Tür rüttelte und dann laut klopfte, um sich bemerkbar zu machen. Als die Männer ihn ansprachen, drehte er sich um. Hartmann war zu weit weg, um ihre Unterhaltung zu verstehen, aber das war auch nicht nötig. Offenbar zeigte er ihnen seinen Dienstausweis, während sie armfuchtelnd auf ihn einredeten. Dann löste sich einer des Trios von der diskutierenden Gruppe, kam ins Café zurück und ging zum Telefon an der Rückwand. Hartmann hätte seine Position wechseln können, um zu hören, was er sagte, verzichtete aber darauf. Es konnte sich nur um eine Nachfrage bei der Post handeln, ob tatsächlich eine Störung gemeldet worden sei.

Bevor der Mann wieder hinausging, bezahlte Hartmann seinen Kaffee und ging in die entgegengesetzte Richtung, um eine Begegnung mit den Männern zu vermeiden.

Er hatte darauf geachtet, genügend Münzen in der Tasche zu haben, um Rebecca in Wien aus einer Telefonzelle anrufen zu können. Ihre Stimme zu hören, erfüllte ihn mit Wärme.

»Ich nehme den Abendflug«, sagte er.

»Es ist also gut verlaufen?«

»Ganz gut«, antwortete er.

Sie spürte den Zweifel heraus. »Du scheinst dir nicht sicher zu sein.«

»Das bin ich auch nicht«, gab er zu. »Nicht völlig.«

Peter Berman streckte sich, um seine verkrampften Schultern zu lockern, stand auf, ging zum Fenster und blickte über die Bäume in Richtung des unsichtbaren Potomac. Er hatte alle Informationen über Klaus Reinhart und Fritz Lang studiert, bis er die gottverdammten Akten praktisch runterbeten konnte. Trotzdem fand er nicht den geringsten Hinweis auf eine Verbindung zu dem Mann, der bei der Explosion in New York umgekommen war. Er bezweifelte nicht, daß die Russen Lang getötet hatten. Und Reinhart war Langs direkter Untergebener gewesen. War der unbekannte Tote ein Russe, der versucht hatte, in Reinharts Wohnung einzudringen? Das wäre eine Möglichkeit, überlegte Berman. Eins wußte er sicher: Reinhart war es nicht. Und das bedeutete, der ehemalige Nazi mußte noch irgendwo sein – wahrscheinlich auf der Flucht nach allem, was geschehen war.

Der Gedanke munterte Berman auf. Wahrscheinlich würde es Sperrfeuer vom FBI geben, das die Akte zufrieden als ›Erledigt‹ abgeschlossen hatte, aber das spielte kaum eine Rolle. Er würde einen Suchalarm nach Klaus Reinhart an alle Niederlassungen geben. Das wäre ein Beweis für tatkräftiges Handeln, und Berman wußte, wie wichtig das für ihn war: Vielleicht wurde er wieder zu den Operativen versetzt. Doch zugleich war ihm mit erschreckender Deutlichkeit bewußt, daß es nicht mehr als ein Versuch war, ein Versuch mit ungewissem Ausgang. Einen weiteren Fehler konnte er sich nicht leisten.

17

Hartmann gestand sich ein, daß er seinen Teil der Vereinbarung mit Rebecca nicht eingehalten hatte. Nach Zürich hatten sie sich gegenseitig völlige Aufrichtigkeit versprochen, aber er hatte ihr nicht alles gesagt, hatte ihrem Verdacht, daß er für die USA tätig gewesen war, nicht widersprochen, ihn aber auch nicht bestätigt. Jetzt war es an der Zeit, die Last mit ihr zu teilen. Er gestand es ihr stockend und beobachtete gespannt ihr Gesicht. Entschuldigungen, die seine Schuld milderten (wie er sich selbst stets versichert hatte), sollte er entdeckt werden, trug er ihr nicht vor. Er schilderte ihr seine Zusammenarbeit mit der CIA von den Anfängen im Nachkriegs-Wien an und beschrieb die Operationen, die er für die Amerikaner bis zum Fall Lang durchgeführt hatte.

»Und jetzt das«, meinte er abschließend. »Für Moskau zu tun, was ich für Washington getan habe. Es ist zu eng beieinander.«

Rebeccas Gesicht zuckte, als erleide sie körperlichen Schmerz. Handelte es sich etwa um den Versuch, Hugo in eine Falle zu locken, weil sie bereits Verdacht geschöpft hatten? »O mein Gott«, sagte sie. »Mein Gott!«

»Den gibt es nicht«, entgegnete Hartmann bitter.

Er konnte sehen, wie sie um Fassung rang, als sie seine Hand nahm. »Sie sind sich nicht sicher«, sagte sie. »Karpow hat mich noch einmal gefragt, aber sicher sind sie sich nicht.« Sie zögerte und fügte dann hinzu: »Wären sie es, hätten sie dich umgebracht. So machen sie es in solchen Fällen.«

»Vielleicht auch nicht.«

»Warum haben die Amerikaner gewollt, daß Lang die Flucht ergreift?«

»Das haben sie mir nie gesagt«, antwortete Hartmann. »Ich sollte ihn nur eindeutig identifizieren und ihm dann Angst machen.«

»Und warum sind die Amerikaner hierher gekommen, um nach dir zu suchen?«

Hartmann schüttelte den Kopf. »Das weiß ich ebensowenig.«

»Es ergibt keinen Sinn«, meinte sie.

»Nichts ergibt Sinn«, sagte Hartmann.

Wieder nahm sie seine Hand und zog ihn auf der Couch näher zu sich. Sie legte ihren Kopf gegen seine Schulter und sagte: »Ich habe Angst, Liebster. Angst um dich.«

»Ich auch«, entgegnete Hartmann ernst.

Hartmann beobachtete aufmerksam Karpows Gesicht. Zwar war es albern, von einem Profi wie dem Russen eine wahrnehmbare Reaktion zu erwarten, aber er versuchte es trotzdem.

»Ausgezeichnet«, lobte Karpow. »Wie immer. Moskau wird zufrieden sein.«

Die Nachricht, die er am Morgen von Erich Dollfuß erhalten hatte, besagte, daß es kein Anzeichen plötzlichen amerikanischen Interesses an Westdeutschland gab, und das wäre bestimmt der Fall gewesen, wenn Hartmann Kontakt aufgenommen hätte. Karpow freute sich über den Beweis dafür, daß er hinsichtlich des Österreichers recht behalten hatte. Er würde Hugo vermissen, wenn er nach Moskau zurückkehrte. Er würde vieles vermissen, dachte er nach einem Blick durch seine Wohnung.

»Es war nicht weiter schwierig«, sagte Hartmann. »Das hätte auch jemand erledigen können, der gerade seine Ausbildung hinter sich hat.«

»Ich habe dir etwas Einfaches versprochen«, erinnerte Karpow ihn.

»Ist es einfach?« fragte Hartmann spitz.

Karpow wies auf den Bericht über Hartmanns Frankfurter Recherchen. »Du wirst doch nicht nervös, weil solche Amateure als Beobachter mitspielen? Das sind doch nur Bubis, die ihre Muskeln spielen lassen.« Er goß Whisky in Hartmanns Glas. »Trink aus und hör auf, dir den Kopf zu zerbrechen!«

»Ich habe so ein Gefühl, daß etwas nicht stimmt«, sagte Hartmann, das Glas ignorierend.

»Das Risiko werden andere auf sich nehmen«, versicherte Karpow. »Du und ich, wir haben die harten Jahre hinter uns.«

Als die Tabletten und das Pulver die Entzündungen nicht abheilten, bekam Gusadarow zwei Wochen vom Lagerarzt täglich eine Spritze. Am Ende blieb nur noch ein Abszeß an der linken Wade, den sie schließlich operierten. Danach erlaubten sie ihm, über eine Woche im Lagerlazarett zu bleiben, in einem richtigen Bett mit richtigen Laken und mit Decken, die dick und warm waren. Gusadarow war so an Strohmatratzen auf schiefen Brettergestellen gewohnt, daß er in den ersten beiden Nächten keinen Schlaf fand, weil er sich nicht umgewöhnen konnte. Ebenso schwierig fand er es, sich an das Essen zu gewöhnen. Zweimal in der Woche gab es frisches Fleisch. Auch das Gemüse war frisch. Jeden Tag bekam er die versprochene Zitrone, und er aß alles ohne Ausnahme. Sein Magen revoltierte gegen die ungewohnte Fülle, aber er preßte den Mund zusammen und kämpfte jede Übelkeit nieder, die bedeuten würde, daß er die Nahrung wieder verlor.

Er war noch im Lazarett, als Rebeccas Brief kam. Er las ihn so hastig und gierig, wie er seine Nahrung aufnahm. Seine Finger umklammerten das Papier, das ihre Hände gehalten hatten; sein Mund formte die Worte, während er sich vorzustellen versuchte, wie sie sie geschrieben hatte. Er war allein in einem kleinen Krankenzimmer, aber ihm wäre die Anwesenheit anderer Patienten gleichgültig gewesen. Als er zum letzten Absatz kam, las Gusadarow ihn laut und wiederholte die Worte immer wieder. Dabei redete er sich ein, daß Rebecca sie beim Schreiben ebenfalls laut ausgesprochen hatte.

»Ich liebe dich«, sagte Gusadarow immer wieder auf.

18

Die Vollzugsabteilung – auch als Abteilung V bekannt – des ersten Direktorats ist auch innerhalb des KGB selbst eine geheime Einheit. Die dort beschäftigten Männer sind Killer. Fünf Männer bildeten das Kommando, das Otto Schröder liquidieren sollte. Vier reisten einzeln und getarnt über Transitstops in Tokio, London, Paris und Madrid nach Frankfurt. Dort angetroffen, prüften sie achtundvierzig Stunden, ob sie unentdeckt geblieben waren, bevor sie sich als Gruppe im Frankfurter Hof am Kaiserplatz trafen. Der fünfte reiste im Auto durch die DDR an. Er fungierte als Kurier für die mechanischen Utensilien der Operation.

Für die bereits in Frankfurt eingetroffenen Männer war Hartmanns Bericht nicht mehr als ein vorläufiger Basisplan. Vier Tage überwachten sie Schröders tägliche Bewegungen und schufen daraus ein Muster der Gewohnheiten des Mannes.

Am fünften Tag, einem Freitag, weiteten sie ihre Überwachung aus, indem sie Schröders Limousine folgten, nachdem der alte Mann abends bei seinem Haus ausgestiegen war. Jedes Mitglied des Kommandos fuhr einen eigenen Mietwagen, so daß sie sich in Zeitintervallen ablösen konnten, indem sie aus Nebenstraßen oder an Kreuzungen hinter dem verfolgten Fahrzeug auftauchten. Schröders Chauffeur wohnte in einem Hochhaus nahe der Habsburgerallee, nicht allzu weit von Schröders Haus, und zwei Russen befanden sich noch unmittelbar hinter der Limousine, als sie anhielt. Einer machte ebenfalls halt, der andere fuhr weiter.

Um neunzehn Uhr waren sie alle wieder im *Frankfurter Hof.*

»Zwanzig Minuten«, sagte der Mann, der angehalten hatte.

»Einverstanden«, sagte der zweite, der weitergefahren war.

»Wir nehmen fünfundzwanzig, um sicherzugehen«, sagte Mikhail Frolow, Führer des Kommandos.

»Warum auf diese Weise?« wollte der vierte Mann wissen.

»Eindeutige Befehle«, antwortete Frolow.

»Es wird klar als Anschlag erkennbar sein.«

»Das soll es offenbar auch.«

Der Kurier traf am nächsten Tag zum Frühstück ein. Die jetzt komplette Gruppe fuhr in zwei Wagen nach Westen, in das weite Gelände hinter Höchst, um die Geräte auseinanderzunehmen und auf etwaige mechanische Fehler zu untersuchen. Sie fanden keine und waren am Spätnachmittag wieder in Frankfurt. Das Abendessen nahmen sie im *Gumpelmann* ein und bestellten auf Empfehlung des Kellners Rippchen mit Kraut.

Weil Schröder am Sonntag nicht arbeitete, sahen sie sich wie normale Touristen die Stadt an und machten einen Bootsausflug auf dem Main. Am Nachmittag kauften Frolow und einer der anderen hessische Trachtenpuppen für ihre Kinder. Frolows Tochter besaß von seinen vielen Auslandsaufenthalten eine umfangreiche Sammlung.

Nur einer von ihnen unternahm gegen elf eine kurze Aufklärungsfahrt rund um die Habsburgerallee. Der Rest der Gruppe akzeptierte ohne Einwand seine Empfehlung, noch eine Stunde zu warten, bis die Gegend ruhiger würde.

Die Bomben wurden von Digitalzählwerken gesteuert und konnten, falls nötig, Monate im voraus scharfgemacht werden. Für das Schröder-Attentat wurden sie mit Magnetklammern angebracht. Zwei der Russen brauchten weniger als eine Minute, einen Sprengkörper unter der hinteren Stoßstange und den zweiten im vorderen Radkasten auf der Beifahrerseite zu befestigen, während ihr Fahrer vor dem Haus des Chauffeurs kurz anhielt, um augenscheinlich einen der Scheinwerfer zu überprüfen.

Otto Schröder war ein Mann strikter Gewohnheiten, was seinen Chauffeur zur gleichen Verhaltensweise nötigte. Für die Fahrt zur Werner-Kolb-Straße gab sich der Mann wie jeden Tag dreißig Minuten. Es gab keinen unerwarteten Verkehrsstau, deshalb konnte er, wie praktisch auch jeden Tag, kurz am Tiergarten halten, um eine Tasse Kaffee zu trinken und Zigaretten zu kaufen. Punkt halb zehn, im selben Moment, als der alte Mann aus dem Tor trat, fuhr er vor Schröders Haus vor. Der gewohnte Ablauf wurde – wie inzwischen täglich seit fast einem Monat – dadurch verzögert, daß die jungen Männer ihren Wagen aus der Parklücke steuerten, um die Limousine zum Büro zu eskortieren. Dadurch war es zwanzig vor zehn, bevor Schröder tatsächlich im Fond des Wagens saß. Die Bomben detonierten eine Minute, nachdem der Wagen in Richtung Schweizer Straße losgefahren war. Schröders Limousine wurde in zwei Hälften zerrissen, und der Sprengkörper hinten ließ den Treibstofftank explodieren. Überraschend wurde Schröders Körper hinausgeschleudert, aber der Chauffeur verbrannte, ebenso die beiden jungen Leibwachen im zweiten Wagen.

Wie alles andere auch war der Tag des Anschlags in Migals Plan festgeschrieben. Sobald er aus Frankfurt die Erfolgsmeldung erhielt, löste der Russe das zweite Stadium aus. Seit Jahren hatte das KGB Journalisten von Springer-Zeitungen kultiviert, denen Migal jetzt durch Informanten in Berlin die Details über Otto Schröders Vergangenheit zuspielen ließ. Drei Tage nach der Explosion hatten die meisten deutschen Tageszeitungen entsprechende Berichte abgedruckt. Migal ließ sie sich per Luftfracht aus Deutschland schicken, breitete sie auf dem großen Konferenztisch in seinem Büro aus und nickte zufrieden. Zwei Blätter hatten tatsächlich den Züricher Anschlag auf Fritz Lang noch einmal erwähnt und auf die ähnlichen Methoden hingewiesen – und genau deshalb hatte Migal darauf bestanden, daß Schröder durch eine Bombenexplosion ums Leben kommen sollte.

Aus Höflichkeit – und um konkurrierende Ermittlungen zu vermeiden – wurde das CIA-Büro an der Mehlemer Straße in Bonn von Peter Bermans Eintreffen in der Bundesrepublik unterrichtet, aber das Begleitkabel machte deutlich, daß er gänzlich allein arbeitete. Berman wußte, daß Davidson sich damit zusätzlich rückversicherte, doch das war ihm gleichgültig. Er wollte allein arbeiten, weil er den Fall allein lösen wollte. Gänzlich allein, ohne daß ein anderer nach den Meriten gierte.

Er erbat nur einen einzigen Gefallen von seiner Botschaft in Bonn: daß sie ihn bei der Polizei und den Sicherheitsdiensten als jemanden avisierte, dem Unterstützung zu gewähren sei. Nach Rücksprache mit Langley wurde den Deutschen die Bitte weitergegeben.

Weil er in den vergangenen acht Jahren so erfolgreich als Verbindungsmann fungiert hatte, wurde die Bitte durch Erich Dollfuß vom deutschen Verfassungsschutz an die Polizei weitergeleitet.

19

Am schwierigsten war es für Geßler, so weiterzuleben, als wäre alles normal: jeden Tag seine Kanzlei aufzusuchen, jeden Tag das notwendigste Minimum an Mandantengesprächen zu führen und, vor allem, jeden Tag seine Angst vor Giselda zu verbergen.

Für Geßler unerklärlich, schlug der Anschlag auf Otto Schröder in der Bundesrepublik hohe Wellen. In Zeitungen, Fernsehen und Illustrierten riß die Berichterstattung nicht ab, und im Bundestag wurden die unvermeidlichen Fragen von Abgeordneten gestellt, die an der Publizität teilhaben wollten. Als die Angelegenheit die parlamentarische Ebene erreichte, bestritt Israel jedwede Beteiligung, ein Dementi, das nur wenige glaubten – und Geßler ganz gewiß nicht.

Es hatte erschreckte Kontakte mit Luntz und Becher gegeben, hastige, hoffnungslose Telefongespräche, die nur offenbarten, daß keiner von ihnen wußte, was sie tun sollten. Und dann setzte Luntz sich ab. Seiner Frau, die von seiner Tätigkeit im Krieg nichts wußte, hinterließ er einen Brief, in dem er ihr sein Handeln erklärte und sie um Verzeihung bat. Die Frau glaubte, sie könne den Mann, den sie liebte, am besten schützen, indem sie den Brief der Polizei brachte – und die Polizei machte das Schreiben öffentlich. Die Welle der Publizität gewann neue Schubkraft.

Als er daran ging, selbst Fluchtpläne zu schmieden, stellte Günther Geßler entsetzt und geängstigt fest, wie dilettantisch er vorbereitet war. Es war ein leichtes, das Schweizer Konto mit fünf Millionen Mark aus dem Fonds in Liechtenstein aufzufüllen, aber nachdem das geschehen war, erkannte Geßler, daß er nicht wußte, wie er die Finanzkette fortführen sollte. Der Gedanke an Flucht war so undenkbar gewesen, daß er nichts über Buenos Aires oder Montevideo, Rio de Janeiro oder Concepcion wußte. Er wußte nicht einmal, welcher Fluchtort vorteilhafter war. Und sicherer.

Wie ein Mann, der das Siegerpferd sucht, indem er mit einer Nadel ins Rennprogramm sticht, kündigte Geßler der Schweizer Bank an, daß sie aus Rio de Janeiro weitere Instruktionen für künftige Geldbewegungen zu erwarten habe. Das wäre immerhin ein Startpunkt, überlegte er. Wenn ihm Brasilien nicht gefiel, konnte er immer noch weiterziehen und die Anweisungen an die Bank entsprechend ändern.

Allein in seinem Büro, wies er das Sekretariat an, keine Gespräche durchzustellen, und verschloß die Tür. Hinter seinem Schreibtisch sitzend, legte Geßler beide Hände vors Gesicht. Ihm war bewußt, wie nahe er einem Zusammenbruch war. So geängstigt er auch war – die Furcht ließ ihn regelrecht zittern –, wollte er trotzdem noch nicht fliehen. Er wollte die zudringlichen Einwanderungskontrollen an Flughäfen nicht; er wollte nicht jedesmal das Hotel wechseln, bevor die Leute sich wunderten, wer er wohl war; und er wollte sich keinen neuen Wohnsitz suchen, wenn er nie wußte, wann er wieder weiterziehen mußte.

War er deshalb zu seinem Banksafe gegangen, um sich die Berichte aus dem Krieg anzuschauen? Nicht nur, gestand er sich ein. Aus der Westentasche zog er die kleinen Kapseln, die noch bis vor zwei Stunden neben den Aufzeichnungen in dem Bankschließfach gelegen hatten. Er wußte, die Kapseln waren luftdicht, so daß das Zyankali die Jahre überdauert haben mußte. Unsicher hob er sie an die Nase. Eine undichte Stelle hätte sich durch Bittermandelgeruch bemerkbar gemacht. Auch nur eine Flucht, dachte er, ebenso unannehmbar wie die andere. Schließlich war er sein ganzes Leben praktizierender Katholik gewesen. Hastig steckte er das Gift in die Tasche zurück.

Zwar hatte er versucht, den klickenden Kameras zu entgehen, doch war Kurt Schröder fotografiert worden, wie er bei der Beerdigung seines Vaters seine körperbehinderte Mutter stützte. Deshalb hatte Geßler angeordnet, daß der Junge nicht nach Bonn zurückkehrte, sondern den Schutz anderen überließ, die er bei der Übung in den Bergen gesehen hatte. Als er am Abend die Garage unter seinem Büro betrat, traf er den Jungen im Gespräch mit den beiden anderen an, die seit Schröders Tod den Wagen ständig im Auge behielten.

»Was, zum Teufel, tun Sie hier?« fragte der Anwalt aufgebracht.

»Keine Sorge«, entgegnete Schröder. »Mich hat niemand verfolgt. Ich bin erst nach Paris und dann nach München geflogen. Ich war äußerst vorsichtig.« Nach einer kurzen Pause fuhr er fort und zeigte die Logik, derer Geßler seiner Nervösität wegen derzeit nicht fähig war. »Und wenn es so schlimm ist, wie wir glauben«, sagte der Neonazi, »weiß man bereits über Sie Bescheid, ohne daß man mir folgen muß.«

Geßler biß sich auf die Lippe. Mehr als ein Nicken brachte er nicht zustande.

»Ich fahre Sie«, bot der junge Mann an.

»In Ordnung«, sagte Geßler müde. Welche Rolle spielte es schon? Was spielte überhaupt noch eine Rolle? Er fühlte sich von Erschöpfung übermannt.

Einer der anderen kontrollierte die Garagenausfahrt und gab ein Zeichen. Vorsichtig steuerte Schröder den Mercedes die Rampe hoch und auf die Straße. Sofort löste sich ein BMW mit weiteren Mitgliedern aus Schröders Gruppe vom Bordstein, um den Geleitschutz zu übernehmen.

»Haben Sie die Fotos von der Beerdigung gesehen?« fragte Schröder.

»Ja«, antwortete Geßler. »Und die Fernsehaufnahmen.«

»Ein Zirkus«, kommentierte Schröder. »Nichts als ein verdammter Zirkus.«

Geßler sah, wie sich Schröders Hände um das Lenkrad preßten. »Allerdings«, pflichtete er dem jungen Mann bei. »Das war Zirkus.«

»Ich werde meinen Vater rächen«, kündigte Schröder an. Trotz seiner Wut blieb seine Stimme ruhig. »Ich lasse nicht zu, daß sie ihn nachträglich zu einem Monstrum machen.«

Herrgott, dachte Geßler, noch so ein theatralischer Auftritt. »Ich verstehe, was Sie empfinden«, sagte er.

»Er war kein Monstrum«, sagte Schröder drängend, als müsse er Geßler überzeugen. »Er war ein aufrechter Deutscher.«

»Ein guter Mann«, bestätigte Geßler.

»Wissen Sie, wo Herr Luntz hin ist?«

»Nein«, erwiderte Geßler. »Und ich erwarte auch nicht, daß er Kontakt mit mir aufnimmt. Das wäre wohl auch nicht sehr klug.«

»Meine Leute haben ihn bis zum Flughafen begleitet«, sagte Schröder. »Er hat die Maschine nach Madrid genommen.«

»Mittlerweile wird er untergetaucht sein«, meinte Geßler.

»Wir haben zehn Leute, die Herrn Becher rund um die Uhr bewachen«, berichtete Schröder. »Ihm kann nicht viel passieren.«

Wie deinem Vater, dachte Geßler. Er schloß die Augen, öffnete sie aber sofort wieder und starrte in die vertrauten Straßen, als sehe er sie zum ersten Mal. Er hatte vor, den Samstagflug zu buchen. Also nur noch zwei Tage. Nur noch zwei Tage, um seinem Gedächtnis die Häuser und Straßen, die jetzt sein Alltag waren, einzuprägen; um über den Rhein in Richtung Königswinter zu den bewaldeten Hängen zu schauen und sich an die Ausflüge mit Giselda zu erinnern. Giselda! Das alles würde sie in Angst und Verwirrung stürzen. Und seit der Operation war sie nie mehr richtig gesund geworden.

»Danke für alles, was Sie für mich tun«, sagte er.

Schröder warf einen raschen Blick seitwärts. »Es ist mir eine Ehre.«

Giselda, den Rahmen einer gerade begonnen Stickarbeit im Schoß, wartete im kleineren der beiden Salons in seinem Haus in der Berliner Freiheit. Geßler ging quer durchs Zimmer auf die Flaschen zu, hielt dann aber inne und gab ihr wie jeden Abend einen Kuß auf die Wange.

»Möchtest du etwas?« fragte er vom Tisch, auf dem die Getränke standen.

»Nein, danke.«

Als er auf sie zutrat, sinnierte er, wie zerbrechlich und schön sie wirkte. Mit einem Nicken zu dem Stickrahmen fragte er: »Was wird es?«

»Eine Waldszene«, antwortete sie. »Mit einem Hirsch.«

Bis Samstag würde sie es nicht zu Ende bringen, dachte Geßler. »Es wird sicher hübsch.«

»Wie war der Tag?«

Geßler zögerte, als er merkte, daß er sich an kaum etwas erinnern konnte. Jedenfalls nicht an die Arbeit. »Ganz gut«, antwortete er. »Nichts Besonderes.«

Er ging wieder zu dem Tisch zurück. »Das ist schon der zweite in nicht einmal zehn Minuten«, sagte sie tadelnd.

Er drehte sich zu ihr um. »Na und?« reagierte er, obwohl er gar nicht beabsichtigt hatte, so schroff zu sein.

»Was ist los, Günther?«

»Wieso?«

»Bitte!« drängte sie. »Ich will es wissen.«

»Da gibt es nichts zu wissen.«

Sie legte die Stickarbeit beiseite und sagte: »Ich hatte eigentlich erwartet, daß wir zu Otto Schröders Beerdigung gehen. Wir waren früher häufig mit ihm und Emmy zusammen.«

»Ich hätte es nicht für eine gute Idee gehalten«, erwiderte er.

»Vor den vielen Berichten habe ich gar nicht gewußt, was er im Krieg gemacht hat.«

»Er hat seine Befehle befolgt«, sagte Geßler knapp. »Wie wir alle.« Wie viele Male war diese Entschuldgung schon benutzt worden? fragte er sich.

»Hast du einen Grund, dir Sorgen zu machen?« wollte sie wissen.

»Warum sollte ich?« fragte er zurück. Sein Ton war barscher, als es in seiner Absicht lag.

»Ich weiß nicht«, gab sie gleichmütig zurück. »Deshalb frage ich ja.«

Wenn er wollte, daß sie mit ihm nach Brasilien kam – und er wollte es, denn der bloße Gedanke, allein zu fliehen, ließ ihn zurückschrekken –, dann war jetzt der Moment da, es ihr zu sagen; sie wissen zu lassen, daß sie alles, was sie während der letzten fünfunddreißig Jahre gekannt hatten, aufgeben würden, ebenso, wie sie Hans und Ilse verlassen würden. Geßler schwankte leicht und schloß die Augen, als ihn die Benommenheit überkam.

Eilig stand sie auf, und er spürte ihre Hand auf seinem Arm. »Was ist, Liebling? Bitte, sag mir, was ist!«

Er öffnete die Augen und trank zu hastig, so daß er sich verschluckte und husten mußte.

»Ich möchte nicht, daß du leidest«, sagte er.

»Wieso sollte ich?« fragte die Frau, jetzt noch verwirrter.

Geßler ärgerte sich darüber, wie ungeschickt er sich ausgedrückt hatte. »Komische Dinge geschehen«, sagte er. »Fehler werden begangen.«

»Fehler?«

»Menschen werden öffentlich für Geschehnisse während des Kriegs bezichtigt... Geschehnisse, die nicht ihrer Kontrolle unterlagen.« Um Herrgotts willen, sie war seine Frau! Warum konnte er ihr gegenüber nicht aufrichtig sein?

»Könnte man dir Vorwürfe wegen irgend welcher Dinge aus dem Krieg machen?«

Er schüttelte den Kopf. »Ich habe nichts Unrechtes getan«, entgegnete er. »Nur Befehle.«

Er sah ihr Gesicht direkt vor sich und fuhr fort: »Nicht persönlich. Ich habe nichts persönlich getan.«

»Danke, daß du es mir gesagt hast«, sagte sie steif.

Geßler nahm die Kapseln aus seiner Tasche und sagte: »Ich möchte, daß du darüber Bescheid weißt... falls mir etwas zustößt.« Er bemerkte ihr Stirnrunzeln und wiederholte hastig: »Ich möchte nicht, du du leidest.«

Sie nahm eins der Schächtelchen. Ihre Lippen bewegten sich, während sie die Anleitung las. Schockiert blickte sie ihn an. »Oh, nein, Günther. Das können wir nicht! Nein!«

Es gab die eine Alternative, die er stets als letzte Zuflucht in Erwägung gezogen hatte. Warum hatte er die Farce inszeniert? Warum hatte er die Geldkanäle, die Flugzeiten nach Rio de Janeiro bestätigen lassen – und nun das, die Präsentation der Zyankalikapseln wie Verdienstorden? Theater, dachte er ärgerlich. So albern wie Manöverspielchen im Bergwald.

»Nein«, sagte er. »Es gibt einen anderen Weg.«

Giselda richtete sich vor ihm auf – jemand, der zu einer Entscheidung gelangte. »Ich liebe dich«, sagte sie.

»Ich liebe dich auch«, sagte Geßler.

Normalerweise zog Karpow instrumentalen Jazz vor, aber heute abend spielte er eine Duett-Aufnahme von Billy Eckstein und Sarah Vaughan, bei der es sich vermutlich nicht einmal um echten Jazz handelte. *Passings Strangers* war eins seiner Lieblingsstücke. Mit geschlossenen Augen schwelgte er in dem Gesang, ohne jedoch die Information von Erich Dollfuß aus Bonn völlig aus seinen Gedanken verdrängen zu können.

Bestätigte Peter Bermans Ankunft Migals Verdacht, daß Hugo ein doppeltes Spiel spielte? Vielleicht. Aber andrerseits auch wieder nicht. Seit Beginn des Frankfurter Auftrags waren drei Wochen vergangen. Und weitere vierzehn Tage vor dem Anschlag. Würde Hugo für die Amerikaner arbeiten, hätte er sie logischerweise vor und nicht nach dem Bombenattentat auf Schröder hinzugezogen. Und wenn er die Spekulation logisch zu Ende brachte, dann war es das Attentat, das den CIA-Mann nach Deutschland geholt hatte.

Passing Strangers klang aus, und Karpow drehte die Lautstärke herab. Er glaubte nicht, daß Migal diese Schlußfolgerung nachvollzog. Migal brauchte nicht viel, um sich eine Meinung zu bilden, was nicht das einzige Problem war. Karpow hatte Hugos Zuverlässigkeit bei verschiedenen Gelegenheiten herausgestrichen, und die Nachricht von Dollfuß konnte bedeuten, daß er sich geirrt hatte. So kurz vor einer Beförderung würde es nicht gut aussehen, wenn er sich geirrt hatte.

Drei Paare waren mit Hartmanns Preisforderung für die Wohnung einverstanden. Die offensichtlichste Lösung wäre gewesen, sie an die ersten Interessenten zu verkaufen. Aber das dritte Paar war jung und von nervöser Unsicherheit gewesen; offenbar bekamen sie das Geld von den Eltern der Frau, denn der junge Mann hatte sich bei Diskussionen um den Preis mehrmals ihrer Entscheidung gebeugt. Hartmann beschloß, die Wohnung an dieses Paar zu verkaufen, weil es ihn an sich und Gerda erinnerte.

Als die Verhandlungen begannen, sagte ihr Anwalt, zur Eile gebe es keinen Anlaß, weil sie noch nicht verheiratet wären, doch Hartmann bereitete sich ohnehin auf seinen Auszug vor, den er jetzt, nachdem die Entscheidung gefallen war, nicht länger hinauszögern wollte. Viel war nicht zu transportieren, weil Rebeccas Wohnung voll möbliert war. Vermutlich nur seine Kleider. Und ein paar persönliche Gegenstände. Das Hochzeitsfoto von ihm und Gerda. Einige Aufnahmen von David als kleinem Jungen und ein paar von seiner Hochzeit mit Ruth. Viel mehr jedoch nicht. Hartmanns Leben war keins, in dem sich persönliche Habe sammelte.

Hartmann wickelte jeden einzelnen Gegenstand in Seidenpapier, bevor er ihn in den Karton legte. Ein Foto von Gerda, vor ihrer Festnahme aufgenommen, verwahrte er bis zuletzt. Im Hintergrund war die Staatsoper deutlich zu erkennen. Zwar konnte er sich nicht erinnern, aber es mußte ein windiger Tag gewesen sein, denn ihr Haar wurde zu einer Seite geweht, und sie hatte die Hand gehoben, um es zu bändigen. So schön, dachte er; so wunderschön.

Er richtete sich vor dem Karton auf, weil seine Beine schmerzten, wandte den Blick aber nicht von dem Foto. Er wollte noch ein anderes Bild, entschied er plötzlich. Er würde Karpow bitten, ein Foto von Gerdas Grab machen zu lassen. Es war die Sehnsucht eines alten Mannes, das erkannte er. Aber warum auch nicht? Rebecca würde es verstehen. Er fragte sich, ob sie ein Foto von ihrem Mann hatte.

20

Die Kontaktaufnahme beinhaltete die Bestätigung, die Migal brauchte, denn sie geschah über den gleichen Kanal, den der Russe eingerichtet hatte, um Fritz Lang zu bezahlen. Und wer sonst außer dem Mann, der die Kopien von Langs Informationen besaß, konnte die Einzelheiten kennen? Zum ersten Mal seit Monaten stand Migal ohne die ständige nagende Angst über dem gezackten Schattenumriß des Platzes. Er hatte Risiken auf sich genommen, entsetzliche Risiken, aber er hatte es geschafft. Er hatte einem unbekannten Nazi so sehr Angst eingejagt, daß dieser den Kontakt aufgenommen hatte. Doch praktisch im gleichen Moment geriet Migals Zuversicht ins Wanken. Das war erst der Anfang, er hatte noch einen langen Weg vor sich. Und jeder Schritt barg die Möglichkeit der Katastrophe. Migal erkannte, wie abhängig er von Karpow sein würde – mehr, als er sich anfangs hatte vorstellen können. Konnte er es vermeiden, selbst zu reisen? Die Frage ließ Migal zusammenzucken, denn jetzt sprach er in Gedanken das größte aller Risiken an: Moskau zu verlassen und in den Westen zu gehen, um alles vor Ort zu kontrollieren. Höchstwahrscheinlich würde Karpow es alleine erledigen können, wobei Hartmann den Köder abgab, aber es gäbe eine Ungewißheit: die Möglichkeit, daß der andere – wer immer es sein mochte – versuchte, etwas zurückzuhalten; dann müßte Karpow mit Moskau Verbindung aufnehmen und auf eine Antwort Migals warten, bevor er weitermachen könnte. Eine zusätzliche Verzögerung also. Eine weitere Möglichkeit des Scheiterns. Es hatte schon zu viele Verzögerungen gegeben. Migal wollte ein Ende, endgültig, ohne die Gefahr, daß noch mehr Gespenster aus der Vergangenheit auftauchten.

Er hatte den entscheidenden ersten Schritt getan. Das hieß, er gefährdete alles, aber schließlich hatte er auch alles zu verlieren. Und bisher war alles wie geplant verlaufen. Und solange er nicht die Nerven verlor, würde es weiter so ablaufen, wie er es vorhatte.

Er leitete seine Antwort über den gleichen Bankenweg zurück, erklärte sich mit einem Treffen einverstanden und überlegte dann, was er im voraus unternehmen konnte.

Vermutlich wäre der Treffpunkt irgendwo in Deutschland, aber sicher war das nicht. Karpow mußte zu einer abschließenden Unterredung zurückkehren. Er konnte sich glücklich schätzen, Karpow als Freund zu haben.

»Was haben Sie gemacht?« Henry Patterson war von beinahe unnatürlicher Sanftheit, doch betonte das die Wut des Direktors der Operationsabteilung noch.

»Als wir ihn losschickten, hatten wir nichts außer einer kleinen Ungleichheit beim Gebiß«, sagte Davidson verzweifelt.

»Ungleichheit beim Gebiß!« wiederholte Gerard Jefferson, der Leiter der Westeuropa-Abteilung. »Herrgott, Mann, wir hätten von Anfang an beteiligt werden müssen!«

Seit der Konferenz vor einigen Monaten, bei der beschlossen worden war, die Lang-Operation zu den Akten zu legen, war es das erste Mal, daß Davidson sich wieder im sechsten Stockwerk in Langley aufhielt. Sobald sie anfingen, den Frankfurter Bombenanschlag auf Otto Schröder unter die Lupe zu nehmen, und er zugab, Berman nach Deutschland geschickt zu haben, wußte er, daß er in Schwierigkeiten steckte.

»Warum?« wollte Patterson wissen. »Warum Berman? Bei der Untersuchung wurde er als Schuldiger für den ersten groben Schnitzer ermittelt, und wenn sich die Möglichkeit auftut, ein paar der Kastanien aus dem Feuer zu holen, setzen Sie ihn wieder als Operativagenten ein und riskieren, daß er die ganze Geschichte erneut verbockt.«

»Er war praktisch schon unterwegs«, versuchte Davidson sich zu verteidigen. »Wie konnte ich wissen, daß es eine Verbindung zum Anschlag auf Schröder gibt? Es dauerte Tage, bis sich das abzeichnete.«

»Schröder war ein Nazi, und das wußten Sie von Anfang an«, sagte Jefferson. »Das hätte ausreichen müssen.«

»Ich habe Ihnen ein Memorandum geschickt, in denen meine Vorkehrungen skizziert sind.«

Jefferson lehnte sich in seinem Sessel nach vorn und wedelte mit einem Blatt Papier. »Versuchen Sie nur nicht, mich damit hineinzuziehen!« warnte er. »Das Memo hier reicht gerade zum Arschabwischen, und das wissen Sie so gut wie ich. Es hätte eine Beratung zwischen uns geben müssen.«

»Soll ich Berman zurückziehen?« fragte Davidson.

Jefferson überließ die Entscheidung dem Direktor der Operationsabteilung, und Patterson blickte einige Sekunden über den Schreibtisch, ohne sich zu äußern. Dann sagte er: »Nein. Er ist da und hat Verbindung zu den deutschen Stellen aufgenommen. Lassen wir ihn also bleiben.« Der Direktor ignorierte die Verwirrung, die sich auf Davidsons Gesicht breitmachte, und fuhr nach einer kurzen Pause fort: »Aber bis morgen will ich ein Unterstützungsteam an Ort und Stelle haben; genug Leute, um jeden Pflasterstein umzudrehen und hinter jeden Baum in Deutschland zu gucken. Ich dachte, mit Lang hätten wir unsere Chance verloren, aber jetzt scheint es, daß dem nicht so ist. Und ganz sicher werde ich sie nicht ein zweites Mal verlieren.«

»In Ordnung«, sagte Davidson.

»Und noch eins . . .«

Davidson blickte auf.

»Sie gehen auch mit«, ordnete Patterson an. »Und diesmal sorgen Sie dafür, daß es richtig läuft. Falls nicht, verlange ich Ihre Versetzung in den Ruhestand.«

Mit halber Pension und ohne Chance, Arbeit bei einer der Fassadenfirmen zu bekommen, die die Agency für Ex-Beamte betrieb, sinnierte Davidson. Sie waren Schweine – alle miteinander.

Die Anweisungen von Karpow machten Erich Dollfuß nervös. Bisher waren die Anforderungen vergleichsweise einfach gewesen. Er brauchte nur die Informationen, die über seinen Schreibtisch wanderten, weiterzuleiten, und dazu gehörte kaum mehr als ein Fotokopierer oder eine Kamera. Aber jetzt sollte er Kontakt mit dem Amerikaner aufnehmen und sich aktiv um den Mann kümmern. Gründe genug dafür konnte er ins Feld führen. Das Schröder-Dossier war sehr umfangreich, und er hatte von seiner Dienststelle den Auftrag, als Verbindungsmann zu fungieren.

Trotzdem war Dollfuß nervös.

21

Karpow studierte die Mitteilung, die über die Schweiz gekommen war, und nickte dann über den Schreibtisch hinweg in Richtung Migal. »Richtig. Das kann nur von jemandem stammen, der das Lang-Material besitzt.«

»Vielleicht mehr, als wir schon gesehen haben.«

»Vielleicht«, meinte Karpow. »Aber ich erkenne keinen Vorteil darin, es zurückzubekommen. Ganz sicher behält er Kopien, genau wie Lang.«

»Diesmal ist es ausgeglichen. Sobald der Mann seine Identität enthüllt, wiegt sein Risiko der Bloßstellung das unsere auf.«

Wieder nickte Karpow. Er registrierte, daß Migal, wenn er von der Zusammenarbeit mit den Nazis im Krieg sprach, sich stets auf den Geheimdienst und nicht seine eigene Verstrickung bezog. »Es spielt also keine Rolle, was Sie zurückbekommen.«

»Das schon, falls es um einen Gefangenentransport geht, der in dem Material nicht enthalten ist, das Lang bei der Botschaft in Mexiko hinterlegt hat. Aber primär bin ich an der Identität der Person interessiert. Als Treffpunkt ist Bonn verabredet, also ist unser Mann geblieben. Er ist geblieben und hat genauso viel zu verlieren wie wir.« Der Russe unterbrach sich kurz und fuhr dann fort: »Und mehr noch. Mord gehört auch dazu.«

»Mord?«

»Was, glauben Sie, versetzt sie alle in Angst und Schrecken?«

Karpow wog die Frage ab und sagte dann: »Entdeckung, nehme ich an.«

Migal schüttelte den Kopf. »Getötet zu werden«, widersprach er. »Deshalb habe ich befohlen, Schröder in die Luft zu jagen, damit es zu dem paßte, was mit Lang und dann mit Reinhart passiert ist. Ich wollte, daß die anderen ein Muster erkennen und von der Vorstellung ausgehen, daß es sich um eine Serie sorgfältig geplanter Anschläge handelt.«

»Warum? fragte Karpow.

»Diesmal zahle ich kein Geld. Geld zu zahlen, ist immer ein Fehler.«

»Was sonst?«

»Die Identität desjenigen, der sie verfolgt.«

»Aber das ist...« begann Karpow, doch Migal fiel ihm ins Wort. »Hugo Hartmann«, vollendete er den Satz. »Ein Jude, der einmal für ein Büro gearbeitet hat, das Kriegsverbrecher jagte, und der jeden Grund hat, einen Terrorfeldzug gegen Leute zu führen, die ihn früher einmal terrorisiert haben.«

»Sie werden ihn umbringen«, sagte Karpow leise.

»Und das ist der Mord, von dem ich eben sprach – ein Mord, für den wir Beweise haben, mit denen wir sie erpressen können. Diesmal bin ich entschlossen, alles zurückzubekommen, auch die Kopien.« Migal lächelte, ein seltener Anblick. »Was halten Sie davon?«

»Äußerst raffiniert«, mußte Karpow zugeben.

»Ja«, sagte Migal sachlich, »nicht wahr? Und noch etwas.«

»Noch etwas?«

»Ich gehe selbst nach Deutschland.«

»Sie?«

»Ich weiß, das ist ohne Beispiel, aber genau das habe ich vor. Ich will dort sein, vor Ort, um sicherzugehen, daß alles so abläuft, wie ich es geplant habe.«

»Es ist gefährlich«, warf Karpow ein.

»Natürlich ist es gefährlich, aber es ist die einzige Möglichkeit...« Und nach einer kurzen Pause: »Deshalb verlasse ich mich ja so auf Sie.«

»Selbstverständlich tue ich alles, was in meinen Kräften steht«, versicherte Karpow.

»Ich möchte, daß Sie verhandeln«, sagte Migal.

»Ich? Verhandeln?«

»Einen anderen kann es nicht geben, oder? Sonst weiß keiner Bescheid.«

»Nein«, sagte Karpow verzweifelt. »Es wäre Irrsinn! Und ein direkter Verstoß gegen jeden operativen Ablauf. Es müßte eine Reihe von Zwischenstationen geben, ohne nachweisbare Verbindung zu uns. Wir brauchen Dutzende von Leuten.«

»Nur wir«, verlangte Migal beharrlich. Er schätzte kurz ein, welcher Druck erforderlich wäre, und sagte: »Sie sind jetzt beteiligt, Oleg. In die Sache verwickelt, wie ich. Wir können es zusammen machen.«

Schwein! dachte Karpow. Migal konnte nur in Kategorien der Erpressung denken.

»Wie?« fragte er.

Migal schob ihm die Anweisungen über den Tisch, die ihm über die Schweiz zugeleitet worden waren, und wartete geduldig, während Karpow sie las. Nach einer Viertelstunde blickte Karpow auf und sagte: »Das ist Kinderkram.«

»Genau dasselbe besagt Hartmanns Bericht über Frankfurt – Kinderspielereien«, erinnerte Migal ihn. »Es wird völlig ungefährlich sein.«

»Amateure stellen eine größere Gefahr als Professionelle dar«, widersprach Karpow.

»Nur wir beide«, wiederholte Migal.

»Sie wollen ein Treffen innerhalb von drei Tagen«, sagte Karpow mit Blick auf das Papier, das er noch in der Hand hielt. »Ich fliege morgen.« Ohne die Unterstützung, die eine derartige Operation eigentlich erforderte, die Migal aber verweigerte, konnte er nicht viel tun, aber er würde versuchen, für den größtmöglichen Schutz zu sorgen.

»›Über Wien?«

»Ja.«

»Warnen Sie Hartmann vor, daß Sie ihn bald wieder brauchen. Wir brauchen einen Beweis, um den Austausch echt erscheinen zu lassen. Hugo wird wieder auf Nazi-Jagd gehen müssen.« Er ließ eines seiner seltenen Lächeln sehen. »Und diesmal werden wir aufzeichnen.«

Weil Schröders Akte so umfangreich war, hatte Dollfuß ein Nachbarbüro zur Verfügung stellen lassen. Erst spät am Nachmittag tauchte Berman wieder in der Verbindungstür auf.

»Das war sehr umfassend. Danke«, sagte der Amerikaner.

»Wir sind ausdrücklich zur Kooperation aufgefordert worden«, erwiderte Dollfuß. Er hielt Berman für einen äußerst angenehmen Zeitgenossen, höflich und ohne die polternde Schroffheit, die er gewöhnlich mit Amerikanern verband. Auch recht attraktiv, doch das war nur ein flüchtiger Gedanke; Dollfuß vermied peinlichst jede Verquickung seines Privatlebens mit seiner beruflichen Sphäre, obschon es eindeutige Anzeichen dafür gab, daß in dem Gebäude, in dem sie jetzt saßen, andere Männer ebenso empfanden wie er. Weil er das Gespräch ohne Auftrag und Wissen seiner Vorgesetzten aufnahm, hatte Dollfuß das Gerät eigenhändig vorbereitet: ein Kleinstmikrofon unter der Außenkante seines Schreibtischs und ein Auslöseknopf in der obersten Schublade. Unter dem Vorwand, einige Unterlagen in die Schublade zu legen, setzte er das Tonbandgerät in Gang. Er hoffte nur, daß es funktionierte. Und daß Berman keinen Verdacht schöpfte.

»Die Ermittlungen scheinen an einem toten Punkt angelangt«, sagte Berman.

Dollfuß nickte. »Anfangs sah es ganz vielversprechend aus, aber plötzlich gibt es nur noch Sackgassen.«

»Was ist mit den Israelis?«

»Wir haben informelle Hinweise des Mossad, daß sie nichts damit zu tun haben. Wenn sie es für erforderlich hielten, würden sie natürlich lügen«, sagte Dollfuß. Er zögerte und rekapitulierte Karpows Anweisungen. »Woran sind sie mehr interessiert?« fragte er. »An Fritz Lang oder Otto Schröder?«

»An beiden, falls es eine deutliche Verbindung gibt.«

»Gibt es die?« hakte Dollfuß ein. »Wenn wir schon zusammenarbeiten, dann auch in beiden Richtungen.«

Berman überlegte, wie weit er gehen konnte. Wenn Davidson und Gott weiß wie viele andere am Abend einflogen, hatte Langley offensichtlich entschieden, daß er die Sache nicht alleine angehen konnte. Vielleicht würde sie ihm sogar völlig aus der Hand genommen werden, wenn er nicht einige praktische Resultate vorlegen konnte. Wenn er gegenüber dem kleinen, gefälligen Deutschen offen war, hatte er also mehr zu gewinnen als zu verlieren. Und schließlich waren sie in derselben Branche tätig und an derselben Sache interessiert. »Was wissen Sie über Klaus Reinhart?« fragte er.

Dollfuß sah stirnrunzelnd auf die Schröder-Akte, als wäre die Antwort dort zu finden. Dann blickte er auf und sagte:

»Nichts.«

Berman informierte ihn über die Explosion in New York, die Verbindung zu Lang und dann über seine Entdeckung aus dem Gebißvergleich.

»Es hat also Attentate auf drei Nazis gegeben.«

»Attentatsversuche«, korrigierte Berman. »Der Tote von New York ist nicht Klaus Reinhart.«

»Deshalb sind Sie hergekommen.«

»So ist es«, bestätigte Berman. »Eine Verbindung schien damals wahrscheinlich.«

»Sie könnte immer noch bestehen«, sagte Dollfuß.

Berman zeigte auf den deutschen Ermittlungsbericht. »Daraus ergibt sich keinerlei Hinweis«, sagte er.

»Schröders Sohn ist verschwunden«, informierte Dollfuß den Amerikaner. »Und wir haben Hinweise, daß er einer Neonazi-Gruppe angehört. Es gibt ein paar davon. Jung und verbohrt, die meisten.«

»Nach dem Tod seines Vaters könnte er Angst haben«, meinte Berman.

»Er ist zur Fahndung ausgeschrieben.«

»Was ist mit dem anderen Mann, der verschwunden ist? Luntz?«

»Bis Madrid konnten wir seine Spur verfolgen, dort haben wir sie verloren. Bei Ex-Nazis sind die spanischen Behörden nicht sonderlich hilfreich. Da existieren noch viele Sympathien.«

»Heute abend kommen noch mehr von unseren Leuten«, sagte Berman. Der Mann mußte es ohnehin erfahren, und vielleicht brauchten sie weitere Hilfe.

»Wieviele?«

»Ich weiß es nicht genau.«

Das war eine Information, die sowohl für seine offiziellen als auch seine inoffiziellen Arbeitgeber von Bedeutung wäre, erkannte Dollfuß. »Warum?« fragte er.

Berman merkte, daß er sich zu weit vorgewagt hatte. »Eine Sache, die vor langer Zeit geschehen ist, könnte uns jetzt etwas einbringen«, antwortete er vage.

»Hate es mit den Nazis zu tun?«

»Ja«, sagte Berman.

»Wem könnte es etwas einbringen: Amerika oder der Bundesrepublik?«

»Vielleicht beiden«, antwortete Berman. »Keine Sorge, es geht für Ihr Land ohne Peinlichkeiten ab.«

»Öffentlich enthüllte Anschläge auf alte Nazis wie Schröder oder Lang sind immer peinlich«, entgegnete Dollfuß. »Allein die Erinnerung macht unsere europäischen Partner unruhig.«

»Diesmal ist es anders.«

»Ich verstehe kein Wort«, sagte Dollfuß.

»Weiter kann ich jetzt nicht gehen«, wehrte Berman ab. »Das müssen Sie verstehen.«

»Und Sie müssen verstehen, daß Sie sich auf deutschem Territorium befinden und deutsche Unterstützung erbitten«, sagte Dollfuß in energischem Ton. »In unserer Unterredung sollte es eigentlich um Zusammenarbeit gehen.«

Im Moment war der Mann sein einziger Kontakt. Berman wußte, es wäre ein Fehler, ihn feindselig zu stimmen. »Etwas, das sich vor langer Zeit ereignet hat, könnte von Bedeutung sein; und die Anschläge auf Schröder, Reinhart und Lang könnten von Bedeutung sein«, sagte der Amerikaner umständlich. »Aber es wird sich nicht hier in Deutschland auswirken.«

»Wo dann?« fragte Dollfuß. Er war selbst überrascht, daß er die Unterhaltung lenkte.

»Sie haben mein Wort: Sobald ich mehr entdecke, gebe ich meine Informationen an Sie weiter«, versprach Berman im Versuch, der Neugier der Deutschen zu entkommen. »Im Moment arbeiten wir aufgrund von Hörensagen, ohne konkrete Beweise.«

»Auf Hörensagen fliegen Sie eine ganze Gruppe von Leuten über einige tausend Kilometer hierher?« faßte Dollfuß nach.

»Wenn es sich bestätigt, lohnt sich der Aufwand«, versicherte Berman.

Er hatte einiges zu berichten, entschied Berman. Und er fragte sich, ob es ausreichte.

Er hatte einiges zu berichten, entschied Dollfuß. Und er fragte sich, ob es ausreichte.

Günther Geßler wollte ganz sichergehen, deshalb nahm er die russische Antwort mit zur Filiale der Deutschen Bank. Zusammen mit dem Angestellten schloß er das Tresorfach auf, in dem die Kassette mit Langs Material aufbewahrt war, doch nachdem der Mann fort war, unternahm er keinen Versuch, den Deckel zu heben. Stattdessen betrachtete er die kurze dreizeilige Nachricht, die am Morgen aus der Schweiz eingetroffen war. Er hatte seinen Teil der Kontaktprozedur geleistet, und ein Unbekannter namens Iwan Migal hatte reagiert. Und das innerhalb von vier Tagen. Zog man die Verzögerung durch den Umweg über die Schweiz in Betracht, war das praktisch eine postwendende Antwort. Geßler kam zu dem Schluß, daß der Russe besorgt war; vielleicht so besorgt wie er selbst. Er betrachtete die Kassette und fragte sich, wieviel Schutz das Material bieten mochte. Er hoffte, besseren Schutz als den von Kurt Schröder und seinen posierenden Freunden. Am Nachmittag hatte er sie entdeckt, als sie in der Garage der Kanzlei herumjuxten und die ganze Sache auf ein Pfadfinderspielchen reduzierten.

Schließlich öffnete Geßler die Kassette, um Migals Nachricht aus Moskau hineinzulegen. Dann drückte er den Rufknopf, damit der Bankangestellte kam und zusammen mit ihm den Safe verschloß.

22

Boris Gusadarow wurde für seine Entlassung aus dem Lagerlazarett mit einer neuen Uniform ausgestattet, die keinen Geruch eines anderen an sich hatte. Auch die Stiefel waren neu, besser geschnitten und mit festen Segeltuchschäften statt des Filz, der sich im Winterschnee voll Wasser saugte und so schwer wurde, daß man die Füße nicht mehr vom Boden heben konnte. Als er die Hose anzog, ließ ihn die momentane Unbequemlichkeit stutzen, bis ihm aufging, daß sie ihm Kleider von der Größe zur Zeit seiner Einlieferung bewilligt hatten, mittlerweile hatte er zugenommen, so daß sich der Bund um seine Taille spannte. Aus dem Lazarettgebäude wurde er nicht zu den Ziegelbrennhütten geführt, die er als Vorzug genossen hatte, weil sie überdacht waren. Stattdessen brachten sie ihn zur Hauptverwaltung des Lagers.

Angemessen ehrerbietig stand er vor dem Offizier: den Kopf gebeugt, die Mütze in den Händen, vor dem Bauch.

»Die Ärzte sagen, du bist wieder voll bei Kräften.«

»Jawohl.« Wollten sie ihn von den Brennöfen wegholen? Im Winter boten die Öfen Schutz und Wärme. Selbst im Sommer war es besser, dort zu arbeiten.

Der Mann blickte hoch. »Wie fühlst du dich?«

Gusadarow antwortete nicht sofort. Soviel Fürsorge war er nicht gewohnt, und er suchte nach einer Antwort, die ihm seine alte Arbeit erhielt. »Besser als vorher«, sagte er schließlich.

Der Mann schaute wieder in seine Gefangenenakte. »Du bist Ingenieur gewesen?«

Tatsächlich? fragte Gusadarow sich. Es war so lange her, daß er sich kaum zu erinnern vermochte. Aber ja, er war Ingenieur gewesen. Eine Traktorfabrik in Winniza, wo sie versuchten, erstklassige Traktoren mit drittklassigem Material zu bauen, um absurde Erntequoten zu erzielen, die von den Ausländern in Moskau vorgeschrieben worden waren. »Ja«, antwortete er schließlich, »ich war Ingenieur.«

»Du kennst dich also mit Zahlen aus, oder?«

Nach dieser Frage machte Gusadarow die längste aller Pausen, weil er versuchte, ihre Bedeutung zu ergründen. Was hatten Zahlen mit Ziegelbrennen, Kohleabbau, Holzfällen oder Goldgewinnung zu tun? War es ein Trick ? Waren das Essen, die Behandlung im Lazarett und die neuen Kleider eine bizarre Falle? Aber zu welchem Zweck? Er vermochte keinem Gedanken einzeln nachzugehen, so daß ein Zweifel den nächsten überlappte, bis sein Gehirn völlig vernebelt schien.

»Bist du nicht mit Zahlen vertraut?«

Das Drängen des Manns ließ Gusadarow zusammenzucken. Es war ein Fehler, einen Offizier zu veranlassen, daß er sich wiederholte. »Doch«, sagte er hastig. »Doch, mit Zahlen bin ich gut vertraut.« Zugleich ging ihm auf, daß das nicht zutraf. Ursprünglich hatten sie Blaupausen und Zeichnungen mit exakten Maßangaben und Berechnungen gehabt, an die sie sich eigentlich strengstens halten sollten. Aber alle Maschinen in der Fabrik waren veraltet gewesen und produzierten mit einer großen Bandbreite in den Toleranzen, so daß sie im Endeffekt jedes Fahrzeug so bauten, wie es sich gerade ergab.

»Wir brauchen einen Gehilfen«, sagte der Offizier. »Hier im Verwaltungsgebäude.«

Unter der schützenden Mütze preßte Gusadarow die Finger gegeneinander, um einen körperlichen Schmerz zu erzeugen, auf den er sich konzentrieren konnte, damit sein Denken nicht ständig in Verwirrung abglitt. Das war undenkbar – in die Verwaltung versetzt zu werden! Nur die Kalfaktoren, die Kriecher kamen dorthin. Und dann nicht auf diese Weise, sondern erst nach Jahren, in denen sie Informationen, Schwarzmarktgeld und oft auch ihren Körper feilgehalten hatten.

»Du fängst sofort an«, fuhr der Offizier fort.

»Jawohl.«

Es war nur ein kurzer Weg zu dem großen, offenen Raum, in dem Männer an drei Reihen mit jeweils sechs Tischen saßen. Er wurde dem Wachhabenden des Saals übergeben. Der Mann wies auf einen leeren Tisch auf der linken Seite, und Gusadarow setzte sich beflissen. Niemand blickte zu ihm. In einer kleinen Vertiefung des Tischs waren Stifte, Feder, ein Tintenglas und ein Lineal, und direkt vor ihm lag ein fleckiger Tintenlöscher. Gusadarow überlegte, ob er die Schubladen öffnen sollte, entschied sich aber dagegen. Ohne eindeutigen Befehl tat man nie etwas.

Der Wärter brachte ihm jetzt einen voluminösen Ordner, dessen Rückkante gefaltet war wie der Blasebalg eines Akkordeons, wie sein Vater es gespielt hatte.

»Wir wollen ein Leistungsdiagramm«, sagte der Wärter. »Die Daten der Lagerproduktion des letzten und des laufenden Jahres findest du in dem Ordner. Wir brauchen einen Vergleich.«

Gusadarow nickte, weil er nicht wußte, was er sagen sollte.

»Diagrammpapier ist im Tisch«, fuhr der Mann fort.

Gusadarow fand das Papier in der linken Schublade und legte es sorgfältig vor sich aus. Aus dem Ordner nahm er die Tabellen und stellte fest, daß sie nach den verschiedenen Produktionszweigen des

Lagers geordnet waren. Weil es die Abteilung war, in der er zuletzt gearbeitet hatte, begann Gusadarow mit den Zahlen der Ziegelbrennerei.

Er saß mit gebeugtem Rücken über dem Papier und starrte auf die Zahlen, bis sie vor seinen Augen verschwammen. Sein Magen krampfte sich zusammen, und er hielt die Hände unter der Tischplatte versteckt, damit der Wärter sein Zittern nicht bemerkte.

Gusadarow hatte nicht die leiseste Vorstellung, was er machen sollte.

Als Davidson vom Hotel Königshof aus in der Botschaft eintraf, hatte Berman ein Kommunikationssystem eingerichtet, das demjenigen gleichkam, das er vor Monaten für Langs Ankunft in Bern vorbereitet hatte. Er hatte Langley über sein Gespräch mit Erich Dollfuß bereits ausführlich unterrichtet. Davidsons Gesicht rötete sich, als er die Länge des Fernschreibens sah, und die Farbe wurde noch dunkler, als er es las. »Sie wußten, daß ich komme«, tadelte er Berman. »Sie hätten warten können, bis ich eintreffe.«

Damit du die Verdienste einheimst, dachte Berman: Arschloch! »Ich dachte, es wäre wichtig – wegen der Verstärkung«, verteitigte er sich. »Deshalb wollte ich keine Zeit vergeuden.«

Davidson blieb skeptisch, gab das Thema aber auf. »Spanien ist eine Spur«, sagte er stattdessen. »Wir sollten Madrid alarmieren.«

»Habe ich bereits getan«, entgegnete Berman und reichte ihm den zweiten Telexbogen. »Und ich habe auch ein Duplikat an Washington gesendet, damit jeder weiß, was alle anderen tun.«

»Sie sind sehr tüchtig gewesen«, bemerkte Davidson sarkastisch.

»Das sollte ich wohl auch nach dem letzten Fall, oder?« Berman war zu dem Schluß gekommen, daß er nichts zu verlieren hatte, wenn er sich Davidson nicht beugte. Daß er selbst in Bonn war, bedeutete, daß Davidson ebenso wie Berman um seine Existenz kämpfte. Und diesmal wollte Berman nicht derjenige sein, der dran glauben muß.

»Die Deutschen kooperieren also mit uns, und wir kennen das Ausmaß ihrer Ermittlungen«, sagte Davidson, der eine schwache Stelle suchte. »Was ist mit unseren eigenen Recherchen?«

»Ich bin erst seit drei Tagen in Bonn«, sagte Berman. »Und nicht einmal eine Woche in Deutschland.«

Davidson lächelte, weil er glaubte, den Ansatzpunkt gefunden zu haben. »Also nichts«, meinte er. »Abgesehen von dem, was wir von anderen Leuten aufgeschnappt haben.«

»Aber nein«, widersprach Berman. »Aus Langley habe ich die

Namen und alle verfügbaren Informationen über jeden Nazi mitgebracht, der jemals mit Fritz Lang, Klaus Reinhart und Otto Schröder zu tun hatte. Und ich habe unsere Niederlassung hier bis 1945 zurückermitteln lassen, um Hinweise darauf zu entdecken, wer in Deutschland geblieben oder abgetaucht ist. Und ich setze unsere Spürhunde auf die Organisation an, der Schröders Sohn angehört.« Er unterbrach sich, als er Davidsons Verärgerung spürte, die ihn freute. »Jetzt, da Sie mit zusätzlichen Leuten gekommen sind, müßten wir um einiges schneller vorankommen«, fuhr er dann fort. »Zudem habe ich den Mossad um Hilfe angegangen. Ich habe die Israelis gebeten, den Aufbau des Anti-Nazi-Büros nach dem Krieg zu überprüfen und ihnen Fühlungnahme zugesagt, falls wir etwas finden.«

»Ich nehme an, Sie haben Langley darüber informiert.«

»Aber gewiß«, bejahte Berman. »Nach dem, was beim letzten Mal geschehen ist, halte ich es für wichtig, daß sie von Beginn an wissen, wer was tut und wer was nicht tut – meinen Sie nicht auch? Ich möchte nicht, daß man Sie für Fehler verantwortlich macht, die mir unterlaufen.«

»Das wird schon nicht passieren«, entgegnete Davidson. »Glauben Sie mir, das wird nicht passieren.«

»Das liegt auch nicht in meiner Absicht«, gab Berman in der gleichen Manier zurück. »Glauben Sie mir, das liegt nicht in meiner Absicht.«

»Was ist?« fragte Rebecca im selben Moment, als Hartmann nach seiner Verabredung mit Karpow die Wohnung betrat.

»Noch mehr Nazis«, sagte er.

»Wo?«

»Köln.«

»Nach Schröders Tod werden sie noch nervöser sein«, sagte die Frau.

»Allerdings«, pflichtete Hartmann ihr bei. »Und wahrscheinlich sind auch die deutschen Behörden aktiver.«

»Wann?«

»Nicht direkt. Erst wenn sie es mir sagen.«

»Warum nicht sofort?«

»Ich weiß es nicht.«

»Wieviel hast du verlangt?«

»Fünfundsiebzigtausend Dollar«, erwiderte Hartmann. »Ich habe gesagt, es sei gefährlicher als in Frankfurt.«

»Hatte er keine Einwände?«

»Nein«, sagte Hartmann. »Die hat er nie.«

»Wann, glaubst du, ist der Verkauf der Wohnung abgeschlossen?«

»In zwei Monaten, vielleicht.«

»Ich freue mich auf den Tag, an dem du einziehst, Liebster«, sagte Rebecca. Von ihrem Gespräch mit Karpow hatte sie ihm nichts gesagt. Sie wollte nicht, daß Hugo noch nervöser wurde, als er ohnehin schon war.

»Ich mich auch«, erwiderte er ernsthaft.

23

Schon früher, wenn er Hugo mit besonders gefährlichen Aufträgen betraute, hatte es Gelegenheiten gegeben, bei denen es Karpow schwergefallen war, seine natürliche Herzlichkeit aufrechtzuerhalten, doch heute war es so schwierig wie nie zuvor. Er war dabei, den Mann umzubringen, dachte Karpow, ebenso sicher, als feuerte er eine Kugel ab oder schleuderte ein Messer. Für ihn und das, was er darstellte, war die Überlegung absurd, gefährlich sogar. Hugo Hartmann war ein Agent auf eigenes Risiko, ein Freiberufler. Und freiberufliche Agenten waren immer entbehrlich. Genau deshalb wurden sie ja eingesetzt. Aber in Karpows Augen war Hugo Hartmann nie ein entbehrlicher Agent gewesen. Freunde konnten sie nicht werden, denn der Professionalismus ihrer Branche ließ nicht zu, daß sich solche Beziehungen zu Freundschaften entwickeln. Doch wäre es möglich gewesen, dann wäre er gern der Freund des anderen geworden.

Er hatte gemeint, was er vor Monaten Migal über Tapferkeit erzählt hatte. Wie sollte einer von ihnen wissen, wie er sich in einem Konzentrationslager verhalten hätte? Er würde sich die Hosen vollmachen, urteilte Karpow nüchtern, wenn er jemals damit rechnen mußte, nach Sibirien geschickt zu werden. Deshalb hielt er Hugo für keinen Feigling. Er war weder feige noch schwach. Karpow hielt ihn für einen angenehmen, mißbrauchten Mann – wahrscheinlich der beste Agent, der je unter seiner Führung gearbeitet hatte. Oder jemals arbeiten würde.

Abrupt stand Karpow von dem Tisch auf, an dem er den Österreicher auf Köln vorbereitet hatte. Wenn er eine Zukunft haben wollte, mußte er seine Sentimentalität verdrängen und sich ins Gedächtnis rufen, was er war: ein professioneller Geheimdienstoffizier. Mehr als das: ein professioneller Geheimdienstoffizier kurz vor der Beförderung, die ihm in einem Land, dem er viel zu lange fern gewesen war,

Macht, Prestige und Ansehen verschaffen würde. Er fragte sich, ob seine Ehe mit Irena hätte gerettet werden können, wenn all das zwei oder drei Jahre früher geschehen wäre. Wieder so ein sentimentaler Gedanke, ärgerte er sich über sich selbst. Es war eben nicht früher geschehen, und jetzt war die Scheidung unvermeidlich.

Karpow ging zu seiner Stereoanlage und schob die Kassette in den Schacht. Die Aufnahme war recht dünn, aber seine Anlage war aufwendig genug, um sie optimal zu verstärken. Trotzdem entgingen Karpow beim ersten Abspielen einige Worte, deshalb spulte er das Band zurück und hörte es sich ein zweites Mal und zur Sicherheit auch noch ein drittes Mal an. Nicht nur die Worte, auch die Nuancen waren bedeutsam.

Dollfuß hatte gute Arbeit geleistet, urteilte Karpow; besser, als er erwartet hatte. Dennoch war es ihm nicht gelungen, das Gespräch über ein einleitendes Abtasten hinweg weiterzutreiben. Die Gedankenformulierung ließ Karpow innehalten: einleitendes Abtasten diente dazu, die Vorteile und Schwächen des Gegners einzuschätzen. Welche Vorteile und Schwächen waren in dieser kratzigen Bandaufnahme erkennbar?

Die wesentliche Information war die Tatsache, daß die Amerikaner Verstärkung herbeiholten. Aber er wußte noch nicht, warum. Bestens vertraut mit dem Zählwerk seines Recorders ließ Karpow das Band vorlaufen, bis er kurz vor Schluß an die gewünschte Stelle kam.

Im Moment arbeiten wir aufgrund von Hörensagen, ohne konkrete Beweise. Der amerikanische Akzent – Mittelwesten mit Anklängen europäischer Ausbildung – hallte in der Wiener Wohnung nach.

Zutreffend oder unwahr? Traf es zu, hätte sich jeder Verdacht gegen Hugo aufgelöst. Aber würde Berman überhaupt so weit gehen, seine Quelle offenzulegen? Zu dem Band hatte Dollfuß einen Bericht verfaßt, in dem er die Meinung äußerte, der Amerikaner sei völlig offen gewesen. Aber den Ursprung einer Information zu enthüllen, verstieße gegen jedes Handbuch eines jeden Geheimdienstes in der Welt.

Karpow ließ das Band ein weiteres Mal ganz abspielen. Alle Berichte aus New York besagten, daß die Behörden davon ausgingen, Reinhart sei bei der Explosion umgekommen; das machte das spät erwachte Interesse der CIA an einem Zahnvergleich so rätselhaft. Der Vergleich wäre nicht nötig gewesen, hätte die CIA Hartmann umgedreht und ihm geholfen, Reinhart für den angeblichen Selbstmord zu benutzen. Dann hätten sie ohnehin gewußt, daß es sich nicht um Reinhart handelte.

Der einzige Zweck hätte eine Veröffentlichung sein können, um das durch die Explosion von New York kurz erwachte Interesse anzuheizen. Aber sie hatten nichts bekanntgemacht, das öffentliche Interesse hatte eine Woche, vielleicht ein paar Tage länger, gewährt und war dann erstorben. Karpow ließ die Kassette aus dem Recorder schnellen und wog sie in der Hand. Er versuchte zuviel auf der Grundlage von zuwenig. Für jedes Argument zugunsten von Hugos Loyalität gab es gewöhnlich eines dagegen.

Er ging durchs Zimmer, um das Band zu verbergen, blieb dann aber abrupt stehen, als ihm ein Gedanke durch den Kopf fuhr. Wenn diese Operation Erfolg hatte – und das mußte sie, weil es um seine eigene Sicherheit ging –, dann mußte Karpow zurück nach Moskau. Und würde Hugo getötet, dann würde auch Rebecca zurückbeordert. Die Befriedigung schwand, so schnell sie gekommen war. Ihm fiel ein, daß Rebecca zu ihrem Mann zurückkehren würde.

Karpow setzte seinen Weg durchs Zimmer fort. Mit scheinbarer Nachlässigkeit – aber in Wirklichkeit mit höchster Präzision – versteckte er das Band zwschen den Dutzenden anderer Aufnahmen seiner Jazz-Sammlung, indem er es in eine Box steckte, die laut Etikett den Live-Mitschnitt eines Charlie-Parker-Konzerts enthielt.

Mit einem Blick auf die Uhr stellte er fest, daß es bis zum Abflug nach Bonn noch Zeit war, und wandte sich dann der Post zu, die nach Hartmanns Abschied gekommen war. Karpow behandelte den Nachrichtenfluß von Moskau und zurück mit größer Sorgfalt, weil er wußte, daß eine Entdeckung durch die österreichische Spionageabwehr am wahrscheinlichsten dadurch zustande kommen könnte, daß ihre Meldungen abgefangen und überwacht wurden. Seitdem er sich in Wien niedergelassen hatte, war es kein einziges Mal zum Kontakt zwischen ihm und der sowjetischen Botschaft gekommen.

Allerdings nutzte er sie, ohne daß eine Spur zu ihm führte, für Botengänge, weil er nie persönlich etwas aus einem der toten Briefkästen rund um die österreichische Hauptstadt holte. Das geschah stets durch einen akkreditierten Russen, der sich im Fall der Entdeckung auf seine Immunität berufen konnte. Und die Päckchen wurden in aufeinanderfolgenden Wochen niemals an die gleiche Adresse gesandt, um sie ihm endgültig zu übermitteln. Seine Antwort an Moskau listete immer so viele Wochen auf, wie der kommende Monat hatte, und die Adressen, an welche die Päckchen geschickt werden mußten, stimmten jeweils mit der Nummer ihrer Woche überein. Die toten Briefkästen waren entsprechend numeriert, was es Karpow ermöglichte, den Sowjetdiplomaten bei der Abholung zu beobachten, um sicher sein zu können, daß der Mann nicht unter Überwachung stand, weder am toten Briefkasten, noch bei seiner anschließenden Fahrt zum Postamt. Sollte er eine Überwachung feststellen, würde Karpow die Adresse sofort aufgeben und selbst in ein Versteck abtauchen, bis er eindeutig wußte, daß er wieder an die Oberfläche konnte; sonst würde er sich über die Grenze in die CSSR und von dort aus weiter in die Sowjetunion durchschlagen. Es war ein zeitaufwendiges Verfahren, aber das störte ihn nicht, weil es Sicherheit versprach. Sicherheit besaß bei Karpow den allerhöchsten Stellenwert.

Fester Karton war um das Päckchen gewickelt, damit es während der Reise von New York aus nicht geknickt wurde. Karpow brauchte eine Schere, um es zu öffnen und die angeforderten Fotos von Gerda Hartmanns Grab herauszuholen. Es waren zwei. Eins zeigte die gepflegte Grabstätte mitsamt ihrer Umgebung, das zweite war aus der Nähe aufgenommen, so daß die Inschrift zu lesen war:

Gerda Hartmann
Geliebt von ihrem Ehemann Hugo
und ihrem Sohn David

Darunter war eine Inschrift jüngeren Datums eingraviert:

Hugo Hartmann
Beweint von seinem Sohn David

Hier war Hugos Treue, erkannte Karpow sofort. Er nahm an, um sicher zu sein, würde es einen letzten Test geben müssen, und der würde warten, bis er aus Bonn zurückkam. Aber der Russe hegte jetzt keinen Zweifel mehr. Er fühlte den Wunsch, selbst dort gewesen zu sein. Das hätte es ihm weitaus leichter gemacht, die Vorbereitungen dafür zu treffen, daß Hartmann getötet wurde.

»Du hast ja noch gar nicht angefangen!«
»Nein«, murmelte Gusadarow.
»Warum nicht?«
Nervös blinzelte Gusadarow zu dem Wärter hoch. Er wußte, jedes einzelne der unerklärbaren Privilegien konnte ihm jederzeit entzogen werden. »Ich wollte keine Fehler machen«, sagte er. »Ich hielt es für das beste, alle Daten jeder Abteilung vollständig zu erfassen, bevor ich damit beginne, das Diagramm zu zeichnen.«
Einen Moment schien der Wärter die Logik zu bezweifeln, doch

dann nickte er. »Nach der Mittagspause möchte ich aber etwas sehen«, mahnte er.

Beim Läuten stand Gusadarow auf und reihte sich in die Schlange ein.

»Mal irgendwas!« zischte eine Stimme hinter ihm.

»Was?« Gusadarows Lippen bewegten sich kaum. Die Kunst unerkennbarer Lagergespräche hatte er schon vor Jahren vervollkommnet.

»Mal irgendwas!« riet ihm der Mann. »Die Zahlen sind sowieso nur Dreck; erfunden, damit es so aussieht, daß die Quoten übertroffen werden. Du mußt nur darauf achten, daß die Linie für die Produktion dieses Jahres höher ist als die vom letzten Jahr.«

»Das ist sehr gut«, sagte der Wärter, als Gusadarow ihm vier Stunden später das fertige Diagramm zeigte. »Offenbar verstehst du etwas von Zahlen.«

»Danke«, sagte Gusadarow.

24

Als er in Bonn eintraf, traf Karpow alle erdenklichen Vorsichtsmaßnahmen und nutzte sämtliche Fertigkeiten, die man ihm beigebracht und in denen er sich mit den Jahren ständig verbessert hatte. Migal betrachtete ihn als Operativagenten, und das war er auch. Aber nicht auf dieser Ebene, nicht draußen auf der Straße. Das hatte er seit Jahren hinter sich. Er kontrollierte andere, die derartige Risiken auf sich nahmen. Er hoffte inständig, daß er nichts vergessen hatte.

Er stieg im *Steigenberger* ab, nicht nur, weil er es gut kannte, sondern auch, weil er von Dollfuß wußte, daß die Amerikaner ihr Hauptquartier im *Könighof* aufgeschlagen hatten, wo er sonst eventuell ein Zimmer gebucht hätte. Am Morgen der geplanten Identifizierung machte er sich vom Bundeskanzlerplatz mit den gemächlichen Schritten eines müßigen Touristen auf. Erst kurz vor der nächsten Ecke fiel er unversehens in einen eiligeren Schritt, so daß er einen möglichen Verfolger überrascht hätte. Nachdem er abgebogen war, ging er noch schneller und setzte sich an den nächsten Terrassentisch des Cafés, das er schon bei seinem ersten Erkundungsgang ausgewählt hatte. Daß der Kellner prompt auftauchte, war ein weiteres Plus, denn während er die Bestellung aufnahm, stand er so, daß er Karpow vor jedem Verfolger verbarg, der eilig um die Ecke kommen würde. Es kam niemand.

Eingedenk der erforderlichen Prozedur der Identifizierung bestellte Karpow Kaffee und bat zugleich um Streichhölzer. Als sie gebracht wurden, schrieb er die Zahlen 13-2-80 auf die Innenseite des Deckels und schob die Schachtel wieder zu. Niemand außer ihm selbst und dem Mann, für den die Zahlen bestimmt waren, würde dem Datum des Anschlags auf Lang eine Bedeutung zumessen. Trotzdem Kinderkram, dachte er gereizt.

Karpow ließ sich mit seinem Kaffee Zeit und achtete auf die Gesichter um sich herum. Er zahlte im gleichen Moment, als ein Taxi vorfuhr, so daß er praktisch ohne Verzögerung einstieg. Er nannte das Rheintal-Hotel und hatte das Geld schon bereit, als der Wagen parallel zum Fluß hielt. Das Hotel betrat er durch den Haupteingang, um es sofort wieder durch eine Nebentür zu verlassen. An der Rampe zur Rheinbrücke hielt er ein zweites Taxi an. Er nannte die Adresse des Rheinischen Landesmuseums in der Colmantstraße und dirigierte den Fahrer erst um, als er sich davon überzeugt hatte, daß ihnen kein Fahrzeug folgte. Fünf Minuten vor der mit Dollfuß verabredeten Zeit traf er in der Bonngasse ein und stellte sich geduldig in der Schlange vor Beethovens Geburtshaus an.

Karpow war im Zimmer mit dem Flügel des Komponisten, als Dollfuß Kontakt aufnahm. Der Russe löste sich von den anderen Besuchern und trat näher zu dem schmalen Fenster.

»War die Information über den Amerikaner nützlich?« fragte Dollfuß sofort.

»Sehr nützlich« versicherte Karpow. Das Eau de Cologne des Mannes fand er widerlich.

»Sie sind jetzt alle da.«

»Was machen sie?«

»Allgemeine Ermittlungen, soweit ich verstehe. Unsere Leute stolpern ständig über sie.«

»Haben sie Zusammenarbeit zugesagt?«

»Natürlich«, antwortete Dollfuß.

»Sind Sie sicher, daß es keine speziellen Ermittlungen gibt, die sich auf eine bestimmte Person konzentrieren?«

»Nein«, erwiderte Dollfuß aufrichtig. »Sicher bin ich mir nicht.«

»Würde eine Bitte um Aktenüberlassung durch Sie weitergeleitet?« wollte Karpow wissen.

»Ja.«

»Wie lange dauert es normalerweise, bis Sie auf eine solche Anfrage reagieren?«

Dollfuß zog mit Daumen und Zeigefinger seine Mundwinkel nach unten. »Nicht mehr als vierundzwanzig Stunden; allenfalls sechsunddreißig«, antwortete er. »Der größte Teil des Archivmaterials ist auf Mikrofilm.«

»Wenn eine derartige Anfrage erfolgt, möchte ich sofort davon erfahren.«

Die zunehmenden Forderungen machten Dollfuß augenscheinlich nervös. »Wie kann ich Sie denn unmittelbar informieren?«

»Wir werden täglich in Kontakt treten.«

»Täglich!« entfuhr es Dollfuß.

»Es handelt sich um eine spezielle Operation«, sagte Karpow. Offenbar mußte der Mann erst einmal beruhigt werden. Scheinbare Rücksichtnahme würde bessere Resultate als offener Druck erzeugen. Druck konnte er immer noch ausüben, wenn Dollfuß ernsthafte Einwände erhob.

»Über welchen Zeitraum?«

»Das weiß ich noch nicht«, sagte Karpow. »Vielleicht nur ein oder zwei Tage«, log er. Er blickte sich in dem Zimmer voller Menschen um und sagte: »Wir gehen besser weiter.«

Nebeneinander stellten die beiden Männer sich in die Schlange, die an dem Flügel vorbeidrängte. Karpow betrachtete stirnrunzelnd das Hörrohr, das der Komponist benutzt hatte, und sagte: »Erstaunlich, daß so wunderbare Musik von jemandem geschaffen werden konnte, der taub war.«

»Wo?« fragte Dollfuß, der kein Interesse an Konversation hatte.

»Kennt man Sie im Hotel Schloßpark?«

»Nein.«

»Und im *Eden*?«

»Dort war ich ein paarmal.«

»Was ist mit dem *Bristol*?«

»Nicht sehr häufig.«

»Täglicher Wechsel, morgen beginnend«, instruierte Karpow den Deutschen. »Zuerst die Bar vom *Schloßpark*, dann das *Eden*, danach das *Bristol*.«

»Wieviel Uhr?«

»Jeden Abend um sechs.«

»Wir könnten Verdacht erregen, wenn wir uns so regelmäßig verhalten«, protestierte Dollfuß.

»Nein, das werden wir nicht«, besänftigte Karpow. »Sie nehmen nur direkten Kontakt auf, wenn es einen Grund gibt. Wenn nicht, kümmern Sie sich gar nicht um mich. Und umgekehrt mache ich es ebenso. Im *Bristol*, in drei Tagen, treffen wir uns auf jeden Fall, um neue Treffpunkte zu verabreden. Wir benutzen keinen zweimal.«

Sie schoben sich die Treppe hinab und traten auf die Straße. »Für die Information über den Amerikaner wurden Ihnen fünftausend Mark bezahlt«, stellte Karpow fest.

»Ja«, bestätigte Dollfuß.

»Für diese Sache bekommen Sie siebentausendfünfhundert«, versprach Karpow und fügte nach einer Kunstpause an: »Pro Tag.«

Zum ersten Mal, seit sie sich getroffen hatten, erhellte sich Dollfuß' Gesicht. »Danke«, sagte er.

»Sie werden es sich verdienen müssen«, ermahnte Karpow ihn.

Karpow war Punkt zwölf am Alten Zoll und blickte kurz zu dem alten Mauerwerk auf, das den Rhein überragte, bevor er zu der Erkennungsprozedur aufbrach, die in der Nachricht an Migal vorgeschrieben worden war. Sie war praktisch choreographiert, dachte Karpow, wie eine Ballettszene. Bloß daß er es war, den sie tanzen ließen. Er blieb die vorgeschriebene Anzahl von Minuten auf der vorgeschriebenen Bank sitzen, blieb die vorgegebene Zeit an einem der Strebepfeiler mit Blick über den Rhein stehen und fand den Abfallkorb an dem Laternenpfahl. Im Vorbeigehen warf er die markierte Streichholzschachtel hinein. In ihrem Bemühen, sie herauszuholen, waren sie zu schnell, und Karpow erkannte sie beim nächsten vorgeschriebenen Stopp in der Nähe des Schilds, das für Ausflugsfahrten auf dem Rhein warb. Junge, glattgesichtige Männer, lässig mit Jeans und Lederwesten bekleidet. Karpow ließ sich nichts anmerken und setzte seinen Weg fort. Genau die Art von jungen Leuten, wie Hartmann sie beschrieben hatte.

An der Promenade in Richtung Bundeshaus waren zwei weitere Haltepunkte. Nach dem zweiten setzte Karpow sich auf die nächste unnötige Bank und starrte auf das Parlamentsgebäude, in dem die Fragen gestellt worden waren, welche das öffentliche Interesse an den Anschlägen auf die Nazis am Leben hielten. Ein grandioses, imponierendes Gebäude, dachte er, aber schließlich hatten sich die Deutschen schon immer durch eindrucksvolle Architektur ausgezeichnet.

Karpow wandte seinen Blick zur Promenade. Die Männer, die zu dem Abfallkorb geeilt waren, waren natürlich verschwunden, und Karpow unternahm keinen Versuch, andere Beobachter in den Menschengruppen auf dem Spazierweg zu identifizieren. Sie waren nicht wichtig. Plötzliche Wut explodierte in ihm, weil er sich diesen Amateuren so offen identifizieren mußte. Das war eine Beleidigung seines Professionalismus'. Wie die ganze Operation.

Der Rhein links von ihm lag silbern in der Sonne. Kleine Fährboote kreuzten zwischen den Frachtschiffen. Die dichten Wälder auf den Hügeln des gegenüberliegenden Ufers waren schwarz, und der durch die Wärme aufsteigende Dunst machte es Karpow schwer, die Eifelberge dahinter zu erkennen. Nach der vereinbarten Zeit stand er auf, um den Rückweg anzutreten.

Es war tatsächlich ein Tanz, nahm er seinen früheren Gedanken wieder auf. Er trat wie eine Marionette für zwei verschiedene Spielleiter auf. Ein verängstigter Migal zog und zerrte ihn in die eine Richtung, ein unbekannter, ebenso verängstigter Deutscher in die andere – alles für ein Publikum, das aus lauter Narren bestand.

Für was? Macht, gestand er sich ein. Und Prestige in einem kleinen, geschlossenen Zirkel. Irgendwo auf dem Fluß tutete ein Dampfer, und er schaute hinüber. Es war sehr schön hier, sinnierte Karpow. So wie Wien schön war, Paris und Rom. Alle Städte, die er besuchen und genießen konnte. Alle waren sie schön.

Die Erkenntnis kam so plötzlich, daß Karpow schwankte und eine Hand zur Mauer neben sich ausstreckte. Seine Selbstkontrolle war so gut entwickelt, daß sein Zaudern nur einen Moment währte; die scheinbar automatische Reaktion eines Manns, der zu stolpern fürchtete. Aber das war es nicht, was Karpow schwanken ließ. Es war die Erkenntnis, die abrupte, erschütternde Erkenntnis, daß es die Freiheit war, die er nicht missen wollte. Er wollte nicht in die klaustrophobische Enge der Sowjetunion zurück. Nie mehr.

Die Informationen, die Berman bei den Israelis angefordert hatte, kamen über Washington im Diplomatengepäck. Wegen ihres Umfangs waren die Papiere im streng abgeschirmten CIA-Abschnitt gestapelt, in einem Raum im Untergeschoß der US-Botschaft an der Mehlemer Straße in Bad Godesberg.

Fünf Männer waren bereits dabei, einige Ordnung in die Akten zu bringen, als Davidson und Berman den Raum betraten.

»Es könnte Monate dauern, sie alle zu prüfen«, sagte Berman.

»Falls nötig, wird es eben Monate dauern«, gab Davidson zurück.

»Irgend welche Prioritäten?« fragte einer der Sortierer.

Davidson schüttelte den Kopf. »Sie haben alle Priorität.«

»Wir könnten die Namen in den Computer geben. Zusammen mit denen, die sie im Archiv in Langley haben. Und dann können wir sie gegen die deutschen Unterlagen abgleichen«, schlug Berman vor. »Das könnte uns Zeit sparen. Einige von ihnen sind vielleicht schon tot. Oder hinter Gittern.«

Davidson stieß mit dem Zeh gegen einen der Aktenstapel. Er ärgerte sich, daß ihm der Gedanke nicht vorher gekommen war. »Einen Versuch ist es wert«, sagte er.

»Wer ist er?« fragte Kurt Schröder, kurz nachdem er Geßler die gekennzeichnete Streichholzschachtel aus dem Abfallkorb gegeben hatte.

»Seinen Namen kenne ich nicht«, sagte Geßler. »Jemand, der helfen kann.«

»Ich verstehe das nicht.«

»Das brauchen Sie auch nicht«, erwiderte der Ältere knapp.

»Wenn ich Sie wirkungsvoll schützen soll, muß ich alles wissen«, beharrte der junge Mann.

»Wir wissen nicht, vor was Sie mich zu schützen versuchen«, sagte Geßler. »Oder vor wem.«

»Weiß er es denn?«

25

Um sicherzugehen, machte Karpow eine komplette Runde durch die öffentliche Eingangshalle des Bundeshauses, bevor er sich den Anweisungen gemäß der dritten Besuchergruppe anschloß, die von einer autokratischen Frau mit scharfen Gesichtszügen geführt wurde, die ihre Aufgabe nicht zu mögen schien. Sie rauschte vor der Gruppe her und gab ihre Erläuterungen knapp und mechanisch. Karpow empfand Bedauern für die Touristen, die anders als er den Rundgang aus Interesse machten. Er hielt sich am Ende der Gruppe und hörte kaum hin, als die Frau von Bonns Anfängen als Bundeshauptstadt sprach.

Der Kontakt erfolgte im zweiten Stock, als sie auf dem Weg zur Besuchergalerie des Plenarsaals waren. Karpow sah den Mann, der ein Stück vor ihnen scheinbar einen Reiseführer studierte, und erkannte ihn als einen derjenigen, die am Vortag die Streichholzschachtel aus dem Abfallkorb gezogen hatten. Als die Gruppe ihn passierte, reihte der junge Mann sich neben Karpow ein und sagte: »Ich glaube, Sie erwarten mich.«

»Tatsächlich?« fragte Karpow.

Kurt Schröder öffnete die Hand, und Karpow sah die gekennzeichnete Schachtel. »Ja«, sagte der Russe. »Ich erwarte Sie.«

»Sie kommen mit mir.«

»Wohin?«

»Kommen Sie!« Das Deutsch des Manns war ausgezeichnet, urteilte Schröder, wies aber einen leichten Akzent auf. Welchen, vermochte er nicht festzustellen.

Seine Instinkte revoltierten, als Karpow dem Jüngeren folgte. Sie verließen das Parlamentsgebäude durchs Hauptportal, das auf die Promenade hinausführte. Karpow hatte erwartet, daß sie in Richtung der Straße gingen, aber der junge Mann setzte den Weg am Rhein entlang fort, bis der Russe bemerkte, daß sie sich der Angelegestelle eines der Fährschiffe näherten. Sie stellten sich vor dem kleinen Schalterhäuschen an, und der Deutsche kaufte Fahrkarten.

»Wir setzen über«, sagte Schröder.

»In Ordnung«, erwiderte Karpow.

»Drinnen«, wies der Deutsche ihn an.

»Nein«, weigerte Karpow sich. »Wir bleiben draußen.« Er wollte nicht in einem umgrenzten Raum in eine Falle gehen.

Schröder wurde einen Moment starr, entspannte sich aber schnell. »In Ordnung«, sagte er. »Draußen.«

Die Fähre legte ab. Karpow blickte auf die Silhouette der Stadt hinter ihnen, die wie ein Ausklappbild in einem Kinderbuch wirkte. Sehr schön, ging es ihm wieder durch den Kopf. Ihm war bewußt, daß der Deutsche ihn aufmerksam musterte, und er fragte sich, ob sich auf dem Schiff jemand befand, der ihn fotografierte. Die Fähre war voller Touristen, alle mit Kameras bewaffnet, so daß eine Entdeckung schwierig wäre. Da er nicht viel tun konnte, blieb er mit dem Rücken zu der Menge und starrte über den Fluß.

»Gefällt Ihnen Bonn?« fragte der Deutsche.

»Ja.«

»Für mich gehört es zu den besseren Städten Deutschlands. Finden Sie nicht auch?«

Der Mann versuchte herauszufinden, wie gut er das Land kannte. »Mag sein«, antwortete Karpow vage.

»Hatten Sie eine lange Reise?« Schröder war sich sicher, daß der Akzent nicht einer romanischen Sprache entstammte.

»Nein«, sagte Karpow. Das andere Ufer mit den bewaldeten Hügeln dahinter war jetzt deutlicher zu erkennen.

»Königswinter ist zu dieser Jahreszeit sehr beliebt«, sagte Schröder im Versuch, die Unterhaltung zu beleben. Er war entschlossen, den Akzent zu identifizieren.

Karpow blickte zur Seite, ohne etwas zu erwidern.

Die Fähre machte an der Anlegestelle fest, um weitere Passagiere aufzunehmen, und Karpow reihte sich hinter seinem Führer bei den Aussteigenden ein. Sie gingen nebeneinander über den Steg, und der Mann zeigte auf einen geparkten Mercedes. »Jetzt ist es nicht mehr weit«, sagte er.

Schröder öffnete die Beifahrertür, doch Karpow ignorierte die Einladung und setzte sich auf die Rückbank, von wo er den anderen voll im Blick hatte.

»Sie brauchen nicht nervös zu sein«, versicherte Schröder, als er auf den Fahrersitz rutschte.

»Wie schön«, gab Karpow unüberzeugt zurück.

»Wir sind sehr vorsichtig gewesen.« Vielleicht ist der Akzent polnisch, dachte er.

Er steuerte den Wagen sofort in die Hügel. Unmittelbar hinter der Brücke über einen Bach bog der junge Mann von der Hauptstraße auf eine schmalere Landstraße ab, von der aus er auf einen Feldweg wechselte. Nach fünf Minuten hielt der Wagen an. Vom Kilometerzähler, den er seit dem Besteigen des Mercedes im Auge hatte, wußte Karpow, daß sie sich genau achtzehn Kilometer von der Anlegestelle entfernt hatten. Solche Kontrollen unternahm er automatisch.

Er folgte dem Deutschen einen Pfad entlang. An einer Lichtung, die sich unvermutet vor ihnen auftat, blieben sie stehen.

»Wir sind da«, verkündete Schröder.

Karpow schätzte das Treffen im Wald als ebenso melodramatisch wie praktisch ein. Es bedeutete, daß er einen möglichen Gesprächspartner nicht mit einer Adresse in Verbindung bringen und ihm nach der Begegnung nicht folgen konnte. Er war allein, ohne Fahrzeug, so daß eine Verfolgung unmöglich war. Günther Geßler stieß fünf Minuten später zu ihnen. Er kam über denselben Pfad, und Karpow nahm an, daß der Mann gewartet hatte, bis er sicher sein konnte, daß ihnen von der Fähre aus niemand gefolgt war. Geßler sah zuerst Schröder an.

»Wir sprechen unter vier Augen«, sagte er.

Der junge Deutsche wirkte unsicher, zog sich dann aber auf die andere Seite der Lichtung zurück.

An den Russen gewandt fragte Geßler: »Sind Sie Iwan Migal?«

»Selbstverständlich nicht«, erwiderte Karpow. Er fixierte den Mann, um sich jeden einzelnen Gesichtszug einzuprägen, falls er einmal die alten Fotos in den Archiven in Moskau betrachten müßte. Das volle Gesicht zeigte natürliche Runzeln und Falten, offenbar war es nicht operiert worden. Keine besonderen Kennzeichen. Der Mann ging normal, es gab also keinen Hinweis auf eine Verletzung, die in den Aufzeichnungen festgehalten sein mochte. Sauber rasiert. Der Anzug war teuer, ein Diamant saß in der Fassung des Rings an seiner linken Hand. Ein erfolgreicher Mann, also.

»Ich glaube, ich besitze etwas, das er haben möchte«, sagte Geßler.

»Ja.«

»Sind Sie zu Verhandlungen bevollmächtigt?«

»Ohne Einschränkung«, sagte Karpow.

»Ich weiß, welche Position Migal bekleidet. Und deshalb weiß ich, was Sie sein müssen.«

»Ja«, sagte Karpow wieder.

»Ihnen stehen alle Möglichkeiten zur Verfügung?«

»Was wollen Sie?«

»Schutz«, antwortete Geßler. »Vollständigen Schutz.«

Karpow wies zu dem jungen Deutschen auf der anderen Seite der Lichtung. »Was ist mit ihm und seinen Freunden?«

»Drei von uns sind getötet worden«, entgegnete der andere. »Ich will mehr als ihn und seine Freunde.«

»Wir können Ihnen Schutz verschaffen«, versprach Karpow.

»Und ich will wissen, wer es ist«, sagte Geßler. »Das wird mir beweisen, wie kompetent Sie sind.«

Migal hatte die Forderungen also richtig eingeschätzt, dachte Karpow. Aber eigentlich war es ja auch nicht allzu schwierig gewesen. »Auch das«, erklärte er sich einverstanden. »Aber wir brauchen einen Austausch.«

»Selbstverständlich«, sagte Geßler.

»Die vollständigen Unterlagen.«

»Sie bekommen alles«, versprach Geßler.

Lügner, dachte Karpow. So kurz ihre Begegnung auch war, erkannte Karpow doch, daß der Mann kein Dummkopf war.

»Wir müssen uns wieder treffen«, sagte Karpow. »Wie kann ich Kontakt aufnehmen?«

»Sie sind gewiß erfahrener als ich.«

»Eine Anzeige in der *Bonner Rundschau*«, schlug Karpow vor. »Sie wird lauten: ›Französischer Student, der seine Deutschkenntnisse verbessern möchte, sucht Ferienaustausch‹.«

»Französischer Student, der seine Deutschkenntnisse verbessern möchte, sucht Ferienaustausch«, wiederholte Geßler.

»Am Tag darauf treffen wir uns am Dom.«

»Wo dort?«

»Draußen, im Säulengang des Kreuzwegs.«

»Einverstanden«, sagte Geßler.

»*Wir* werden uns treffen«, betonte Karpow. »Keine Zwischenmänner mehr.«

»Wenn mir etwas zustößt, geht das Material automatisch an die Öffentlichkeit«, warnte Geßler.

»Das ist mir klar«, sagte Karpow. »Ich habe Ihnen Schutz versprochen.«

»Sie gehen zuerst zurück«, verlangte Geßler mit einer Kopfbewegung zu dem Pfad hin.

»Gut«, fügte Karpow sich. Das war der erste Fehler, den der Mann beging. Aber schließlich war er ja kein Profi.

Geßler rief den anderen Deutschen, und diesmal ging Karpow voran. Der zweite Mercedes, eine blaue Limousine, war ordentlich neben dem Wagen geparkt, in dem Karpow von der Fähre aus chauffiert worden war. Karpow stieg in den ersten Wagen und lehnte sich in die Polster zurück. Es war gut verlaufen, urteilte er.

Es war Spätnachmittag, als Geßler und Schröder in das Büro in Bonn zurückkehrten.

»War das Treffen erfolgreich?« erkundigte sich der junge Deutsche.

»Ich glaube schon«, erwiderte der Anwalt. »Danke für Ihre Unterstützung.«

»Deutscher ist er nicht, oder?«

»Nein«, bestätigte Geßler.

»Was denn?«

»Wie ich Ihnen schon gesagt habe: jemand, der helfen kann.«

»Ich glaube nicht, daß wir weitermachen können, wenn wir einander nicht voll vertrauen«, sagte Schröder. In seiner Vorstellung stellte der Entzug seines Schutzes eine ultimative Drohung dar.

»Tun Sie, was Sie wollen«, sagte Geßler leichthin. Es war ein gutes Gefühl, nicht mehr auf diese Amateure angewiesen zu sein.

Dollfuß protestierte zwar, doch beharrte Karpow darauf, daß keinerlei Verdacht aufkommen würde, so daß der Deutsche schließlich vom Hotelanschluß die Kfz-Zulassungsstelle anrief. Er brauchte nur fünf Minuten.

»Es war ein blauer Mercedes, Baujahr 1979.«

»Richtig«, bestätigte Karpow.

»Er ist auf den Namen eines Günther Geßler zugelassen. Adresse ist die Berliner Freiheit, hier in Bonn.«

»Falls die Amerikaner über ihn Erkundigungen einziehen, will ich es sofort wissen«, verlangte Karpow.

»Wieso ist er wichtig?« fragte Dollfuß.

»Wegen eines Fehlers, der lange zurückliegt.«

26

In vollen Zügen und noch volleren Bahnhöfen findet sich die geschäftige Umgebung, in der man leicht untertauchen kann. Deshalb reiste Hartmann, nachdem er Karpows schriftlichen Auftrag erhielt, die Nazi-Jagd wieder aufzunehmen, mit der Bahn nach Köln. Zweimal unterbrach er die Fahrt und war, als er schließlich am Ziel eintraf, sicher, daß ihm niemand folgte. Er trat aus der modernen, mit viel Glas gestalteten Bahnhofshalle und wurde sofort mit dem Kontrast des Kölner Doms und dessen Filigran von Strebebögen und reich verzierten Steinmetzarbeiten konfrontiert. Einen Moment blieb er stehen; das Alte war dem Neuen eindeutig vorzuziehen, dachte er.

Er kannte die Stadt und wußte, wie nahe es vom Hauptbahnhof zu der Stelle war, wo Friesen- und Magnusstraße aufeinanderstoßen, deshalb entschloß er sich, zu Fuß zu gehen. Er wandte sich vom Fluß weg und kontrollierte automatisch in spiegelnden Schaufensterscheiben, daß ihn niemand beschattete. Über Rudi Becher existierte weitaus mehr sowjetisches Material als über die drei, die er in Frankfurt aufgespürt hatte. Vermutlich lag es daran, daß der damalige Major Verbindungsoffizier bei Eichmanns Sondereinheit gewesen war, als die Russen 1944 Budapest überrannten. Bei ihrem schnellen Vormarsch waren den Russen viele deutsche Unterlagen in die Hände gefallen. Natürlich sagten die Papiere nichts über Bechers neue Identität, Ernst Strauß. Die Russen mußten folglich einige Zeit und Mühe darauf verwandt haben, ihre Akten zu aktualisieren. Wieso hatten sie dann aufgehört und dadurch erforderlich gemacht, daß er beauftragt wurde?

Hartmann wußte, daß die Nachrichtendienste von bürokratischen Vorschriften eingeschnürt wurden und häufig unerklärliche, unlogische Dinge taten, doch wurde er seine Zweifel in dieser Sache nicht los. Ebensowenig wie er seine Zweifel über Karpow abtun konnte. Hartmann war nach ihrem Treffen vor drei Tagen in Wien überzeugt, daß das Verhalten des Russen jetzt tatsächlich gezwungen war, und das war so unlogisch wie alles andere. Denn Karpows Auftreten drückte nicht Mißtrauen aus, wie Hartmann gefürchtet hatte, sondern eher Verlegenheit. Und was in ihrer gegenseitigen Beziehung machte Karpow verlegen? Zweifel, Fragen, keine Erklärungen.

An der Kreuzung Tunisstraße wechselte Hartmann auf die andere Straßenseite, um sich dem in den russischen Informationen genannten Antiquitätengeschäft mit optimaler Sicht zu nähern. Er identifizierte das Ladenlokal an der Straßenmündung und erkannte, daß er erneut die Straßenseite wechseln mußte, um sich zu vergewissern, daß es tatsächlich leerstand.

Bechers Geschäft lag mehr zu der schmaleren Friesenstraße hin. Hartmann hielt sich ein Stück rechts. Schilder von drei verschiedenen Maklern boten den Laden sowohl zum Kauf als auch zur Miete an. Beide Schaufenster waren leer, aber die Wandfarbe wirkte ziemlich frisch. Ohne Pause ging Hartmann weiter. Sollte er mit dem Beruf, den Becher gewählt hatte, das gleiche Glück haben wie mit Hans Leitner in Franktfurt?

Im Telefonbuch in einer Zelle fand er die Adresse der Vereinigung Rheinischer Antiquitätenhändler. Weil er regelmäßig essen mußte, wandte er sich erst nach einer ausgedehnten Mittagsmahlzeit an den Verband und war mit dem gleichen Vorwand wie in Frankfurt erfolgreich: Er stellte sich als Händler vor, der Strauß in der Parke-Bernet-Galerie in New York kennengelernt hatte und nun, gerade in Köln eingetroffen, feststellen mußte, daß die angegebene Adresse zu einem leeren Laden gehörte. Innerhalb von fünf Minuten hatte Hartmann die neue Anschrift in der Nähe der Severinsbrücke.

Es war Spätnachmittag, als Hartmann den ersten Versuch unternahm, und er bekam sofort die Bestätigung. Bechers ungeschickte Bewacher saßen in zwei Wagen, einer direkt vor dem Geschäft, der andere an der Ecke Follerstraße. Die Severinskirche gab Hartmann die benötigte Deckung, in ihrem Schatten wartete er ab. Würde Becher wie Schröder einem Anschlag zum Opfer fallen? Wahrscheinlich. Die Reaktion auf Schröders Tod war unglaublich gewesen und schien auf das Ziel hinzudeuten, das Karpow umrissen hatte. Vermutlich hätte Hartmann mehr moralischen Widerwillen dagegen empfinden müssen, an einem Mordanschlag beteiligt zu sein, aber dem war nicht so. Und es lag nicht daran, daß er die Geschichte dieser Männer kannte, die für den Tod und die Folterqualen Tausender Menschen verantwortlich waren. Er empfand nichts, weil ihm die Fähigkeit zu derartigen Gefühlen schon vor Jahren ausgetrieben worden war. Die Ironie war beinahe obszön: Männer dieses Schlags, denen er jetzt nachspürte, hatten ihn emotional darauf vorbereitet, zu tun, was zu tun er gerade im Begriff war.

Als Becher herauskam, waren die Sicherheitsvorkehrungen größer, als sie bei Schröder gewesen waren, wahrscheinlich, wie Hartmann annahm, *wegen* Schröder. Kurz vor fünf gingen die Männer aus dem Wagen direkt vor dem Geschäft in das Gebäude, und zwei weitere Wagen patrouillierten draußen. Als Becher herauskam, hatte sich die Gruppe um ihn geschart, so daß er kaum zu sehen war. Nur wegen seines erhöhten Standorts gelang es Hartmann, zwei Aufnahmen zu machen, aber mehr war ohnehin nicht notwendig. Automatisch notierte er die Wagenkennzeichen, und bis zum Mittag des folgenden Tages hatte der Österreicher die Angaben über ihre Besitzer. Am Nachmittag vorher war der Konvoi über die Bayenstraße nach Süden gefahren, und Hartmann saß in seinem Mietwagen, als die Autos erneut diesen Weg nahmen. Er ließ drei Wagen zwischen dem Konvoi und sich, bevor er ihm folgte. Die Fahrt führte, wie Hartmann erkannte, in etwa an den Grenzen des historischen Stadtkerns entlang. Bechers Haus war ein großes, von Mauern umgebenes Gebäude unmittelbar am Volksgarten. Anders als Schröder in Frankfurt wurde Becher durch das Tor chauffiert. Die beiden Flügel schlossen sich sofort, die Begleitwagen bezogen auf beiden Seiten des Tors Stellung. Während er zurück in die Innenstadt fuhr, fragte Hartmann sich, ob sie die gleiche Langeweile empfinden mochten, die ihn manchmal überkam, wenn er dasaß, wartete und beobachtete. Aber diesmal hatte er sich nicht gelangweilt. Diesmal war es so leicht gewesen, wie Karpow ständig beteuerte, und wenn er sich beeilte, konnte er noch einen Spätflug nach Wien nehmen.

Die Verträge mußten jetzt bald unterschriftsreif sein, so daß er keinen Grund sah, nicht bei Rebecca einzuziehen. Wäre es einfach, mit ihr zusammenzuleben? Überrascht stellte er sich diese Frage. Er hatte noch nie mit jemandem zusammengelebt, ging ihm auf, jedenfalls nicht richtig. Die Zeit, die er vor ihrer Festnahme mit Gerda verbracht hatte, war kein richtiges Zusammenleben gewesen. Ebensowenig später, nach ihre Befreiung. Gewiß war er, manchmal mehrere Tage, in Rebeccas Wohnung geblieben und sie in seiner, aber auch das war nicht normal gewesen. Nachdem sein Flug bestätigt war, rief Hartmann sie vom Flughafen aus an. Die hörbare Freude in ihrer Stimme beim Gedanken an seine Rückkehr erregte ihn. Natürlich wäre es einfach, mit ihr zusammenzuleben.

Oleg Karpow war ein gutes Stück von den Telefonzellen entfernt, hinter den Gepäckschließfächern gänzlich verborgen, aber er konnte sehen, wie Hartmann die Zelle verließ und sich in die Menschenschlange einreihte, die zum Abflug-Terminal drängte.

Es müßte andere Fotos geben als die, die er aufgenommen hatte und die den Österreicher bei der Arbeit zeigten, dachte Karpow. Und auch Filme. Zwei Tage hatte er einen hervorragenden Profi beobachtet, der auf einem Niveau arbeitete, das die Ausbildungsstätten zu vermitteln suchten, was ihnen aber nur selten gelang. Realistischerweise mußte Karpow sich eingestehen, daß die Übewachung, die er durchgeführt hatte, nicht hätte unentdeckt bleiben können, hätte er den Mann nicht selbst instruiert, ihm die Adressen gegeben und deshalb gewußt, wo er sich aufhalten und was er tun würde. Es hatte funktioniert. Er hatte die Fotos von Hugo, die notwendig waren, um gegen die Dokumente von Günther Geßler eingetauscht zu werden.

Was war mit dem anderen Foto, das zeigte, daß Klaus Reinhart in Gerdas Grab lag? Karpow hatte es noch nicht gezeigt, weil er fürchtete, es könnte Hugos Arbeit in Köln beeinträchtigen. Doch jetzt war er Zeuge dieser Arbeit geworden. Es gab also keinen Grund, daß er den Mann nicht damit konfrontieren sollte. Verdammter positiver Beweis, dachte Karpow. Und verdammter Migal, weil der es verlangte. Karpow wollte keine weiteren Beweise für Hugos Loyalität. Und keine weiteren Schmerzen für einen Mann, der genug gelitten hatte. Eine Erklärung wäre schnell zur Hand: Er würde sagen, die Aufforderung wäre als leichtfertig und belanglos angesehen worden.

Karpow ließ sich seinen Rückflug nach Wien mit der letzten Maschine bestätigen. Er überlegte, bis Hugos Abflug in der Bar zu warten, entschied sich aber dagegen. Er wollte nicht trinken. Er wollte nicht nach Rußland zurück. Und er wollte Hugo nicht auf diese Weise betrügen.

Wie auch in Frankfurt leitete Mikhail Frolow das Killerkommando. Und wie in Frankfurt waren sie äußerst sorgfältig. Ihre Befehle verlangten erneut einen Bombenanschlag, so daß sie sich anfangs auf die Autos konzentrierten, bevor sie eine Wiederholung des Schröder-Attentats als unpraktisch verwarfen. Die Alternative beinhaltete, daß sie gesehen wurden, was normalerweise undenkbar war, aber Frolow wußte, bei dieser Gelegenheit gab es keine Möglichkeit, daß jemand eine Beschreibung geben könnte. Obwohl Köln die größte Stadt im Rheinland ist, blieb Frolow vorsichtig. Er unternahm einen Abstecher nach Düsseldorf, um eine echte messingbeschlagene Louis XVI-Uhr zu kaufen; auf diese Weise lief er nicht Gefahr, daß Becher durch Kollegen von dem Kauf in seiner Heimatstadt erfuhr. Als er nach Köln zurückkam, brauchten er und sein Team einen Tag, um die Uhr zu präparieren. Es war Donnerstag, als Frolow in die Severinstraße fuhr und das Geschäft mit der uneingepackten Uhr unter dem Arm betrat. Ein Angestellter unternahm eine erste Prüfung, bevor er Becher aus dem hinteren Büroraum nach vorn rief. Frolow sagte, ihm sei klar, daß eine sofortige Entscheidung schwierig sei und der Antiqutitätenhändler die Uhr gewiß einer gründlichen Prüfung unterziehen möchte, bevor er einen Ankauf in Betracht ziehe. Er wolle sie gegen Quittung im Geschäft lassen und am nächsten Tag wiederkommen.

Die Quittung in der Hand blieb Frolow kurz in der Tür stehen, um sich zu vergewissern, daß Becher die Uhr noch untersuchte. Draußen wandte er sich nach rechts. Die eingeschlagene Richtung bedeuetete das Signal für den Mann in der Telefonzelle an der Follerstraße, der wartete, bis sein Kommandoführer fünfzig Meter von dem Haus entfernt und damit in Sicherheit war. Dann wählte er die Nummer von Bechers Geschäft.

Die Bombe wurde durch den elektrischen Impuls des Telefons gezündet. Bei der Explosion starben neben Becher seine drei Angestellten und ein Passant.

Auf der Fahrt zum Flughafen fragte einer aus Frolows Gruppe: »Wieviel hat die Uhr gekostet?«

»Sie war echt«, sagte Frolow. »Ich wollte, daß er gierig ist, nicht mißtrauisch. Ich habe hunderttausend Mark bezahlt.«

»Welche Verschwendung!« sagte der Frager.

Die erste Lektion war die wichtige. Innerhalb weniger Tage fand Gusadarow heraus, daß die Zahlen nie geprüft, seine Diagramme und Zusammenstellungen nie analysiert wurden. Nur eins spielte eine Rolle: die Daten so aussehen zu lassen, daß die Produktion des laufenden Jahres über der des Vorjahres lag. Also hätte es eigentlich einfach sein müssen, doch das fand Gusadarow ganz und gar nicht. Es waren nicht direkt die Zahlen oder was er mit ihnen anstellen sollte. Animalisches Überleben besitzt eine gewisse Schlichtheit. Lebensmittel werden geschnappt, gestohlen und gehortet. Besitz wird – wie das Territorium eines Tiers – geschützt und verteidigt; man kämpft dafür, nötigenfalls bis zum Tod. Tut man das nicht, heißt das, man stirbt.

Gusadarow hatte sich daran gewöhnt. Er hatte immer gewußt, wie er sich zu verhalten hatte und was er tun mußte, doch was jetzt geschah, verwirrte ihn. Er wußte nicht, wie man sich auf dieser mittleren Ebene anpaßte. Er mußte sich anpassen, um auf dieser Ebene zu bleiben und nicht wieder nach unten verbannt zu werden. Wenn er doch nur klar denken könnte! Wenn sein Kopf doch nur einen Gedanken festhalten, ihn mit einem anderen verbinden und in einer logischen Folge fortführen könnte! Aber er konnte es nicht. Sein Denken war so wirr wie das Durcheinander von Zahlen, das er zu verarbeiten hatte. Und ebenso sinnlos.

27

Iwan Migal reiste über den vorgeschriebenen Umweg in den Westen, wechselte seine Identität seinen falschen Papieren entsprechend in Paris, reiste zurück nach Amsterdam und nahm dort den Direktflug nach Köln-Wahn. Er reiste in einem Chaos der Unsicherheit, weit schlimmer, als er es vorausgesehen hatte. In Moskau oder einer der Satellitenhauptstädte, überall im Osten wäre er auf Reisen verwöhnt worden, beflissene Beamte hätten sich um Beförderungsmittel, Reiseroute und seine Bequemlichkeit bemüht. Jetzt dagegen war er allein und auf sich gestellt. Er wußte nicht, wie man auf einer derartigen Reise für sich selbst sorgt, dabei unternahm er sie doch nur zu dem Zweck, für sich selbst zu sorgen. In jeder höflichen Frage sah er eine Bedrohung, in jedem Polizisten einen Verfolger. Zollformalitäten, auf die bei ihm gewöhnlich verzichtet wurde, verwirrten ihn; fassungslos stand er vor Abflugtafeln, deren er sich noch nie hatte bedienen müssen.

Im *Steigenberger* füllte er den ersten Anmeldezettel falsch aus, und als der Page nähertrat, um ihm sein Gepäck abzunehmen, wich er tatsächlich vor ihm zurück. Er nickte ohne zu verstehen, als der Mann ihm die Vorzüge seines Zimmers schilderte, und erst als der Page auffällig stumm blieb, fingerte er verspätet ein Trinkgeld aus der Tasche. Er folgte dem Mann zur Tür und verriegelte sie hinter ihm, um dann auch noch die Sicherheitskette vorzulegen.

Es war ein großes Zimmer, eine kleine Suite. Ehemalige Schlafräume in den Staatsbauten in Moskau waren früher einmal so luxuriös ausgestattet, aber sie waren von den Romanows und ihren Höflingen errichtet worden. Kein Hotel, in dem Migal sich je aufgehalten hatte, war in solchem Stil eingerichtet. Wie ein Blinder, der unversehens sein Augenlicht wiedererhält, unternahm Migal einen kurzen Rundgang. Im Bad befühlte er die ungewohnt dicken, flauschigen Handtücher; den großen Fernsehapparat im Wohnraum schaltete er ein, um ihn sofort wieder abzuschalten; und im Schlafraum prüfte er mit der Hand das brokatbezogene Bett.

Wieder im Hauptraum sah er einen schmalen Schrank, den er vorher nicht bemerkt hatte, und als er ihn öffnete, lächelte er dankbar auf die Bar. Er las die Anweisungen, hob die Klappe und goß beide Miniflaschen mit Wodka in ein Glas. Das brauchte er jetzt. Nach dem ersten Schluck beschloß er, auszupacken. Langsam prüfte er all die Kleidungsstücke, an die er nicht gewöhnt war, und betrachtete sein Spiegelbild in seiner eigenen Kleidung. Der Spiegel war so angebracht, daß er die Tür und die Sicherungskette sehen konnte. Er wandte sich um, ging zur Tür und vergewisserte sich erneut, daß sie sich nicht öffnen ließ. Zum ersten Mal, seit er Moskau verlassen hatte, fühlte Migal sich in dem verschlossenen Raum sicher.

Er trank das Glas leer und richtete sich darauf ein, den Zimmerservice für mehr Wodka in Anspruch zu nehmen. Zum zweiten Mal machte er sich am Fernsehapparat zu schaffen, drückte nacheinander alle Knöpfe, bevor er ihn wieder ausschaltete. Dann ging er ins Bad, um sich die Zähne zu putzen. Er blickte prüfend in den Spiegel und bemerkte zum ersten Mal, wie wächsern und fahl seine Haut war.

Als es klopfte, schreckte Migal zusammen und blieb wie erstarrt stehen. Das zweite Klopfen klang eindringlicher. Er ging zur Tür und sagte: »Ja?«

»Ich bin's.«

Migal war mehr als erleichtert, Karpows Stimme zu erkennen. Er wartete noch ein paar Sekunden, um sich zu sammeln, dann hängte er die Kette aus und schloß auf.

Karpow vermochte Angst zu erkennen, weil er darauf trainiert worden war, sie zu seinem Vorteil zu nutzen, und er erkannte sie an Migal, sobald er die Suite betrat. Der Mann roch geradezu danach, seine Furcht war in jeder Bewegung wahrzunehmen.

»Es tut mir leid wegen des Zimmers«, entschuldigte Karpow sich. »als ich mich um die Reservierung bemühte, waren nur noch die kleineren Suiten verfügbar.«

»Es ist sehr gut so«, versicherte Migal.

»Keine Probleme?« fragte Karpow.

»Keine«, sagte Migal. Hoffe ich jedenfalls, dachte er. Er wies auf den Aktenkoffer, den Karpow in der Hand hielt, und sagte: »Zeigen Sie mir, was Sie über Hartmann haben.«

Karpow öffnete die Tasche und präsentierte die Fotos, die er in Köln aufgenommen hatte. Wegen Hartmanns instinktiven und automatischen Gebrauchs jeder Versteckmöglichkeit waren sie nicht perfekt, aber auf einem Bild war er deutlich in der Nähe des leeren Ladens an der Friesenstraße zu sehen, und ein zweites zeigte ihn, die Kamera in der Hand, vor Bechers neuem Geschäft. Auf der zweiten Aufnahme war Becher trotz des Schutzwalls um sich herum zu erkennen.

»Gut!« sagte Migal enthusiastisch. »Sehr gut. Haben Sie auch die persönlichen Unterlagen?«

»Alles«, antwortete Karpow. »Was ist mit Günther Geßler?«

»Eindeutige Identifizierung als Mitglied der SS, aber sonst nichts.«

»Nichts?« fragte Karpow ungläubig.

»Er war immer sehr vorsichtig. Wir wissen viel über sein Leben nach dem Krieg, so daß Sie genügend Material haben.«

»Bechers Tod hat eine regelrechte Hysterie ausgelöst«, sagte Karpow.

»Geßler wird zu Tode geängstigt sein«, pflichtete Migal ihm bei. »Genau so will ich ihn haben. Haben Sie das Inserat aufgegeben?«

Karpow nickte. »Damit ist das Treffen für morgen verabredet. Aber ich werde mich nicht blicken lassen. Es steigert seine Angst noch, wenn ich nicht am Dom bin.«

Migal runzelte die Stirn. »Wo dann?«

»Ich warte bei ihm zu Hause auf ihn, wenn er zurückkommt. Das wird ihm zeigen, wie verwundbar er ist – und wie gut wir sind.«

»Das ist sehr klug«, lobte Migal. Er war gut beraten gewesen, Karpow auszuwählen. Sie würden ein gutes Gespann abgeben. Dann fragte er: »Können wir ihm trauen?«

»Natürlich nicht«, entgegnete Karpow, den die Naivität seines Vorgesetzten überraschte. »Er ist bestimmt verängstigt, aber die Wahrscheinlichkeit spricht dafür, daß er Kopien der Dokumente macht, die er in Händen hält.«

»Sicher, Sie haben recht«, gab Migal zu und ließ ein plötzliches Eingeständnis folgen: »Ich bin froh, wenn alles vorüber ist.«

»Ich auch«, sagte Karpow.

28

Günther Geßler saß zusammengekauert im Fond seines Wagens. Nie gekannte Angst hatte sich seiner bemächtigt, und ihm war es auch gleichgültig, daß der junge Schröder am Lenkrad oder die anderen, die zu seinem Schutz am Dom gewesen waren, diese Angst bemerkten. Was sie dachten, war belanglos. Wichtig war dagegen, daß der Russe die Verabredung nicht eingehalten hatte. Zum ungezählten Male nahm Geßler den Zeitungsabschnitt aus der

Tasche. Während er den Text der Anzeige flüsternd ablas, bewegte er sich in schaukelnden Bewegungen vor und zurück, als erleide er körperlichen Schmerz. Das *war* das Signal, er wußte es. Und er hatte genau das getan, was sie verabredet hatten, war zum Dom gefahren und hatte draußen, im Säulengang, gewartet. Als keine Kontaktaufnahme erfolgte und die Nervösität einsetzte, war er an der Außenfront entlanggegangen. Auch noch ein zweites Mal, schneller. Schließlich hatte er den Dom betreten und drinnen nach dem Gesicht gesucht. Wieso war er nicht dagewesen? Er wollte so nicht behandelt werden, dachte Geßler in angstgenährter Verzweiflung. So *konnte* man ihn nicht behandeln. Weil er über die Mittel verfügte, einen Mann namens Iwan Migal leiden zu lassen.

Und der Mann würde leiden. Bei Gott, und wie er leiden würde! Seit Bechers Tod schien es in keiner Zeitung und auf keinen Fernsehsender ein anderes Thema als den Krieg zu geben. Und jetzt würde er ihnen etwas geben, das wirklich Schlagzeilen machte! Nicht alles auf einmal, überlegte er. Immer nur ein Dokument zur gleichen Zeit, eine Enthüllung über die sowjetische Verstrickung nach der anderen. *Falls er konnte.* Die Einschränkung stahl sich in seine Gedanken, und Geßler wimmerte laut, so daß Kurt Schröder sich fragend umschaute. Wer oder was sollte ihm Sicherheit geben, wenn nicht die Russen? Otto Schröder war tot, Becher war tot; der junge Idiot vor ihm und seine kraftmeiernden Freunde waren dazu nicht in der Lage. Warum waren sie nicht zum Dom gekommen? Lieber Gott, warum waren sie nicht gekommen?

Geßlers Haus in der Berliner Freiheit hatte ein elektronisch kontrolliertes Garagentor, das vom Wagen aus aktiviert werden konnte. Seit dem Anschlag auf Becher hatte er darauf bestanden, daß Schröder ihn direkt ins Kellergeschoß fuhr und sich vergewisserte, daß das Tor hinter ihnen geschlossen war.

Schröder steuerte den Mercedes zu schnell hinein, so daß der Unterboden über die Bordsteinkante kratzte. Geßler wartete, bis der junge Mann den Schalter gedrückt hatte, um das Tor herabzulassen, bevor er aus dem Wagen stieg.

»Es ist niemand aufgetaucht«, sagte Schröder.

»Nein«, bestätigte Geßler und ging voraus durch die Tür, die ins Haus hinaufführte. Auch das gehörte seit Bechers Tod zu den Vorkehrungen: daß Schröder ihn bis in die Sicherheit seines Hauses begleitete.

»Kann ich immer noch nach Belieben bleiben oder gehen?«

Arroganter Hund, dachte Geßler. »Tut mir leid«, sagte er.

Während sie die Treppe hinaufstiegen, fragte Schröder: »Wer war er also?«

»Jemand, von dem ich glaubte, er könne helfen. Aber er hat nicht geholfen«, sagte Geßler. Jetzt hatte er gewiß nicht die Absicht, eine Verbindung zu den Russen zuzugeben.

Geßler war überrascht, Giselda in der Eingangshalle zu treffen, als sie ins Haus kamen. Nach dem Mord an Becher hatte es zwischen ihnen keine weitere Diskussion mehr gegeben.

Geßler, der sich an Gesten der Normalität klammerte, wollte ihr gerade einen Kuß geben, als sie sagte: »Ein Mann wartet im Arbeitszimmer auf dich. Er sagt, er hätte eine Verabredung mit dir.«

Geßler verharrte, als wäre er auf eine unsichtbare Mauer gestoßen. Als er zu sprechen versuchte, kam kein Wort heraus. Schröder stellte schließlich die Frage: »Wie viele sind es?«

»Nur einer«, antwortete die Frau.

Kurt Schröder ging an Geßler vorbei, zögerte kurz an der Tür und stieß sie dann weit auf. Karpow, ein Buch in der Hand, stand an der Regalwand. Er blickte an Schröder vorbei zu dem immer noch sprachlosen Geßler und sagte: »Goethe habe ich stets schwer gefunden. Mann auch. Vielleicht begreife ich deutsche Literatur einfach nicht.«

Mit enormer Willensanstrengung zwang Geßler sich, das Zimmer zu betreten. Gerade noch rechtzeitig fiel ihm ein, die Tür zu schließen, um Giselda von allem fernzuhalten.

»Schwein!« sagte er. Die Angst der letzten Stunden entlud sich in schierer Wut. »Sie Schwein!«

»Ist das Ihre Art, mit Freunden zu sprechen?« fragte Karpow scheinheilig. Der Deutsche verhielt sich genau so, wie er es haben wollte. Um den Mann aus dem Gleichgewicht zu bringen, kehrte der Russe Arroganz heraus.

»Wir haben eine Vereinbarung getroffen«, sagte Geßler. »Sie haben sich nicht daran gehalten.«

»Aber ja doch«, sagte Karpow. »Ich habe Ihnen Schutz versprochen, und den haben Sie bekommen. Und ich habe versprochen, Ihnen zu verraten, wer Sie verfolgt – und auch das erfülle ich.« Mit einer Handbewegung umfaßte er das Zimmer. »Und hierherzukommen und Ihnen zu zeigen, daß wir Ihre Identität aufdecken können, ist nichts als ein weiterer Beweis für unsere Kompetenz.«

Geßler hatte erneut Schwierigkeiten zu sprechen. Doch er verarbeitete die wichtigste Information schnell und sagte: »Sie wissen, wer es ist?«

Karpow warf einen bezeichnenden Blick zu Schröder. »Bleibt er?« fragte er.

Geßler hatte seine Fassung wiedergefunden, blickte zu dem jungen Deutschen und dann wieder auf Karpow. »Ja«, sagte er. »Er bleibt.« Schröder bedeutete einen gewissen Schutz, so minimal er auch sein mochte, und wegen des Russen war Geßler immer noch unsicher.

»Es ist eine jüdische Operation«, sagte Karpow.

»Das habe ich gewußt.« Geßler schlug die geballte Faust gegen die Handfläche. »Ich habe es gewußt.«

»Juden!« entfuhr es Schröder, der direkt vor der Tür stand. »Immer die verdammten Juden!«

Aus einer Innentasche zog Karpow das Foto, das Hartmann dabei zeigte, wie er Becher in Köln fotografierte. »Das hier ist eine Woche vor dem Anschlag auf Rudi Becher aufgenommen worden«, sagte er. »Der Name des Mannes ist Hugo Hartmann. Seit dem Krieg hat er für ein jüdisches Ermittlungsbüro in Wien gearbeitet.«

Er streckte den beiden Männern das Foto entgegen, hielt es aber in der Hand, so daß sie nähertreten mußten, um es sehen zu können. Schröder sprach als erster: »Den kenne ich.«

»Was?« fragte Karpow in echtem Erstaunen.

»Frankfurt«, sagte der junge Deutsche tonlos. »Ich habe ihn am Abend des merkwürdigen Anrufs im *Ress* gesehen. Ich saß auf dem Balkon und habe ihm beim Essen zugesehen...« Nach kurzem Zögern sagte er. »Er hat meinen Vater umgebracht. Er war das Schwein, das meinen Vater umgebracht hat.«

Er versuchte, nach dem Foto zu greifen, doch Karpow zog es zurück und steckte es wieder in die Jacke. An Geßler gewandt, sagte er: »Wir haben noch mehr. Mehr Fotos und eine komplette Akte.«

Schröders Blick wanderte zwischen den beiden Männern, dann fragte der junge Mann: »Worum geht's?«

»Seien Sie still!« sagte Geßler, der sich jetzt wieder völlig in der Gewalt hatte. »Wann?« fragte er dann Karpow.

»Morgen abend«, sagte Karpow. »Hier, weil es sicherer ist. Sagen wir um sieben.«

»Migal?«

»Er und ich.«

»Nein«, widersprach Geßler sofort und betrachtete den Mann, der ihm Angst eingejagt hatte. »Nur einer.«

Karpow reagierte nicht direkt auf die Weigerung. Dann blickte er zu Schröder und sagte: »Dann ist er ausgeschlossen. Nur Sie und er.«

»Einverstanden«, sagte Geßler.

»Es ist wichtig, daß die Unterlagen vollständig sind.«
»Das werden sie«, versprach Geßler.
»Wir müssen ganz sicher sein.«
»Natürlich.« Es würde gut ablaufen, urteilte Geßler. Fast hätte er sich in Panik treiben lassen, hätte sich gehen lassen, wie er es an anderen so oft kritisiert hatte. Aber er hatte sich zusammengenommen. Jetzt würde alles in Ordnung kommen. Alles.

»Ein Russe!« Während Geßlers Erläuterung war Schröders Gesicht kalkweiß geworden, und jetzt brach die Wut aus ihm heraus. »Sie arbeiten mit den Kommunisten zusammen! Haben Sie vergessen, wer dieses Land zwischen den Kriegen beinahe in die Knie gezwungen hat? Die Leute, gegen die mein Vater und Millionen andere auf die Straße gegangen sind, um Deutschland zu retten! Die Kommunisten mit ihrem irrsinnigen Ruf nach der Revolution!«
Geßler ließ die Tirade unbewegt. Er hatte Schröder informiert, weil es keine Alternative gab. Jetzt, da er sich der sowjetischen Unterstützung sicher war, berührte ihn die Reaktion des Manns nicht mehr. »Verdrehen Sie nicht die Geschichte zugunsten Ihrer Argumente«, sagte er gelassen.
»Wie meinen Sie das?«
»Sicher, wir mußten unsere Straßen sauberhalten«, bestätigte Geßler. »Und wir haben es auch getan. Aber als es politisch vernünftig war, haben wir einen Pakt mit Moskau geschlossen.«
»Der nicht lange überdauert hat«, argumentierte Schröder trotzig.
»Auch wieder nur, weil es politisch nicht mehr angebracht war«, entgegnete Geßler.
Schröder lächelte unsicher. »Wollen Sie sagen, daß Sie etwas planen?«
»Allerdings«, bejahte Geßler. »Ich plane etwas.« Bis zum nächsten Abend hatte er noch viel zu fotokopieren.
»Sie hätten sich mit meinem Ausschluß nicht einverstanden erklären dürfen«, sagte Schröder.
»Das gilt nur für das Treffen selbst«, besänftigte der Anwalt den jungen Mann. »Ich möchte, daß Ihre Leute das Haus außen sichern so gut sie können.«
»Ich will ihn haben«, stieß Schröder aus. »Ich will den Schweinehund haben, der meinen Vater und der Becher aufgespürt hat. Ich will ihn eigenhändig umlegen.«
»Natürlich«, sagte Geßler.

Sie verabredeten den gleichen Ablauf wie beim ersten Mal, und Erich Dollfuß wartete in der Bar des *Eden*, als Karpow eintraf. Als der Russe nähertrat, sah er, wie Dollfuß' Gesicht verängstigt zuckte, sobald der Deutsche erkannte, daß es zu einem positiven Kontakt kommen würde. Karpow hoffte, der Mann wäre stark genug. Sie setzten sich an einen abgeteilten Tisch. Karpow fiel auf, wie hastig der Mann ein zweites Glas akzeptierte, obschon das erste nicht einmal halb geleert war.

»Alles in Ordnung?« fragte der Russe.

»Der Druck wird zu groß«, gab Dollfuß zurück. »Seit dem zweiten Anschlag rennen alle im Kreis herum. Wußten Sie, daß für Mittwoch eine Sondersitzung des Bundestags einberufen worden ist?«

»Nein«, gab Karpow zu.

»Das übrige Europa soll beruhigt werden«, fuhr Dollfuß fort. Er schluckte und wich Karpows direktem Blick aus. »Ich will nicht mehr weitermachen«, sagte er.

»Sie müssen«, entgegnete Karpow nüchtern.

Wieder zuckte Dollfuß' Gesicht. »Lassen Sie mich in Ruhe! Bitte, lassen Sie mich in Ruhe!«

»Sie werden gut bezahlt.«

»Scheißgeld!«

Karpow wurde bewußt, daß die Zeit für Freundlichkeiten und Nachsicht vorbei war. Jetzt mußte er Druck ausüben. »Wollen Sie etwa Ihre Stellung verlieren?« fragte er.

»Nein!« erwiderte Dollfuß knapp.

»Unehrenhaft?«

»Hören Sie auf! Bitte! Hören Sie auf!«

»Ihre Familie, Ihre Frau gedemütigt?«

Benommen schüttelte Dollfuß den Kopf.

»Dann lassen Sie sich jetzt nicht durchhängen!« sagte Karpow. »Glauben Sie nur nicht, Sie könnten aufhören. Noch nicht.«

»Was wollen Sie?« fragte der Deutsche in störrischem Tonfall.

»Irgendwelche Erkundigungen über Günther Geßler?«

Dollfuß schüttelte den Kopf. »Nichts.«

»Gut«, sagte Karpow. Genauso ungern, wie er Hugo unter Druck setzte, sprang er so hart mit diesem Mann um. Auch wenn es zwischen den beiden keinen Vergleich gab.

Sie redeten noch eine Viertelstunde, und schließlich sagte Karpow: »Glauben Sie mir, es wird alles glatt gehen. Ganz glatt.«

Dollfuß schwieg einen Moment, bevor er unsicher fragte: »Sind Sie sicher?«

»Absolut sicher«, versicherte der Russe. »Sie brauchen sich keine Sorgen zu machen.«

Dollfuß war das schwache Kettenglied, urteilte er. Leider hatte er keine andere Wahl. Jemanden wie Hugo, zum Beispiel.

Peter Berman hatte den Ausbruch erwartet. Der Druck durch den ständigen Fluß von Blitzfernschreiben aus Langley wurde durch Telefonanrufe verstärkt. Beim letzten Anruf hatte er aus dem Gespräch am anderen Ende der Leitung herausgehört, daß die Rede davon war, Davidson zum persönlichen Rapport zurückzubeordern.

»Was, zum Teufel, ist denn los?« wollte der Abschnittsleiter wissen. »Draußen auf den Straßen wird ein richtiggehender Krieg geführt, und wir Armleuchter wissen nicht mal, wer ihn führt.«

»Wir haben eine Vielzahl von Namen«, wies Berman auf den Extrakt ihrer Computeranalyse hin. Vor ihm lag ein Stapel von Schnellheftern, und er wußte, es würde Wochen dauern, sie alle zu überprüfen.

»Und was ist mit den richtigen Namen?« fragte Davidson. »Wieso wußten wir nichts von Becher? Zwischen ihm und Schröder existierte eine Verbindung. Das hätten wir haben müssen!«

»Drei Leute konzentrieren sich jetzt darauf«, verteidigte Berman sich. »Bis heute abend müßten wir ein komplettes Dossier über jeden haben, der mit Schröder oder Becher in Kontakt gestanden hat.«

Keiner der beiden hatte das Telefon gehört. Einer der CIA-Leute, die an der Computeranalyse arbeiteten, rief zu ihnen hinüber: »Peter!«

Berman drehte sich um.

»Telefon für Sie«, sagte der Mann. »Jemand namens Dollfuß.«

29

Migal aß den ganzen Tag nichts. Zweimal ließ er die Mini-Bar auf seinem Zimmer mit Wodka nachfüllen, dann bestellte Karpow beim Zimmerservice eine ganze Flasche. Um fünf Uhr nachmittags war sie halb leer. Migal glaubte, seine Angst vor dem anderen Russen verbergen zu können, doch war sie den ganzen Tag, während sie das Treffen planten und probten, überall im Zimmer zu spüren.

»Ich will nicht alleine gehen«, platzte Migal heraus.

»Das war die Abmachung.«

»Sie hätten sich nicht darauf einlassen sollen.«

»Sie sind nicht völlig allein«, versicherte Karpow. »Im Haus, vielleicht. Aber ich bin direkt vor dem Haus.«

»Hat er Ihnen gar nichts von dem gezeigt, was er hat?«

»Welchen Sinn hätte es gehabt, danach zu fragen?« gab Karpow zurück. »Wir wissen, daß er *etwas* hat. Die Bedeutung des Materials können nur Sie feststellen. Deshalb sind Sie ja überhaupt hier.«

Migal beugte sich Karpows Logik. Er warf einen Blick zu der Flasche, verzichtete dann aber.

»Wir sollten gehen«, sagte Karpow.

»Es ist noch früh«, protestierte Migal.

»Ich will auch früh da sein«, meinte Karpow. »Man geht nie auf direktem Weg zu einer Verabredung.«

An professionelle Verhaltensweisen erinnert zu werden, irritierte Migal. »Direkt vor dem Haus?« fragte er.

»Selbstverständlich.«

Karpow kalkulierte die abendliche Rush-hour ein, und sie erreichten die *Berliner Freiheit* dreißig Minuten vor der verabredeten Zeit.

»Da!« sagte Karpow und zeigte auf einen Wagen, der vierzig Meter vor Geßlers Haus in einer Seitenstraße geparkt war. »Und da!«

Die Identifizierung der beiden Fahrzeuge ließ Migal zusammenfahren. »Wer?« fragte er.

»Stümper«, sagte Karpow wegwerfend. »Wie vorauszusehen.«

Ohne zu verlangsamen, fuhr er an Geßlers Haus vorbei und kurvte einmal rund um den Block. Karpow registrierte drei Männer zu Fuß und zwei weitere Wagen.

»Geßler hat das verdammte Haus umstellt!« fluchte Migal.

»Deshalb wollte ich ja so früh hier sein«, entgegnete Karpow.

»Damit Sie mit mir hineinkommen?« Die Erleichterung in Migals Stimme war überdeutlich.

»Nicht sofort«, wandte Karpow ein. »Wir nutzen es für unsere Zwecke.«

»Wie?«

»Im Moment brauchen Sie Schutz von außen, nicht drinnen bei Geßler. Ich bleibe draußen, um festzustellen, was diese jungen Einfaltspinsel fertigbringen könnten.«

»Da drin kann mir alles mögliche passieren! Das Haus ist bestimmt voll von ihnen.«

»Eben deshalb bleibe ich draußen«, beharrte Karpow. »Weil Sie ohne etwas in der Hand hineingehen. Geßler bekommt sein Material erst, wenn Sie mit seinen Dokumenten zufrieden sind und wenn Sie sich vergewissert haben, daß all diese Leute nichts anderes tun außer zu beobachten.

Sie näherten sich dem Haus.

»Es ist gefährlich«, sagte Migal verzweifelt.

»Es war immer gefährlich«, entgegnete Karpow. Er streckte die Hand aus und sagte: »Geben Sie mir die Sachen über Hartmann.«

Migal saß reglos auf dem Beifahrersitz.

»Sie müssen hineingehen«, sagte Karpow. »Sie haben immer gewußt, daß Sie hineingehen müssen.«

Migal legte den Ordner auf die Konsole zwischen den beiden Sitzen. »Halten Sie sich bereit.«

»Das werde ich.«

Migal ging den kurzen Weg zum Haus, stieg die Stufen hinauf und stand unschlüssig vor der Tür. Er blickte sich um, konnte Karpow in dem dunklen Wagen aber nicht erkennen. Schließlich drückte er den Klingelknopf. Einen Moment später öffnete Geßler die Tür. Die beiden Männer musterten einander, dann sagte Geßler: »Kommen Sie herein.« Während er dem Deutschen in das Arbeitszimmer folgte, warf Migal nervöse Blicke um sich. Das Haus schien menschenleer zu sein.

»Sie haben etwas für mich«, sagte Geßler fordernd. Er wollte, wie stets, das Heft in die Hand nehmen und das Treffen dirigieren.

Migal schüttelte den Kopf und versuchte, ebenso energisch zu erscheinen. »Man hat Sie informiert, was ich habe; Sie haben Fotos gesehen. Ich will wissen, was Sie haben.«

Geßler und Schröder hatte fast bis fünf Uhr nachmittags gearbeitet, um das Material aus dem Bankschließfach zu fotokopieren. Die Originale lagen in einer Schreibtischschublade. Die Kopien befanden sich in einem Wandsafe, der hinter einem klappbaren Bücherregal verborgen war, vor dem der Deutsche jetzt stand. Trotz dieser Schutzmaßnahme zögerte Geßler und zeigte das typische Widerstreben eines Rechtsanwalts, eilige Konzessionen zu machen. »Ein simultaner Austausch?« schlug er vor.

Migal spürte die leichte Abschwächung. Es war wirklich ein Glücksfall, daß er Karpow für die Detailplanung zur Verfügung gehabt hatte. »Nein«, erwiderte er. »Es war verabredet, daß wir uns allein treffen. Ich habe mich daran gehalten. Ihre Leute haben das Haus umstellt.«

Geßlers Gesicht erstarrte. Diese Leute waren weitaus erfahrener als die jungen Männer, auf die er sich verlassen mußte. »Nur eine Vorsichtsmaßnahme«, sagte er.

Er gewann die Oberhand, urteilte Migal. »Genau deshalb will ich Ihr Material sehen«, verlangte er. »Nur eine Vorsichtsmaßnahme.«

In einem Rechtsstreit gibt es Momente, in denen man zusätzliche Vorteile erringt, indem man nachgibt. Geßler wußte, er hatte nichts zu verlieren, wenn er dem anderen Mann das Verlangte zeigte; nicht einmal, wenn er es ihm vollständig aushändigte. Er wollte haben, was der Russe hatte. Und er wollte den Schutz, den es darstellte. Geßler ging zum Schreibtisch, holte das Papierbündel heraus und reichte es dem anderen.

Migal ließ seine Besorgnis durch den Eifer erkennen, mit dem er danach griff. Auf jedem Aktendeckel war das Hakenkreuz aufgestempelt, und bis auf zwei trugen sie alle die SS-Runen. Migal beugte sich über die Papiere wie ein Sammler über seine Lieblingsstücke. Über dreißig Jahre hatte er damit gelebt; er wußte, wie die Schriftstücke geordnet waren, erkannte die Ortsnamen, die bürokratischen Floskeln und die pedantische deutsche Phraseologie. Migal wußte sofort, er hatte recht gehabt. Er war Risiken eingegangen, deren er sich selbst nie für fähig gehalten hatte, und hatte seine Nerven bis zum Punkt des Zusammenbruchs belastet, aber er hatte recht gehabt! Es waren zwanzig Akten, und jede dokumentierte einen Austausch, bei dem er beteiligt gewesen war. Fünfzehn Akten hatten den Glanz von Kohlepapier, und er erkannte, daß jede einzelne eine Operation beschrieb, aus der sein Name in den Moskauer Archiven längst getilgt war. Aber hier war sein Name nicht gelöscht, und das konnte katastrophale Folgen haben. Doch das war nicht alles. Zusätzlich zu den entlarvenden Kopien fanden sich hier fünf Originale, alt und schmutzig, mit geknickten Ecken und eingerissenen Blättern; fünf Dokumente, von deren Existenz er nichts gewußt hatte und für die es irgendwo in Rußland bestätigende Schriftstücke gab.

Beim Gedanken, wieviel Glück er gehabt hatte, schwindelte es Migal. Er würde die Grenzlinie am Dshershinskiplatz überqueren, Karpow in immerwährender Dankbarkeit mitnehmen und den Rest seines Lebens in Sicherheit verbringen!

Als kenne er die Gedanken des Russen, sagte Geßler: »Eine Veröffentlichung wäre äußerst peinlich.«

Das war der Moment, seine Stärke zu zeigen, entschied Migal. Zu demonstrieren, daß er für Erpressungen nicht mehr zugänglich war. »Sie haben Kopien angefertigt«, sagte er.

Geßlers Kopf zuckte zurück, als hätte ihn ein Fausthieb getroffen. »Nein!« widersprach er.

»Machen Sie sich nicht lächerlich«, sagte Migal tadelnd. »Sie wären ein Narr, hätten Sie es nicht getan.« Er war überhaupt nicht mehr nervös. Zum ersten Mal seit Monaten spürte er nicht die hohle Leere in seinem Magen, das Gefühl, etwas nage an ihm. »Sie wissen, was ich getan habe«, fuhr er fort. »Und Sie können mich mit Hilfe Ihrer Kopien identifizieren. Ebenso wie ich Sie identifizieren kann. Sie entlarven wie die anderen entlarvt worden sind.«

»Nein, warten Sie ...« begann Geßler, doch Migal, der sich seiner eigenen Angst geschämt hatte und die gleiche Angst jetzt bei dem anderen erkannte, fiel ihm ins Wort: »Nein, Sie warten! Sie warten und hören mir zu. Sie bekommen die zugesagten Unterlagen im Austausch gegen diese hier. Und Sie erhalten den versprochenen Schutz. Ihnen wird nichts geschehen. Aber vergessen Sie nie, was es von nun an ist: gegenseitige Abhängigkeit. Ich will nie mehr etwas von Ihnen oder über Sie hören. Ebensowenig wie Sie von mir. Einverstanden?«

Es lief nicht so ab, wie es hätte sein sollen, dachte Geßler. Er war derjenige mit den Beweisen, den Tatsachen, die ihm die Macht gaben, den anderen zu überführen. Doch jetzt wurde ihm alles weggenommen!

»Wenn mir jemals etwas zustößt, gelangt alles an die Öffentlichkeit«, sagte er in dem Versuch, die Überlegenheit des Russen zu mindern. Sofort am nächsten Tag mußte er die Vorbereitungen treffen.

»Ich habe ja gesagt, Ihnen wird nichts zustoßen«, bekräftigte Migal. Der Beweis dafür, daß sie Hartmann umbrachten, würde ihn völlig unverletzlich machen.

»Ich will die Unterlagen«, sagte Geßler.

In diesem Moment wurde der erste Schuß abgefeuert, aber keiner der beiden Männer hörte ihn. Aber sie hörten den nächsten, weil er näher war, und plötzlich war das Rattern von automatischen Waffen und Pistolen zu hören.

»Was ist denn da los?« schrie Geßler.

»Lassen Sie mich raus!« kreischte Migal.

Der Deutsche stürzte an ihm vorbei zur Tür, und Migal folgte ihm, die Akten gegen die Brust gepreßt wie ein Schiffbrüchiger, der sich an ein Stück Treibholz klammert. Er verwandte keinen Gedanken auf das, was vor sich ging, wollte es gar nicht. Er wollte nur noch fliehen. Am Fenster im Vestibül stieß er mit dem Deutschen zusammen, und bevor er nach draußen spähen konnte, hörte er ihn sagen: »Polizei! Da draußen waren Uniformen.« Geßler wirbelte zu dem Russen herum. »Schutz!« schrie er ihn an. »Sie haben mir Schutz versprochen!«

Von draußen kamen lautsprecherverstärkte Stimmen, und dann flammten Scheinwerfer auf. Geblendet fuhren sie vom Fenster zurück. Über dem Krachen der Schüsse war eine lautere Explosion zu hören, ein dumpfer Knall. Im selben Moment begann sich der Garten mit Rauch zu füllen.

»Gas!« sagte Geßler. »Sie vergasen uns.«

Hilflos drehte er sich zu Migal. »Was sollen wir tun?« fragte er.

Migal starrte ebenso hilflos zurück. »Ich weiß es nicht«, sagte er.

Geßler rannte durch den Flur zur Rückseite des Hauses, stürzte in die Küche und öffnete eine Hintertür. Sofort zogen Schwaden von Tränengas in den Raum, und würgend schloß er die Tür wieder zu.

»Eine andere Tür«, drängte Migal verzweifelt. »Es muß eine andere Tür geben.« Immer noch hielt er, das Brennen in seinen Augen ignorierend, die Akten umklammert.

»Die Garage«, brachte Geßler keuchend hervor. »Kellertreppe.«

Sie erreichten den Treppenabgang, als eine Granate vor dem Garagentor explodierte und es aufdrückte. Der Druck schleuderte den Russen und den Deutschen bis zur Küchentür zurück.

Beide Männer waren wieder im Arbeitszimmer, als die Polizei hineinstürmte. Automatisch ein Versteck suchend, kauerte Geßler unter seinem Schreibtisch.

»Heilige Mutter Gottes!« entfuhr es Davidson, der direkt hinter den ersten Beamten folgte.

Migal hielt die Akten noch immer gegen seine Brust gepreßt, als wären sie sein letzter Schutzschild.

Kurt Schröder lag eingerollt unter einem Gebüsch. Er wußte nicht, wo er sich befand, nur, daß es ein Parkgelände war, daß es dunkel war, und daß er sich hier verstecken konnte. Verstecken, er wollte sich unbedingt verstecken. Röchelnd atmete er ein, die Nachwirkungen des Gases brannten in seiner Luftröhre. Wasser lief ihm aus Augen und Nase, stoßweises Schluchzen schüttelte seinen Körper. Aber nicht wegen der Reizstoffe, die er eingeatmet hatte. Der überraschende Angriff hatte ihn völlig aus der Fassung gebracht. Er hatte Angst empfunden, eine Angst, die ihm durch Mark und Bein ging. In dem totalen Chaos hatte ihn wohl niemand fliehen sehen. Geflohen war er, blind von Garten zu Garten, und dann ebenso blind auf eine Straße, viele Häuserblocks vom Ort des Geschehens entfernt. Und er war immer weiter gerannt, bis jetzt, als er die völlige Schwärze des Parks gesehen und sich in sie hineingeworfen hatte. Er hielt die Arme um seinen Oberkörper geklammert, als hielte er einen anderen, den er trösten mußte. Er hatte sie im Stich gelassen. Er hatte seine Kameraden im Stich gelassen, seinen Vater und Geßler, dem er Schutz vor jedem Angriff gelobt hatte. Feigling, dachte er. Er war ein verängstigter Feigling, einer, der weggerannt war.

Die Wirkungen des Gases ließen nach, trotzdem weinte er weiter, in die bereits feuchte Erde hinein.

Angespannt saß Gusadarow auf seiner Bank und tat so, als arbeite er an den nächsten Zahlen. In Wirklichkeit blickte er aber unter gesenkten Wimpern zu dem Wachhabenden, der die gerade abgegebene Analyse prüfte. Er hatte schon wieder vergessen, was er gerade gemacht hatte. Nur daß es nicht richtig war, wußte er. Und er wußte, was im Fall einer Bedrohung zu tun war. In Sekunden konnte er am Tisch sein, der Überraschungsmoment wäre auf seiner Seite. Es würde nur Sekunden dauern, sobald er einmal die Hände um die Kehle des Mannes gelegt hätte. Langsam, wie ein allmählich lauter werdendes Geräusch, drang die Vernunft in sein Denken. Was dachte er da! Einen Wärter angreifen! Niemand griff jemals einen Wärter an; jedenfalls niemand, der am Leben bleiben wollte. Wahnsinn, an so etwas auch nur zu denken! Gusadarow wandte seinen Blick von dem Mann weg zur nächsten Ansammlung unverständlicher Zahlen. Er sollte seine Gedanken nicht so abschweifen lassen. Das hatte er früher auch nicht. Stattdessen sollte er sich auf den Brennpunkt seines Überlebens konzentrieren. Er sollte mehr an Rebecca denken.

30

Nach den Festnahmen herrschte anfangs Ungewißheit, ob gegen Geßler und Migal offizielle Anklage erhoben werden konnte. Berman war es, der die Möglichkeit aufwies – und dafür sorgte, daß es als sein Vorschlag in Washington bekannt wurde. Der CIA-Mann prüfte Migals falsche Papiere, bewies anhand von CIA-Fotos die wahre Identität des Mannes und legte damit die Grundlage für den Vorwurf illegaler Einreise in die Bundesrepublik. Außerdem ermöglichte es gegen Geßler den Haftgrund Beihilfe und Begünstigung, bevor die Deutschen, die ihn beschützt hatten, in ihren Aussagen versuchten, die eigene Beteiligung herunterzuspielen. Ihre Angaben reichten für sechs weitere strafrechtlich relevante Vorwürfe, die sich alle auf die Organisierung, Finanzierung und Unterstützung einer paramilitärischen terroristischen Vereinigung bezogen.

Die Bundesregierung sah einen Weg, die peinliche Aufmerksamkeit, die die ersten Attentate auf die Nazis verursacht hatten, auf ein neues Feld zu lenken, und beauftragte Bundesnachrichtendienst und Verfassungsschutz – den die CIA überredet hatte, den Sturm auf Geßlers Haus vorzubereiten –, mit dem amerikanischen Geheimdienst weitestgehend zusammenzuarbeiten.

Das hätte ohnehin die Veröffentlichung der Kriegsdokumente bedeutet, mit denen Migal festgenommen worden war. Aber Moskaus Reaktion machte es noch leichter: Die Sowjets dementierten förmlich ihre Beteiligung.

Mit Hilfe der deutschen Dienste ließ die CIA ihre Archivfotos zusammen mit aktuellen Aufnahmen des Russen an einzelne Redaktionen streuen; eines der Fotos stammte aus Geßlers Arbeitszimmer und zeigte Migal, wie er die verräterischen Akten umklammerte. Und dann gaben sie die Akten selbst weiter. Nicht alle auf einmal, denn das hätte die Wirkung bald verpuffen lassen, sondern nach und nach über mehrere Tage. Weitere Informationen wurden mit gleicher Sorgfalt plaziert, als – zusätzlich zu den Erkenntnissen über Geßler und Migal – Einzelheiten über Fritz Lang, Klaus Reinhart und Otto Schröder in die Öffentlichkeit sickerten.

Die Publizität war beispiellos und weltweit. Analysen im nachhinein belegten, daß es in den ersten zwei Wochen keine Zeitung und keine Zeitschrift in sämtlichen medienorientierten Ländern außerhalb des Ostblocks gab, die nicht ausführlich und prominent berichtet hätte. Am Ende der zweiten Woche verlangte die Bundesregierung von Moskau eine offizielle Stellungnahme, und die Sowjets machten einen zweiten Fehler, indem sie nicht reagierten. Stattdessen forderten sie unter Hinweis auf Migals diplomatische Immunität dessen sofortige Ausreise in die UdSSR. Bonn wies die Forderung umgehend als lachhaft zurück, wiederholte die Formulierungen des Ermittlungsberichts und fügte hinzu, daß Migal keinesfalls in der Bundesrepublik als Diplomat akkreditiert sei.

Eine Kette aus Polizisten mußte Giselda Geßler vor der Horde fuchtelnder und schreiender Journalisten abschirmen, als sie am Mittwoch der dritten Woche ihren Mann im Untersuchungsgefängnis besuchte. Das Chaos bei ihrem Eintreffen galt bei der späteren Untersuchung als Erklärung dafür, daß die normalen Sicherheitsvorkehrungen nicht so streng wie üblich gehandhabt worden waren. In der Nacht nahm sich Günther Geßler in seiner Zelle mit dem Zyankali das Leben, das seine Frau ihm mitgebracht hatte. Als die Polizei am nächsten Tag in das Haus an der Berliner Freiheit eindrang, fand man

Giselda Geßler tot im Bett, gezeichnet vom Todeskampf, der durch das gleiche Gift ausgelöst worden war.

Während der Vernehmung hatte Geßler, der erfahrene Anwalt, jede Antwort auf jede Frage abgelehnt. Er verweigerte jedwede Aussage. Ebenso machte es Migal. Das gesamte Bonner Kabinett trat, so ungewöhnlich es auch war, zusammen, um die Einschätzung des Generalbundesanwalts zu hören, bevor die politische Entscheidung fiel, das Strafverfahren aufgrund des vorliegenden Beweismaterials zu eröffnen.

Es war eine kurze Verhandlung, die nach zwei Stunden geschlossen wurde. Migal weigerte sich auszusagen oder auch nur das Gericht anzuerkennen. Ironischerweise lieferte das sowjetische Verlangen nach einer Ausreise Migals den Beweis für seine tatsächliche Identität, so daß die eigentliche Verhandlung sich fast ausschließlich den wissenschaftlichen Gutachten über den Vergleich der Fotos und die Echtheit der Dokumente widmete. Der Richterspruch war ein politischer, praktisch vorbereitet in der Kabinettssitzung mit dem Generalbundesanwalt: Iwan Michailowitsch Migal, der illegalen Einreise in die Bundesrepublik für schuldig befunden, sollte unverzüglich in sein Heimatland überstellt werden.

Noch am selben Nachmittag wurde er von Frankfurt ausgeflogen. Die letzten Fotos von Migal, die in der Presse des Westens veröffentlicht wurden, zeigten ihn verängstigt, mit gebeugtem Haupt auf dem Weg zur Aeroflot-Maschine, eskortiert von drei unbekannten Besatzungsmitgliedern. Die Fotografen hofften, er würde oben auf den Stufen einen letzten Blick in den Westen werfen; einige schrien und versuchten, seine Neugier zu wecken. Aber Migal betrat das Flugzeug ohne einen Blick zurück.

Im Haus in der Dorotheergasse war ein offener Kamin, deshalb benutzte Karpow es jetzt. Er bereitete alles professionell vor und legte den Rost mit Folie aus, die er später wieder entfernen konnte. Zuerst verbrannte er die Fotos, die er in Köln von Hartmann aufgenommen hatte. Nachdem er die Asche auf der Folie zu Staub zerrieben hatte, folgte die Dokumentation über den Österreicher, die im Fall eines Austauschs zusammen mit den Fotos in Geßlers Hände gekommen wäre. Als er auch diese Brandreste zu feinem Staub zerdrückt hatte, hockte er vor dem Kamin und betrachtete das Foto, auf dem zu erkennen war, daß Klaus Reinhart im selben Grab wie Gerda Hartmann lag.

Es würde nur Schmerz schaffen, entschied er, und davon hatte

Hugo genug gehabt. Er hielt das Streichholz an die Ecke des Fotos und sah zu, wie es sich in der Flamme schwärzte, bis es in seinen Fingern zu heiß wurde. Als er es zu Staub zerrieben hatte, vergewisserte er sich, daß die Folie nicht überhitzt war. Dann trug er die Überreste ins Badezimmer und spülte sie in der Toilette ab. Er mußte es zweimal tun, weil nach dem ersten Mal noch schwarze Flöckchen im Wasser trieben.

Jetzt war Hugo sicher; so sicher, wie er nur sein konnte. Und er selbst auch. Karpow lächelte, als er in Gedanken die gleiche Formulierung verwandte: so sicher, wie er nur sein konnte. Zumindest vor Moskau. Hätte er eine Fehleinschätzung begangen, wäre schon längst seine Rückberufung erfolgt. Wahrscheinlich sehr energisch.

Nachdem ihm bewußt geworden war, daß er nicht nach Moskau zurück wollte, hatte ihn die Überzeugung, daß Migal keine Aufzeichnungen über die Operation angefertigt hatte, dazu gebracht, das Risiko auf sich zu nehmen. Seltsam, wie einfach im Rückblick alles gegangen war.

Als er sich entschlossen hatte, Migal auffliegen zu lassen und selbst im Westen zu bleiben, hatte Karpow versucht, alle möglichen verwikkelten Pläne samt Fluchtwegen und Zwischenstopps für den Fall ihres Scheiterns aufzustellen. Doch am Ende war es völlig simpel gewesen.

Erich Dollfuß würde nie begreifen, warum er den Auftrag erhalten hatte, den Amerikanern den Hinweis auf die Berliner Freiheit zu geben, aber was Dolfuß begriff, war belanglos. Und Migal würde nie erfahren, wie es geschehen war.

Es hätte schwieriger sein können, nahm Karpow an, wenn die junge Schutztruppe nicht so sichtbar Position bezogen hätte. Andererseits vielleicht auch nicht. Migal hatte Angst gehabt, höllische Angst. Und er hatte viel Wodka getrunken. Betrunken war er nicht gewesen, ganz gewiß nicht. Aber es hatte gereicht, einem überdachten, abgewogenen Urteil abträglich zu sein, das ihn hätte mißtrauisch stimmen können.

Karpow schob die Gedanken beiseite und kehrte in den Hauptraum zurück, um Hartmanns Ankunft abzuwarten. Vieles hätte fehlschlagen können, aber das war nicht passiert. Alles hatte perfekt funktioniert. Er hatte sich eines Vorgesetzten entledigt, den er nie richtig gemocht hatte, und würde danach für immer glücklich im Westen leben – genau wie im Märchen.

Er öffnete auf das erste Klopfen des Österreichers, umarmte ihn herzlich, goß zwei Gläser voll und fragte mit dröhnender Stimme: »Wie geht es dir, Hugo? Wie steht's?«

Hartmann musterte den Russen neugierig. Über Wochen war seine Jovialität gezwungen gewesen, doch heute, als der Mann eigentlich jeden Grund zur Nervosität hatte, schien er wieder ganz der alte zu sein. Er antwortete mit einer Gegenfrage: »Gibt es keine Probleme wegen Deutschland?«

Karpow schüttelte den Kopf. »Ich habe immer darauf geachtet, dich fernzuhalten«, sagte er leichthin.

»Ich kann immer noch kaum glauben, daß Migal persönlich in den Westen gekommen ist.«

»Aber er ist doch gekommen, oder?« sagte der Russe. »Wer hätte es sonst tun können?«

»Trotzdem war es ein verzweifeltes Vorhaben.«

»Er war ein verzweifelter Mann.«

»Hast du gewußt, daß er sich persönlich beteiligt?«

»Nein«, log Karpow. »Die Instruktionen kamen von Moskau, also vermutlich von ihm, aber ich habe das Ziel für bare Münze genommen – daß es darum ging, die Nato in Unruhe zu versetzen.«

»Für die Sowjetunion war es eine Katastrophe.«

»Unbedingt«, bejahte Karpow und fügte hinzu: »Ich bin froh, daß wir nichts damit zu tun haben.«

»Hast du eine Ahnung, was sich nun tut?«

»Kein bißchen«, gab Karpow zurück und sagte dann ernst: »Es hat viele Vorteile, wenn man nicht im Mittelpunkt der Dinge steht.«

Hartmann nippte an seinem Glas und sagte: »Ich war gespannt, ob es eine Antwort auf meine Bitte gibt.«

»Die Fotos vom Grab?«

Hartmann nickte.

Karpow hob bedauernd die Arme. »Ich habe es versucht, Hugo. Glaube mir, ich habe es versucht. Ohne das, was geschehen ist, wäre es schon schwierig genug gewesen. Jedenfalls ist es postwendend als leichtfertige Anfrage verworfen worden.«

»Leichtfertig war es wohl kaum«, sagte er.

»Das war ihre Formulierung, nicht meine«, entgegnete der Russe. »Es tut mir leid, Hugo. Aufrichtig.«

Hartmann zuckte die Achseln, die Antwort überraschte ihn eigentlich nicht. Schließlich hatte er mit der Ablehnung gerechnet.

»Wann ziehst du bei Rebecca ein?«

»Wahrscheinlich in vierzehn Tagen.«

»Du bist ein glücklicher Mann, eine Frau wie sie zu haben«, sagte Karpow aufrichtig.

»Ich weiß«, erwiderte Hartmann.

Am Abend beobachtete Karpow mit gewohnter Umsicht den Sowjetdiplomaten, der den toten Briefkasten leerte und die Nachricht per Post an die vorgegebene Adresse weiterleitete. Diese Woche war es eine Wohnung mit Blick auf den Prater. Karpow wartete auf die Post. Die Nachricht bestand aus einer einzigen Anweisung: seine Rückberufung nach Moskau.

Mit einigem Realismus hatte Peter Berman den sechsten Stock erwartet. In der ersten Nacht nach der alkoholschweren Feier in Bonn hatte er davon fantasiert, daß sie es sogar bis zum Heiligtum des Direktors im siebten Stockwerk schaffen könnten, doch morgens war er wieder nüchtern gewesen. Aber dies nicht: In den wildesten Hoffnungen, betrunken oder nüchtern, hatte er dies nicht erwartet. Der Wagen nahm die Straße, die den Potomac auf der Memorial Bridge überquerte. Als Berman zu Davidson hinüberblickte, war es ihm gleichgültig, daß sein Grinsen wahrscheinlich idiotisch wirkte. Davidsons Hose und Hemd waren frisch gereinigt und gebügelt. Wie Berman hatte er die Jacke ausgezogen, damit sie bei ihrer Ankunft keine Falten aufwies.

»Sie wissen ja wohl, daß wir nach dieser Geschichte feuerfest sind«, sagte David.

»Ja«, bestätigte Berman.

»Asbestverkleidet, nicht entflammbar, hundertprozentig feuerfest«, schwelgte Davidson.

Berman merkte, daß der ältere ebenso aufgeregt war wie er selbst. »Man hat mir gesagt, ich kann mir aussuchen, was ich will«, sagte er.

»Und was wird es sein?« fragte Davidson.

»Paris, denke ich«, antwortete Berman. »Mir hat es dort gut gefallen.« Er würde wieder mit dem Rudern anfangen, auf der Seine. Es war lange her, seit er das letzte Mal trainiert hatte.

»Dann werden wir also zusammenarbeiten«, stellte Davidson fest, dessen Beförderung zum Stellvertretenden Direktor der Operationsabteilung am Morgen bestätigt worden war.

»Ja«, sagte Berman.

Unversehens streckte der ältere seine Hand aus. »Kein böses Blut?«

Berman drückte die Hand. »Kein böses Blut.«

Der Wagen war funkbestückt, daher wartete die Eskorte des Secret Service, als sie das Weiße Haus durch den Ostflügel betraten. Die beiden Männer gingen nebeneinander durch die Flure mit den Porträts der ehemaligen First Ladies. Nachdem sie den kleinen Salon passiert hatten, der bei offiziellen Gelegenheiten als Empfangszimmer fungiert, blickte Berman nach links auf die sorgfältig beschnittenen Bäume und Sträucher. Ihre Eskorte wurde unmittelbar vor dem Oval Office gewechselt.

»Er erwartet Sie«, sagte der zweite Mann.

Ohne Verzögerung betraten sie den Raum, der Präsident stand hinter seinem Schreibtisch auf und trat mit ausgestreckten Händen auf sie zu. Berman rief sich die Rangfolge sowie ihre neu gewonnene Beziehung ins Gedächtnis und ließ Davidson den Vortritt.

»Ich wollte Ihnen ganz persönlich danken«, sagte der Präsident. »Inoffiziell, natürlich.«

»Danke, Mr. President«, sagte Davidson.

»Eine hervorragende Operation«, lobte der Präsident. »Bestens durchgeführt.«

»Danke, Mr. President«, plapperte Berman nach.

»Sie sollen wissen, daß ich Langley deutlich klargemacht habe, wie ich darüber denke; wie dankbar ich Ihnen beiden bin«, sagte der Politiker.

»Feuerfest«, frohlockte Davidson in der Limousine, die sie zurück nach Langley brachte. »Tatsache! Absolut feuerfest.«

31

Es war Unterwürfigkeit in Oleg Karpows Verhalten, als er den Raum betrat, aber das war nicht Angst, sondern die geziemende Bescheidenheit, die den Respekt vor den Männern widerspiegelte, die ihn bereits erwarteten. Und er war nicht besorgt; gespannt, aber nicht besorgt. Weil sie nichts in der Hand hatten. Sie mochten Verdacht hegen, Zweifel haben. Aber mehr nicht. Sonst wäre seine Rückberufung durch Fremde erfolgt, die plötzlich vor seiner Tür auftauchten und ihn eskortierten. Und es wäre nicht, wie jetzt angekündigt, eine Untersuchung gewesen, sondern ein Prozeß.

Drei Männer saßen ihm gegenüber am Tisch. Alexej Tsinew war, wie es seiner Funktion als Leiter des Ersten Hauptdirektorats entsprach, der Vorsitzende. Links von ihm saß sein Stellvertreter, Sergej Kiktow. Wladimir Kriwoschew rechts von ihm vervollständigte den Untersuchungsausschuß.

Tsinew wies auf einen Stuhl direkt vor dem Tisch, und Karpow setzte sich. Er sah sich in dem Raum um und stellte zum ersten Mal bewußt fest, daß er keine Fenster hatte. Nach dem Weg durch die Flure, den er genommen hatte, schätzte Karpow, daß er sich im

Rückteil des Gebäudes oberhalb des Gefängnisses der Lubjanka befand. War Migal dort unten gelandet? fragte er sich.

»Dies ist eine Untersuchung der Affäre in der Bundesrepublik Deutschland«, verkündete Tsinew.

Karpow war sich nicht sicher, ob sie eine Reaktion von ihm erwarteten. Sollten sie die Führung übernehmen, entschied er. Das war charakteristisch für Migal gewesen, und Migal hatte in dieser Umgebung lange überlebt.

Nach einigen Momenten des Wartens fuhr Tsinew fort: »Über die Rolle, die Iwan Michailowitsch Migal bei der Affäre spielte, hat es bereits eine Untersuchung – einen Prozeß – gegeben. Während dieses Verfahrens wurden bestimmte Behauptungen aufgestellt.«

Wenn es einerseits wichtig war, nicht verfrüht zu antworten, war es andererseits ebenso wichtig, diese Männer nicht gegen sich einzunehmen, indem man sich begriffsstutzig gab. »Und Sie glauben, ich könnte zur Aufklärung beitragen?« fragte Karpow. Er wählte seine Worte mit Bedacht. Sie sollten als Reaktion eines Mannes erscheinen, der nichts zu fürchten hatte.

»Ja«, bestätigte Kiktow.

»Mir ist es selbstverständlich eine Freude, in jeder Hinsicht zu helfen, soweit es mir möglich ist«, sagte Karpow. Seine Zuversicht machte Eindruck auf sie, dessen war er sich gewiß.

»Während seines Prozesses hat Migal ausgesagt, Sie seien bei der Planung der Operation beteiligt gewesen«, sagte Tsinew.

»Das war ich auch«, entgegnete Karpow ohne Zögern. Die Antwort verwirrte die drei Männer völlig. Offenbar wußten sie nicht, daß ein guter Lügner so oft wie möglich die Wahrheit sagt, dachte Karpow.

Die Offiziere tauschten untereinander Blicke aus, dann stellte Kriwoschew fest: »Sie geben also Ihre Teilnahme zu.«

»Nein«, sagte Karpow.

»Sie widersprechen sich selbst«, wies Tsinew ihn zurecht. Der Gedanke an einen neuen Prozeß verschärfte sein Verhalten.

»Vor einigen Wochen habe ich vom Genossen General Migal die Anweisung erhalten, hierher nach Moskau zurückzukehren«, sagte Karpow. Das mußte er als erstes zugeben, weil es Aufzeichnungen über seine Ankunft, seine Fahrt vom Flughafen und der lächerlichen Scharade mit Pässen und Eskorten vom Erdgeschoß aus geben würde.

»Zu welchem Zweck?« fragte Kriwoschew.

Auch die Archive führten, wie Karpow wußte, Aufzeichnungen. »Mir wurde eine Reihe von Akten gezeigt«, sagte er. »Akten aus dem Krieg über Nazis. Genosse Migal hat mich beauftragt, eine Operation einzuleiten, um den Aufenthaltsort einiger dieser Nazis aufzuspüren, die nach seinen Informationen in Deutschland geblieben waren. Mir wurde nicht gesagt, woher diese Informationen stammten.«

»Welche Namen fanden sich dort?« wollte Kiktow wissen.

»Zuerst Hans Leitner, Otto Schröder und Rudolf Diehl«, antwortete Karpow.

»Zuerst«, hakte Kiktow ein.

Verdammt, dachte Karpow, jetzt war er in eine Position manövriert worden, in der er Informationen direkt anbieten statt nur bereitstellen mußte. Doch er sah ein Schlupfloch. »Ja«, sagte er. »Mir wurde aufgetragen, diese Männer in Frankfurt aufspüren zu lassen, wo sie vermutlich lebten.«

»Wurden die Namen Lang und Reinhart erwähnt?« fragte Tsinew.

Karpow zögerte kaum merklich. Eine ehrliche Antwort barg keine Gefahr. »Ja«, antwortete er.

»In welchem Zusammenhang?« faßte Kiktow nach, der wohl bemerkt hatte, daß Karpow seiner Frage ausgewichen war.

»Es ging darum, daß sie Nazis waren«, sagte Karpow. »Genosse Migal hat mir gesagt, er habe beschlossen, in einer großen Operation weitere Nazis in Europa zu finden und zu entlarven, um Zwietracht zwischen Westdeutschland und seinen Partnern zu säen.«

»Was hat er gesagt?« fuhr Tsinew dazwischen.

»Daß er Unsicherheit in Europa auslösen wollte.«

»Und was war mit seiner Verbindung zu diesen Leuten im Krieg? Besonders zu Lang?« fragte Kriwoschew.

Karpow lächelte bedauernd. »Davon hat er kein Wort erwähnt. Wäre das zur Sprache gekommen, wäre es meine Pflicht gewesen, mich jemandem mit höherem Rang anzuvertrauen.«

»Allerdings«, sagte Tsinew. »Das wäre Ihre Pflicht gewesen.« Er zögerte einen Moment. »Was haben Sie dann getan?«

Eine weitere Tatsache, die überprüfbar war, erkannte Karpow. »Seit vielen Jahren haben wir in Österreich unter meiner Führung einen besonders hervorragenden freiberuflichen Agenten namens Hugo Hartmann. Er ist Jude, ein Opfer der Konzentrationslager. Er war der ideale Kundschafter. Ich habe ihn nach Frankfurt geschickt, und er hat Schröder aufgespürt.«

»Und die beiden anderen?« fragte Kriwoschew.

»Anscheinend haben sie bis vor kurzem dort gelebt, sind dann aber verschwunden. Unsere Schlußfolgerung war, daß dies aus Angst geschah, nachdem Langs und Reinharts Tod bekannt geworden waren.«

»Dann haben Sie also den Anschlag auf Schröder veranlaßt«, sagte Kiktow.

Diesem ungeschickten Versuch vermochte er leicht auszuweichen, doch erkannte Karpow Kiktow als den gefährlichsten Mann des Ausschusses. »O nein«, widersprach er. »Meine Instruktionen waren das nicht. Hartmann hat einen Bericht verfaßt, und den habe ich nach Moskau weitergeleitet.« Und dort gab es eine belegbare Aufzeichnung über das Eintreffen des Berichts, ebenso wie es einen belegbaren Vermerk darüber gab, daß die Attentatsgruppe auf Geheiß Migals gereist war. Völlig sicher konnte er nicht sein, aber Karpow glaubte nicht, bisher auch nur einen Fehler begangen zu haben.

»Haben Sie gewußt, daß Schröder getötet werden sollte?« fragte Tsinew.

»Nein«, sagte Karpow. »Den ersten Hinweis darauf erhielt ich aus der Zeitung und dem Fernsehen.«

»Sie haben also keine Vorstellung, warum es geschehen ist?« fragte Kriwoschew.

Karpow wartete einen Moment, als müsse er überlegen, und sagte dann: »Nein, ganz und gar nicht.«

»Wie wäre es mit dem Aufschrecken anderer Nazis?« bohrte der argwöhnische Kiktow nach.

Karpow lächelte erneut voller Bedauern. »Das ist wohl eine Möglichkeit. Aber genauso gut kann es ein Dutzend weiterer Möglichkeiten geben. Ich kenne die Fakten nicht, deshalb kann ich wirklich nicht mit einer Einschätzung dienen.«

»Was ist dann geschehen?« fuhr Tsinew fort.

Noch mehr Fakten, rief Karpow sich ins Gedächtnis. »Ich wurde wieder nach Moskau zurückbeordert.«

»Zu welchem Zweck?«

»Um die Operation zur Identifizierung der Nazis fortzusetzen.«

»Sind Sie in Ihrer langen Tätigkeit als Agent jedesmal zur Einweisung in eine neue Operation nach Moskau zurückberufen worden?« fragte Kiktow.

»Nein«, antwortete Karpow. »Bei der ersten Gelegenheit, als Genosse Migal die Nazi-Operation erstmals zur Sprache brachte, war ich ursprünglich nur aus persönlichen, familiären Gründen hier.« Aus den Akten wußten sie von dem Scheidungsbegehren und seinem Antrag auf Rückkehr.

»Was war mit dem zweiten Besuch in der Nazi-Sache?« Kiktow ließ nicht locker.

»Das war unüblich.« Dieses Eingeständnis konnte ihm nicht schaden. »Ich hatte eigentlich erwartet, über die normalen Kommunikationskanäle eingewiesen zu werden, ohne die Notwendigkeit, hierher zurückzukehren.«

»Haben Sie jemals über Günther Geßler gesprochen?« Jetzt war Kriwoschew wieder an der Reihe.

»Nie«, sagte Karpow. Selbstsicher fügte er hinzu: »Sein Name stand in keiner der Akten, die ich zu Gesicht bekam.«

»Haben Sie nicht ein umfangreiches System von Zellen auch in Westdeutschland organisiert?« erkundigte Kiktow sich.

»Ja, allerdings«, bestätigte Karpow.

»Und Sie haben keine von ihnen im Laufe dieser Operation eingesetzt?« faßte der Mann nach.

Schlaue Frage, gab Karpow in Gedanken zu. »Nein, keine«, antwortete er.

»Warum nicht?« fragte Kiktow überhastet.

Scheinbar verlegen wegen des Unbedachts eines Vorgesetzten, zögerte Karpow, bevor er antwortete. »Es war ein operativer Einsatz«, sagte er in einem Ton, als müsse er den Mann daran erinnern. »In den Vorschriften heißt es, daß ein solcher Einsatz wenn irgend möglich von Kräften aus einem Nachbarland durchgeführt werden soll, um die Gefahr einer Festnahme durch frühere Identifizierung zu mindern.«

»Richtig«, sagte Kiktow. Er war rot geworden.

»Wurde während dieser zweiten Unterredung etwas darüber erwähnt, daß Schröders Liquidation das Werk sowjetischer Agenten war?«

»Nicht direkt«, erwiderte Karpow. »Aber die Schlußfolgerung lag auf der Hand, da der Anschlag unmittelbar geschah, nachdem mein Agent den Mann in Frankfurt identifiziert hatte.«

»Dann wußten Sie also, daß auch Becher getötet werden würde?« fragte der Vorsitzende.

»Auch das war eine logische Schlußfolgerung.«

»Was war der Zweck dieser Anschläge?« fragte Kiktow.

»Abgesehen von dem anfänglich genannten Grund, die Stiftung von Zwietracht zwischen den Nato-Partnern, gab es zwischen uns keine Diskussion darüber.« Karpow zögerte und fügte dann hinzu: »Schröders Tod hatte großes öffentliches Interesse zur Folge. Damit schien er seinen Zweck zu erfüllen.«

»Was war mit Bonn?« fragte Kiktow plötzlich.

»Ich fürchte, die Frage verstehe ich nicht«, sagte Karpow. So einfach ließ er sich nicht überlisten.

»Sie kontrollieren Deutschland, oder?« fragte Kiktow nach.

»Nicht ganz. Ich nehme an, es gibt noch andere, von denen ich nicht weiß.«

Kiktow seufzte. Karpows Ausweichen schien ihn zu verärgern. »Jedenfalls genügend, daß man Sie um Hilfe ersucht, wenn eine Operation eingeleitet wird.«

»Ich bin ja auch wegen Frankfurt und Köln um Hilfe gebeten worden«, sagte Karpow bewußt unbeholfen. Von den dreien mußte er sich vor allem mit diesem Mann auseinandersetzen.

»Ich habe nach Bonn gefragt«, erinnerte Kiktow ihn.

In offenkundigem Begreifen entspannten sich Karpows Gesichtszüge. »In Bonn war ich nicht beteiligt«, sagte er. Das war der Augenblick der größten Gefahr. Der Augenblick, in dem ein Beweis wie ein Kaninchen aus dem Hut gezogen wurde und ihn zu lebenslanger Haft oder Schlimmerem verdammen konnte. Eine Stunde lang hatte er jeden Ausfall pariert und Dinge zugegeben, für die es nach seiner Überzeugung unabhängige Beweise gab. Jetzt stand die einzige Frage im Raum, bei der er unsicher war. Was ihn selbst anging, wußte Karpow, daß es für seine Anwesenheit in der westdeutschen Hauptstadt keine Belege oder Spuren gab. Nur Dollfuß könnte sie bezeugen, und Dollfuß tauchte in keiner sowjetischen Akte auf. Er spielte darauf, daß Migal keine Aufzeichnungen behalten hatte. Ganz verwegen war diese Annahme nicht, der Mann war versessen darauf gewesen, Aufzeichnungen zu vernichten, nicht, sie zu behalten, aber riskant war es doch. Und wenn er dieses riskante Spiel gewann, dann gewann er alles. Denn alles andere, was sie wußten, hatte er mit völlig einleuchtenden Erklärungen bestätigt.

Karpow wartete auf die Bedrohung – auf ein Beweisstück, das er vergessen oder übersehen hatte und das ausreichen würde, ihn aus diesem Raum auf direktem Weg in die Zellen Gott weiß wie weit unten zu befördern.

»Glauben Sie denn, Migal habe die Reise ganz allein unternommen? Ohne Unterstützung oder Schutz?« fragte Tsinew.

Karpow fühlte, wie sich Befriedigung in ihm breitmachte, blieb aber auf der Hut. »Ich weiß nicht, was ich glauben soll«, sagte er. »Ich habe keine Beweise, auf denen ich eine Annahme gründen könnte. Er ist jedenfalls nicht mit *meiner* Unterstützung, *meinem* Schutz gereist ...« Er legte erneut eine geschickte Pause ein, um dann anzufügen: »Aber, wie gesagt, ich erwarte nicht, daß ich der einzige bin, der in Deutschland Agenten einsetzt.«

Von Kiktow, den er als Gegner am meisten fürchtete, kam schließlich die Bestätigung: »Wir haben bereits bei allen ermittelt.«

Karpow wußte zu verhindern, daß auf seinem Gesicht eine Reaktion abzulesen war. Das war also der Grund dafür, daß sie ihn so spät vorgeladen hatten: Die Hunde hatten versucht, Beweise gegen ihn zu sammeln. Aber er hatte sie geschlagen! Sie hatten versucht, Beweise zu finden – vergeblich. Sie hatten versucht, ihn zu überlisten – vergeblich. Mein Gott, wie froh war er doch, nicht in einer derartigen Umgebung leben zu müssen, wo einen jeder Schatten zusammenfahren ließ und man in der Toilette nach versteckten Kameras suchte. Er fragte sich, wie sie sich ihre geistige Gesundheit bewahrten. Aber vielleicht gelang ihnen das ja gar nicht; vielleicht waren sie alle irrsinnig. Es war wichtig, daß die drei Männer nicht erkannten, welche Bedeutung Kiktows Bemerkung für ihn besaß.

»Wenn Sie ihn nicht unterstützt haben und ich ihn nicht unterstützt habe, ist die einzig mögliche Schlußfolgerung, daß er allein gereist ist«, sagte er.

»Kommt Ihnen das nicht unvorstellbar vor?« fragte Tsinew.

»Allerdings«, pflichtete Karpow ihm bei. »Völlig unvorstellbar.« Karpow hatte den Eindruck, einen langen Hang hinaufgestiegen zu sein und jetzt auf der anderen Seite, auf der die Füße viel besser Halt fanden, hinabzusteigen. Die drei Männer vor ihm berieten sich flüsternd mit gebeugten Köpfen, die sie erst nach mehreren Minuten wieder ihm zuwandten.

»Sie werden verstehen, daß jeder Aspekt dieser Angelegenheit gründlichst untersucht wurde«, sagte Tsinew.

»Ja, das verstehe ich sehr gut«, erwiderte Karpow.

»Und während dieser Untersuchung hatten wir die Gelegenheit, jeden einzelnen unserer europäischen Operativen zu prüfen«, sagte Kiktow.

»Das erfordert die Vollständigkeit«, sagte Karpow. Es ging wieder bergauf, dachte er besorgt. Und diesmal kannte er die Wegführung nicht.

»Sie haben eine sehr lange, erfolgreiche operative Laufbahn hinter sich«, ergriff Kriwoschew das Wort. »Eine beispielhafte Laufbahn.«

»Das ist sehr freundlich . . .« begann Karpow unsicher, doch fiel ihm Tsinew ins Wort: »Es freut mich, Genosse Karpow, Ihnen offiziell mitteilen zu können, daß Sie zum Direktor der Europa-Abteilung ernannt werden – als Nachfolger des unehrenhaften Migal.«

Die drei Männer standen auf und umringten ihn, lächelnd und mit ausgestreckten Händen.

»Meinen Glückwunsch«, sagte Kriwoschew.

»Sie müssen sehr glücklich sein«, meinte Kiktow.

»Sehr glücklich«, bestätigte Karpow. Das Sprechen fiel ihm nicht leicht.

Kurt Schröder hatte sich oft vorgestellt, daß er sich auf der Flucht befand, von den Behörden gejagt wie viele der Großen in den zwanziger Jahren. Deshalb hatte er – heimlich, weil er sich schämte, es jemandem zu gestehen, nicht einmal seinem Vater, der vielleicht Verständnis gehabt hätte – Geldverstecke angelegt und Fluchtrouten geplant. Nach der Razzia in der Berliner Freiheit war das Geld für ihn von unschätzbarem Wert, aber die Fluchtwege stellten sich als schwieriges Problem dar. Aus Zeitungen und Fernsehen wußte er nach einem Tag, wie viele seiner Freunde festgenommen worden waren. Und dann hatte sich die unglaubliche Publizität fortgesetzt, Geheimnis auf Geheimnis enthüllt, wie eine unaufhaltsame, widerwärtige Parade. Aber seine Freunde waren loyal geblieben – wogegen er sie in seiner Feigheit verraten hatte. Sein Name war erwähnt worden, aber nur in Zusammenhang mit seinem Vater und nicht mit der Organisation, in der er so aktiv gewesen war. Und es wurden keine Fotos veröffentlicht, zumindest nicht solche, die ihm Probleme bereitet hätten. Doch wußte er, daß sie noch nach ihm suchen würden, deshalb blieben die Grenzen auf den sorgfältig gezeichneten Karten, über denen er stundenlang gebrütet hatte, ein Unsicherheitsfaktor.

Er fuhr nach Süden. Überhastet zuerst, doch dann plante er seine Route und unterdrückte den Instinkt, in kleinen, entlegenen Dörfern unterzutauchen. Dort weckte eine fremdes Gesicht, auch wenn es nicht auf Fahndungsplakaten erschien, Neugier. Stattdessen wählte er große, anonyme Städte aus. Zuerst Stuttgart, weil er erwog, in die Schweiz hinüberzuwechseln. Aber auf dem Weg zur Grenze verließ ihn der Mut, und er verbrachte eine Woche in Ulm.

Auch München war eine Zuflucht und ein Wallfahrtsort zugleich. Und es war in München, wo er in einem billigen Zimmer ohne Heißwasser und vernünftige Heizung hockte – Schröder war überzeugt, daß der Führer in den frühen Kampfjahren ein ähnliches Zimmer bewohnt hatte – und sich das Geschehene in seinem vollen Ausmaß vor Augen führte. Und nach Erklärungen suchte. Es war ein verständlicher Fehler gewesen. Er war zum ersten Mal beschossen worden – richtig beschossen, nicht das geprobte Theaterspielchen in den Bergen. Die Angst war also begreiflich. Alle hatten beim ersten Mal Angst gehabt, und auch hinterher noch. Bestand Tapferkeit in

Wirklichkeit nicht darin, seine Angst zu kontrollieren? Er wußte, wenn es wieder passierte, konnte er sie kontrollieren. Aber es würde nicht noch einmal passieren, nicht auf diese Weise.

Es mußte einen Weg geben, der ihn seine Selbstachtung wiedergewinnen ließ, überlegte Schröder. Er mußte sich selbst beweisen, daß er kein Feigling war. Daß er nur beim ersten Mal einen Fehler gemacht hatte.

Als sich die Idee formte, lachte er vor Erregung. Kein anderer würde es erfahren, wenn er erfolgreich war, aber *er* würde es wissen. Und nur das war für Kurt Schröder von Bedeutung: den Glauben an sich selbst wiederherzustellen.

Die Grenzüberquerung war der erste Test. Er wählte den Schutz eines häufig benutzten Übergangs. Am Kontrollpunkt hatte er Angst, sein Gesicht war schweißbedeckt, sein Magen eine einzige Aufruhr. Aber er floh nicht. Er blieb in der Schlange und wischte sich im letzten Moment das Gesicht trocken, bevor er ohne eine Frage durchgewinkt wurde. Kein Feigling! versicherte er sich im stillen, als er den Wagen hinter der Grenze beschleunigte. Er mußte sich selbst beweisen, daß er kein Feigling war.

Wie schwierig würde wohl der Rest werden? fragte er sich.

32

Die Abreiseformalitäten in Wien hätten langweilig sein können, eine ermüdende Notwendigkeit, um jeden Verdacht über sein plötzliches Verschwinden zu vermeiden. Aber Karpow empfand sie nicht so. Statt Langeweile empfand er Nostalgie, ein beinahe schmerzhaftes Bedauern, daß nach so langer Zeit alles vorbei war.

Am ersten Tag nach seiner Rückkehr aus Moskau, als er den Haushalt in der Dorotheergasse auflöste – er stand gerade im Wohnraum, verglich seine Liste mit der Inventaraufstellung des Vermieters und stimmte der Abschlußvereinbarung zu –, kam ihm die irrwitzige Idee, sich in den Westen abzusetzen. Sie war nur flüchtig, denn mehr konnte er nicht zulassen, weil die Idee tatsächlich irrwitzig war. Renegaten wurden stets gejagt und, sofern möglich, getötet, um ein Exempel für andere zu statuieren, die sich mit ähnlichen Gedanken trugen. Karpow wußte, in seinem Fall wäre die Suche intensiver als normal, ganz gleich, welchen Schutz die Amerikaner oder die Briten zusicherten. Wenn er floh, würde er mit Migals Desaster in Verbindung gebracht, dadurch wäre ein Exempel nötiger denn je.

Er hatte keine Alternative, er mußte zurück. Zurück zu dem Büro über dem Dsershinskiplatz mit dem Ausblick, den Migal anscheinend immer so interessant gefunden hatte. Zurück zu Bürokratie und politischer Taktiererei, wobei er jedes Wort abwägen mußte, bevor er es aussprach; zurück zu einer öden, spärlich eingerichteten Wohnung und Telefonen, die nicht funktionierten; zurück zu Restaurants, wo er drei Stunden auf Mahlzeiten warten mußte, die er nicht mochte. Zurück dorthin, wo er nicht sein wollte.

Karpow, Optimist von Natur aus, zuckte mit den breiten Schultern, als versuche er, die Depression körperlich abzuschütteln. Er übte sich in Vorurteilen. Es war sechzehn Jahre her, seit er wirklich in der Sowjetunion gelebt hatte. Während seiner Kurzbesuche war er nicht beeindruckt gewesen, aber in sechzehn Jahren mußte sich einiges verbessert haben.

Seine Erinnerungen waren die an ein niederrangiges Büro. Als er in den Westen abkommandiert wurde, war er erst Hauptmann gewesen. Jetzt war er General, leitete eine große Abteilung des Geheimdienstes und verfügte über Macht, die seinen nominellen Rang weit übertraf. Er fragte sich, ob es ebenso lange dauern würde, sich an die Macht zu gewöhnen wie an Moskau.

Er hatte sie vor seiner Rückkehr benutzt, wie in einem Experiment, und war von der Reaktion beeindruckt gewesen. Vielleicht konnte die Macht ausgleichen, was er sonst alles verloren hatte.

Die Wohnung in der Schüttelstraße hatte er immer am liebsten gemocht, deshalb behielt er sie bis zuletzt für den endgültigen Abschied von Wien. Am Vormittag verpackte er die Stereoanlage für den Transport nach Moskau, der auf Umwegen vor sich ging. Danach packte er die Jazz-Sammlung ein, jede Platte einzeln gepolstert. Würde seine Macht ausreichen, Agenten zu beauftragen, die Sammlung auszubauen? Das würde das nächste Experiment sein. Aber nicht sofort. Es mochte Kritik auf sich ziehen, deshalb mußte er vorsichtig sein. Karpow seufzte; er übte sich schon in den neuen Verhaltensweisen.

Während ihrer Treffen hatte Karpow Rebecca gegenüber nie die gleiche Gastfreundschaft gezeigt, die er auf Hugo verwandte. Am Anfang, kurz nach ihrer Ankunft aus Moskau, hatte er es versucht, aber die Geste schien sie verlegen zu machen. Doch heute hatte er Vorbereitungen getroffen, denn heute war anders. Kaviar und Räucherlachs standen bereit. Und weil er von Hugo über ihre Besuche im *Sacher* wußte, hatte er die Empfangsdame eine Torte bringen lassen. Als er sie auf den Tisch stellte, wurde Karpow bewußt, daß es noch einen Abschied zu begehen gab. Er war unsicher, was Rebecca trank, deshalb hielt er eine Auswahl bereit: Wodka, Edelkorn, Rot- und Weißwein. Und Champagner natürlich. Champagner war notwendig. Er merkte, daß er sie beeindrucken wollte.

Sie klopfte genau zur verabredeten Zeit und betrat die Wohnung mit der gleichen Unsicherheit, die sie stets bei ihren Treffen an den Tag legte. Er wünschte, sie wäre nicht so scheu. Die Unsicherheit schlug sofort in Neugier um. Sie blickte von den gepackten Kisten zu dem gedeckten Tisch und wieder zu den Kisten.

»Geben Sie die Wohnung auf?«

»Ja«, sagte Karpow. Er wollte nicht mit der Tür ins Haus fallen, Macht war besser, wenn ihre Anwendung hinausgezögert wurde.

»Ich verstehe«, sagte sie.

Karpow wies auf den Tisch und fragte: »Möchten Sie etwas?«

Sie war sich der Mühe bewußt, die er sich gab, und sagte: »Etwas Lachs vielleicht.«

Sie trat auf den Tisch zu, um sich zu bedienen, doch Karpow bestand darauf, ihr zu servieren.

»Wein?« fragte er. »Oder etwas anderes?«

»Wein«, sagte sie. »Weißen.«

Sie nahm Glas und Teller und setzte sich, wie sie immer saß: auf der Stuhlkante, die Knie zusammengepreßt. Sie machte keine Bewegung, zu trinken oder zu essen.

»Glauben Sie, die Wohnung ist zu gefährlich geworden?« fragte sie.

Karpow goß sich von dem Edelkorn ein, nahm etwas Kaviar und antwortete: »Nein. Es besteht keine Gefahr.«

»Warum dann?«

»Ich bin abberufen worden.«

»Abberufen!« Bei allem Vorbehalt war es ihr und Hugo gelungen, so etwas wie eine Beziehung zu Karpow herzustellen. Und der Mann war Hugo gegenüber rücksichtsvoll aufgetreten. Jetzt würden sie mit seinem Nachfolger von vorn beginnen müssen.

»Mein Nachfolger soll sich selbst einrichten, das ist sicherer.«

»Natürlich«, sagte sie. »Wer wird es sein?«

»Das habe ich noch nicht entschieden«, erwiderte Karpow.

Einen Moment lang begriff Rebecca die Bedeutung der Antwort nicht, doch dann sagte sie: »*Sie* haben noch nicht entschieden.«

Karpow lächelte. »Ich bin zum Direktor der Europa-Abteilung ernannt worden.«

Rebecca blickte den Mann an und überlegte, was das für sie und

Hugo bedeuten mochte. Rechtzeitig erinnerte sie sich an die Formen und sagte: »Herzlichen Glückwunsch.«

»Danke«, meinte Karpow. Er füllte sein Glas nach, drehte die Champagnerflasche im Kühler und sagte: »Mein Weggang wird einige Änderungen für Sie bedeuten.«

»Ja«, entgegnete sie. »Daran habe ich auch schon gedacht.«

»In meiner neuen Position habe ich große Verantwortung«, fuhr er fort. »Und Autorität.«

»Ja«, sagte sie wieder. »Das kann ich mir vorstellen.«

»Und ich habe mich entschlossen, sie zu benutzen.«

Rebecca nippte an ihrem Wein und blickte ihn über den Rand ihres Glases an. »Sie benutzen?« meinte sie fragend.

»Ich werde Hugo zugestehen, was er sich am meisten wünscht«, verkündete Karpow. »Ich lasse ihn in den Ruhestand gehen.«

»Ruhestand!«

»Die Sache in Deutschland war sein letzter Auftrag. Er hat es sich redlich verdient.« Karpow machte sich daran, die Champagnerflasche zu entkorken. Halb von ihr abgewandt fuhr er fort: »Sie kehren also nach Hause zurück. Ich habe Boris' Freilassung angeordnet, er ist bereits draußen.«

Der Korken flog mit einem Knall aus dem Flaschenhals, und er blickte ihm nach, so daß ihm die Bestürzung entging, die sich auf ihrem Gesicht spiegelte. Als er die beiden Gläser gefüllt hatte und sich zu ihr wandte, hatte sie sich wieder unter Kontrolle.

»Aufgeregt?« fragte er.

»Ich weiß nicht, was ich sagen soll«, erwiderte die Frau aufrichtig. Es fiel ihr schwer, überhaupt etwas zu sagen. Ihre Kehle war wie zugeschnürt, ihr ganzer Körper schien plötzlich eine immense Last zu tragen.

Karpow hob sein Glas und sagte: »Sie haben erstklassige Arbeit geleistet. Sie haben die Ruhe verdient, ebenso wie Hugo.« Er zögerte und sagte dann: »Ich habe Ihnen immer gesagt, daß ich nicht gerne Druck auf Sie ausübe. Aber Sie haben es mir nicht geglaubt, oder?«

»Ich wußte nicht, was ich glauben sollte«, erwiderte sie. »Wann werden Sie es Hugo sagen?«

»Heute abend«, antwortete der Russe.

»Er wollte nächste Woche einziehen«, sagte Rebecca.

Karpow sah sie neugierig an. »Sie haben immer gesagt, daß Sie ihn nicht lieben.«

»Das tue ich auch nicht«, versicherte Rebecca hastig. »Aber mir wäre es unmöglich, nichts für den Mann zu empfinden.« Sie würde sehr, sehr vorsichtig sein müssen, um Hugo nicht seiner Chance zu berauben.

»Wahrscheinlich wollen Sie so schnell wie möglich nach Rußland zurück«, sagte Karpow.

»Ja«, stimmte Rebecca tonlos zu. »Ja, das will ich.«

»Wir arrangieren den Verkauf des Geschäfts in Ihrem Namen«, sagte Karpow und fuhr mit einem Lächeln fort: »Ich fürchte, den Gewinn können Sie nicht für sich behalten.«

»Danke«, sagte Rebecca, der die Gedanken durch den Kopf schwirrten. »Daß Sie mir die Mühe abnehmen, meine ich.«

»Den Mietvertrag auf Hugo zu übertragen dürfte problemlos sein, wenn er es möchte.«

»Ja«, sagte sie. »Das nehme ich auch an.«

»Auf die Zukunft«, sagte Karpow und hob sein Glas. Er würde den Kontakt mit ihr aufrechterhalten, wenn sie beide in Moskau waren. Nur als Freunde, natürlich. Was auch sonst? Sie kehrte zu ihrem Mann zurück.

»Auf die Zukunft«, erwiderte Rebecca den Trinkspruch. Der Champagner schien in ihrer Kehle zu brennen.

Es war ein Trick, das wußte Gusadarow. Alles war ein Trick. Das Essen war ein Trick, die Sonderbehandlung war ein Trick, das Lazarett war ein Trick, die Arbeit, bei der er – wie sie wußten – nur Pfusch leistete, war ein Trick. Aber sie hatten ihn nicht erwischt. Was sie auch von ihm erwartet haben mochten, es hatte nicht funktioniert. Und deshalb jetzt das, der größte aller Tricks: Er reiste in einem Zug mit richtigen Bänken statt in einem Viehwagen mit einem Loch mitten im Boden für die Notdurft. Aber er würde sie aufs Kreuz legen. Er würde nichts tun, und er würde nichts sagen. Wenn er nichts sagte und nichts tat, konnte er ihnen nicht in die Falle gehen. Lagergesetz: nichts sagen, nichts tun. So vermied man, die Aufmerksamkeit auf sich zu ziehen; so überlebte man.

»Wir sind da«, sagte sein Begleiter.

Gusadarow folgte dem Mann in den gewölbeähnlichen Kasan-Bahnhof und registrierte aufmerksam seine Umgebung. Viele Leute, also ein Sammellager. Aber wo waren die Wachen? Nur wenige Männer trugen Uniform, aber sie gehörten nicht zur Lagerwache. Und sie waren auch längst nicht genug. Bei derart geringer Bewachung wäre das die Gelegenheit zum Ausbruch. Vielleich war das der Trick: Vielleicht wollten sie eine Gefangenenflucht inszenieren, an der er sich beteiligte, damit sie Grund hatten, ihn zu bestrafen. Er rückte näher an seinen Bewacher heran, entschlossen, jedes plötzliche Gedränge zu ignorieren.

Die Bürgersteige und Straßen draußen verwirrten den Mann noch mehr. Dort waren noch mehr Menschen und noch weniger Wachen, und dort war Verkehr: Personenwagen, Busse und Lastwagen. Es war Jahre her, seit Gusadarow so viele Fahrzeuge gesehen hatte, und die Bewegung und der Lärm machten ihm Angst. Ein Wagen wartete, und Gusadarow stieg gehorsam ein, als er dazu aufgefordert wurde. Vor seiner Verhaftung war er gerade einen Monat in Moskau gewesen, und er erkannte keine der Straßen, durch die sie fuhren. Seine Eindrücke waren nur Größe, Tempo und Lärm, und er wünschte sich ins Lager zurück. Das Lager begriff er, dort wußte er, wie man sich verhielt und am Leben blieb. Hier dagegen verwirrte ihn alles.

Er stieg aus dem Wagen, als er dazu aufgefordert wurde, und folgte dem Mann die Treppe hoch in ein hohes Gebäude. Draußen war kein Stacheldraht, an den Fenstern keine Gitter, in den Fluren keine Wärter. Sein Bewacher öffnete eine Tür, trat zur Seite und winkte Gusadarow in die Wohnung hinein. Zögernd trat der Mann ein, nervös zuckte sein Kopf nach allen Seiten.

»Ganz schöne Wohnung, was?« sagte der Bewacher hinter ihm.

Gusadarow drehte sich zu ihm um. Vorsichtig nickte er. Aus einem Nicken konnten sie nichts beweisen.

Der Mann streckte die Hand aus, und Gusadarow sah sie verständnislos an. »Hier ist der Schlüssel. Sie müssen den Empfang quittieren.«

Gusadarow hatte seine Unterschrift schon zur Hälfte gekritzelt, als er an die Falle dachte. Die letzten Buchstaben schrieb er so, daß sie fast unlesbar waren. Ein sonderlich guter Schutz war das nicht, aber er konnte immer noch behaupten, das sei nicht seine Unterschrift.

»Ich weiß nicht, wie oder warum das so gekommen ist«, sagte der Mann an der Tür. »Aber Sie haben verdammtes Glück.«

Gusadarow sah sich in der leeren Wohnung um. Nach langer Zeit erforschte er sie weiter, fand Schlafzimmer, Bad und die Küchennische. Schließlich kehrte er ins Wohnzimmer zurück und ließ seine Augen schweifen.

Gusadarow fühlte sich mehr gefangen als in jedem der Lager, die er kennengelernt hatte. Er preßte die Augen zusammen, um sich zu konzentrieren; er mußte sie überlisten. Zuerst mußte er die Regeln lernen, damit er keinen Fehler machte. Nachdenken. Das war es! Er entschied sich für den Holzstuhl am Tisch, damit er die Kissen auf den Sesseln nicht eindrückte, denn für solche Lächerlichkeiten waren vor seinen Augen schon Männer diszipliniert worden. Aber ihn würden sie nicht in die Falle locken. Er würde hier sitzen und nichts tun, bis jemand kam und ihm die Regeln nannte. Wenn er die Regeln befolgte, konnten sie ihn nicht reinlegen.

33

Als er hatte, was er am meisten wollte – die Freiheit, für die er getötet hatte –, empfand Hartmann keinerlei Erregung. So irrational es sein mochte, bestanden seine Gefühle vorwiegend aus Zorn, weil er fürchtete, was es für sie bedeutete. Ebenso irrational richtete er seinen Zorn gegen Rebecca, weil er niemanden sonst hatte. Und das war zwecklos, weil sie sich weigerte, mit ihm zu streiten.

»Du hättest mich vorwarnen sollen!«

»Ich wollte nachdenken.«

»Du bist weggelaufen«, warf er ihr vor.

Das wollte sie. Es schien die offenkundige Antwort, nachdem sie Karpows Wohnung verlassen hatte und durch die Straßen der Stadt gewandert war. Sie wollte fortlaufen, wie Hugo es vor Monaten in Zürich vorgeschlagen hatte. Mit ihm fortlaufen und sich verstecken, alles tun, überall hingehen, nur damit sie zusammenblieben. Aber sie wußte, sie würde es nicht tun; konnte es nicht. Irgendwo in Rußland – in Moskau nahm sie an, vielleicht aber auch wieder in Winniza – war ein Mensch, den sie einmal geliebt hatte, der einmal ihr Mann gewesen war. Und der, wenn sie im Westen blieb, in eine Hölle geschickt würde, die schlimmer war als alles, was er bis jetzt gesehen hatte. Vielleicht würden sie ihn sogar töten. Fortlaufen konnte sie also nicht. Ebensowenig wie sie in Wien bleiben konnte. Um einen Mann zu retten, den sie nicht liebte, mußte sie einen anderen aufgeben, den sie liebte.

»Es ist alles so schnell und unerwartet geschehen«, sagte Rebecca. »Es war ohnehin besser, daß du nicht vorgewarnt warst. Deine Reaktion mußte richtig sein.«

»Er nannte es den endgültigen Beweis seiner Freundschaft«, sagte Hartmann.

»Er war eindeutig dein Freund«, sagte sie.

»Was geschieht mit dir?«

Rebecca wußte, daß sie lügen mußte. Nicht nur seinetwegen, sondern auch ihrer eigenen Gefühle wegen. Sie konnte es nicht ertragen, seinen Schmerz zu sehen, wenn sie ihm sagte, was sie vorhatte. »Ich muß zurück, aber nicht endgültig«, sagte sie.

»Was meinst du mit ›nicht endgültig‹?«

Rebecca hatte die Lüge während ihrer ziellosen Wanderschaft durch die Straßen geprobt. Dabei war sie ihr schlüssig vorgekommen, doch jetzt war sie nicht mehr so sicher.

»Ich habe Karpow gesagt, daß ich in Wien bleiben will«, antwortete sie. Sie blickte Hartmann direkt an, als sie die Lüge aussprach, weil sie wollte, daß er ihr glaubte.

»Hierbleiben!«

»Ich habe ihm gesagt, ich würde mich in Moskau von Boris scheiden lassen, um dann die Erlaubnis zu bekommen, hierher zurückzukehren.«

»Du hast ihm gesagt, daß ich wußte, wer du wirklich bist!«

»Natürlich nicht. Nur daß ich bei dir bleiben will – und daß ich einen Vorwand finden würde, um einige Wochen fortzubleiben.«

»Und er war einverstanden?«

»Er sagt, er würde alles tun, um mir behilflich zu sein.«

»Man könnte es dir also immer noch abschlagen?«

Sie schüttelte den Kopf. Jetzt kam sie an den Punkt ihrer Geschichte, von dem sie hoffte, daß er sie glaubwürdig erscheinen ließ. »Ich kann nicht einfach verschwinden und das Geschäft im Stich lassen. Das würde zuviel Verdacht erregen. Sie müssen mich wieder zurücklassen.«

»Man könnte es einfach auflösen.«

»Karpow hat sich dir gegenüber als Freund erwiesen«, erinnerte sie ihn.

»Wieso hat er mir nichts davon gesagt?« ließ Hartmann nicht locker.

»Aber wie sollte er denn?« Sie war froh, daß ihr seine Verwirrung ein neues Argument bot. »Eigentlich darfst du doch gar nichts über mich wissen, oder?«

Mit erkennbarer Skepsis sah Hartmann sie an. Es hatte nicht überzeugend geklungen, dachte Rebecca verzweifelt. Es hatte genau nach dem geklungen, was es war: die eilends erdachte Lüge eines Menschen, der so durcheinander war, daß er kaum seinen Heimweg finden konnte.

»Du wirst mich nicht verlassen, oder?« fragte er ganz direkt.

»Nein, Liebster«, versicherte sie. »Ich werde dich nicht verlassen.« Wie lange würde er sie hassen, wenn er die Wahrheit entdeckte? Wahrscheinlich für immer. Die Entwicklung der Dinge gab Rebecca ein Gefühl der Leere und Benommenheit. Sie würde sofort aufbrechen müssen. Morgen. Sie wäre nicht fähig, die Täuschung durchzuhalten. Es wäre schon schlimm genug, wenn sie sich seinen Haß ausmalte. Sie wollte ihn auch nicht noch in seinen Augen sehen.

An der Art, wie er am Abend mit ihr schlief, erkannte Rebecca, daß er unsicher war. Und ebenso merkte sie, daß sie seine Zweifel wahrscheinlich durch ihre Reaktion nährte; sie zog ihn an sich, preßte sich gegen ihn, wollte ihren Körper mit ihm füllen und klammerte sich erschöpft an ihn, als sie beide zur Ruhe gekommen waren. Sie wollte nicht, daß der Nachthimmel jemals hell wurde, denn das wäre der Tag, an dem sie ihn verlassen mußte. Beide stellten sich schlafend, und beide wußten, daß der andere in Wirklichkeit nicht schlief. Rebecca stand zuerst auf. Sie schloß die Badezimmertür ab und starrte ihr Spiegelbild an. Wie lange konnte sie noch weitermachen, bis die Tränen flossen?

Sie hatte Angst davor, zu weinen. Wenn sie zu weinen begann, wäre er sich sicher. Im Versuch, eine Mauer zu errichten, lenkte Rebecca ihre Erinnerungen bewußt auf den Mann, zu dem sie zurückkehrte – auf den Mann, mit dem sie den Rest ihres Lebens verbringen würde. Voller Entsetzen wurde ihr bewußt, daß sie es nicht konnte. Sie erinnerte sich an ihre Hochzeit, einen glücklichen Tag mit einem herrlichen Fest, bei dem getanzt und gesungen wurde, und Boris war schließlich zu betrunken gewesen, um in ihrer Hochzeitsnacht mit ihr zu schlafen. Es war ein eher fröhliches Geheimnis zwischen ihnen beiden geblieben. Sie erinnerte sich an sein zunehmendes Interesse und dann seine Beteiligung an der Dissidentenbewegung, die sie geängstigt hatten. Aber sie konnte sich nicht an *ihn* erinnern. Sie wußte, daß er schwarzes Haar hatte, daß er groß und sehr stark war, stark genug, sie mit Leichtigkeit hochzuheben und vor sich zu halten, um sie zu küssen. Aber sie konnte sich nicht an seine Eigenheiten erinnern, an seine Stimme oder an Dinge, die er mochte oder nicht mochte. Es würde wiederkehren, versicherte sie sich im stillen; sehr schnell würde es wiederkehren.

Rebecca bereitete das Frühstück zu, das sie beide kaum herunterbrachten. Ebenso schwer fiel es ihnen, miteinander zu sprechen.

»Wie lange?« fragte er.

»Ich weiß nicht«, entgegnete sie. »Es sind einige Formalitäten zu erledigen.«

»Also Wochen?«

»Wahrscheinlich.« Oh, mein Liebster! dachte sie.

»Aber es spricht nichts dagegen, daß ich schon einziehe, oder?«

»Nein«, versicherte sie ihm, »absolut nichts.« Er würde es sicher wissen, wenn man ihn wegen der Änderung des Mietvertrags ansprach.

»Wirst du mich benachrichtigen können, wenn du zurückkommst?«

»Ich weiß nicht«, sagte sie wieder. »Es wird nicht leicht sein. Ich versuche es.«

»Ich werde hier sein«, sagte er. Der Versuch, entspannt und unbeschwert zu klingen, mißlang, als er fortfuhr: »Ich bin jetzt im Ruhestand – alle Zeit der Welt. Und ich weiß nicht wohin, bevor du nicht wieder bei mir bist.«

»Iß regelmäßig!« ermahnte sie ihn.

»Natürlich.«

»Und vergiß deine Tabletten nicht! Manchmal bist du mit deinen Tabletten sehr nachlässig.«

»Ich vergesse sie nicht.«

»Und nicht zuviel Wein. Du solltest nicht mehr soviel trinken.«

»Ich werde daran denken.«

»Ich möchte nicht, daß du mit mir zum Flughafen kommst«, sagte sie plötzlich.

»Warum nicht?«

»Ich möchte es eben nicht.«

Nach kurzem Zögern stimmte er zu.

Sie besaß viele Kleider und viel Schmuck, und Rebecca wußte, sie mußte sorgsam packen, weil es ihr letzter Tag im Westen und damit ihre letzte Gelegenheit war, solche Dinge mitzunehmen.

Doch stattdessen packte sie lustlos und uninteressiert. Als sie den Koffer schloß, wußte sie schon nicht mehr, welche Kleider, Broschen und Halsketten er enthielt.

»Bleib' nicht zu lang«, sagte er.

»Bestimmt nicht«, versprach sie.

Es klingelte. Das Taxi, das sie zum Flughafen bringen sollte, war da.

»Ich liebe dich«, sagte er. »Ich liebe dich sehr.«

»Ich liebe dich auch«, erwiderte sie. »Zu sehr.«

Sie verließ die Wohnung und ging die geschwungene Treppe hinunter, ohne noch einmal zu dem Mann zurückzublicken, der in der Tür stand.

Ursprünglich hatte Kurt Schröder vorgehabt, ein möbliertes Zimmer zu mieten, weil es Anonymität bot, doch dann überlegte er, was danach passieren würde und daß er leichter von einer Zimmerwirtin identifiziert und beschrieben werden konnte, die ihn täglich sah, deshalb entschied er sich für ein kleines Hotel an der Mariahilfer

Straße. Der problemlose Grenzübertritt hatte seine Zuversicht gestärkt. Am ersten Tag gab es Momente, in denen er sich wie im Rausch fühlte, aber er achtete darauf, seine Erregung, die Spuren von Hysterie trug, unter Kontrolle zu halten. Später, wenn er seine Tatkraft bewiesen hatte, war Zeit dafür. Jetzt nicht.

Er war sich nicht sicher, wie er beginnen sollte. Seine Ausbildung war auf Kampf und militärisches Training ausgerichtet gewesen, nicht darauf, Menschen aufzuspüren. Aber er würde es tun. Er *mußte* es tun. Er mußte beweisen, daß er kein Feigling war.

34

Der Schlüssel wurde extrem leise ins Schloß geführt, doch wußte Gusadarow, wie man derartige Geräusche entdeckte und was sie bedeuteten, deshalb war er auf den Füßen, die Hände geöffnet vor seinem Körper und den Kopf respektvoll gebeugt, als Rebecca eintrat. Die alten Regeln, bis er die neuen lernte. Mit einem so lächerlichen Trick wie leisem Eindringen würden sie ihn nicht überlisten. Dummköpfe!

Direkt hinter der Türschwelle blieb Rebecca stehen. Die Tür stand noch offen, den Koffer hielt sie in der Hand. Sie hielt den Mann für einen Funktionär, der auf sie wartete, um mit ihr über Boris zu sprechen. Wieso benahm er sich so eigenartig? »Hallo«, sagte sie.

Warum verrieten sie ihm die Regeln nicht? Das hatte bisher immer zum System gehört, in jedem Lager, in dem er gewesen war. Stets die Regeln, die sofort gelernt und befolgt werden mußten. Verzweifelt suchte er nach Sicherheit, und Erleichterung überkam ihn, als er einen Weg sah. Er hob den Kopf ein wenig und sagte auf: »Sieben drei neun neun zwei null vier.«

»Boris?« sagte die Frau fragend. Sie zog die Tür ins Schloß und setzte den Koffer vorsichtig ab, als enthielte er etwas Zerbrechliches. Dabei wandte sie ihren Blick nicht von dem eingeschüchterten Mann vor ihr. Nein, er konnte nicht Boris sein! Als sie jetzt nähertrat, sah sie einen gebeugten, verkrümmten Mann, weißhaarig und mit knotigen Händen, in einem Anzug, der um mehrere Nummern zu groß war. Das war nicht Boris; so schwierig es in Wien für sie gewesen war: Sie war sicher, daß das nicht Boris war. Er war groß und stark gewesen und hatte nie vor irgend jemandem den Kopf gebeugt. War er nicht deshalb nach Moskau gegangen, weil er sich niemandem beugte? Unmöglich, daß das Boris war. »Wer sind Sie?« fragte sie.

Leichte Frage, registrierte Gusadarow dankbar. »Sieben drei neun neun zwei null vier«, wiederholte er beflissen. Würden sie ihm zu essen geben, wenn er den Test bestand? Er hatte die Toilette benutzt, sie sorgfältig abgewischt und das Becken genau untersucht, nachdem er abgezogen hatte, aber das war alles. Er hatte es nicht riskiert, sich auf das Bett zu legen oder in einen der Schränke zu schauen, um etwas Eßbares zu suchen. Er war sehr hungrig und sehr müde; mehr hungrig als müde.

Rebecca streckte die Hand zur Wand aus, weil sie sich abstützen mußte. Sie hatte nicht gewußt, was sie erwartete. Dünner, sicher, nach dem, was er durchgemacht hatte; krank womöglich. Ausgezehrt und hustend. Aber nicht das. Das war nicht Boris Gusadarow, der Boris Gusadarow, der sie hochheben und auf Armlänge von sich halten konnte. Der Boris Gusadarow, der ihre Hand umklammert und sie gebeten hatte, an ihn und das, was er plante, zu glauben; der für soviel Unruhe sorgen wollte, daß die Russen die Ukraine jenen überlassen würden, die das Recht hatten, das Land zu regieren.

»Boris?« fragte sie wieder. »Boris, bist du es?«

Der Mann verschob die Füße ein wenig. Erneut hatte er den Eindruck, daß die Gefangenschaft hier beengender als jemals zuvor war. Und fast gleichzeitig stieg die gleiche Wut in ihm auf, die er empfunden hatte, als der Wärter seine Diagramme so eingehend prüfte. Die Hände, die er den Vorschriften entsprechend vor dem Körper hielt, krallten sich ineinander, als er um seine Beherrschung kämpfte. Könnte er nur fragen, was sie von ihm erwarteten! Aber das war gegen die Regeln. Niemals sprechen, wenn du nicht angesprochen wirst! Die erste aller Regeln.

Rebecca kam weiter ins Zimmer hinein, blieb direkt vor ihm stehen und betrachtete ihn eingehend. Nichts war gleich. Das Haar war nicht das gleiche, und die ausdruckslosen Augen waren nicht die gleichen. Auch nicht das Gesicht, das jetzt zu einer undefinierbaren Härte gemeißelt war. Und er schien kleiner, als sie ihn in Erinnerung hatte, als hätte er sich körperlich abgenutzt. Aus der Nähe merkte sie, daß er lange Zeit nicht gebadet hatte. Sie streckte die Hand nach ihm aus, zögerte jedoch im letzten Moment, weil sie glaubte, es nicht über sich bringen zu können. Aber dann tat sie es doch, legte ihre Hände auf seine Schultern. Sie spürte den knochigen Körper unter dem Stoff und registrierte, wie er unter ihrer Berührung zusammenfuhr.

»Boris«, sagte sie. »Boris, ich bin es. Ich bin es, Rebecca.«

Er blickte nicht hoch, nicht ganz. Es war nicht erlaubt, die Wachen direkt anzusehen. Aber er wußte, wie man sie trotzdem betrachtete, ebenso wie er wußte, wie man mit den anderen Gefangenen sprach, ohne die Lippen wahrnehmbar zu bewegen. Er sah sie mit weiterhin gesenktem Kopf an, ohne ihren Blick zu erwidern; es genügte, um ihr Gesicht und ihren Körper zu betrachten und sicher zu sein. Wieder so ein Trick! Wieder ein obszöner, schmutziger Versuch, ihn Gott weiß wozu in eine Falle zu locken. Das war nicht Rebecca. Sie waren Dummköpfe, Tölpel, wenn sie sich vorstellten, ihn so leicht bekommen zu können. Mehr als alles andere wußte er, wie Rebecca aussah. Sie war jeden Tag, jede Woche, jedes Jahr der Brennpunkt gewesen, sein Talisman. Und jeden Tag hatte er sich ihr Bild vor Augen geführt, sich an das üppige Schwarz ihres Haars, ihren schlanken Körper und ihre wohlgerundeten Brüste erinnert. Das war nicht Rebecca. Diese Frau war alt, übertrieben gekleidet, mit Ringen und Armreifen behängt, um schöner zu wirken. Rebecca war nicht so alt. Sie war jung, frisch und schön – wunderschön. Und sie brauchte keine Hilfsmittel, um schön zu wirken, nicht so wie diese Frau. Es war erforderlich, der Obrigkeit zu antworten. »Sieben drei neun neun zwei null vier«, wiederholte er dumpf.

Rebecca nahm die Hände von seinen Schultern und preßte die Augen zu, als wollte sie aussperren, was geschehen war. Sie würde ihn pflegen, beschloß sie; es sei ihre Pflicht, ihn zu pflegen. Aber etwas anderes würde es nicht sein: eine Pflegerin und ein Patient. Außer absolutem Mitleid empfand sie nichts für diesen Fremden, der da vor ihr stand. Würde es sich ändern, wenn es ihm besser ging? Wenn er erkannte, wer sie war und daß er frei war? Eine unbeantwortbare Frage. Eine sinnlose dazu. Erst einmal mußte es ihm besser gehen. Aus seinem Verhalten schloß sie, daß es nur eine Möglichkeit gab, ihn zum Reagieren zu bringen. Sie trat einen Schritt zurück und sagte in scharfen Ton: »Baden!«

Gusadarow drehte sich sofort um; um zu gehorchen, aber ebenso, um seine Befriedigung zu verbergen. Er hatte sie geschlagen! Sie hatten versucht, ihn in die Falle zu locken, und er hatte sie geschlagen. Dies war das Eingeständnis: das Wechseln auf Befehle und Kommandos. Er achtete darauf, wie vorgeschrieben, die Tür aufstehen zu lassen, und faltete sorgsam seine Kleider, als er sie auszog. Sie verwirrte ihn, indem sie in dem kleinen Badezimmer an ihm vorbeiging und das Wasser einließ, aber er beschloß, es zu ignorieren, weil er wußte, daß sie es immer noch versuchten. Er stand vor der Frau, ohne sich seiner Nacktheit bewußt zu sein, und wartete auf den Befehl, in die Wanne zu steigen.

Rebecca betrachtete voller Bedauern den Mann, dessen Körper sie einmal gekannt und genossen hatte. Die Haut war unnatürlich weiß, hatte seit Jahren keinen Kontakt mit frischer Luft oder Sonne gehabt, und er hatte viele Narben, von denen einige offensichtlich jüngeren Datums waren, vor allem die eine am Bein, die, wie sie erkennen konnte, nach einer Operation fachgemäß genäht worden war. Die schwarzfleckige Pigmentierung stammte vermutlich von der Arbeit, die er im Bergwerk hatte leisten müssen. Es überraschte sie, wie muskulös er war. Der gebeugte Körper war kräftig und fest, gewiß eine Folge der körperlich harten Arbeit. Sein Geschlecht war schlaff und klein, wie das eines Kindes. Eine passende Analogie, dachte Rebecca: Er war zu einem Kind mit dem Körper eines Mannes geworden.

Sie erkannte, was er brauchte, und forderte ihn auf, hineinzusteigen. Den Gedanken, ihn zu baden, verwarf sie schnell. Nicht, weil sie es nicht über sich bringen könnte ihn zu berühren, nein, es wäre einfach falsch, würde ihn noch mehr verwirren. Während er sich wusch, nahm Rebecca die Wohnung in Augenschein. Der Vergleich mit ihrer Wiener Wohnung ließ sie schaudern. Vor allem der Wohnraum war auffallend kahl, und sie fragte sich, ob sie in der Lage sein würde, etwas daran zu tun. Der unbeantwortete Gedanke rief in ihr die Erinnerung daran wach, wie sie und Hugo seine Wohnung möbliert und ständig über Verbesserungen in ihren eigenen vier Wänden diskutiert hatten. Was er jetzt wohl tat? Sie warf tatsächlich einen Blick auf ihre Armbanduhr, um die Zeitdifferenz zu berechnen, ließ den Arm aber wieder sinken. Es war vorbei. Zu Ende. An Hugo zu denken, war ebenso sinnlos wie die Spekulation, ob sie jemals irgendwelche Gefühle für den Mann empfinden könnte, der von Gesetzes wegen ihr Ehemann war.

In der Küche fanden sich Lebensmittelkonserven und etwas Brot, auf dem sich bereits Schimmel bildete. Sie kratzte die weiße Schicht ab und bereitete eine Mahlzeit aus Dosenfleisch und Kartoffeln zu. Am nächsten Tag würde sie wohl einkaufen müssen. Wo? fragte sie sich. Und wie? Verzweifelt umklammerte Rebecca die Tischkante; zum ersten Mal kam ihr zu Bewußtsein, daß sie noch nie in Moskau gewesen war und nicht wußte, wo oder wie man hier einkaufte.

Am nächsten Tag würde sie sich deswegen an Karpow wenden müssen. Nicht wegen des Einkaufens – das war lächerlich. Boris war eindeutig zu keiner Arbeit fähig. Und sie konnte nicht arbeiten, wenn sie sich um ihn kümmern mußte. Sie war Mitarbeiterin des Geheimdiensts gewesen, vielleicht stand ihr eine Pension zu. Falls nicht, wußte sie nicht, wovon sie leben konnte.

Sie schaute nach, wieso Boris so lange im Bad blieb – er stand da und wartete auf die Erlaubnis, es verlassen zu dürfen. Im Befehlston schickte sie ihn in die Küche voraus. Erst jetzt sah sie, daß er das Badezimmer gesäubert und die Handtücher perfekt gefaltet hatte.

Als sie ihm gegenüber am Tisch saß, war es ihr unmöglich, zu essen. Ungläubig sah sie zu, wie er sich unter allenfalls symbolischer Benutzung von Messer und Gabel das Essen mit den Fingern in derartigen Mengen in den Mund stopfte, daß die Bröckchen von seinen Lippen herabfielen, wenn er zu kauen versuchte. Er aß unter ständiger Geräuschbegleitung, tierische Grunzer der Zufriedenheit ausstoßend. Er verschlang alles Fleisch und alle Kartoffeln, und als sie die Teller wegräumte, sah sie, wie er verstohlen ein Stück Brot in die Jackentasche steckte. Rebecca tat so, als hätte sie es nicht bemerkt.

Sie fand kein Spülmittel, deshalb stapelte sie das Geschirr, um es am nächsten Tag abzuspülen. Nachdem sie Gusadarow in das öde Wohnzimmer zurückgeführt und ihm einen Platz auf dem Sofa zugewiesen hatte, setzte sie sich ihm gegenüber, entschlossen, die Barriere zu brechen.

»Boris«, sagte sie.

Gusadarow rutschte nervös hin und her. Es war gegen die Vorschriften, zu sitzen, wenn man von einem Offiziellen angesprochen wurde. Aber sie hatte ihn dazu aufgefordert. Die typische Art, wie sie Fallen stellten.

»Es ist vorbei, Boris. Du bist nicht mehr im Gefängnis. Du bist frei. Sie haben dich freigelassen, und wir sind wieder zusammen.« Nach einer kurzen Pause sagte sie: »Für immer zusammen.«

Nur Befehle, auf etwas anderes brauchte er nicht zu reagieren. Befehle.

Hilflos blickte Rebecca durchs Zimmer. Sie wußte nicht mehr weiter, sie war keine Krankenpflegerin, hatte keinerlei entsprechende Ausbildung. Und genau das wurde hier benötigt: professionelle Hilfe. Zögernd und unsicher begann sie, von Winniza zu sprechen, von ihrem Kennenlernen, damals von den Eltern bewerkstelligt, und ihre anfängliche gegenseitige Antipathie. Sie sprach von ihren Spaziergängen im Wald und darüber, wie er sich über die minderwertigen Maschinen in der Fabrik geärgert hatte. Von der Trauung und dem Zimmer, das sie im Haus seiner Eltern bezogen hatten, wo sie sich ihrer nächtlichen Geräusche wegen schämten. Die ganze Zeit saß er völlig reglos und unbewegten Blicks vor ihr. Auf der Suche nach dem Schlüssel zu seiner privaten Welt sprach sie schließlich über sein Nationalgefühl, die geheimen Versammlungen und die Zellen, die sie gebildet hatten, um sich vor Entdeckung zu schützen. Er zeigte immer noch keinerlei Reaktion.

Gusadarow registrierte, daß sie noch nie ein derartiges Verhör geführt hatten. Nie hätte er vermutet, daß sie soviel wußten, praktisch alles. Nein, nicht alles. Sie hatte die Zellen und die geheimen Versammlungen erwähnt, aber die anderen nicht beim Namen genannt. Jetzt wußte er, was sie wollten, warum es die Vorzugsbehandlung, das Essen und dieses Sondergefängnis mit all seinen Annehmlichkeiten gab. Sie wollten die Namen und die Identität von allen, mit denen er zusammengearbeitet hatte. Vor langer Zeit hatten sie es schon einmal versucht, indem sie ihn prügelten. Damals hatte er nichts verraten, und jetzt würde er ebenso nichts preisgeben, auch wenn sie es mit Freundlichkeit anstelle von Brutalität probierten. Natürlich würde es wieder Schläge geben, wenn sie merkten, daß der Versuch erfolglos blieb. Schon jetzt wurden ihm wieder Dinge verweigert. Bis vor kurzem war ihm täglich eine Zitrone zugestanden worden, aber die Frau hatte ihm noch keine gegeben.

Rebecca fühlte sich von Erschöpfung und Hoffnungslosigkeit niedergedrückt. Die Erschöpfung rührte von dem langen Flug her, da sie nicht direkt von Wien nach Moskau reisen durfte; die Hoffnungslosigkeit entsprang dem Gedanken, daß sie den Rest ihres Lebens mit einem Mann verbringen mußte, den sie nicht kannte und der sie nicht kannte. Einen Mann, der nichts kannte, nichts wußte. Sie wies ihn an, ins Bett zu gehen und kicherte – eher hysterisch denn belustigt –, als er aus Gewohnheit in den Kleidern, die er trug, schlafen wollte. Auf ihre Anweisung zog er sich aus, aber dann erlaubte sie ihm, die Kleidungsstücke neben sich aufs Bett zu legen, wo er sie bewachen konnte. Sie lagen auf der anderen Hälfte des Betts, aber sie hatte ohnehin nicht vor, sie zu benutzen. Gehorsam lag er mit geschlossenen Augen, allmählich ging sein Atem schwerer, aber sie wußte, daß er nicht schlief: Mit einer Reihe scheinbar natürlicher Drehbewegungen eines Schlafenden gelang es ihm, den Arm quer über die Kleider zu legen, die er bewachen wollte.

Schließlich ging sie hinaus und beobachtete ihn aus der Dunkelheit des angrenzenden Zimmers. Er war äußerst behutsam und bewegte sich so extrem langsam, daß sie den Anfang nicht bemerkte, aber schließlich sah sie, wie er das Brotstück aus der Jackentasche zog und sich in den Mund stopfte. Dann zog er die Kleider näher heran, so daß er sich auf sie legen konnte, um jeden Diebstahl zu verhindern.

Schließlich ging Rebecca zu dem harten Sofa und streckte sich darauf aus. In Wien war es ihr gelungen, sie zurückzuhalten, und auch in Moskau – bis jetzt. Aber jetzt war es vorbei, hemmungslos flossen ihre Tränen. Sie drehte das Gesicht in eins der Sofakissen und versuchte, das stoßweise Schluchzen zu ersticken, doch dann gab sie den Versuch auf, weil es keine Rolle spielte. Nichts spielte mehr eine Rolle.

Von seinem Schlafraum hörte Gusadarow die Laute und wußte anfangs nicht, was das war. Dann identifizierte er sie: Die Frau lachte über ihn.

Rebecca wollte Gusadarow mitnehmen, aber sobald sie die Straße erreichten, bemerkte sie seine Angst. Sie würde schlimmer werden, wenn sie ihr Ziel erreichten und er es erkannte, deshalb brachte sie ihn in die Wohnung zurück. Sie wußte, er würde sie als sein Gefängnis akzeptieren und sich dort sicherer fühlen.

Ihre Fragen nach dem Weg zum Dsershinskiplatz stießen bei den Passanten auf Widerwillen. Als sie schließlich vor dem wuchtigen Gebäude stand, ging ihr auf, wie naiv sie gewesen war, ein Gespräch mit Karpow als etwas Selbstverständliches anzunehmen. Aber es gab keinen anderen Menschen, Karpow war der einzige, den sie um Hilfe angehen konnte, von dem sie Hilfe erwarten konnte. Würde er so hilfsbereit sein, wie er sich in Wien gezeigt hatte?

Rebecca versuchte es am Haupteingang. Sie wußte nicht, daß dort keinem Zivilisten Zugang gewährt wird, und erfuhr zudem, daß sie ohnehin erst einen Besucherausweis bei der Amtsstelle am anderen Ende des Platzes beantragen mußte. Sie ging zu dem Gebäude, wartete geduldig in der Schlange, und als sie vor dem KGB-Beamten stand, der sie nach ihrem Anliegen fragte, gab sie arglos eine Antwort, die ihr sofort seine amtliche Aufmerksamkeit sicherte.

Sie nannte Namen und Position von Oleg Karpow, zwei Dinge, die in der Sowjetunion offiziell als Staatsgeheimnis behandelt wurden. Rebecca wurde auf der Stelle festgenommen. Zuest begriff sie nicht, was vorging, doch dann traten die Uniformierten in den Raum, packten sie bei den Armen und zogen sie aus ihrem Stuhl hoch. Ihr Magen revoltierte, ihre Angst entlud sich in einem lauten Aufstoßen. So irrational es auch war, empfand sie ihr Benehmen doch als unschicklich und peinlich. Sie wollte nach ihrer Handtasche greifen, aber der Beamte kam ihr zuvor.

Rebecca wurde tiefer in das Gebäude hineingeführt und dann durch einen Flur, der auf sie den Eindruck eines Verbindungsgangs machte. Der lange Weg gab ihr Gelegenheit zum Nachdenken. Sie mußte nachdenken, und zwar schnell und präzise. Auf der anderen Seite der

Stadt befand sich ein handlungsunfähiger Mann, dessen Überleben von ihrer Rückkehr abhing. Und es ging nicht nur um *sein* Überleben, sondern auch um ihr eigenes.

Die Verhörzelle war ein nackter Raum, mit einem Tisch und zwei Stühlen bestückt. Das einzige Licht stammte aus einer drahtgittergeschützten Glühbirne, die in die Decke eingelassen war. Sie wurde auf den Stuhl gedrückt, der der Tür gegenüber stand; ihre beiden Bewacher postierten sich rechts und links vor ihr. Es dauerte nahezu dreißig Minuten, bis ein hagerer, bebrillter Mann durch die Tür trat. Er trug einen Straßenanzug, in dessen äußerer Brusttasche Füllfederhalter und Kugelschreiber steckten und der in der einen Hand einen Schnellhefter trug. In der anderen hielt er ihre Handtasche. Einen Moment blieb er hinter dem Stuhl stehen und blickte auf sie hinab, dann setzte er sich und schlug den Aktendeckel auf. Ihr österreichischer Paß war obenauf geheftet. Die Szene machte den Eindruck eines geprobten Auftritts.

»Sie sind also Österreicherin«, begann er in amtlichem Ton.

Sie hatte etwas, das sie zur Gegenwehr einsetzen konnte. Nicht viel, aber doch etwas. Und genau das mußte sie tun: sich wehren, kämpfen. Wenn sie sich von diesem subalternen Beamten einschüchtern ließ, würde man sie wahrscheinlich in eine Haftzelle stecken, bis Boris starb, weil sich niemand um ihn kümmerte. Sie war froh, daß der Mann sich so eingeübt verhielt.

»Nein«, antwortete sie.

Blinzelnd sah er sie an und musterte das Paßfoto. »Dies ist ein österreichischer Paß. Und dies ist Ihr Foto.«

»Ja«, sagte sie. Es war wichtig, ihn ständig zu verwirren.

»Sie haben sich eines Delikts gegen den Staat schuldig gemacht, indem Sie ...« flüchtete er sich ins Amtliche, doch Rebecca unterbrach ihn. »Sie reden Unsinn!«

Kaum wahrnehmbar bewegte der Mann seinen Kopf; ihm war bewußt, daß sich diese unwürdige Behandlung unter den Augen der beiden Wachen abspielte. In der Lubjanka benahm sich niemand so, wie mutig er auch sein mochte. »Was soll das?« fragte er scharf.

»Ihre Sicherheitseinstufung berechtigt Sie nicht, irgend etwas von dem zu hören, was ich zu sagen habe«, entgegnete Rebecca. Sie war sich nicht sicher, wie lange sie dieses Spiel durchhalten konnte. Sie spürte die Angst in der Magengrube, schlimmer noch als am Anfang.

Der Mann löste den Paß aus dem Schnellhefter, betrachtete ihn eingehend und versuchte es erneut: »Ihr Name ist ...«

Rebecca streckte die Hand aus und griff nach dem Paß. Ihre Geschwindigkeit verblüffte den Vernehmungsbeamten ebenso wie die beiden Uniformierten, deren Anwesenheit eigentlich dazu dienen sollte, ein solch ungehöriges Geschehen zu verhindern. Noch bevor sich einer der beiden zu rühren vermochte, blätterte Rebecca die Seiten um, bis sie die sowjetischen Einreisestempel fand. Den geöffneten Paß drückte sie dem Beamten in die Hand und sagte: »Sehen Sie sich die Visa an!«

Einen Moment glaubte sie, der Mann würde sie schlagen. Sie wußte, in diesem Fall würde sie zusammenbrechen und alles verlieren. »Sie sollen sie sich ansehen, habe ich gesagt!« wiederholte sie. Lieber Gott, wenn es dich gibt, laß nicht zu, daß meine Stimme meine Angst verrät! dachte sie.

Er betrachtete die aufgeschlagene Seite des Passes, und Rebecca befahl: »Und den Stempel daneben!«

Der Mann hob den Blick zu ihr und wurde rot. Offenbar hatte er die KGB-Genehmigung übersehen, als er den Inhalt ihrer Handtasche untersucht hatte. »Ich muß wissen, warum Sie auf diese Weise Kontakt aufnehmen«, sagte er. »Das widerspricht jeder Vorschrift.«

Ihm gelang es nicht, den fast flehentlichen Unterton in seiner Stimme zu unterdrücken. »Ich habe Ihnen bereits gesagt«, sagte Rebecca, »daß Ihre Sicherheitseinstufung nicht ausreicht, darüber etwas zu wissen. Sie werden sich mit dem Genossen General Oleg Karpow, Direktor der Europaabteilung des Komitet Gossudarstwennoi Besopasnosti, in Verbindung setzen!« Sie unterbrach sich, schaute auf die Uhr, die sie ihr gelassen hatten, und sagte dann: »Ich wurde schon eine ganze Stunde aufgehalten.«

»Aber...«

»Und noch eins«, fiel Rebecca ihm wieder ins Wort. Jetzt konnte sie es nicht erlauben, daß der Mann sie aufhielt. »Sagen Sie dem Genossen General Karpow nur ein Wort. Sagen Sie ›Hugo‹!« Welch bittere Ironie, dachte sie; sie benutzte den Namen des Mannes, den sie liebte, um einen Mann zu retten, den sie nicht liebte – der sie aber mehr brauchte. Sie lehnte sich mit einer Bewegung zurück, die in ihrer Endgültigkeit signalisierte, daß sie nicht mehr zu diskutieren wünschte. Es stand ebenso auf der Schneide wie in dem Moment, als sie geglaubt hatte, er würde sie schlagen: die geringste Unsicherheit, und sie hätte verloren. Er starrte Rebecca an, und Rebecca erwiderte seinen Blick unverwandt. Es kam ihr vor wie ein Spiel, allerdings war der Einsatz unermeßlich hoch. Mit Mühe hielt sie ihr Gesicht unbewegt. Als der Beamte weiter zauderte, blickte sie wieder mit bewußt beiläufiger Bewegung auf die Uhr und sagte: »Eine Stunde und zehn Minuten.«

Und er gab auf. Abrupt fuhr er hoch, sagte: »Sie bleiben hier!« – als ob sie eine Wahl hätte – und stolzierte aus dem Zimmerchen. Zum ersten Mal bemerkte Rebecca, wie dringend sie auf die Toilette mußte. Sie würde es unterdrücken müssen, so lange es möglich war.

Es dauerte eine Stunde, bis der Mann mit den vielen Schreibwerkzeugen in der Brusttasche zurückkam. Als er den Raum betrat, erkannte Rebecca, daß sie gewonnen hatte. »Bitte, kommen Sie hier entlang«, sagte er und schien sich an ihre Handtasche zu erinnern. Als er ihr sie reichte, versicherte er: »Es fehlt nichts.«

»Das will ich auch hoffen«, entgegnete sie, die Fassade aufrechterhaltend. Das Gehen machte ihr Bedürfnis nach einer Toilette noch dringlicher. Diesmal zog sich der Weg nicht so lang, sie erreichten beinahe sofort die Aufzüge. Die rasche Aufwärtsfahrt trug nicht gerade zu Rebeccas Erleichterung bei. Sie konnte nicht zählen, wie viele Stockwerke sie fuhren. Sobald die Aufzugtür sich öffnete, wurde sie einem neuen Begleiter übergeben. Nachdem sie einen langen Korridor hinter sich hatten und in den nächsten einbogen, wurde sie einem weiteren Bewacher anvertraut.

Karpow wartete am Ende des Gangs auf sie. Als er sie sah, klärte sich sein Gesicht auf.

Sie verlor ihre Selbstkontrolle, sobald er die Tür geschlossen hatte. »Gott sei Dank, daß Sie es sind«, sagte sie, den Tränen nahe. Sie wollte nicht weinen, das hatte sie in der letzten Nacht reichlich getan.

»Sie haben einen höllischen Aufruhr verursacht«, sagte Karpow. »Es wird eine Untersuchung geben.«

»Es tut mir leid.« Rebecca hatte nicht erwartet, Karpow in Uniform zu sehen. So farbig das Scharlachrot und das Khaki auch waren, wirkte er dennoch eher gedämpft.

»Schon gut«, beruhigte er sie. »Ich werde es zu meinen Gunsten ummünzen: Eine von mir initiierte Übung, um Sicherheitsbewußtsein und praktische Vernunft der unteren Ebene zu prüfen.« Es war überraschend, wie automatisch er sich den Notwendigkeiten des Überlebens anpaßte. Ebenso überraschend wie seine Freude darüber, sie zu sehen.

»Trotzdem tut es mir leid. Aber ich wußte keinen anderen Weg.«

»Was wiederum mein Fehler war. Ich hätte so etwas voraussehen müssen.«

»Es war wirklich notwendig«, versicherte Rebecca. Sie brauchte nicht lange, um es ihm zu erklären. Nur Minuten, um ihr Problem mit dem Geld zu schildern, allerdings einiges länger, um über die geistige Verwirrung ihres Manns zu sprechen.

Mit gebeugtem Kopf hörte Karpow zu. Er starrte auf seinen Schreibtisch und bewegte den Kopf in ziellosen Bewegungen hin und her. Als sie zum Ende kam, sagte er: »Die Geldfrage ist leicht gelöst. Natürlich erhalten Sie eine Pension, die Vorbereitungen dafür sind schon im Gange.« Eigentlich hatte er diese Ankündigung als Vorwand benutzen wollen, von sich aus Kontakt mit ihr aufzunehmen, aber er hätte voraussehen müsen, daß sie sofort Mittel brauchte.

»Was ist mit Boris?« fragte sie. In Wien hatte sie diesem Mann nie getraut, dachte Rebecca, aber wenn er nicht ihr Freund sein wollte, hätte er sie heute nicht empfangen. Er hätte es trotz ihrer aufsehenerregenden Kontaktaufnahme leicht auf einen Untergebenen abwälzen können.

»Sie selbst können ihm nicht helfen?«

»Ich wüßte nicht wie«, antwortete sie aufrichtig.

»Ich werde etwas arrangieren«, versprach er.

»Schnell?« fragte sie, ihre Besorgnis enthüllend.

»Ja«, versicherte er. »Schnell.« Dann fügte er hinzu: »Es tut mir leid. Ich habe nicht gewußt, wie er sein würde.«

»Wie denn auch?«

»Jedenfalls war es nicht so, wie ich es beabsichtigt hatte.«

Verlegenes Schweigen machte sich breit, bis Karpow sich schließlich erkundigte: »Wie ist die Wohnung?«

Sie zögerte einen Sekundenbruchteil zu lang, und er fuhr fort: »Auch das tut mir leid. Mit Wien ist sie wohl schwerlich zu vergleichen, nicht?«

Da sie nicht wußte, was sie darauf sagen sollte, schüttelte Rebecca nur stumm den Kopf. Ob er etwas von Hugo gehört hatte?

Karpow schrieb etwas auf einen Notizblock, riß das Blatt ab und reichte es ihr: »Hier, das nehmen Sie besser mit.«

Rebecca betrachtete das Papier und fragte dann: »Was ist das?«

»Meine Telefonnummer hier. Und zu Hause«, sagte Karpow. »Die Weitergabe ist streng beschränkt. Besser, Sie lernen sie auswendig.« Lächelnd fügte er an: »Ich glaube nicht, daß die heutige Form der Kontaktaufnahme mehr als einmal funktioniert.« Es ging nur darum, ihrem Mann zu helfen, sagte Karpow sich im stillen; mehr nicht.

Rebecca wurde bewußt, daß Karpow ohne ersichtlichen Grund Risiken auf sich nahm.

»Hier«, sagte Karpow jetzt. Er nahm Geld aus seiner Tasche und reichte es ihr. »Bis die Pension geregelt ist«, meinte er. »Für ein oder zwei Wochen brauchen Sie Geld.«

Nach einer kurzen Pause sagte Rebecca: »Ich zahle es Ihnen zurück.«

»Natürlich«, sagte Karpow leichthin. »Möchten Sie sonst noch etwas?«

Sich nach Hugo zu erkundigen, wäre gefährlich. Stattdessen fragte sie scheu: »Haben Sie eine Toilette?«

Lauthals lachend stand er auf und wies auf eine Nebentür, die zu einem voll eingerichteten Badezimmer führte. Als sie wieder herauskam, sagte Karpow: »Machen Sie sich keine Sorgen. Ich kümmere mich um alles.«

»Danke«, sagte sie.

Karpow wollte sie von seiner Aufrichtigkeit überzeugen und fuhr fort: »Ich sorge dafür, daß es Boris besser geht.«

Die Bemerkung hatte die gleiche Wirkung wie ein Glas, das im stillsten Augenblick einer Party herunterfällt. »Ja«, murmelte sie. »Es muß ihm besser gehen.«

Eine Woche, nachdem sie Wien verlassen hatte, zog Hartmann in Rebeccas Wohnung ein. Weil er allein war und mit Leuten reden wollte und weil das Paar ihn daran erinnerte, wie er und Gerda vor so vielen Jahren gewesen waren, kaufte er Champagner und begrüßte die beiden persönlich in der Wohnung, die sie von ihm gekauft hatten. Aber es war ein Schlag ins Wasser, weil sie Fremde waren, die seine Geste bloß verlegen stimmte.

Hartmann hatte ohnehin nicht beabsichtigt, sehr lange zu bleiben, weil er nicht fort sein wollte, wenn Rebecca anrief, um ihm ihre Rückkehr anzukündigen. Er wußte, sie würde zurückkommen, ihn nicht verlassen. Und er hoffte, sie würde sich beeilen. Ohne sie war er völlig allein. Zusammen würden sie ein wunderbares Leben haben – absolut wunderbar.

Wegen des Champagners trank Hartmann nichts mehr, als er in Rebeccas Wohnung kam. Er nahm die vorgeschriebenen Tabletten und bereitete sich die Mahlzeit zu, die er wegen seiner Krankheit brauchte. Er hatte es sich schon einmal vorgenommen und dann die Zügel schleifen lassen, aber diesmal wäre es anders. Er würde alles tun, was der Arzt riet, weil er entschlossen war, so lange wie möglich mit Rebecca zu leben. Er wünschte sich inständig, daß sie anrief.

Kurt Schröder hatte sich keine Gedanken darüber gemacht, wie verbreitet der Name war oder daß es schwierig wäre, ihn aufzuspüren. Anfangs hatte er in plötzlicher Furcht geglaubt, sein Gedächtnis ließe ihn im Stich, aber der Zweifel währte nur kurz. Etwas so Wichtiges konnte er einfach nicht vergessen. Seit Wochen hatte er an nichts anderes gedacht.

35

Im Krankenwagen griff Rebecca instinktiv nach seiner Hand. Er ließ es zu, daß sie sie hielt, reagierte aber nicht. Seine Hand fühlte sich hart und schwielig an, und sie war sich nicht einmal sicher, ob er ihre Finger spürte. Als sie ihn holen kamen, hatte er einen kurzen Moment mit flammenden Blicken reagiert, und sie hatte schon gefürchtet, er würde sich gegen sie wehren. Doch dann schien er die Uniformen zu erkennen – oder vielleicht lag es nur daran, daß die Krankenpfleger überhaupt Uniform trugen –, und er beruhigte sich wieder. Jetzt war er, wie sie ihn die ganze Zeit erlebt hatte: dumpf und folgsam.

Das Institut an der Kroptotkinskaja war ein trister Mausoleumsbau, dessen Fenster in Relation zur Höhe zu schmal erschienen. Bei genauerem Hinsehen erkannte sie, daß sie alle vergittert waren. Dank der Autorität Karpows gingen sie durch die Vordertür. Drinnen warteten zwei weißgekleidete Ärzte. Einer nahm Gusadarow mit zur Eingangsuntersuchung, während der zweite, der sich als Dr. Aksenow vorstellte, Rebecca befragte.

»Ich habe seine Unterlagen«, sagte der Arzt. »Ich weiß über seine Gefangenschaft Bescheid.«

»Findet sich dort etwas über seinen derzeitigen Zustand?«

Aksenow machte eine ungewisse Handbewegung. »Hinweise auf Gewalttätigkeit«, antwortete er. »Aber das ist unter den Umständen, denen er ausgesetzt war, nicht unüblich. Hat er Ihnen gegenüber Anzeichen von Gewalttätigkeit gezeigt?«

Rebecca schüttelte den Kopf. »Absolute Apathie«, sagte sie. »Ich bin mir manchmal nicht einmal sicher, ob er überhaupt bemerkt, daß ich bei ihm bin. Und ganz sicher erkennt er mich nicht als seine Frau.«

»Was haben Sie getan, um ihn zu überzeugen?«

Rebecca runzelte die Stirn. »Es sind erst ein paar Tage«, erinnerte sie den Psychiater. »Nur Tage nach einer Kluft von sechzehn Jahren. Was hätte ich tun können, außer zu ihm zu sprechen?«

»Und vorher?« fragte Aksenow. »Vor seiner Verhaftung? Gab es damals Hinweise auf Geisteskrankheit?«

»Nein«, versicherte Rebecca.

»In seiner Familie?«

»Nein.«

Der zweite Arzt betrat den Raum, allerdings ohne sich vorzustellen. »Er ist in bester Verfassung«, verkündete er, mehr an Aksenow als an Rebecca gewandt. Dann sprach er die Frau direkt an: »Eins der Paradoxe unseres Lagersystems besteht darin, daß seine Überlebenden sich körperlich oft in extrem guter Verfassung befinden. Der Körper lernt es, mit weniger Nahrung zu funktionieren, Dinge wie Tabak, Alkohol, Zucker und andere Gesundheitsschädlinge, die den Glücklicheren unter uns erlaubt sind, gibt es dort nicht.«

Rebecca nickte stumm.

»Es wird eine lange Zeit dauern«, sagte Aksenow und stand auf.

»Ich werde warten«, sagte Rebecca. Mehr würde sie nie mehr tun müssen. Nur warten.

Die beiden Männer verließen den Raum und wandten sich nach rechts in einen Flur. Als sie außer Hörweite der Frau waren, fragte Aksenow: »Und?«

»Hochgradige Haftpsychose«, sagte der andere Psychiater.

»Nicht irreversibel«, urteilte Aksenow. »Vielleicht hat sie Glück.«

Gusadarow sah sie eintreten und erhob sich fügsam. Aksenow führte die Untersuchung im Stehen, der zweite Mann setzte sich an einen kleinen Tisch, um das Protokoll aufzunehmen.

»Name?« sagte der Psychiater.

»Sieben drei neun neun zwei null vier«, gab Gusadarow ohne Zögern zurück. Er war unbesorgt, er kannte die Regeln. Sie waren die Autorität, er war unterwürfig. Nach den letzten Tagen war es geradezu eine Erleichterung.

»Name?« wiederholte Aksenow.

»Gusadarow, Boris, Nummer sieben drei neun neun null vier.«

»Wie alt bist du, Boris?«

Er antwortete nach kurzem Zögern. »Einundfünfzig.«

»Wo kommst du her?«

»Winniza.«

»Du bist also Georgier.«

»Ukrainer«, korrigierte er sofort. »Ich bin Ukrainer.«

»Wo hast du die letzten sechzehn Jahre zugebracht?«

»Gefängnis.«

»Warum?«

Gusadarow wußte, er mußte auf der Hut sein. »Verbrechen gegen den Staat«, sagte er.

»Setz dich!«

Sofort setzte Gusadarow sich. Aksenow holte eine Schachtel hervor, in der sich verschiedenfarbige Formen befanden, und wies Gusadarow an, sie zu einem passenden Muster zusammenzulegen. Zwar lag sie schon lange zurück, doch Gusadarows Ingenieurausbildung war bei dieser Aufgabe hilfreich, und er erfüllte sie innerhalb der vorgegebenen Zeit. Der Rorschach-Test dauerte länger, und mit den Wortassoziationen hatte er Schwierigkeiten, doch keiner der beiden Psychiater schenkte dem allzu viel Beachtung, weil sie wußten, wie lange dem Mann schriftliches Material vorenthalten worden war. Dann mußte Gusadarow sich auf eine Couch legen, damit sie Sensitivitäts-Tests an Fußsohlen, Ellbogen und Knien durchführen konnten, und schließlich unterzogen sie ihn verschiedener Koordinations-Reaktions-Tests, bei denen er mit geschlossenen Augen Aufgaben lösen mußte.

»Gut«, sagte Aksenow und führte ihn zum Tisch zurück. »Sehr gut.«

Gusadarow wußte, daß er es gut erledigt hatte. Das Schreiben war schwierig gewesen, aber mit dem Rest hatte er keine Probleme gehabt.

»Bist du Junggeselle?« fragte Aksenow.

»Verheiratet.«

»Wie heißt deine Frau?«

»Rebecca.«

»Eine Frau ist mit dir hierhergekommen, im Krankenwagen«, sagte der Psychiater.

Gusadarow rutschte besorgt auf seinem Stuhl hin und her. Sie stellten eine neue Falle auf, wollten ihn überlisten. »Ja«, sagte er schließlich.

»Wer ist sie?«

Die Antwort fiel ihm leicht: »Ich weiß es nicht.«

»Sie ist deine Frau«, sagte Aksenow. »Deine Frau Rebecca.«

Noch schwieriger, dachte Gusadarow. Er wußte, daß sie es nicht war, aber der Mann, der die Autorität darstellte, sagte das Gegenteil, und der Autorität widersprach man nicht. »Ja«, sagte er.

Die beiden Psychiater wechselten einen Blick. »Weißt du, daß sie deine Frau ist?« faßte Aksenow nach.

»Ja«, sagte Gusadarow.

»Sie sagte mir, du habest sie bisher nicht als deine Frau akzeptiert«, fuhr Aksenow fort. »Warum hast du sie nicht akzeptiert, Boris Gusadarow?«

Jetzt hatten sie ihn! Die Dreckskerle hatten ihn so gesteuert, daß er ihnen mit jeder Antwort widersprechen mußte. Und das hieß: Bestrafung. Nicht zurück nach Norden, nicht in die Kälte! Bitte nicht! Er konnte die Kälte nicht ertragen. Er hatte die Papiersäcke weggeschenkt, so daß es diesmal noch schlimmer sein würde. Bitte, nicht die Kälte!

»Warum?« fragte der Mann.

»Angst.« Das war keine Erwiderung auf die Frage des Mannes, sondern ein Eingeständnis seiner momentanen Empfindung, und es war auf jeden Fall die falsche Antwort. Gusadarow wollte weitersprechen, doch da sah er den Arzt lächeln, deshalb blieb er stumm.

»Du brauchst vor nichts Angst zu haben, Boris Gusadarow. Das ist vorbei, du bist nicht mehr im Gefängnis. Du bist frei.«

Gusadarow starrte den Mann im weißen Kittel an. Er wußte nicht, ob eine Antwort von ihm erwartet wurde. Es hatte nicht wie eine Frage geklungen.

»Verstehst du? Du bist frei.«

»Ja«, entgegnete Gusadarow automatisch.

»Frei und bei deiner Frau. Frei, um wieder ein Heim zu schaffen.«

»Ja«, sagte Gusadarow.

Im Flur, auf dem Weg zu Rebecca, sagte Aksenow: »Schwerste Haftpsychose.«

»Aber behandlungsfähig«, meinte sein Assistent. »Er hat auf den Fehler Georgien/Ukraine reagiert.«

»Das denke ich auch«, pflichtete ihm sein Vorgesetzter bei. »Viel wird von der Frau abhängen.«

Rebecca hörte dem Mann aufmerksam zu und nickte, als er wissen wollte, ob sie verstanden habe. Als er sich erkundigte, ob sie Fragen habe, sagte sie: »Weiß er jetzt, daß ich es bin? Weiß er, daß ich Rebecca bin?«

»Ja«, versicherte Aksenow ihr. »Aber gehen Sie behutsam mit ihm um. Er hat sich selbst für das konditioniert, was er ertragen mußte. Die Wiederanpassung wird ihm nicht leichtfallen.«

»Wie lange?«

Aksenow breitete in einer hilflosen Geste die Arme aus. »Bei seiner geistigen Verfassung ist das unmöglich zu sagen.«

»Monate?«

»Monate bestimmt. Wir werden ihn auch hier behandeln, ambulant, aber es wird bestimmt lange dauern.« Der Psychiater sah, wie die Frau nach der Stuhllehne griff, und lächelte mitfühlend. »Aber er wird genesen«, sagte er. »Ich bin sicher, er wird gesund.«

»Was muß ich tun?«

»Ihn überzeugen«, sagte Aksenow. »Ihn überzeugen, daß Sie seine Frau sind.«

»Sie sagten, er wüßte das«, erinnerte sie ihn.

»Dennoch müssen Sie ihn überzeugen«, wiederholte der Psychiater. »Er war lange Zeit von Frauen getrennt, wenn man von den Frauenabteilungen in den Lagern absieht.« Aksenow wies auf die Akte. »Und es gibt keinen Hinweis, daß er mit ihnen jemals zu tun hatte.«

Der Psychiater wollte ihr Boris' eheliche Treue versichern, dachte Rebecca. »Danke«, sagte sie.

»Es wird nicht leicht sein«, warnte Aksenow.

»Ich verstehe.«

»Aber wir werden tun, was in unserer Macht steht, Ihnen zu helfen.«

Daß sie ihn gehen ließen, überraschte Gusadarow, er hatte erwartet, in Haft zu bleiben; vielleicht auch Transport zu einem Transitlager. Doch sie führten ihn zu demselben Wagen, der ihn hingebracht hatte, und dann stieg die Frau zu ihm ein. Und er wußte, sie hatten noch nicht aufgegeben – sie versuchten es immer noch. Er mußte so tun, als glaubte er ihnen, bis er durchschaute, was sich abspielte.

Rebecca lächelte ihn an, und er lächelte zurück. Im gleichen Moment merkte er, wie sich ihr Gesichtsausdruck änderte.

»Boris?« sagte sie fragend.

»Ja?«

»Du weißt doch, daß ich es bin, nicht? Du weißt, daß ich Rebecca bin.«

»Ja«, sagte er. »Du bist Rebecca.« Sie hätten sich die Mühe machen sollen herauszufinden, wie sie wirklich aussah, wenn sie ihn tatsächlich verwirren wollten. Manchmal waren sie richtiggehend dumm.

»Jetzt ist alles gut, Liebling. Alles wird gut.«

»Ja«, sagte er.

Am Vortag hatte Karpow für einen Ausweis und Marken gesorgt, und am Abend bereitete Rebecca eine Mahlzeit aus frischem Rindfleisch, Kohl und Kartoffeln. Und sie hatte auch Wein gekauft. Als sie den Tisch deckte, reichte sie ihm die Flasche und einen Korkenzieher, doch er blickte sie verständnislos an, so daß sie sie selbst öffnete. Er aß wie immer, indem er sich das Essen gierig in den Mund stopfte. Rebecca saß ihm gegenüber und versuchte, sich nichts anmerken zu lassen, doch war es ihr unmöglich, ihn direkt anzusehen. Selbst zu essen, war sie erneut nicht fähig, sie trank nur von dem Wein. Als er sie tranken sah, machte er es ihr nach. Er schluckte den Wein mit lauten Schmatzgeräuschen, und an dem Glas blieben Streifen von seinen fettverschmierten Fingern zurück. Sie goß ihm nach, und er trank alles aus, und dann schickte sie ihn zum Waschen ins Badezimmer.

Als Rebecca den Tisch abgeräumt hatte, saßen sie im Wohnraum. Rebecca sah den Mann an, mit dem sie sich ihr Leben einrichten mußte ... *lange Zeit von Frauen getrennt ... es gibt keinen Hinweis, daß er mit ihnen jemals zu tun hatte.* Die Versicherung des Psychiaters hallte in ihren Gedanken wider. Und noch etwas anderes, was der Mann gesagt hatte. *Überzeugen Sie ihn, daß Sie seine Frau sind.* Lieber Gott, dachte sie; lieber Gott! Rebecca trank weiter Wein, und als die Flasche leer war, wünschte sie, sie häte auch den Weinbrand gekauft, den es in dem Geschäft gegeben hatte. Morgen. Morgen würde sie welchen holen. Zwei Stunden saßen sie in dem Zimmer, ohne ein Wort zu wechseln. Dann sagte sie seufzend: »Bett!«

Als er sich nicht sofort regte, erwartete sie fast, daß sie die Prozedur mit der Gefangenennummer, wiederholen mußte, doch dann setzte er sich in Bewegung und ging fügsam vor ihr her. Als er sich, wie angewiesen, ausgezogen hatte, erlaubte sie ihm, seine Kleidung unter dem Kissen zu verstauen, wo sie sicher sein würden. Dadurch blieb ihre Bettseite wenigstens frei. Lieber Gott! dachte sie erneut. In ihrer Hochzeitsnacht – jener Nacht, in der er wegen des Alkohols versagt hatte – hatte sie sich vor dem Schlafzimmer ausgezogen, zu schüchtern, ihn ihren Körper sehen zu lassen. Jetzt spürte sie den gleichen Wunsch, gab ihm aber nicht nach. Aber sie drehte sich zur Seite und spürte seine Augen auf sich, während sie sich auszog.

Als sie nackt war, zwang sie sich, sich ihm zuzuwenden. »Ich bin deine Frau, Boris«, sagte sie.

Als sie die Bettdecke zurückschlug, lag er starr auf dem Laken, die Beine steif, die Arme dicht an den Körper gepreßt. Sein Geschlecht lag zwischen seinen Beinen, schlafend. Behutsam legte Rebecca sich neben ihn. Ihre Körper berührten sich nicht. Sie löschte das Licht und legte sich, wie er, auf den Rücken.

»Boris«, sagte sie nach langer Zeit. Er war so reglos und atmete so flach, daß sie seine Anwesenheit im Bett praktisch nicht spürte.

Er gab keine Antwort.

»Boris«, wiederholte sie. »Liebe mich.«

Immer noch keine Reaktion von dem Mann neben ihr. Der Psychiater hatte sie gewarnt, daß es nicht leicht werden würde, fiel ihr ein. Rebecca drehte sich zu ihrem Mann und streckte die Hand nach ihm aus. Sein Körper zuckte zusammen, als sie ihn berührte. Seine Bauchmuskeln waren hart, als sie ihre Hand nach unten bewegte, und endlich reagierte er. Sie verharrte, erwartete, daß er sich ihr zuwandte; er sollte den Moment bestimmen, sobald er sich dazu fähig fühlte.

Jetzt wußte Gusadarow Bescheid! Es war von Anfang an offensichtlich gewesen, aber er hatte nicht bemerkt, um was für eine Falle es sich handelte. Aber jetzt wußte er es. Er hatte es früher schon gesehen, zum ersten Mal in Irkutsk und dann noch einmal in Taischet. Wärterinnen aus dem Frauenlager, die ihre Röcken hoben, sich die Blusen aufknöpften und ihre Beine spreizten, die Gefangenen zum Geschlechtsverkehr lockten und dann bei der ersten Berührung um Hilfe schrien und ihr Opfer der Vergewaltigung bezichtigten. Dafür gab es eine Standardstrafe. Der Mann, an ein Dreiecksgestell mitten im Lager gefesselt, wurde vor den Augen aller Insassen totgepeitscht.

Aber er würde sie besiegen. Selbst jetzt würde er sie besiegen.

Seine Hand berührte ihre Brust, und sie hob sich ihm entgegen, um es ihm leichter zu machen. Was ihr Fehler war – denn es verriet ihm, daß sie log. Er fuhr hoch, packte mit einer Hand nach ihrer Kehle, um dann mit der zweiten den Griff um ihren Hals zu schließen.

Der Angriff kam so plötzlich und unerwartet, daß Rebecca nicht zu schreien vermochte – sie war zu gar nichts mehr fähig. Sein kräftiger Griff schnitt ihr den Atem ab, und sein Körper preßte sie nieder, als wolle er sie zerquetschen. Das und der Schock ließen sie fast augenblicklich einer Ohnmacht nahekommen.

Instinktiv stieß sie in ihrer Verzweiflung mit den Armen nach ihm, um sich von seinem Gewicht zu befreien. Das Band um ihre Kehle lockerte sich. Die Tatsache, daß sie sich im Bett befanden, rettete Rebecca. Seine Attacke hatte sie bis an den Bettrand gedrängt, und ihre Gegenwehr ließ ihre beiden Körper über die Kante rollen. Im Sturz schlug Gusadarows Kopf auf den Nachttisch. Einen Moment löste sich sein Griff, Rebecca riß sich los und sog keuchend Atem in ihre Lungen. Sie war benommen und völlig ohne Orientierung. Als sie über den Boden rollte, berührte ihre Hand die umgeworfene Lampe. Ihr erster Gedanke war, sie als Waffe zu benutzen, und sie begriff auch hinterher nicht, wieso sie sie statt dessen einschaltete und wie ihr der Gedanke kam, der sie endgültig rettete.

Gusadarow war auf allen vieren, so sehr Tier, wie sie ihn noch nie erlebt hatte, selbst in der Art, wie er seinen Kopf in ihre Richtung schwenkte. Ein Raubtier auf der Fährte seiner Beute.

»Gusadarow!« Eigentlich sollte es lauter und respekteischender klingen, aber ihre geschundene Kehle brachte nur ein Krächzen zustande. »Du bist Gusadarow, sieben drei neun neun zwei null vier!«

Angriffsbereit bewegte sich sein Körper auf sie zu.

»Sag mir deine Nummer!« Ihre Stimme war jetzt fester und weniger hysterisch.

Ein Laut drang aus seinem Mund, und sie wußte nicht, ob es ein Knurren oder ein Wimmern war.

»Deinen Namen!« verlangte sie.

»Sieben drei neun neun zwei null vier«, sagte er.

Schwäche, diesmal aus Erleichterung, erfaßte sie, und sie war froh, daß sie auf dem Boden kauerte. Plötzlich machte es sie verlegen, nackt vor ihm zu sein.

»Noch einmal!» befahl sie.

»Sieben drei neun neun zwei null vier«, sagte er. Dann fiel er flach auf den Boden und begann zu schluchzen.

Dieser mußte es sein, weil sonst keiner mehr blieb. Kurt Schröder hatte sämtliche Adreß- und Telefonbücher durchforstet und unter allen angegebenen Adressen nach dem einmal gesehenen Gesicht geforscht. Dieser hier mußte es also sein. Er drückte auf den Klingelknopf und trat einen Schritt zurück, die Hand um den Lauf der bereits entsicherten Luger.

Bevor er schoß, wollte er das Gesicht noch einmal sehen.

Ein Mann, den er noch nie gesehen hatte, öffnete die Tür; ein junger Mann, nicht das Gesicht, das er kannte, sah den verwirrten Schröder, der einen Gegenstand in seiner Tasche befingerte, neugierig an.

Stockend brachte der Deutsche die Frage heraus, und der junge Mann lächelte. »Nein«, sagte er. »Wir sind gerade erst eingezogen.«

36

Karpow hatte als Treffpunkt die Regierungswohnung im Kutosowskij-Prospekt, zu der ihm seine neue Position verhalf, vorgeschlagen. Zum einen hielt er es für wichtig, die amtliche Atmosphäre des Dsershinskiplatzes zu vermeiden, zum anderen gab es, wie er sich eingestand, einen weiteren Grund. Er wollte Rebecca noch mehr beeindrucken.

Die Stereoanlage war installiert und mit Hilfe eines Transformators voll betriebsfähig, und sämtliche Möbel waren aus Finnland importiert. Vermutlich war der Stil für jemanden, der wie Rebecca einen Geschmack für Antiquitäten entwickelt hatte, zu modern, aber verglichen mit den meisten Moskauer Wohnungen – auch denen, die von privilegierten Mitgliedern der Regierung bewohnt wurden – war seine außergewöhnlich.

Er hatte erwogen, sie zu bewirten, sich aber dagegen entschieden. In Wien hatte sie sich nie daran erfreut, nicht einmal bei der kleinen Feier anläßlich ihrer bevorstehenden Rückkehr nach Moskau, und was seitdem geschehen war, bot wenig Grund zur Freude. Er würde äußerst behutsam sein müssen, damit alles so verlief, wie er es wünschte.

Rebecca war pünktlich wie immer. Sie sah sich beim Eintreten in der Wohnung um. Karpow gab sich bescheiden: »Wenn man die Möglichkeiten bedenkt, ist sie ganz gut.«

»Sie ist sehr schön«, sagte die Frau. Sie trug eine medizinische Halsmanschette, ihre Stimme war heiser.

»Wie geht es Ihnen?« fragte Karpow. Er trug einen der Anzüge, an die sie sich aus Wien erinnerte – den mit den auffälligen gelben Karos.

»Ziemlich gut«, antwortete sie. »Anscheinend waren einige kleinere Knochen im Halsbereich gebrochen, aber sie werden heilen.«

»Sie hatten Glück«, sagte er.

»Ja.«

Die Regierungswohnungen an dem Prospekt befanden sich innerhalb eines abgesperrten Gebiets, aber durch geschickte Aufstellung der Sitzgelegenheiten war es Karpow gelungen, eine Aussicht ohne Blick auf Zäune herzustellen. Er bot ihr den Sessel mit dem besten Blick nach draußen an.

»Was ist mit Boris?« fragte er. Sie war immer noch eine schöne Frau, stellte er in Gedanken fest. Nicht so üppig wie die Frauen, mit denen er in Wien und im übrigen Europa zusammengewesen war, aber da war es nur um Sex gegangen. Jetzt wollte er mehr als das. Er wollte ein Heim haben und nicht jeden Abend allein in seine sterile, hypermoderne Wohnung zurückkehren.

Sie machte eine vage Geste. Wie verloren sie aussah, dachte Karpow.

»Niemand weiß das«, sagte sie. »Einige reden von Paranoia, andere von Schizophrenie. In Wirklichkeit hat keiner von ihnen eine genau Vorstellung.«

»Es war ein lächerlicher Fehler«, sagte er zornig. »Ich habe eine Untersuchung angeordnet.« Er wollte ihr imponieren.

»Bitte, tun Sie das nicht«, bat sie.

»Sie hätten umkommen können!«

»Es war mein Fehler, mehr nicht. Nach einer einzigen Untersuchung konnten sie es nicht erkennen. Ich möchte nicht, daß noch mehr gelitten wird.«

»Wenn Sie es so wünschen.«

»Ja«, sagte sie. »Ich wünsche es so.« Zum ersten Mal, seit sie die Wohnung betreten hatte, fiel ihr seine Nervosität auf. Doch sie wies den Gedanken sofort zurück. Karpow hatte keinen Grund, nervös zu sein. Er war jetzt ein mächtiger Mann. Zu mächtig, als daß sie von ihm etwas fordern konnte. Aber er machte den Eindruck von Beflissenheit. Und daß er sie hierher statt in sein Büro bestellt hatte, deutete darauf hin, daß er freundlich zu sein beabsichtigte.

»Dann werde ich es abblasen.«

»Danke.«

»Kann ich Ihnen etwas anbieten?« fragte Karpow, sich anders besinnend. »Etwas zu trinken? Ich habe alles da.«

»Nein, danke«, sagte sie. Würde Hugo sein Versprechen halten, seinen Konsum unter Kontrolle zu halten? Sie hoffte es.

»Wie lange wird er in der Anstalt bleiben müssen?« erkundigte Karpow sich.

Rebecca antwortete nicht sofort. Dann sagte sie mit leiser Stimme: »Auch das weiß niemand genau. Aber es könnte für immer sein. Nach dem einen Fehler sind sie sehr bemüht, keinen zweiten zu begehen. Ganz bestimmt eine lange Zeit. Jahre. Und er wird bis an sein Lebensende Betreuung brauchen.«

Es wäre falsch, jetzt einen Annäherungsversuch zu machen, entschied Karpow. Wochen noch. Es mußte sich ganz natürlich entwikkeln, für sie beide. Er würde Theater- und Restaurantbesuche arrangieren, sie vielleicht mit zu der Datscha nehmen, die ihm in den Bergen außerhalb Moskaus zur Verfügung stand; und anfangs würde er immer dafür sorgen, daß es getrennte Schlafräume gab. Er wollte sie nicht vor den Kopf stoßen. »Es hat absolut nicht funktioniert, nicht wahr?«

»Nein«, sagte sie. »Absolut nicht.«

»›Ich habe zu helfen versucht.«

»Ich weiß«, sagte sie. »Dafür bin ich dankbar. Niemand konnte wissen, was geschehen würde.«

»Und ich möchte es immer noch. Helfen, meine ich.« Damit drängte er sie nicht, sondern ließ sie bloß wissen, daß sie einen Freund hatte, jemandem, dem sie vertrauen und auf den sie sich verlassen konnte.

Die Bemerkung ließ Rebecca aufblicken. Er war tatsächlich mächtig genug, dachte sie. Aber es war undenkbar. »Danke«, sagte sie.

»Was es auch ist«, versicherte Karpow.

»Das ist sehr freundlich.«

»Haben Sie schon überlegt, was Sie jetzt tun wollen?«

»Nicht richtig.« Das stimmte nicht ganz. Sie hatte darüber nachgedacht, was sie am liebsten tun würde.

»Wegen der Wohnung, der Pension oder der Einkaufsberechtigung brauchen Sie sich den Kopf nicht zu zerbrechen«, sagte er.

»Das ist nett von Ihnen.«

»Sie haben es verdient. Jedes bißchen.«

Zum ersten Mal ging Rebecca in voller Bedeutung auf, wie allein sie war. Sie war in einer Stadt, die sie nicht kannte, unter Menschen, die sie nicht kannte – bis auf diesen einen Mann –, und in einer Wohnung, die wie ein Gefängnis war, für das ihr bedauernswerter, schwachsinniger Mann es hielt. Lieber Gott, warum war sie nicht geflohen, als sie die Gelegenheit gehabt hatte! Jedes Leben wäre besser gewesen als das, was ihr jetzt bevorstand.

Karpow sah, daß sie sich in ihr Elend zurückzog. Sie hatte ihn nicht richtig verstanden. »Wenn es etwas gibt, was ich tun kann, müssen Sie nur darum bitten«, wiederholte er.

Sie sah zu ihm hoch. Warum denn nicht? Er konnte es ablehnen. Sie bestrafen. Sie beide bestrafen. Aber sie waren ohnehin beide gestraft, was auch geschah.

»Es gibt etwas«, sagte sie.

»Heraus damit.«

»Ich möchte zurück nach Wien«, sagte sie. »Zurück zu Hugo.«

»Hugo!«

Sie mißdeutete seine Überraschung als Zornesausbruch und fuhr hastig fort: »In Wien war es mir noch nicht bewußt. Aber jetzt. Jetzt weiß ich, daß ich ihn liebe. Daß ich bei ihm bleiben will.«

Als Karpow stumm blieb, verlor Rebecca die Fassung. »Bitte!« flehte sie und begann zu weinen.

Hartmann hegte keinen Zweifel an ihr. Er wußte, Rebecca hatte vor, zurückzukommen, nachdem sie von ihrem Mann geschieden war. Aber er wußte auch, daß sie die Erlaubnis dafür brauchte. Karpow mochte seine Hilfe zugesagt haben, aber die letzte Entscheidung lag nicht bei ihm. Er hatte Vorgesetzte, die seine Absicht durchkreuzen konnten. Daß das Geschäft noch ihr Eigentum war, erschien nun nicht mehr als so zwingender Grund für ihre Rückkehr wie in der emotionalen Verwirrung ihrer Abreise. Der Verkauf war ein juristischer Vorgang, und so etwas konnte von Anwälten und Notaren erledigt werden.

Gegen Ende der zweiten Woche rief er zweimal im Geschäft an und sprach mit dem Geschäftsführer, der ihn kannte und nichts über einen bereits erfolgten oder beabsichtigten Verkauf sagte. Aber die wiedergewonnene Sicherheit war nur flüchtig, hielt kaum einen Tag. Er konnte sich ein Leben ohne Rebecca nicht vorstellen. Sie war jetzt sein Leben. Er wußte nicht, was er tun würde, wenn sie nicht zurückkam – vermochte nicht einmal, die Möglichkeit in Erwägung zu ziehen.

Er ging nicht mehr aus, um ihren Anruf nicht zu verpassen; dann hörte er auf, sich zu rasieren, dann, zu duschen. Am Freitag der dritten Wochen trank er eine Flasche Wein, ohne etwas zu essen, und vergaß seine Tabletten. Die heftige Zuckerreaktion machte ihm Angst. Am Samstag war er immer noch krank, aber bis zum Sonntag hatte er sich soweit erholt, daß er die Unordnung, in die er Rebeccas Wohnung gestürzt hatte, beseitigte; dann badete er und rasierte sich. In der Wohnung waren keine Lebensmittel mehr, deshalb entschloß er sich, eine richtige Mahlzeit im Restaurant zu sich zu nehmen. Sie würde es merken, wenn er sich vernachlässigte. Und er hatte ihr versprochen, es nicht zu tun.

Telefonisch reservierte er einen Platz in den *Drei Husaren* und wollte gerade aufbrechen, als das Telefon klingelte. In seiner übergroßen Hast ließ Hartmann den Hörer fallen, der auf den Tisch schepperte, und als er ihn schließlich am Ohr hielt, erkannte er ihre Stimme nicht sofort.

»Wo bist du?« fragte er.

»Amsterdam«, sagte Rebecca. »In einer halben Stunde habe ich einen Anschlußflug nach Wien.«

Hartmann mußte sich am Tisch abstützen. Die Erleichterung machte seine Knie schwach. Im gleichen Moment kam die Angst.

»Für wie lange?«

»Für immer, Liebling«, sagte sie. »Er war tatsächlich ein Freund.«

»Aber . . .«

»Nicht jetzt«, unterbrach sie ihn. »Der Flug wird gerade aufgerufen.«

»Ich hole dich ab.«

»Bitte, ja.«

Als er den Hörer aufgelegt hatte, konnte Hartmann sich nicht sofort rühren. Er stützte sich auf den Tisch, seine Augen wurden trüb, und dann weinte er schließlich hemmungslos; es war ihm egal, denn niemand sah ihn. So lange, dachte er. So lange hatte er darauf gewartet. Und jetzt war es geschehen, genau wie er es herbeigesehnt hatte. Vielleicht gab es doch einen Gott.

Hartmann richtete sich auf, kämpfte seine Rührung nieder und wischte sich über die Augen. Wenn sie kam, mußte alles stimmen. Er vergewisserte sich beim Flughafen über die Ankunftszeit der Maschine aus Amsterdam und rief danach im Restaurant an, um die Reservierung zu verschieben und auf zwei Personen zu ändern. Nervös – so nervös wie vor vielen Monaten in Zürich – ging er ein zweites Mal durch die Wohnung, um sicherzugehen, daß keine Spur seines törichten Zusammenbruchs mehr vorhanden und alles so sauber war, wie sie es erwarten würde.

Eine Stunde später stand er in der aufgeräumten Wohnung und überlegte, was noch zu tun sei. Blumen! Es waren keine Blumen da, und sie hatte stets in allen Zimmern Blumen.

Er eilte das geschwungene Treppenhaus hinunter in die Vorhalle und dann auf die Straße hinaus. Nach einem Moment der Unsicherheit fiel ihm der Laden beim Stephansdom ein. Er war geschlossen, aber Hartmann sah, daß der Besitzer noch die Schaufenster leerräumte, deshalb rüttelte er an der Klinke, bis der Mann verärgert die Tür öffnete. Den Ärger besänftigte er sofort durch den Umfang seiner Bestellung. Erst als deutlich war, daß er mehr nicht tragen konnte, hörte er auf und stapfte aus dem Laden, die Arme voller Iris, Gladiolen, Lilien und Rosen. Er konnte kaum etwas sehen und stieß zweimal mit Passanten zusammen, bei denen er sich in seiner Aufregung lächelnd und lachend entschuldigte.

Es dämmerte, als er zum Haus zurückkam, und die Vorhalle war völlig dunkel. Mit den Blumen in den Armen fiel es ihm schwer, den Zeitlichtschalter zu drücken, und er mußte es mehrere Male versuchen, bis das Licht endlich anging.

Kurt Schröder war darauf vorbereitet, selbst das Licht anzuschalten, wenn Hartmann darauf verzichtet hätte. Er war entschlossen, ihn nicht zu verfehlen. Der Deutsche hatte die Adresse, die der hilfsbereite neue Besitzer der Wohnung Hartmanns genannt hatte, aufgesucht und seit Tagen darauf gewartet, daß Hartmann herauskam und ihm die notwendige Bestätigung lieferte, denn es war wichtig, daß er keinen weiteren Fehler beging. Er hatte schon gefürchtet, Hartmann wäre bereits wieder ausgezogen. Als der Österreicher vor dreißig Minuten herausgestürzt kam, hatte Schröder das erwartungsvolle Wimmern nicht ganz unterdrücken können. Er fürchtete, es entgegen seiner Absicht auf der Straße tun zu müssen, und dann hätte er das Gesicht des Manns direkt vor dem Schuß nicht sehen können. Doch als er sah, wie Hartmann die Blumen einkaufte, wurde ihm klar, daß der Mann vorhatte, zurückzugehen.

Hartmann war auf der Treppe, als der hysterisch gefärbte Schrei ertönte.

»Jude!«

Hartmann wandte sich um, seine Euphorie war im Moment noch stärker als seine Verwirrung.

»Du hast meinen Vater umgebracht!«

Dann sah Hartmann die Waffe in der Hand eines Mannes, den er noch nie gesehen hatte. Der riesige Blumenstrauß sank tiefer, und Schröder sagte: »Ja, du bist es!«

»Nein . . .« sagte Hartmann und begann, die Stufen hinab auf den jungen Mann zuzugehen.

Ängstlich zuckte Schröder zurück und drückte den Abzug. Der ohrenbetäubende Knall hallte in dem Gebäude wider. Die Kugel flog viel zu hoch und drang irgendwo über Hartmanns Kopf in den Wandputz.

»Nein!« schrie Hartmann jetzt. Schröder kicherte irr, die Angst des anderen erregte ihn. Kein Feigling mehr, dachte er. Schröder zog eine Grimasse, als er nun sorgfältiger zielte, und die Pistole krachte erneut.

Die Kugel traf Hartmann hoch in der Schulter, zerschmetterte sein Schlüsselbein und ließ ihn gegen das Geländer prallen. Merkwürdig, daß der Schmerz beim Sturz auf die Steinstufen größer war als der der Wunde. Die Blumen bauschten sich hoch, wurden aber von dem Bindfaden zusammengehalten und legten sich wie eine bunte Decke auf ihn. Hartmann versuchte, sie wegzuschieben, und krallte sich an die Stufen, um sich in die Sicherheit der Wohnung nach oben zu ziehen.

»Jude!« schrie Schröder wieder. Jetzt war er ganz nahe, stand praktisch über Hartmann, und dann fiel der tödliche Schuß, der in sein Herz drang. Hartmann sackte zurück, noch immer von den farbenfrohen Blüten bedeckt.

Da sie Rückenwind hatte, landete die Maschine aus Amsterdam vor der planmäßigen Zeit. Im selben Moment, als Hartmann starb, verließ Rebecca das Flugzeug und schaute sich erwartungsvoll im Ankunftsterminal um. Sie wußte, sie war zu früh. Sie würde warten.

Brian
Freemantle

Eine Rose für Charlie Muffin

Agentenroman

ein Ullstein Krimi

Jahrelang hat der einstige Staragent des britischen Secret Service seine ehemaligen Arbeitgeber an der Nase herumgeführt.
Doch schließlich ist Charlie Muffin den eigenen Leuten ins Netz gegangen.
Die Strafe für den Abtrünnigen ist furchtbar, das Gefängnis droht Charlie zu zerstören. Da bekommt er einen neuen Zellengenossen – einen sowjetischen Spion.
Und der erzählt ihm etwas von einer Rose in Rußland.

»Muffin zeigt, daß er sein Geld wert ist.«

Stern

Ted Allbeury

Rennie

Polit-Thriller

Jahrzehntelang hat Rennie treu der britischen Krone gedient. Immer wieder erledigte er die schmutzigen Aufträge für den britischen Geheimdienst. Ohne Skrupel. Denn einer, so Rennies Meinung, muß den Job schließlich tun. Doch dann führt ihn dieser dreckige Auftrag nach Amsterdam: Gegenterror gegen einen möglichen Terroristen und seine Familie. Rennie will aussteigen – aber beim Geheimdienst, so muß er erfahren, kündigt man nicht einfach.

»Ein ebenso spannender wie realitätsnaher Krimi.«
Frankfurter Rundschau

ein Ullstein Krimi

Loren D.
Estleman

Kill-Zone

ein Ullstein Krimi

Mit seinen Romanen über den Detroiter Privatdetektiv Amos Walker hat sich der erst 34jährige Loren D. Estleman in die Elite der US-Kriminalautoren geschrieben.
Jetzt wechselt der Schriftsteller aus Ann Arbor, Michigan, die Fronten.
Sein neuer Held heißt Peter Macklin und ist ein Hitman, ein käuflicher Killer.
Jahrelang hat er für die Mafia gemordet. Jetzt will er aussteigen. Aber zuvor muß er sich noch seine Pension verdienen. In der Kill-Zone.

»Estleman ist so giftig wie in seinen besten Tagen.«
Frankfurter Rundschau

James Ellroy

Heimlich

ein Ullstein Krimi

Los Angeles in den frühen fünziger Jahren: Der Streifenpolizist Fred Underwood liebt Frauen, Golf und Wunder – wobei unter Wunder seine alltäglichen Begegnungen mit dem Abschaum der großen Stadt zu verstehen sind.
Dann wird sein Teamgefährte im Einsatz erschossen, und kurz darauf fällt eine ehemalige Geliebte einem Psychokiller zum Opfer. Underhill ermittelt auf eigene Faust. Und er stößt auf eine grausige Mordserie, deren blutige Spur sich quer durchs ganze Land zieht.

»Nicht gerade ein Buch fürs Mädchenpensionat.«
FAZ-Magazin